A VIDA INVISÍVEL de ADDIE LaRUE

OBRAS DA AUTORA PUBLICADAS
PELA GALERA RECORD

Série VILÕES
Vilão
Vingança
Extra Ordinários

Série OS TONS DE MAGIA
Um tom mais escuro de magia
Um encontro de sombras
Uma conjuração de luz

Série OS FIOS DO PODER
Os frágeis fios do poder

Série A GUARDIÃ DE HISTÓRIAS
A guardiã de histórias
A guardiã de vazios

Série A CIDADE DOS FANTASMAS
A cidade dos fantasmas
Túnel de ossos
Ponte das almas

A vida invisível de Addie LaRue
Vampiros nunca envelhecem (com outros autores)
Mansão Gallant
A Bruxa de Near

V. E. SCHWAB

A VIDA INVISÍVEL de ADDIE LaRUE

Tradução de
FLAVIA DE LAVOR

1ª edição

— Galera —

RIO DE JANEIRO

2025

CIP-BRASIL. CATALOGAÇÃO NA PUBLICAÇÃO
SINDICATO NACIONAL DOS EDITORES DE LIVROS, RJ

S425v

   Schwab, V.E.
     A vida invisível de Addie Larue / V. E. Schwab ; tradução Flavia de Lavor. - 1. ed. - Rio de Janeiro : Galera Record, 2025.

   Tradução de: The invisible life of Addie Larue
   ISBN 978-65-5981-505-0

   1. Ficção americana. I. Lavor, Flavia de. II. Título.

25-97861.0   CDD: 813
                                                                  CDU: 82-3(73)

Meri Gleice Rodrigues de Souza - Bibliotecária - CRB-7/6439

Título original: *The invisible life of Addie LaRue*

Copyright © 2020 by Victoria Schwab

Design de capa, projeto gráfico e diagramação: Renata Vidal

Imagens de capa: NASA / Rawpixel (fundo estrelado adaptado); Rawpixel (estrelas douradas); Dream Is Power / Adobe Stock (silhueta de homem)

Imagens de guarda: HST6 / Shutterstock (fundo estrelado); Tissen / Shutterstock (silhuetas sob a luz de mulher, homem e gato); SlaSla / Shutterstock (silhueta de mulher de calça jeans); Dream Is Power / Adobe Stock (silhueta de homem)

Imagens de miolo: RomanYa / Shutterstock (Nova York); Rumdecor / Shutterstock (panorâmica de campo e castelo antigo)

Leitura sensível: Ana Rosa

Todos os direitos reservados.
Proibida a reprodução, no todo ou em parte, através de quaisquer meios. Os direitos morais da autora foram assegurados.

Texto revisado segundo o novo Acordo Ortográfico da Língua Portuguesa.

Ilustrações de miolo: Abigail Legner, Anabelle Avendell, Carmell Louize, Catherine Crowley, Karen Taelman, Loren Catana, Marta Borzymowska e Morgan Butler

Direitos exclusivos de publicação em língua portuguesa somente para o Brasil adquiridos pela
EDITORA RECORD LTDA.
Rua Argentina, 171 – Rio de Janeiro, RJ
20921-380 – Tel.: (21) 2585-2000,
que se reserva a propriedade literária desta tradução.

Impresso no Brasil

ISBN: 978-65-5981-505-0

Seja um leitor preferencial Record.
Cadastre-se no site www.record.com.br e receba informações sobre nossos lançamentos e nossas promoções.
Atendimento e venda direta ao leitor:
sac@record.com.br

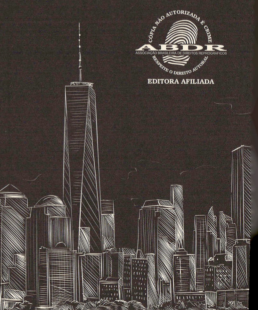

*Para Patricia,
por nunca esquecer.*

Os deuses antigos podem ser grandiosos, mas não são bondosos nem compassivos. São volúveis, instáveis como o luar refletido na água, ou como as sombras durante uma tempestade. Se insistir em evocá-los, preste atenção: tome cuidado com o que pede, esteja disposta a pagar o preço. E não importa o quão desesperada ou em perigo esteja, nunca faça preces aos deuses que atendem depois do anoitecer.

Estele Magritte
(1642-1719)

VILLON-SUR-SARTHE, FRANÇA
29 de julho de 1714

Uma garota está correndo para salvar a própria vida.

A brisa do verão arde em suas costas, mas não há tochas nem multidões enfurecidas, somente os lampiões distantes da festa de casamento e o brilho avermelhado do sol, que colide no horizonte, partindo e espalhando-se pelas colinas. A garota corre e sua saia se emaranha na grama enquanto ela dispara em direção à floresta, tentando vencer a luz agonizante.

Vozes ecoam pelo vento, gritando seu nome.

Adeline? Adeline? Adeline!

Sua sombra se alonga à frente, comprida demais, com os contornos já borrados, e florzinhas brancas caem de seus cabelos, cobrindo o chão como se fossem estrelas. Ela deixa uma constelação no seu rastro, muito parecida com aquela nas suas bochechas.

Sete sardas. Uma para cada amor que ela conheceria, foi o que Estele tinha dito quando a garota ainda era uma menina.

Uma para cada vida que viveria.

Uma para cada deus que a protegia.

Agora aquelas setes marcas debocham dela. Promessas. Mentiras. Ela não conheceu nenhum amor, não viveu nenhuma vida, nunca encontrou um deus, e agora não tem mais tempo.

Mas a garota não desacelera, não olha para trás — não quer ver a vida que está ali, à espera. Estática como um desenho. Sólida como um túmulo.

Ela apenas corre.

Título da obra: *Revenir*
Artista: Arlo Miret
Data: 1721-2 d.C.
Técnica: escultura de madeira de freixo e mármore.
Proveniência: emprestada do Museu de Orsay, em Paris.
Descrição: uma série de esculturas de cinco pássaros de madeira em poses e estágios variados de pré-voo, dispostas sobre um pedestal estreito de mármore.
História: um autobiógrafo cuidadoso, Miret mantinha diários que proporcionam maior compreensão sobre a sua mente e seus processos artísticos. Ele atribuiu a inspiração para a obra *Revenir* a uma estatueta encontrada nas ruas de Paris, no inverno de 1715. O pássaro de madeira, achado com uma das asas quebrada, é supostamente representado pelo quinto pássaro da sequência (ainda que intacto), prestes a alçar voo.
Valor estimado: 175 mil dólares

NOVA YORK
10 de março de 2014

I

A garota acorda na cama de outra pessoa.

Fica deitada, completamente imóvel. Tenta prender o tempo como se prendesse a respiração; como se, apenas pela sua força de vontade, pudesse impedir que o relógio avançasse, que o rapaz ao seu lado acordasse, que a lembrança da noite que passaram juntos morresse.

Mas ela sabe que não pode. Sabe que ele vai esquecer. Eles sempre esquecem.

Não é culpa dele — nunca é culpa deles.

O rapaz ainda está dormindo, e ela observa o lento sobe e desce de seus ombros, o ponto da nuca onde os cabelos castanhos formam cachos, a cicatriz ao longo das costelas. Detalhes memorizados há muito tempo.

O nome dele é Toby.

Na noite passada, ela disse a ele que se chamava Jess. Mentiu, mas só porque não pode dizer o seu nome verdadeiro — um dos pequenos e cruéis detalhes escondidos na grama, como urtigas. Farpas ocultas feitas para ferir. O que é uma pessoa, se não as marcas que deixa para trás? Ela

"O que é uma pessoa,
se não as marcas que
deixa para trás?"

aprendeu a caminhar entre os espinhos, mas não consegue evitar alguns cortes — uma lembrança, uma fotografia, um nome.

No mês passado, ela foi Claire, Zoe e Michelle. Mas dois dias atrás, quando se chamava Elle e os dois estavam fechando uma lanchonete tarde da noite, depois de um dos shows dele, Toby disse que estava apaixonado por uma garota chamada Jess — só não a tinha conhecido ainda.

Então, hoje ela é Jess.

Toby começa a despertar, e ela sente aquela velha conhecida dor no peito enquanto ele se espreguiça e vira o corpo em sua direção — mas não acorda, ainda. Seu rosto está a poucos centímetros do dela, com os lábios entreabertos em meio ao sono, os cachos castanho-escuros encobrindo os olhos e os cílios escuros sobre as bochechas pálidas.

Certa vez, a escuridão provocou a garota enquanto eles passeavam ao longo do rio Sena. Disse que ela tinha um "tipo", insinuando que a maioria dos homens que escolhia — e até mesmo algumas das mulheres — se pareciam bastante com *ele*.

Os mesmos cabelos castanho-escuros, os mesmos olhos penetrantes, as mesmas feições bem delineadas.

Mas não era justo.

Afinal de contas, a escuridão só tinha aquela aparência por causa *dela*. Tinha sido *ela* quem lhe dera forma, que escolhera como identificá-lo, o que enxergar.

Você não se lembra, ela perguntou a ele naquele momento, *quando não era nada além de sombras e fumaça?*

Minha querida, ele respondeu com seu jeito suave e sonoro, *eu era a própria noite.*

Agora é manhã, em outra cidade, em outro século. A luz clara do sol penetra entre as cortinas e Toby se remexe de novo, emergindo do sono leve. A garota que se chama — chamava — Jess prende a respiração mais uma vez enquanto tenta imaginar uma versão desse dia em que ele acorda, a vê e se *lembra*.

Em que ele sorri, acaricia o seu rosto e diz: "Bom dia".

Mas isso não vai acontecer, e ela não quer ver a expressão familiar de confusão, não quer assistir ao rapaz tentando preencher as lacunas onde a

"Você não se lembra,

ela perguntou a ele naquele

momento, quando não era nada

além de sombras e fumaça?

Minha querida, ele respondeu

com seu jeito suave e sonoro,

eu era a própria noite."

lembrança dela *deveria* estar, nem testemunhar enquanto ele se recompõe e assume uma postura de indiferença casual bem-ensaiada. A garota já viu essa atuação o suficiente, conhece toda a cena de cor, então sai da cama de fininho e vai para a sala de estar na ponta dos pés descalços.

Avista o próprio reflexo no espelho do corredor e repara no que todo mundo repara: as sete sardas, espalhadas como uma faixa de estrelas sobre o nariz e as bochechas.

Sua constelação particular.

Ela se inclina para a frente e embaça o vidro ao respirar. Traceja a ponta do dedo pela nuvem de condensação conforme tenta escrever o próprio nome. *A... d...*

Mas só chega até aí antes que as letras comecem a se dissolver. O problema não é a técnica — não importa como tente dizer o próprio nome, não importa como tente contar a própria história. E ela tentou *várias* vezes, com lápis, com tinta, com pintura, com sangue.

Adeline.

Addie.

LaRue.

É em vão.

As letras se desintegram ou esmaecem. Os sons morrem na sua garganta.

Ela afasta os dedos do espelho e se vira, examinando a sala de estar.

Toby é músico, e os sinais de sua arte estão por toda parte. Nos instrumentos apoiados na parede. Nos versos e notas rabiscados e espalhados sobre as mesas — faixas de melodias lembradas pela metade entre listas de compras e tarefas semanais pendentes. Mas, aqui e ali, há vestígios de outra mão — as flores que ele começou a cultivar no parapeito da cozinha, embora não consiga lembrar quando o hábito se iniciou, o livro sobre Rilke que não se recorda de ter comprado. Coisas que permanecem, mesmo quando as lembranças se vão.

Toby sempre demora para se levantar, então Addie prepara uma caneca de chá para si mesma — ele não bebe chá, mas a lata de folhas soltas do Ceilão já está no armário, ao lado de uma caixa de saquinhos de seda. Uma relíquia obtida em uma ida à mercearia de madrugada, um rapaz e uma garota perambulando pelos corredores, de mãos dadas, porque não conseguiam dormir. Porque ela não estava disposta a deixar que a noite terminasse. Porque não se sentia pronta para abrir mão daquilo.

Ela ergue a caneca e inala o aroma enquanto as lembranças vêm à tona junto com o cheiro.

Um parque em Londres. Um pátio em Praga. Uma casa de chá em Edimburgo.

O passado estendido como um lençol de seda sobre o presente.

É uma manhã fria em Nova York e as janelas estão embaçadas pela geada, então ela puxa uma manta do encosto do sofá e envolve os ombros. Um *case* de violão está ocupando um dos cantos do sofá e o gato de Toby, o outro, de modo que ela se acomoda no banco do piano.

O gato, que *também* se chama Toby ("Assim posso falar sozinho sem soar tão estranho...", ele explicou), a encara enquanto ela assopra o chá.

Ela fica se perguntando se o gato se lembra.

Suas mãos estão mais aquecidas agora. Ela coloca a caneca sobre o piano, tira a capa de cima das teclas, alonga os dedos e começa a tocar do modo mais suave possível. No quarto, pode ouvir Toby, o humano, se mexendo na cama, e cada centímetro do corpo dela, dos ossos à pele, se retesa de pavor.

Esta é a parte mais difícil.

Addie poderia ter ido embora — *deveria* ter ido embora —, saído de fininho enquanto ele continuava dormindo, quando a manhã ainda era uma extensão da noite que passaram juntos, um momento conservado em âmbar. Mas agora é tarde demais, então ela fecha os olhos e continua tocando. Permanece com a cabeça abaixada enquanto ouve os passos dele sob o som das notas, e continua movimentando os dedos quando sente sua presença na soleira da porta. Ele vai ficar parado ali, assimilando a cena e tentando reconstruir a linha do tempo da noite passada, se perguntando por que tudo evaporou, quando ele poderia ter conhecido uma garota e a levado para casa, se ele teria bebido demais, por que não se lembra de nada.

Mas ela sabe que Toby não vai interrompê-la enquanto estiver tocando, então desfruta da música por mais vários segundos antes de se forçar a diminuir o ritmo, erguer o olhar e fingir que não se dá conta da confusão na expressão de seu rosto.

— Bom dia — diz ela, com a voz animada e o sotaque, que costumava ser da área rural da França, agora quase imperceptível.

— Hum... bom dia — responde ele, passando a mão pelos cachos castanho-escuros soltos. Em seu favor, Toby tem o mesmo aspecto de sempre — um pouco atordoado e surpreso por ver uma garota bonita na sua sala de estar, apenas de calcinha e sutiã e com a camiseta da sua banda preferida debaixo da manta.

— Jess — diz ela, fornecendo o nome que ele não consegue encontrar na memória, pois não está ali. — Tudo bem se você não se lembra.

Toby fica corado e afasta Toby, o gato, enquanto afunda nas almofadas do sofá.

— Desculpa... isso não é do meu feitio. Não sou esse tipo de cara.

Ela sorri.

— E eu não sou esse tipo de garota.

Ele também sorri, e é como se um raio de luz desfizesse as sombras em seu rosto. Toby acena para o piano com a cabeça, e ela gostaria que ele dissesse algo do tipo: "Eu não sabia que você tocava", mas em vez disso ele diz:

— Você toca muito bem. — E toca mesmo. É incrível tudo que você pode aprender quando tem tempo.

— Obrigada — responde, deslizando a ponta dos dedos pelas teclas.

Toby fica inquieto, e escapa para a cozinha.

— Quer café? — pergunta, vasculhando os armários.

— Eu encontrei o chá.

Ela começa a tocar uma música diferente. Nada complexo, apenas uma sequência de notas. O início de alguma coisa. Encontra a melodia, a acolhe e a deixa deslizar entre os seus dedos enquanto Toby volta silenciosamente para a sala, com uma xícara fumegante nas mãos.

— O que você estava tocando? — pergunta, com um brilho nos olhos característico dos artistas: escritores, pintores, músicos, qualquer pessoa propensa aos momentos de inspiração. — Parecia familiar...

Ela dá de ombros.

— Você tocou para mim ontem à noite.

Não é mentira, não exatamente. Toby tocou mesmo. Depois que ela mostrou a música a ele.

— Sério? — pergunta, franzindo o cenho. Já está deixando o café de lado e pegando um lápis e um bloco de notas na mesinha mais próxima. — Nossa... eu estava bêbado mesmo.

Ele sacode a cabeça ao dizer isso. Toby nunca foi daqueles compositores que preferem trabalhar alterados.

— Você se lembra de como continuava? — pergunta, virando as folhas do bloco. Ela recomeça a tocar, guiando Toby pelas notas. Ele não sabe, mas faz semanas que está trabalhando nessa música. Na verdade, *os dois* estão.

Juntos.

Ela sorri de leve enquanto continua tocando. Esta é a grama entre as urtigas. Terra firme onde pisar. Não pode deixar a própria marca, mas, se for cuidadosa, pode dá-la para outra pessoa. Nada concreto, sem dúvida, mas a inspiração raramente é.

Toby pega o violão, equilibrando-o sobre um dos joelhos, e segue a melodia, murmurando para si mesmo que a música é boa, é diferente, é *especial*. Ela para de tocar e fica de pé.

— Já vou indo.

A melodia se desfaz nas cordas enquanto Toby ergue o olhar.

— Quê? Mas eu nem conheço você.

— Exatamente — responde ela, indo em direção ao quarto para pegar suas roupas.

— Mas eu *quero* conhecer você — diz Toby, deixando o violão no chão e a seguindo pelo apartamento, e este é o momento em que nada parece justo, o único momento em que ela sente a onda de frustração ameaçando arrebentar. Porque ela passou *semanas* conhecendo o rapaz. E ele passou horas se esquecendo dela.

— Calma aí — pede Toby.

Ela odeia esta parte. Não devia ter ficado. Devia estar fora do seu campo de visão assim como estava da sua mente, mas há sempre uma esperança insistente de que dessa vez vai ser diferente, de que dessa vez eles vão se lembrar.

Eu lembro, diz a escuridão no seu ouvido.

Ela sacode a cabeça, forçando a voz a desaparecer.

— Por que tanta pressa? Me deixe pelo menos preparar o café da manhã para você — diz Toby.

Mas ela está cansada demais para jogar o mesmo jogo outra vez tão cedo, então mente. Diz que tem algo para fazer e não se permite parar nem sequer por um instante, porque, se parar, sabe que não vai ter forças para começar de novo, e o ciclo vai se repetir, só que dessa vez começando de manhã, e não à noite. Mesmo assim, o fim não seria nem um pouco mais fácil, então, já que tem de recomeçar o caso do zero, prefere que seja com uma paquera em um bar em vez de na manhã seguinte, em uma noitada da qual apenas ele não se lembra.

De qualquer jeito, nada disso vai importar daqui a pouco.

— Jess, espera — diz Toby, pegando sua mão. Titubeia, procurando as palavras certas, depois desiste e começa de novo. — Eu tenho um show hoje à noite, no Alloway. Você devia ir. Fica lá na…

Ela sabe onde fica, óbvio. Foi lá onde eles se conheceram pela primeira, pela quinta e pela nona vez. E, quando ela aceita o convite, ele abre um sorriso deslumbrante. Como sempre.

— Promete? — pergunta ele.

— Prometo.

— Te vejo lá. — Suas palavras estão cheias de esperança enquanto ela se vira e sai pela porta.

A garota olha para trás e diz:

— Não se esqueça de mim nesse meio-tempo.

Um velho hábito. Uma superstição. Uma súplica.

Toby balança a cabeça.

— Como se fosse possível.

Ela sorri, como se fosse só uma piada.

Mas enquanto se obriga a descer as escadas, Addie sabe que já está acontecendo. Sabe que, assim que ele fechar a porta, ela já vai ter desaparecido.

II

Março é um mês muito instável.

É o arremate entre o inverno e a primavera — embora a palavra *arremate* dê a entender uma bainha uniforme, e março seja mais como uma linha irregular de pontos costurados por uma mão trêmula, oscilando desenfreadamente entre as rajadas de vento de janeiro e a vegetação verdejante de junho. Você não sabe o que vai encontrar, até sair de casa.

Estele costumava chamar esses dias de agitados, quando os deuses de sangue quente começavam a despertar, e os de sangue frio, a se recolher. Quando os sonhadores ficavam mais propensos a ter péssimas ideias, e os andarilhos, a se perder.

Addie sempre esteve inclinada a ambas as coisas.

Faz todo o sentido que tenha nascido no dia 10 de março, bem ao longo da costura irregular, embora ela não sinta vontade de comemorar há bastante tempo.

Por 23 anos, sentiu um verdadeiro pavor da marcação do tempo e do que isso significava: que ela estava crescendo, envelhecendo. Depois, com o passar dos séculos, seu aniversário se tornou uma data totalmente inútil, muito menos importante do que a noite em que abdicou da própria alma.

Naquele dia, uma morte e um renascimento se deram ao mesmo tempo.

De qualquer forma, hoje é o seu aniversário e ela merece um presente.

Ela para em frente a uma loja de roupas, e depara com o seu reflexo fantasmagórico no vidro.

Na vitrine ampla, um manequim posa, dando meio passo, com a cabeça levemente inclinada para o lado, como se estivesse ouvindo uma canção só sua. O torso comprido está coberto por um suéter de listras largas, e um par de leggings brilhosas desaparece dentro de botas de cano alto que vai até a altura dos joelhos. Uma mão está erguida, com os dedos engancha- dos na gola da jaqueta pendurada sobre um ombro. Conforme examina o manequim, Addie se dá conta de que está imitando a pose, mudando a postura e inclinando a cabeça. E talvez seja por causa desse dia em espe- cífico, ou da promessa de primavera que paira no ar, mas talvez ela esteja simplesmente a fim de uma novidade.

O interior da loja cheira a velas não acesas e a roupas não usadas, e Ad- die passa os dedos sobre as peças de algodão e de seda antes de encontrar o suéter de tricô listrado, que descobre ser de caxemira. Ela o põe no braço, junto com as leggings da vitrine. Sabe qual é o seu tamanho.

Não mudou nada.

— Oi! — A vendedora animada é uma garota de vinte e poucos anos, assim como Addie, apesar de uma ser uma pessoa real, que envelhece, e a outra, uma imagem aprisionada em âmbar. — Posso ajudar?

— Ah, tá tudo bem — responde, pegando um par de botas de uma prateleira. — Já achei tudo de que preciso. — Ela segue a garota até as três cabines fechadas por cortinas no fundo da loja.

— É só me chamar se precisar de ajuda — diz a vendedora, se afas- tando antes de a cortina se fechar e de Addie ficar a sós com um banco acolchoado, um espelho de corpo inteiro e si mesma.

Ela tira as botas com os calcanhares e a jaqueta com uma sacudida de ombro, jogando-a sobre o banco. Quando a peça cai sobre o assen- to, moedas tilintam nos bolsos e alguma coisa sai dali. O objeto cai no chão com um estalo abafado e rola pelo provador estreito até parar no rodapé.

É um anel.

Um pequeno círculo esculpido em madeira acinzentada. Um aro familiar, que um dia ela amou, mas que agora lhe é repugnante.

Addie encara o objeto por um instante. Seus dedos se contraem, traiçoeiros, mas ela não os estende para o anel, não o pega, simplesmente dá as costas para o pequeno aro de madeira e continua se despindo. Veste o suéter, se contorce para entrar nas leggings e fecha o zíper das botas. O manequim era mais magro e mais alto, mas Addie gosta do caimento das peças no próprio corpo — do calor da caxemira, do peso das leggings, do acolhimento suave do forro nas botas.

Ela arranca as etiquetas de preço uma a uma, ignorando os zeros.

Joyeux anniversaire, pensa, olhando para o seu reflexo. Inclina a cabeça, como se também ouvisse uma canção só sua. A personificação de uma mulher moderna de Manhattan, mesmo que o rosto no espelho não tenha mudado nada com o passar dos séculos.

Addie deixa as roupas que estava usando espalhadas como uma sombra pelo chão do provador. O anel fica de lado, como uma criança rejeitada. A única coisa que pega de volta é a jaqueta.

É macia, de couro preto e foi usada até o tecido virar quase uma seda, o tipo de peça pela qual as pessoas pagam uma fortuna hoje em dia e chamam de vintage. Foi a única coisa que Addie se recusou a deixar para trás em Nova Orleans e ser consumida pelas chamas, embora o cheiro dele tenha permanecido no couro como fumaça — a sua mancha para sempre em tudo. Ela não se importa. Adora a jaqueta.

Naquela época, a peça era nova, mas agora está amaciada, revelando o desgaste de uma maneira que Addie não é capaz. Isso a faz se lembrar de Dorian Gray: o tempo refletido no couro, e não na pele humana.

Ela sai da pequena cabine acortinada.

Do outro lado da loja, a vendedora se assusta, aturdida ao vê-la.

— Todas as peças ficaram boas? — pergunta, educada demais para admitir que não se lembra de ter deixado alguém entrar nos provadores. Deus abençoe o atendimento ao consumidor.

Addie balança a cabeça, pesarosa.

— Tem dias em que você resolve ficar com o que já tem — responde, indo em direção à porta.

Quando a vendedora finalmente encontrar as roupas — a sombra de uma garota no chão do provador —, não vai mais se lembrar a quem pertenceram, e Addie já vai ter sumido do seu campo de visão, da sua mente e da sua memória.

Ela joga a jaqueta por cima do ombro, com o dedo enganchado na gola, e sai para a luz do sol.

VILLON-SUR-SARTHE, FRANÇA
Verão de 1698

III

Adeline está sentada no banco ao lado do pai.

Ele, um mistério para ela, é um gigante solene que se sente mais confortável em sua oficina.

Sob os pés de ambos, uma pilha de objetos de madeira delineia a forma de pequenos corpos debaixo de um cobertor, e as rodas da carroça sacodem enquanto Maxime, a égua robusta, os leva pela trilha, para longe de casa.

Longe — *longe* — é uma palavra que faz o seu pequeno coração disparar.

Adeline tem sete anos de idade, o mesmo número que a quantidade de sardas em seu rosto. É esperta, pequena e rápida como um pardal, e implorou por meses a fio para acompanhá-lo ao mercado. Implorou até a mãe jurar que estava enlouquecendo, até que o pai finalmente cedesse. Ele é carpinteiro e, três vezes por ano, viaja ao longo do rio Sarthe até a cidade de Le Mans.

E, hoje, ela vai junto.

Hoje, pela primeira vez, Adeline está saindo de Villon.

Ela se vira para olhar a mãe, que está de braços cruzados ao lado do velho teixo no final da trilha. Em seguida, a carroça faz uma curva e a sua mãe some de vista. A vila vai ficando para trás, assim como as casas e os campos, a igreja e as árvores, o monsieur Berger revirando a terra e a madame Therault pendurando as roupas no varal enquanto sua filha Isabelle, sentada na grama ali perto, trança uma coroa de flores, com a língua presa entre os dentes de tão concentrada.

Quando Adeline contou à menina sobre a viagem, Isabelle simplesmente deu de ombros e disse: "Eu gosto daqui."

Como se não fosse possível gostar de um lugar e querer conhecer outro.

Agora ela ergue o olhar para Adeline e acena enquanto a carroça segue em frente. Eles chegam ao final da vila, o mais distante que Adeline já tinha se aventurado, e a carroça bate em um torrão de terra na estrada e sacoleja como se também tivesse ultrapassado um limiar. Adeline prende a respiração, esperando sentir o apertão de alguma corda em seu interior atrelando-a à cidade.

Mas não há nenhuma amarra, nenhum puxão. A carroça continua em movimento, e Adeline se sente um pouco rebelde e assustada enquanto vira para trás para ver a imagem minguante de Villon, que era, até então, a totalidade de seu mundo, e que agora é apenas uma parte dele. A cidade se torna menor a cada galope da égua, até que se pareça com uma das estatuetas de seu pai, pequena o bastante para caber na palma de sua mão cheia de calos.

É um dia de viagem até Le Mans, mas a jornada fica mais fácil por causa da cesta que a mãe preparou e da companhia que o pai proporciona — o pão e o queijo de um para encher a barriga, e a risada descontraída e os ombros largos de outro para proteger Adeline do sol quente do verão.

Em casa, ele é um homem calado, comprometido com o trabalho, mas, na estrada, começa a se abrir, a se revelar, a falar.

E, quando fala, é para lhe contar histórias.

Histórias que recolheu aqui e ali, como se recolhe lenha.

— *Il était une fois* — vai dizer, antes de adentrar histórias sobre palácios e reis, sobre ouro e luxo, sobre bailes de máscaras e cidades cheias de esplendor. Era uma vez. É assim que a história começa.

Mais tarde, ela não vai se lembrar das histórias em si, mas vai recordar a maneira como ele as contava; as palavras parecem lisas como os seixos de um rio, e ela se pergunta se ele ensaia essas histórias quando está sozinho, se continua de onde parou, falando com Maxime desse jeito suave e gentil. Ela pergunta se o pai conta histórias para a madeira enquanto a entalha. Ou se são só para ela.

Adeline gostaria de escrevê-las.

Depois, o pai vai ensiná-la a desenhar as letras. A mãe vai ter um ataque quando descobrir e acusá-lo de lhe dar outra maneira de ficar à toa e desperdiçar as horas do dia, mas, de qualquer jeito, Adeline vai se esgueirar para sua oficina e ele vai deixar que ela se sente e pratique a escrita do próprio nome na poeira fina que parece estar sempre cobrindo o chão do lugar.

Mas hoje só o que pode fazer é ouvir.

A área rural se estende ao redor deles, como um retrato fiel do mundo que ela já conhece. Os campos são campos, iguais aos da sua cidade, as árvores estão dispostas praticamente do mesmo jeito, e sempre que deparam com uma vila, ela é como uma imagem refletida de Villon, o que faz Adeline começar a se perguntar se o mundo lá fora é tão entediante quanto o seu.

Mas, então, os muros de Le Mans surgem diante deles.

Picos de rochedos se elevam ao longe, formando uma coluna de vários padrões diferentes ao longo das colinas. É cem vezes maior que Villon — ou, pelo menos, é assim que ficou na sua memória —, e Adeline prende a respiração enquanto eles atravessam os portões e entram na cidade murada.

Adiante, há um labirinto de ruas abarrotadas de gente. Seu pai guia a carroça entre as casas espremidas umas contra as outras como pedras, até que o caminho estreito se abre para uma praça.

É óbvio que Villon também tem uma praça, mas ela é só um pouco maior que o quintal da sua casa. Aqui, há espaço para um gigante, e o chão fica invisível debaixo de tantos pés, carroças e barracas. Enquanto seu pai conduz Maxime para o lugar onde parar, Adeline fica de pé no banco e se maravilha com a visão do mercado, com o aroma inebriante de pão e açúcar no ar e com as pessoas, que estão por toda parte. Nunca viu tanta gente assim, muito menos gente que não conhece. É um mar de estranhos, de rostos desconhecidos, roupas desconhecidas e vozes desconhecidas que pronunciam palavras desconhecidas. Adeline sente como se as portas de seu mundo tivessem sido escancaradas, e centenas de cômodos tivessem sido acrescentados a uma casa que ela achava que conhecia.

Seu pai está encostado na carroça e fala com todo mundo que passa por perto enquanto suas mãos se movem sobre um bloco de madeira, com uma faca pequena em uma de suas palmas. Esculpe a superfície com a facilidade de alguém que descasca uma maçã, as lascas de madeira caindo por entre os dedos. Adeline sempre adorou vê-lo trabalhar e assistir às estatuetas ganhando forma, como se sempre tivessem estado ali, ocultas, como o caroço no meio de um pêssego.

As peças do pai são lindas. A madeira é lisa, e as peças, delicadas, contrastando com suas mãos ásperas e seu aspecto enorme.

E em meio às tigelas e xícaras, enfiados entre as ferramentas, há brinquedos à venda e estatuetas de madeira tão pequenas quanto roscas de pão — um cavalo, um menino, uma casa e um pássaro.

Adeline cresceu rodeada por esse tipo de quinquilharia, mas sua preferida não tem a forma de um animal nem de um humano.

Mas de um anel.

Ela o usa pendurado em um cordão de couro ao redor do pescoço; é um aro delicado feito com uma madeira acinzentada e lisa como uma pedra polida. Ele o esculpiu quando ela nasceu, foi feito para a garota que ela se tornaria um dia, e Adeline o usa como um talismã, um amuleto, uma chave. Ela toca o anel de vez em quando, roçando o polegar pela superfície do mesmo modo que a sua mãe com o rosário.

Agora, ela se agarra a ele, uma âncora em meio à tempestade, enquanto vai para a traseira da carroça e observa *tudo*. Desse ângulo, fica quase alta o bastante para avistar as construções mais adiante. Ergue-se na ponta dos pés, imaginando até onde vão, mas um cavalo empurra a carroça ao passar por perto e ela quase cai. O pai fecha a mão ao redor do seu braço, puxando-a de volta para uma distância segura, ao alcance dele.

Quando o dia acaba, os objetos de madeira foram todos vendidos, e o pai de Adeline lhe dá uma moeda de cobre para que compre algo que goste. Ela pula de barraca em barraca, examinando as tortinhas e os bolos, os chapéus, os vestidos e as bonecas, mas, no fim, decide comprar um diário feito com pergaminhos encadernados com uma linha encerada. É a folha em branco que a deixa mais animada, a ideia de poder preencher o espaço com tudo o que quiser.

Ela não tinha dinheiro suficiente para os lápis que vinham junto, mas seu pai usa mais uma moeda para comprar um pacote de gravetos pretos e explica que são chamados de carvão, mostra a ela como pressionar o giz escuro no papel e esfumar as linhas para transformar os contornos sólidos em sombras. Com alguns traços rápidos, desenha um pássaro no canto da página, e ela passa a hora seguinte copiando as linhas, muito mais interessantes que as letras que ele havia escrito debaixo do desenho.

Seu pai arruma as coisas na carroça conforme o dia cede lugar ao crepúsculo.

Os dois vão passar a noite em uma hospedaria local, e, pela primeira vez na vida, Adeline vai dormir em uma cama desconhecida, acordar com sons e aromas desconhecidos e, durante um momento, tão breve quanto um bocejo, não vai saber onde está e seu coração vai bater acelerado — a princípio pelo medo, e depois por um motivo diferente. Algo que ela ainda não sabe como descrever.

E quando eles finalmente voltarem para casa em Villon, Adeline já vai ser uma versão diferente de si mesma. Como um cômodo com todas as janelas abertas, ávidas por deixar o ar fresco, a luz do sol e a primavera entrarem.

VILLON-SUR-SARTHE, FRANÇA
Outono de 1703
IV

Villon é uma cidade católica. Pelo menos, é a primeira impressão que passa.

Há uma igreja no centro da cidade, uma construção solene de pedra para onde todos vão em busca da salvação de suas almas. A mãe e o pai de Adeline se ajoelham lá duas vezes por semana, fazem o sinal da cruz, pronunciam suas orações e falam sobre Deus.

Adeline tem doze anos agora, então os acompanha. Mas reza do mesmo modo como o pai arruma os pães de cabeça para cima, como a mãe lambe o polegar para recolher os grãos de sal espalhados.

Por costume, algo mais automático do que a fé.

A igreja na cidade não é nova, e tampouco Deus, mas Adeline passou a pensar n'Ele desse jeito graças à Estele, que diz que o maior perigo da mudança é deixar que o novo substitua o velho.

Estele, que pertence a todos, a ninguém e a si mesma.

Estele, que cresceu como uma árvore no coração da vila à beira do rio, e que com certeza nunca foi jovem; que brotou do próprio solo com as mãos retorcidas, a pele como a casca das árvores e as raízes profundas o bastante para chegarem ao seu próprio poço escondido.

Estele, que acredita que o novo Deus é uma coisa ornamentada. Acha que Ele pertence às cidades e aos reis, que fica sentado sobre Paris em uma almofada dourada e que não tem tempo para meros camponeses nem lugar entre a madeira, a pedra e a água do rio.

O pai de Adeline acha que Estele é lunática.

Sua mãe diz que a mulher vai acabar no Inferno, e, certa vez, quando Adeline repetiu essas palavras, Estele deu sua risada de folhas secas e disse que tal lugar não existia, somente a terra escura e fria e a promessa do sono.

— E o Paraíso? — perguntou Adeline.

— O Paraíso é um lugar agradável na sombra, uma árvore frondosa sobre os meus ossos.

Aos doze anos, Adeline se pergunta a que deus deveria rezar para fazer com que seu pai mude de ideia. Ele carregou a carroça com o artesanato para a viagem até Le Mans e colocou o arreio em Maxime, mas, pela primeira vez em seis anos, Adeline não vai acompanhá-lo.

Ele prometeu trazer para ela um bloco de papel em branco e novos materiais de desenho. Mas os dois sabem muito bem que ela preferiria ir e não ganhar presentes; preferiria ver o mundo lá fora a ter outro bloco para desenhar. Ela está ficando sem modelos, memorizou os contornos desgastados da vila e todos seus rostos familiares.

Mas, neste ano, sua mãe decidiu que não era certo nem apropriado que ela fosse ao mercado, embora Adeline *saiba* que ainda cabe perfeitamente bem no banco de madeira, ao lado do pai.

Sua mãe gostaria que ela fosse mais parecida com Isabelle Therault — doce, gentil e totalmente desprovida de curiosidade, satisfeita com manter os olhos baixos, na costura, em vez de erguê-los em direção às nuvens, em vez de se perguntar o que existe além de cada esquina e das montanhas.

Mas Adeline não sabe como ser igual à Isabelle.

Não *quer* ser igual à Isabelle.

Só quer ir para Le Mans e, lá, observar as pessoas e ver as obras de arte ao redor, experimentar a comida e descobrir coisas sobre as quais ainda não ouviu falar.

— Por favor — implora, enquanto o pai sobe na carroça. Ela devia ter viajado clandestinamente entre os objetos de madeira, se escondido debaixo da lona. Mas agora é tarde demais, e, quando Adeline estende o braço na direção da roda, sua mãe a pega pelo pulso e a afasta para trás.

— *Chega* — repreende.

O pai as encara e, em seguida, desvia o olhar. A carroça começa a se mover e, quando Adeline tenta se desvencilhar e correr atrás dela, a mão de sua mãe surge de novo e acerta o seu rosto dessa vez.

As lágrimas brotam em seus olhos, junto com um rubor intenso antes do hematoma iminente, e a voz da mãe a atinge como um segundo tapa:

— Você não é mais criança.

Então Adeline entende — mesmo sem entender por completo — que está sendo punida simplesmente por crescer. Fica com tanta raiva que tem vontade de fugir. De jogar a costura da mãe na lareira e quebrar todas as esculturas inacabadas que estão na oficina do pai.

Em vez disso, com o anel do pai no punho cerrado, observa a carroça fazer a curva e desaparecer em meio às árvores. Adeline espera até que a mãe a solte e a mande fazer suas tarefas.

E então vai atrás de Estele.

Estele, que ainda venera os deuses antigos.

Adeline devia ter cinco ou seis anos quando viu a mulher jogar sua xícara de pedra no rio pela primeira vez. Era um objeto muito bonito, com uma estampa parecida com renda na lateral, e a anciã simplesmente o deixou cair, admirando o respingo da água. Ela estava de olhos fechados e movia os lábios, e quando Adeline abordou a velha senhora — que já era velha, sempre foi velha — no caminho de casa, Estele contou que estava rezando para os deuses.

— Para quê?

— O bebê de Marie não está na posição que deveria. Pedi aos deuses do rio que façam com que as coisas fluam bem. Eles são bons nisso.

— Mas por que você deu a sua xícara para eles?

— Porque os deuses são gananciosos, Addie.

Addie. Um apelido carinhoso que sua mãe desdenhava porque lhe parecia de menino. Um nome que seu pai preferia, mas apenas quando os dois estavam sozinhos. Um nome que ecoava como um sino em seus ossos. Um nome que combinava muito mais com ela do que *Adeline*.

Agora, ela encontra Estele na horta de sua casa, de cócoras entre as mudas silvestres de abóbora e com a coluna espinhosa de um arbusto de amoras, tão encurvada quanto um galho retorcido.

— Addie. — A velha senhora a cumprimenta sem nem erguer o olhar.

É outono, e o solo está entulhado de sementes de frutas que não amadureceram como deveriam. Addie empurra as sementes com a ponta do sapato.

— Como você fala com eles... com os deuses antigos? Você os chama pelo nome? — pergunta.

Estele se endireita, e suas juntas estalam como galhos secos. Caso esteja surpresa com a pergunta, não demonstra.

— Eles não têm nome.

— Existe algum feitiço?

Estele lança um olhar penetrante para a menina.

— Feitiços são coisas de bruxas, e bruxas costumam ser queimadas na fogueira.

— Então como é que você reza?

— Com oferendas e louvores, mas mesmo assim os deuses antigos são volúveis. Não são obrigados a atender as preces.

— E aí o que você faz?

— Você segue a vida.

Ela mordisca a parte interior da bochecha.

— Quantos deuses existem, Estele?

— Eles são tão numerosos quanto as suas perguntas — responde a anciã, sem uma gota de desdém na sua voz, e Addie sabe que precisa ser paciente, prender o fôlego até ver indícios de abrandamento em Estele. É como esperar do lado de fora depois de ter batido na porta de um vizinho sabendo que ele está em casa. Ela pode ouvir os passos, o rangido baixo da fechadura, e sabe que a porta vai se abrir.

Estele solta um suspiro alto, cedendo.

— Os deuses antigos estão por toda parte. Nadam no rio, crescem no campo e cantam nas florestas. Estão nos raios de sol sobre o trigo, na terra onde brotam as mudas na primavera e nas vinhas que crescem na lateral daquela igreja de pedra. Eles se reúnem durante a aurora e o crepúsculo, as horas mais extremas do dia.

Adeline estreita os olhos.

— Você me ensina? Como evocá-los?

A velha senhora suspira, ciente de que Adeline LaRue não é apenas esperta, também é teimosa. Começa a serpentear pela horta na direção da casa, e a menina a segue, receosa de que, se Estele alcançar a porta da frente antes de responder, poderá fechá-la sem terminar a conversa. Mas Estele olha para trás, com os olhos penetrantes no rosto enrugado.

— Existem regras.

Adeline detesta regras, mas sabe que às vezes são necessárias.

— Tipo quais?

— Você deve ser humilde diante deles. Deve fazer uma oferenda, algo precioso para você. E deve tomar cuidado com o que pede.

Adeline reflete por um momento.

— Só isso?

O rosto de Estele se torna sombrio.

— Os deuses antigos podem ser grandiosos, mas não são bondosos nem compassivos. São volúveis, instáveis como o luar refletido na água, ou como as sombras durante uma tempestade. Se insistir em evocá-los, preste atenção: tome cuidado com o que pede, esteja disposta a pagar o preço. — Ela se inclina sobre Adeline, cobrindo-a com sua sombra. — E não importa o quão desesperada ou em perigo esteja, *nunca* faça preces aos deuses que atendem depois do anoitecer.

Dois dias depois, o pai de Adeline volta para casa com um bloco de papel em branco e alguns lápis pretos de grafite amarrados com um barbante. A primeira coisa que ela faz é escolher o melhor deles, enfiá-lo na terra atrás do jardim de casa e rezar para que possa acompanhar o pai da próxima vez que ele viaje.

Mas mesmo que os deuses tenham ouvido a sua prece, não a atendem.

E ela nunca mais volta ao mercado.

"Os deuses antigos podem ser grandiosos, mas não são bondosos nem compassivos. São volúveis, instáveis como o luar refletido na água, ou como as sombras durante uma tempestade. Se insistir em evocá-los, preste atenção: tome cuidado com o que pede, esteja disposta a pagar o preço. E não importa o quão desesperada ou em perigo esteja, nunca faça preces aos deuses que atendem depois do anoitecer."

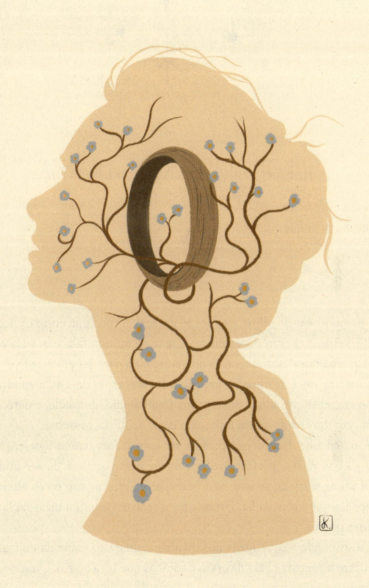

VILLON-SUR-SARTHE, FRANÇA
Primavera de 1707

Em um piscar de olhos, os anos se esvaem como água entre os dedos. Adeline está com dezesseis anos, e todo mundo fala sobre ela como se fosse uma flor desabrochando no verão, algo para ser arrancado e colocado em um vaso, destinado simplesmente a florir e, depois, a apodrecer. Como Isabelle, que sonha em ter uma família, não liberdade, e parece satisfeita em florescer por um momento e, em seguida, murchar.

Não, Adeline decidiu que prefere ser uma árvore, como Estele. Já que precisa criar raízes, prefere brotar selvagemente em vez de ser podada, prefere ficar sozinha, se isso significar que irá crescer sob o céu aberto. É melhor do que virar lenha, cortada para acabar virando cinzas na lareira de outra pessoa.

Ela suspende a roupa suja nos quadris e chega ao cume da colina, depois desce a encosta cheia de ervas daninhas que leva ao rio. Quando chega à margem, vira a cesta para baixo, jogando as roupas sujas na grama e, ali, escondido como um segredo entre as saias, aventais e roupas de baixo, está o caderno de desenho. Não é o primeiro — ela os colecionou ano após ano, tomando o cuidado de preencher cada espacinho, para aproveitar ao máximo todas as folhas em branco.

Apesar disso, cada um deles é como uma vela que queima em uma noite sem luar, sempre chegando ao fim rápido demais.

Não ajuda muito o fato de ela continuar dando pedacinhos de papel por aí.

Tira os sapatos com os calcanhares e se deita na encosta, com as saias amontoadas sob o corpo. Passa os dedos pela grama de ervas daninhas e encontra a borda rasgada do papel em que está um dos seus desenhos preferidos, dobrado em quadrado e levado até a margem na semana passada, logo depois que o sol nasceu. Um presente, enterrado como uma semente, ou uma promessa. Uma oferenda.

Adeline ainda reza para o novo Deus quando é necessário, mas, quando seus pais não estão olhando, também reza para os deuses antigos. Pode fazer ambos: guardar um deles na bochecha como um caroço de cereja enquanto sussurra para o outro.

Até agora, nenhum dos dois atendeu as suas preces.

E, mesmo assim, Adeline tem certeza de que estão ouvindo.

Na primavera passada, quando George Caron começou a olhar para ela de um jeito diferente, Adeline rezou para que ele desviasse o olhar para outra pessoa e o rapaz começou a reparar em Isabelle. Desde então, Isabelle se casou com ele e agora está grávida do primeiro filho, desgastada por todos os tormentos que vieram junto.

No outono passado, quando Arnaud Tulle manifestou suas intenções, Adeline rezou para que ele encontrasse outra garota. Não encontrou, mas, no inverno que se seguiu, ficou doente e faleceu. Adeline se sentiu péssima por ficar aliviada, mesmo enquanto jogava mais quinquilharias no riacho.

Ela rezou, e alguém deve ter escutado, pois continuava livre. Livre das cortes, livre do casamento, livre de tudo, menos de Villon. Deixada em paz para crescer.

E sonhar.

Adeline se senta na encosta, com o caderno de desenho equilibrado sobre os joelhos. Tira do bolso a bolsinha fechada com um barbante, e alguns pedacinhos de carvão e lápis muito gastos e preciosos tilintam como moedas em um dia de mercado.

Ela costumava amarrar um pedaço de pano em volta da haste para não sujar os dedos, até que seu pai fabricou faixas estreitas de madeira para encapar o giz escuro e mostrou a ela como empunhar uma faca pequena e raspar o invólucro para formar uma ponta. Agora, as imagens estão mais definidas, as bordas, contornadas, e os detalhes, mais nítidos. As imagens brotam como manchas no papel: paisagens de Villon e de todos seus habitantes — as linhas dos cabelos da mãe, dos olhos do pai, das mãos de Estele e, oculto nas bordas e nos cantos de cada página...

O segredo de Adeline.

Seu estranho.

Ela preenche cada espacinho vazio com ele, um rosto desenhado tantas vezes que os traços parecem espontâneos, e as linhas se desdobram por vontade própria. É capaz de invocá-lo de memória, embora nunca tenham se conhecido.

Afinal, ele é apenas um fruto da sua imaginação. Um companheiro criado, a princípio, pelo tédio, e depois pelo anseio.

Um sonho, para lhe fazer companhia.

Ela não lembra quando começou, só sabe que certo dia passou os olhos pela vila e percebeu que faltava alguma coisa a todos os seus pretendentes.

Os olhos de Arnaud eram agradáveis, mas seu rosto não tinha queixo.

Jacques era alto, mas chato como um torrão de terra.

George era forte, mas suas mãos eram ásperas, e seu temperamento, mais ainda.

Assim, roubou as partes de que gostava de cada um e criou uma pessoa nova.

Um estranho.

Começou como uma brincadeira, mas quanto mais Adeline o desenha, mais fortes as linhas se tornam e mais confiança a impressão do carvão sobre o papel adquire.

Cachos castanho-escuros. Olhos claros. Maxilar forte. Ombros levemente caídos e uma boca bem delineada. Um homem que ela nunca iria encontrar, uma vida que nunca iria conhecer, um mundo com o qual somente poderia sonhar.

Quando está inquieta, volta aos desenhos, tracejando as retas já familiares. E, quando não consegue dormir, pensa nele. Não nos ângulos do rosto nem no tom de verde que conjurou para os olhos, mas na voz, no toque. Fica deitada e imagina que ele está ao seu lado, delineando, com os dedos longos, padrões distraídos em sua pele enquanto lhe conta histórias.

Não do tipo que seu pai costumava contar, sobre cavalheiros e reinos, princesas e ladrões. Não contos de fadas e fábulas sobre os perigos de se desviar do caminho, mas histórias que parecem verdadeiras, versões da vida na estrada, de cidades que cintilam, do mundo além de Villon. E embora as palavras que ela coloca na boca do estranho sem dúvida estejam cheias de erros e mentiras, a voz imaginária faz com que soem maravilhosas, reais.

Se pelo menos você pudesse ver tudo isso, diz ele.

Eu faria qualquer coisa para ver, responde ela.

Um dia, ele promete. *Um dia, eu vou te mostrar. Você vai ver tudo.*

As palavras doem, mesmo imaginadas, porque a brincadeira cede lugar à vontade, a um sentimento genuíno demais, perigoso demais. Então, mesmo na própria cabeça, Adeline desvia a conversa de volta a uma rota mais segura.

Conte sobre os tigres, pede, pois tinha ouvido falar dos grandes felinos através de Estele, que tinha ouvido falar deles através do pedreiro, que participava de uma caravana em que uma das mulheres dizia ter visto um.

O estranho sorri, faz um gesto com os dedos afunilados e conta a ela sobre os pelos sedosos, as presas e os rugidos furiosos.

Na encosta, com a roupa suja esquecida ao lado, Adeline gira distraidamente o anel de madeira com uma mão enquanto desenha com a outra, esboçando seus olhos, sua boca, o contorno dos seus ombros nus. Sopra vida para dentro dele com cada traço. E, com cada gesto, o persuade a contar outra história.

Conte como é dançar em Paris.

Conte como é navegar pelos mares.

Conte tudo.

Não havia perigo nisso, nada pelo que ser repreendida, pelo menos não quando era pequena. Todas as meninas são propensas a sonhar acordadas. "Essa fase vai passar", dizem os pais. Mas, em vez disso, Adeline se sente cada vez *mais* ancorada aos sonhos, prendendo-se à esperança insistente de que há algo mais.

O mundo deveria estar ficando maior. Mas não, ela sente que está encolhendo, apertando-a como correntes em volta dos membros enquanto a superfície de seu corpo começa a afundar sob a pressão, e, de repente, o carvão nas suas unhas parece inapropriado, assim como a ideia de que ela escolheria a própria companhia em vez da companhia de Arnaud, de George ou de qualquer homem que a desejasse.

Está em contradição com tudo, não se encaixa, é um insulto ao seu gênero, uma criança teimosa em um corpo de mulher, com a cabeça baixa e os braços apertados ao redor do caderno de desenho, como se ele fosse um portal.

Quando finalmente ergue os olhos, sempre se fixa nos limites da cidade.

— É uma sonhadora — desdenha a mãe.

— É uma sonhadora — lamenta o pai.

— É uma sonhadora — alerta Estele.

Mesmo assim, essa palavra não parece tão ruim.

Até o momento em que Adeline acorda.

NOVA YORK
10 de março de 2014
VI

Existe um ritmo específico para se andar no mundo sozinha.

Você descobre quais são as coisas sem as quais pode ou não pode viver, as necessidades mais básicas e as pequenas alegrias que definem a vida de uma pessoa. Não se trata da comida, do teto sobre a sua cabeça nem das coisas essenciais de que o *corpo* precisa para funcionar — o que, para ela, é apenas um luxo —, mas de tudo o que te mantém sã. Que te traz alegria. Que torna a vida suportável.

Addie pensa no pai e nas suas esculturas, na maneira como ele removia a casca e talhava a madeira pouco a pouco até encontrar as formas que viviam em seu interior. Michelangelo se referia a elas como "o anjo no mármore", embora Addie não soubesse disso quando criança. Seu pai as chamava de "o segredo na madeira". Ele sabia como reduzir a matéria bruta, lasca por lasca, pedaço por pedaço, até encontrar sua essência; e também sabia quando tinha ido longe demais. Uma cinzelada além da conta e a madeira, antes delicada, se tornava frágil nas suas mãos.

Addie teve trezentos anos para aprimorar a arte do pai, para reduzir a si mesma a algumas verdades essenciais, para aprender quais são as coisas sem as quais não pode viver.

E foi isto que estabeleceu: consegue ficar sem comida (não vai definhar). Consegue ficar sem calor (o frio não vai matá-la). Mas uma vida sem arte, sem deslumbramento e sem beleza a deixaria louca. Já ficou louca uma vez.

Ela *precisa* de histórias.

Histórias são um modo de se preservar. De ser lembrada. E de esquecer.

As histórias vêm à tona em diversos formatos: desenhos, canções, pinturas, poemas, filmes. E *livros*.

Ela descobriu que os livros são uma maneira de se viver milhares de vidas diferentes — ou de encontrar forças para viver uma muito longa.

Depois de subir dois quarteirões no bairro de Flatbush, se depara com a familiar mesa verde dobrável na calçada, coberta de livros, e com Fred curvado na cadeira bamba logo atrás, seu nariz vermelho enfiado em um volume de *M de malícia*. Certa vez, quando lia *J de julgamento*, o senhor explicou a ela que estava determinado a completar toda a série *Alfabeto do crime*, de Sue Grafton, antes de morrer. Addie espera que consiga. Fred tem uma tosse persistente, e ficar sentado ao ar livre no frio não é uma boa ideia, mas toda vez que ela passa por ali, ele está sempre no mesmo lugar.

Fred nunca sorri nem joga conversa fora. Tudo o que Addie sabe a respeito dele, arrancou palavra por palavra durante os últimos dois anos, um processo lento e vacilante. Sabe que é viúvo e que mora no segundo andar, sabe que os livros pertenciam a sua esposa, Candace, e que depois que ela morreu, ele empacotou todos os volumes e desceu com eles para vendê-los, que esse é o seu modo de deixá-la ir embora aos poucos. Vendendo o próprio luto. Addie sabe que ele fica sentado na rua porque tem medo de morrer no apartamento e não ser encontrado. De ninguém sentir sua falta.

— Se eu desmaiar aqui fora, pelo menos alguém vai perceber — diz ele.

É um velho carrancudo, mas Addie gosta dele. Consegue enxergar a tristeza através de sua raiva, o resguardo do sofrimento.

Suspeita que, na verdade, ele não quer se desfazer dos livros.

Não estipula um preço, só leu alguns poucos e, às vezes, é tão rude, e seu tom de voz, tão frio, que chega a afugentar os clientes, mas, mesmo assim, eles vêm e compram. Apesar disso, sempre que a quantidade de exemplares parece diminuir, surge uma caixa nova e o conteúdo é desembalado para preencher as lacunas. Nas últimas semanas, Addie começou a avistar, mais uma vez, lançamentos entre os livros mais antigos, capas novas e lombadas intactas entre as brochuras gastas. Ela se pergunta se ele os compra ou se outras pessoas passaram a fazer doações para a sua estranha coleção.

Addie diminui o ritmo, seus dedos dançam sobre as lombadas.

A seleção é sempre uma miscelânea de notas dissonantes. Thrillers, biografias, romances... a maioria brochuras, entremeadas por poucos livros de capa dura e lustrosa. Ela já parou para examiná-los uma centena de vezes, mas hoje simplesmente tomba o exemplar ao fim da pilha para a palma da mão, em um gesto tão leve e rápido quanto o de um mágico — uma amostra de sua agilidade com as mãos, prática que aperfeiçoou há bastante tempo. Addie enfia o livro debaixo do braço e segue adiante.

O senhor nunca ergue o olhar.

"Ela descobriu que os livros são uma maneira de se viver milhares de vidas diferentes — ou de encontrar forças para viver uma muito longa."

NOVA YORK
10 de março de 2014

VII

O mercado se reúne nos limites do parque como um aglomerado de matronas.

Depois de ter ficado bastante reduzida por causa do inverno, a quantidade de barracas encimadas por toldos brancos está finalmente começando a aumentar de novo, e respingos de cor salpicam a praça onde legumes frescos brotam entre tubérculos, carnes, pães e outros itens básicos resistentes ao frio.

Addie avança entre as pessoas em direção à pequena tenda branca em frente aos portões do Prospect Park. Acorde e Sorria é uma barraca de café e tortas doces gerenciada por uma dupla de irmãs que faz Addie se lembrar de Estele, se a anciã tivesse sido duas pessoas em vez de uma, divididas pelo tipo de temperamento. Se tivesse sido mais gentil e mais meiga ou, quem sabe, simplesmente vivido outra vida, em outros tempos.

As irmãs ficam ali o ano inteiro, caia neve ou faça sol, uma pequena constante em uma cidade que se transforma continuamente.

— Oi, querida — cumprimenta Mel, com ombros largos, cachos rebeldes e o tipo de doçura que faz estranhos se sentirem parte da família. Addie adora essa ternura espontânea, tem vontade de se abrigar nela como se fosse um suéter velhinho.

— O que a gente pode arranjar para você? — pergunta Maggie, mais velha e mais esbelta, com rugas finas ao redor dos olhos desmentindo a impressão de que ela quase nunca sorri.

Addie pede um copo grande de café e dois muffins, um de amora e o outro de gotas de chocolate, depois entrega uma nota amassada de dez dólares que tinha encontrado na mesa de centro de Toby. É óbvio que poderia roubar alguma coisa do mercado, mas gosta da barraquinha e das duas mulheres que cuidam dela.

— Você tem dez centavos? — pergunta Maggie.

Addie revira os trocados no bolso e encontra umas moedas de 25 centavos, outra de cinco e... lá está ele de novo, quente entre as moedas frias de metal. Roça o anel de madeira com os dedos e cerra os dentes ao sentir o toque. É como um pensamento insistente, impossível de repelir. Enquanto examina os trocados, Addie toma cuidado para não tocar o aro de madeira outra vez ao juntar as moedas e resiste ao ímpeto de jogá-lo no gramado, porque sabe muito bem que não vai fazer a menor diferença. O anel sempre vai encontrar o caminho de volta a ela.

A escuridão sussurra em seu ouvido, com os braços como um cachecol, envolvendo seu pescoço.

Estou sempre com você.

Addie tira uma moeda de dez centavos e guarda o restante no bolso.

Maggie lhe devolve quatro dólares.

— De onde você é, meu bem? — pergunta Mel, notando um leve resquício de sotaque na voz de Addie, atualmente reduzido à terminação fugidia de um *s* ou outro e ao abafamento suave de um *t*. Faz tanto tempo e, mesmo assim, ela parece incapaz de se livrar dele.

— De vários lugares, mas nasci na França — responde.

— Uh-lá-lá — diz Mel, com o sotaque arrastado e monocórdio do Brooklyn.

— Aqui está, raio de sol — diz Maggie, entregando uma sacola com os muffins e um copo comprido.

Addie envolve os dedos no papel, apreciando o calor nas mãos frias. O café é forte e escuro, e, assim que bebe um gole, ela sente a quentura descendo por todo o corpo. No mesmo instante, está de volta a Paris, a Istambul, a Nápoles.

É um gole cheio de lembranças.

Começa a caminhar em direção aos portões do parque.

— *Au revoir!* — grita Mel, pronunciando cada letra de um jeito duro, e Addie sorri em meio ao vapor.

O ar do parque está fresco. O sol brilha no alto, esforçando-se para aquecer, mas as sombras ainda pertencem ao inverno, de modo que Addie segue a luz, chegando a um gramado na encosta sob o céu limpo.

Deixa o muffin de amora em cima do saco de papel e beberica o café enquanto examina o livro que pegou emprestado da mesa de Fred. Não tinha se dado ao trabalho de olhar qual era, mas agora sente uma ligeira pontada no coração ao ver o exemplar de capa macia pelo desgaste com um título em alemão.

Kinder und Hausmärchen, dos Brüder Grimm.

Contos de fadas dos irmãos Grimm.

Seu alemão está enferrujado, guardado nos recônditos de sua mente, em um canto que ela não visita muito desde a guerra. Agora Addie tira a poeira dali, sabe que debaixo da camada de sujeira o espaço continua intacto, intocado. A dádiva da memória. Ela vira as páginas antigas e frágeis enquanto seus olhos tropeçam nas palavras.

Era uma vez, ela adorava esse tipo de história.

Quando ainda era uma criança, e o mundo, pequeno. Quando ela sonhava com portas abertas.

Mas agora Addie sabe muito bem que essas histórias estão repletas de seres humanos tolos que fazem tolices, que são fábulas de alerta sobre deuses, monstros e mortais gananciosos que desejam coisas demais e não conseguem compreender o que perderam. Até que pagam o preço, e é tarde demais para voltar atrás.

Uma voz sobe como fumaça em seu peito.

Nunca faça preces aos deuses que atendem depois do anoitecer.

Addie deixa o livro de lado e se deita na grama, fechando os olhos enquanto tenta desfrutar do sol.

VILLON-SUR-SARTHE, FRANÇA
29 de julho de 1714

VIII

Adeline queria ser uma árvore.

Crescer indomável e profundamente, não pertencer a ninguém a não ser à terra sob os seus pés e ao céu sobre a sua cabeça, assim como Estele. Seria uma vida nada convencional, e talvez um pouco solitária, mas ao menos seria sua. Não pertenceria a ninguém além de a si mesma.

Mas esse é o perigo de um lugar como Villon.

Em um piscar de olhos, um ano se passou.

Em um piscar de olhos, mais cinco anos desapareceram.

A vila é como um vão entre as rochas — do tamanho suficiente para que as coisas se percam. O tipo de lugar onde o tempo escapole e perde o foco, onde um mês, um ano ou uma vida inteira podem desaparecer. Onde todos nascem e são enterrados no mesmo lote de dez metros de extensão.

Adeline seria uma árvore.

Mas então surgiram Roger e sua esposa, Pauline. Eles cresceram juntos, se casaram e morreram, tudo enquanto ela amarrava o cadarço das botas.

Uma gravidez difícil, um nascimento desastroso, duas mortes em vez de uma vida nova.

Três crianças pequenas deixadas para trás, quando deveria haver quatro. Enquanto a terra ainda estava fresca sobre o túmulo, Roger começou a procurar outra esposa, uma mãe para os seus filhos, uma segunda vida à custa da única que Adeline tinha.

É óbvio que ela disse não.

Adeline tinha 23 anos, já estava velha demais para se casar.

Vinte e três anos — um terço de uma vida já enterrado.

Vinte e três anos — e tinha sido dada de presente a um homem que não amava, não desejava nem ao menos conhecia.

Disse não, e aprendeu o valor insignificante dessa palavra. Aprendeu que, como Estele, ela havia se prometido para a vila, e que a vila precisava dela naquele momento.

Sua mãe lhe disse que era uma questão de dever.

Seu pai lhe disse que era uma questão de piedade, embora Adeline não saiba muito bem por quem.

Estele não disse nada, porque sabia que não era justo. Sabia que se tratava do risco de ser uma mulher, de se doar a um lugar, e não a uma pessoa.

Adeline seria uma árvore, mas as pessoas vieram empunhando machados.

Abriram mão dela.

Ela fica acordada na noite anterior ao casamento, e pensa na liberdade. Em escapar. Em roubar o cavalo do pai e fugir, mesmo sabendo que a ideia é insana.

Sente-se desesperada o suficiente para fazer isso.

Mas, em vez disso, reza.

Vem fazendo suas preces desde o noivado. Já deu metade dos seus pertences para o rio e enterrou a outra metade nos campos ou na encosta de terra batida e arbustos nos limites entre a vila e a floresta. Agora, está praticamente sem tempo nem quinquilharias.

Fica deitada no escuro, girando o velho anel de madeira no cordão de couro, e considera sair e rezar mais uma vez, na calada da noite, mas se lembra do alerta apavorante de Estele a respeito dos deuses que poderiam atendê-la. Assim, junta as mãos e reza para o Deus da mãe. Reza por ajuda, por um milagre, por uma saída. E então, na hora mais escura da madrugada, reza para que Roger morra — qualquer coisa que a permita escapar.

Imediatamente, Adeline se sente culpada e devolve a oração para dentro do peito, como se estivesse inalando de volta um suspiro. E espera.

O dia irrompe, derramando uma luz amarela, como se fosse mel sobre os campos.

Adeline sai de fininho de casa antes do amanhecer, sem ter dormido a noite inteira. Abre caminho entre a grama alta que fica além da horta, com as saias absorvendo o orvalho. Deixa-se cair com o peso da peça, apertando seu lápis de desenho preferido em uma das mãos. Adeline não quer se desfazer dele, mas não tem muito tempo nem coisas para ofertar.

Pressiona a ponta do lápis para dentro do solo úmido do campo.

— Me ajude — sussurra para a grama, cujas pontas estão delineadas pela luz. — Eu sei que você está aí. Sei que está me ouvindo. Por favor. Por favor.

Mas a grama é só grama e o vento é só vento. Não há resposta, nem mesmo quando ela encosta a testa na terra e começa a soluçar.

Não há nada de *errado* com Roger.

Mas também não há nada de *certo*. A pele dele é oleosa, o cabelo loiro está rareando, a voz é como um silvo de vento. Quando toca o braço dela, seu aperto é fraco, e quando inclina a cabeça para perto, seu hálito é rançoso.

E Adeline? Ela é como um legume deixado tempo demais na horta — a casca endureceu e as entranhas se tornaram lenhosas. Permaneceu enfiada na terra por escolha própria, só para ser desenterrada e transformada em uma refeição.

— Não quero me casar com ele — diz, com os dedos cravados na terra cheia de ervas daninhas.

— Adeline! — chama sua mãe, como se ela fosse um dos animais do rebanho que tivesse se perdido dos outros.

A garota se força a se levantar, vazia de raiva e de dor, e, quando entra em casa, a mãe enxerga apenas a sujeira que cobre suas mãos e ordena que a filha vá se lavar. Adeline esfrega as unhas para tirar a terra enquanto as cerdas da escova beliscam seus dedos e a mãe a repreende:

— O que o seu marido vai pensar?

Marido.

Uma palavra que soa como um fardo, pesada e desprovida de afeição.

A mãe solta um sibilo de desaprovação.

— Você não vai ser mais tão dispersa depois que tiver crianças para cuidar.

Adeline pensa em Isabelle outra vez, com dois meninos pequenos grudados na barra da saia e um terceiro deitado em uma cesta ao lado da lareira. Costumavam sonhar juntas, mas agora parece que a amiga envelheceu dez anos em dois. Está sempre cansada e há sulcos no rosto onde antes suas bochechas coravam de tanto rir.

— Vai ser bom para você ser a esposa de alguém — diz a mãe de Adeline.

O dia passa como uma condenação.

O sol se põe como uma foice.

Adeline consegue praticamente ouvir o silvo da lâmina enquanto a mãe trança seu cabelo na forma de uma coroa e entremeia flores em vez de joias. Seu vestido de noiva é simples e leve, mas poderia muito bem ser feito de malha de aço pelo peso que representa.

Ela tem vontade de gritar.

Mas ergue a mão e aperta o anel de madeira ao redor do pescoço, como se estivesse à procura de estabilidade.

— Você tem que tirar isso antes da cerimônia — instrui a mãe, e Adeline assente enquanto fecha os dedos com força ao redor do anel.

Seu pai chega do celeiro, coberto de serragem e cheirando a seiva. Tosse com um chiado fraco, como se tivesse sementes soltas dentro do peito. Está tossindo assim há cerca de um ano, mas não deixa que falem a respeito.

— Já está pronta? — indaga.

Que pergunta idiota.

Sua mãe fala sobre o jantar de casamento como se já tivesse acontecido. Adeline olha através da janela para o sol poente e não presta atenção nas palavras, mas pode ouvir o lampejo de satisfação na voz da mãe. Há um certo alívio até mesmo no olhar do pai. A filha tentou seguir o próprio caminho, mas as coisas estavam se acertando, e sua vida errática estava voltando ao curso apropriado.

A casa está quente demais, e o ar, pesado e estagnado. Adeline não consegue respirar.

Por fim, o sino da igreja retumba no mesmo tom grave com que anuncia os funerais, e ela se força a ficar de pé.

O pai toca seu braço.

O rosto dele está pesaroso, mas o aperto é firme.

— Você vai amar seu marido com o passar do tempo — diz, mas as palavras estão nitidamente mais para um desejo do que para uma promessa.

— Você vai ser uma boa esposa — diz a mãe, e suas palavras estão mais para uma ordem do que um desejo.

Estele surge na soleira da porta, vestida como se estivesse de luto. E por que não estaria? Esta mulher lhe ensinou sobre sonhos rebeldes e deuses caprichosos, encheu a cabeça de Adeline com ideias sobre liberdade, atiçou as brasas da esperança e deixou que acreditasse que sua vida poderia pertencer somente a ela.

A luz se tornou rala e dispersa por trás da cabeça grisalha de Estele. Ainda há tempo, Adeline diz a si mesma, mas ele é fugidio e corre mais rápido a cada respiração.

Tempo. Quantas vezes ela ouviu pessoas o descrevendo como a areia dentro de uma ampulheta, contínuo e constante. Mas é mentira, porque Adeline pode senti-lo acelerar, desabando sobre ela.

O pânico bate como um tambor em seu peito, e, lá fora, o caminho é uma via única e sombria, estendendo-se reta e estreita até a praça da vila. Do outro lado, a igreja a aguarda, pálida e inflexível como uma lápide, e ela sabe que, se entrar, nunca mais vai sair.

O futuro vai passar correndo, como o seu passado, só que pior, porque não vai haver liberdade, apenas um leito matrimonial e outro de morte, e, quem sabe, um berço de bebê entre os dois. Quando ela morrer, vai ser como se nunca tivesse existido.

Não vai conhecer Paris.

Nem um amante de olhos verdes.

Não vai viajar de barco para terras distantes.

Nem contemplar um céu estrangeiro.

Não vai viver nenhuma vida fora da vila.

Nem qualquer outra, a não ser que...

Adeline se desvencilha das mãos do pai e estanca no meio do caminho.

Sua mãe se vira para encará-la, como se Adeline pudesse sair correndo, que é exatamente o que ela quer fazer, mas sabe que não pode.

— Eu fiz um presente para o meu marido — diz Adeline, com a mente rodopiando. — Deixei em casa.

A mãe abrandece, aprovando.

O pai enrijece, suspeitando.

Estele estreita os olhos, prevendo o que está prestes a acontecer.

— Vou buscar rapidinho — continua, já virando as costas.

— Vou com você — diz o pai. O coração de Adeline se sobressalta e seus dedos se contraem, mas é Estele quem ergue a mão para impedi-lo.

— Jean — diz a anciã, do seu jeito astuto —, Adeline não pode ser a sua filha *e* a esposa dele ao mesmo tempo. Ela é uma mulher adulta, não uma criança que precisa de vigilância.

Ele troca um olhar com a filha e ordena:

— Seja rápida.

Adeline já havia saído em disparada.

Corre de volta para casa, entra e vai até o outro lado, para a janela aberta, pela qual avista o campo e a fileira de árvores ao longe. A floresta que se ergue como uma sentinela na fronteira ao leste da vila, do lado oposto ao sol. O bosque já está oculto pelas sombras, embora ela saiba que ainda há luz, que ainda há tempo.

— Adeline? — chama seu pai, mas ela não olha para trás.

Sobe na janela e seu vestido de noiva se prende na madeira enquanto ela sai aos tropeços e corre.

— *Adeline? Adeline!*

As vozes gritam o seu nome, mas ficam mais fracas a cada passo. Logo ela cruza o campo e entra na floresta, enfiando-se entre a fileira de árvores enquanto afunda até os joelhos na terra densa do verão.

Segura o anel de madeira com força e sente sua perda antes mesmo de puxar o cordão de couro pela cabeça. Adeline não quer sacrificá-lo, mas ofereceu todos seus pertences, deu para a terra todos os objetos de que podia se desfazer, e nenhum dos deuses tinha atendido suas preces. Agora o anel é tudo o que lhe resta, e a luz está rareando; a vila, chamando, e ela, desesperada por uma saída.

— Por favor — sussurra, com a voz entrecortada enquanto mergulha o aro na terra coberta de musgo. — Eu faço qualquer coisa.

As árvores murmuram acima de sua cabeça e, em seguida, param de balançar, como se também estivessem à espera. Adeline reza para todos os deuses da floresta de Villon, para qualquer ser que possa ouvi-la. Esta não pode ser sua vida. Deve existir algo além disso.

— Responda — implora enquanto a umidade se infiltra no vestido de noiva.

Ela fecha os olhos com força e luta para ouvir alguma coisa, mas só escuta a própria voz levada pelo vento e o seu nome, ecoando em seus ouvidos como a batida de um coração.

— *Adeline...*

— *Adeline...*

— *Adeline...*

Ela curva a cabeça contra o solo, agarra a terra escura e grita:

— Responda!

O silêncio zomba dela.

Ela morou na vila durante a vida inteira e nunca ouviu a floresta tão quieta. O frio se espalha pelo seu corpo, e Adeline não sabe distinguir se ele está vindo do bosque ou dos seus próprios ossos, finalmente dando-se por vencidos. Ela continua de olhos bem fechados, e talvez seja esse o motivo por que não percebe que o sol se escondeu atrás da vila às suas costas, que o crepúsculo cedeu lugar à escuridão.

Adeline continua fazendo as suas preces sem perceber nada.

VILLON-SUR-SARTHE, FRANÇA
29 de julho de 1714

IX

O silêncio é quebrado por um estrondo baixo, grave e distante como um trovão.

Uma risada, pensa Adeline, abrindo os olhos e finalmente se dando conta de que a luz havia se dissipado.

Ergue o olhar, mas não enxerga nada.

— Oi?

A risada se retrai até virar uma voz vinda de algum lugar atrás dela.

— Não precisa se ajoelhar. Vejamos você de pé — diz a voz.

Ela se levanta com dificuldade e se vira, mas depara apenas com a escuridão. Está cercada por ela, em uma noite sem luar depois que o sol de verão desapareceu. Neste momento, Adeline percebe que cometeu um erro. Que aquele é um dos deuses sobre os quais foi avisada.

— *Adeline? Adeline?* — gritam as vozes vindas da cidade, tênues e distantes como o vento.

Ela estreita os olhos em direção às árvores, mas não encontra nenhuma forma, nenhum deus. Escuta somente a voz, próxima como um hálito em seu rosto.

— Adeline, Adeline... Estão chamando você — diz ela, zombeteira.

A menina se vira mais uma vez, mas não encontra nada além das sombras profundas.

— Apareça — ordena, com a voz aguda e frágil como um graveto.

Algo roça seu ombro, toca de leve seu pulso e se inclina sobre ela como um amante. Adeline engole em seco.

— O que você é?

O toque da sombra se afasta de Adeline.

— O que eu sou? — pergunta, com uma pontada de humor no tom de voz aveludado. — Depende do que você acredita.

A voz se divide e se duplica, vibrando entre os galhos das árvores e serpenteando sobre o musgo, rebatendo sobre si mesma até estar em toda a parte.

— Então me diga... (me diga... me diga...) — ecoa. — Eu sou o diabo... (o diabo...) ou a escuridão... (escuridão... escuridão...)? Eu sou um monstro... (monstro...) ou um deus... (deus... deus... ou...)

As sombras no meio da floresta começam a se unir, aglomeradas como nuvens de tempestade. Mas, quando se assentam, os contornos não são mais nuvens de fumaça, e, sim, linhas definidas na forma de um homem, delineado pela luz dos lampiões da vila às suas costas.

— Ou sou isto?

A voz se derrama de um par de lábios perfeitos. A sombra revela olhos cor de esmeralda que dançam sob as sobrancelhas escuras e cabelos cacheados castanho-escuros sobre a testa, emoldurando um rosto que Adeline conhece muito bem. Um rosto que conjurou milhares de vezes, com lápis e carvão e em sonhos.

É o estranho.

O *seu* estranho.

Ela sabe que é um truque, uma sombra fingindo ser um homem, mas mesmo assim a visão a deixa sem fôlego. A escuridão baixa o olhar para a própria forma, como se estivesse vendo a si mesmo pela primeira vez, e parece aprovar.

— Ah, quer dizer que a garota acredita em alguma coisa, no fim das contas. — Ele ergue os olhos verdes. — Muito bem, você me chamou e eu vim.

Nunca faça preces aos deuses que atendem depois do anoitecer.

Adeline sabe — ela *sabe* — disso, mas ele foi o único deus que lhe respondeu. O único que se dispôs a ajudá-la.

— Você está disposta a pagar?

Pagar.

O preço.

O anel.

Adeline cai de joelhos, revira a terra até encontrar o cordão de couro e tira o anel do pai do solo.

Estende o aro para o deus, a madeira pálida agora manchada de terra, e ele se aproxima. Pode parecer de carne e osso, mas continua se movimentando como uma sombra. Um único passo, e ele preenche todo o campo de visão de Adeline, fechando uma das mãos sobre o anel e pousando a outra sobre o rosto dela. Seu polegar toca de leve na sarda abaixo do olho, o fim de sua constelação.

— Minha querida — diz a escuridão, pegando o anel —, eu não faço pactos em troca de quinquilharias.

O aro de madeira esfarela e se desintegra em sua mão, como se não fosse nada além de fumaça. Um som agonizante escapa dos lábios dela — já lhe doeu o bastante se desfazer do anel, mas dói ainda mais vê-lo desaparecer como uma mancha na pele. Mas se o anel não é suficiente, então o que seria?

— Por favor, eu te dou qualquer coisa — implora ela.

A outra mão da sombra continua pousada sobre sua bochecha.

— Você presume que eu queira *qualquer* coisa — diz, erguendo o queixo de Adeline. — Mas só lido com um tipo de moeda. — Ele se aproxima ainda mais, com os olhos verdes impossivelmente brilhantes e a voz suave como seda. — Nos meus pactos, aceito apenas almas.

O coração de Adeline se sobressalta dentro do peito.

Na sua cabeça, ela imagina a mãe ajoelhada na igreja, discorrendo sobre Deus e o Paraíso, e ouve o pai contando histórias sobre desejos e charadas. Pensa em Estele, que não acredita em nada a não ser em uma árvore sobre os seus ossos. Que diria que uma alma não é nada além de uma semente que volta para a terra, embora tenha sido ela quem lhe alertara a respeito da escuridão.

— Adeline — chama a escuridão, e o nome escorre como musgo entre os seus dentes. — Estou aqui. Agora me diga por quê.

Ela esperou tanto tempo para encontrar um deus — para ser atendida, para que perguntassem o que queria — que, a princípio, não sabe muito bem o que dizer.

— Eu não quero me casar.

Ela se sente extremamente pequena ao pronunciar a frase. Sua vida inteira parece minúscula, e ela vê esse mesmo julgamento refletido no olhar do deus, como se se perguntasse: "É só isso?".

Mas não, é mais do que isso. Com certeza, é.

— Eu não quero pertencer a outra pessoa — diz ela, com uma veemência repentina. As palavras são uma porta escancarada, e agora ela despeja todo o resto. — Não quero pertencer a ninguém além de a mim mesma. Quero ser livre. Livre para viver e encontrar meu próprio caminho, para amar ou ficar sozinha, mas que seja por escolha própria. Estou tão cansada de não ter nenhuma escolha, tão assustada de ver os anos se passando diante dos meus olhos. Não quero morrer do mesmo jeito que vivi, porque isso não é vida. Eu...

A sombra a interrompe, impaciente.

— De que adianta me dizer o que você *não* quer? — Ele desliza a mão pelos cabelos de Adeline e a pousa na sua nuca, puxando-a para si. — Me diga o que você quer mais do que tudo.

Ela ergue o olhar.

— Eu quero ter a chance de viver. Quero ser livre. — Ela pensa em como os anos se vão rápido demais.

Em um piscar de olhos, metade da sua vida já passou.

— Quero mais tempo.

Ele a estuda, e seus olhos verdes mudam de tom — num instante, estão da cor da grama na primavera, e no outro, de uma folha durante o verão.

— Quanto tempo?

Sua mente fica em polvorosa. Cinquenta anos. Cem. Qualquer número parece pequeno demais.

— Ah — diz a escuridão, interpretando o silêncio. — Você não sabe.

— Mais uma vez, os olhos verdes mudam, ficando mais escuros. — Você está pedindo um tempo ilimitado. Quer uma liberdade desenfreada. Viver sem nenhum tipo de amarras, do jeito que achar melhor.

— Sim — concorda Adeline, sem fôlego de tanto querer, mas a expressão no rosto da sombra se torna áspera. Ele afasta a mão de sua pele e logo não está mais na sua frente, mas encostado em uma árvore a vários passos de distância.

— Eu recuso — diz ele.

Adeline dá um passo para trás como se tivesse levado um soco.

— O quê? — Ela chegou tão longe, deu tudo o que possuía. Fez sua escolha. Não pode voltar para aquele mundo, para aquela vida, para aquele passado e presente sem futuro. — Você não pode recusar.

Ele ergue uma sobrancelha escura, mas não há um pingo de divertimento no seu rosto.

— Eu não sou um gênio da lâmpada sujeito aos seus caprichos. — Ele desencosta da árvore. — Nem um espírito da floresta mesquinho, que fica satisfeito em conceder favores em troca de quinquilharias mortais. Sou mais forte do que o seu deus e mais antigo do que o seu diabo. Sou a escuridão entre as estrelas, e as raízes debaixo da terra. Sou promessa e potencial, e, quando se trata de jogos, sou eu quem dito as regras, posiciono as peças no tabuleiro e decido quando começa a partida. E, hoje à noite, eu recuso o seu pedido.

Adeline? Adeline? Adeline?

Além dos limites da floresta, as luzes da vila estão cada vez mais próximas. Há tochas pelo campo. Estão vindo atrás dela.

A sombra olha por cima do ombro.

— Vá para casa, Adeline. Volte para a sua vida insignificante.

— Por quê? — implora ela, agarrando o braço dele. — Por que você recusa o meu pedido?

Ele roça a mão delicadamente pelo rosto dela, e o gesto é suave e caloroso como a fumaça que sobe de uma lareira.

— Não faço caridade. Você está pedindo demais. Quantos anos você vai levar para ficar satisfeita? Quantos anos vão se passar até que eu receba a minha parte? Não, os meus pactos têm um vencimento, mas o seu, não.

No futuro, Adeline vai voltar a este momento milhares de vezes.

Frustrada e arrependida, sofrendo, com pena de si mesma e uma raiva incontida.

Vai enfrentar o fato de que amaldiçoou a si mesma antes que ele o fizesse.

Mas, aqui e agora, tudo o que consegue enxergar são as luzes bruxuleantes das tochas de Villon, os olhos verdes do estranho que um dia sonhou em amar e a oportunidade de escapar deslizando por entre os seus dedos, com o toque dele.

— Você quer uma data de vencimento. Bom, então tire a minha vida quando eu me cansar dela. Você pode ficar com a minha alma quando eu não a quiser mais — propõe ela.

A sombra inclina a cabeça, subitamente intrigado.

Um sorriso, igual ao dos desenhos dela, suspeitoso e cheio de segredos, surge em seus lábios. Em seguida, ele a puxa para si. O abraço de um amante. Ele é feito de fumaça e pele, ar e osso, e, quando pressiona a boca na de Adeline, ela sente o gosto da passagem das estações, do momento em que o crepúsculo cede lugar à noite. E então ele intensifica o beijo. Seus dentes roçam o lábio inferior de Adeline, e a dor se mescla ao prazer, seguido pelo gosto de cobre do sangue em sua língua.

— Feito — sussurra o deus contra os lábios dela.

Então o mundo escurece, e ela começa a cair.

*"Sou mais forte do que o seu deus
e mais antigo do que o seu diabo.
Sou a escuridão entre as estrelas,
e as raízes debaixo da terra.
Sou promessa e potencial, e, quando
se trata de jogos, sou eu quem dito as
regras, posiciono as peças no tabuleiro
e decido quando começa a partida."*

VILLON-SUR-SARTHE, FRANÇA
29 de julho de 1714

Adeline estremece.

Baixa os olhos e percebe que está sentada sobre uma cama de folhas úmidas.

Há um instante, estava caindo — durou apenas um segundo, quase menos que uma respiração —, mas parece que o tempo deu um salto adiante. O estranho se foi, assim como os últimos resquícios de luz. Quando aparece em meio às arvores frondosas, o céu de verão está suavizado por uma escuridão aveludada, cortada unicamente por uma lua baixa.

Adeline se levanta e examina as próprias mãos, procurando algum sinal de transformação abaixo da sujeira.

Mas se sente... igual. Um pouco tonta, talvez, como se tivesse se levantado rápido demais ou bebido muito vinho de estômago vazio, mas depois de um instante até mesmo essa falta de equilíbrio passa e ela tem a sensação de que o mundo tropeçou, mas não caiu, vergou, mas se estabilizou, voltando ao ritmo de sempre.

Passa a língua nos lábios, esperando sentir um gosto de sangue, mas a marca deixada pelos dentes do estranho sumiu, junto com qualquer vestígio dele.

Como uma pessoa sabe se um feitiço funcionou? Ela pediu tempo e vida... Será que vai ter que esperar um ano, três ou cinco antes de comprovar se o envelhecimento deixa algum traço? Ou cortar a própria pele com uma faca para ver se e como sara? Mas não, ela pediu mais tempo de vida, não uma vida *incólume*, e, para ser sincera, Adeline tem medo de testar, de descobrir que sua pele continua sem resistência, que a promessa da sombra foi um sonho, ou, pior, uma mentira.

Mas de uma coisa ela tem certeza: não importa se o pacto aconteceu de verdade ou não, não vai acatar o chamado dos sinos da igreja, não vai se casar com Roger. Vai desafiar a família. Vai embora de Villon, se for necessário. Sabe que vai fazer tudo o que for preciso, pois esteve disposta a tudo em meio à escuridão, e, de um jeito ou de outro, de agora em diante, sua vida vai *pertencer* somente a ela.

A ideia é emocionante. Assustadora, mas emocionante, é assim que se sente enquanto sai da floresta.

Está no meio do campo quando percebe o silêncio que impera na vila.

E a escuridão.

Os lampiões festivos foram apagados, os sinos pararam de badalar e nenhuma voz a chama.

Adeline caminha para casa, e, a cada passo, o medo entorpecido se intensifica. Quando finalmente chega, sua mente está fervilhando de preocupação. A porta está aberta, lançando uma luz tênue sobre o caminho, e ela pode ouvir a mãe cantarolando na cozinha e o pai cortando lenha na lateral da casa. Uma noite normal, o que é estranho, porque não deveria ser uma noite normal.

— *Maman!* — chama enquanto entra.

Um prato se despedaça no chão e sua mãe solta um gritinho, não de dor, mas de surpresa, com o rosto retorcido.

— O que você está fazendo aqui? — exige saber, com a expressão tomada pela raiva que Addie esperava encontrar. A consternação.

— Sinto muito. Sei que você deve estar com raiva, mas eu não podia...

— Quem é você?

As palavras saem em um silvo, e Adeline se dá conta de que o olhar de espanto no rosto da mãe não é causado pela raiva de uma mãe humilhada, mas de uma mulher assustada.

— *Maman*...

A mãe se retrai ao ouvir a palavra.

— Saia da minha casa.

Mas Adeline atravessa o cômodo e a segura pelos ombros.

— Não seja ridícula. Sou eu, A...

Está prestes a dizer *Adeline*.

Na verdade, é o que tenta. Não deveria ser tão difícil pronunciar quatro sílabas, mas fica sem fôlego ao final da primeira e não consegue proferir a segunda. O ar se transforma em pedra na sua garganta, e ela acaba sufocada, calada. Tenta de novo, dessa vez arriscando dizer *Addie*, e depois o sobrenome da família, *LaRue*, mas não adianta. As palavras encontram um obstáculo no caminho entre seu cérebro e sua língua. Por outro lado, quando inspira para pronunciar *outra* palavra, qualquer que seja, os pulmões se enchem e a garganta se solta.

— Me largue — implora a mãe.

— O que está acontecendo? — pergunta uma voz, baixa e grave. A voz que acalmava Adeline nas noites em que estava doente, que lhe contava histórias enquanto ela se sentava no chão da oficina.

O pai está na soleira da porta, com os braços carregados de lenha.

— *Papa* — diz a garota, e ele dá um passo para trás, como se a palavra fosse uma faca afiada.

— A mulher está louca. Ou amaldiçoada — soluça a mãe.

— Sou sua filha — repete.

O pai faz uma careta.

— Nós não temos filhos.

As palavras dele também são como uma faca, mas cuja lâmina sem fio faz um corte mais profundo.

— Não — retruca Adeline, balançando a cabeça ao ouvir tamanho absurdo. Tem 23 anos e passou todos os dias e todas as noites sob aquele teto. — Vocês me conhecem.

Como podem não conhecer? A semelhança entre eles sempre foi impressionante. Ela possui os olhos do pai, o queixo da mãe, a testa de um e os lábios do outro — cada traço copiado com perfeição dos originais.

Seus pais também enxergam a semelhança, *têm* de enxergar.

Mas, para eles, isso é só mais uma prova de bruxaria.

A mãe faz o sinal da cruz, o pai envolve os braços ao redor de seu corpo e ela tem vontade de afundar na força do abraço, mas não há nenhuma afeição no gesto enquanto ele a arrasta em direção à porta.

— Não — implora.

Sua mãe começa a chorar, com uma das mãos sobre a boca e a outra apertando o crucifixo de madeira ao redor do pescoço enquanto chama a própria filha de demônio, de monstro, de insana, e seu pai fica calado, apenas aperta seu braço com mais força ao arrastá-la para fora de casa.

— Vá embora — diz, quase suplicante.

A tristeza toma conta do seu semblante, mas não por reconhecê-la. É uma tristeza reservada para as coisas perdidas, para uma árvore derrubada pela tempestade, para um cavalo que ficou manco, para uma escultura quebrada uma cinzelada antes de ficar pronta.

— Por favor — implora. — *Papa...*

A expressão do pai se endurece enquanto a força a sair para a escuridão e bate a porta. O trinco sela a fechadura. Adeline cambaleia para trás, tremendo de choque e horror. Em seguida, vira-se e sai correndo.

— Estele.

O nome começa como uma oração, suave e baixa, e acaba se tornando um grito enquanto Adeline se aproxima da choupana da mulher.

— Estele!

Uma lamparina está acesa dentro da casa e, quando ela alcança a réstia de luz, a anciã já está na soleira da porta, aguardando a pessoa que a chamou.

— Você é uma estranha ou um espírito? — pergunta Estele, desconfiada.

— Nenhum dos dois — responde Adeline, embora saiba que deva estar se assemelhando a uma dessas coisas. Está na escada, com o vestido esfarrapado, os cabelos desalinhados e soltando palavras que soam como bruxaria. — Sou de carne e osso, humana, e te conheço a minha vida inteira. Você faz amuletos no formato de crianças para que elas fiquem saudáveis durante o inverno. Acha que pêssego é a fruta mais doce de todas, e que as paredes da igreja são grossas demais para que as orações passem por elas. E quer ser enterrada em um canteiro debaixo da sombra de uma árvore frondosa, não de uma lápide.

Adeline vê um lampejo no rosto da anciã e prende a respiração, à espera de que a tenha reconhecido. Mas a expressão desaparece muito rápido.

— Você é um espírito muito esperto, mas não vou deixar que atravesse a soleira da minha porta — diz Estele.

— Não sou espírito nenhum! — grita Adeline, avançando para a luz sobre a porta da anciã. — Você me ensinou sobre os deuses antigos e sobre todos os jeitos de evocá-los, mas eu cometi um erro. Eles não me atendiam e o sol estava se pondo muito rápido. — Ela abraça a si mesma com força, sem conseguir parar de tremer. — Fiz minhas preces muito tarde, e algo as atendeu. Agora está tudo errado.

— Que garota tola — repreende-a Estele, como antes. Como se conhecesse Adeline.

— O que eu faço agora? Como conserto as coisas?

Mas a anciã só balança a cabeça.

— A escuridão joga o seu próprio jogo. Inventa suas próprias regras. E você perdeu.

Então, Estele volta para dentro de casa.

— Espera! — grita Adeline, enquanto Estele fecha a porta.

O trinco sela a fechadura.

Adeline avança contra a madeira, soluçando, até que as pernas desabam sobre o próprio peso e ela cai de joelhos nos degraus de pedra fria, com o punho ainda batendo na porta.

De repente, volta a ouvir o trinco.

A porta se abre, e Estele paira sobre Adeline.

— O que está acontecendo? — pergunta, examinando a garota prostrada nos degraus de sua casa.

A anciã a olha como se nunca tivessem se visto. Os últimos momentos apagados em um piscar de olhos e uma porta fechada.

Passa o olhar pelo vestido de noiva manchado, os cabelos despenteados, a terra debaixo das unhas, mas não há o menor sinal de reconhecimento em seu rosto, só uma curiosidade cautelosa.

— Você é uma estranha ou um espírito?

Adeline fecha bem os olhos. O que está acontecendo? Seu nome continua como sendo uma pedra aprisionada no seu interior, e já que Estele a baniu quando pensou que ela fosse um espírito, a garota engole em seco e responde:

— Uma estranha. — As lágrimas começam a correr pelo rosto de Adeline. — Por favor — consegue dizer. — Não tenho para onde ir.

A anciã a olha por um longo momento e depois assente.

— Espere aqui — diz, voltando para dentro de casa, mas Adeline nunca vai saber o que Estele faria, porque a porta se fecha e continua assim, e ela fica ajoelhada no chão, tremendo mais pelo choque do que pelo frio.

Não sabe quanto tempo permanece sentada, mas sente câimbra nas pernas quando as força a suportar seu peso. Levanta-se e passa pela casa da anciã em direção à fileira de árvores adiante, atravessando a fronteira de sentinelas até estar em meio à escuridão total.

— Apareça! — convoca.

Mas Adeline ouve só o farfalhar de penas, o estalar de folhas e a agitação de uma floresta que teve seu sono perturbado. Ela evoca o rosto dele, os olhos verdes, os cachos castanho-escuros, tenta fazer com que a escuridão assuma uma forma outra vez, mas os minutos se passam e ela continua sozinha.

Não quero pertencer a ninguém.

Adeline adentra a floresta cada vez mais. Está em uma extensão de mata selvagem, e o solo é um ninho de espinhos e arbustos. Os ramos arranham suas pernas nuas, mas ela não para até as árvores se fecharem ao seu redor, com os galhos eclipsando a lua no céu.

— Eu o convoco! — grita.

Eu não sou um gênio da lâmpada, sujeito aos seus caprichos.

Um galho baixo, enterrado pela metade no solo, se ergue o suficiente para fazê-la tropeçar, e ela cai com um baque, esfolando os joelhos na terra irregular e cortando as mãos nas ervas daninhas.

Por favor, eu te dou qualquer coisa.

De repente, as lágrimas começam a correr pesadas. Idiota, idiota, idiota. Ela golpeia o chão com os punhos.

É um truque cruel, pensa, *um sonho horrível, mas vai passar.*

Essa é a natureza dos sonhos. Efêmera.

— Acorde — sussurra em meio à escuridão.

Acorde.

Adeline se encolhe no chão da floresta, fecha os olhos e vê o rosto manchado de lágrimas da mãe, a tristeza apática do pai, o olhar cansado de Estele. Vê a escuridão, que sorri. Escuta a voz dele enquanto sussurra a única palavra que a prende.

Feito.

NOVA YORK
10 de março de 2014

XI

Um *frisbee* aterrissa ao seu lado na grama.
Addie ouve o rumorejo de patas correndo e abre os olhos a tempo de ver um enorme focinho preto se precipitando contra o seu rosto antes que o cachorro a cubra de lambidas molhadas. Ela ri e se senta, passa os dedos ao longo do pelo espesso, segurando o cão pela coleira antes para que não consiga pegar o saco de papel com o segundo bolinho.

— Oi — cumprimenta, enquanto alguém grita um pedido de desculpas do outro lado do parque.

Lança o *frisbee* de volta e o cachorro sai em disparada novamente. Addie estremece, de repente completamente desperta e com frio.

Este é o problema de março: o calor nunca dura. Há um breve momento do dia em que parece primavera, o suficiente para que você descongele se estiver tomando sol, mas o calor logo desaparece. O sol segue adiante e dá lugar às sombras. Addie estremece mais uma vez e se levanta, limpando a grama das leggings.

Devia ter roubado calças mais quentinhas.

Depois de guardar a sacola de papel no bolso, enfia o livro de Fred debaixo do braço e sai do parque, seguindo para o leste pela Union Street e depois em direção à orla.

No meio do caminho, para ao ouvir o som de um violino, cujas notas parecem escolhidas com cuidado, como se fossem frutas maduras.

Na calçada, uma mulher está sentada em uma banqueta, com o instrumento acomodado sob o queixo. A melodia é doce e lenta, transportando Addie de volta a Marselha, a Budapeste, a Dublin.

Um aglomerado pequeno de pessoas se junta para escutar e, quando a música termina, a calçada se enche de aplausos ligeiros e de corpos em movimento. Addie tira as últimas moedas do bolso, joga os trocados dentro do *case* aberto e segue em frente, se sentindo mais leve e satisfeita.

Assim que chega ao cinema de Cobble Hill, confere a programação e, em seguida, empurra a porta, acelerando o passo enquanto atravessa o saguão lotado.

— Oi — cumprimenta Addie, acenando para um adolescente com uma vassoura na mão. — Acho que deixei minha bolsa na sala três.

Mentir é fácil, desde que você escolha as palavras certas.

Ele acena para que ela passe sem nem sequer erguer os olhos, e Addie se abaixa sob a corda de veludo da bilheteria e entra no salão escuro, com o sentimento de urgência diminuindo a cada passo. Um estrondo abafado ecoa através da porta da sala de um filme de ação. A música de uma comédia romântica se infiltra no salão. Os graves e agudos de vozes e trilhas sonoras. Ela perambula pelo corredor, estudando os pôsteres dos próximos lançamentos e os letreiros dos filmes acima de cada porta. Já assistiu a todos uma dezena de vezes, mas não liga.

Os créditos devem ter começado a subir na sala cinco, porque as portas se abrem e uma torrente de pessoas invade o corredor. Addie se esquiva entre a multidão, entra na sala vazia e encontra um balde de pipoca derrubado na segunda fileira, com os grãos dourados entulhando o piso grudento. Ela o apanha e volta para o saguão em direção ao estande de venda. Fica na fila atrás de um trio de garotas pré-adolescentes antes de chegar ao rapaz atrás do balcão.

Passa a mão pelos cabelos, despenteando-se um pouco, e solta um suspiro.

— Com licença, um menininho derrubou a minha pipoca. — Balança a cabeça, e ele responde imitando sua exasperação. — Você poderia me cobrar o valor de refil em vez de... — Ela já está com as mãos nos bolsos, como se estivesse prestes a tirar a carteira, mas o rapaz pega o balde.

— Não se preocupa — diz, olhando ao redor. — Eu te dou cobertura.

Addie abre um sorriso enorme.

— Você é demais — diz, olhando-o nos olhos, e o rapaz fica com as bochechas vermelhas e gagueja que não era nada, que estava tudo bem, enquanto esquadrinha o saguão à procura de algum supervisor. Joga o que sobrou da pipoca derramada na lixeira e enche o balde de novo, passando-o para ela, como se fosse um segredo.

— Aproveite o filme.

De todas as invenções que Addie testemunhou — trens a vapor, lâmpadas elétricas, máquinas fotográficas, telefones, aviões e computadores —, o cinema pode muito bem ser a sua favorita.

Os livros são fantásticos, portáteis e duráveis, mas sentada na sala escura do cinema, diante de uma tela grande preenchendo todo o seu campo de visão, o mundo desaparece e, por algumas horas, ela se torna outra pessoa, mergulhada em romances, intrigas, comédias e aventuras. Tudo com uma imagem de alta definição e som estéreo.

Um pesar silencioso enche seu peito quando os créditos começam a subir. Por um momento, ela se sentiu leve como uma pluma, mas agora voltou a si, afundando até os pés estarem firmes no chão.

Quando Addie sai do cinema, são quase seis da tarde e o sol está se pondo.

Volta pelo mesmo caminho de ruas arborizadas, passando pelo parque, com o mercado agora fechado e as barracas fora de vista, em direção à mesa verde enferrujada na outra extremidade. Fred continua sentado na mesma cadeira, lendo *M de malícia*.

A posição das lombadas em cima da mesa mudou um pouco — um espaço vazio surgiu no lugar de um livro que foi vendido, uma elevação apareceu onde outro foi acrescentado. O dia está acabando e, em breve, ele terá que embalar as caixas e carregá-las uma a uma para o apartamento de um quarto no segundo andar. Addie se ofereceu muitas vezes para ajudar, mas Fred insiste em fazer tudo sozinho. Mais um eco de Estele. Teimoso como uma mula.

Addie se agacha ao lado da mesa e levanta com o livro emprestado na mão, como se tivesse acabado de cair da pilha. Devolve-o, tomando o cuidado de não desarrumar os outros, e Fred deve estar em uma parte muito boa da história, porque apenas resmunga alguma coisa sem nem sequer olhar para ela, ou para o livro, ou para o saco de papel que Addie deixa ali em cima, com o muffin de gotas de chocolate.

É o único sabor de que Fred gosta.

Certo dia, contou a ela que Candace, sua esposa, sempre reclamou com ele por comer tanto doce, dizia que o hábito ia acabar matando-o. Mas a vida é cruel e tem um péssimo senso de humor, porque foi ela quem morreu primeiro e ele continua comendo porcaria (palavras de Fred).

A temperatura está caindo. Addie enfia as mãos nos bolsos e deseja boa noite a Fred antes de continuar descendo o quarteirão, de costas para o sol poente e com a própria sombra se alongando à sua frente.

Já é noite quando Addie chega ao Alloway, um desses bares que parecem apreciar a fama de pé-sujo, uma reputação manchada pelo fato de ter se tornado o lugar preferido das bandas que desejam um clima típico do Brooklyn durante os shows. Um pequeno aglomerado de pessoas vagueia pela calçada, fumando, conversando ou esperando pelos amigos, e Addie se demora entre elas por um instante. Acende um cigarro, só para ter o que fazer, resistindo ao máximo à atração sutil que a porta exerce sobre ela, à sensação de familiaridade, de *déjà-vu*.

Conhece essa estrada.

Sabe onde vai dar.

Lá dentro, o Alloway tem o formato de uma garrafa de uísque, com o gargalo estreito da entrada e o bar de madeira escura que se expande, dando lugar a mesas e cadeiras. Addie se senta no balcão. O homem à sua esquerda oferece uma bebida e ela aceita.

— Deixe eu adivinhar. Um vinho rosé? — diz ele.

Ela cogita pedir uma dose de uísque só para ver a expressão de surpresa no rosto dele, mas o destilado nunca foi seu tipo de bebida, sempre preferiu as mais adocicadas.

— Champanhe.

O homem faz o pedido ao garçom e eles batem papo até que ele recebe uma ligação e se afasta, prometendo voltar logo. Ela sabe que isso não vai acontecer e se sente grata enquanto beberica o champanhe e espera que Toby suba no palco.

Ele sobe, se acomoda em uma banqueta, com o joelho erguido para equilibrar o violão, e abre um sorriso acanhado, quase se desculpando. Ainda não aprendeu a dominar o palco, mas ela tem certeza de que, com o tempo, vai conseguir. Ele inspeciona a pequena plateia antes de começar a tocar, e Addie fecha os olhos e se deixa levar pela música. Toca algumas canções de outras bandas, um folk de autoria própria e, em seguida, aquilo.

Os primeiros acordes pairam sobre o Alloway, e Addie é transportada para a casa dele. Está sentada ao piano, tirando alguns acordes, e ele está ao lado, com os dedos sobre os seus.

A canção está tomando forma à medida que a letra envolve a melodia. Tornando-se dele. É como uma árvore criando raízes. Toby vai se lembrar, sozinho — não dela, óbvio, mas disto: a música dos dois.

Quando termina, as pessoas aplaudem e Toby vai até o bar para pedir uma dose de bourbon com Coca-Cola, porque pode beber de graça. Em algum momento entre o primeiro e o terceiro gole, ele a vê e sorri e, por um segundo, Addie acha — espera, mesmo agora — que se lembre de algo, porque a olha como se a conhecesse, mas a verdade nua e crua é que quer conhecê-la. Sob a luz errada, a atração pode se confundir facilmente com o reconhecimento.

— Com licença — diz Toby, abaixando a cabeça como sempre faz quando está com vergonha. Como fez de manhã ao deparar-se com ela na sala de estar.

Alguém esbarra no ombro de Addie a caminho da porta do bar. Ela pisca e o sonho se desvanece.

Ela não entrou. Continua parada na calçada, com o cigarro apagado entre os dedos.

Um homem segura a porta aberta.

— Vai entrar?

Addie balança a cabeça e se obriga a se afastar da porta, do bar e do rapaz prestes a subir no placo.

— Hoje, não — responde.

O voo não vale a queda.

NOVA YORK
10 de março de 2014

XII

A noite cai sobre Addie enquanto ela atravessa a ponte do Brooklyn. A promessa de primavera recuou como uma onda e foi substituída, mais uma vez, pela friagem úmida do inverno. Com a respiração condensada, ela fecha bem a jaqueta ao começar a longa caminhada por toda a extensão de Manhattan.

Seria mais fácil pegar o metrô, mas nunca gostou de ficar debaixo da terra, onde o ar é abafado e rançoso, e os túneis, parecidos demais com túmulos. Ficar presa e ser enterrada viva são o tipo de coisa de que você tem medo quando não pode morrer. Além disso, até gosta de caminhar, sabe a força de suas pernas, aprecia o cansaço que antes abominava.

Mesmo assim, quando finalmente chega ao edifício Baxter, na rua 56, é tarde da noite e ela está com as bochechas adormecidas, e as pernas, exaustas.

Um homem de casaco cinza bem-cortado segura a porta para ela, e a pele de Addie se arrepia com o calor repentino do aquecimento central assim que ela entra no saguão de mármore. Está sonhando com um banho quente e uma cama macia enquanto caminha em direção ao elevador aberto, quando o homem atrás do balcão da recepção se levanta da cadeira.

— Boa noite. Posso ajudá-la? — pergunta ele.

— Vim ver o James — responde, sem diminuir o passo. — Vigésimo terceiro andar.

O homem franze o cenho.

— Ele não está.

— Melhor ainda — diz, entrando no elevador.

— Senhorita — chama o recepcionista, indo atrás dela —, você não pode simplesmente... — Mas as portas já estão se fechando. Ele sabe que não vai chegar a tempo, então volta à recepção para ligar para a segurança, e essa é a última coisa que ela vê antes que as portas se fechem entre os dois. Talvez ele chegue a levar o telefone ao ouvido, e até comece a discar, antes que se esqueça do que ia fazer. Depois, vai olhar para o aparelho na sua mão, perguntando-se o que tinha na cabeça, e se desculpar efusivamente para a voz do outro lado da linha antes de afundar de volta na cadeira.

O apartamento pertence a James St. Clair.

Eles se conheceram em uma cafeteria no centro da cidade há dois meses. Todas as mesas estavam ocupadas quando ele entrou, com mechas de cabelos loiros escapando da aba do gorro de inverno e os óculos embaçados pelo frio. Nesse dia, Addie se chamava Rebecca e, antes mesmo de se apresentar, James perguntou se podia se sentar com ela, percebeu que a garota estava lendo um exemplar de *Chéri*, de Colette, e conseguiu pronunciar uma ou duas frases num francês tímido e capenga. Sentou-se, e logo o sorriso espontâneo abriu caminho para uma conversa casual. É engraçado como algumas pessoas levam séculos para se sentirem à vontade e outras simplesmente estão em casa em qualquer lugar.

James era assim, simpático de primeira.

Quando perguntou o que Addie fazia, ela disse que era poeta (uma mentira simples, já que ninguém nunca pedia provas), e ele disse que estava mudando de emprego. Ela demorou o máximo que pôde para beber o café, mas em certo momento sua xícara ficou vazia, assim como a dele, e os clientes recém-chegados começaram a dar voltas como abutres à procura de um lugar. Quando ele começou a se levantar, Addie sentiu a velha tristeza de sempre. Foi então que James perguntou se ela gostava de sorvete e, apesar de estarem em meados de janeiro, com a calçada lá fora escorregadia, coberta de neve e de sal para derreter o gelo do pavimento, Addie disse que gostava e, dessa vez, se levantaram ao mesmo tempo.

Agora ela digita o código de seis dígitos no teclado ao lado da porta e entra no apartamento.

As luzes se acendem, revelando o assoalho de madeira clara, as bancadas limpas de mármore, as cortinas luxuosas e a mobília que ainda parece nova. Uma poltrona de espaldar alto. Um sofá cor de creme. Uma mesa com uma pilha de livros bem-organizada.

Ela abre o zíper e tira as botas, deixa-as ao lado da porta e anda descalça pelo apartamento, depois de jogar a jaqueta sobre o braço de uma poltrona. Na cozinha, serve-se uma taça de merlot, encontra um pedaço de queijo gruyère em uma gaveta na geladeira e um pacote de biscoitos salgados gourmet na despensa. Por fim, leva o piquenique improvisado para a sala de estar, com a cidade se estendendo através das janelas que tomam a parede inteira.

Addie revira os discos de vinil de James, põe um álbum de Billie Holiday para tocar, volta para o sofá cor de creme e se senta sobre os joelhos enquanto come.

Adoraria ter um lugar como este. Uma casa só sua. Uma cama feita para ela. Um armário cheio de roupas. Um lar, decorado com lembranças da vida que tinha levado, provas materiais da memória. Mas parece ser incapaz de manter qualquer coisa por muito tempo.

E olha que tentou muito.

Ao longo dos anos, Addie colecionou livros, acumulou obras de arte e guardou vestidos elegantes em baús fechados a cadeado. Mas não importa o que faça, os objetos sempre acabam se perdendo. Desvanecem, um de cada vez, ou todos ao mesmo tempo, roubados por alguma circunstância inusitada ou pelo simples passar do tempo. Ela só conseguiu ter um lar em Nova Orleans, e mesmo assim não era só dela, mas dos dois, e já não existe mais.

A única coisa de que parece não conseguir se livrar é o anel.

Houve uma época em que não podia suportar a ideia de voltar a se separar dele. Uma época em que lamentou sua perda. Uma época em que seu coração almejava segurá-lo depois de muitas décadas.

Agora ela não suporta nem olhar para o anel. O objeto é um peso indesejado no seu bolso, um lembrete inoportuno de outra perda. E toda vez que roça na madeira, ela sente a escuridão beijando suas falanges enquanto desliza o aro de volta para o dedo.

Viu só? Agora nós estamos quites.

Addie estremece, derrubando sua taça, e gotas de vinho tinto respingam pela borda, pousando como sangue no sofá creme. Ela não xinga nem pula para buscar água tônica e uma toalha. Fica apenas observando enquanto a mancha é absorvida pelo tecido e, em seguida, desaparece. Como se nunca tivesse estado ali.

Como se *ela* nunca tivesse estado ali.

Addie se levanta e vai preparar um banho, enxágua a sujeira da cidade com óleos essenciais e limpa a pele com um sabonete de cem dólares.

Quando tudo escapa por entre os seus dedos, você aprende a valorizar a sensação de coisas caras na palma da sua mão.

Ela se recosta na banheira e suspira, inalando o aroma de uma mistura de lavanda com hortelã.

Naquele dia, ela e James foram tomar sorvete. Comeram dentro da loja, com as cabeças baixas enquanto um roubava a cobertura do copinho do outro. Ele deixou o chapéu em cima da mesa, exibindo todos os seus cachos dourados, e estava deslumbrante, mas mesmo assim ela demorou a perceber os olhares.

Addie estava acostumada a receber olhares de estranhos — suas feições são bem delineadas, mas femininas, e seus olhos brilham acima da constelação de sardas nas bochechas; ela tem uma espécie de beleza atemporal, como já lhe disseram —, mas aquilo era diferente. Cabeças giravam na direção deles. Olhares se demoravam. E quando ela se perguntou em voz alta por que, ele a olhou com uma surpresa divertida no rosto e confessou que, na verdade, era ator e fazia parte do elenco de uma série bastante popular. James corou ao confessar, desviou o olhar e, em seguida, voltou a encará-la, como se tivesse se preparado para alguma mudança fundamental. Mas Addie nunca tinha assistido a nenhum dos seus trabalhos, e, mesmo que tivesse, não é do tipo que fica intimidada pela fama. Viveu tempo demais e conheceu artistas demais. Além disso, ou até por causa disso, prefere os que ainda não estão prontos, os que ainda estão buscando o próprio estilo.

Assim, James e Addie continuaram a conversa.

Ela o provocou por causa de seus mocassins, do suéter, dos óculos de aro de metal.

Ele disse que nasceu na década errada.

Ela disse que nasceu no século errado.

Ele riu e ela não, mas havia *mesmo* algo antiquado nos modos dele. James tinha só 26 anos, mas quando falava adotava a cadência espontânea e a precisão lenta de um homem que sabia o peso da própria voz. Pertencia à classe de jovens que se vestiam como os pais — a cópia daqueles ávidos para envelhecer.

Hollywood tinha visto a mesma coisa nele. James sempre era escalado para filmes de época.

— Tenho o rosto perfeito para os tons de sépia — brincou.

Addie sorriu.

— É melhor do que ter o rosto perfeito para o rádio.

Era um rosto lindo, mas havia algo de errado, o sorriso muito persistente de um homem que esconde um segredo. Conseguiram terminar o sorvete antes que ele o revelasse. Sua alegria espontânea piscou e depois se apagou, e ele largou a colher de plástico dentro do copinho, fechou os olhos e disse:

— Eu sinto muito.

— Pelo quê? — perguntou ela. Ele se recostou na cadeira e passou os dedos pelos cabelos. Para os estranhos na rua o gesto pode ter parecido espontâneo, felino, mas ela podia ver a angústia no seu rosto enquanto James começava a falar:

— Você é tão bonita, gentil e divertida.

— Mas? — insistiu ela, pressentindo a reviravolta.

— Sou gay.

A palavra permaneceu como um nó na garganta enquanto James explicava que estava sob muita pressão, que detestava os holofotes da mídia e todas suas exigências. Que as pessoas estavam começando a cochichar, a imaginar coisas, e que ele não estava pronto para expor a verdade.

Então, Addie percebeu que estavam em um palco. Posicionados diante da vitrine de vidro da sorveteria para que todos pudessem vê-los, e James continuava se desculpando, dizendo que não deveria ter flertado com ela e que não deveria tê-la usado dessa maneira, mas ela nem estava mais prestando atenção. Seus olhos azuis ficaram um pouco vidrados enquanto ele falava, e Addie se perguntou se era nisso que ele pensava quando o roteiro exigia lágrimas. Se era essa a emoção que evocava. Addie também tem segredos, sem dúvida, mas não pode fazer nada além de guardá-los.

Mesmo assim, sabe como é ter uma verdade apagada.

— Tudo bem se você quiser ir embora — James estava dizendo, mas Addie não se levantou nem pegou o casaco. Simplesmente se inclinou e roubou uma amora da tigela dele.

— Não sei você, mas *eu* estou tendo um dia ótimo — disse casualmente.

James deixou escapar um suspiro trêmulo, piscando para impedir as lágrimas de caírem, e sorriu.

— Eu também — disse, e as coisas ficaram muito melhores depois.

É muito mais fácil compartilhar um segredo do que guardá-lo, e quando voltaram para a rua, de mãos dadas, se tornaram cúmplices, inebriados pelo que só eles sabiam. Addie não se preocupou em ser notada, em ser vista, sabia que se tirassem fotos, nunca seriam publicadas.

(Na verdade, *publicaram* algumas fotos, mas seu rosto estava sempre convenientemente em movimento ou escurecido, e ela se tornou uma garota misteriosa nos tabloides durante a semana seguinte, até que as manchetes inevitavelmente se ocupassem de notícias mais interessantes.)

Tinham voltado ao apartamento dele no edifício Baxter para um último drink. As mesas estavam cobertas por uma enxurrada de livros e papéis, todos sobre a Segunda Guerra Mundial. Ele contou que estava se preparando para um papel lendo todos os relatos em primeira pessoa que conseguia encontrar. Mostrou os relatos impressos a ela, e Addie disse que era fascinada pela guerra e que conhecia um bocado de histórias, depois contou todas como se pertencessem a outra pessoa, como se fossem experiências de desconhecidos, e não as suas próprias. James ouviu, encolhido no canto do sofá cor de creme, com os olhos bem fechados e um copo de uísque equilibrado sobre o peito enquanto ela falava.

Eles adormeceram lado a lado na cama *king size*, um sob a sombra do calor do corpo do outro, e, na manhã seguinte, Addie acordou antes do amanhecer e saiu de fininho, livrando ambos do desconforto de uma despedida.

Tem a sensação de que teriam sido amigos. Se ele se lembrasse. Addie tenta não pensar sobre isso. Jura que, às vezes, sua memória avança para o futuro assim como retrocede para o passado, desenrolando-se para mostrar as estradas que nunca vão poder ser trilhadas. Mas dar vazão a esses pensamentos a levaria à insanidade, e ela aprendeu a ignorá-los.

Agora está de volta ao apartamento, mas James não está.

Addie se enrola em um dos roupões de tecido atoalhado dele e abre as portas francesas, saindo para a varanda do quarto. O vento está forte, a friagem fisga a sola dos seus pés descalços. A cidade se estende ao redor como um céu noturno e baixo, cheio de estrelas artificiais. Ela enfia as mãos nos bolsos do roupão e sente o objeto, pousado no fundo do forro.

Um pequeno círculo de madeira polida.

Ela suspira, fecha a mão ao redor do anel e o remove, depois apoia os cotovelos sobre o guarda-corpo e se força a encarar o aro na palma da mão aberta, a estudá-lo, como se já não tivesse memorizado cada envergadura e espiral. Traça as curvas com a mão livre e resiste ao impulso de colocá--lo no dedo. É óbvio que pensou a respeito em épocas mais sombrias, em momentos de exaustão, mas não vai ser a primeira a dar o braço a torcer.

Inclina a mão e deixa o anel cair pela beirada do guarda-corpo, adentrando a escuridão.

De volta ao quarto, Addie se serve mais uma taça de vinho e sobe na cama magnífica, enfia-se debaixo do edredom de penas de ganso e entre os lençóis de algodão egípcio, e pensa que gostaria de ter entrado no Alloway, de ter se sentado no bar e esperado por Toby, com os seus cachos bagunçados e o sorriso tímido. Toby, que tem cheiro de mel, que toca o corpo dela como se fosse um instrumento. E que ocupa espaço demais na cama.

VILLON-SUR-SARTHE, FRANÇA
30 de julho de 1714

XIII

Adeline acorda com uma mão a sacudindo.
Por um instante, sente-se deslocada, sem saber que horas são. O sono se agarra ao seu corpo e, com ele, o sonho que teve — só pode ter sido um sonho — sobre realizar preces a deuses silenciosos, sobre selar pactos na escuridão e sobre ser esquecida.

Sempre teve uma imaginação vívida.

— Acorde — ordena uma voz que ela conhece desde sempre.

A mão a sacode mais uma vez pelo ombro, com firmeza, e ela pisca para se livrar dos últimos resquícios de sono, deparando-se com as tábuas de madeira do teto de um celeiro, o feno pinicando sua pele e Isabelle ajoelhada ao lado, com os cabelos loiros trançados em uma coroa na cabeça e as sobrancelhas franzidas de preocupação. Seu rosto ficou mais cansado a cada filho, cada nascimento lhe roubou um pouco mais de vida.

— Acorde, sua idiota!

É o que Isabelle *deveria* dizer enquanto a repreensão é suavizada pela bondade em sua voz. Mas seus lábios estão franzidos de preocupação, e a testa, de agonia. Sempre franziu o cenho desse jeito, por completo, com o rosto todo, mas quando Adeline estende a mão para pousar o polegar no espaço entre as sobrancelhas da amiga (para aliviar a aflição, como já fez outros milhares de vezes), Isabelle se afasta, livrando-se do toque de uma estranha.

Então não era um sonho.

— Mathieu — chama Isabelle por cima do ombro, e Adeline vê o filho mais velho da amiga parado na porta do celeiro, segurando um balde. — Vá buscar uma manta.

O menino desaparece na luz do sol.

— Quem é você? — pergunta Isabelle, e Adeline começa a responder, esquecendo de que não consegue pronunciar o próprio nome. Ele fica preso na sua garganta.

— O que aconteceu com você? Está perdida? — insiste Isabelle.

Adeline assente.

— De onde você é?

— Daqui.

Isabelle franze ainda mais o cenho.

— De Villon? Não é possível. A gente teria se conhecido. Moro aqui a vida toda.

— Eu também — murmura ela, e Isabelle deve pensar que a verdade não passa de um delírio, porque balança a cabeça como se quisesse se livrar de um pensamento.

— Aquele menino... onde será que se meteu? — resmunga e dirige o olhar por completo para Adeline. — Você consegue se levantar?

De braços dados, vão para o quintal. Adeline está imunda, mas Isabelle não a solta, e ela sente a garganta apertar pelo simples gesto de bondade, pela gentileza do toque da amiga. Isabelle a trata como se ela fosse um animal selvagem, fala com a voz macia e seus movimentos são lentos enquanto a leva para dentro de casa.

— Você está ferida?

Estou, pensa. Mas sabe que Isabelle está se referindo a arranhões, cortes e ferimentos superficiais, e sobre isso ela não tem muita certeza. Olha para si mesma. Na escuridão, o pior estava escondido. Sob a luz da manhã, tudo fica exposto. O vestido de Adeline está imundo. As sapatilhas, destruídas.

A pele, manchada de terra. Na noite passada, sentiu os arranhões e esfolados provocados pelos gravetos da mata, mas agora não consegue encontrar nenhum hematoma feio, nem cortes ou sinais de sangue seco.

— Não — responde baixinho enquanto entram.

Não há sinal de Mathieu nem de Henri, o filho do meio, somente de Sara, a bebê, que está dormindo em uma cesta ao lado da lareira. Isabelle acomoda Adeline em uma cadeira em frente à criança e coloca uma panela de água sobre o fogo.

— Você é tão gentil — sussurra Adeline.

— "Eu era forasteiro, e me hospedastes" — responde Isabelle.

É um versículo da Bíblia.

Ela traz uma bacia e um pedaço de pano até a mesa. Ajoelha-se aos pés de Adeline, tira suas sapatilhas imundas e as deposita ao lado da lareira, depois pega suas mãos e começa a limpar seus dedos e a terra debaixo das unhas.

Enquanto trabalha, Isabelle a enche de perguntas, e Adeline tenta responder, tenta de verdade, mas continua sem conseguir dizer o próprio nome, e quando fala sobre sua vida na vila, sobre a sombra na floresta e sobre o pacto, as palavras saem de seus lábios, mas se perdem antes de chegar aos ouvidos da outra garota. O rosto de Isabelle assume uma expressão vazia, seus olhos ficam vidrados, e quando Adeline finalmente fica em silêncio, a garota sacode a cabeça rapidamente, como se estivesse espantando um devaneio.

— Desculpe — diz sua amiga mais antiga, com um sorriso de desculpas. — O que você estava dizendo mesmo?

Com o tempo, Adeline vai descobrir que pode mentir, e as palavras vão se derramar como o vinho, servidas e engolidas com naturalidade. Mas a verdade sempre vai ficar presa na ponta de sua língua. Sua história não vai poder ser ouvida por ninguém além de si mesma.

Isabelle põe uma tigela nas mãos de Adeline quando a criança começa a choramingar.

— É uma hora de viagem a cavalo até a vila mais próxima — diz Isabelle, erguendo a criança enrolada em cobertas. — Você percorreu todo esse caminho a pé? Deve estar... — Está falando com Adeline, sem dúvida, mas com uma voz suave e doce, e sua atenção está completamente voltada para Sara enquanto cheira a depressão suave nos cabelos da bebê.

Adeline é obrigada a admitir que a amiga parece ter nascido para ser mãe — está tão satisfeita que nem se dá conta da atenção que concede à filha.

— O que eu vou fazer com você? — murmura.

Passos soam lá fora, pesados e abotinados, e Isabelle se empertiga um pouco, dando tapinhas nas costas da bebê.

— Deve ser o meu marido, George.

Adeline conhece George muito bem, o beijara uma vez quando tinham seis anos de idade, na época em que beijos eram trocados como peças de um jogo. Mas agora seu coração se sobressalta de pânico, e ela fica de pé num salto, deixando a tigela cair na mesa.

Não é de George que tem medo.

É da porta, e do que vai acontecer quando Isabelle passar por ela.

De repente, pega Isabelle pelo braço, com um aperto firme, e pela primeira vez o medo paira na expressão da amiga. Mas ela logo se recompõe e dá um tapinha na mão de Adeline.

— Não se preocupe. Vou falar com ele. Vai ficar tudo bem — tranquiliza. E, antes que Adeline possa recusar, Isabelle coloca a criança em seus braços e se afasta.

— Espere aqui, por favor.

O medo martela dentro do seu peito, mas Isabelle já se foi. A porta continua aberta, e o som das vozes no quintal se eleva, depois abaixa, enquanto as palavras são reduzidas ao cantarolar do vento. Sara balbucia em seus braços e Adeline a nina um pouco, tentando tranquilizar a bebê e a si mesma. A criança se aquieta, e, quando ela se vira para colocá-la de volta na cesta, ouve um arquejo de surpresa.

— Afaste-se dela.

É Isabelle, com a voz aguda e tensa de pânico.

— Quem deixou você entrar aqui?

Num piscar de olhos, toda a bondade cristã extirpada pelo medo de uma mãe.

— *Você* deixou — responde Adeline, controlando-se para não soltar uma risada. Não há nada engraçado na situação, somente insanidade pura.

Isabelle a encara, apavorada.

— Você está mentindo — retruca, avançando contra Adeline, mas impedida pela mão do marido no seu ombro. Ele também viu Adeline e pensa que é um tipo diferente de animal selvagem, como um lobo dentro da casa deles.

— Não queria fazer nenhum mal — diz ela.

— Então *vá embora* — ordena George.

E o que mais ela poderia fazer? Adeline larga a bebê na cesta, deixando para trás a tigela de sopa, a bacia em cima da mesa e a sua amiga mais antiga. Corre para o quintal e olha de relance para trás, vê Isabelle apertar a filha contra o peito antes que George bloqueie a soleira da porta, segurando um machado, como se ela fosse uma árvore a ser derrubada, uma sombra pairando sobre sua casa.

Depois, ele também desaparece, fecha a porta e a tranca.

Adeline fica parada, sem saber o que fazer, nem para onde ir. Sua mente tem sulcos, desgastados e profundos pelo costume. Suas pernas a levaram para este lugar milhares de vezes. Seu corpo conhece o caminho. Desça a estrada, vire à esquerda e chegará na sua própria casa, que não é mais seu lar, embora os pés de Adeline já estejam indo naquela direção.

Seus pés... Adeline balança a cabeça. Deixou as sapatilhas secando ao lado da lareira de Isabelle.

Há um par de botas de George encostado no muro ao lado da porta, ela as calça e caminha. Não em direção à casa onde cresceu, mas de volta para o rio onde começou a fazer suas preces.

O dia já está quente, e o ar, abafado, quando ela tira as botas na margem do riacho e entra na água rasa.

Perde o fôlego por um instante por causa do frio enquanto o rio lambe suas panturrilhas e beija a parte de trás de seus joelhos. Adeline baixa os olhos, procurando o próprio reflexo deformado e meio que esperando não o encontrar, ver somente o céu atrás da sua cabeça. Mas ela continua ali, distorcida pelo fluxo de água.

Os cabelos, antes trançados, estão desalinhados, e seus olhos, arregalados e penetrantes. Sete sardas salpicam sua pele, como respingos de tinta. Um rosto desenhado em meio ao medo e à raiva.

— Por que você não respondeu minhas preces? — sibila para os raios de sol sobre o riacho.

Mas o rio apenas ri, do seu jeito suave e escorregadio, com o gorgolejar da água passando pelas pedras.

Ela luta com a renda do vestido de noiva, arranca o trapo imundo e o mergulha na água. A correnteza puxa o tecido e seus dedos anseiam por deixá-lo ir embora, por deixar que o rio leve o último vestígio da sua antiga vida, mas agora ela não tem quase nada para desistir de mais alguma coisa.

Adeline mergulha também, livrando-se das últimas flores presas nos cabelos e lavando os vestígios da floresta da sua pele. Emerge com arrepios e sentindo frio, mas está renovada.

O sol está bem alto, e o dia, quente. Ela estira o vestido sobre a grama para secar e também se deita na encosta ao sol. Ficam lado a lado, em silêncio, como se um fosse o fantasma do outro. Ao baixar os olhos, Adeline se dá conta de que a peça é tudo o que possui.

Um vestido. Uma combinação. Um par de botas roubadas.

Inquieta, ela pega um graveto e começa a desenhar padrões abstratos na lama ao longo da margem. Mas cada traço que faz se dissolve, rápido demais para ser por causa do rio. Desenha uma linha reta e observa quando o desenho começa a se apagar antes mesmo que termine de fazer a inscrição. Tenta escrever o nome, mas as mãos ficam paralisadas, presas debaixo da mesma rocha que impediu sua língua de falar. Entalha uma linha mais profunda, escavando a terra, mas não faz a menor diferença, logo o sulco também desaparece, e ela deixa escapar um suspiro de raiva enquanto atira o graveto para longe.

As lágrimas ardem em seus olhos enquanto ela ouve o arrastar de pés pequenos, pisca e vê um menino de rosto redondo de pé perto dela. O filho de quatro anos de Isabelle. Addie costumava balançá-lo nos braços, girando até que os dois ficassem tontos e começassem a rir.

— Oi! — cumprimenta o menino.

— Oi! — responde, com a voz um pouco trêmula.

— Henri! — grita a mãe do menino, e, em um instante, Isabelle aparece no cume da encosta, com uma cesta de roupa suja apoiada no quadril. Vê Adeline sentada na grama, estende a mão não para a amiga, mas para o filho.

— Venha para cá — ordena, com os olhos azuis se demorando em Adeline.

— Quem é você? — pergunta Isabelle, e ela tem a sensação de estar à beira de um precipício, com o chão desabando sob seus pés, o corpo inclinando para a frente, perdendo o equilíbrio, enquanto começa a descida apavorante mais uma vez.

— Está perdida?

Déjà-vu. Déjà-su. Déjà-vécu.

Já visto. Já conhecido. Já vivido.

Elas já estiveram aqui antes, já passaram por esta estrada, ou outra muito parecida, de modo que Adeline sabe onde pisar, o que dizer e quais palavras incitariam sua bondade. Sabe que se pedir do jeito certo, Isabelle vai levá-la para casa, envolver seus ombros com uma manta e lhe oferecer uma tigela de sopa. Vai dar tudo certo, até o momento em que não der mais.

— Não. Só estou de passagem.

É a resposta errada, e a expressão de Isabelle endurece.

— Não é apropriado que uma mulher viaje sozinha. Muito menos neste estado.

— Eu sei. Eu tinha outras roupas, mas fui roubada.

Isabelle empalidece.

— Por quem?

— Um estranho na floresta — responde, e não está mentindo.

— Você está ferida?

Estou, Adeline pensa. *Gravemente*. Mas se força a balançar a cabeça e responder:

— Vou ficar bem.

Não tem escolha.

A outra mulher deixa a cesta de roupa suja no chão.

— Espere aqui — diz Isabelle, a versão bondosa e gentil. — Volto logo.

Ela pega o filho pequeno nos braços e volta na direção da casa, e, assim que some de vista, Adeline pega o vestido da grama, ainda úmido na bainha, e o veste.

É óbvio que Isabelle vai se esquecer dela de novo.

A meio caminho de casa, vai diminuir o passo e se perguntar por que está sem as roupas que levou para lavar. Vai culpar o cansaço, a mente aturdida pelos três filhos, o resfriado da bebê e voltar para o rio. E, dessa vez, não vai encontrar nenhuma mulher sentada na margem e nenhum vestido estirado ao sol, somente um graveto abandonado na grama e uma lama sem marcas, como uma tela em branco.

***

"Déjà vu.

Déjà su.

Déjà vécu."

Adeline desenhou a casa da família centenas de vezes.

Memorizou o ângulo do telhado, a textura da porta, as sombras da oficina do pai e os galhos do velho teixo que se ergue como uma sentinela no canto do quintal.

Está escondida atrás do tronco agora, enquanto observa Maxime pastando ao lado do celeiro, a mãe pendurando os lençóis no varal e o pai entalhando um bloco de madeira.

Conforme assiste a tudo, Adeline se dá conta de que não pode mais ficar.

Ou melhor, poderia ficar e descobrir uma maneira de pular de casa em casa, como seixos deslizando pela superfície do rio, mas não vai fazer isso. Porque, quando pensa a respeito, não se sente nem como o rio nem como as pedras, mas como a mão, cansada de atirar pedrinhas.

Primeiro, Estele fecha a porta na sua cara.

Depois, Isabelle é bondosa com ela em um instante, somente para ficar apavorada no outro.

Mais tarde, muito mais tarde, Addie vai transformar esses ciclos em um jogo, vai testar durante quanto tempo consegue ficar pulando de poleiro em poleiro antes de cair. Mas, agora, a dor ainda é muito recente, muito aguda, e ela não consegue nem sequer imaginar passar por tudo de novo, não consegue suportar o olhar cansado no rosto do pai e a censura nos olhos de Estele. Adeline LaRue é incapaz de ser uma estranha aqui, entre as pessoas que conheceu a vida inteira.

Vê-los se esquecerem dela dói demais.

A mãe volta para dentro de casa, e Adeline abandona o abrigo da árvore, começando a atravessar o quintal, não em direção à porta principal, mas à oficina do pai.

Há apenas uma janela coberta e uma lamparina apagada, a única luz que entra é uma réstia de sol que penetra pela porta aberta, mas é o bastante para que possa enxergar. Conhece de cor os contornos do lugar. O ar tem cheiro de seiva, terroso e doce, o chão está coberto de serragem e poeira, e cada superfície exibe os frutos do trabalho do pai. Um cavalo de madeira, inspirado em Maxime, é óbvio, mas não muito maior do que um gato doméstico. Um jogo de tigelas, decoradas somente pelos anéis do tronco do qual foram talhadas. Uma coleção de pássaros do tamanho da palma de uma mão, com as asas estendidas, dobradas ou estiradas em pleno voo.

Adeline aprendeu a esboçar o mundo com carvão e grafite prensado, mas seu pai sempre criou com o auxílio de uma faca, esculpindo formas do zero, dando amplitude, profundidade e vida à madeira.

Ela estende a mão e toca o focinho do cavalo, como centenas de vezes antes.

O que veio fazer aqui?

Adeline não sabe.

Talvez se despedir do pai, sua pessoa favorita no mundo.

É assim que vai se lembrar dele. Não pela ignorância triste em seus olhos, ou pela expressão inflexível em seu rosto enquanto a conduzia para a igreja, mas pelas coisas que ele amava. Pelo modo como a ensinou a segurar o carvão, esboçando formas e sombras com o peso da mão. Pelas canções e histórias, e pelas paisagens dos cinco verões em que ela o acompanhou ao mercado, quando Adeline era velha o bastante para viajar, mas não para causar um alvoroço. Pelo presente atencioso que foi o anel de madeira, feito para a primeira e única filha no dia em que ela nasceu — o mesmo que ela ofereceu à escuridão mais tarde.

Agora Adeline ergue a mão ao pescoço para tocar o cordão de couro com o polegar, e algo nas profundezas de seu interior se retrai quando ela lembra que o anel se foi para sempre.

Há pedaços de pergaminho espalhados pela mesa, cobertos de desenhos e medidas, indícios de trabalhos passados e futuros. Ela vê um lápis na beira da escrivaninha e, sem se dar conta, estende o braço para pegá-lo, mesmo quando um eco de pavor ressoa em seu peito.

Encosta-o no papel e começa a escrever:

Cher Papa...

Porém assim que o lápis rabisca o papel, as letras desvanecem em seu rastro. Quando Adeline termina de escrever essas duas palavras vacilantes, elas já desapareceram; e ao golpear a mesa com a mão, deixa cair um potinho de verniz, derramando o óleo precioso em cima das anotações do pai e na madeira abaixo. Apressa-se para juntar os papéis, manchando as mãos, e derruba um dos pequenos pássaros de madeira no chão.

Mas não é preciso pânico.

O verniz já está sendo absorvido, afundando como uma pedra no fundo de um rio até sumir. É muito estranho tentar compreender este momento, entender o que foi e o que não foi perdido.

O verniz desapareceu, mas não voltou para o pote, que continua caído ao lado, vazio, com o conteúdo perdido. O pergaminho não apresenta nenhuma marca, está intocado, assim como a mesa. Somente as mãos dela estão manchadas, com o óleo delineando as espirais dos dedos e as linhas das palmas. Ainda está examinando as mãos quando dá um passo para trás e ouve o estalo terrível da madeira se partindo sob o seu calcanhar.

É o passarinho de madeira, com uma das asas quebrada no chão de terra batida. Adeline estremece — era o seu preferido do bando, congelado em um movimento ascendente, o primeiro estágio de voo.

Ela se agacha para pegá-lo, mas, assim que ergue o corpo, as farpas de madeira desaparecem do chão e o passarinho de madeira se encontra intacto outra vez na sua mão. Quase o deixa cair pela surpresa, não entende por que *isso* é o que lhe parece impossível. Foi transformada em uma estranha, viu a si mesma sumir das lembranças das pessoas que conheceu e amou a vida inteira como o sol atrás de uma nuvem, observou cada marca que tentou deixar ser desfeita, apagada.

Mas o pássaro é diferente.

Talvez porque possa segurá-lo em suas mãos. Talvez porque, por um momento, isso pareça uma bênção, o cancelamento de um acidente, a emenda de um erro, e não simplesmente uma extensão do seu próprio apagamento. Da sua incapacidade de deixar uma marca. Mas Adeline não pensa nisso assim, não ainda, não passou meses inspecionando a maldição com cuidado, memorizando sua forma, estudando as superfícies lisas à procura de rachaduras.

Neste momento, apenas segura o pequeno pássaro intacto com força, agradecida por ele estar a salvo.

Está prestes a devolver a estatueta ao bando quando algo a detém — talvez a estranheza do momento ou, quem sabe, o fato de já estar sentindo falta desta vida, mesmo que ela nunca vá sentir a sua. Enfia o pássaro no bolso da saia e se força a sair da choupana e ir para longe de casa.

Adeline desce a estrada, passando pelo teixo e fazendo a curva até chegar aos limites da cidade. Só então se permite olhar para trás e deixar que seus olhos percorram, pela última vez, a fileira de árvores do outro lado do campo, cujas sombras densas se estendem sob o sol, antes de virar as costas para a floresta, para a cidade de Villon e para uma vida que não pertence mais a ela, e começa a caminhar.

VILLON-SUR-SARTHE, FRANÇA
30 de julho de 1714

XIV

Villon some de vista como uma carroça virando a esquina, os telhados são engolidos pelas árvores e pelas colinas que cercam a vila. Quando Adeline finalmente cria coragem para olhar para trás, a cidade se foi.

Suspira, se vira e continua, estremecendo de dor por causa do formato estranho das botas de George.

Metade delas sobra em seus pés. Adeline encontrou um par de meias em um varal, enfiou-as na frente dos dedos para fazer com que o calçado coubesse certinho, mas depois de caminhar por quatro horas pode sentir os lugares onde a pele ficou em carne viva por causa do atrito, com o sangue se acumulando no solado de couro. Tem medo de olhar os machucados, então não o faz, se concentra apenas no caminho adiante.

Decidiu ir para a cidade murada de Le Mans. É o lugar mais distante onde já esteve e, mesmo assim, nunca tinha feito a viagem sozinha.

Sabe que o mundo é muito maior que as cidadelas ao longo do rio Sarthe, mas neste momento não consegue pensar em nada além da estrada à sua frente. Cada passo a leva para mais longe de Villon, para mais longe de uma vida que não pertence mais a ela.

Você queria ser livre, diz uma voz que não é a sua; não, é mais grave, mais aveludada, revestida de cetim e da fumaça que sobe da lenha.

Adeline contorna as vilas, as fazendas solitárias pelos campos. Há enormes extensões de terra em que o mundo parece se esvaziar ao seu redor. Como se um artista tivesse desenhado um esboço inicial da paisagem e então parado, distraído da tarefa.

Em certo momento, ouve uma carroça descendo aos solavancos pela estrada e se agacha sob a sombra de um bosque próximo para esperar que o veículo siga em frente. Não quer se afastar demais da estrada nem do rio, mas quando olha por cima do ombro, através de uma fileira de árvores, avista a coloração amarelada das frutas de verão e seu estômago ronca de vontade.

Um pomar.

A sombra é agradável, o ar está fresco, e ela, ávida, colhe um pêssego maduro de um galho baixo e crava os dentes na fruta, seu estômago vazio se contorce com o gosto açucarado. Apesar da dor, também come uma pera e mais um punhado de ameixas mirabelle, depois faz uma concha com as palmas das mãos e bebe água de um poço nas extremidades do pomar antes de se forçar a seguir adiante, para longe do abrigo e de volta ao calor do verão.

As sombras estão compridas quando ela finalmente se senta na beira do rio e tira as botas para avaliar as feridas dos pés.

Mas não tem nenhuma.

As meias estão limpas de sangue. Seus calcanhares, ilesos. Não há nenhum sinal dos quilômetros que percorreu, do desgaste causado pelas muitas horas de andança pela estrada de terra batida, embora tenha sentido a dor a cada passo. Os ombros tampouco estão queimados pelo sol, apesar de ter sentido o calor durante todo o dia. Seu estômago se revira, ansiando por algo mais que frutas roubadas, mas conforme a luz diminui de intensidade e as montanhas ficam às escuras, não avista lampiões nem casas por perto.

Exausta, poderia se encolher ali mesmo na beira do rio e adormecer, mas os insetos pairam acima da superfície da água e picam sua pele, de modo que ela volta para o campo aberto e afunda em meio à grama alta, como costumava fazer quando era mais nova e sonhava em estar em outro lugar. A grama engolia a casa, a oficina, os telhados de Villon, tudo, a não ser o céu aberto sobre sua cabeça, um céu que poderia pertencer a qualquer lugar do mundo.

Agora, enquanto contempla o crepúsculo salpicado de estrelas, sente saudades de casa. Não de Roger nem do futuro que não desejava, mas do aperto nodoso da mão de Estele sobre a sua enquanto a anciã lhe mostrava como colher framboesas dos arbustos, e do murmúrio suave da voz do pai enquanto trabalhava na choupana, com o aroma de seiva e serragem impregnado no ar. As partes de sua vida que nunca tinha desejado perder.

Desliza a mão para dentro do bolso da saia, com os dedos procurando o passarinho esculpido. Não tinha se permitido tocá-lo antes, quase certa de que ele tinha sumido, como todos seus outros atos — mas ele continua ali, com a madeira polida e morna.

Adeline tira o pássaro do bolso, ergue-o contra o céu e reflete.

Não tinha conseguido quebrar a estatueta.

Mas pôde *trazê-la* consigo.

Entre os itens da lista crescente de negativas — não pode escrever, não pode pronunciar o próprio nome, não pode deixar uma marca —, esta é a primeira coisa que ela foi *capaz* de fazer. *Roubar*. Vai levar bastante tempo até aprender os limites da sua maldição, e mais tempo ainda para compreender o senso de humor da sombra, antes que ele a olhe com uma taça de vinho em mãos e faça a observação de que um roubo bem-sucedido é um ato anônimo. A ausência de uma marca.

Neste momento, ela se sente simplesmente grata pelo talismã.

Meu nome é Adeline LaRue, fala para si mesma, segurando o passarinho de madeira com força. *Sou filha de Jean e de Marthe e nasci em Villon, no ano de 1691, em uma casa de pedra que fica atrás de um velho teixo...*

Conta sua história para a pequena escultura, como se temesse esquecer a si mesma tão facilmente quanto as outras pessoas, sem saber que sua mente se tornou uma prisão inescapável, e sua memória, uma armadilha perfeita. Nunca mais vai se esquecer de nada, embora vá desejar ser capaz disso.

Conforme a noite avança furtiva e a coloração arroxeada do céu dá lugar ao preto, Adeline ergue os olhos para a escuridão e começa a suspeitar que a escuridão esteja olhando de volta para ela, aquele deus, ou demônio, com seu olhar cruel, sorriso desdenhoso e feições distorcidas de uma maneira que ela nunca desenhou.

Enquanto encara o céu com a cabeça erguida, as estrelas parecem assumir os contornos de um rosto, as linhas das bochechas e a testa. A ilusão se consolida até que ela quase se convence de que o manto da noite vai ondular e se distorcer, como aconteceu com as sombras na floresta, o espaço entre as estrelas se partindo para revelar os olhos cor de esmeralda.

Morde a língua para não o evocar, com medo de que outra coisa decida responder.

Afinal, não está mais em Villon. Não sabe quais deuses poderiam estar perambulando por estes lados.

Mais tarde, vai perder as forças.

Mais tarde, vai haver noites em que a necessidade vai suprimir a cautela, e ela vai gritar, amaldiçoar e desafiar a escuridão a aparecer e confrontá-la.

Mais tarde, não nesta noite. Está cansada, com fome e relutante em desperdiçar a pouca energia que tem com deuses que não vão atendê-la.

Então deita de lado, encolhida, fecha bem os olhos e aguarda a chegada do sono. No meio-tempo, pensa nas tochas pelo campo, do outro lado da floresta, e nas vozes gritando o seu nome.

Adeline, Adeline, Adeline.

As palavras a golpeiam repetidas vezes, tamborilando na sua pele como a chuva.

Ela acorda um pouco mais tarde com um sobressalto. O mundo está escuro como tinta preta e o aguaceiro já ensopou seu vestido — uma tempestade repentina e pesada está caindo.

Com as saias arrastando no chão, Adeline cruza o campo, correndo em direção à fileira de árvores mais próxima. Em Villon, adorava ouvir o barulho da chuva contra as paredes de casa, costumava ficar deitada escutando enquanto a água lavava o mundo. Mas agora não tem cama nem abrigo. Faz o melhor que pode para torcer a água do vestido, mas o tecido está começando a esfriar sua pele, então ela se aconchega em meio às raízes, tremendo sob a copa avariada da árvore.

Meu nome é Adeline LaRue, diz para si mesma. *Meu pai me ensinou a ser uma sonhadora, minha mãe me ensinou a ser uma esposa e Estele me ensinou a falar com os deuses.*

Seus pensamentos se demoram em Estele, que costumava ficar debaixo da chuva, com as mãos abertas como se quisesse apanhar a tempestade. Estele, que sempre preferiu sua própria companhia à dos outros.

Que muito provavelmente não se importaria em ficar sozinha no mundo.

Tenta imaginar o que a anciã diria se pudesse vê-la agora, mas toda vez que tenta evocar aqueles olhos penetrantes, aquela boca sábia, Adeline se lembra apenas da maneira como Estele a olhou pela última vez, o modo como seu rosto se enrugou e, em seguida, ficou sem expressão. Depois de passarem uma vida inteira juntas, a lembrança de Adeline evaporou como se fosse uma lágrima.

Não, não devia pensar em Estele.

Adeline abraça os joelhos e tenta dormir. Quando volta a acordar, a luz do sol está se derramando por entre as árvores. Um tentilhão está no solo coberto de musgo, bicando a bainha de seu vestido. Ela o espanta e verifica se o passarinho de madeira continua no seu bolso enquanto se levanta e cambaleia, tonta de fome, dando-se conta de que só come frutas há um dia e meio.

Meu nome é Adeline LaRue, diz para si mesma enquanto volta para a estrada. A frase está se tornando um mantra, algo para passar o tempo, para medir seus passos, e ela a repete várias e várias vezes.

Faz uma curva e para de andar, piscando furiosamente, como se o sol estivesse ofuscando sua visão. Não está, e, no entanto, o mundo diante dela parece ter sido mergulhado em um amarelo vivo e súbito, os campos verdes parecem ter sido devorados por um manto da cor da gema de um ovo.

Olha por cima do ombro, mas a trilha atrás dela continua sendo verde e marrom, os tons habituais do verão. O campo adiante é de semente de mostarda, embora ela ainda não soubesse disso. A vista é simplesmente linda, de um jeito avassalador. Addie fica admirando a paisagem e, por um momento, se esquece da fome, dos pés doloridos, das perdas repentinas, e fica maravilhada com o resplendor surpreendente, a cor arrebatadora.

Avança pelo campo, com as palmas das mãos roçando os botões de flores, sem medo de esmagar as plantas sob os pés, pois elas se endireitam assim que Addie passa, apagando seus passos. Quando chega à extremidade mais distante do campo, da trilha e da vegetação homogênea, a paisagem parece entediante, e seus olhos buscam outra fonte de encantamento.

Logo depois, ela avista uma cidade maior e está prestes a contorná-la quando sente um aroma que faz seu estômago doer.

Manteiga e fermento, o cheiro doce e substancioso de pão.

Ela está com o aspecto de um vestido que caiu do varal, amassada e suja, e seus cabelos são como um ninho de rato, mas está faminta demais para se importar. Segue o aroma entre as casas da cidade e sobe uma rua estreita até chegar à praça da vila. Vozes se elevam junto com o cheiro de pão assando no forno e, quando vira a esquina, ela se depara com um pequeno aglomerado de mulheres sentadas ao redor de um forno comunitário. Empoleiram-se sobre o banco de pedra que o rodeia, rindo e conversando como pássaros em um galho de árvore enquanto as broas de pão crescem dentro da boca aberta do forno. A visão é chocante, cotidiana de uma maneira dolorosa, e Adeline permanece na viela sombreada por um momento, escutando o trinado e o gorjeio das vozes, antes que a fome fale mais alto.

Não precisa vasculhar os bolsos para saber que não tem nenhum trocado. Talvez pudesse fazer uma permuta em troca do pão, mas tudo que possui é o pássaro de madeira, e quando o encontra em meio às dobras das saias, seus dedos se recusam a largar a estatueta. Poderia pedir esmola, mas o rosto de sua mãe lhe vem à mente, com os olhos cheios de desdém.

Sua única saída é roubar, o que é errado, sem dúvida, mas está com fome demais para deixar que o pecado pese na consciência. Só falta descobrir como fazer isso. O forno está sendo meio que vigiado e, apesar de ela parecer sumir da memória das pessoas muito rápido, ainda é de carne e osso, não um fantasma. Não pode simplesmente pegar uma broa de pão sem causar alvoroço. É bem capaz que as mulheres se esqueçam de Adeline em um piscar de olhos, mas que tipo de perigo ela correria antes? Se pegasse o pão e saísse correndo, por quanto tempo teria que fugir? E com que rapidez?

Então ela ouve o som. Um ruído baixo de animal, quase imperceptível sob o burburinho da conversa.

Adeline dá a volta na guarita de pedra e vê sua oportunidade do outro lado da ruela — uma mula sob a sombra, mastigando preguiçosamente a ração ao lado de um saco de maçãs e uma pilha de lenha.

Tudo que Adeline tem de fazer é dar uma palmada bem dada e o animal vai sair em disparada, mais pelo choque do que pela dor, ou é o que ela espera. A mula corre aos encontrões, derrubando as maçãs e a lenha, avançando.

Então, do nada, a praça se sobressalta e fica em meio a uma confusão breve, mas barulhenta, enquanto o animal trota para longe, arrastando um saco de grãos, e as mulheres ficam de pé num salto, o trinado e o gorjeio de suas risadas substituídos pelos gritos tensos de consternação.

Adeline desliza para perto do forno como uma nuvem, apanhando o pão mais próximo da boca de pedra. A dor arde em seus dedos enquanto pega a broa, e ela quase a deixa cair no chão, mas está faminta demais e, além disso, está começando a aprender que qualquer dor uma hora passa. A broa é sua, e quando as pessoas finalmente acalmam a mula, os grãos são devolvidos ao saco, as maçãs, coletadas, e as mulheres voltam a se sentar ao lado do forno, Adeline já foi embora.

Ela se recosta sob a sombra de um estábulo nos limites da cidade, cravando os dentes no pão ainda malcozido. A massa se dissolve na sua boca, pesada, doce e difícil de engolir, mas ela não se importa. É o bastante para aliviar um pouco da fome. Sua mente começa a voltar aos eixos. A angústia se desfaz no seu peito e, pela primeira vez desde que saiu de Villon, Adeline se sente, se não por inteiro, um pouco mais humana. Afasta-se do muro do estábulo e recomeça a caminhada, seguindo o sol e a trilha do rio em direção a Le Mans.

Meu nome é Adeline... recomeça, mas depois para.

Nunca gostou muito do nome, e agora não consegue nem o pronunciar. Seja lá qual for o nome que use para si mesma, vai ficar apenas na sua cabeça. *Adeline* é a mulher que ela deixou para trás, em Villon, na véspera de um casamento que nunca quis. Mas *Addie...* Addie foi um presente que ganhou de Estele, mais curto, mais afiado, o nome da garota que viajava para os mercados e espichava a cabeça para enxergar acima dos telhados, para a garota que desenhava e sonhava com histórias mais interessantes, com mundos mais grandiosos, com vidas repletas de aventuras.

Então, enquanto segue seu caminho, ela começa a contar a história de novo na sua cabeça.

Meu nome é Addie LaRue...

NOVA YORK
11 de março de 2014

XV

O apartamento está silencioso demais sem James.
    Addie nunca o considerou escandaloso — charmoso e entusiasmado, sim, mas dificilmente berrante —, e agora se dá conta de como ele preenchia o ambiente quando estavam ali.

Naquela noite, ele colocou um vinil para tocar e cantou enquanto preparava um sanduíche de queijo quente no fogão de seis bocas. Comeram de pé, porque o apartamento era novo e ele ainda não tinha comprado as cadeiras da cozinha. Ainda não há cadeiras na cozinha, mas também não há mais nenhum James — ele viajou para gravar —, e o espaço se estende em volta dela, silencioso e grande demais para uma pessoa só, com o teto alto e o vidro reforçado combinados para bloquear os sons da cidade, reduzindo Manhattan a uma imagem, quieta e cinzenta, do outro lado das janelas.

Addie coloca para tocar um vinil atrás do outro, mas o som apenas reverbera. Tenta assistir à televisão, mas o zumbido das notícias é mais estático do que todo o resto, assim como o coro metálico das vozes no rádio, distantes demais para parecerem reais.

O céu é de uma cor cinzenta e estática, com uma bruma fina de chuva borrando a visão dos outros edifícios. É um desses dias perfeitos para acender um fogo à lenha, tomar uma boa caneca de chá e ler um bom livro.

Mas a lareira de James é a gás e, quando inspeciona a despensa em busca da sua mistura favorita de folhas de chá, ela encontra a caixa vazia no fundo do armário. Além disso, todos os livros que ele tem em casa são de história, não de ficção, e Addie sabe que não pode passar o dia inteiro aqui, apenas com a própria companhia.

Veste-se de novo, dessa vez com as próprias roupas, e alisa o edredom sobre a cama, embora saiba que as camareiras certamente vão passar por aqui antes que James volte de viagem. Depois de lançar um último olhar para o dia melancólico, rouba de uma prateleira do armário um cachecol xadrez de caxemira macia ainda com a etiqueta afixada e sai do apartamento, com o clique do trinco soando atrás de si.

A princípio, não sabe para onde está indo.

Há dias em que ela ainda se sente como um leão enjaulado, andando de um lado para o outro dentro de um cercado. Seus pés têm vontade própria, e logo a levam para a área nobre da cidade.

Meu nome é Addie LaRue, pensa consigo enquanto caminha.

Trezentos anos se passaram e uma parte dela ainda tem medo de esquecer. Sem dúvida, houve momentos em que desejou que sua memória fosse mais volúvel, em que teria dado tudo para se deixar levar pela insanidade e desaparecer. É a estrada mais fácil, aquela onde você se perde.

Como Peter, na história de *Peter Pan*, de J. M. Barrie.

No fim, quando ele se senta no rochedo, com a lembrança de Wendy Darling desaparecendo. Esquecer é uma coisa triste.

Mas é muito *solitário* ser esquecido.

Lembrar-se de tudo quando mais ninguém se lembra.

Eu me lembro, sussurra a escuridão, quase com gentileza, como se não fosse ele que a tivesse amaldiçoado.

Pode ser que seja o mau tempo, ou talvez seu estado de ânimo nostálgico, mas Addie vai em direção ao leste do Central Park, pega a rua 82 e entra nos saguões de granito do Museu Metropolitano de Arte.

Addie sempre foi apaixonada por museus.

"Esquecer é uma coisa triste.

Mas é muito solitário ser esquecido."

São espaços em que a história é contada fora do lugar onde aconteceu, em que a arte é organizada, e os artefatos, exibidos em pedestais ou pendurados nas paredes acima de pequenas placas didáticas. Às vezes, Addie se sente como um museu. Um que somente ela pode visitar.

Atravessa o saguão enorme, repleto de arcos de pedra e fileiras de colunas, abre caminho por entre a seção greco-romana e passa pela Oceania, exposições que apreciou centenas de vezes, e continua andando até chegar ao pátio de esculturas europeias, com suas gigantescas estátuas de mármore.

Encontra a escultura na sala seguinte, onde sempre fica.

Exposta em uma caixa de vidro ao longo da parede, ladeada por peças feitas de ferro ou de prata. Não é muito grande para uma escultura, é do comprimento de seu braço, do cotovelo até a ponta dos dedos. Um pedestal de mármore com cinco pássaros de madeira empoleirados, cada um deles prestes a alçar voo. É o quinto da sequência que atrai seu olhar: a elevação do bico, a angulação das asas, o arqueado suave das penas, que uma vez foram entalhados na madeira e agora são recriados na pedra.

A obra é chamada de *Revenir*. "Regressar."

Addie se lembra da primeira vez que se deparou com a escultura, um pequeno milagre exposto sobre um bloco branco e minimalista. O artista, Arlo Miret, é um homem que ela nunca conheceu, com quem nunca se encontrou e, no entanto, ele achou um fragmento da sua história, do seu passado, e o transformou em algo memorável, valioso, belo.

Ela gostaria de poder tocar o passarinho, passar os dedos ao longo de sua asa como costumava fazer, mesmo sabendo que não se trata do pássaro que perdeu, que este não foi esculpido pelas mãos fortes de seu pai, mas por um estranho. Ainda assim, está ali, é real e, de certa maneira, lhe pertence.

Um segredo guardado. Um registro. A primeira marca que ela deixou no mundo, muito antes de saber a verdade: as ideias são muito mais indomáveis do que as lembranças, elas anseiam e estão sempre à procura de novas formas de criar raízes.

LE MANS, FRANÇA
31 de julho de 1714

XVI

Le Mans jaz como um gigante adormecido nos campos ao longo do rio Sarthe.

Faz mais de dez anos desde a última vez que autorizaram Addie a viajar, empoleirada ao lado do pai na carroça da família, até a cidade murada.

Agora sente o coração disparar enquanto atravessa os portões da cidade. Dessa vez, não há cavalo, nem pai, nem carroça, mas, sob a luz do cair da tarde, a cidade está tão movimentada e agitada quanto ela se lembrava. Addie não se dá ao trabalho de passar despercebida na multidão — se, de vez em quando, alguém olha de relance na sua direção e nota a jovem de vestido branco manchado, guarda suas opiniões para si mesmo. É mais fácil estar sozinha em meio a tanta gente.

O único problema é que não sabe para onde ir. Detém-se por um momento para pensar, mas ouve cascos de cavalo, que surgem do nada e parecem perto demais, e por pouco escapa de ser atropelada por uma carroça.

— Sai da frente! — grita o condutor enquanto ela dá um pulo para trás e esbarra em uma mulher que carrega uma cesta de peras. A cesta enverga, derramando três ou quatro frutas na calçada de pedras.

— Olhe por onde anda — vocifera a estranha, mas quando Addie se agacha para ajudá-la a recolher as frutas do chão, a mulher solta um gritinho e pisa nos seus dedos.

Addie recua e enfia as mãos nos bolsos, se agarra no passarinho de madeira enquanto segue pelas ruas sinuosas em direção ao centro da cidade. Há muitos caminhos, mas todos parecem iguais.

Pensou que o lugar lhe seria mais familiar, mas é estranho. Um resquício de um sonho distante. Na última vez que Addie esteve aqui, a cidade parecia encantada, um lugar grandioso e cheio de vida: os mercados agitados banhados pelos raios de sol, as vozes ecoando nas pedras e os ombros largos de seu pai bloqueando a parte sombria da cidade.

Mas agora, sozinha, uma ameaça se infiltrou como neblina, apagando o charme jovial e deixando somente os picos mais agudos se sobressaírem em meio à névoa. Uma versão da cidade substituída por outra.

Um *palimpsesto*.

Ela ainda não conhece a palavra, mas daqui a cinquenta anos, em um salão de Paris, vai ouvir pela primeira vez o conceito que designa um passado obliterado e reescrito pelo presente, e vai se lembrar deste momento em Le Mans.

Um lugar que conhece bem, e que ao mesmo tempo não conhece.

Como foi tola em pensar que a cidade continuaria igual, quando todo o resto mudou. Quando *ela* mudou, primeiro virou uma mulher e depois isto — um espectro, um fantasma.

Engole em seco e se endireita, determinada a não vacilar nem desmoronar.

Mas Addie não consegue encontrar a hospedaria onde costumava ficar com o pai, e, mesmo que a encontrasse, o que iria fazer lá? Não tem como pagar, e, se tivesse, quem alugaria um quarto para uma mulher desacompanhada? Le Mans é uma cidade, mas não tão grande para que algo do tipo passe despercebido ao senhorio.

Aperta com mais força a escultura dentro do bolso enquanto perambula pelas ruas. Há um mercado logo depois da prefeitura, mas está fechando. As mesas se esvaziam, as carroças se afastam e o chão está entulhado com os restos de alface e algumas batatas mofadas. Antes mesmo que Addie pense em tentar procurar algo em bom estado entre os alimentos, eles desaparecem, apanhados por mãos menores e mais ágeis.

Há uma taverna na extremidade da praça.

Ela observa um homem descer da montaria, uma égua rajada, e passar as rédeas para um cavalariço, já se virando em direção ao barulho e agitação das portas abertas. Addie observa o cavalariço levar a égua a um amplo estábulo de madeira e sumir na meia penumbra. Mas não é o estábulo nem a égua que chamam sua atenção, mas a bolsa deixada sobre o lombo do animal. Duas sacolas pesadas, protuberantes como sacos cheios de grãos.

Atravessa a praça e entra de fininho no estábulo atrás do cavalariço e da égua, com passos tão leves e rápidos quanto possível. A luz do sol se infiltra debilmente entre as vigas do telhado, transformando o lugar em um refúgio ameno, com alguns poucos pontos de luz em meio a camadas de sombras — o tipo de lugar que ela teria adorado desenhar.

Uma dúzia de cavalos se empertigam nas baias e, do outro lado do estábulo, o cavalariço canta baixinho para a égua conforme remove os arreios, joga a cela em cima da divisória de madeira e escova o pelo do animal, enquanto seu próprio cabelo é um ninho de nós e emaranhados.

Addie se abaixa, rastejando-se até as baias no fundo do estábulo, com as bolsas e sacolas espalhadas sobre as divisórias de madeira entre os cavalos. Suas mãos vasculham avidamente os fechos, procurando debaixo das fivelas e das abas. Não há carteiras, mas ela encontra um casaco pesado de equitação, um odre de vinho e uma faca de desossar do tamanho de sua mão. Põe o casaco sobre os ombros, guarda a lâmina dentro de um bolso fundo e o odre de vinho no outro enquanto continua rastejando, silenciosa como um fantasma.

Não vê o balde vazio até chutá-lo, produzindo um estrondo agudo. O objeto cai com um baque surdo sobre o feno, e Addie prende a respiração, na esperança de que o som tenha sido abafado pelo barulho dos cascos. No entanto, o cavalariço para de cantar. Ela se abaixa ainda mais, curvando-se nas sombras da baia mais próxima. Cinco segundos se passam, depois dez, e finalmente o cavalariço retoma a cantoria e Addie endireita o corpo, abrindo caminho até a última baia, onde um corpulento cavalo de carga descansa, mascando grãos ao lado de uma bolsa fechada à fivela. Ela estende os dedos em direção ao fecho.

— O que você está fazendo?

A voz soa perto demais, atrás dela. O cavalariço, que não está mais cantarolando nem escovando a égua rajada, agora se encontra no corredor entre os cubículos, com um chicote nas mãos.

— Desculpe, senhor — diz ela, quase sem fôlego. — Estou procurando o cavalo do meu pai. Ele quer que eu pegue uma coisa.

O cavalariço a encara sem piscar, com metade das feições engolidas pela cabeleira escura.

— E qual cavalo seria?

Ela gostaria de ter examinado os animais tão bem quanto examinou as cargas, mas não pode hesitar para não ser pega, então se vira rapidamente e aponta para o cavalo de carga.

— Este aqui.

Para uma mentira, é bastante convincente, do tipo que poderia muito bem ser verdade se ela pelo menos tivesse escolhido outro cavalo. Um sorriso sombrio surge sob a barba do homem.

— Ah — diz, estalando o chicote na palma da mão —, pena que este cavalo é *meu*.

Addie sente uma vontade estranha e inconveniente de soltar uma gargalhada.

— Posso escolher de novo? — sussurra, avançando devagar em direção à porta do estábulo.

Em algum lugar próximo, uma égua relincha. Outra bate com os cascos no chão. O chicote para de estalar na mão do homem, e Addie sai correndo pela lateral, entre as baias, com o cavalariço no seu encalço.

Ele é rápido — uma velocidade adquirida, sem dúvida, ao longo do tempo correndo atrás dos animais —, mas ela é mais leve e tem muito mais a perder. A mão do homem encosta na gola do casaco roubado, mas não consegue pegá-la. Os passos pesados vacilam e perdem o ritmo, e Addie pensa que se livrou, um segundo antes de ouvir o badalar nítido de um sino na parede do estábulo, seguido pelo som de botas vindas de fora.

Está quase chegando à saída do estábulo quando o segundo homem surge, com a sombra da silhueta recortada barrando a saída.

— Algum animal escapou? — berra antes de vê-la, coberta pelo casaco roubado e com as botas grandes demais presas no feno. Ela dá meia-volta e

111

cai direto nos braços do cavalariço. Ele agarra seus ombros com os dedos, pesados como correntes, e quando Addie tenta se desvencilhar, o aperto se torna forte o suficiente para machucá-la.

— Peguei a mocinha roubando — diz, com os pelos ásperos da barba arranhando o rosto dela.

— Me solta — implora, enquanto ele a aperta com força.

— Isto aqui não é uma barraca de mercado — desdenha o outro homem, tirando uma faca do cinto. — Você sabe o que a gente faz com ladras?

— Foi um erro. Por favor. Me deixem ir embora.

Ele balança a faca de um lado para o outro, negando.

— Não antes de você pagar.

— Eu não tenho dinheiro.

— Não tem problema — retruca o segundo homem, aproximando-se. — Ladras pagam com o corpo.

Ela tenta se libertar, mas as mãos do cavalariço parecem de ferro ao segurar seus braços enquanto a faca desce sobre os cordões do seu vestido, cortando-os como se fossem cordas de violão. Quando se contorce pela segunda vez, não está mais tentando se desvencilhar, só alcançar a faca de desossar que está dentro do bolso do casaco roubado. Seus dedos roçam o cabo de madeira duas vezes antes que consiga empunhar a faca.

Golpeia a coxa do cavalariço com a lâmina para baixo e para trás, sentindo o metal afundar na carne de sua perna. Ele solta um grito de dor antes de empurrá-la para longe, como a uma vespa, jogando-a de encontro à faca do outro homem.

O ombro de Addie lateja de dor enquanto a lâmina penetra sua pele e desliza para a clavícula, deixando um rastro de calor lancinante. Sua mente fica vazia, mas as pernas já estão em movimento, fazendo com que atravesse as portas do estábulo em direção à praça. Ela se joga atrás de um barril, saindo do campo de visão, conforme os homens saem do estábulo aos tropeços, soltando palavrões e com os rostos contorcidos de raiva e de algo ainda pior, primitivo, ávido.

Então, entre um passo e o seguinte, começam a desacelerar.

Entre um passo e o seguinte, a urgência vacila e desvanece, e o propósito lhes escapa, como um pensamento, fora de alcance. Os homens olham ao redor, e então um para o outro. O cavalariço que Addie esfaqueou endireita o corpo, sem nenhum sinal do rasgo nas calças, nenhum rastro de sangue no tecido. A marca que ela deixou foi apagada.

O grupo se empurra, se cutuca e volta para o estábulo, e Addie se inclina para a frente, repousando a cabeça no barril de madeira. Seu coração bate acelerado no peito, a dor traça uma reta intensa ao longo de sua clavícula, e quando pressiona o ferimento, seus dedos ficam vermelhos de sangue.

Não pode ficar encolhida atrás do barril, então se força a se levantar. Cambaleia, com a sensação de que vai desmaiar, mas a náusea passa e ela continua de pé. Começa a andar, com uma das mãos pressionada no ombro e a outra bem fechada ao redor da faca debaixo do casaco roubado. Não sabe muito bem em que momento decide ir embora de Le Mans, mas logo está atravessando o pátio, para longe do estábulo. Percorre as ruas, deixando para trás as hospedarias e as tavernas de má reputação, as multidões e as risadas estridentes, desistindo da cidade a cada passo.

A dor no seu ombro se dissipa, indo de um calor lancinante a uma pulsação fraca, depois desaparece. Ela passa os dedos pelo corte, mas não está mais ali. Assim como o sangue em seu vestido, engolido como as palavras que rabiscou no pergaminho na oficina do pai e as linhas que desenhou na lama à margem do rio. Os únicos vestígios do ferimento estão sobre sua pele: uma crosta de sangue seco ao longo da clavícula e uma mancha marrom-avermelhada na palma da mão. E, mesmo contra a vontade, por um instante Addie fica maravilhada com a magia estranha, com a prova de que, de certa forma, a escuridão cumpriu sua parte do acordo. De um modo perverso, ele distorceu os desejos dela até virarem algo errado e podre. Mas, pelo menos, concedeu isto a ela.

A vida.

Um som curto e raivoso escapa da sua garganta, e talvez haja um certo alívio nele, mas também horror. Horror da realidade da fome, que ela está apenas começando a descobrir. Do desconforto em seus pés, embora não se cortem nem se machuquem. Da dor do ferimento em seu ombro, antes que se curasse. A escuridão a livrou da morte, mas não disso. Não do sofrimento.

Vai levar anos até descobrir o verdadeiro significado dessa palavra, mas, neste momento, enquanto caminha em direção ao crepúsculo espesso, Addie se sente aliviada por estar viva.

Um alívio que vacila quando ela chega aos limites da cidade.

Nunca tinha ido tão longe em toda sua vida.

Le Mans se eleva atrás dela, e, adiante, os muros altos de pedra cedem lugar a cidades dispersas semelhantes a pequenos bosques, seguidas pelo campo aberto, e, depois, Addie não sabe mais.

Quando era pequena, costumava subir correndo as encostas que sobem e descem ao redor de Villon, avançar até a beira da colina, onde o chão terminava, e então parar, com o coração disparado no peito enquanto se inclinava para a frente, ávida pela queda.

Um ínfimo empurrão, e o peso se encarregaria do resto.

Agora não há colinas íngremes sob seus pés, nenhuma encosta. E, no entanto, sente que está perdendo o equilíbrio.

Neste momento, a voz de Estele se eleva para encontrá-la em meio à escuridão.

Como você anda até o fim do mundo?, perguntou a ela certa vez. E quando Addie não soube o que dizer, a anciã abriu aquele sorriso enrugado e respondeu:

Um passo de cada vez.

Addie não vai chegar ao fim do mundo, mas tem que ir para *algum lugar*, e, neste momento, se decide.

Vai para Paris.

Além de Le Mans, é a única cidade que conhece de nome, um lugar que os lábios de seu estranho mencionaram centenas de vezes e que aparecia em todas as histórias que seu pai contava, um lugar de deuses e reis, de ouro e esplendor, de promessas.

É assim que a história começa, o pai teria dito se pudesse vê-la agora.

Addie dá o primeiro passo. Sente o chão ceder sob seus pés e o corpo se inclinar para a frente, mas, desta vez, não cai.

NOVA YORK
12 de março de 2014
XVII

O dia está mais bonito.

Faz sol, o ar não está tão frio, e há muito para se amar em uma cidade como Nova York.

A comida, a arte, a oferta incessante de cultura... mas a parte preferida de Addie é sua extensão. Povoados e vilas são facilmente explorados. Uma semana em Villon era o suficiente para percorrer todas as trilhas e conhecer todos os rostos. Mas em cidades como Paris, Londres, Chicago e Nova York, ela não precisa controlar o próprio ritmo nem apreciar as coisas aos poucos para que a novidade perdure. São cidades que pode consumir com a avidez que quiser, devorá-las todos os dias e nunca ficar sem.

É o tipo de lugar que você leva anos para conhecer, e, ainda assim, parece sempre haver uma nova ruela, uma nova escadaria, uma nova porta.

Talvez seja por isso que Addie não a tinha visto antes.

Afastada do meio-fio e situada ao fim de um curto lance de escadas há uma loja quase encoberta pelas fachadas da rua. O toldo que sem dúvida já foi roxo, desbotou há muito tempo para um tom acinzentado, embora o nome da loja, em branco, ainda esteja legível.

A Última Palavra.

Um sebo, a julgar pelo nome e pelas vitrines abarrotadas de lombadas empilhadas. O coração de Addie acelera um pouco. Tinha certeza de que já havia encontrado todos os sebos da cidade. Mas esta é a beleza de Nova York. Addie perambulou pela maioria dos cincos distritos, mas a cidade segue guardando segredos: alguns escondidos nas esquinas — tavernas em sótãos, bares clandestinos, clubes privativos — e outros bem debaixo de qualquer nariz. São como as pistas ocultas em um filme que você só percebe na segunda ou terceira vez a que assiste. E, ao mesmo tempo, completamente diferentes, pois não importa quantas vezes ela caminhe pelos quarteirões, não importa quantas horas, dias ou anos passe memorizando todos os contornos de Nova York, assim que Addie se vira a cidade parece se transformar de novo, se recompor. Edifícios são erguidos e demolidos, negócios abrem e fecham, pessoas chegam e partem, e as cartas são embaralhadas repetidamente.

Ela entra na livraria, é óbvio.

Um sino que toca baixinho anuncia sua chegada, mas o som é rapidamente abafado pelo amontoado de livros em diversos estados de conservação. Algumas livrarias são organizadas, mais parecidas com uma galeria do que com uma loja. Outras são estéreis, reservadas apenas para exemplares novos e intocados.

Mas esta é diferente.

A livraria é um labirinto de pilhas e prateleiras, com textos amontoados em duas ou até três pilhas de profundidade — um aglomerado de couro, papel e madeira. É o seu tipo preferido, daquelas em que você pode facilmente se perder.

O caixa fica ao lado da porta, mas o lugar está vazio, e Addie vagueia sem ser importunada em meio aos corredores, abrindo caminho entre as prateleiras de que tanto gosta. A livraria parece bastante vazia, exceto por um senhor de idade que inspeciona uma série de livros de suspense e uma linda garota negra sentada de pernas cruzadas, com um enorme livro de arte aberto no colo, em uma poltrona de couro ao final de uma fileira, enquanto os acessórios de prata cintilam nos seus dedos e nas suas orelhas.

Addie passa por uma placa com a inscrição POESIA, e a escuridão sussurra em sua pele, roçando os dentes nos seus ombros nus, como uma lâmina.

Venha morar comigo e ser a minha amada.

Addie recusa com o refrão de sempre, gasto pela repetição:

Você não sabe o que é o amor.

Ela continua caminhando, mas vira uma esquina, deslizando os dedos pelos livros da seção de teologia. Há um século, leu a Bíblia, os Upanixades e o Alcorão, depois de uma espécie de ressaca espiritual. Também passa por Shakespeare, uma religião por si só.

Faz uma pausa na seção de biografias, estudando os títulos das lombadas, cheios de *eus*, *comigos* e *meus*, pronomes possessivos para vidas possessivas. Que privilégio poder contar a própria história. Poder ser lido, relembrado.

Alguma coisa esbarra no cotovelo de Addie, e ela baixa o olhar, deparando com um par de olhos cor de âmbar que a espiam sobre a manga da sua blusa, emoldurados por uma massa de pelos laranja. O gato parece tão velho quanto o livro em suas mãos. Ele abre a boca e deixa escapar algo entre um bocejo e um miado, um som oco e sibilante.

— Olá. — Ela acaricia a cabeça do gato entre as orelhas, provocando um ronronado baixo de prazer.

— Uau! Livro não costuma dar muita bola para as pessoas — diz uma voz masculina atrás dela.

Addie se vira para fazer um comentário sobre o nome do gato, mas perde o fio da meada assim que vê o rapaz, pois por um momento, só por um momento antes de o rosto entrar em foco, ela tem certeza de que é…

Mas não é ele.

É óbvio que não.

Os cabelos do rapaz, castanho-escuros, caem em ondas soltas em volta do seu rosto, e seus olhos, atrás dos óculos de aro grosso, estão mais para cinzentos do que para verdes. Há algo de frágil neles, mais parecido com o vidro do que com a rocha, e, quando fala, sua voz é gentil, calorosa e inegavelmente humana.

— Posso ajudar?

Addie balança a cabeça.

— Não precisa — responde, pigarreando. — Estou só dando uma olhadinha.

— Muito bem — diz ele, abrindo um sorriso. — Fique à vontade.

Ela observa enquanto o rapaz se afasta, com os cachos castanhos sumindo no labirinto de livros, antes de voltar a atenção para o gato.

Mas ele também se foi.

Addie devolve a biografia para a prateleira e continua inspecionando os livros, com a atenção vagueando entre a seção de arte e a de história mundial enquanto espera o tempo todo que o rapaz surja de novo e recomece o ciclo, imaginando o que vai dizer quando isso acontecer. Devia ter aceitado a ajuda, deixado que ele a guiasse pelas estantes. Mas o rapaz não volta.

O sino da livraria toca mais uma vez, anunciando um novo cliente enquanto Addie alcança a seção de clássicos. *Beowulf. Antígona. Odisseia.* Há dezenas de edições deste último, e ela está prestes a pegar um volume quando ouve uma gargalhada repentina, alta e leve. Espia por uma fresta nas prateleiras e vê uma garota loira debruçada sobre o caixa. O rapaz está de pé do outro lado, limpando as lentes dos óculos na barra da camisa.

Ele inclina a cabeça e os cílios escuros roçam suas bochechas.

Nem sequer olha para a garota, que fica na ponta dos pés para chegar mais perto. Ela estende o braço e desliza a mão pela manga da camisa dele do mesmo modo que Addie acabou de fazer nas prateleiras. Ele dá um sorriso discreto e acanhado que apaga os últimos traços que o semelham à escuridão.

Addie enfia o livro debaixo do braço, segue em direção à porta e sai, tirando vantagem da distração do rapaz.

— Ei! — grita uma voz, a voz dele, mas ela continua a subir os degraus até a calçada. Daqui a pouco, ele vai se esquecer. Daqui a pouco, sua mente vai se esvaziar e…

Uma mão pousa no ombro de Addie.

— Você tem que pagar pelo livro.

Ela se vira e se depara com o rapaz do sebo, um pouco ofegante e bem irritado. Addie olha de relance para os degraus atrás dele e para a porta. Devia estar entreaberta. Ele devia estar no seu encalço. Mas mesmo assim. O rapaz a seguiu até lá fora.

— E então? — exige ele, tirando a mão do seu ombro e a estendendo com a palma aberta. Ela poderia sair correndo, sem dúvida, mas não vale a pena. Verifica o preço na contracapa do livro. Não é caro, mas é mais do que tem na carteira.

— Desculpa — diz, devolvendo o exemplar.

Ele franze o cenho, formando uma ruga profunda demais. O tipo de ruga fruto de anos de repetição, embora ele não aparente ter mais de trinta anos. O rapaz baixa os olhos para o livro e ergue uma sobrancelha escura atrás dos óculos.

— Um sebo cheio de livros antigos e você rouba um exemplar surrado da *Odisseia*? Sabe que não vai conseguir nada por ele, né?

Addie sustenta o olhar dele.

— Quem disse que eu quero revender?

— Além disso, está em grego.

Isso ela não tinha notado. Não que faça diferença. Primeiro, aprendeu a ler os clássicos em latim, mas nas décadas seguintes aprendeu a ler em grego também.

— Que idiota — diz com ironia. — Devia ter roubado uma edição em inglês.

Ele quase — *quase* — sorri, mas o que sai é algo confuso, ambíguo. Em vez disso, balança a cabeça.

— Pode levar — diz, estendendo o volume. — Acho que o sebo pode ficar sem ele.

Addie tem de lutar contra o impulso de devolver o livro.

Parece demais um gesto de caridade.

— Henry! — chama a linda garota negra, da porta. — Devo chamar a polícia?

— Não — grita ele de volta, sem tirar os olhos de Addie. — Tá tudo bem. — Estreita os olhos, como se estivesse a estudá-la. — Foi sem querer.

Ela encara o rapaz, encara *Henry*. Em seguida, estende a mão e pega o livro, segurando-o junto ao peito enquanto o livreiro desaparece dentro do sebo.

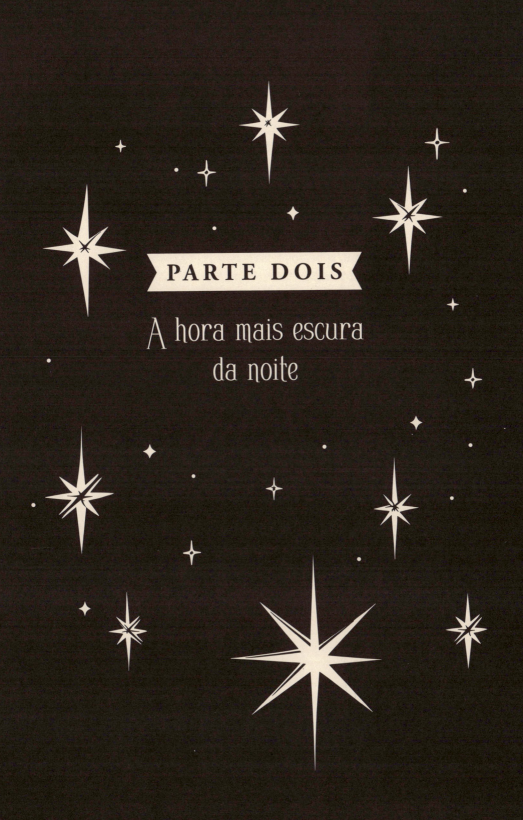

Título da obra: *Uma noite esquecida*
Artista: Samantha Benning
Data: 2014
Técnica: acrílica sobre tela com suporte em madeira.
Proveniência: emprestada da Galeria Lisette Price, em Nova York.
Descrição: uma obra em grande parte monocromática, com a tinta sobreposta em camadas, formando uma topografia em preto, tons de carvão e cinza. Sete pontinhos brancos se destacam no plano de fundo.
História: muito conhecida por si só, a pintura também serve como frontispício de uma série em andamento intitulada *Eu admiro vocês de longe*, em que Benning imagina membros da família, amigos e amantes como diferentes versões do céu.
Valor estimado: 11.500 dólares.

NOVA YORK
12 de março de 2014

I

Henry Strauss volta para o sebo.

Bea já tinha se aconchegado de novo na poltrona de couro, com o livro de arte de capa laminada aberto no colo.

— Aonde você foi?

Ele olha para a porta aberta atrás de si e franze o cenho.

— Lugar nenhum.

A garota dá de ombros, folheando as páginas do guia de arte neoclássica que não tem a menor intenção de comprar.

Isto aqui não é uma biblioteca. Henry suspira, voltando para o caixa.

— Desculpe — diz para a garota no balcão. — Do que a gente estava falando?

Ela morde os lábios. Emily, é como Henry acha que ela se chama.

— *Eu* ia te perguntar se você queria sair para tomar alguma coisa.

Ele ri, um pouco nervoso — um hábito do qual está começando a achar que nunca vai se livrar. Ela é bonita, de verdade, mas há um brilho inquietante em seus olhos, uma luz leitosa familiar, e fica aliviado por não ter de mentir sobre já ter planos para esta noite.

— Fica para outro dia — diz ela, com um sorriso.

— Fica para outro dia — repete ele, enquanto a garota pega o livro que comprou e vai embora. A porta mal se fechou quando Bea solta um pigarro.

— Que foi? — pergunta ele, sem se virar.

— Você podia ter pedido o telefone dela.

— A gente tem planos — retruca, batendo os ingressos contra o balcão. Henry ouve o estiramento suave do couro enquanto ela se levanta da poltrona.

— Quer saber a coisa mais legal sobre os planos? — diz Bea, colocando um dos braços ao redor de seu ombro. — É que você pode remarcar alguns para outro dia.

Henry se vira e pousa as mãos na cintura dela, e os dois ficam de frente um para o outro como adolescentes desconfortáveis em um baile da escola, com os braços formando círculos amplos, como se fossem redes ou algemas.

— Beatrice Helen — repreende ele.

— Henry Samuel.

Ficam parados no meio do sebo, dois jovens de vinte e poucos anos em um abraço pré-adolescente. E talvez, há algum tempo, Bea teria insistido um pouco mais e dado uma palestra sobre encontrar alguém (novo), sobre merecer ser feliz (de novo). Mas eles têm um acordo: ela não fala sobre Tabitha e Henry não fala sobre a Professora. Todo mundo tem inimigos mortos em combate, todo mundo tem cicatrizes de guerra.

— Com licença — diz um senhor de idade, parecendo genuinamente lamentar a interrupção. Ele ergue um livro e Henry sorri, quebrando a corrente e abaixando-se para voltar ao seu lado do balcão e registrar a venda. Bea pega o ingresso de cima da mesa e diz que vai encontrá-lo no teatro. Ele se despede com um aceno de cabeça e o senhor segue seu caminho. O restante da tarde passa como um borrão tranquilo de estranhos gentis.

Cinco minutos para as seis da tarde, Henry vira a placa na porta e começa a fazer os preparativos para fechar a livraria. A Última Palavra não é dele, mas poderia ser. Faz semanas que não vê a dona do sebo, Meredith, que passa os anos de aposentadoria viajando mundo afora às custas do seguro de vida do marido falecido. Uma mulher no outono da vida permitindo-se uma segunda primavera.

Henry coloca uma concha de ração no potinho vermelho atrás do balcão para Livro, o velho gato do sebo, e, um segundo depois, uma cabeça alaranjada maltrapilha surge entre os folhetos da seção de poesia. O gato gosta de escalar para trás das pilhas de livros e ficar dormindo dias a fio. Os únicos sinais de sua presença são o pote vazio e a surpresa ocasional de um cliente quando depara com um par de olhos amarelos imóveis no fundo das prateleiras.

Livro é o único ser que está há mais tempo que Henry na livraria.

Ele trabalha na Última Palavra há cinco anos, começou quando ainda era um estudante de teologia na pós-graduação. A princípio, era só um trabalho de meio período, uma maneira de complementar a bolsa da universidade, mas depois ele se formou e continuou no sebo. Sabe que deveria arrumar outro emprego, porque o salário é péssimo e ele tem 21 anos de educação formal e cara, e porque, é óbvio, continua ouvindo a voz do irmão, David, exatamente igual à do pai, perguntando com tranquilidade qual é o *futuro* deste trabalho e se Henry pretende mesmo passar o resto da vida assim. Mas ele não sabe o que mais poderia fazer e não consegue se convencer a sair do emprego — é a única coisa em que ainda não fracassou.

E a verdade é que adora o sebo. Adora o cheiro dos livros, o peso constante dos volumes nas estantes, a presença dos títulos antigos e a chegada dos lançamentos, e o fato de que sempre vai haver leitores em uma cidade como Nova York.

Bea insiste que todo mundo que trabalha em uma livraria quer ser escritor, mas Henry nunca sonhou em se tornar romancista. É óbvio que já tentou escrever uma coisa ou outra, mas nunca deu muito certo. Não consegue encontrar as palavras, a história, a voz. Não tem ideia do que poderia acrescentar a tantas prateleiras.

Henry preferiria ser um guardião de histórias a um contador de histórias.

Ele apaga as luzes, pega o ingresso e o casaco, e vai para a peça de Robbie.

Henry não teve tempo para trocar de roupa.

A peça começa às sete horas e a A Última Palavra fecha às seis. De qualquer jeito, não sabe muito bem qual seria o código de vestimenta para um espetáculo alternativo sobre fadas encenado na rua Bowery, então continua com a calça jeans azul-escura e o suéter surrado. É o estilo que Bea gosta de chamar de "bibliotecário chique", mesmo que ele não trabalhe em uma biblioteca, um fato que ela parece incapaz de assimilar. Bea, por outro lado, está super na moda, como sempre, vestindo um blazer branco com as mangas dobradas até os cotovelos, com anéis finos de prata nos dedos e argolas do mesmo tipo cintilando nas orelhas, e dreads grossos enrolados em uma coroa acima da cabeça. Enquanto esperam na fila, Henry se pergunta se algumas pessoas são inerentemente estilosas ou se são apenas disciplinadas o bastante para fazer a curadoria de si mesmas todos os dias.

A fila anda e eles apresentam os ingressos na porta do teatro.

A peça é uma dessas misturas esquisitas entre teatro e dança moderna que só existem em um lugar como Nova York. De acordo com Robbie, o espetáculo é ligeiramente inspirado em *Sonho de uma noite de verão*, com o ritmo de Shakespeare mais nivelado, e a saturação, intensificada.

Bea dá um cutucão nele.

— Viu o jeito como ela olhou para você?

Ele pisca, confuso.

— Quê? Quem?

Bea revira os olhos.

— Você não tem jeito.

O saguão fervilha ao redor, e eles estão atravessando a multidão quando alguém segura Henry pelo braço. Uma garota, envolta em um vestido boêmio surrado, com as têmporas e as bochechas pintadas com padrões floreados em tinta verde semelhantes a videiras abstratas, identificando-a como uma das atrizes da peça. Ele viu os resquícios da pintura na pele de Robbie dezenas de vezes nas últimas semanas.

Ela está segurando um pincel e um pote dourado.

— Você não está maquiado — diz, com uma sinceridade discreta, e antes que ele possa pensar em impedi-la, a garota passa purpurina dourada nas suas bochechas. O toque do pincel é leve como uma pluma. A esta distância, ele consegue ver o brilho tênue e familiar nos olhos dela.

Henry inclina o queixo.

— Como ficou? — pergunta, imitando a pose de um modelo, e, apesar de estar brincando, a garota abre um sorriso sincero e responde:

— Perfeito.

Ele sente um arrepio ao ouvir a palavra e é transportado para outro lugar, onde uma mão segura a sua na escuridão e um polegar acaricia seu rosto. Mas Henry balança a cabeça para se livrar do pensamento.

Bea deixa a garota pintar uma faixa brilhante ao longo do seu nariz e um ponto dourado no queixo, depois dá um jeito de flertar com ela durante uns trinta segundos antes que a campainha soe pelo saguão e a fada das artes desapareça em meio ao mar de gente. Então, eles vão em direção às portas do teatro.

Henry entrelaça o braço no de Bea.

— Você não acha que eu sou perfeito, né?

Ela bufa.

— Credo, óbvio que não.

Ele sorri, contra a vontade, enquanto outro ator, um homem negro com tinta rosa dourada nas bochechas, entrega um galho a cada um deles, com as folhas verdes demais para serem verdadeiras. Seu olhar, gentil, triste e brilhante, se demora em Henry.

O grupo mostra os ingressos para a lanterninha, uma senhora de idade, com cabelos brancos e menos de um metro e cinquenta de altura, que se apoia no braço de Henry para se equilibrar enquanto mostra a eles a fila correta. Quando os deixa, dá um tapinha no cotovelo dele e cambaleia de volta pelo corredor, murmurando: "Que rapaz simpático!".

Henry verifica o número estampado no ingresso e eles deslizam até os três assentos perto do meio da fileira. O rapaz se acomoda, com Bea de um lado e o assento vazio do outro. O lugar estava reservado para Tabitha, porque, como sempre, haviam comprado os ingressos meses antes, quando ainda estavam juntos, quando tudo era no plural, não no singular.

Henry sente uma dor monótona se espalhar pelo peito, e pensa que gostaria de ter gastado dez dólares em uma bebida.

As luzes se apagam e as cortinas sobem, revelando um reino de cores néon e aço pintado com tinta spray. No meio de tudo, está Robbie, acomodado em um trono, com a pose de um autêntico rei dos duendes.

Seus cabelos estão penteados em um topete alto, como uma onda, e traços de tinta roxa e dourada esculpem suas feições até transformá-las em algo deslumbrante e exótico. No momento em que sorri, é muito fácil para Henry recordar como se apaixonou por ele quando tinham dezenove anos, um caso de luxúria, solidão e sonhos distantes. Ao falar, a voz de Robbie é nítida como um cristal, projetando-se pelo teatro.

— Esta história é sobre deuses — anuncia.

O palco se enche de atores, a música começa a tocar e, por um tempo, tudo fica mais fácil.

Por um tempo, o mundo recua, tudo ao redor fica em silêncio, e Henry desaparece.

Ao fim da peça, há uma cena que vai ficar impressa nos recônditos da mente de Henry, exposta como a luz atrás de um filme fotográfico.

Robbie, o rei da rua Bowery, se levanta de seu trono enquanto a chuva cai em uma única faixa, cruzando o palco que, embora estivesse lotado de pessoas segundos atrás, agora, de alguma maneira, está ocupado apenas por ele. Robbie estende a mão, tocando de leve a cortina de chuva, que bifurca a partir dos seus dedos, do seu pulso e do seu braço conforme ele avança centímetro a centímetro até que o corpo inteiro fique debaixo da cascata.

Ele inclina a cabeça para trás e a chuva lava a tinta dourada e a purpurina da sua pele, achatando a onda perfeita de cachos contra o crânio, apagando todos os traços de magia e transformando o príncipe arrogante e lânguido em um rapaz mortal, vulnerável e solitário.

As luzes se apagam e, por um longo momento, o único som que se ouve no teatro é o da chuva — a torrente sólida se dissipa até adquirir o ritmo regular de um aguaceiro, e então se transforma em um leve tamborilar de gotas sobre o palco.

E, por fim, silêncio.

As luzes se acendem, o elenco sobe no palco e todo mundo aplaude. Bea assovia alto, mas ao olhar para Henry, a alegria se esvai do seu rosto.

— O que foi? Parece que você está a ponto de desmaiar — diz.

Ele engole em seco e balança a cabeça.

Sente a mão latejando e, quando baixa o olhar, descobre que cravou as unhas na cicatriz ao longo da palma da mão, arrancando uma camada de sangue fresco.

— Henry?

— Eu tô bem — responde, limpando a mão no assento de veludo. — Foi legal. Foi muito bom.

Ele se levanta e segue Bea para fora do teatro.

A multidão se dispersa até que fiquem só os amigos e os membros da família esperando que os atores reapareçam. Contudo, Henry sente os olhares, a atenção mudando de direção como uma correnteza. Para onde quer que olhe, encontra um rosto amigável, um sorriso caloroso e, às vezes, algo mais.

Robbie finalmente chega saltitando no saguão e abraça os dois.

— Meus fiéis fãs! — diz, com um tom de contralto ressonante típico de um ator dramático.

Henry bufa, e Bea entrega a ele uma rosa de chocolate, uma velha piada interna que surgiu no dia em que Robbie reclamou por ter que escolher entre chocolates e flores, e Bea comentou que era dia dos namorados e que as flores eram um presente clássico para apresentações de teatro, mas Robbie disse que não era uma pessoa clássica e que, além do mais, e se ele estivesse com fome?

— Você estava ótimo — elogia Henry, e é verdade. Robbie *é* ótimo, sempre foi. Tem a tríplice combinação de talentos obrigatória (dança, música e teatro) para arranjar trabalho em Nova York. Ainda está a algumas quadras de distância da Broadway, mas Henry não tem a menor dúvida de que o amigo vai chegar lá.

Ele passa a mão pelos cabelos de Robbie.

Quando secos, são da cor de açúcar queimado, um tom tostado entre o castanho e o ruivo, dependendo da iluminação. Mas agora ainda estão úmidos por causa da última cena e, por um segundo, Robbie se inclina na direção do toque, repousando o peso da cabeça na mão de Henry, que sente um aperto no peito e tem que relembrar ao seu coração que isto não é real, não mais.

Henry dá um tapinha nas costas do amigo e Robbie endireita o corpo, como se estivesse recuperado, renovado. Segura a rosa como se fosse um bastão e anuncia:

— É hora da festa!

Henry costumava achar que as festinhas depois das peças só aconteciam após as últimas apresentações, como uma forma de o elenco se despedir, mas há tempos descobriu que, para o pessoal do teatro, toda encenação é uma desculpa para comemorar. Para abrandar a excitação aos poucos ou, no caso da turma de Robbie, para mantê-la no auge.

É quase meia-noite, e eles estão amontoados em um apartamento no terceiro andar de um prédio sem elevador no SoHo, com as luzes baixas e a playlist de músicas de alguém vibrando através de um par de alto-falantes sem fio. O elenco se move no meio do lugar como o sangue pelas veias, com os rostos ainda pintados, mas sem os figurinos, presos entre seus personagens do palco e seus eus verdadeiros.

Henry bebe uma cerveja morna e roça o polegar na cicatriz da sua palma, o que está rapidamente se tornando um hábito.

Por um tempo, teve Bea para lhe fazer companhia.

Bea, que prefere jantarzinhos a festas de teatro, talheres e diálogo a copos de plástico e frases gritadas por cima da música alta. Uma conterrânea resmungona, encolhida pelos cantos com Henry, estudando a tapeçaria de atores como se estivessem em um dos seus livros de história da arte. Mas logo outra fada da rua Bowery a leva para longe e Henry a chama de *traidora*, embora tenha gostado de ver Bea feliz outra vez.

Enquanto isso, Robbie está dançando no meio da sala, sendo, como sempre, o centro das atenções.

Acena para que Henry se junte a ele, mas Henry balança a cabeça, ignorando a atração, a gravidade que o puxa, os braços abertos aguardando o fim da queda. Quando estava na pior, eles eram o par perfeito, as diferenças entre os dois puramente gravitacionais. Robbie sempre dava um jeito de se manter pairando na superfície enquanto Henry desabava no chão.

— Oi, lindo.

Henry se vira, erguendo o olhar por cima da cerveja, e se depara com uma das atrizes principais da peça, uma garota deslumbrante de lábios vermelhos cor de ferrugem e uma coroa de lírios brancos. Suas bochechas estão cobertas de purpurina dourada aplicada com estêncil para parecer grafite. Está olhando para ele com um desejo tão ostensivo que Henry deveria se *sentir* desejado, deveria sentir algo além de tristeza, solidão e confusão.

— Beba um drink comigo.

Seus olhos azuis cintilam enquanto ela lhe estende uma pequena bandeja com duas doses de bebida com algo pequeno e branco dissolvido no fundo. Henry pensa em todas as histórias que já ouviu sobre aceitar comida e bebida das fadas, mas mesmo assim pega o copo. Bebe e, a princípio, sente apenas a doçura e a ardência suave da tequila, mas logo o mundo começa a ficar um pouco distorcido.

Quer se sentir mais leve e alegre, mas sua visão escurece e Henry sente uma tempestade se aproximando.

Tinha doze anos de idade quando a primeira tempestade caiu sobre ele. Não estava preparado. Em um dia, o céu estava azul; no outro, as nuvens estavam baixas e densas, e, no seguinte, o vento começou a soprar e o temporal desabou.

Henry levaria anos antes de aprender a pensar sobre aqueles tempos sombrios como tempestades, antes de acreditar que iriam passar se ele conseguisse simplesmente aguentar tempo o suficiente.

É óbvio que seus pais tinham boas intenções, mas sempre lhe diziam coisas como: "Se anima" ou "Vai melhorar" ou, pior ainda, "Não é tão ruim assim", o que é fácil de falar quando você nunca teve um dia chuvoso na vida. Seu irmão mais velho, David, é médico, mas também não consegue compreender. Sua irmã, Muriel, diz que entende, que todos os artistas passam pelas suas tempestades, logo antes de oferecer a ele um comprimido da embalagem de balas de hortelã que carrega na bolsa. Ela os chama de "guarda-chuvinhas cor-de-rosa", para combinar com a metáfora dele, como se fosse apenas um jogo de palavras perspicaz e não o único modo de Henry tentar fazer com que compreendam como é dentro da sua mente.

É só uma tempestade, pensa de novo, enquanto se afasta do tumulto e dá uma desculpa qualquer sobre pegar um pouco de ar fresco. A festa está quente demais, e ele tem vontade de sair, ir para o terraço, olhar o céu e se certificar de que o tempo não está feio, de que há estrelas, mas certamente não há estrelas, não no SoHo.

Chega à metade do corredor antes de parar e se lembrar da peça, de Robbie debaixo da chuva, e então estremece, decidindo descer em vez de subir, e ir para casa.

Henry está quase alcançando a porta quando ela pega sua mão. A garota com a hera se enroscando sobre a pele. A mesma que pintou seu rosto com purpurina dourada.

— Você de novo — diz ela.

— Você de novo — diz ele.

Ela estende a mão e limpa uma mancha de tinta dourada na bochecha de Henry. O contato é como um choque de estática, uma centelha de energia no ponto em que a pele de um encontra a pele do outro.

— Não vá embora — pede ela. Henry ainda está tentando pensar no que dizer quando a garota o puxa para perto e Henry a beija, de modo rápido e incisivo, e se afasta quando ouve seu arquejo.

— Desculpe — diz automaticamente, como se fosse um "por favor", um "obrigado" ou "tá tudo bem".

Mas ela levanta a mão e segura uma mecha dos cachos dele.

— Pelo quê? — pergunta, puxando a boca de Henry de volta para a sua.

— Você tem certeza? — murmura ele, embora saiba o que ela vai dizer, porque já viu a luz em seus olhos, as nuvens brancas que nublam sua visão. — É isso que você quer?

Henry quer a verdade, mas não há verdade para ele, não mais, e a garota apenas sorri e o empurra contra a porta mais próxima.

— Isto é *exatamente* o que eu quero — responde ela.

Em seguida, entram em um dos quartos e a porta se fecha, abafando os barulhos da festa do outro lado da parede. Ela pressiona a boca na dele, e ele não consegue ver os olhos dela no escuro, então fica mais fácil acreditar que é real.

E, por um tempo, Henry desaparece.

NOVA YORK
12 de março de 2014
II

Addie caminha em direção à área nobre da cidade, lendo a *Odisseia* sob a luz dos postes de iluminação. Faz tempo que não lê nada em grego, mas a cadência poética do poema épico a leva de volta para o ritmo da língua antiga. Quando finalmente avista o edifício Baxter, está meio imersa nas imagens do navio em alto-mar, ansiosa por uma taça de vinho e um banho quente.

E fadada a não conseguir nenhum dos dois.

Chegou na hora certa ou na hora errada, dependendo de como você encare a situação. Addie dobra a esquina da rua 56 no momento exato em que um sedã preto estaciona na frente do Baxter e James St. Clair salta para o meio-fio. Está de volta das filmagens, bronzeado e aparentemente feliz, usando óculos escuros apesar de já ser noite. Addie diminui o ritmo e para de andar, paira do outro lado da rua enquanto o porteiro o ajuda a tirar as malas do carro e carregá-las para dentro do prédio.

— Merda — resmunga baixinho conforme sua noite vai por água abaixo. Já era o banho de espuma, já era a garrafa de merlot.

Suspira e volta para o cruzamento, tentando decidir o que fazer.

À esquerda, o Central Park se estende como um tapete verde-escuro no centro da cidade.

À direita, Manhattan se eleva em linhas irregulares, quarteirões de arranha-céus lotados de pessoas desde Midtown até o Financial District.

Ela pega a direita, descendo em direção ao East Village.

Seu estômago começa a roncar e, na Segunda Avenida, ela se depara com o jantar. Um jovem desmonta da bicicleta no meio-fio, tira um pedido da bolsa térmica atrás do assento e leva a sacola plástica rapidamente ao prédio. Addie se aproxima da bicicleta com discrição e vasculha a bolsa. É comida chinesa, adivinha pelo tamanho e formato das embalagens, com as extremidades de papel dobradas e fechadas com cabos de metal finos. Pega uma caixinha e um par de hashis descartáveis e escapole antes mesmo que o cliente na portaria pague a refeição.

Houve uma época em que se sentia culpada por roubar.

Mas a culpa, como tantas outras coisas, se desgastou com o tempo, e embora ela não possa morrer de fome, a sensação ainda lhe dói como se fosse capaz de matá-la.

Addie continua em direção à Avenida C, levando bocados de *lo mein* à boca enquanto suas pernas a levam pelo Village até um prédio de tijolos de porta verde. Ela joga a caixinha vazia numa lata de lixo na esquina e alcança a entrada do edifício no momento exato em que um homem está saindo da portaria. Ela sorri para ele, que lhe devolve o gesto enquanto segura a porta para Addie entrar.

Lá dentro, ela sobe os quatro lances de degraus estreitos até a porta de aço no topo, estende o braço e tateia a soleira empoeirada à procura da pequena chave prateada, descoberta no outono passado, quando ela e uma amante voltaram para casa aos tropeços, numa confusão de braços e pernas pelas escadas. Os lábios de Sam fechados sob o seu maxilar, os dedos sujos de tinta da garota deslizando pela cintura embaixo da sua calça jeans.

Para Sam, era um momento raro de impulsividade.

Para Addie, era o segundo mês de um caso de amor.

Um caso tórrido, sem dúvida, mas só porque o tempo é um luxo ao qual ela não pode se permitir. É óbvio que sonha com manhãs preguiçosas acompanhadas de uma xícara de café, com pernas jogadas sobre o colo, piadas internas e risadas espontâneas, mas esses aconchegos vêm com a familiaridade. Não podem se conhecer aos poucos, conter o desejo, nutrir uma intimidade por dias, semanas, meses. Não elas. Então, embora anseie pelas manhãs, Addie se contenta com as noites, e se não puder ser amor... que pelo menos não seja solitário.

Ela fecha os dedos em volta da chave e o metal arranha de leve a soleira da porta enquanto é tirado do esconderijo. Addie consegue destrancar a fechadura velha e enferrujada na terceira tentativa, como na primeira noite, mas então a porta se abre de supetão e ela sai no terraço do edifício. Uma brisa sopra forte, e ela enfia as mãos nos bolsos da jaqueta de couro enquanto atravessa até o outro lado.

Está vazio, exceto por um trio de cadeiras de jardim com imperfeições particulares — uma possui o assento torto, outra fica presa em variadas posições de reclinação e a última tem um dos braços quebrado e dependurado. Ao lado delas há uma caixa térmica manchada e um cordão de lâmpadas coloridas pendurado entre o varal de roupas, transformando o terraço em um oásis maltrapilho e desgastado pelo mau tempo.

É tranquilo ali em cima — não *silencioso*, isso é algo que ela ainda não encontrou em uma cidade, algo que está começando a achar que se perdeu em meio às ervas daninhas do velho mundo —, mas tão tranquilo quanto é possível naquela área de Manhattan. Mesmo assim, não é o mesmo tipo de quietude que a deixou sufocada no apartamento de James: a quietude interna e vazia dos lugares grandes demais para uma pessoa só. É uma quietude orgânica, repleta de vozes distantes, buzinas de carros e som estéreo reduzido até virar uma música ambiente.

Um muro baixo de tijolos cerca o terraço, e Addie se debruça sobre ele, repousando os cotovelos e contemplando o horizonte até que o edifício desapareça e tudo o que consiga ver são as luzes de Manhattan, traçando desenhos no céu vasto e sem estrelas.

Addie sente falta das estrelas.

Em 1965, conheceu um rapaz que, depois de ouvir isso, a levou de carro para um lugar a uma hora de Los Angeles, só para ver as estrelas. Ela lembra como o rosto dele brilhou de orgulho quando estacionou o carro no escuro e apontou para o céu. Addie ergueu a cabeça e olhou para a parca oferenda, a diminuta série de luzes no céu, e um sentimento surgiu em seu interior. Uma tristeza profunda, como uma perda. E, pela primeira vez no século, sentiu falta de Villon. De *casa*. De um lugar onde as estrelas eram tão brilhantes que formavam um rio, uma torrente de luz roxa e prateada sobre a escuridão.

Agora, ergue o olhar sobre os telhados e se pergunta se, depois de todos estes anos, a escuridão ainda a está vigiando. Mesmo depois de tanto tempo. Mesmo depois de ele lhe dizer certa vez que não acompanhava todas as vidas, porque o mundo era grande e cheio de almas, e ele tinha muito mais o que fazer do que ficar pensando nela.

A porta do terraço abre com um baque, e um pequeno aglomerado de pessoas surge.

Dois caras. Duas garotas.

E Sam.

Vestida com um suéter branco e calças jeans cinza-claro, o corpo parecido com uma pincelada, longilíneo, esbelto e resplandecente contra a penumbra do terraço. Seus cabelos estão mais compridos, com os cachos loiros e rebeldes escapando de um coque bagunçado. Manchas de tinta vermelha salpicam os antebraços onde as mangas estão arregaçadas, e Addie se pergunta, quase sem perceber, em que estaria trabalhando. Sam é pintora. De quadros abstratos, na maior parte. Seu apartamento, já pequeno, fica menor ainda com as pilhas de telas encostadas nas paredes. É chamada pelo apelido, curto e fácil, e só usa Samantha para assinar os quadros terminados e a coluna de seus amantes, no meio da noite.

Os outros quatro cruzam o terraço, formando um círculo barulhento. Um dos caras está no meio de uma história, mas Sam fica um passo atrás, com a cabeça erguida para o céu para apreciar o ar gélido da noite, e Addie pensa que gostaria de ter uma distração. Uma âncora que a impedisse de ser atraída pela gravidade natural da órbita de Sam.

E ela tem.

A *Odisseia*.

Addie está prestes a enterrar o nariz no livro quando os olhos azuis de Sam desviam do céu e encontram os seus. A pintora sorri e, por um instante, é agosto novamente e as duas estão rindo enquanto bebem cerveja na área externa de um bar. Addie tira o cabelo da nuca para aliviar a onda de calor do verão enquanto Sam se inclina para soprar sua pele. Depois é setembro, e ambas estão deitadas na cama desfeita da artista, com os dedos entrelaçados nos lençóis e os corpos entre si enquanto a boca de Addie desliza pela calidez misteriosa entre as pernas de Sam.

O coração de Addie bate forte enquanto a garota se afasta do grupo e anda casualmente na sua direção.

— Desculpe interromper.

— Ah, não tem problema — responde Addie, forçando-se a desviar o olhar, como se estivesse estudando a cidade, embora Sam sempre a fizesse se sentir como um girassol, inclinando-se sem perceber na direção de sua luz.

— Hoje em dia, todo mundo está sempre olhando para o chão — pondera Sam. — É legal ver alguém olhando para o céu.

O tempo recua. Ela disse a mesma coisa quando se conheceram. E no sexto encontro. E no décimo. Mas não é só uma cantada. Sam possui o olhar de uma artista, presente e perscrutador, do tipo que estuda seu modelo e enxerga algo além das formas.

Addie se vira de costas, esperando o som de passos se afastando, mas ouve o estalo de um isqueiro e logo Sam está ao seu lado, com uma mecha loira platinada dançando no canto de seus olhos. Ela se rende e a olha de relance.

— Posso roubar um? — pergunta, apontando para o cigarro com a cabeça.

Sam sorri.

— Pode, mas não precisa. — Ela tira outro cigarro do maço e o estende, junto com um isqueiro azul néon. Addie aceita, coloca o cigarro entre os lábios e desliza o polegar pelo acendedor. Por sorte, a brisa está forte e ela tem uma desculpa para o fato de que a chama se apague repetidas vezes.

De novo. De novo. De novo.

— Aqui.

Sam se aproxima, com o ombro roçando o de Addie, enquanto se interpõe para bloquear o vento. Ela tem o cheiro dos cookies de gotas de chocolate que o vizinho assa toda vez que está estressado, do sabonete de lavanda que usa para tirar a tinta dos dedos, do condicionador de coco que deixa nos cabelos durante a noite.

Addie nunca gostou do sabor do tabaco, mas a fumaça esquenta seu peito e lhe dá algo para fazer com as mãos, algo em que se concentrar além de Sam. As duas estão tão próximas que os hálitos se misturam no ar, condensando. Sam estende a mão e toca uma das sardas na bochecha direita de Addie, como fez no dia em que se conheceram, um gesto tão simples e, ainda assim, tão íntimo.

— Você tem estrelas — diz, e Addie sente o peito apertado e dolorido outra vez.

Déjà-vu. Déjà-su. Déjà-vécu.

Tem de lutar contra o impulso de reduzir a distância entre elas, de acariciar a curva do pescoço de Sam, de pousar a mão em sua nuca, onde sua palma encaixa tão bem. Permanecem em silêncio, soprando nuvens de fumaça pálida, com os outros quatro rindo e gritando atrás delas até que um dos caras — Eric? Aaron? — chama Sam e, de repente, ela se afasta, voltando para o outro lado do terraço. Addie luta contra a vontade de prendê-la e não a deixar ir embora... outra vez.

Mas deixa.

Fica debruçada sobre o muro baixo e ouve a conversa deles, sobre a vida, sobre envelhecer, sobre listas de desejos e más decisões, até que uma das garotas exclama: "Merda, a gente vai se atrasar!". E, do nada, terminam as cervejas, apagam os cigarros e se encaminham para a porta do terraço, recuando como a maré.

Sam é a última a ir embora.

Ela diminui o passo, olha de relance por cima do ombro, lançando um último sorriso para Addie antes de entrar, e Addie sabe que poderia alcançá-la se desse uma corridinha, sabe que poderia ganhar da porta que se fechava.

Mas não se mexe.

O metal fecha com um baque.

Addie desaba contra o muro de tijolos.

Pensa que ser esquecida é um pouco como enlouquecer. Você começa a se perguntar o que é real, se *você* é real. Afinal, como algo que não é lembrado pode existir? É como aquele koan budista sobre a árvore que cai na floresta.

Se ninguém a ouviu cair, será que aconteceu de verdade?

Se uma pessoa é incapaz de deixar uma marca no mundo, será que *existe*?

Addie apaga o cigarro no parapeito de tijolos e dá as costas para a linha do horizonte, indo em direção às cadeiras quebradas e à caixa térmica situada entre elas. Encontra uma única garrafa de cerveja flutuando no gelo quase derretido e gira a tampa, antes de afundar na cadeira menos danificada.

Não faz muito frio, e ela está cansada demais para sair à procura de outra cama.

O brilho das lâmpadas coloridas é suficiente para enxergar, então Addie se recosta na cadeira de jardim, abre o volume da *Odisseia* e lê sobre terras longínquas, monstros e homens que nunca vão poder voltar para casa, até que o frio a embala e ela pega no sono.

"Pensa que ser esquecida é um pouco como enlouquecer. Você começa a se perguntar o que é real, se você é real. Afinal, como algo que não é lembrado pode existir?"

PARIS, FRANÇA
9 de agosto de 1714

III

O calor paira como um telhado baixo sobre Paris.
O ar de agosto é pesado, e está ainda mais opressivo por causa da extensão de construções de pedra, do fedor de comida estragada e dejetos humanos e da imensa quantidade de corpos vivendo ombro a ombro.

Daqui a 150 anos, Haussmann vai deixar sua marca na cidade, erguer uma fachada uniforme e pintar os edifícios com uma mesma paleta de cores pálidas, criando um monumento à arte, à uniformidade e à beleza.

É a Paris com que Addie sempre sonhou, e uma versão que certamente vai viver para ver.

Mas, agora, os pobres se amontoam em andrajos enquanto os nobres revestidos em seda passeiam pelos jardins. As ruas estão abarrotadas de carroças puxadas por cavalos, as praças, lotadas de gente, e aqui e ali pináculos se projetam em meio à tessitura lanosa da cidade. A riqueza desfila pelas avenidas e se eleva com as torres de cada palácio e propriedade enquanto as choupanas se aglomeram em ruas estreitas, com suas pedras manchadas de imundície e fumaça.

Addie está perplexa demais para perceber qualquer coisa.

Contorna os limites de uma praça, observando conforme os homens desmontam as barracas de mercado e expulsam as crianças maltrapilhas que se escondem e esquivam entre elas, procurando restos de comida. Enquanto caminha, desliza a mão pelo bolso na costura da saia, tateia o passarinho de madeira e toca as quatro moedas de cobre que encontrou no forro do casaco roubado. Quatro moedas para garantir a sua sobrevivência.

Está ficando tarde e o céu ameaça chover. Ela precisa encontrar um lugar para dormir, o que deveria ser bem fácil, porque parece haver uma hospedaria em cada rua, mas, assim que atravessa o umbral da primeira porta, é rejeitada.

— Isto aqui não é um bordel — repreende o proprietário, olhando-a com desdém.

— E eu não sou uma prostituta — responde, mas o homem apenas dá um sorrisinho de escárnio e gesticula como se estivesse afastando algo sujo e indesejado.

A segunda hospedaria está lotada, a terceira é cara demais e a quarta só recebe homens. Quando entra na quinta, o sol já se pôs, assim como seu ânimo, e Addie está preparada para ouvir um sermão seguido de uma desculpa sobre por que não seria adequado que ela permanecesse debaixo daquele teto.

Mas não a enxotam.

Uma senhora, magra, de feição rígida, com um nariz comprido e os olhos penetrantes como os de uma águia, a recepciona na entrada. Ela dá uma olhada rápida em Addie e a conduz pelo corredor. Os quartos são pequenos e lúgubres, mas têm quatro paredes, uma porta, uma janela e uma cama.

— Quero uma semana de aluguel adiantado — exige a mulher.

Addie sente uma pontada no coração. Uma semana é um intervalo de tempo impossível quando as lembranças parecem durar apenas um segundo, uma hora, um dia.

— E então? — vocifera a gerente.

Addie fecha a mão em volta das moedas de cobre e toma o cuidado de tirar do bolso apenas três. A mulher as arranca dela tão rápido como um corvo roubando migalhas de pão. O dinheiro desaparece dentro da bolsinha na sua cintura.

— Você pode me dar um recibo? Uma prova de que eu paguei? — pergunta Addie.

A mulher faz uma careta, visivelmente insultada.

— Eu gerencio uma hospedaria honesta.

— Tenho certeza que sim — gagueja Addie —, mas com tantos quartos para monitorar deve ser fácil esquecer quais hóspedes já...

— Faz 34 anos que tomo conta desta hospedaria — interrompe ela —, e nunca me esqueci de um único rosto.

Addie pensa que o comentário parece uma piada de mau gosto, enquanto a mulher vira as costas e se afasta, deixando-a sozinha no quarto alugado.

Ela pagou o aluguel da semana inteira, mas sabe que vai dar sorte se conseguir ficar pelo menos um dia. Sabe que vai ser despejada pela manhã, deixando a matrona três coroas mais rica do que antes enquanto ela vai voltar para o olho da rua.

Há uma chavinha de bronze na fechadura, e Addie a vira, apreciando o som sólido, como o de uma pedra jogada no riacho. Não tem malas para desarrumar nem mudas de roupas para organizar, então se desvencilha do casaco de viagem, tira o passarinho de madeira do bolso da saia e o coloca sobre o parapeito da janela. Um talismã contra a escuridão.

Olha pela janela, esperando avistar os telhados grandiosos, os edifícios deslumbrantes e as torres altas de Paris, ou pelo menos o Sena. Mas se distanciou demais do rio, e a pequena janela só dá vista para uma rua estreita e para o muro de pedra de outra casa que poderia pertencer a qualquer lugar do mundo.

Seu pai lhe contou muitas histórias sobre Paris. Fez o lugar parecer cheio de esplendor e ouro, rico de magia e sonhos à espera de serem realizados. Agora ela se pergunta se ele já esteve aqui alguma vez, ou se a cidade não passava de um nome, um plano de fundo adequado para príncipes e cavaleiros, aventureiros e rainhas.

Aquelas histórias se misturaram em sua mente. As cenas perderam o contorno e suas cores se amalgamaram, formando um único tom. Talvez a cidade fosse menos esplêndida. Talvez houvesse sombras em meio à luz.

É uma noite cinzenta e úmida. Os ruídos do mercado e das carroças a cavalo são abafados pela chuva suave que começa a cair, e Addie se encolhe na cama estreita para tentar dormir.

Pensou que teria pelo menos a noite inteira, mas a chuva nem sequer havia parado e a escuridão mal se acomodado no céu quando a mulher bate à porta, enfia uma chave na fechadura e o pequeno quarto é inundado por barulho. Mãos ásperas arrancam Addie da cama. Um homem a segura pelo braço enquanto a senhora faz uma careta de desdém e pergunta:

— Quem deixou você entrar?

Addie se esforça para se livrar dos últimos vestígios de sono.

— Você mesma — responde, desejando que a mulher tivesse ao menos engolido o orgulho e lhe dado um recibo, mas tudo que Addie tem é a chave, e, antes que possa mostrá-la, a senhora lhe dá um tapa no rosto com a mão ossuda.

— Não minta para mim, garota — diz, sibilando entre os dentes. — Isto aqui não é uma casa de caridade.

— Eu já paguei — insiste Addie, protegendo o rosto com as mãos, mas não adianta insistir. As três moedas dentro da bolsinha na cintura da mulher não vão servir de prova. — A gente conversou. Você me disse que faz 34 anos que toma conta desta hospedaria...

Por um instante, uma ponta de incerteza surge na expressão da mulher. Mas é muito breve e efêmera. Mais tarde, Addie vai aprender a descobrir os segredos das pessoas, pedir detalhes que só um amigo ou alguém muito íntimo saberia, mas nem assim vai conseguir ganhar a confiança delas todas as vezes. Vai ser chamada de trapaceira, de bruxa, de demônio e de louca. Vai ser banida por dezenas de motivos diferentes, quando, na verdade, há somente um.

Não se lembram dela.

— Fora daqui — ordena a mulher, e Addie quase não tem tempo de apanhar o casaco antes de ser forçada a sair do quarto. No meio do corredor, ela se lembra do passarinho de madeira pousado sobre o parapeito da janela. Tenta se desvencilhar e voltar para buscá-lo, mas o homem a segura firme.

É atirada no meio da rua, trêmula pela violência repentina de tudo o que acaba de acontecer, com um único consolo: antes que a porta se feche, o passarinho de madeira também é jogado para fora. Ele cai nas pedras próximas, quebrando uma das asas com a força do impacto.

Mas, desta vez, não se emenda.

Fica no chão, ao lado dela, como um pedaço de madeira lascada, com uma pena caída, enquanto a mulher some dentro da hospedaria. Addie suprime uma vontade terrível de gargalhar, não por achar graça em alguma coisa, mas pela insanidade da situação, pelo desenlace absurdo e inevitável de sua noite.

É muito tarde, ou muito cedo. A cidade está silenciosa, e o céu, nublado e cinzento pela chuva, mas Addie sabe que a escuridão está observando enquanto ela pega a escultura do chão e a guarda no fundo do bolso, junto com a última moeda de cobre. Fica de pé e aperta o casaco contra os ombros, com a bainha da saia já úmida.

Exausta, desce pela rua estreita e se abriga debaixo de um toldo de madeira, sentando no vão de pedra entre dois edifícios para esperar a aurora.

Cai em um cochilo febril, e sente a mão da mãe na sua testa, a ligeira cadência da voz materna enquanto ela cantarola, ajeitando um cobertor sobre os ombros da filha. Sabe que deve estar doente, porque esses eram os únicos momentos em que viu a mãe ser gentil. Addie se deixa ficar ali, apegando-se à lembrança que se dissipa. O galope estrépito dos cascos de cavalo e o estiramento das carroças de madeira invadem a canção sussurrada da mãe, enterrando-a nota a nota até que Addie acorda com um movimento brusco.

Sua saia está dura de tanta sujeira, manchada e amassada pelo sono breve e agitado.

A chuva parou, mas a cidade parece tão suja quanto no dia em que Addie chegou.

Em casa, uma boa tempestade teria limpado o mundo, deixando-o com um aroma fresco e renovado.

Mas parece que não há nada capaz de lavar a imundície das ruas de Paris.

Pelo contrário, a tempestade só piorou as coisas, deixando tudo úmido e monótono e fazendo surgir poças marrons de lama e sujeira.

E então, em meio aos dejetos, Addie sente um cheiro doce.

Segue o rastro do aroma até se deparar com um mercado em plena atividade. Os vendedores gritam os preços de trás das bancadas e das barracas, e as galinhas grasnam enquanto são tiradas da traseira das carroças.

Addie está faminta, nem consegue se lembrar da última vez que comeu. Seu vestido não lhe cabe muito bem, mas nunca coube — ela o roubou de um varal dois dias antes de chegar a Paris, cansada do que usava desde o dia do casamento. Mesmo assim, a roupa não está mais larga, apesar do tempo que passou sem colocar nada na boca. Ela supõe que não *precise* comer, que não vai morrer por causa da fome, mas seu estômago dolorido e suas pernas bambas parecem achar outra coisa.

Percorre com os olhos a praça agitada e passa o polegar pela última moeda no seu bolso, detestando a ideia de gastá-la. Talvez não precise. Com tanta gente no mercado, deve ser fácil roubar o que precisa. Ou é o que pensa, mas os mercadores de Paris são tão astutos quanto os ladrões, e ficam duas vezes mais atentos aos produtos. Addie aprende isso do jeito mais difícil. Vai levar semanas para conseguir furtar uma maçã e mais tempo ainda para dominar a técnica de roubar sem deixar rastros.

Hoje, faz uma tentativa desastrada de surrupiar uma rosca coberta de sementes da carroça de um padeiro e é recompensada com uma mão carnuda fechada ao redor do seu pulso, como aço.

— Ladra!

Ela avista de relance um grupo de soldados abrindo caminho entre a multidão e é tomada pelo medo de acabar presa numa cela ou num tronco. Ainda é de carne e osso, ainda não aprendeu a arrombar uma fechadura nem a seduzir os homens para se livrar de acusações e de algemas tão facilmente quanto eles esquecem seu rosto.

Então, desata a implorar piedade ao padeiro, entregando a última moeda.

Ele a arranca da mão dela e acena para dispersar os soldados enquanto a moeda desaparece dentro da sua carteira. É dinheiro demais por uma rosca, mas o padeiro não devolve nenhum troco. Diz que é o pagamento por ela ter tentado roubá-lo.

— Tem sorte de eu não arrancar seus dedos — rosna, empurrando-a para longe.

E é assim que Addie acaba em Paris: com um pedaço de pão, um pássaro quebrado e mais nada.

Corre para longe do mercado e diminui o ritmo só quando alcança as margens do rio Sena. Em seguida, ofegante, devora a rosca, tentando fazer com que dure, mas o pão desaparece em um piscar de olhos, como se fosse uma gota de água em um poço vazio, mal enganando sua fome.

Ela pensa em Estele.

No ano passado, a anciã começou a perceber um zumbido nos ouvidos.

Dizia que o zumbido estava sempre lá, dia e noite, e quando Addie lhe perguntou como conseguia suportar o ruído constante, Estele deu de ombros.

— Com o tempo, você se acostuma a qualquer coisa.

Mas Addie acha que nunca vai se acostumar a isto.

Encara os barcos no rio, a catedral erguendo-se por entre a cortina de névoa. Os vislumbres de beleza que cintilam como joias no cenário lúgubre dos quarteirões, distantes e chapados demais para parecem reais.

Fica assim até se dar conta de que está esperando. Esperando que alguém a ajude, que venha e dê um jeito na confusão em que ela se meteu. Mas ninguém vem. Ninguém se lembra. E se ela se resignar a ficar esperando, vai permanecer ali para sempre.

Então começa a andar.

Enquanto caminha, estuda Paris. Repara nesta casa, naquela estrada, nas pontes, nos cavalos das carruagens e nos portões de um jardim. Vislumbra rosas atrás do muro, a beleza entre as frestas.

Vai levar anos antes de apreender como a cidade funciona. De memorizar o mecanismo dos *distritos*, um passo de cada vez, de registrar a rota de cada vendedor, loja e rua. De estudar as nuances dos bairros e descobrir os pontos fortes e fracos, de aprender a sobreviver e a se dar bem nos espaços vazios entre a vida das outras pessoas, criando um lugar para si mesma entre elas.

Com o tempo, Addie vai se tornar uma especialista em Paris.

Vai virar uma ladra perfeita, rápida e impossível de capturar.

Vai entrar de fininho em casas elegantes como se fosse um fantasma mascarado, frequentar salões e invadir terraços à noite para beber vinho roubado sob o céu aberto.

Vai sorrir e gargalhar com cada vitória furtada.

Com o tempo... mas não hoje.

Hoje, está apenas tentando se distrair da fome que a consome e do medo que a sufoca. Hoje, está sozinha em uma cidade estranha, sem dinheiro, sem passado e sem futuro.

Alguém, em uma janela de segundo andar, vira um balde sem avisar, e a água marrom e espessa respinga na calçada de pedras, aos seus pés. Addie dá um salto para trás, tentando não tomar um banho, mas esbarra em duas mulheres com roupas elegantes que a olham como se a garota fosse uma mancha de sujeira.

Addie recua e se senta em um degrau próximo, mas um pouco depois uma mulher sai da casa e sacode uma vassoura, acusando-a de tentar roubar seus clientes.

— Vá para o porto se quer vender sua mercadoria — ralha.

A princípio, Addie não entende o que ela quer dizer. Seus bolsos estão vazios e não há nada para vender. Mas assim que diz isso, a mulher lança um olhar malicioso para a garota.

— E o seu corpo é o quê?

Addie fica vermelha ao entender.

— Não sou prostituta — explica, e a mulher esboça um sorrisinho frio.

— Que orgulhosa! — diz, enquanto Addie se levanta e se vira para ir embora. — Bem — continua a mulher, já dentro de casa, com um gralhado —, orgulho não vai encher sua barriga.

Addie puxa bem o casaco sobre os ombros e força as pernas a seguirem adiante pela estrada, sentindo-as prestes a desabar, quando avista as portas abertas de uma igreja. Não se trata das torres grandiosas e imponentes de Notre-Dame, mas de uma construção pequena de pedra, enfiada entre dois edifícios em uma rua estreita.

Nunca foi religiosa, não como os pais. Sempre se sentiu indecisa entre os deuses antigos e os novos, mas seu encontro com o diabo na floresta a deixou pensativa. Para cada sombra, deve existir uma luz. Talvez a escuridão tenha um igual, e Addie possa equilibrar seu desejo. Estele desdenharia da ideia, mas um dos deuses antigos não lhe deu nada além de uma maldição, então a anciã não poderia culpá-la por procurar refúgio com os novos.

A porta pesada se abre com um rangido, e Addie se arrasta para dentro da igreja, piscando em meio à escuridão repentina até que sua visão se acostuma à pouca luminosidade e ela vê os painéis dos vitrais.

Inspira fundo, impressionada com a beleza sossegada do lugar, com o teto abobadado e com os padrões de luzes vermelhas, azuis e verdes que cobrem as paredes. *É uma arte...*, pensa, encaminhando-se para o altar, quando um homem se interpõe no seu caminho.

Ele abre os braços, mas o gesto não é de boas-vindas.

O padre veio para barrar o caminho. Ele balança a cabeça com a chegada dela.

— Sinto muito — diz, forçando-a a voltar pelo corredor da igreja como se a garota fosse um pássaro perdido. — Não há mais lugar aqui. Estamos lotados.

E então Addie volta para os degraus em frente à igreja. Ouve o trinco pesado da porta se fechar e, em algum lugar de sua mente, Estele dá uma gargalhada.

— Viu? — diz, do seu jeito áspero. — Só os deuses novos têm *trincos*.

Addie não decide ir para o porto, mas seus pés tomam a decisão por ela.

Eles a levam ao longo do Sena enquanto o sol se esconde atrás do rio e a fazem descer os degraus, com o solado das botas roubadas batendo sobre as tábuas de madeira. É mais escuro à sombra dos navios, a paisagem é cheia de caixotes e barris, cordas e barcos ondulantes. Olhares a acompanham. Os homens desviam os olhos do trabalho, as mulheres dão uma espiada, à espreita como gatos nas sombras. Têm uma aparência doentia, um tom de pele saturado demais e as bocas pintadas com um tom violento de vermelho. Seus vestidos são esfarrapados e sujos, e ainda assim parecem melhores do que o de Addie.

Ela não decidiu o que pretende fazer, nem mesmo quando tira o casaco dos ombros. Nem mesmo quando um homem se aproxima, com a mão boba já erguida, como se fosse apalpar uma fruta para ver se está madura.

— Quanto é? — pergunta, com a voz rouca.

Ela não faz a menor ideia de quanto vale um corpo e nem se está disposta a vender o seu. Quando a resposta demora, as mãos dele se tornam mais rudes, e o aperto, mais firme.

— Dez moedas de cobre — responde, e o homem deixa escapar uma gargalhada que mais parece um latido.

— Por acaso você é uma princesa?

— Não, mas sou virgem.

Houve noites, em Villon, em que Addie sonhou com o prazer, em que conjurou o estranho para o seu lado, no escuro, sentiu os lábios dele nos seus seios e imaginou que a sua mão era a dele enquanto a deslizava entre as pernas.

— Meu amor — dizia o estranho, empurrando-a de encontro à cama, com os cachos castanho-escuros sobre os olhos verdes como joias.

— Meu amor — arfava, enquanto ele entrava em seu corpo, que se abria ao redor da força sólida. Ele empurrava mais fundo, e ela ofegava, mordendo a mão para não gemer alto demais. Sua mãe diria que o prazer de uma mulher era um pecado mortal, mas, naqueles momentos, Addie não se importava. Naqueles momentos, havia apenas o desejo, o querer e o estranho, que sussurrava na sua pele conforme a tensão se intensificava e a calidez se intensificava como uma tempestade nos seus quadris. Então, Addie se imaginava puxando o corpo dele de encontro ao seu e fazendo com que entrasse cada vez mais fundo, até que a tempestade desabasse e o trovão arrepiasse seu corpo inteiro.

Mas o que está acontecendo não é nada parecido com aquilo.

Não há poesia nos rosnados deste desconhecido, nenhuma melodia ou harmonia, exceto pelo som ritmado que ele faz enquanto continua suas investidas. Não há prazer arrepiante, só pressão e dor, o retesamento de um corpo forçado para dentro de outro. Addie olha para o céu noturno para não ter que ver o corpo dele em movimento, e sente a escuridão olhando de volta para ela.

Estão de volta à floresta, com a boca dele sobre a sua e o sangue brotando dos seus lábios enquanto ele sussurra:

— Feito.

O homem termina com um último empurrão e despenca sobre ela, pesado como chumbo, e Addie pensa no absurdo da situação. Não pode ser. Esta não pode ser a vida pela qual trocou tudo o que tinha, este não pode ser o futuro que obliterou seu passado. É tomada pelo pânico, mas *este* estranho não parece se importar, nem mesmo perceber. Ele simplesmente se endireita, joga um punhado de moedas sobre a calçada de pedras perto dela, depois cambaleia para longe. Addie se ajoelha para recolher a recompensa e, em seguida, esvazia o estômago no rio Sena.

Quando alguém perguntar quais são as suas primeiras lembranças de Paris, o que aconteceu naqueles meses terríveis, ela vai dizer que foi uma época de sofrimento embotado pela neblina. Vai dizer que não consegue se lembrar.

Mas se lembra, sem dúvida.

Lembra do fedor da comida estragada e do esgoto, das águas salobras do rio Sena, das figuras do porto. Lembra de momentos de bondade apagados por uma porta fechada ou pelo amanhecer, lembra de sofrer por sentir saudade da casa dos pais, com o pão fresco e a lareira quente, da melodia tranquila da família e do ritmo enérgico de Estele. Da vida que tinha e da qual abriu mão em troca de outra que achava que queria, e que foi roubada e substituída por esta.

Mas, apesar disso, também se lembra de como ficou maravilhada com a cidade, com a maneira com que a luz a banhava pela manhã e ao entardecer, com a grandiosidade esculpida entre os quarteirões grosseiros. Lembra de como, apesar de toda a imundície, o sofrimento e a decepção, Paris era cheia de surpresas. A beleza entre as frestas.

Addie se lembra do alívio temporário que o primeiro outono proporcionou, das folhas resplandecentes sobre as calçadas, mudando do verde para o dourado como no mostruário de um joalheiro, antes da reviravolta rápida e cortante do inverno.

Lembra do frio que corroía os dedos das mãos e dos pés antes de engoli-los por inteiro. Do frio e da fome. É óbvio que havia meses de vacas magras em Villon, quando o frio arrebatador furtava a última parte de uma colheita, ou quando uma nevasca tardia destruía as mudas novas, mas nunca tinha sentido uma fome como esta. Uma que corrói suas entranhas, crava as garras nas suas costelas. A sensação deixa Addie esgotada, e, embora a fome não possa matá-la, saber disso não ameniza a dor urgente, o medo. Ela não perdeu um grama de peso, mas seu estômago se revira, devorando a si mesmo, e assim como seus pés se recusam a criar calos, seus nervos se recusam a se acostumar. Não há trégua, nada do conforto que acompanha um hábito. A dor é sempre renovada, aguda e intensa, e a sensação, tão cortante quanto sua memória.

Addie também se lembra da pior parte.

Lembra da nevasca repentina, da friagem brutal que assolou a cidade e da onda de doença que soprou depois, como uma brisa de fim de outono, espalhando montes de cadáveres e folhas mortas. Do som e da visão das carroças chiando pelas ruas, levando uma carga sinistra. Addie vira o rosto para o outro lado, tentando não olhar para as formas ossudas empilhadas descuidadamente na traseira. Cobre o corpo com um casaco roubado conforme cambaleia pelas ruas, sonhando com o calor do verão enquanto o frio penetra nos seus ossos.

Acha que nunca mais vai sentir calor. Foi mais duas vezes ao porto, mas o mau tempo fez os clientes procurarem o refúgio aquecido dos bordéis, e, à sua volta, o frio cortante transformou Paris em um lugar cruel. Os ricos se protegem dentro das suas casas e se acomodam ao redor do fogo das lareiras, enquanto nas ruas os pobres são dizimados pelo inverno. Não há onde se esconder. Ou, melhor, os únicos lugares disponíveis já foram reivindicados.

No primeiro ano, Addie se sente cansada demais para lutar por um espaço.

Cansada demais para procurar abrigo.

Outra rajada de vento a açoita, e Addie curva o corpo para se proteger, com a visão ficando embaçada. Ela se arrasta pelas extremidades até uma rua estreita, só para fugir do vento violento. A tranquilidade súbita e a paz desprovida de brisa do lugar são como um abrigo, macio e quente. Seus joelhos se dobram. A garota desaba em um canto, em cima de um lance de escadas, e observa os dedos assumirem uma tonalidade azulada. Tem a impressão de que a geada está se espalhando sobre sua pele, e fica calma e preguiçosamente assombrada com a própria transformação. Sua respiração condensa o ar em sua frente e cada exalação obscurece o mundo por um breve instante até que a cidade cinzenta se desvanece em meio à brancura, cada vez mais compacta. É estranho como a névoa parece se demorar um pouco mais a cada respiração, como se ela estivesse embaçando uma vidraça. Fica imaginando quantas respirações seriam necessárias para encobrir o mundo inteiro. Para que ele seja apagado, assim como ela.

Talvez seja o efeito da sua própria visão se embotando.

Não se importa.

Está cansada.

Muito cansada.

Addie não consegue ficar acordada, e por que deveria tentar?

O sono é uma bênção.

Quem sabe ela não volte a acordar na primavera, como a princesa de uma das histórias do pai, deitada na margem gramada ao longo das margens do rio Sarthe, com Estele cutucando-a com o sapato gasto e implicando com ela por estar sonhando de novo?

Isto é a morte.

Ao menos, por um instante, Addie pensa que deve ser a morte.

Está escuro ao redor, o frio é incapaz de conter o fedor de carne podre, e ela não consegue se mexer. Mas então se lembra de que não pode morrer. Sua pulsação teimosa persiste, lutando para continuar batendo, assim como seus pulmões teimosos persistem, lutando para se encherem de ar, e Addie se dá conta de que seus membros não estão sem vida coisa nenhuma, mas apertados por todos os lados. Há sacos pesados em cima e debaixo do seu corpo, e, embora o pânico tome conta dela, sua mente ainda está letárgica pelo sono. Ela se remexe, e os sacos de cima se movem um pouco. A escuridão se rompe e uma fresta de luz cinzenta penetra.

Addie se contorce e se espreme até que consegue libertar um braço e depois o outro, colando-os ao próprio corpo. Começa a empurrar os sacos, e só então sente os ossos sob o tecido, só então sua mão toca a pele encerada, só então seus dedos se engancham nos cabelos de outra pessoa. Agora ela desperta, desperta até demais, e se remexe, lutando com unhas e dentes, desesperada para se libertar.

Crava as unhas para escalar e sair, com as mãos estendidas sobre a pilha de ossos que forma as costas de um homem morto. Ao lado, um par de olhos leitosos a encaram enquanto uma mandíbula jaz entreaberta. Ela tropeça para fora da carroça e desaba no chão, vomitando, soluçando. E viva.

Um som tenebroso escapa do seu peito, uma tosse rouca, algo estrangulado entre um soluço e uma risada.

Em seguida, ouve um grito, e ela demora um segundo para perceber que o som não está vindo dos seus lábios rachados. Uma mulher maltrapilha está parada do outro lado da rua, cobrindo a boca com as mãos, horrorizada, e Addie não pode nem ao menos culpá-la.

Deve ser um choque imenso ver um cadáver se arrastar para fora da carroça.

A mulher faz o sinal da cruz e Addie grita para ela com a voz rouca e entrecortada:

— Eu não estou morta!

Mas a mulher apenas se afasta, e a garota dirige sua raiva para a carroça.

— Eu não estou morta! — repete, chutando a roda de madeira.

— Ei! — berra um homem, segurando as pernas de um cadáver frágil e retorcido.

— Para trás — grita o segundo homem, que o ajuda segurando os ombros do morto.

É óbvio que não se lembram de terem jogado Addie na traseira. Ela dá um passo para trás enquanto os homens lançam o corpo recém-chegado dentro da carroça. O morto cai em cima dos outros com um baque perturbador, e ela sente o estômago se revirar só de pensar que estava no meio deles, mesmo que só por um instante.

Um chicote estala, os cavalos avançam e as rodas giram pela calçada de pedras. Só depois que a carroça sumiu de vista, Addie coloca as mãos trêmulas nos bolsos do casaco roubado e percebe que estão vazios.

O passarinho de madeira sumiu.

O último resquício da sua vida anterior, levado embora com os mortos.

Por meses, ela vai continuar procurando o pássaro, levando a mão ao bolso em um movimento instintivo como se fosse para afastar uma mecha teimosa de cabelo, pela força do hábito. Parece incapaz de fazer os dedos se lembrarem de que o objeto se foi, assim como o seu coração, que vacila um pouco toda vez que ela encontra o bolso vazio. Mas, em meio ao sofrimento, floresce um alívio terrível. Desde que saiu de Villon, temeu a perda daquela última lembrança.

Agora que ela se foi, há uma alegria culpada escondida em meio ao luto.

Aquele último fio frágil que a vinculava à sua vida antiga se partiu, e Addie conseguiu se libertar à força e, agora, de uma vez por todas.

PARIS, FRANÇA
29 de julho de 1715
IV

Sonhadora é uma palavra leve demais.

Evoca uma ideia de sono aconchegante, de dias preguiçosos em campos de grama alta, de esboços feitos com carvão em pergaminhos macios.

Addie ainda se apega aos sonhos, mas está aprendendo a ser mais astuta. A ser menos parecida com a mão do artista do que com a navalha que afia a ponta do lápis.

— Sirva uma bebida para mim — pede, estendendo a garrafa de vinho. O homem arranca a rolha, enche duas taças que pega na estante baixa do quarto alugado e entrega uma a Addie, que não a toca enquanto ele bebe o vinho em um gole só. Assim que termina, abandona a taça e estende o braço em direção ao vestido dela.

— Para que tanta pressa? — pergunta a garota, empurrando-o com delicadeza. — Você pagou pelo quarto. A gente tem a noite toda.

Toma cuidado de não o rejeitar, de continuar resistindo de modo recatado. Descobriu que alguns homens sentem prazer em ignorar as vontades de uma mulher. Então, Addie leva a própria taça à boca ávida dele e derrama o conteúdo vermelho-ferrugem entre os seus lábios, tentando fazer com que o gesto pareça um truque de sedução e não uma tentativa de fazê-lo beber à força.

Ele bebe com vontade, depois derruba a taça, que rola para longe. Mãos desajeitadas atacam o decote de seu vestido, lutando contra os cordões do espartilho.

— Mal posso esperar para... — balbucia ele com a voz arrastada, mas a droga que Addie colocou no vinho já está fazendo efeito e o homem logo para de falar, sentindo a língua pesada dentro da boca.

Desaba na cama, ainda segurando o vestido dela e, um segundo depois, revira os olhos e se encolhe de lado, mergulhado em um sono profundo antes mesmo que sua cabeça tombe no travesseiro fino.

Addie se inclina sobre o homem e o empurra até que role para fora da cama, caindo no chão como um saco de grãos. Ele deixa escapar um grunhido abafado, mas não acorda.

Ela termina o trabalho dele, afrouxando os cordões do vestido para conseguir respirar outra vez. A moda de Paris: roupas duas vezes mais apertadas que as usadas no campo e muito menos práticas.

Estica o corpo na cama, grata por tê-la só para si, pelo menos por uma noite. Não quer pensar sobre o amanhã, quando vai ser forçada a começar tudo de novo.

Esta é a insanidade da sua vida. Cada dia é feito de âmbar, e ela é a mosca aprisionada dentro deles. Não é possível planejar dias ou semanas quando se vive em momentos. O tempo começa a perder o significado, mas, mesmo assim, ela não perdeu a noção da sua passagem. Parece incapaz de esquecê-lo (não importa o quanto tente), então sabe qual é o mês, o dia, a noite, e sabe que já faz um ano.

Um ano desde que fugiu do próprio casamento.

Um ano desde que correu para a floresta.

Um ano desde que vendeu a alma em troca disto. Liberdade. Tempo.

Um ano que passou aprendendo os limites de sua nova vida.

Esgueirando-se pelos cantos da sua maldição, como se fosse um leão enjaulado. (Agora já *viu* os leões com os próprios olhos. Os animais vieram para Paris junto com uma exposição durante a primavera. Não eram nada como as bestas que ela imaginava. Eram muito mais grandiosos e, ao mesmo tempo, muito menores, porque sua majestade era reduzida pelas dimensões das celas. Addie foi vê-los dezenas de vezes, estudou seus olhares melancólicos, que passavam reto pelos visitantes e se dirigiam para a fresta da tenda, sua única réstia de liberdade.)

Um ano que passou aprisionada dentro do prisma daquele pacto, forçada a sofrer sem morrer, a passar fome sem definhar, a desejar sem enfraquecer. Cada momento ficou impresso na sua memória, enquanto ela mesma desaparece da memória dos outros sem o menor motivo, apagada por uma porta que se fecha, por se perder de vista por um segundo, por um momento de sono. Incapaz de deixar uma marca em qualquer pessoa, ou em qualquer coisa.

Nem mesmo no homem jogado no chão.

Addie tira o frasco de láudano das saias e o ergue sob a luz escassa. Três tentativas e dois frascos do precioso remédio desperdiçados antes que percebesse que não podia colocar a droga nas taças diretamente, que não podia ser a responsável pelo dano. Mas se adulterasse a garrafa de vinho, recolocasse a rolha e deixasse que eles se servissem, a ação não pertenceria mais a ela.

Viu?

Ela está aprendendo.

Mesmo que seja uma aprendizagem solitária.

Inclina o frasco, observa o que sobrou da substância leitosa se mover dentro do vidro e imagina se o restante poderia lhe oferecer uma noite de sono sem sonhos, uma paz profunda e dopada.

— Que decepção.

Ao ouvir a voz, Addie quase deixa o frasco de láudano cair. Gira o corpo, dando a volta no pequeno quarto e esquadrinhando a escuridão, mas não consegue descobrir sua origem.

— Confesso, minha querida, que esperava mais de você.

A voz parece vir de todas as sombras ao mesmo tempo e, em seguida, de uma só, que se avoluma no canto mais escuro do quarto, como fumaça. Então, ele dá um passo à frente e entra no círculo de luz projetado pela chama da vela. Os cachos castanho-escuros caem sobre a testa. As sombras pousam nos sulcos do rosto, e os olhos verdes cintilam a própria luz.

Por um momento traiçoeiro, Addie sente o coração disparar com a visão familiar do seu estranho, antes que lembre que é só *ele*.

A escuridão da floresta.

Faz um ano que Addie vive com a maldição e, nesse meio-tempo, o convocou diversas vezes. Suplicou à noite, enterrou moedas que não podia desperdiçar nas margens do rio Sena, implorou que ele respondesse só para que pudesse lhe perguntar o porquê.

Agora, ela joga o frasco de láudano na cabeça dele.

A sombra não tenta pegar o frasco, não precisa. O vidro o atravessa e se estilhaça na parede às suas costas. Ele lança um sorriso de pena para Addie.

— Olá, Adeline.

Adeline. Um nome que ela pensou que nunca mais fosse ouvir. Um nome que dói como um hematoma ao mesmo tempo que seu coração vacila ao ouvi-lo.

— Você — rosna ela.

Ele inclina a cabeça muito ligeiramente. Repuxa os lábios em um sorriso.

— Você sentiu saudade?

Ela avança na direção da sombra como o frasco de láudano. Atira-se nele, meio que esperando atravessá-lo e se estilhaçar no chão também, mas suas mãos encontram alguém de carne e osso. Ou pelo menos a ilusão disso. Addie golpeia o peito dele com os punhos fechados, e é como socar uma árvore, duro e absurdo.

Ele baixa os olhos para encará-la, achando graça.

— Dá para perceber que sentiu.

Addie se afasta e sente vontade de gritar, de dar vasão à raiva, de chorar.

— Você me abandonou. Você tirou tudo o que eu tinha e depois foi embora. Sabe quantas noites eu passei implorando...

— Eu ouvi você — interrompe ele, e há um prazer tenebroso no modo como pronuncia a frase.

Addie faz uma careta de desdém, furiosa.

— Mas nunca respondeu.

A escuridão abre os braços, como se dissesse: "Estou aqui agora", e ela sente uma vontade imensa de atacá-lo, por mais inútil que seja, quer bani-lo, expulsá-lo do quarto como se fosse um fantasma, mas antes precisa perguntar. Precisa saber.

— Por quê? Por que você fez isso comigo?

As sobrancelhas escuras se unem numa expressão fingida de preocupação, de apreensão dissimulada.

— Eu concedi o seu desejo.

— Eu só pedi mais tempo, uma vida com mais liberdade...

— Eu concedi ambas as coisas. — Ele passa os dedos ao longo da cabeceira da cama. — No último ano, nada te afetou... — Um som sufocado escapa da garganta de Addie, mas ele continua. — Você está inteira, não é? Ilesa. Não envelhece. Não enfraquece. E, por falar em liberdade, existe uma libertação maior do que a que eu lhe dei? Uma vida sem ter que dar satisfações a ninguém.

— Você sabe que não era isso o que eu queria.

— Você não sabia *o que* queria — corrige ele bruscamente, dando um passo em sua direção. — E, se sabia, deveria ter sido mais cuidadosa.

— Você me enganou...

— Você *errou* — afirma a escuridão, acabando com a distância entre eles. — Não se lembra, Adeline? — A voz dele se transforma em um sussurro. — Você foi tão atrevida, tão insolente... Tropeçou nas próprias palavras como se elas fossem as raízes de uma árvore, divagando sobre tudo o que *não* queria.

Ele está muito perto agora, com uma das mãos subindo pelo seu braço, mas Addie se nega a dar a ele a satisfação de vê-la recuar, se nega a deixar que banque o lobo e a obrigue a fazer o papel da ovelha. Mas é difícil. Apesar de assumir a forma do seu estranho, ele não é um homem. Nem mesmo um ser humano. É só uma máscara, que não lhe cai muito bem. Ela pode enxergar o que há atrás dela — aquela coisa que se apresentou na floresta, amorfa e infindável, monstruosa e ameaçadora. A escuridão bruxuleia por trás do olhar esverdeado.

— Você pediu a eternidade e eu recusei. Você implorou, suplicou e depois... lembra do que disse? — Quando ele pronuncia a frase seguinte, sua voz ainda é a mesma, mas Addie consegue ouvir a própria voz ecoando junto com a dele.

Então tire a minha vida quando eu me cansar dela. Você pode ficar com a minha alma quando eu não a quiser mais.

Ela se afasta das palavras, dele, ou ao menos tenta, mas a escuridão não deixa. Uma mão aperta firme o seu braço enquanto a outra repousa na sua nuca, como um amante faria.

— Sendo assim, não seria do meu interesse tornar a sua vida desagradável? Forçar você a uma rendição inevitável?

— Você não precisava fazer isso — sussurra ela, detestando a hesitação na própria voz.

— Minha querida Adeline — diz a escuridão, deslizando a mão da nuca para os seus cabelos. — Eu negocio almas, não é minha função exercer caridade. — Ele fecha os dedos, forçando Addie a inclinar a cabeça dela para trás e encará-lo de volta, não há o menor sinal de doçura em seu rosto, apenas uma espécie de beleza selvagem. — Vamos lá... — insiste. — Me dê o que eu quero e o pacto é desfeito, seu sofrimento acaba.

Uma alma, em troca de um ano de sofrimento e insanidade.

Uma alma, em troca de moedas de cobre no porto de Paris.

Uma alma, em troca de nada além disto.

E mesmo assim, Addie estaria mentindo se dissesse que não fica tentada. Se dissesse que nenhuma parte dela tem vontade de desistir e se entregar, mesmo que por um segundo. Talvez seja a parte vacilante que pergunta:

— E o que vai acontecer comigo?

Ele dá de ombros — ombros que ela desenhou tantas vezes, que *ela* criou.

— Você não vai mais existir, minha querida — diz simplesmente. — Mas vai ser uma não existência mais gentil do que esta. Se renda, e eu vou te libertar.

Se alguma parte dela estava tentada, se alguma partezinha teve vontade de se entregar, não durou mais do que um instante. Há certa rebeldia em ser uma sonhadora.

— Eu recuso — rosna ela.

A sombra franze o cenho, e seus olhos verdes escurecem como um pano úmido. Depois afasta as mãos.

— Você vai se render. Em breve — afirma.

Ele não dá um passo para trás, não se vira para ir embora. Simplesmente desaparece, engolido pela escuridão.

*"Há certa rebeldia em

ser uma sonhadora."*

NOVA YORK
13 de março de 2014
V

Henry Strauss nunca foi o tipo de pessoa que acorda cedo.

Mas *queria* ser. Sonha em se levantar com o nascer do sol e beber a primeira xícara de café enquanto a cidade ainda está acordando, com um dia inteiro cheio de promessas pela frente.

Já *tentou* ser uma pessoa que acorda cedo, e, nas raras ocasiões em que conseguiu sair da cama antes do amanhecer, ficou empolgado ao presenciar o início do dia e sentir, pelo menos por um momento, que estava adiantado, e não atrasado. Mas logo uma noite se prolongou demais e um dia começou mais tarde, e agora ele sente que não tem mais tempo. Como se estivesse sempre atrasado para alguma coisa.

Hoje, por exemplo, está atrasado para tomar o café da manhã com a irmã caçula, Muriel.

Henry caminha apressado pelo quarteirão, com a cabeça ainda latejando um pouco por causa da noite passada. Gostaria de ter cancelado ou, na verdade, deveria ter cancelado o encontro, mas fez isso três vezes só no mês passado e não quer ser um irmão de merda. Ela está tentando ser uma boa irmã, o que é legal. Uma novidade.

Ele nunca tinha visitado esta parte da cidade. Não é um dos lugares que costuma frequentar, embora a verdade é que está ficando sem cafeterias na sua vizinhança. Vanessa estragou a primeira. Milo, a segunda. E o café espresso da terceira tinha gosto de carvão. Então deixou que Muriel escolhesse onde seria o encontro. Ela se decidiu por "um cantinho exótico" chamado Girassol, que, pelo jeito, não tem placa, endereço nem qualquer jeito de achar a não ser que você tenha algum radar hipster que Henry obviamente não possui.

Por fim, avista um único girassol feito com estêncil em uma parede do outro lado da rua. Corre para pegar o sinal aberto, esbarrando em um rapaz na esquina, e balbucia várias "desculpas" (apesar de o outro rapaz repetir que está tudo bem, tudo bem mesmo, não tem problema). Quando finalmente encontra a entrada da cafeteria, a recepcionista já está dizendo que não há mais lugares, mas antes de terminar a frase, assim que ergue os olhos do púlpito, abre um sorriso e diz que vai dar um jeito.

Henry olha ao redor à procura de Muriel, mas a irmã sempre considerou o tempo um conceito flexível, de modo que, embora esteja atrasado, ela com certeza está mais atrasada ainda. E, para variar, no fundo ele fica feliz, porque ganha um momento para respirar, arrumar os cabelos, se desvencilhar do cachecol que está tentando enforcá-lo e até mesmo pedir um café. Tenta se deixar apresentável, mesmo que não importe o que faça; nada vai mudar o que a irmã vê. Mas ainda importa. Tem de importar.

Cinco minutos depois, Muriel chega apressada. Como de costume, ela é um furacão de cabelos castanhos ondulados e confiança inabalável.

Muriel Strauss, que, aos 24 anos, só discursa sobre o mundo em termos de *autenticidade conceitual* e *verdade criativa*, que é adorada pela cena artística de Nova York desde o primeiro semestre na Escola de Artes Tisch, onde rapidamente se deu conta de que é melhor crítica do que artista.

Henry ama a irmã, de verdade. Mas Muriel sempre foi como um perfume muito forte.

Melhor em pequenas doses. E a certa distância.

— Henry! — grita a garota, tirando o casaco e pousando na cadeira com um floreio dramático. — Você está com uma aparência ótima.

Não é verdade, mas ele simplesmente responde:

— Você também, Mur.

Ela abre um sorriso enorme e pede um espresso com leite, e Henry se prepara para um silêncio constrangedor, pois a verdade é que não faz a mínima ideia de como falar com a irmã. Mas se tem uma coisa em que Muriel é boa, é de manter a conversa rolando. Assim, ele bebe seu café puro e se acomoda na cadeira enquanto ela conta sobre os últimos dramas das galerias temporárias do momento, comenta seu cronograma para a Páscoa judaica e depois elogia com entusiasmo um festival de arte experimental no jardim suspenso do parque High Line, embora ainda não esteja aberto ao público. É só depois que termina um discurso inflamado sobre uma obra de arte de rua que definitivamente não era uma pilha de lixo, mas, na verdade, um comentário sobre o desperdício no sistema capitalista, entre ecos de concordância e acenos de cabeça de Henry, que Muriel menciona o irmão mais velho.

— Ele perguntou de você.

Muriel nunca disse isso antes. Não a respeito de David, e nunca para Henry. Então ele não consegue se controlar.

— Por quê?

A irmã revira os olhos.

— Acho que porque ele se *importa* com você.

Henry quase engasga com o café.

David Strauss se importa com um monte de coisas. Ele se importa com o seu prestígio enquanto cirurgião-chefe mais jovem do hospital Monte Sinai. Consequentemente, com seus pacientes. Ele se importa em arrumar tempo para ler o Midrash, mesmo que tenha de fazer isso no meio da noite de uma quarta-feira. Ele se importa com os pais, e se importa em deixá-los orgulhosos com o que fez da vida. Mas David Strauss *não* se importa com o irmão mais novo, exceto se estiver considerando a infinidade de maneiras com que ele está destruindo a reputação da família.

Henry olha para o relógio de pulso, embora o aparelho não marque a hora, ou tempo algum, para falar a verdade.

— Desculpe, Mur — diz, arrastando a cadeira para trás. — Tenho que abrir o sebo.

Ela interrompe a conversa — algo que nunca costumava fazer — e se levanta para abraçar o irmão pela cintura, apertando-o com força. O gesto parece um pedido de desculpas, ou uma demonstração de afeto, ou de *amor*. Muriel é, pelo menos, dez centímetros mais baixa que Henry, o suficiente para que ele pudesse pousar o queixo na sua cabeça se os dois tivessem esse tipo de intimidade, mas não têm.

— Vê se não some — diz ela, e Henry promete que não vai sumir.

NOVA YORK
13 de março de 2014
VI

Addie acorda com alguém tocando a sua bochecha.
O gesto é tão delicado que a princípio ela pensa que deve estar sonhando, mas depois abre os olhos e vê as lâmpadas coloridas do terraço e Sam agachada ao lado da cadeira de jardim, com uma ruga de preocupação na testa. Ela soltou os cabelos, que agora formam uma juba de cachos loiros rebeldes em volta do seu rosto.

— Bom dia, Bela Adormecida — cumprimenta a artista, enfiando um cigarro de volta no maço, sem acender.

Addie estremece e senta direito na cadeira, puxando a jaqueta contra o corpo. É uma manhã fria e nublada, e o céu parece uma extensão branca sem sol. Não pretendia dormir tanto, até tão tarde. Não que tenha que ir para algum lugar, mas a ideia certamente parecia melhor na noite passada, quando ainda podia sentir os dedos.

A *Odisseia* caiu do seu colo. O livro está virado para baixo no chão, com a capa úmida de orvalho. Ela estende o braço para apanhá-lo e faz o melhor que pode para tirar a sujeira da capa, depois alisa as páginas que ficaram dobradas ou manchadas.

— Está um gelo aqui fora — diz Sam, puxando Addie pela mão para que se levante. — Vem.

Sam sempre fala desse jeito, com afirmativas em vez de perguntas, imperativos que soam como convites. Ela puxa Addie em direção à porta do terraço, e ela está com frio demais para se opor, então só segue Sam pelas escadas até seu apartamento, fingindo que não conhece o caminho.

A porta se abre para um mundo de loucura.

O corredor, o quarto e a cozinha estão todos abarrotados de obras e artefatos. Somente a sala de estar, nos fundos do apartamento, é espaçosa e vazia. Não há um sofá nem uma mesa, nada além de duas janelas amplas, um cavalete e uma banqueta.

— É aqui que eu ganho meu pão — disse ela, na primeira vez que trouxe Addie para casa.

E Addie respondeu:

— Tô vendo.

Sam enfiou tudo o que possui em três quartos do espaço, apenas para preservar a paz e a tranquilidade da quarta parte. Contou que uma amiga lhe ofereceu um estúdio a um valor de aluguel ridículo, mas o lugar parecia frio e ela precisava de calor para pintar.

— Desculpe — diz, esquivando-se de uma tela e passando por cima de uma caixa. — Minha casa anda um pouco bagunçada.

Addie nunca viu o apartamento de outro jeito. Adoraria ver em que Sam está trabalhando, qual obra foi responsável pela tinta branca sob suas unhas e a mancha cor-de-rosa debaixo do seu maxilar. Mas, em vez disso, ela se força a seguir a garota pelo meio da confusão até a cozinha. Sam liga a cafeteira, e Addie passa os olhos pelo lugar, notando mudanças. Um novo vaso roxo. Uma pilha de livros lidos pela metade, um cartão-postal da Itália. A coleção de canecas sempre aumentando, com algumas abrigando pincéis limpos.

— Você pinta — diz, acenando com a cabeça para a pilha de telas encostadas no fogão.

— Pinto — confirma Sam, com um sorriso surgindo no rosto. — Na maior parte, pinturas abstratas. Arte sem sentido, como meu amigo Jake chama. Mas, na verdade, não é sem sentido, é só que... outras pessoas pintam o que elas veem. Eu pinto o que sinto. Talvez trocar a visão por outro sentido seja um pouco confuso, mas existe beleza na transmutação.

Sam serve duas xícaras de café. Uma é verde, rasa e larga como uma tigela, e a outra é azul e alta.

— Gatos ou cachorros? — pergunta, em vez de "verde ou azul", embora nenhuma das canecas tenha cachorros ou gatos estampados. Addie responde "gatos" e Sam entrega a ela a caneca azul e alta sem explicar nada.

Os dedos se tocam, e as duas estão mais próximas do que Addie tinha se dado conta, perto o bastante para que veja os raios prateados nos olhos azuis de Sam, perto o bastante para que Sam conte as sardas no seu rosto.

— Você tem estrelas — diz ela.

Déjà-vu, pensa Addie, mais uma vez. Queria se afastar, ir embora, se poupar da insanidade de repetir e repensar tudo. Em vez disso, coloca as mãos em volta da caneca e toma um longo gole. A primeira sensação é forte e amarga, mas a segunda é suntuosa e doce.

Ela suspira de prazer, e Sam lhe lança um sorriso radiante.

— É bom, né? O segredo é...

Nibs de cacau, pensa Addie.

— Nibs de cacau — continua Sam, tomando um longo gole da própria caneca, que Addie agora tem certeza de que é mesmo uma tigela. Ela se inclina sobre a bancada, com a cabeça curvada como se o café fosse uma oferenda.

— Você parece uma flor murcha — provoca Addie.

Sam dá uma piscadela e ergue a caneca.

— É só me regar para eu florescer.

Addie nunca viu Sam desse jeito pela manhã. É óbvio que já acordou ao seu lado, mas aqueles dias eram maculados por pedidos de desculpa e mal-estar. Efeitos da perda de memória. Não é muito divertido ficar quando acontece isso. Em compensação, agora... é uma novidade. Uma lembrança criada pela primeira vez.

Sam balança a cabeça.

— Desculpe. Eu não perguntei o seu nome.

Esta é uma das coisas que adora em Sam, uma das primeiras que notou a seu respeito. Sam vive e ama com o coração incrivelmente aberto, partilha com os outros o tipo de afeição que a maioria das pessoas reserva apenas para as pessoas mais próximas. A razão vem depois da necessidade. Ela a convidou para sua casa e a aqueceu antes de pensar em perguntar qual era o seu nome.

— Madeline — responde Addie, porque é o mais próximo que pode chegar da verdade.

— Hum... é o meu biscoito favorito. Eu me chamo Sam.

— Oi, Sam — diz, saboreando o nome como se fosse a primeira vez.

— Então — começa a outra garota, como se a pergunta tivesse acabado de lhe passar pela cabeça. — O que você estava fazendo lá no terraço?

— Ah — responde Addie, com uma risada curta e autodepreciativa. — Eu não tinha a menor intenção de cair no sono lá em cima. Nem sequer me lembro de me sentar na cadeira de jardim. Devia estar mais cansada do que pensava. Eu acabei de me mudar para o 2F, e acho que não estou acostumada a tanto barulho. Não conseguia dormir, então depois de um tempo desisti e subi para pegar um pouco de ar fresco e assistir ao nascer do sol na cidade.

A mentira sai da sua boca com naturalidade, facilitada pela prática.

— A gente é vizinha! Sabe de uma coisa? — pergunta Sam, deixando a caneca vazia de lado. — Eu adoraria pintar você qualquer dia desses.

E Addie luta contra o ímpeto de responder: "Você já me pintou."

— Quer dizer, a pintura não se *pareceria* com você — divaga Sam, indo para o corredor. Addie a segue e vê a garota parar e percorrer uma pilha de telas com os dedos, manuseando-as como se fossem discos de vinil em uma loja de música.

— Estou trabalhando em uma série de pinturas sobre pessoas retratadas como se fossem o céu — continua ela.

Uma pontada abafada de dor ecoa no peito de Addie, e ela é transportada para seis meses atrás, quando estavam deitadas na cama e Sam traçava com a ponta dos dedos as sardas nas suas bochechas, o toque leve e preciso como o de um pincel.

— Sabe... — dissera ela —, dizem que as pessoas são como flocos de neve, únicas, mas eu acho que são mais como o céu. Algumas são nubladas, outras, límpidas, e outras estão a ponto de desabar numa tempestade, mas nenhuma é igual a outra.

— E que tipo de céu eu sou? — perguntara Addie naquele momento, e Sam ficara a olhando, sem piscar nem sequer uma vez. Então seus olhos se iluminaram do jeito que Addie já tinha visto em centenas de artistas,

170

centenas de vezes: o brilho da inspiração, como se alguém tivesse acendido uma luz sob sua pele. E Sam, subitamente animada, trazida de volta à vida, deu um salto para fora da cama, levando Addie para a sala de estar.

Depois de uma hora sentada no piso de madeira, coberta somente por uma manta e ouvindo os ruídos e chiados de Sam misturando as tintas e o silvo do pincel sobre a tela, a obra ficou pronta. Quando Addie se aproximou para olhar, viu o céu noturno. Não o céu noturno que qualquer pessoa teria pintado. Mas pinceladas vibrantes em tons de grafite e preto, e faixas estreitas em tom de cinza médio, com a tinta tão espessa que se projetava da tela. E, salpicados na superfície, havia um punhado de pontinhos prateados. Pareciam quase acidentais, como o respingo de um pincel, mas havia exatamente sete deles. Pequenos, distantes e separados uns dos outros, como estrelas.

A voz de Sam a traz de volta para o presente:

— Queria poder te mostrar a minha pintura favorita. É a primeira da série. *Uma noite esquecida.* Eu a vendi para um colecionador no Lower East Side. Foi a minha primeira venda *importante*, pagou três meses do meu aluguel e colocou o meu trabalho em uma galeria. Mas, mesmo assim, é difícil se desfazer de uma obra de arte. Eu sei que tenho de fazer isso. Aquela ideia romântica do artista morrendo de fome é superestimada, mas... sinto falta dela todos os dias.

A voz de Sam fica mais baixa e suave.

— O mais louco é que cada uma das pinturas da série é baseada em alguém. Amigos, pessoas aqui do prédio, estranhos que encontrei na rua. Eu me lembro de todo mundo. Mas, por mais eu tente, não consigo me lembrar de quem ela era.

Addie engole em seco.

— Você acha que era uma garota?

— É. Acho. Tem algo a ver com a *energia* da obra.

— Talvez você tenha sonhado com ela.

— Talvez. Eu nunca fui muito boa em me lembrar de sonhos. Mas sabe de uma coisa? — Ela para de falar e fica olhando para Addie como fez na cama naquela noite, com o rosto começando a brilhar. — Você me lembra daquela pintura. — Ela cobre o rosto com a mão. — Nossa, isso ficou parecendo a pior cantada da face da Terra. Desculpe. Eu vou tomar um banho.

— Eu já vou indo. Obrigada pelo café — diz Addie.

Sam morde os lábios.

— Você precisa mesmo ir embora?

Não, não precisa. Addie sabe que poderia acompanhar Sam para o chuveiro, se enrolar numa tolha, sentar no chão da sala de estar e descobrir como ela a pintaria hoje. Poderia. Poderia reviver aquele momento para sempre, mas sabe que não há futuro. Há somente uma quantidade infindável de presentes, e ela já viveu todos os presentes com Sam que é capaz de suportar.

— Sinto muito — responde, sentindo uma dor no peito, mas Sam só dá de ombros.

— A gente vai se ver de novo — diz ela, convencida. — Afinal, somos vizinhas agora.

Addie consegue abrir uma imitação fraca de um sorriso.

— Isso.

Sam a acompanha até a porta e, a cada passo, Addie resiste ao impulso de olhar para trás.

— Vê se não some — diz Sam.

— Não vou — promete Addie enquanto a porta se fecha. Ela suspira, encostando-se na soleira, e ouve os passos de Sam recuando pelo corredor entulhado, antes de se forçar a se afastar da parede e a seguir em frente, para longe.

Lá fora, o céu de mármore branco craquelou, deixando entrever faixas estreitas de azul.

O frio evaporou. Addie encontra uma cafeteria com mesas na calçada, tão movimentada que o garçom só tem tempo de atender as mesas de fora a cada dez minutos. Ela conta os segundos como se fosse uma prisioneira contando os passos de guardas, e pede uma xícara de café — não é tão bom quanto o de Sam, é completamente amargo, sem nenhuma doçura, mas está quente o bastante para espantar a friagem. Levanta a gola da jaqueta de couro, abre o volume da *Odisseia* e tenta ler.

Na parte em que Addie está, Odisseu pensa que está chegando em casa para finalmente se reencontrar com Penélope depois dos horrores da guerra, mas ela já leu a história vezes o bastante para saber que a viagem ainda está longe do fim.

Dá uma lida por cima, traduzindo do grego para o inglês moderno.

Temo que a geada cortante e o orvalho úmido

acabem comigo — estou exausto até os ossos, prestes a dar o meu último suspiro,

e um vento frio sopra do rio em direção à aurora.

O garçom reaparece na calçada e Addie ergue os olhos do livro. Observa-o franzir um pouco o cenho ao deparar com a bebida já pedida e entregue, surpreso porque há uma lacuna na sua memória onde deveria estar a lembrança de uma cliente. Mas ela parece pertencer ao lugar e isso já é uma vitória, de verdade, porque, um segundo depois, o rapaz volta a atenção para um casal na porta da cafeteria, aguardando um lugar para sentar.

Addie tenta retomar a leitura, mas não adianta. Não está no clima para ler a respeito de velhos perdidos em alto-mar, para parábolas de vidas solitárias. Quer ser arrebatada, quer esquecer. Preferiria um livro de fantasia, ou, quem sabe, um romance.

De qualquer jeito, o café já esfriou, e ela se levanta, com o livro na mão, e se encaminha para A Última Palavra em busca de alguma novidade.

PARIS, FRANÇA
29 de julho de 1716
VII

Ela está parada à sombra de um mercador de seda.
Do outro lado da rua, a loja do alfaiate fervilha com a clientela, o ritmo dos negócios é vigoroso mesmo perto do final do expediente. O suor escorre pela sua nuca conforme ela amarra e desamarra a touca, recuperada de uma rajada de vento, esperando que o gorro de tecido seja suficiente para que ela se passe por uma empregada, para que adquira o tipo de invisibilidade reservado a elas. Se Bertin achar que Addie é uma criada, não vai prestar muita atenção nela. Se achar que é uma criada, pode não notar o estado do seu vestido, que é simples mas bonito, afanado do manequim de um costureiro uma semana atrás, em uma loja parecida com esta, na outra margem do rio Sena. A princípio, era uma peça linda, até que ela enganchou a barra em um prego solto, até que alguém virou um balde de fuligem perto demais, e até que uma mancha de vinho tinto foi parar em uma das mangas.

Addie gostaria que suas roupas fossem tão resistentes às mudanças quanto ela parece ser. Até porque só tem um único vestido. Não faz o menor sentido acumular roupas, ou qualquer outra coisa, quando você não tem onde guardar. (Nos anos seguintes, ela vai tentar colecionar algumas quinquilharias, escondendo-as como uma gralha faz com o ninho, mas o destino vai sempre conspirar para roubá-las. Assim como aconteceu com o passarinho de madeira, perdido entre os cadáveres na carroça. Addie parece incapaz de manter qualquer coisa por muito tempo.)

Por fim, o último cliente vai embora — um criado, com uma caixa enfeitada com fitas debaixo de cada braço —, e, antes que qualquer outra pessoa consiga chegar à porta na sua frente, Addie dispara para o outro lado da rua e entra na loja do alfaiate.

O espaço é estreito. Há uma mesa com uma pilha alta de rolos de tecido e uma dupla de manequins exibindo as roupas da última moda. O tipo de vestido que requer pelo menos dois pares de mãos para vestir e dois para tirar: quadris reforçados, mangas bufantes e espartilhos tão apertados que é impossível respirar. Nesta época, a alta sociedade de Paris é embalada como pacotes, que evidentemente não devem ser abertos.

Um sino pequeno acima da porta anuncia a chegada de Addie, e o alfaiate, monsieur Bertin, olha para ela sob as sobrancelhas espessas como um arbusto e faz uma cara de desgosto.

— Já estou fechando — diz ele, asperamente.

Addie abaixa a cabeça, a epítome da discrição.

— A madame Lautrec me mandou.

É um nome que ela pegou no ar, entreouvido por acaso durante uma caminhada, mas é a resposta certa. O alfaiate se empertiga, subitamente interessado.

— Estou à total disposição dos Lautrec. — Ele pega um bloco pequeno e um carvão, e Addie sente os dedos se retorcerem, inundada pela dor e por uma saudade de desenhar como costumava fazer sempre que podia. — Mas é muito estranho que ela tenha enviado uma criada em vez do seu pajem — diz o alfaiate, alongando as mãos para começar o trabalho.

— Ele está doente — responde Addie apressadamente. Está aprendendo a mentir, a se deixar levar pela correnteza da conversa, seguindo o seu curso. — Então enviou sua criada pessoal. A madame deseja dar um baile, e precisa de um vestido novo.

— Sem dúvida. Você tem as medidas dela? — pergunta o senhor.

— Tenho, sim.

Ele a encara, esperando que lhe entregue um pedaço de papel.

— Não. Eu *tenho* as medidas dela… são iguais às minhas. Foi por isso que ela me mandou aqui — explica Addie.

Acredita que é uma mentira bastante astuciosa, mas o alfaiate só franze o cenho e se volta na direção de uma cortina nos fundos da loja.

— Vou pegar a fita métrica.

Ela vê de relance o cômodo do outro lado, com dezenas de manequins e uma montanha de seda, antes que a cortina se feche de novo. Mas assim que Bertin some de vista, ela faz o mesmo, desaparecendo em meio aos manequins e aos rolos de musselina e algodão encostados na parede. Não é a primeira vez que visita a loja e decorou todas as suas fendas e vãos, todos os cantos grandes o bastante para se esconder. Addie se agacha em um desses lugares, e quando Bertin finalmente volta para a recepção da loja com a fita métrica na mão, já se esqueceu de tudo a respeito de madame Lautrec e sua estranha criada.

É abafado entre os rolos de tecido, e ela fica aliviada quando ouve o tilintar do sino, os ruídos de Bertin fechando a loja. Ele vai subir para o quarto no segundo andar, tomar uma sopa, pôr as mãos doloridas de molho e ir para a cama antes que a noite caia por completo. Ela espera, deixando que o silêncio tome completamente o ambiente, até conseguir ouvir o rangido dos passos do alfaiate no andar de cima.

E então fica livre para vagar e examinar tudo que há na loja.

Uma luz fraca e acinzentada se infiltra pela vitrine da frente enquanto ela atravessa a loja, puxa a cortina pesada para o lado e entra no cômodo dos fundos.

A luz do cair da noite penetra através de uma única janela, o suficiente para que a garota consiga enxergar. Ao longo da parede dos fundos, há capas que ainda não foram terminadas, e ela diz para si mesma lembrar de voltar assim que o verão der lugar ao outono e o frio começar a tomar conta da cidade. Mas agora sua atenção se volta para o centro do cômodo, onde há dezenas de manequins postados como dançarinos em suas posições, com as cinturas finas envoltas por tecidos em tons de verde e cinza, um vestido azul-marinho com viés branco e outro azul-claro com arremate em amarelo.

Addie sorri, tira a touca e a joga sobre a mesa, sacudindo os cabelos para se soltarem.

Passa os dedos pelas tramas de seda estampada e de algodão ricamente tingido, e aprecia a textura do linho e da sarja. Toca a armação dos espartilhos e as anquinhas nos quadris, imaginando a si mesma vestindo-os. Passa rapidamente pela musselina e pela lã, simples e resistentes, mas se demora nos tecidos plissados e no cetim em camadas, mais elegantes do que qualquer outra roupa que viu quando estava na sua casa em Villon.

Casa... é uma palavra difícil de abandonar, mesmo agora, quando não há mais nada que a ligue àquele lugar.

Ela puxa as presilhas de um corpete azul veranil, e então faz uma pausa, prendendo a respiração, quando percebe uma movimentação pelo canto do olho. Mas é só um espelho, encostado na parede. Addie se vira e estuda o próprio reflexo na superfície prateada, como se fosse um retrato de outra pessoa, embora a verdade é que não há nada de diferente.

Os últimos dois anos pareceram dez e, mesmo assim, não deixaram rastros. Ela já devia ter definhado até ficar só pele e osso, endurecida, com o rosto vincado, mas sua face continua viçosa como no verão em que saiu de casa. A pele segue sem rugas provocadas pelo passar do tempo e pelas atribulações, completamente intocada, a não ser pelas sardas habituais sobre a tonalidade suave das bochechas. Somente os olhos denunciam a mudança, com uma pontada de trevas entremeada ao castanho e ao dourado.

Addie pisca e se força a tirar os olhos de si mesma e do vestido.

Do outro lado do aposento, há um trio de silhuetas escuras — manequins masculinos, vestidos com calças, coletes e paletós. Em meio à penumbra, as formas sem cabeça parecem vivas, inclinando-se umas sobre as outras enquanto a encaram. Addie examina o corte das roupas, a ausência de corpetes armados e crinolinas, e pensa, não pela primeira vez e certamente não pela última, em como seria muito mais fácil ser um homem, em como andam pelo mundo com tanta facilidade e a tão pouco custo.

Em seguida, vai até o manequim mais próximo, tira seu paletó e desabotoa seu colete. Sente uma estranha intimidade ao despir a forma e aprecia o momento ainda mais pelo fato de que o homem sob os seus dedos não é de verdade, e, por isso, não pode apalpar, bolinar ou empurrar.

Ela se livra dos cordões do próprio vestido e veste as calças, fechando-as abaixo dos joelhos. Põe a túnica e abotoa o colete, coloca o casaco listrado sobre os ombros e abotoa o peitilho de renda no pescoço.

Addie se sente segura na armadura das roupas masculinas, mas assim que se vira para se olhar no espelho, fica desanimada. Seu peito é muito farto, a cintura, fina demais, os quadris se alargam e preenchem as calças nos lugares errados. O paletó ajuda um pouco, mas nada consegue disfarçar seu rosto. A curva dos lábios, o contorno das bochechas, a suavidade da testa — tudo é delicado e arredondado demais para se passar por qualquer coisa que não seja feminina.

Ela pega uma tesoura de alfaiate e tenta aparar as ondas soltas dos cabelos até a altura dos ombros, mas um segundo depois os cachos voltam a crescer, e uma mão invisível já varreu as mechas do chão. Não pode deixar marcas, nem sequer nela mesma. Encontra um alfinete e prende as ondas de cabelo castanho-claro para trás, do mesmo modo que já viu os homens usarem, depois pega o tricórnio de um dos manequins e o acomoda sobre a testa.

Quem sabe à distância ou de relance, ou talvez no meio da noite, quando a escuridão é densa o bastante para borrar os detalhes... mas mesmo à luz das lamparinas, a ilusão não dura.

Os homens de Paris são delicados, mas ainda são homens.

Ela suspira, tira o disfarce, e passa a hora seguinte experimentando um vestido atrás do outro, já sentindo falta da liberdade das calças e do conforto sem amarras da túnica. Mas os vestidos são elegantes e luxuosos. O seu favorito é de um tom adorável de verde e branco, mas ainda está inacabado. A gola e a bainha continuam desfiadas, à espera da renda. Ela vai ter que voltar à loja daqui a uma ou duas semanas, na esperança de que a peça ainda não tenha sido vendida, embrulhada em papel de seda e enviada para a casa de alguma baronesa.

No fim, Addie escolhe um vestido num tom escuro de azul-safira com arremates em cinza. A cor a faz lembrar de uma noite de tempestade, com as nuvens eclipsando o céu. A seda, nova e absolutamente imaculada, beija sua pele. É elegante demais para as necessidades dela, um vestido para banquetes e bailes, mas Addie não se importa. E daí se atrair olhares curiosos? As pessoas vão se esquecer antes de terem a chance de fofocar.

Addie deixa o próprio vestido pendurado no manequim desnudo e não se incomoda com a touca surrupiada de um varal de manhã. Atravessa a cortina e cruza a loja, com as saias farfalhando ao redor, encontra a chave extra que Bertin guarda na gaveta de cima da mesa e destranca a porta, tomando o cuidado de imobilizar o sino com os dedos. Fecha a porta, agachando-se para deslizar a chave de ferro por debaixo do vão, se levanta e se vira, dando um encontrão em um homem parado no meio da rua.

Não é à toa que ela não o viu. Está vestido de preto, dos sapatos até o colarinho, fundindo-se à escuridão. Ela já está balbuciando pedidos de desculpa e recuando quando ergue os olhos e depara com o contorno do seu maxilar, com os cachos negros e com os olhos extremamente verdes, apesar da ausência de luz.

Ele sorri para ela.

— Adeline.

O nome lampeja como uma fagulha na sua língua, acendendo um sinal de alerta na mente de Addie. Ele percorre o vestido novo dela com os olhos.

— Você está com uma aparência boa.

— Estou com a mesma aparência de sempre.

— A recompensa da imortalidade. Como você queria.

Desta vez, ela não morde a isca. Não grita, não xinga, não enumera todas as maneiras como ele a amaldiçoou, mas a escuridão deve perceber a luta interna estampada na expressão de Addie, porque dá uma risada, suave e leve como uma brisa.

— Venha comigo — diz a sombra, oferecendo o braço. — Eu vou acompanhá-la.

Ele não diz que vai acompanhá-la até em *casa*. E, se ainda estivesse de dia, ela desdenharia da proposta só para irritá-lo. (É óbvio que, se ainda estivesse de dia, a escuridão não estaria ali.) Mas já é tarde da noite, e só há um tipo de mulher que anda sozinha a essa hora.

Addie descobriu que as mulheres, pelo menos as de uma determinada classe social, nunca ousam andar sozinhas, nem mesmo durante o dia. São mantidas dentro de casa como plantas em vasos, escondidas atrás das cortinas do lar. E quando saem, andam em grupos, seguras dentro da gaiola da companhia umas das outras, e sempre em plena luz do dia.

Andar sozinha pela manhã é um escândalo, mas andar sozinha à noite tem outro significado. Addie sabe muito bem. Sentiu os olhares e o julgamento, vindos de todo lado. As mulheres zombam dela das janelas de casa, os homens tentam comprar seu corpo nas ruas e os devotos tentam salvar sua alma, como se ela já não a tivesse vendido. Aceitou a ajuda da igreja em mais de uma ocasião, mas apenas pelo abrigo, nunca pela salvação.

— E então? — pergunta a sombra, com o braço ainda estendido.

Talvez ela esteja se sentindo mais solitária do que gostaria de admitir.

Talvez a companhia de um inimigo ainda seja melhor do que nada.

Addie não pega o braço, mas começa a caminhar, e não precisa olhar para saber que a sombra caminha ao lado. Os sapatos dele produzem um eco suave na calçada de pedras, e uma brisa leve sopra como a palma de uma mão contra as costas da garota.

Caminham em silêncio, até que ela não aguenta mais. Até que a sua determinação enfraquece. Addie espia e o vê ali, com a cabeça ligeiramente inclinada para trás, os cílios escuros roçando as bochechas pálidas enquanto ele inala o ar noturno, por mais fétido que seja. Há um tênue sorriso naqueles lábios, como se a sombra estivesse completamente à vontade. A própria imagem dele já é uma zombaria para Addie, mesmo quando seus contornos se desbotam, o preto no escuro, a sombra na fumaça, como um lembrete do que ele é, e do que não é.

Ela quebra o silêncio, as palavras se derramam da sua boca.

— Você pode assumir a forma que quiser, né?

Ele assente.

— Isso.

— Então mude de forma. Não aguento nem olhar para você.

Um sorriso pesaroso com uma pontinha de divertimento.

— Eu gosto bastante desta forma. E acho que você também gosta.

— Já gostei — admite. — Mas você estragou.

Ela percebe tarde demais que abriu uma brecha com o comentário, fez uma rachadura na própria armadura.

Agora ele nunca mais vai mudar de forma.

Addie para em uma rua estreita e sinuosa, diante de uma casa, se é que pode ser chamada assim. Uma estrutura de madeira em ruínas, mais para uma pilha de lenha, desolada e abandonada, mas não vazia.

Quando a sombra for embora, a garota vai entrar pelo vão entre as tábuas, tentando não estragar a bainha das saias novas, atravessar o chão irregular e subir um lance de degraus capengas até o sótão, na esperança de que ninguém tenha se alojado primeiro.

Vai tirar o vestido cor de tempestade e dobrá-lo com cuidado dentro de um pedaço de papel de seda. Depois vai se deitar em um catre feito de tábuas de madeira e sacos de juta e contemplar o céu através das vigas rachadas que formam o teto a uns sessenta centímetros da sua cabeça e esperar que não chova, enquanto as almas perdidas se arrastam nos andares inferiores.

Amanhã, o quartinho vai estar ocupado e, daqui a um mês, a construção vai pegar fogo, mas não faz o menor sentido se preocupar com o futuro agora.

A escuridão se move como uma cortina atrás de Addie.

— Por quanto tempo você vai continuar com isso? Do que adianta enfrentar outro dia se não há nenhuma luz no fim do túnel? — pondera ele.

São perguntas que ela fez a si mesma no meio da noite, nos momentos de fraqueza quando o inverno cravava os dentes na sua pele ou a fome enfiava as garras nos seus ossos, quando ficava sem abrigo, quando o trabalho de um dia inteiro era desfeito, quando passava uma noite em claro e não conseguia nem sequer pensar em se levantar de manhã para fazer tudo de novo. No entanto, ao ouvir as palavras repetidas daquele jeito, na voz dele em vez de na sua própria, Addie sente que perdem boa parte do veneno.

— Você não entendeu ainda? — pergunta ele, com os olhos verdes cortantes como um caco de vidro. — Não existe nenhum fim além daquele que eu ofereço. Você só tem que se entreg…

— Eu vi um elefante — interrompe Addie, e as palavras são como um balde de água fria sobre brasas. A escuridão fica imóvel ao seu lado, e ela continua falando, com o olhar fixo na casa em ruínas, no telhado desarranjado e no céu aberto. — Dois, para falar a verdade. Estavam no jardim do palácio, onde estava acontecendo algum tipo de exposição. Não sabia que existiam animais tão grandes assim. E, um dia desses, tinha um violinista na praça — continua, com a voz firme —, e a música dele me levou às lágrimas. Foi a canção mais bonita que já ouvi na minha vida. Eu tomei champanhe, bebi direto da garrafa, e vi o sol se pôr sobre o rio Sena enquanto os sinos tocavam na catedral de Notre-Dame. Nada disso teria acontecido em Villon. — Ela se vira para encará-lo. — E só se passaram dois anos. Pense bem sobre todo o tempo que eu tenho e em tudo o que ainda vou ver.

Addie sorri para a sombra; um sorriso breve e ferino, todo cheio de dentes, aproveitando a forma como o senso de humor se esvai do rosto dele.

É uma vitória pequena, mas ainda assim é tão doce vê-lo vacilar, mesmo que por um milésimo de segundo.

De repente, a sombra está perto demais, e o ar entre os dois é suprimido como uma vela apagada. Ele cheira a noites de verão, a terra, a musgo e a grama alta ondulando sob as estrelas. E a algo mais sombrio. Sangue sobre rochas e lobos à solta na floresta.

Inclina-se até o seu rosto roçar o de Addie e, quando volta a falar, as palavras são quase sussurros sobre a pele da garota.

— Você acha que vai ficar mais fácil. Mas não vai. Você está condenada ao fim, e cada ano que viver vai parecer uma vida inteira, e a cada vida, você vai ser esquecida. A sua dor é em vão. A sua vida não tem sentido. Os anos vão pesar como grilhões nos seus tornozelos. Vão acabar com você, pouco a pouco, e, quando não conseguir suportar mais, você vai *implorar* para que eu acabe com o seu sofrimento.

Addie se afasta para encarar a escuridão, mas ele já se foi.

Ela fica sozinha na rua estreita. Respira fundo, trêmula, e exala com força, depois endireita o corpo, alisa as saias e entra na construção em declínio que, pelo menos por esta noite, é a sua casa.

NOVA YORK
13 de março de 2014

VIII

A livraria está mais movimentada hoje.
Um menino brinca de esconde-esconde com o amigo imaginário enquanto o pai folheia um livro sobre história militar. Uma universitária se agacha entre as estantes, examinando as diversas edições de Blake, e o rapaz que ela conheceu ontem está postado atrás do caixa.

Addie o analisa, um hábito casual como virar as páginas de um livro.

Os cabelos castanho-escuros, rebeldes e indomáveis, caem sobre seus olhos. Ele ajeita as mechas para trás, mas depois de um segundo elas voltam a cair, fazendo-o parecer mais jovem do que é.

O rapaz tem o tipo de rosto de uma pessoa que não sabe guardar segredos muito bem, pondera ela.

Há uma fila pequena no caixa, então Addie passa um tempo entre as sessões de poesia e biografias. Tamborila os dedos por uma prateleira e, segundos depois, uma cabeça de cor laranja surge da escuridão, por cima das lombadas. Ela acaricia Livro distraidamente e aguarda a fila diminuir de três pessoas para duas e, por fim, para uma só.

O rapaz — *Henry* —, a nota parada ali perto, e uma expressão diferente passa pelo seu rosto, breve demais para que até mesmo Addie consiga identificar, antes que ele volte a atenção para a mulher no caixa.

— Sim, srta. Kline. Não, tudo bem. Se não for o livro que ele quer, você pode devolver.

A mulher vai embora, segurando a sacola de compras, e Addie se aproxima.

— Oi! — diz ela, animada.

— Oi — devolve Henry, com uma pontada de cautela no tom de voz. — Posso ajudá-la?

— Espero que sim — responde, com um charme muito bem treinado. Coloca o volume da *Odisseia* em cima do balcão entre os dois. — A minha amiga comprou este livro para mim, mas eu já tenho um. Estava pensando se não poderia trocar por outro.

Ele a olha por um momento. Ergue uma sobrancelha escura atrás dos óculos.

— Você está falando sério?

— Eu sei — diz Addie, com uma risada. — É difícil de acreditar que eu já tenho este livro em grego, mas...

Ele fica perplexo.

— Você está falando sério *mesmo*.

Addie hesita, confusa pela tensão na voz dele.

— Eu só achei que valia a pena perguntar...

— Isto aqui não é uma biblioteca. Você não pode simplesmente trocar um livro por outro — repreende o rapaz.

Addie se empertiga.

— É óbvio que não — responde, um pouco indignada. — Mas como disse antes, não fui *eu* quem comprou o livro. Foi a minha amiga, e eu acabei de ouvir você dizendo para a srta. Kline que...

O rosto dele assume uma expressão séria, com o olhar categórico de uma porta fechada na sua cara.

— Vou te dar um conselho. Na próxima vez que você tentar devolver um livro, não o devolva para a mesma pessoa de quem você o roubou da primeira vez.

Ela sente uma pontada no peito.

— O que foi que você disse?

Ele balança a cabeça.

— Você veio aqui ontem.

— Não vim, não...

— Eu me lembro de você.

Cinco palavras, o suficiente para fazer o mundo virar de cabeça para baixo.

Eu me lembro de você.

Addie cambaleia como se tivesse levado um soco, prestes a cair. Tenta se recompor.

— Não, não lembra — diz ela, com firmeza.

O rapaz estreita os olhos verdes.

— Sim, eu me lembro. Você veio aqui ontem, de suéter verde e calça jeans preta. Roubou este exemplar usado da *Odisseia*, que eu *devolvi* para você, afinal, quem é que rouba um exemplar usado da *Odisseia* em grego para começo de conversa? Agora você tem a cara de pau de voltar aqui e tentar trocar o livro por outro? Você nem comprou o primeiro...

Addie fecha os olhos, sentindo-se tonta.

Não compreende.

Não consegue...

— Olha só... Acho que é melhor você ir embora — diz ele.

Ela abre os olhos e vê o rapaz apontando para a porta. Seus pés não se movem, se recusam a levá-la para longe daquelas cinco palavras.

Eu me lembro de você.

Trezentos anos.

Trezentos anos, e ninguém nunca havia pronunciado aquelas palavras, ninguém *nunca* havia se lembrado. Addie tem vontade de puxá-lo pela manga da camisa, de puxá-lo para si e perguntar, de saber por que, como, o que há de tão especial em um rapaz de uma livraria... mas o homem com o livro sobre história militar está esperando na fila, com o filho agarrado à perna, e o rapaz de óculos a olha de cara feia. Está tudo errado. Ela se apoia no balcão, sente que está prestes a desmaiar. Os olhos dele se suavizam, só um pouco.

— Por favor. Vá embora — diz ele baixinho.

Ela tenta.

Não consegue.

Addie chega à porta aberta, aos quatro degraus curtos que dão na rua, antes que algo dentro dela se parta.

Desaba sobre o beiral no topo da escada, afunda a cabeça nas mãos e sente que vai começar a chorar, ou a rir, mas em vez disso olha para trás, através do vidro chanfrado da porta do sebo. Fica observando o rapaz toda vez que ele aparece. Não consegue tirar os olhos dele.

Eu me lembro de você. Eu me lembro de você. Eu me lembro de você. Eu me lembro de você. Eu me lembro de você. Eu me lembro de você. Eu me lembro de você. Eu me lembro de você. Eu me lembro de você. Eu me lembro de você. Eu me lembro de você. Eu me lembro de você. Eu me lembro de você. Eu me lembro de você. Eu me lembro...

— O que você está fazendo aí?

Ela pisca e vê o rapaz parado na soleira da porta, de braços cruzados. O sol já está se pondo no céu, e a luz, começando a esmorecer.

— Estava esperando você — responde, arrependendo-se um segundo depois. — Eu queria pedir desculpas. Por toda a confusão com o livro.

— Tá tudo bem — diz ele, secamente.

— Não, não tá — insiste Addie, levantando-se. — Deixa eu te pagar um café.

— Você não precisa fazer isso.

— Eu insisto. É um pedido de desculpas.

— Eu estou trabalhando.

— *Por favor.*

E deve ser o modo como ela diz, a simples combinação de esperança e necessidade, a obviedade de que, para ela, aquilo é mais importante do que um livro, do que um arrependimento, que faz o rapaz retribuir seu olhar. Então Addie se dá conta de que ele não havia olhado para ela de verdade, não até agora. Há algo estranho e perscrutador no olhar dele, mas seja lá o que for que o rapaz enxerga quando a olha, isso o faz mudar de ideia.

— Um café — aceita ele. — E você continua banida do sebo.

Addie sente o ar voltar aos pulmões.

— Fechado.

"Eu me lembro de você."

NOVA YORK
13 de março de 2014
IX

Addie aguarda nos degraus por uma hora até a livraria fechar.

Henry tranca o sebo, se vira e a vê sentada, e Addie se prepara mais uma vez para a expressão vazia no seu rosto, a confirmação de que o encontro prévio foi só algum tipo de falha esquisita, uma ponta solta nos séculos de maldição.

Mas quando olha para Addie, o rapaz a reconhece. Ela tem certeza de que ele a reconhece.

Henry ergue as sobrancelhas sob os cachos embaraçados, como se estivesse surpreso por ela continuar ali. Mas sua irritação deu lugar a outra coisa — algo que a confunde ainda mais. É menos hostil que suspeitoso, mais precavido que aliviado, e ainda assim maravilhoso, por causa do reconhecimento. Não é um primeiro encontro, mas um segundo — ou melhor dizendo, um terceiro —, e, desta vez, ela não é a única pessoa que sabe disso.

— E aí? — diz ele, estendendo a mão, não para que ela a segure, mas para que indique o caminho, e Addie o faz. Andam alguns quarteirões em meio a um silêncio constrangedor. Addie olha de relance para ele de vez em quando, mas não consegue identificar nada além da linha reta de seu nariz e do ângulo de seu maxilar.

O rapaz tem uma aparência ávida, lupina e esbelta e, apesar de não ser mais alto do que o normal, curva os ombros como se quisesse parecer mais baixo, menor, menos proeminente. Quem sabe com as roupas certas, quem sabe com a atitude correta, quem sabe, talvez. Mas quanto mais ela o observa, menor é a semelhança dele com o outro estranho.

Mas mesmo assim.

Há alguma coisa que não para de chamar a atenção de Addie, puxando-a de volta do mesmo modo que um prego repuxa o fio de um suéter.

Henry a pega olhando para ele duas vezes, e franze o cenho.

Quando Addie o pega lançando um olhar furtivo em sua direção, sorri.

Na cafeteria, pede a ele para arranjar um lugar para se sentarem enquanto ela compra as bebidas, e o rapaz hesita, como se estivesse dividido entre o impulso de pagar a conta e o medo de ser envenenado, antes de se dirigir para uma mesa de canto. Addie pede um café com leite para ele.

— São três dólares e oitenta centavos — diz a garota atrás do balcão.

Addie se encolhe ao ouvir o valor. Tira algumas notas do bolso, o resto do dinheiro que pegou de James St. Clair. Não tem o bastante para pagar por duas bebidas, e não pode simplesmente sair com os copos na mão, porque há um rapaz a esperando. E ele se lembra.

Addie olha de relance para a mesa onde ele está sentado, de braços cruzados, encarando a rua através da janela.

— Eve! Eve! — chama a barista.

Addie se sobressalta, dando-se conta de que a garota está falando com ela.

— Então o seu nome é Eve? — pergunta o rapaz, assim que ela se senta.

Não.

— É. E o seu…

Henry, pensa ela um segundo antes de o rapaz dizer.

— Henry. — O nome cai bem como uma luva. Henry: suave, poético. Henry: calado, forte. Os cachos castanho-escuros, os olhos claros atrás da armação pesada dos óculos. Ela já conheceu dezenas de Henrys, em Londres, Paris, Boston e Los Angeles, mas o rapaz não se parece com nenhum deles.

Ele baixa os olhos para a mesa, para a xícara e para as mãos vazias dela.

— Você não pegou nada para beber.

Ela faz um gesto de indiferença.

— Na verdade, eu não estou com muita vontade de beber — mente a garota.

— É meio estranho.

— Por quê? — Ela dá de ombros. — Eu disse que te pagaria um café. Além disso — hesita —, eu perdi minha carteira. Não tenho dinheiro para pagar por dois.

Henry franze o cenho.

— Foi por isso que você roubou o livro?

— Eu não *roubei* nada. Queria trocar o livro. E já pedi desculpas.

— Pediu?

— Com o café.

— Falando nisso — diz ele, levantando-se. — Como você prefere?

— O quê?

— O seu café. Não posso ficar sentado bebendo sozinho, fico me sentindo um babaca.

Ela sorri.

— Chocolate quente. Amargo.

O rapaz ergue as sobrancelhas de novo. Em seguida, se afasta para fazer o pedido e fala alguma coisa que faz a barista dar uma risadinha e se aproximar, como uma flor inclinando-se na direção do sol. Ele volta segurando uma segunda xícara e um croissant e coloca os dois em cima da mesa antes de se sentar. Agora, Addie está em débito outra vez. A balança desequilibra, equilibra e desequilibra de novo, o tipo de jogo que ela já jogou centenas de vezes, uma luta de boxe feita com pequenos gestos, e o estranho sorrindo do outro lado da mesa.

Só que este não é o seu estranho, e não está sorrindo.

— E aí… — começa Henry. — O que *foi* aquela confusão toda com o livro hoje?

— Sinceramente? — Addie envolve a xícara com as mãos. — Eu achei que você não ia se lembrar.

A pergunta tilinta dentro do seu peito como moedas soltas, como pedrinhas em um vaso de porcelana; remexe dentro dela, ameaçando sair da sua boca.

Como você se lembrou de mim? Como? Como?

— A Última Palavra não tem *tantos* clientes assim. E menos ainda clientes que tentam sair sem pagar. Acho que você deixou uma primeira impressão e tanto — diz Henry.

Uma impressão.

Uma impressão como uma marca.

Addie passa os dedos de leve pela espuma do chocolate quente e observa a superfície do leite voltar a ficar lisa em seu rastro. Henry não repara nisso, mas reparou nela, se lembrou.

O que será que está acontecendo?

— Enfim... — diz ele, mas a frase permanece inacabada.

— Enfim... — repete ela, já que não pode perguntar o que gostaria. — Me conte mais sobre você.

Quem é você? Por que logo você? O que está acontecendo?

Henry morde os lábios e responde:

— Não tenho muito o que contar.

— Você sempre quis trabalhar numa livraria?

A expressão de Henry fica pensativa.

— Não sei muito bem se é o tipo de trabalho com que as pessoas sonham, mas eu gosto. — Ele está levando o café com leite aos lábios quando alguém passa por perto, esbarrando na sua cadeira. Henry endireita a xícara a tempo, mas o homem começa a se desculpar. E não para mais.

— Ei, eu sinto muito. — Ele faz uma careta cheia de culpa.

— Tá tudo bem.

— Eu te fiz derramar o café? — pergunta o homem, com uma apreensão genuína.

— Não. Deu tudo certo — responde Henry.

Nota-se a aflição do homem, ele não dá o menor sinal. Seus olhos permanecem fixos em Addie, como se pudesse fazer o desconhecido sumir.

— Que estranho — diz ela, quando ele finalmente vai embora.

Henry só dá de ombros.

— Acidentes acontecem.

Não foi o que Addie quis dizer. Mas as ideias são como trens em movimento, e ela não pode se dar ao luxo de sair dos trilhos.

— Então... Estávamos falando da livraria. É sua?

Henry balança a cabeça.

— Não. Quer dizer, poderia até ser. Eu sou o único funcionário, mas ela pertence a Meredith, uma mulher que passa a maior parte do tempo em cruzeiros. Eu só trabalho lá. E você? O que faz quando não está roubando livros?

Addie reflete sobre a pergunta, sobre as várias respostas possíveis. Pensa em todas as mentiras e decide dizer algo mais próximo da verdade.

— Eu sou uma caça-talentos. De músicos, na maioria, mas também de artistas plásticos.

O rosto de Henry se endurece.

— Você devia conhecer a minha irmã.

— É mesmo? — pergunta Addie, desejando que tivesse mentido. — Ela é artista?

— Acho que ela diria que *promove* a arte. Talvez isso seja uma espécie de artista. Ela gosta de... — ele faz um floreio com a mão — estimular o potencial em estado bruto, moldar a narrativa do futuro criativo.

Addie pensa que *gostaria* de conhecer a irmã dele, mas não revela o desejo.

— Você tem irmãos? — pergunta ele.

Ela balança a cabeça, arrancando uma ponta do croissant, já que ele não tocou no pão e o seu estômago está roncando.

— Sortuda — diz ele.

— Solitária — replica ela.

— Se quiser, você pode ficar com os meus. Tem o David, que é médico, acadêmico e um babaca pretensioso, e a Muriel, que é... é a Muriel.

Henry olha para ela, e Addie percebe a estranha intensidade de novo. Talvez seja apenas por que pouquíssimas pessoas fazem contato visual na cidade grande, mas ela não consegue se livrar da sensação de que o rapaz está procurando alguma coisa no seu rosto.

— O que foi? — pergunta, e ele começa a dizer uma coisa, mas muda de rumo.

— As suas sardas parecem estrelas.

Addie abre um sorriso.

— Já me disseram. Minha pequena constelação particular. É a primeira coisa que as pessoas notam em mim.

Henry se remexe na cadeira.

— O que você vê quando olha *para mim*? — pergunta ele.

Seu tom de voz é bastante casual, mas há alguma coisa na pergunta — um peso, como uma pedra enterrada em uma bola de neve. Ele estava esperando para fazê-la. A resposta é importante.

— Vejo um rapaz de cabelos escuros, olhos gentis e um rosto honesto.

Ele franze o cenho de leve.

— Só isso?

— É óbvio que não. Mas eu ainda não conheço você.

— Ainda — repete ele, e há algo similar a um sorriso na sua voz.

Ela aperta os lábios e estuda o rosto dele mais uma vez.

Por um momento, a mesa deles é o único lugar silencioso na cafeteria movimentada.

Quando você vive por bastante tempo, aprende a ler as pessoas. Aprende a fazer com que se abram como um livro, com algumas passagens sublinhadas e outras ocultas nas entrelinhas.

Addie examina o rosto do rapaz, a ligeira ruga em que suas sobrancelhas se encontram e erguem, os lábios, o modo como ele esfrega a palma da mão, como se estivesse aliviando uma dor, ao mesmo tempo que se inclina sobre a mesa, com a atenção completamente voltada para ela.

— Eu vejo uma pessoa que se importa — diz ela devagar. — Talvez até demais. Que sente demais. Vejo alguém perdido, e ávido. O tipo de pessoa que sente que está definhando num mundo cheio de possibilidades porque não consegue decidir o que quer.

Henry a encara, todo o senso de humor que havia em seu rosto desapareceu, e Addie percebe que chegou perto demais da verdade.

Ela ri, nervosa, e o som ecoa de volta para eles.

— Desculpa — diz, balançando a cabeça. — Fui profunda demais. Devia ter dito só que você era bonito.

Henry repuxa os lábios, mas o sorriso não chega aos seus olhos.

— Pelo menos você acha que sou bonito.

— E eu? — pergunta ela, tentando quebrar a tensão repentina.

Mas, pela primeira vez, Henry se recusa a olhá-la nos olhos.

— Eu nunca fui muito bom em ler as pessoas. — Ele afasta a xícara e se levanta, e Addie pensa que estragou tudo. Henry está indo embora.

Mas, em seguida, o rapaz baixa o olhar para ela e diz:

— Eu estou com fome. Você está com fome?

E o ar volta aos pulmões dela.

— Como sempre.

E, desta vez, quando o rapaz estende a mão, Addie sabe que é um convite para que ela a segure.

PARIS, FRANÇA
29 de julho de 1719

Addie descobriu o *chocolate*.

É mais difícil de conseguir do que o sal, o champanhe, ou a prata, e mesmo assim, a marquesa possui uma lata inteira dos flocos doces e escuros ao lado da cama. Enquanto saboreia uma lasca derretida na língua, Addie se pergunta se a mulher conta os pedacinhos toda noite, ou se só se dá conta quando os dedos roçam o fundo da lata vazia. A madame não está em casa para responder à pergunta. E se estivesse, Addie não estaria esparramada sobre o edredom de penas de ganso.

Mas Addie e a dona da casa nunca se encontraram.

E com sorte, nunca vão se encontrar.

Afinal, o marquês e a esposa mantêm uma vida social bastante agitada e, nos últimos anos, a casa da cidade dos dois se tornou um dos refúgios preferidos de Addie.

Refúgio… é a palavra certa para alguém que vive como um fantasma.

Duas vezes por semana, recebem amigos para jantar na casa da cidade; a cada quinze dias, dão uma festa grandiosa e, uma vez por mês, que cai nesta noite, atravessam toda a Paris em carruagem para jogar cartas com outras famílias da nobreza, e não voltam até a manhã seguinte.

A essa altura, os criados já se retiraram para os seus próprios aposentos para, sem dúvida, beber e apreciar a pequena dose de liberdade. Costumam alternar turnos, de modo que haja sempre uma única sentinela de vigília ao pé da escadaria, enquanto os outros desfrutam de um pouco de paz. Talvez joguem cartas também. Ou talvez simplesmente aproveitem a tranquilidade de uma casa vazia.

Addie coloca outro pedacinho de chocolate na língua e afunda de novo na cama da marquesa, na nuvem de penas macias. Tem certeza de que há mais almofadas ali do que em toda a cidade de Villon, e cada uma é duas vezes mais cheia. Ao que parece, os nobres são feitos de vidro, concebidos para se estilhaçarem se dispostos sobre uma superfície dura demais. Addie estende os braços, como uma criança brincando de formar anjos na superfície da neve, e suspira de prazer.

Passou cerca de uma hora inspecionando os vários vestidos da marquesa, mas não tem mãos suficientes para vestir nenhum deles, então colocou uma camisola de seda azul mais elegante do que qualquer outra roupa que já possuiu. O próprio vestido, de tom de ferrugem com arremate em renda cor de creme, está abandonado sobre o divã, e quando ela olha para a peça, se lembra do vestido de noiva, largado na grama às margens do rio Sarthe, com o linho branco descamado como uma pele queimada.

A lembrança a enreda como se fosse uma teia de aranha.

Addie puxa a camisola para si, sente o aroma de rosas na costura, fecha os olhos e imagina que esta é a sua cama, a sua vida e, por alguns minutos, é bastante agradável. Mas o quarto está abafado demais, silencioso demais, e ela teme que, se ficar muito tempo na cama, vai acabar sendo engolida pelos lençóis. Ou, pior ainda, pode cair no sono e ser acordada pelas mãos da dona da casa de manhã, e que dor de cabeça causaria, porque o quarto fica no segundo andar.

Leva um minuto inteiro para conseguir descer da cama, afundando as mãos e os joelhos no edredom conforme engatinha para a beirada, depois tomba desajeitadamente no tapete. Ela se equilibra em um balaústre de madeira, com galhos delicados entalhados no carvalho, e pensa nas árvores enquanto examina o aposento, decidindo o que fazer no tempo livre.

Uma porta de vidro dá na varanda, e outra de madeira, no corredor. Uma cômoda. Um divã. Uma penteadeira, encimada por um espelho polido.

Addie se senta em uma banqueta acolchoada diante da penteadeira e seus dedos dançam pelos frascos de perfume e potes de creme, pela pluma suave de uma esponja para aplicar pó e por uma tigela com presilhas de cabelo prateadas.

Pega um punhado de grampos e começa a enrolar mechas do cabelo, prendendo as ondas para trás e para cima ao redor do rosto, sem nenhuma ideia do que está fazendo. Seu penteado atual é um amontoado de cachos que parece um ninho de pássaro. Pelo menos, ela ainda não precisa usar uma daquelas perucas monstruosas e pulverizadas com pó branco que parecem torres de merengue e que vão entrar na moda daqui a uns cinquenta anos.

O seu ninho de cachos está pronto, mas precisa de um toque final. Addie pega um pente de madrepérola no formato de uma pena e desliza os dentes por entre as mechas logo atrás da orelha.

É estranho como pequenos detalhes fazem toda a diferença.

Sentada no banco acolchoado, cercada de luxo, vestida com seda azul emprestada e com os cabelos presos em cachos no alto da cabeça, Addie podia quase se esquecer de si mesma, podia quase ser outra pessoa. Uma jovem cortesã, a dona da casa, movendo-se livremente pelo mundo com o amparo de sua reputação.

Somente as sardas nas suas bochechas se destacam, um lembrete de quem Addie foi, é e sempre vai ser.

Mas sardas podem ser facilmente cobertas.

Ela pega o recipiente de pó de arroz e já está levando a esponja macia ao rosto quando uma brisa suave agita o ar, trazendo não o aroma de Paris, mas o dos campos abertos, e uma voz grave murmura:

— Eu preferiria ver as nuvens encobrindo as estrelas do céu.

Addie desvia o olhar para o espelho e para o reflexo do quarto atrás de si. As portas da varanda continuam fechadas, mas o aposento não está mais vazio. A sombra se encosta na parede com a naturalidade de alguém que está ali há algum tempo. Addie não fica surpresa ao vê-lo — ele sempre vem, ano após ano —, mas fica incomodada. Sempre vai ficar.

— Olá, Adeline — cumprimenta a escuridão, e apesar de estar do outro lado do quarto, as palavras roçam sua pele como se fossem folhas.

Ela se vira na banqueta, levando a mão livre ao decote aberto da camisola.

— Vá embora.

Ele estala a língua.

— Depois de um ano separados, isso é tudo o que você tem a me dizer?

— Não.

— O que mais então?

— *Não.* Essa é a minha resposta para a sua pergunta. O único motivo de você estar aqui. Veio me perguntar se eu vou me render, e a resposta é não.

O sorriso dele ondula e se transforma. O cavalheiro desaparece; ressurge o lobo.

— Minha Adeline, você afiou as garras.

— Eu não sou sua.

Ela vislumbra presas de alerta e, em seguida, o lobo recua, fingindo ser um homem de novo enquanto avança em direção à luz. Mesmo assim, as sombras permanecem, borrando os contornos dele até que se percam na escuridão.

— Eu lhe concedi a imortalidade. E você desperdiça suas noites comendo bombons na cama de outra pessoa. Eu esperava mais.

— E, mesmo assim, me condenou a ter menos que isso. Veio para se gabar?

Ele desliza a mão ao longo do balaústre, traçando os galhos com os dedos.

— Tanto veneno logo no dia do nosso aniversário. Quando eu vim só para lhe oferecer um jantar.

— Não estou vendo nenhuma comida. E não quero a sua companhia.

Ele se move como fumaça. Em um segundo, está do outro lado do quarto, no seguinte, ao seu lado.

— Eu não desdenharia de mim tão rápido se fosse você — diz, tocando de leve o pente de madrepérola nos seus cabelos com um dedo comprido. — Sou a única companhia que você vai ter daqui em diante.

Antes que ela possa se afastar, o ar volta a ficar vazio e ele está do outro lado do aposento de novo, com a mão pousada sobre o pendão ao lado da porta.

— Pare — diz ela, ficando de pé em um salto, mas é tarde demais. Ele puxa o pendão e, um instante depois, o sino badala, quebrando o silêncio da casa. — Maldito! — sibila enquanto ouve passos ressoando na escadaria.

Addie já está se virando para pegar seu vestido, para agarrar o que puder antes de fugir... mas a escuridão segura o seu braço. Ele a força a ficar ao seu lado como uma criança desobediente enquanto uma criada abre a porta.

Ela devia ficar espantada ao deparar com eles, dois estranhos na casa do seu patrão, mas não há o menor sinal de choque em seu rosto. Nenhuma surpresa, raiva ou medo. Nada. Somente uma expressão vazia, uma calma característica dos sonhadores e dos perdidos. A criada fica parada, com a cabeça baixa e as mãos entrelaçadas, à espera de ordens, e Addie se dá conta, com horror e alívio crescentes, de que a mulher está enfeitiçada.

— Vamos jantar no salão esta noite — diz a escuridão, como se a casa pertencesse a ele. Há um timbre novo na sua voz, um revestimento, como pequenas teias de aranha cobrindo uma pedra. Ela reverbera no ar, se avoluma ao redor da criada, e Addie pode senti-la deslizando sobre a própria pele, mesmo sem permanecer.

— Sim, senhor — responde a criada, com uma reverência curta.

Ela se vira para guiá-los escada abaixo, e a escuridão olha para Addie e sorri.

— Venha — diz, com os olhos, agora em um tom de esmeralda, cheios de uma satisfação arrogante. — Ouvi dizer que o cozinheiro do marquês é um dos melhores em Paris.

Ele oferece o braço, mas Addie não aceita.

— Você não espera mesmo que eu vá jantar com *você*.

Ele ergue o queixo.

— Você desperdiçaria uma refeição dessas só porque eu estou sentado à mesa? Acho que o seu estômago fala mais alto que o seu orgulho. Mas fique à vontade, minha querida. Fique no seu quarto emprestado e se entupa de doces roubados. Vou jantar sem você.

Com isso, ele se afasta a passos largos, e ela fica dividida entre o ímpeto de bater a porta atrás dele e a aceitação de que a sua noite foi estragada, não importa se jantar com a escuridão ou não, de que mesmo que fique no quarto, sua mente vai descer as escadas para comer.

Sendo assim, ela vai.

Daqui a sete anos, Addie vai assistir a uma peça de marionetes encenada em uma praça de Paris. Uma carroça com uma cortina, e um homem atrás, com as mãos erguidas para sustentar no alto os bonecos de madeira, cujos braços e pernas dançam para cima e para baixo nos cordões de barbante.

E então ela vai se lembrar desta noite.

Do jantar.

Os criados da casa se movem ao redor como se estivessem sendo manipulados por cordões, fluidos e silenciosos, cada gesto feito com a mesma lentidão sonolenta. As cadeiras são puxadas para trás, as toalhas, alisadas, as garrafas de champanhe, abertas, e a bebida, servida em taças de cristal.

Mas a comida fica pronta rápido demais, a entrada chega antes que as taças estejam cheias. Seja lá qual for o feitiço que a escuridão lançou sobre os criados da casa, começou antes que ele entrasse no quarto roubado de Addie. Antes que tocasse o sino, chamasse a criada e intimasse a garota a jantar com ele.

A sombra deveria parecer deslocada no cômodo ornamentado. Afinal, é um selvagem, um deus noturno da floresta, um demônio vinculado à escuridão. Mas mesmo assim, está sentado com a postura e a elegância de um nobre que saboreia seu jantar.

Addie toca os talheres de prata, o adorno dourado dos pratos.

— Eu deveria ficar impressionada?

A escuridão olha para ela do outro lado da mesa.

— E não está? — pergunta, enquanto os criados fazem uma reverência e recuam para perto da parede.

A verdade é que Addie está assustada. Perturbada com a demonstração. Conhece o poder dele — ou, pelo menos, achava que conhecia —, mas fazer um pacto é uma coisa, testemunhar tamanho controle é bem diferente. O que ele poderia forçá-los a fazer? Até que ponto seria capaz de fazê-los chegar? Será que é tão fácil quanto puxar os cordões de marionetes?

A entrada é disposta diante dela, uma sopa cremosa laranja-claro como a aurora. Tem um cheiro delicioso, e o champanhe borbulha na taça, mas ela não se permite tocar nenhum dos dois.

A escuridão percebe a cautela estampada no seu rosto.

— Ora, Adeline. Eu não pertenço ao mundo das fadas, não vim aqui para te pegar em uma armadilha usando comida e bebida.

— E, mesmo assim, tudo parece ter um preço.

Ele suspira, e seus olhos brilham com um tom mais pálido de verde.

— Como quiser — diz, pegando a taça e bebendo com vontade.

Depois de um longo momento, Addie desiste e leva a taça de cristal aos lábios, bebendo o primeiro gole de champanhe. O gosto é diferente de tudo o que ela já provou; milhares de bolhinhas delicadas percorrem sua língua, doces e intensas, e ela se derreteria de prazer se estivesse em qualquer outra mesa, com qualquer outro homem, em qualquer outra noite.

Em vez de saborear cada gole, esvazia a taça de uma vez só e, quando a pousa de volta sobre a mesa, sua cabeça está um pouco tonta e o criado já está postado ao seu lado, servindo outra taça.

A escuridão bebe devagar e observa enquanto ela come, sem dizer uma palavra. O silêncio no aposento se torna opressivo, mas Addie não o quebra.

Pelo contrário, se concentra primeiro na sopa, depois no peixe e então em um bife envolto em massa folhada. Faz meses, na verdade, faz *anos* que não come assim, e ela se sente satisfeita de um modo que vai além do seu estômago. Conforme termina a refeição, estuda o homem, que não é homem coisa nenhuma, do outro lado da mesa, a maneira como as sombras se debruçam atrás dele.

Nunca passaram tanto tempo juntos.

Até esta noite, houve apenas aqueles míseros instantes na floresta, alguns minutos em um quarto fajuto e meia hora de caminhada ao longo do rio Sena. Mas agora, pela primeira vez, ele não paira atrás dela como uma sombra, não permanece como um fantasma no canto do seu campo de visão. Agora, ele se senta à sua frente, completamente à mostra, e embora Addie conheça os detalhes estáticos do seu rosto, já que os desenhou centenas de vezes, não consegue evitar examiná-los em movimento.

E ele permite.

Não há nenhum traço de timidez no seu comportamento.

Na verdade, ele parece apreciar a atenção dela.

Enquanto corta a comida com a faca e leva um pedaço de carne aos lábios, ele ergue as sobrancelhas escuras e repuxa o canto da boca. É menos um homem que uma coleção de feições, desenhadas por uma mão meticulosa.

Com o passar do tempo, isso vai mudar. Ele vai se inflar, se expandir para preencher as lacunas entre as linhas do seu desenho, arrancando a imagem de Addie até que a garota não consiga nem sequer imaginar que os traços um dia pertenceram a ela.

Mas, por enquanto, a única feição que pertence a ele — por completo — são os olhos.

Addie os imaginou centenas de vezes, e eles eram sempre verdes, mas nos seus sonhos tinham somente uma tonalidade: o verde intenso das folhas de verão.

Os olhos *dele* são diferentes.

Surpreendentes, inconstantes — a menor mudança no seu humor, no seu temperamento, é refletida neles, e só neles.

Addie vai levar anos para aprender a linguagem daqueles olhos. Para saber que o divertimento dá a eles o tom das heras durante o verão, enquanto a irritação os deixa com a cor pálida de uma maçã verde, e o prazer... o prazer os escurece até ficarem do tom quase preto da floresta à noite, com apenas os contornos das írises ainda perceptivelmente verdes.

Esta noite, seus olhos estão da cor escorregadia das algas presas na correnteza de um riacho.

Ao fim do jantar, vão adotar um tom completamente diferente.

Há uma certa languidez na sua postura. Ele está distraído, com um dos cotovelos apoiado sobre a toalha de mesa e a cabeça ligeiramente inclinada como se estivesse ouvindo um som distante, enquanto os dedos elegantes contornam a linha do queixo como se ele estivesse entretido com a própria forma. Antes que se dê conta, Addie quebra o silêncio mais uma vez.

— Qual é o seu nome?

Ele desvia os olhos do aposento e volta a atenção para ela.

— Por que eu deveria ter um nome?

— Todas as coisas têm um nome. Nomes têm propósito. Nomes têm poder. — Ela inclina a própria taça na direção dele. — Você sabe disso, ou não teria roubado o meu.

Um sorriso repuxa o canto da boca dele, lupino, divertido.

— Se for verdade que os nomes têm poder, por que eu lhe diria o meu?

— Porque eu preciso te chamar de alguma coisa quando estiver falando com você, e também na minha cabeça quando eu estiver sozinha. Por enquanto, só uso xingamentos.

A escuridão não parece se importar.

— Você pode me chamar do que quiser, não faz a menor diferença. Qual era o nome do estranho no seu diário? O homem que você usou como inspiração para a minha forma?

— Você o usou como inspiração para zombar de mim, e eu preferiria que você assumisse *outra* forma.

— Você enxerga violência em tudo que eu faço — pondera ele, passando o polegar na beira da taça. — Eu assumi esta forma para agradar a você. Para deixá-la mais à vontade.

A raiva toma conta de Addie.

— Você estragou a única coisa que me restava.

— Que tristeza saber que você só tinha sonhos.

Ela resiste ao impulso de atirar a taça de cristal nele, sabendo que não vai adiantar de nada. Em vez disso, olha para o criado encostado na parede e estende a taça para que ele a encha. Mas o criado não se move, nenhum deles se move. Estão atados à vontade da sombra, não à dela. Então Addie se levanta e pega a garrafa ela mesma.

— Qual era o nome do seu estranho?

Ela volta para a cadeira, enche a taça e se concentra nos milhares de bolhinhas cintilantes que se elevam através do cristal.

— Ele não tinha um nome.

Mas é óbvio que é mentira, e a escuridão a olha como se soubesse.

A verdade é que ela havia experimentado vários nomes ao longo dos anos — Michel, Jean, Nicolas, Henri, Vincent —, mas nenhum tinha parecido adequado. Então, certa noite, lá estava ele, bem na ponta de sua língua, quando Addie estava encolhida na cama, pensando no estranho ao seu lado, com os dedos compridos nos seus cabelos. O nome saiu dos seus lábios, simples como um suspiro, natural como o ar.

Luc.

Na cabeça dela, era diminutivo de Lucien, mas agora, sentada diante da sombra, da *charada*, a ironia é como uma bebida quente demais, uma brasa ardendo no seu peito.

Luc.

De *Lúcifer.*

As palavras ecoam dentro dela, como se fossem carregadas por uma brisa.

Eu sou o diabo, ou a escuridão?

E Addie não sabe dizer, nem nunca vai saber, mas o nome está arruinado. Que fique com ele.

— Luc — murmura ela.

A sombra sorri, uma imitação cruel e deslumbrante de alegria, e ergue a taça como se fosse propor um brinde.

— Então que seja Luc.

Addie volta a esvaziar a taça em um gole só, agarrando-se à embriaguez que a bebida proporciona. Os efeitos não vão durar muito, é óbvio, e ela pode sentir os sentidos revidando a cada taça vazia, mas segue em frente, determinada a derrotá-los, pelo menos por um tempo.

— Eu te odeio.

— Ah, Adeline — diz ele, pousando a taça sobre a mesa. — Onde você estaria sem mim? — Conforme fala, gira a haste de cristal entre os dedos e, no reflexo facetado, ela vê outra vida... a sua vida, mas diferente, uma versão em que não fugiu para a floresta enquanto o sol se punha e as pessoas se reuniam para o casamento, em que não evocou a escuridão para que a libertasse.

No cristal, vê a si mesma — a Adeline do passado, a pessoa que poderia ter se tornado, com os filhos de Roger ao seu lado e um bebê recém-nascido apoiado nos quadris, seu próprio rosto pálido pela exaustão. Addie vê a si mesma deitada ao lado dele na cama, com o espaço frio entre os dois corpos; vê a si mesma curvada sobre a lareira como a sua mãe sempre fazia, com as mesmas rugas na testa e os dedos doloridos de remendar roupas, latejando demais para conseguir segurar os velhos lápis de desenho; vê a si mesma definhando na videira da vida e dando os mesmos passos que qualquer um em Villon daria, percorrendo o mesmo caminho curto do berço ao túmulo, com a pequena capela à espera, imóvel e cinzenta como uma lápide.

Addie vê tudo isso e fica agradecida por ele não perguntar se ela voltaria atrás, se trocaria sua vida atual por aquela, porque, apesar de todo o sofrimento e a insanidade, da perda, da fome e da dor, ela ainda sente repulsa da imagem refletida na taça.

A refeição acabou, e os criados da casa continuam postados na penumbra, aguardando as ordens do seu mestre. Embora estejam de cabeça baixa e rosto impassível, ela não pode deixar de pensar neles como reféns.

— Eu gostaria que você os dispensasse.

— Seus desejos acabaram — replica a sombra. Mas Addie faz contato visual e sustenta o olhar. Agora que ele tem um nome fica mais fácil imaginá-lo como um homem, e homens podem ser desafiados. Depois de um momento, a escuridão solta um suspiro e se vira para o criado mais próximo, pede que abra uma garrafa de champanhe para os criados e que estão dispensados.

Então eles ficam a sós, e o aposento parece menor do que antes.

— Pronto — diz Luc.

— Quando o marquês e a esposa voltarem para casa e encontrarem os criados bêbados, eles vão ser repreendidos por isso.

— E eu fico me perguntando quem vai levar a culpa pelos chocolates comidos no quarto da madame ou pela camisola de seda azul. Acha que ninguém sofre as consequências quando você rouba alguma coisa?

Addie se empertiga, com o rubor tomando conta do seu rosto.

— Você não me deu *escolha*.

— Eu dei o que você me pediu, Adeline. Tempo, infindável. Uma vida sem restrições.

— Você me condenou a ser esquecida.

— Você me pediu para ser livre. Não há liberdade maior que essa. Você pode andar pelo mundo desimpedida. Livre, sem amarras.

— Pare de fingir que o que você fez foi um ato de gentileza e não de crueldade.

— Eu fiz um *pacto* com você. — Ele bate a mão na mesa com força ao dizer essas palavras, com a irritação lançando um brilho amarelado em seus olhos, fugaz como um relâmpago. — Você veio até mim. Rogou. Implorou. Você escolheu as palavras. Eu escolhi os termos. Não há como voltar. Mas se você já se cansou de seguir em frente, é só me dizer.

E o ódio volta a tomar conta dela, mais uma vez. É muito mais fácil se agarrar a esse sentimento.

— Você cometeu um erro ao me amaldiçoar. — Ela está se soltando, e não sabe se é por causa do champanhe ou só pela duração do encontro, pela adaptação que vem com o tempo, como um corpo que se acostuma a um banho quente demais. — Se pelo menos você tivesse me dado o que pedi, eu me esgotaria com o tempo, ficaria cansada da vida, e nós dois íamos sair ganhando. Mas, agora, não importa o quanto eu fique exausta, *nunca* vou entregar minha alma a você.

Ele sorri.

— Você é uma criaturinha teimosa. Mas até mesmo as rochas se desgastam até virar pó.

Addie se endireita na cadeira.

— Você acha que é um gato, brincando com a presa. Mas eu *não* sou um rato, e não vou virar sua refeição.

— Eu espero que não. — Ele abre os braços. — Faz muito tempo que não tenho um desafio.

Um jogo. Para ele, é *tudo* um jogo.

— Você me subestima.

— É mesmo? — A sombra ergue uma sobrancelha escura enquanto beberica o champanhe. — Acho que o tempo vai dizer.

— Vai — concorda Addie, levantando a própria taça. — Vai mesmo.

Esta noite, Luc lhe deu um presente, embora ela duvide que ele saiba disso. O tempo não tem rosto, não tem forma, nada contra o que lutar. Mas, com o sorriso zombeteiro e as palavras jocosas, a escuridão lhe deu a única coisa de que ela realmente precisava: um inimigo.

É aqui que as linhas de combate são traçadas.

O primeiro tiro pode até ter sido dado em Villon, quando ele roubou a vida de Addie, junto com sua alma, mas este... este é o começo da guerra.

NOVA YORK
13 de março de 2014
XI

Ela segue Henry até um bar lotado e barulhento demais. Todos os bares do Brooklyn são como este, há pouco espaço para muitos corpos, e aparentemente o Merchant não é uma exceção, nem mesmo em uma quinta-feira. Addie e Henry estão espremidos em um pátio estreito nos fundos, apertados um contra o outro debaixo de um toldo, mas ela ainda assim precisa se aproximar para ouvir a voz dele em meio à algazarra.

— De onde você é? — começa ela.

— Do norte do estado. Newburgh. E você?

— Villon-sur-Sarthe — responde. As palavras latejam um pouco na sua garganta.

— Da França? Você não tem sotaque.

— Eu já morei em muitos lugares.

Dividem uma porção de batata frita e duas cervejas na promoção porque, de acordo com ele, o emprego na livraria não paga muito bem. Addie gostaria de voltar para dentro do bar e descolar uns drinques de verdade, mas já mentiu sobre ter perdido a carteira e prefere não bancar mais a esperta, não depois do que aconteceu com a *Odisseia*.

Além disso, está com medo.

Medo de deixá-lo se afastar.

Medo de perdê-lo de vista.

Seja lá o que for — uma anormalidade, um erro, um lindo sonho ou um golpe de sorte impossível —, Addie tem medo de deixar que escape. Que ele escape.

Um passo em falso, e ela vai acordar. Um passo em falso, e o fio vai se partir, a maldição vai voltar ao seu curso natural e tudo vai acabar. Henry vai embora, e ela vai ficar sozinha de novo.

Addie se força a voltar para o presente. A aproveitar o agora. Não pode durar muito tempo. Mas neste exato momento...

— No que você está pensando? — pergunta ele acima do barulho da multidão.

Ela sorri.

— Que mal posso esperar o início do verão. — Não é mentira. A primavera foi longa e úmida, e ela está cansada de sentir frio. O verão implica em dias quentes e noites em que a luz permanece mais tempo no céu. O verão implica em mais um ano de vida. Mais um ano sem...

— Se você pudesse ter qualquer coisa, o que ia querer? — interrompe Henry.

Ele a estuda, estreitando os olhos como se ela fosse um livro, e não uma pessoa; algo a ser lido. Addie o encara de volta como se ele fosse um fantasma. Um milagre. Algo impossível.

Isto, pensa, mas ergue o copo vazio e diz:

— Mais uma cerveja.

XII

Addie consegue se lembrar de cada segundo da sua vida, mas hoje à noite, com Henry, os momentos parecem se misturar. O tempo escorre por entre os seus dedos enquanto pulam de bar em bar, o happy-hour dá lugar ao jantar e depois à saideira, e toda vez que atingem o ponto em que a noite chega a uma encruzilhada e um dos caminhos leva cada um para o seu lado e o outro segue adiante, eles escolhem a segunda opção.

Continuam juntos, um esperando que o outro diga: "Já está ficando tarde" ou "Melhor ir para casa" ou "Te vejo por aí". Há uma espécie de pacto implícito entre os dois, uma relutância em interromper seja lá o que estiver acontecendo, e ela sabe por que tem medo de partir o fio, mas se pergunta qual é o motivo de Henry continuar. Fica imaginando qual é o motivo da solidão que vê nos olhos dele. Fica imaginando por que os garçons, bartenders e outros clientes o olham daquele jeito, com um carinho que ele parece não notar.

Logo é quase meia-noite, e os dois estão comendo pizza barata e caminhando lado a lado na primeira noite de calor da primavera enquanto as nuvens se estendem no céu, baixas e iluminadas pelo luar.

Ela ergue os olhos, Henry a imita e, por um momento, só um momento, ele parece intolerável e esmagadoramente triste.

— Sinto falta das estrelas — diz o rapaz.

— Eu também — concorda Addie, e ele baixa o olhar para ela e sorri.

— Quem é você?

Seus olhos ficaram vidrados, e ele diz *quem* quase como se quisesse dizer *como*, é menos uma pergunta literal e mais uma pergunta sobre como ela está aqui, e Addie gostaria de fazer a mesma pergunta ao rapaz, mas tem um bom motivo enquanto ele só está um pouco bêbado.

E é alguém perfeitamente normal.

Só que ele *não pode* ser normal.

Porque as pessoas normais não se lembram dela.

Chegaram ao metrô. Henry para de andar.

— Vou ficar por aqui.

Ele solta a sua mão, e o velho medo de sempre, o medo dos términos, dos encontros que se transformam em nada, dos momentos não registrados por escrito e das memórias apagadas, toma conta dela. Não quer que a noite termine.

Não quer quebrar o feitiço. Não...

— Eu quero te ver de novo — diz Henry.

A esperança inunda tanto o seu peito que chega a doer. Addie já ouviu essas palavras centenas de vezes, mas, pela primeira vez, elas parecem verdadeiras. Possíveis.

— Eu também quero que você me veja de novo.

Henry sorri, o tipo de sorriso que ocupa todo um rosto.

Ele tira o celular do bolso, e Addie sente uma pontada no coração. Diz que seu telefone está quebrado quando a verdade é que nunca precisou de um. Mesmo que tivesse alguém para quem ligar, não poderia. Seus dedos deslizariam sobre a tela sem deixar rastros. Também não tem e-mail, nenhum jeito de mandar uma mensagem de qualquer tipo, graças à parte de sua maldição que diz que ela não-deverá-jamais-escrever.

— Não sabia que dava para viver sem um celular hoje em dia.

— Eu sou antiquada — replica a garota.

Ele se oferece para passar na casa dela no dia seguinte. Onde Addie mora? E parece que o universo está tirando um sarro da cara dela.

— Estou ficando na casa de uns amigos, enquanto eles estão fora da cidade. Que tal se eu te encontrar no sebo?

Henry assente.

— Pode ser no sebo, então — concorda o rapaz, dando um passo para trás.

— Sábado?

— Sábado.

— Vê se não some.

Addie dá uma risada, um som curto e entrecortado. E logo Henry está se afastando. Assim que ele põe o pé no primeiro degrau, o pânico toma conta dela.

— Espera — grita, chamando-o de volta. — Eu tenho que te contar uma coisa.

— Ah, caramba — resmunga Henry. — Você está saindo com alguém.

O anel arde no bolso dela.

— Não.

— Você trabalha na CIA e vai partir numa missão secreta amanhã.

Addie ri.

— Não.

— Você é…

— O meu nome verdadeiro não é Eve.

Ele recua, confuso.

— …certo.

Ela não sabe se vai conseguir pronunciar o nome, se a maldição vai deixar, mas tem que tentar.

— Eu não te disse o meu nome verdadeiro porque… Ah, é complicado. Mas gosto de você e quero que você saiba… que fique sabendo por mim.

Henry se empertiga, recuperando a sobriedade.

— Tudo bem, e qual é?

— É A… — O som fica preso na sua garganta, só por um segundo, impedido pela rigidez de um músculo que não é usado há muito tempo. Uma engrenagem enferrujada. E em seguida… ele se liberta. — Addie. — Ela engole em seco. — Meu nome é Addie.

O nome paira no ar entre eles.

Henry sorri.

— Hum, tudo bem. Boa noite, Addie.

Simples assim.

Duas sílabas saindo da sua língua.

E é o melhor som que ela já ouviu na vida. Addie tem vontade de se atirar nos braços dele, de ouvir o seu nome mais uma vez, e outra, e mais outra, a palavra impossível enchendo o seu peito como o ar, fazendo com que ela se sinta sólida.

Real.

— Boa noite, Henry — diz Addie, acenando para que o rapaz se vire e vá embora, porque acha que não é capaz de se afastar dele por vontade própria.

Ela fica parada, fincada no topo da escadaria do metrô até que ele suma de vista. Prende a respiração e espera sentir o fio arrebentar, o mundo voltar ao normal, espera pelo medo, pela perda e pela certeza de que tudo não passou de um golpe de sorte, de um erro cósmico, e de que agora acabou e nunca mais vai acontecer de novo.

Mas não sente nada disso.

Só sente alegria, e esperança.

O salto das suas botas marca o ritmo enquanto avança pela rua e, mesmo depois de todos esses anos, ela meio que espera ouvir um segundo par de sapatos a acompanhando. Espera ouvir a névoa reverberante da voz dele, suave, doce e zombeteira. Mas não há nenhuma sombra ao seu lado, não hoje.

A noite está tranquila, e ela está sozinha, mas desta vez não se sente solitária.

Boa noite, Addie, disse Henry, e ela não pode deixar de se perguntar se ele quebrou o feitiço de alguma maneira.

Sorri e sussurra para si mesma:

— Boa noite, Ad...

Mas a maldição aperta a sua garganta, e o nome fica entalado, como sempre.

Mesmo assim.

Mesmo assim.

Boa noite, Addie.

Por trezentos anos, ela vem testando os limites do pacto. Encontrou pontos falhos e lugares onde as grades sutilmente cedem e se encurvam, mas nunca havia achado uma saída.

Mesmo assim.

De alguma maneira impossível, Henry encontrou uma *entrada*.

De alguma maneira, ele se lembra dela.

Como? Como? A pergunta ecoa com as batidas abafadas do seu coração, mas neste momento, Addie não se importa.

Neste momento, ela se apega ao som do seu nome, do seu nome verdadeiro, na boca de outra pessoa, e isso... isso basta.

PARIS, FRANÇA
29 de julho de 1720

XIII

O palco está montado, e os lugares, a postos.
Addie alisa a toalha de linho na mesa, dispõe os pratos de porcelana e os copos — não de cristal, mas ainda assim de vidro —, e tira o jantar da cesta. Não é uma refeição de cinco pratos, servida por mãos enfeitiçadas, mas os alimentos são frescos e variados. Um pedaço de pão, ainda quente. Uma fatia de queijo. Uma terrine de carne suína. Uma garrafa de vinho tinto. Está orgulhosa da coleção, e mais orgulhosa ainda pelo fato de que *ela* não precisou de magia, exceto pela maldição, para conseguir tudo isso, não pôde simplesmente desviar o olhar, pronunciar uma palavra e desejar que a comida surgisse diante dela.

Não é só a mesa.

É o aposento. Não é um quarto roubado. Não é uma choupana caindo aos pedaços. Mas um lugar para chamar de seu, pelo menos por enquanto. Ela levou dois meses para encontrá-lo e quinze dias para consertar tudo, mas valeu a pena. Visto de fora, não parece grande coisa: janelas quebradas e tábuas de madeira retorcida. E é verdade que o andar de baixo está abandonado, servindo de lar apenas para os roedores e os gatos de rua que surgem às vezes — e, durante o inverno, entulhado de corpos que procuram qualquer tipo de abrigo —, mas agora é o auge do verão, os desamparados tomaram as ruas de Paris, e Addie reivindicou o andar de cima para si. Tapou a escadaria com tábuas e criou uma entrada por uma janela ali em cima, como uma criança num forte de madeira. É uma entrada nada convencional, mas vale a pena pelo quarto do outro lado, onde ela ajeitou um lar para si.

Uma cama, cheia de cobertores. Um baú, repleto de roupas roubadas. O parapeito da janela está abarrotado de quinquilharias feitas de vidro, de porcelana e de ossos, reunidas e agrupadas como uma fileira de pássaros improvisados.

No meio do quarto estreito, há duas cadeiras dispostas em frente a uma mesa coberta por uma toalha clara de linho, cujo centro está ocupado por um arranjo de flores colhidas durante a noite em um jardim da nobreza e contrabandeadas nas dobras das suas saias. Addie sabe que nada disso vai durar muito tempo, nunca dura — uma brisa vai dar um jeito de roubar os adornos da cornija; vai haver um incêndio ou uma inundação; o piso vai ceder ou o lar secreto vai ser encontrado e reivindicado por outra pessoa.

Mas ela colecionou as peças ao longo do último mês, juntou e arrumou cada uma delas para construir um simulacro de vida e, para ser sincera, não o fez só para si mesma.

Fez para a escuridão.

Para *Luc*.

Ou melhor, fez isso apesar dele, para provar que está vivendo a sua vida, que é livre. Que não vai deixá-lo exercer nenhuma influência sobre suas decisões, não vai conceder nenhuma oportunidade a Luc de fazer pouco caso dela com atos de caridade.

Ele venceu a primeira partida, mas Addie vai ganhar a segunda.

Por isso ela construiu um lar e o preparou para receber visitas, prendeu os cabelos no alto da cabeça e se vestiu com uma seda castanho-avermelhada, da cor de folhas no outono, e até mesmo se apertou dentro de um espartilho, apesar da aversão à armação de osso.

Teve um ano inteiro para planejar, para elaborar a impressão que quer passar e, enquanto organiza os últimos detalhes no quarto, Addie ensaia na sua cabeça a luta que vai se desenrolar, afiando as armas que vai usar no próximo diálogo. Imagina os golpes dele e as suas próprias defesas, o modo como os olhos de Luc vão assumir um tom mais claro ou mais escuro ao longo da conversa.

Você afiou as garras, dissera ele, e Addie vai mostrar o quanto se tornaram cortantes.

O sol já se pôs, e agora só resta esperar. Depois de uma hora, seu estômago ronca de fome enquanto o pão esfria no embrulho de pano, mas ela não se permite comer. Em vez disso, debruça-se na janela e observa a cidade, as luzes fugidias das lamparinas se acendendo.

E ele não chega.

Addie se serve de uma taça de vinho e anda de um lado para o outro, enquanto as velas roubadas gotejam, a cera se acumula na toalha da mesa e o céu se torna mais escuro. Primeiro é muito tarde da noite, depois muito cedo da madrugada.

E, mesmo assim, ele não chega.

As velas se consomem e apagam, e Addie fica sentada no escuro conforme a certeza a atinge.

A noite acabou, os primeiros vestígios de luz do dia estão surgindo no céu e já é amanhã. O aniversário passou, cinco anos se transformaram em seis sem a presença de Luc, sem o seu rosto, sem que ele lhe perguntasse se ela não aguentava mais, e a vida continua porque é injusta, é traiçoeira, é errada.

Ele deveria ter vindo, essa era a natureza da dança dos dois. Ela não o *queria* ali, nunca quis, mas *esperava* a sua presença, ele a *fez* esperar por isso. Luc lhe deu um único umbral em que se equilibrar, um precipício estreito de esperança, porque ele é uma coisa abominável, mas uma coisa abominável ainda é *alguma coisa*. A única que Addie possui.

E é óbvio que é esse o motivo.

Essa é a razão para a taça vazia, o prato limpo e a cadeira sem uso.

Addie olha pela janela e se lembra do olhar de Luc quando brindaram, da curva dos seus lábios ao declararem guerra, e se dá conta do quanto é tola, do quão facilmente mordeu a isca.

E, de repente, a cena parece medonha e patética, e Addie não consegue nem sequer olhar ao redor, não consegue respirar dentro da seda vermelha. Dá um puxão nos cordões do espartilho, tira os grampos do cabelo, se livra do confinamento do vestido, varre com os braços os pratos para o chão e atira a garrafa vazia contra a parede.

O vidro corta a sua mão, e a dor é aguda e real, o escaldar repentino de uma queimadura que não deixa cicatrizes, mas ela não se importa. Em uma questão de segundos, os cortes já vão estar fechados, e as taças e a garrafa, inteiras. Houve uma época em que achava que a incapacidade de quebrar as coisas era uma bênção, mas agora sente que a impotência é enlouquecedora.

Addie destrói tudo, só para ver os objetos se estilhaçarem, zombarem dela e voltarem a estar intactos, como no início da peça.

Então ela grita.

A raiva irrompe no seu interior, quente e brilhante, raiva de Luc e de si mesma, mas que logo dá lugar ao medo, ao sofrimento e ao terror, porque ela vai ter que enfrentar mais um ano sozinha, um ano sem ouvir o seu nome, sem ver a sua imagem refletida nos olhos de outra pessoa, sem uma noite de trégua da maldição; um ano, ou cinco, ou dez, e então Addie se dá conta do quanto se agarrava àquilo, à promessa da presença dele, porque, sem isso, ela está caindo aos pedaços.

Addie desaba no chão em meio aos destroços da noite solitária.

Vão se passar anos antes que veja o mar, com as ondas se chocando contra os rochedos pontiagudos e cobertos de neve, mas nesse momento vai se lembrar das palavras ferinas de Luc.

Até mesmo as rochas se desgastam até virar pó.

Addie adormece assim que o dia nasce, mas o sono é agitado, breve e cheio de pesadelos, e quando ela acorda e vê o sol alto sobre Paris, não consegue reunir forças para se levantar da cama. Dorme o dia inteiro e metade da noite seguinte, e ao acordar de novo, percebe que a parte que se despedaçou dentro dela se recompôs, como um osso quebrado em vários lugares, que fica mais resistente depois de uma fratura.

— Chega — diz a si mesma, ficando de pé. — Chega — repete, banqueteando-se com o pão dormido e o queijo derretido pelo calor.

Chega.

Sem dúvida, vai haver outras noites sombrias, outras manhãs miseráveis, e a sua determinação sempre vai esmorecer um pouco à medida que os dias ficam mais longos, o aniversário se aproxima e a esperança traiçoeira sopra sobre ela como uma rajada de ar. Mas a tristeza diminuiu e foi substituída por uma fúria teimosa, e ela decide alimentá-la, decide proteger e nutrir a chama até que seja preciso muito mais que um simples sopro para extingui-la.

NOVA YORK
13 de março de 2014

XIV

Henry Strauss volta a pé para casa, sozinho em meio à escuridão.

Addie, pensa, saboreando o nome na sua boca.

Addie, que o olhou e viu um rapaz de cabelos escuros, olhos gentis e um rosto honesto.

Nada a mais. Nada a menos.

Uma rajada de vento frio sopra, e ele aperta o casaco contra o corpo e ergue os olhos para o céu sem estrelas.

E abre um sorriso.

PARTE TRÊS

Trezentos anos...
e cinco palavras

Título da Obra: *Esboço de um salão sem nome*
Autor: Bernard Rodel
Data: aprox. 1751-3 d.C.
Técnica: caneta-tinteiro sobre pergaminho.
Proveniência: emprestada da exposição *O salão de Paris*, da Biblioteca Britânica.
Descrição: uma representação do famoso salão da madame Geoffrin, repleto de pessoas em diversos estágios de conversa e repouso. Vários personagens célebres — Rousseau, Voltaire e Diderot — podem ser notados em meio ao grupo, mas a inclusão mais interessante é a das três mulheres que circundam o aposento. Uma é nitidamente a madame Geoffrin. Acredita-se que a outra seja Suzanne Necker. Mas a terceira, uma mulher elegante com sardas no rosto, permanece um mistério.
História: além das contribuições para a *Enciclopédia* de Diderot, Rodel era um desenhista ávido, e parece ter se valido das habilidades como retratista durante muitas das ocasiões em que esteve no salão da madame Geoffrin. A mulher com sardas aparece em diversos dos seus esboços, mas nunca é indicada pelo nome.
Valor estimado: desconhecido.

PARIS, FRANÇA
29 de julho de 1724

I

A liberdade é um par de calças e um casaco abotoado.
Uma camisa masculina e um chapéu de três pontas.
Se ao menos ela soubesse disso antes.
A escuridão *afirmava* que tinha lhe concedido a liberdade, mas na verdade isso não existe para uma mulher, não em um mundo em que elas são aprisionadas em suas roupas e deixadas de lado, dentro de casa, não em um mundo que só os *homens* têm permissão de perambular por onde querem.
Addie passeia pela rua, com uma cesta roubada enganchada no cotovelo do casaco. Ali perto, uma senhora de idade se posta na entrada de casa, batendo em um tapete para tirar o pó, enquanto alguns trabalhadores descansam sobre os degraus de um bistrô, e ninguém olha para ela, porque não veem uma mulher caminhando desacompanhada. Veem um jovem, mal saído da adolescência, vagando sem pressa ao entardecer; não pensam como é esquisito e escandaloso vê-la passeando pelas ruas. Não pensam em nada.
E pensar que Addie poderia ter poupado a sua alma se tivesse simplesmente pedido estas roupas.

Faz quatro anos que a escuridão não a visita.

Quatro anos, e no crepúsculo de cada um, ela jura que não vai desperdiçar o tempo que tem esperando por Luc. Mas é uma promessa que não consegue cumprir totalmente. Apesar dos esforços, Addie fica como um relógio que alguém deu corda até o fim enquanto o amanhecer se aproxima, como uma mola que não consegue se soltar antes de o sol nascer. E mesmo depois, é um descanso nefasto, mais de resignação que de alívio, porque a certeza de que vai começar tudo de novo se apodera dela.

Quatro anos.

Quatro invernos, quatro verões, quatro noites sem visita.

Pelo menos, as outras noites pertencem a ela, para fazer o que quiser, mas não importa como tente matar o tempo, esta noite pertence a Luc, mesmo quando ele não está aqui.

Mas ela não vai se dar por vencida, não vai sacrificar as horas como se já estivessem perdidas, como se já fossem dele.

Addie passa por um grupo de homens e inclina o chapéu de três pontas numa saudação, aproveitando para puxá-lo até a altura das sobrancelhas. O dia ainda não cedeu por completo para dar lugar à noite, e ela toma o cuidado de se manter à distância sob a luz demorada do verão, sabendo que a ilusão esmorece sob um olhar minucioso. Podia ter esperado mais uma hora para ficar segura sob o véu da noite, mas a verdade é que não conseguia mais suportar a quietude, os segundos se arrastando no relógio.

Não esta noite.

Esta noite, decidiu comemorar a sua liberdade.

Subir a escadaria da basílica de Sacré-Cœur e fazer um piquenique nas pedras pálidas do topo, com a cidade aos seus pés.

A cesta balança no seu cotovelo, transbordante de comida. Os dedos de Addie se tornaram mais leves e ágeis com a prática, e ela passou os últimos dias montando o banquete — um pedaço de pão, uma porção de carne curada, uma fatia de queijo e até mesmo um pote de mel do tamanho de sua mão.

Mel, um deleite que Addie nunca mais provou desde que foi embora de Villon, onde o pai de Isabelle cuidava de uma fileira de colmeias e extraía a calda cor de âmbar para vender no mercado, depois deixava as meninas chuparem a superfície dos favos doces até que os dedos ficassem manchados. Agora, ela ergue a recompensa sob a luz minguante e deixa que o sol poente torne dourado o conteúdo do pote.

O homem surge do nada.

Esbarra o ombro no braço dela, e o pote precioso escapa da sua mão e se despedaça na calçada de pedras. Por um instante, Addie acha que está sendo atacada ou roubada, mas o estranho logo começa a balbuciar pedidos de desculpa.

— Idiota — sibila ela, desviando o olhar do xarope dourado, agora reluzindo em meio aos cacos de vidro, para o homem responsável pela perda. É jovem, bonito e encantador, com as maçãs do rosto proeminentes e os cabelos da cor do mel arruinados.

E não está sozinho.

Os companheiros ficam atrás dele, dando assovios e aplaudindo o erro, com o ar feliz de quem começou as festividades da noite ao meio-dia, mas o rapaz fica com o rosto de um vermelho vivo, nitidamente constrangido.

— Minhas mais sinceras desculpas — começa, mas então a expressão em seu rosto se transforma. A princípio, parece de surpresa, depois de divertimento, e ela se dá conta, tarde demais, de que os dois estão muito próximos, de que a luz iluminou o seu rosto completamente. Addie se dá conta, tarde demais, de que o rapaz descobriu o truque e de que a mão dele continua sobre a sua manga, e por um segundo fica com medo de que ele a exponha.

Mas quando os amigos dizem para ele se apressar, o rapaz pede para irem na frente, e agora os dois estão a sós na rua de pedras, e Addie está prestes a se desvencilhar da mão na sua manga e sair correndo, mas não vê nenhuma sombra no rosto do jovem, nenhuma ameaça, somente um contentamento inusitado.

— Me solta — diz a garota, com um tom de voz mais grave, o que só parece agradá-lo mais ainda, mesmo quando larga o seu braço com a rapidez de alguém que encostou no fogo.

— Sinto muito. Eu esqueci quem eu era. — Ele abre um sorrisinho malicioso. — E parece que você também.

— Não mesmo — retruca Addie, levando os dedos em direção à faca pequena que colocou dentro da cesta. — Eu fiz de propósito.

O sorriso se alarga e, em seguida, ele baixa os olhos, vê o pote de mel quebrado no chão e balança a cabeça.

— Eu preciso te recompensar — diz. E ela está prestes a falar para ele não se incomodar, que está tudo bem, quando o rapaz estica o pescoço para espiar rua abaixo e exclama: "A-há!", depois entrelaça o braço no dela, como se já fossem amigos. — Venha — diz, levando-a em direção ao bistrô da esquina.

Ela nunca entrou em um bistrô antes, nunca teve coragem de se arriscar tanto assim, não sozinha, não com um disfarce tão precário. Mas o jovem a arrasta como se não houvesse nenhum problema e, no último momento, coloca o braço sobre os seus ombros. O peso é tão súbito e íntimo que Addie está a ponto de se desvencilhar quando nota um vislumbre de sorriso nos lábios e percebe que o rapaz transformou tudo em um jogo e que se voluntariou para ajudá-la com o seu segredo.

Dentro do bistrô, o espaço é cheio de energia e de vida, com vozes sobrepostas e o aroma de algo delicioso e defumado.

— Tome cuidado agora — diz ele, com os olhos travessos dançando. — Fique perto de mim e mantenha a cabeça baixa, ou vão descobrir a gente.

Ela o segue até o balcão, onde ele pede duas xícaras rasas com um líquido ralo e preto como tinta.

— Sente-se ali — diz ele —, contra a parede, onde a luz não é tão forte.

Acomodam-se em um assento no canto, e ele pousa as xícaras entre os dois com um floreio, virando as asas ligeiramente enquanto explica que a bebida se chama café. É óbvio que ela já ouviu falar a respeito, é a última novidade em Paris, mas assim que leva a porcelana aos lábios e toma um gole, fica bastante desapontada.

É escuro, forte e amargo, como os flocos de chocolate que ela provou pela primeira vez alguns anos atrás, só que sem o toque de doçura. Mas o rapaz a encara, ansioso como um cachorrinho, então ela engole e sorri, embala a xícara nas mãos e espia o bistrô sob a aba do chapéu, examinando as mesas cheias de homens, alguns com as cabeças abaixadas e próximas enquanto outros riem, jogam cartas ou passam maços de papel de mão em mão. Ela observa esses homens e, mais uma vez, fica espantada ao ver como o mundo é aberto para eles, como as portas são acessíveis.

Addie volta a atenção para o companheiro, que continua a encarando com a mesma fascinação desenfreada.

— No que você estava pensando? Agora há pouco? — pergunta ele.

Não há nenhuma apresentação nem formalidade. O rapaz simplesmente mergulha no assunto, como se eles se conhecessem há anos, e não há alguns minutos.

— Eu estava pensando que deve ser muito fácil ser homem.

— É por isso que você se disfarçou?

— Por isso e por odiar espartilhos com toda a força.

Ele ri, de um jeito tão franco e casual que Addie percebe que um sorriso lhe vem aos lábios.

— Você tem um nome? — pergunta o jovem, e ela não sabe se ele está se referindo ao seu nome verdadeiro ou ao do disfarce, mas se decide por "Thomas" e observa enquanto ele experimenta a palavra na boca como se fosse um pedaço de fruta. — Thomas — pondera ele. — É um prazer conhecê-lo. Eu me chamo Remy Laurent.

— Remy — repete ela, provando a suavidade, a vogal tônica. O nome combina com ele, mais do que *Adeline* jamais combinou com ela. É jovial e gentil, e vai assombrá-la, como todos os nomes, emergindo como maçãs em um riacho. Não importa quantos homens ainda vai conhecer, o nome *Remy* sempre vai evocar *este* rapaz, inteligente e entusiasmado, o tipo que ela poderia amar, quem sabe, se tivesse a oportunidade.

Addie dá outro gole, tomando o cuidado de não segurar a xícara com cautela demais, de apoiar o peso no cotovelo e de sentar do modo despretensioso com que os homens se sentam quando não esperam que haja alguém os observando.

— É impressionante — elogia ele. — Você estudou muito bem os meus congêneres.

— É mesmo?

— Você é uma mímica excelente.

Addie poderia contar que teve bastante tempo para praticar, que, com o passar dos anos, isso se tornou uma espécie de jogo para ela, uma maneira de se divertir. Que já interpretou dezenas de personagens diferentes até agora e que sabe exatamente o que diferencia uma duquesa de uma marquesa, um estivador do porto de um comerciante.

Mas simplesmente comenta:

— Todo mundo precisa de um passatempo.

Remy dá outra risada ao ouvir o comentário, ergue a xícara, mas, entre um gole e o seguinte, volta a atenção para o outro lado do aposento, onde o seu olhar recai em algo que o deixa atordoado. Ele engasga com o café, e suas bochechas ficam coradas.

— O que foi? Você está bem? — pergunta ela.

Remy tosse, quase derrubando a xícara enquanto aponta para a porta por onde um homem acabou de entrar.

— Você o conhece? — pergunta ela, e Remy cospe as palavras.

— E você *não*? Aquele homem é o monsieur Voltaire.

Addie balança a cabeça ligeiramente. O nome não significa nada para ela.

O rapaz tira um pacote de dentro do casaco. Um livrinho fino, com alguma coisa impressa na capa. Ela franze o cenho ao ver o título em letra cursiva, mas só consegue ler a metade antes de ele abrir o livreto para exibir uma muralha de palavras, impressas em tinta preta elegante. Faz muito tempo desde que o seu pai tentou ensiná-la a ler, e eram apenas letras soltas, um manuscrito simples.

Remy percebe que ela está examinando a página.

— Você sabe ler?

— Eu conheço as letras, mas não estudei o bastante para entendê-las e, quando consigo terminar uma frase, fico com medo de não ter entendido o sentido.

Remy balança a cabeça.

— É um crime não ensinar às mulheres as mesmas coisas que os homens aprendem. Ora, eu não consigo nem sequer imaginar um mundo sem a leitura. Uma vida inteira sem poemas, sem peças, sem filósofos. Shakespeare, Sócrates, e isso para não falar em Descartes!

— Só isso? — provoca ela.

— E Voltaire. Voltaire, sem dúvida. E ensaios, e *romances*.

Ela não conhece a palavra.

— É uma única história comprida, totalmente fictícia. Cheia de amor, ou comédia, ou aventura — explica Remy.

Ela lembra dos contos de fadas que seu pai lhe contava quando era criança, das histórias sobre deuses antigos que Estele espalhava por aí. Mas esse tal de *romance* sobre o qual Remy fala tanto parece abranger muitas outras coisas. Ela desliza os dedos sobre a página do livrinho emprestado, mas sua atenção está voltada para Remy, e a dele, por um momento, fixada em Voltaire.

— Você vai se apresentar?

O olhar de Remy volta para Addie rapidamente, horrorizado.

— Não, não, hoje à noite, não. É melhor não. Pense só na história que vou ter para contar. — Ele se recosta na cadeira, com o rosto radiante de alegria. — Viu só? É isso que eu amo em Paris.

— Quer dizer que você não é daqui então.

— E por acaso alguém é? — Ele voltou a prestar atenção nela agora. — Não, eu vim de Rennes. De uma família de tipógrafos. Mas sou o filho caçula, e meu pai cometeu o grande erro de me mandar para a universidade. Quanto mais eu lia, mais eu refletia, e quanto mais eu refletia, mais eu me convencia de que tinha de vir para Paris.

— A sua família não achou ruim?

— É óbvio que achou. Mas eu tinha que vir. É aqui que estão os pensadores. É aqui que vivem os idealistas. Paris é o coração do mundo, e também o cérebro. Está em uma transformação constante. — Seus olhos dançam com a luz. — A vida é tão curta. Em Rennes eu ia para a cama toda a noite e ficava acordado, pensando que outro dia tinha se passado e quem sabe quantos mais eu teria pela frente.

É o mesmo medo que a impeliu a ir para a floresta naquela noite, a mesma urgência que a levou ao seu destino.

— E aqui estou — conclui ele, animado. — Não tem nenhum lugar onde eu preferiria estar. Paris não é maravilhosa?

Addie pensa nos vitrais e nas portas trancadas, nos jardins e nos portões que os cercam.

— Pode ser — replica.

— Ah, você acha que sou um idealista.

Addie leva o café aos lábios.

— Acho que as coisas são mais fáceis para os homens.

— São mesmo — admite, antes de acenar com a cabeça para a vestimenta dela. — Mas — diz, com um sorriso travesso — você não me parece ser uma pessoa fácil de domar. *Aut viam inveniam aut faciam*, e por aí vai.

Addie ainda não sabe falar latim, e ele não traduz a frase, mas daqui a uma década, a garota vai procurar as palavras e entender o seu significado.

Encontrarei um caminho, ou criarei um próprio.

E então vai sorrir, um vislumbre do sorriso que ele conseguiu arrancar dela nesta noite.

Remy fica corado.

— Eu devo estar te deixando entediada.

— De jeito nenhum. Me diz uma coisa: a profissão de pensador paga bem?

Uma gargalhada borbulha de dentro dele.

— Não, não muito. Mas eu puxei ao meu pai. — Ele estende as mãos, com as palmas para cima, e Addie nota o rastro de tinta ao longo das linhas, manchando as espirais dos dedos do mesmo modo como o grafite costumava manchar os seus. — É um bom trabalho.

Mas, sob as palavras, ela ouve um ruído mais baixo: o ronco do estômago de Remy.

Addie tinha quase se esquecido do pote quebrado, do mel desperdiçado. Mas o restante do banquete continua aos seus pés.

— Você já visitou a escadaria de Notre-Dame?

NOVA YORK
15 de março de 2014

II

Depois de tantos anos, Addie achava que tinha se entendido com o tempo.

Achava que tinha feito as pazes com ele — ou que tinham encontrado uma maneira de coexistir. Não se tornaram amigos, de modo algum, mas pelo menos não eram mais inimigos.

E, no entanto, o intervalo de tempo entre a noite de quinta-feira e a tarde de sábado é impiedoso, cada segundo avança com a lentidão de uma senhora contando os centavos para comprar pão. Nem sequer uma vez ele parece passar mais rápido, nem sequer uma vez ela se esquece das horas. Parece incapaz de usá-las ou de desperdiçá-las, ou até mesmo de perder a noção delas. Os minutos se dilatam ao seu redor, formando um oceano de tempo impossível de beber entre um segundo e o próximo, entre o aqui e o sebo, entre ela e Henry.

Passou as últimas duas noites perto do Prospect Park, num apartamento confortável de dois quartos, com sacada, que pertence a Gerald, um ilustrador de livros infantojuvenis que ela conheceu durante o inverno.

Uma cama *king size*, uma pilha de cobertores, o ruído baixo e hipnótico do aquecedor, e nem assim ela conseguia pegar no sono. Não conseguia fazer nada, a não ser contar os segundos e esperar, além de desejar que tivesse dito *amanhã*, para que precisasse suportar só um dia, e não dois.

Por trezentos anos, conseguiu suportar o tempo, mas agora existe um presente e um futuro, agora há algo à espera logo adiante, agora ela mal pode esperar para ver a expressão no rosto de Henry, para ouvir seu nome nos lábios dele.

Addie fica debaixo do chuveiro até a água esfriar, seca e penteia o cabelo de três maneiras diferentes, e senta na bancada da cozinha, jogando flocos de cereal para cima e tentando pegá-los com a boca, enquanto o relógio de parede se arrasta de 10:13h para 10:14h da manhã. Ela solta um gemido. Não vai se encontrar com Henry antes das cinco da tarde e o tempo parece passar mais devagar a cada minuto. Pensa que vai acabar ficando louca.

Faz tanto tempo que não sente este tipo de tédio, esta incapacidade insuportável de se concentrar em qualquer coisa, que leva a manhã inteira para se dar conta de que não está entediada.

Está *nervosa*.

"Nervosa", como *amanhã*, é uma palavra para coisas que ainda não aconteceram. Uma palavra feita para o futuro, quando tudo o que ela teve, por muito tempo, foi o presente.

Addie não está acostumada a ficar nervosa.

Não há nenhum motivo para se sentir assim quando você está sempre sozinha, quando qualquer momento constrangedor pode ser apagado por uma porta fechada ou um segundo de separação, e cada encontro é um recomeço. Uma folha em branco.

O ponteiro do relógio marca onze horas da manhã, e ela decide que não pode mais continuar dentro do apartamento.

Cata os poucos pedacinhos de cereal que caíram na bancada, deixa o apartamento como estava quando chegou e sai para o fim da manhã no Brooklyn. Pula de loja em loja, desesperada por alguma distração, montando um novo look porque, pela primeira vez em muito tempo, suas roupas não servem para a ocasião. Afinal, são as mesmas que usou antes.

Antes... outra palavra que caiu em desuso.

Addie escolhe uma calça jeans clara, sapatilhas pretas de cetim e um top decotado, e veste a jaqueta de couro, apesar de não combinar com as outras peças. É a única roupa de que ela ainda não consegue se desfazer.

Ao contrário do anel, a jaqueta não vai voltar.

Addie deixa que a garota entusiasmada de uma loja de maquiagem a sente em uma banqueta e passe uma hora inteira aplicando vários iluminadores, delineadores e sombras nela. Quando a atendente termina, o rosto no espelho é bonito, mas não combina. O tom quente dos seus olhos castanhos foi arrefecido pela sombra esfumada ao redor, a pele está lisa demais, e as sete sardas foram escondidas pela base de acabamento mate.

A voz de Luc se eleva como a névoa diante do seu reflexo.

Eu preferiria ver as nuvens encobrindo as estrelas do céu.

Addie pede que a garota procure um batom coral, e, assim que fica sozinha, limpa as nuvens em suas bochechas.

De algum jeito, consegue diminuir as horas até que sejam quatro da tarde, mas agora se encontra do lado de fora da livraria, agitada pela esperança e pelo medo. Então se força a dar uma volta pelo quarteirão, contando as pedras da calçada e memorizando cada fachada de loja até que faltam quinze minutos para as cinco e ela não aguenta mais.

Quatro degraus curtos. Uma porta aberta.

E um único medo sufocante.

E se?

E se eles passaram tempo demais separados?

E se as rachaduras voltaram a se fechar, e a maldição foi selada ao seu redor mais uma vez?

E se tudo foi só um golpe de sorte? Uma piada cruel?

E se, e se, e se...

Addie prende a respiração, abre a porta e entra.

Mas Henry não está, e há outra pessoa atrás do balcão.

É a garota. A que estava sentada na poltrona de couro no outro dia e que chamou Henry pelo nome quando ele correu para alcançar Addie na calçada. Agora está debruçada sobre o caixa, folheando um livro grande cheio de fotos acetinadas.

Ela é uma obra de arte, deslumbrantemente bonita, com a pele negra envolta por fios prateados e um suéter caindo de um dos ombros. Ergue os olhos ao ouvir o sino na porta.

— Posso ajudá-la?

Addie vacila, desorientada por uma vertigem de desejo e medo.

— Espero que sim. Vim ver o Henry — responde.

A garota a encara, analisando-a...

Então uma voz familiar soa dos fundos da livraria.

— Bea, você acha que essa roupa está... — Henry surge na esquina do corredor, alisando a camisa, e para de falar assim que avista Addie. Por um instante, uma fração de uma fração de segundo, ela pensa que está tudo acabado. Que ele se esqueceu, e que ela está sozinha de novo. Que o feitiço frágil lançado alguns dias antes foi quebrado como um fio arrebentado.

Mas, em seguida, Henry abre um sorriso e diz:

— Você chegou cedo.

E Addie fica zonza com o ar que volta aos seus pulmões, a esperança e a luz.

— Desculpa — diz, meio sem fôlego.

— Não precisa se desculpar. Estou vendo que já conheceu a Beatrice. Bea, esta é a Addie.

Ela adora a maneira como Henry diz o seu nome.

Luc costumava empunhá-lo como uma arma, uma adaga roçando sua pele, mas na língua de Henry, o som é como um sino, leve, vívido e adorável. O nome ecoa entre os dois.

Addie. Addie. *Addie.*

— *Déjà-vu* — diz Bea, balançando a cabeça. — Você já foi apresentado a alguém pela primeira vez, mas tem *certeza* de que já viu a pessoa antes?

Addie quase solta uma risada.

— Ah, sim.

— Eu já dei comida para o Livro — avisa Henry, enquanto veste o casaco. — *Não* espalhe mais catnip na seção de terror. — Ela ergue as mãos para o alto, com as pulseiras tilintando. Henry se vira para Addie, com um sorriso encabulado. — Você está pronta?

Estão a caminho da porta quando Bea estala os dedos.

— Barroca. Ou quem sabe neoclássica — afirma.

Addie olha para trás, confusa.

— Os períodos da história da arte?

A outra garota assente.

— Eu tenho uma teoria de que cada rosto pertence a um período diferente. Uma época. Uma escola.

— Bea está na pós-graduação — intervém Henry. — História da arte, caso você não tenha notado.

— O Henry evidentemente pertence ao romantismo. O nosso amigo Robbie é do movimento pós-moderno... da vanguarda, óbvio, não do minimalismo. Mas você... — Ela tamborila o dedo indicador sobre os lábios. — Tem algo atemporal.

— Pare de flertar com a garota que estou saindo para um encontro — diz Henry.

Encontro. A palavra provoca um arrepio em Addie. Um encontro é algo que foi marcado, planejado; não é uma oportunidade surgida do acaso, mas uma data que foi reservada em algum ponto do passado para acontecer em um momento no futuro.

— Divirtam-se! — diz Bea, com animação. — Não fiquem na rua até tarde.

Henry revira os olhos.

— Tchau, Bea — ele se despede, segurando a porta.

— Você vai ficar me devendo uma — acrescenta a garota.

— Eu já estou dando acesso gratuito aos livros.

— É quase uma biblioteca!

— Não é uma biblioteca! — grita ele de volta, e Addie sorri enquanto o segue até a rua. Com certeza é uma piada interna, uma coisa familiar que ambos compartilham, e ela sente uma pontada de melancolia, se pergunta como seria conhecer alguém tão bem assim, para que as duas pessoas se entendam com tanta facilidade. Pergunta-se se ela e Henry poderiam ter uma piada interna também. Se poderiam se conhecer por tempo o suficiente para isso.

O fim de tarde está frio, e os dois caminham lado a lado, não de braços dados, mas encostando os cotovelos, aproximando-se um pouco do calor do outro. Addie fica admirada com isso, com o rapaz ao seu lado, com o nariz enterrado no cachecol em volta do pescoço. Fica admirada ao perceber uma diferença sutil nas suas maneiras, uma pequena mudança na espontaneidade. Dias atrás, ela era uma desconhecida para ele, mas agora não é, e ele está a conhecendo no mesmo ritmo em que ela está o conhecendo; é só o começo, e é tudo tão novo, mas já deram um passo na estrada que leva do desconhecido ao familiar. Um passo que Addie nunca foi autorizada a dar com mais ninguém, a não ser com Luc.

E mesmo assim...

Aqui está ela, com este rapaz.

Quem é você?, ela reflete enquanto os óculos de Henry ficam embaçados com a condensação. Ele percebe que a garota está olhando e dá uma piscadela.

— Para onde a gente vai? — pergunta ela assim que chegam ao metrô, e Henry a olha e abre um sorrisinho tímido e torto.

— É uma surpresa — responde, enquanto descem os degraus.

Pegam o metrô da rota G até a estação da avenida Greenpoint, voltam meio quarteirão até chegar a uma fachada monótona, com uma placa onde se lê LAVANDERIA na vitrine. Henry segura a porta e Addie entra na loja. Ela olha para as máquinas de lavar ao redor, e ouve o zumbido de estática do ciclo de enxágue e o tremor da rotação.

— É uma lavanderia.

Mas os olhos de Henry brilham, maliciosos.

— É um bar clandestino.

Ela é tomada por uma lembrança ao ouvir a palavra, e é transportada para Chicago, quase um século atrás, com o ritmo do jazz circulando como fumaça no bar subterrâneo. O local está carregado com o aroma de gim e charutos, com o tilintar de copos e com a aura de segredo exposto que envolve tudo aquilo. Os dois estão sentados sob o vitral de um anjo erguendo um cálice, o champanhe borbulha na língua dela e a escuridão sorri contra a sua pele e a leva para a pista de dança; aquele é o início e o fim de tudo.

Addie estremece, voltando para o presente. Henry está segurando a porta nos fundos da lavanderia, e ela se prepara para entrar em um cômodo escuro, para ser forçada a se lembrar do passado, mas depara com as luzes néon e os toques eletrônicos de um jogo de fliperama. Pinball, para ser mais exata. As máquinas forram as paredes, dispostas lado a lado para dar espaço para as mesas, as banquetas e o bar de madeira.

Addie olha ao redor, perplexa. Não é um bar clandestino coisa nenhuma, não no sentido mais estrito da palavra. É simplesmente uma coisa escondida atrás de outra. Um palimpsesto ao contrário.

— E então? — pergunta o rapaz com um sorriso encabulado. — O que você acha?

Addie sente o sorriso tomando conta dos seus lábios, tonta de alívio.

— Eu adorei.

— Legal — diz Henry, tirando uma bolsinha cheia de trocados do bolso. — Pronta para perder?

Ainda é cedo, mas o lugar está quase cheio de gente.

Henry a leva até um dos cantos, onde equilibra uma torre de moedas em cima de um par de máquinas antigas. Ela prende o fôlego enquanto insere a primeira moeda e se prepara para ouvir o tinido inevitável da moeda rolando de volta para o recipiente na parte de baixo. Mas a moeda não volta e o jogo ganha vida, emitindo uma cacofonia animada de cores e sons.

Addie solta o ar, numa mistura de prazer e alívio.

Talvez ela não tenha uma identidade, talvez o ato seja tão anônimo quanto um roubo. Talvez, mas neste momento, ela não se importa.

Puxa a alavanca e começa a jogar.

III

— Como você é tão boa assim no pinball? — Henry exige saber enquanto ela acumula os pontos.

Addie não tem certeza. A verdade é que nunca tinha jogado e levou algumas partidas para pegar o jeito da coisa, mas agora encontrou o ritmo certo.

— Eu aprendo rápido — responde, um segundo antes da bola deslizar entre as pás da máquina.

— RECORDE DE PONTUAÇÃO! — anuncia o jogo com uma voz mecânica.

— Muito bom — grita Henry em meio ao barulho. — É melhor deixar seu recorde registrado.

A tela pisca, esperando que ela digite o seu nome. Addie vacila.

— É assim — explica ele, mostrando como selecionar as letras dentro da caixinha vermelha. Ele dá um passo para trás, mas quando Addie tenta, o cursor não sai do lugar. A luz apenas pisca sobre a letra *A*, zombando dela.

— Deixa para lá — diz a garota, afastando-se, mas Henry se aproxima para ajudar.

— Máquinas novas, problemas antigos. — Ele dá um empurrão na máquina com o quadril e o quadrado fica sólido ao redor da letra *A*. — Pronto.

Está prestes a abrir espaço para Addie, mas ela o segura pelo braço.

— Põe o meu nome enquanto eu vou buscar mais uma rodada de cerveja.

Agora que o lugar está cheio de gente, fica mais fácil. Ela surrupia duas cervejas da beirada do balcão e volta pelo meio da multidão antes mesmo que o bartender se vire para olhar. Assim que chega, com as bebidas na mão, a primeira coisa que vê são as letras, brilhando em um tom vermelho vivo na tela.

ADI.

— Eu não sabia como soletrar o seu nome — diz Henry.

Está errado, mas não importa; nada mais importa a não ser aquelas três letras, reluzindo para ela, quase como um carimbo, uma assinatura.

— Vamos trocar — diz Henry, com as mãos nos quadris dela enquanto a guia até a sua máquina. — Vamos ver se eu consigo quebrar esse recorde.

Ela prende o fôlego e espera que ninguém nunca consiga fazer isso.

Jogam até ficarem sem moedas e sem cerveja, até o lugar ficar lotado demais para ser confortável, até realmente não conseguirem mais ouvir um ao outro em meio aos apitos e estrondos dos jogos e aos berros de outras pessoas, então caem fora do fliperama escuro. Atravessam a lavanderia iluminada por lâmpadas claras demais e saem para a rua ainda transbordando de energia.

Já está escuro, e o céu é uma cobertura baixa de densas nuvens cinzentas, prometendo chover. Henry enfia as mãos nos bolsos e olha de um lado para o outro.

— E agora?

— Você quer que eu escolha um lugar?

— É um encontro igualitário — diz ele, alternando o peso entre os calcanhares e a ponta dos pés. — Eu me encarreguei do primeiro capítulo. Agora é a sua vez.

Addie cantarola baixinho, olhando ao redor e evocando uma imagem mental da vizinhança.

— Ainda bem que eu encontrei a minha carteira — diz, dando um tapinha no bolso. É óbvio que não encontrou coisa nenhuma, mas, antes de sair pela manhã, limpou a gaveta da cozinha do ilustrador, que tinha algumas notas de vinte dólares. Considerando a entrevista recente que ele deu ao *The Times* e o suposto valor da venda dos direitos do seu último livro, Gerald não vai sentir falta do dinheiro.

— Por aqui. — Addie dispara pela calçada.

— Falta muito ainda? — pergunta ele, depois de quinze minutos, quando ainda continuam andando.

— Pensei que você fosse um nova-iorquino — provoca ela.

Mas os passos dele são largos o bastante para acompanharem a velocidade dela, e cinco minutos depois dobram uma esquina e ali está. O Nitehawk ilumina a rua escura, com as lâmpadas brancas desenhando padrões na fachada de tijolos e um letreiro escrito CINEMA projetando-se em néon vermelho acima da entrada.

Addie já foi a todos os cinemas do Brooklyn, dos multiplexes gigantescos com assentos de estádio até as salas independentes com sofás gastos, e presenciou todas as combinações de lançamentos e nostalgia.

E o Nitehawk é um dos seus cinemas preferidos.

Ela examina o quadro de filmes, compra dois ingressos para uma exibição de *Intriga internacional*, já que Henry disse que nunca assistiu a esse, depois pega o rapaz pela mão e o guia pelo saguão em direção à sala escura.

Entre um assento e outro, há uma mesinha com menus de plástico e blocos de papel para anotar os pedidos. Evidentemente, Addie nunca pôde pedir nada — as marcas a lápis desaparecem, o garçom se esquece dela assim que some de vista —, então se aproxima para ver Henry preenchendo a comanda, entusiasmada pelo mero potencial do ato.

Os trailers passam enquanto os assentos enchem ao redor, e Henry pega a sua mão, entrelaçando os dedos nos dela como se fossem elos de uma corrente. Addie olha de relance para ele, banhado pela luz tênue da sala. Cachos castanho-escuros. Maçãs do rosto proeminentes. Boca bem delineada. Um lampejo de semelhança.

Não é a primeira vez que vislumbra Luc em um rosto humano.

— Você está me encarando — sussurra Henry sob o som dos trailers. Addie pisca.

— Desculpa. — Ela balança a cabeça. — Você se parece com uma pessoa que eu conhecia.

— Espero que seja alguém de quem você gostava.

— Não exatamente. — Ele a olha com uma expressão fingida de ultraje, e Addie quase solta uma risada. — Era mais complicado que isso.

— Era amor, então?

Ela balança a cabeça.

— Não… — A resposta demora a sair dos seus lábios, e é menos enfática. — Mas era muito bom olhar para ele.

Henry ri enquanto as luzes se apagam e o filme começa.

Um garçom diferente aparece e se agacha enquanto entrega o pedido. Addie pega uma batata frita de cada vez, afundando no conforto do filme. Olha de canto de olho para ver se Henry está se divertindo, mas o rapaz não está nem olhando para a tela. Sua expressão, cheia de energia e ânimo uma hora atrás, está contraída em uma careta de tensão, e ele balança o joelho sem parar.

Addie se aproxima e sussurra:

— Você não está gostando do filme?

Henry abre um sorriso amarelo.

— É bom — responde, remexendo-se no assento. — Só um pouco lento.

É Hitchcock, ela tem vontade de dizer, mas, em vez disso, sussurra de novo:

— Vale a pena, eu juro.

Henry gira o corpo em sua direção, franzindo a testa.

— Você já assistiu?

É óbvio que Addie já assistiu.

A primeira vez foi em 1959, em um cinema de Los Angeles, depois nos anos 1970, em uma sessão dupla com o filme mais recente da época, *Trama macabra*, e depois mais uma vez, alguns anos atrás, no Greenwich Village, durante uma retrospectiva. Hitchcock dá sempre um jeito de ser ressuscitado e inserido de volta no circuito cinematográfico a intervalos regulares.

— Já — sussurra ela de volta. — Mas eu não ligo.

Henry fica em silêncio, mas é evidente que ele liga. Recomeça a balançar o joelho e, depois de alguns minutos, se levanta e sai para o saguão.

— Henry — chama ela, confusa. — O que foi? Qual é o problema?

Addie o alcança assim que ele abre a porta do cinema e sai na calçada.

— Desculpe — balbucia ele. — Eu precisava de ar fresco.

Mas é óbvio que não é esse o problema. Ele começa a andar de um lado para o outro.

— Fala comigo.

Henry diminui o ritmo.

— Eu só gostaria que você tivesse me contado.

— Contado o quê?

— Que já tinha visto o filme.

— Mas *você* não viu — retruca ela. — E eu não ligo de ver de novo. Gosto de ver as coisas várias vezes.

— Mas eu, não — dispara ele e, em seguida, esmorece. — Desculpe. — Ele balança a cabeça. — Desculpe. Não é um problema seu. — Ele passa a mão pelos cabelos. — Eu só... — Balança a cabeça outra vez e se vira para encará-la, com os olhos verdes parecendo vidrados na escuridão. — Você já sentiu como se estivesse ficando sem tempo?

Addie pisca e é transportada para trezentos anos atrás, quando estava ajoelhada no chão da floresta, com as mãos escavando a terra cheia de musgo enquanto os sinos da igreja soavam ao longe.

— Não estou falando do tipo de sensação que as pessoas têm quando dizem que "o tempo voa" — Henry fala —, mas de sentir que o tempo está passando rápido demais e que, por mais que você tente estender a mão e agarrá-lo, tente se segurar ao agora, ele continua correndo. E a cada segundo que passa, há menos tempo e menos oxigênio. Às vezes, quando eu estou tranquilo, começo a pensar sobre isso e não consigo mais respirar. Tenho que me levantar e me pôr em movimento.

Henry abraçou o próprio corpo, cravando os dedos nas costelas.

Faz muito tempo desde a última vez que Addie sentiu esse tipo de urgência, mas se lembra muito bem da sensação, do medo, tão intenso que parecia que ia esmagá-la.

Em um piscar de olhos, metade da sua vida já passou.

Não quero morrer do mesmo jeito que vivi.

Nascida e enterrada no mesmo lote de dez metros de extensão.

Addie estende a mão e o pega pelo braço.

— Venha — diz, puxando-o rua abaixo. — Vamos.

— Para onde? — pergunta Henry, e Addie desliza a mão até a dele e a aperta com força.

— Encontrar algo novo para você.

PARIS, FRANÇA
29 de julho de 1724

IV

Remy Laurent é a personificação de uma risada. O riso transborda dele a qualquer momento.

Enquanto caminham por Montmartre, ele puxa a aba do chapéu de Addie para baixo, ajeita o seu colarinho, pendura o braço sobre os seus ombros e inclina a cabeça, como se fosse cochichar algum segredo escandaloso. Remy adora ser parte da armação, e Addie adora ter alguém com quem partilhar a farsa.

— Thomas, seu idiota — debocha ele, aumentando o tom de voz quando passam por um grupo de homens. — Thomas, seu patife — grita enquanto passam por duas mulheres (na verdade, garotas, embora estejam maquiadas com ruge e vestidas com renda esfarrapada) na entrada de um beco. Elas também se juntam à gozação.

— Thomas — repetem, de um modo provocante e doce. — Venha ser o nosso patife, Thomas. Venha se divertir com a gente, Thomas.

Os dois sobem os degraus da Basílica de Sacré-Cœur e, quando estão quase no topo, Remy para e estende o casaco sobre o pavimento de pedra, fazendo um gesto para que ela se sente.

Partilham a refeição de Addie e, enquanto comem, a garota estuda sua estranha companhia.

Remy é o contrário de Luc, em todos os sentidos. Seus cabelos são uma coroa de ouro queimado e os olhos têm o tom azul do verão, mas a diferença mais marcante está no modo como se comporta: o sorriso fácil, a risada espontânea, a energia vibrante da juventude. Se um deles é a escuridão eletrizante, o outro é o esplendor do meio-dia, e mesmo que Remy não seja tão bonito, é só porque ele é humano.

É real.

Remy vê que ela está encarando-o e ri.

— Você está fazendo um estudo mental meu para a sua arte? Tenho de admitir que você é uma especialista na postura e nos modos de um jovem parisiense.

Ela baixa o olhar e se dá conta de que está sentada com um joelho erguido e o braço enganchado preguiçosamente ao redor da perna.

— Porém — acrescenta Remy —, receio que seja bonita demais, mesmo no escuro.

Ele se aproximou um pouco mais, e pegou sua mão.

— Qual é o seu nome verdadeiro? — pergunta, e Addie gostaria muito de poder lhe dizer. Ela tenta, de verdade, pensando que talvez, só para variar, os sons poderiam sair da sua boca. Mas a voz fica presa depois do *A*, então ela muda de ideia e diz:

— Anna.

— Anna — repete Remy, afastando uma mecha de cabelo solta para trás da orelha dela. — Combina com você.

Ela vai usar centenas de nomes diferentes ao longo dos anos, e inúmeras vezes vai ouvir aquelas mesmas palavras, até começar a refletir sobre qual seria a importância real de um nome. O conceito vai começar a perder o significado, assim como uma palavra repetida vezes demais, decompondo-se em sons e sílabas inúteis. Addie vai encarar a frase exaustiva como uma prova de que um nome não importa de fato, mesmo enquanto anseia por dizer e ouvir o seu próprio.

— Me diz uma coisa, Anna. Quem *é* você? — pergunta Remy.

E então ela conta. Ou pelo menos tenta… Discorre sobre toda a sua jornada inusitada e sinuosa, mas quando a história nem sequer chega aos ouvidos dele, recomeça e conta para o rapaz outra versão da verdade, uma que margeia os limites de sua história, polindo os cantos ásperos até torná-los mais humanos.

A história de Anna é uma sombra pálida da história de Adeline.

Uma garota fugindo da vida que as mulheres adultas levam. Abandona tudo o que conhecia e foge para a cidade, renegada e sozinha, mas livre.

— Inacreditável. Você simplesmente foi embora? — pergunta ele.

— Eu não tive outra opção — responde, e não está mentindo. — Pode admitir, você acha que eu sou louca.

— Com certeza — concorda Remy, com um sorrisinho brincalhão. — A mais louca de todas. E a mais incrível. Que coragem!

— Não me senti corajosa na época — diz Addie, arrancando a casca do pão. — Senti que não tinha escolha. Como se... — As palavras ficam presas na sua garganta, mas ela não tem certeza se é por causa da maldição ou das lembranças. — Era como se eu fosse morrer.

Remy assente, pensativo.

— Cidades pequenas propiciam vidas pequenas. E algumas pessoas não se incomodam com isso. Gostam de saber onde estão pisando. Mas se você só segue os passos dos outros, não pode encontrar o próprio caminho. Não pode deixar a sua marca.

Addie sente um nó na garganta.

— Você acha que a vida de uma pessoa tem valor se ela não deixa uma marca no mundo?

A expressão de Remy fica séria, e ele deve ter percebido a tristeza na voz dela, porque diz:

— Eu acho que existem muitas formas de fazer a diferença. — Ele tira o livro do bolso. — Aqui estão as palavras de um homem...Voltaire. Mas também estão as mãos que arrumaram os tipos, a tinta que tornou as palavras visíveis e a árvore que forneceu o papel. Todos são importantes, embora o crédito vá apenas para o nome na capa.

Ele a interpretou mal, evidentemente, presumiu que a pergunta se originasse de um receio diferente, mais comum. Ainda assim, suas palavras foram importantes, embora Addie vá levar alguns anos para descobrir o quanto.

Em seguida, ficam em silêncio, e a quietude, pesada com os seus pensamentos. O calor do verão esmoreceu, dando lugar a uma brisa leve e a uma escuridão mais densa. A hora recai sobre eles como um lençol.

— Já é tarde. Deixe que eu te acompanhe até a sua casa — pede ele.

Addie balança a cabeça.

— Você não precisa fazer isso.

— Preciso, sim. Você pode até se disfarçar de homem, mas eu sei a verdade, então minha honra não permite que eu te abandone. A escuridão não é lugar para uma pessoa sozinha.

Ele não faz ideia do quanto tem razão. Addie sente uma pontada no peito só de pensar em quebrar o fio desta noite, em abrir mão da intimidade que começa a aflorar entre os dois, uma intimidade criada em uma questão de horas, e não de dias ou meses, mas já é alguma coisa, frágil e adorável.

— Tudo bem — aceita ela, e ele abre um sorriso de pura alegria quando responde:

— Depois de você...

Ela não tem para onde levá-lo, mas começa a andar, mais ou menos na direção de um lugar onde ficou vários meses atrás. Sente o peito apertar mais e mais a cada passo, porque cada um a leva para mais perto do fim de tudo, dos dois. E quando chegam à rua onde ela pensou que estaria a sua casa inventada e param diante da porta imaginária, Remy se inclina e lhe dá um único beijo, na bochecha. Mesmo no escuro, ela pode vê-lo enrubescendo.

— Eu gostaria de te ver de novo, em plena luz do dia ou na escuridão. Como mulher, ou como homem. Por favor, me deixe te ver de novo.

O coração de Addie se parte, porque simplesmente não existe amanhã, só esta noite, e ela não está pronta para que o fio se parta e tudo termine, então responde:

— Deixe que eu te acompanhe até a sua casa. — E quando ele abre a boca para protestar, ela insiste: — A escuridão não é lugar para uma pessoa sozinha.

Eles se entreolham, e pode ser que o rapaz saiba o que Addie quer dizer, ou pode ser que esteja tão relutante quanto ela em deixar que a noite termine, porque logo lhe oferece o braço e diz: "Que cavalheiro!", e os dois partem juntos mais uma vez, rindo ao perceberem que estão seguindo os próprios passos, voltando pelo mesmo caminho por onde vieram. E se a caminhada até a casa imaginária de Addie foi vagarosa, a caminhada até a dele é urgente e entremeada de antecipação.

244

Quando chegam à hospedaria de Remy, não fingem se despedir. Ele a conduz escada acima, com os dedos entrelaçados aos dela, ambos tropeçando e ofegantes, e assim que entram no quarto alugado, não se demoram na soleira da porta.

Addie sente uma ligeira pontada no peito só de pensar no que está por vir.

O sexo nunca foi mais do que um fardo para ela, uma necessidade imposta pelas circunstâncias, uma moeda de troca obrigatória e, até o momento, Addie estava disposta a pagar o preço. Inclusive agora, está preparada para que ele a empurre na cama e tire as suas saias do caminho. Preparada para que o desejo desapareça, repelido pela brutalidade do ato.

Contudo, ele não se atira sobre ela. Evidentemente, há uma certa urgência, mas Remy mantém a tensão retesada entre os dois como uma corda. Estende a mão firme, tira o chapéu dela e coloca-o com delicadeza sobre a escrivaninha. Seus dedos sobem pela nuca de Addie e se entremeiam nos cabelos enquanto suas bocas se encontram, com beijos tímidos e exploratórios.

Pela primeira vez, ela não sente nenhuma relutância, nenhuma aversão, apenas uma espécie de excitação nervosa, e a tensão no ar se mistura a uma avidez arquejante.

Seus dedos tateiam os cordões das calças dele, mas as mãos do rapaz se movem mais devagar, desatando os cordões da sua túnica, deslizando o tecido por cima da sua cabeça e soltando a musselina amarrada ao redor dos seus seios.

— É muito mais prático que um espartilho — murmura ele, beijando a pele sobre a sua clavícula, e pela primeira vez desde aquelas noites no seu quarto em Villon, Addie sente o calor subindo ao rosto, passando por toda a pele e por entre as pernas.

Ele a conduz à cama de madeira, seus beijos descendo pelo pescoço dela e pela curva dos seios, antes de se despir e subir em cima dela. Addie abre as pernas, e sua respiração vacila com a primeira investida, e Remy recua o suficiente para olhá-la nos olhos e se certificar de que a garota está bem; assim que ela assente, ele abaixa a cabeça para beijá-la, e só então prossegue, para dentro dela, bem lá no fundo.

Addie arqueia as costas enquanto a pressão dá lugar ao prazer, a um ardor profundo e reverberante. Os corpos se pressionam e se movem em uníssono, e ela gostaria de poder apagar aqueles outros homens, aquelas outras noites, os hálitos azedos e os pesos incômodos, as estocadas monótonas que acabavam com um espasmo abrupto e repentino um segundo antes que saíssem de dentro dela e se afastassem. Para eles, bastava um pouco de umidade e calor, e ela não passava de um objeto para o seu prazer.

Não é capaz de apagar as lembranças daquelas noites da memória, então decide se tornar um palimpsesto, deixar que Remy escreva por cima das linhas de sua história.

É assim que deveria ter sido.

O nome que Remy sussurra em seus cabelos não pertence a ela, mas não importa. Neste momento, Addie pode muito bem ser Anna. Pode ser quem quiser.

A respiração de Remy se acelera enquanto ele aumenta o ritmo, enquanto se introduz cada vez mais fundo no seu interior. Addie sente o corpo acelerar também, apertando-se ao redor dele, levado ao limite pelo balanço dos quadris e pelos cachos loiros que caem sobre o seu rosto. Ela se retesa mais e mais até se desfazer e, alguns segundos depois, ele a segue.

Remy desaba ao seu lado na cama, mas não rola o corpo para longe. Estende a mão e afasta uma mecha de cabelo das suas bochechas, beija-a na têmpora e ri, um riso que é um pouco mais que um sorriso com som, mas isso faz com que um calor a percorra de cima a baixo.

Ele encosta a cabeça no travesseiro, e ambos pegam no sono; o dele, pesado por causa dos efeitos do prazer, e o dela, leve, quase um cochilo, mas sem sonhos.

Addie não sonha mais.

Na verdade, não sonha desde aquela noite na floresta. Ou, se sonha, é a única coisa de que nunca se lembra. Talvez não haja mais lugar no seu cérebro, tão cheio de memórias. Talvez viver apenas quando está consciente seja outra faceta da sua maldição. Ou talvez, de alguma forma misteriosa, seja uma bênção, porque quem sabe quantos sonhos não seriam pesadelos?

Mas ela fica ali, feliz e aconchegada ao lado dele e, por algumas horas, quase se esquece de tudo.

Remy rolou para o outro lado durante o sono, descobrindo as costas esbeltas, e ela pousa a mão entre suas omoplatas e sente sua respiração. Traceja com os dedos a curva da coluna, estudando os contornos assim como o rapaz fez com ela em meio à paixão. O toque é leve como uma pluma, mas depois de um momento, ele acorda, muda de posição e rola o corpo para encará-la.

Por um breve instante, o seu rosto é aberto, franco e caloroso; o mesmo que se aproximou do dela na rua, sorriu em meio aos segredos partilhados no bistrô e riu enquanto caminhava primeiro para uma casa e depois para a outra.

Mas no meio-tempo que Remy leva para despertar por completo, aquele rosto desvanece, assim como todo o reconhecimento que havia nele. Uma sombra passa por aqueles afetuosos olhos azuis, por aquela boca acolhedora. Ele estremece um pouco e se apoia no cotovelo, perturbado pela presença de uma desconhecida na sua cama.

Porque é óbvio que agora ela é uma desconhecida.

Pela primeira vez desde que se conheceram na noite passada, ele franze o cenho e balbucia uma saudação, mas as palavras soam formais demais, duras pelo constrangimento, e o coração de Addie se parte um pouco. Ele está tentando ser gentil, mas ela não consegue suportar isso, então se levanta da cama e se veste o mais rápido possível, numa inversão grosseira do modo como ele tirou as roupas dela. Não perde tempo com os cordões nem com as fivelas. Não se vira mais na direção dele, não até sentir o calor da mão do rapaz sobre o seu ombro, quase como uma carícia, e pensa, desesperada e freneticamente, que talvez... talvez... haja uma maneira de salvar tudo. Ela se vira, na esperança de encontrar os olhos de Remy, mas depara com o rapaz olhando para baixo, desviando a atenção, enquanto enfia três moedas na sua mão.

E tudo esfria.

Pagamento.

Vão se passar muitos anos antes que ela aprenda a ler em grego, e muitos outros antes que conheça o mito de Sísifo, mas quando acontecer, Addie vai assentir, em concordância, com as mãos doloridas de empurrar as pedras colina acima todos os dias e o coração pesado pelo fardo de vê-las rolando para o sopé mais uma vez.

Mas agora não há nenhum mito para consolá-la.

Somente o belo rapaz de costas para ela.

Somente Remy, que não faz menção de segui-la quando a garota se apressa em direção à porta.

Algo chama a sua atenção, um punhado de papéis soltos no chão. O livrinho do bistrô. A obra mais recente de Voltaire. Addie não sabe o que a leva a pegá-lo — talvez só queira uma recordação da noite dos dois, algo além das pavorosas moedas de cobre na sua mão —, mas em um segundo o livrinho está no chão, jogado entre as peças de roupa, e no seguinte, apertado contra o peito dela junto com o restante das suas coisas.

Afinal, suas mãos ficaram mais leves com o tempo, e mesmo que o roubo fosse desajeitado, Remy não teria percebido, sentado na cama, com os olhos fixos em qualquer coisa que não seja nela.

NOVA YORK
15 de março de 2014
V

Addie conduz Henry rua abaixo até virarem uma esquina e chegarem a uma porta de aço sem graça coberta por pôsteres antigos. Há um homem zanzando por perto, enquanto fuma um cigarro atrás do outro e rola a tela do celular.

— Júpiter — diz ela, sem ninguém ter perguntado nada, e o homem se empertiga e empurra a porta, revelando uma plataforma estreita e um lance de escadas que descem até sumirem de vista.

— Bem-vindo ao Quarto Trilho.

Henry lhe lança um olhar desconfiado, mas Addie pega sua mão e o leva para dentro. Ele gira o corpo, olhando para trás enquanto a porta se fecha com um baque.

— Não existe um quarto trilho — retruca o rapaz, e Addie abre um sorriso largo.

— Exato.

Esse é o tipo de coisa que ela ama em cidades como Nova York. São repletas de câmaras ocultas, de uma infinidade de portas que levam a uma infinidade de lugares, e se você tiver tempo, pode encontrar várias delas. Addie encontrou algumas por acidente, e outras, no decorrer das suas aventuras. Mantém esses lugares escondidos, como folhas de papel guardadas entre as páginas de um livro.

Uma escadaria leva à outra, mais ampla e feita de pedra. O teto forma uma abóbada acima deles, o gesso dando lugar às rochas e depois aos azulejos. O túnel é iluminado somente por uma série de lampiões elétricos dispostos de modo tão espaçado que quase não conseguem combater a escuridão. São como uma trilha de migalhas de pão, iluminando apenas o suficiente para que consigam enxergar, e é por isso que Addie sente prazer ao ver a expressão no rosto de Henry quando ele se dá conta de onde os dois estão.

O metrô de Nova York tem quase quinhentas estações em funcionamento, mas o número de túneis abandonados continua sendo um tema de discussão. Alguns estão abertos para a visitação pública, e são tanto um monumento ao passado quanto uma alusão ao futuro inacabado. Outros não passam de trilhos fechados escondidos entre duas linhas ativas.

E outros são secretos.

— Addie... — murmura Henry, mas ela ergue o indicador e inclina a cabeça. Ouvindo alguma coisa.

A música começa como um eco, uma batucada distante, é tanto uma sensação quanto um som. E fica mais alta à medida que eles descem, parecendo preencher o ar ao redor, a princípio como um zumbido, depois como uma pulsação e por fim como uma batida.

Adiante, o túnel está bloqueado por tijolos, sinalizado apenas por uma barra branca na forma de uma seta apontada para a esquerda. Ao virarem a esquina, a música fica mais alta. Outro beco sem saída, outra curva e...

O som reverbera sobre os dois com um estrondo.

O túnel inteiro vibra com a força do som grave e a reverberação dos acordes contra as pedras. Os holofotes pulsam com uma luz ora branca, ora azul, e o estroboscópio reduz a boate secreta a imagens estáticas: uma multidão ondulante, com corpos saltitando no ritmo da batida; uma dupla de músicos brandindo guitarras elétricas emparelhada em um palco de concreto; uma fileira de bartenders congelados enquanto servem bebidas.

As paredes do túnel são cobertas por azulejos cinza e brancos, faixas largas que formam um arco no teto e se curvam para baixo novamente como se fossem costelas, como se eles estivessem no ventre de algum animal gigantesco e esquecido, com o ritmo pulsando no seu âmago.

O Quarto Trilho é primitivo, inebriante. O tipo de lugar que Luc adoraria.

Mas isto? Isto aqui é *dela*. Addie encontrou o túnel sozinha. Mostrou o lugar para o ex-músico-agora-empresário que estava à procura de um local para realizar eventos. Mais tarde, naquela mesma noite, sugeriu até o nome enquanto conversavam com as cabeças abaixadas, olhando para um guardanapo de coquetel. As marcas da caneta eram dele. A ideia, dela. Addie tem certeza de que o ex-músico acordou no dia seguinte com ressaca e o primeiro esboço do que viria a ser o Quarto Trilho. Seis meses depois, ela o avistou parado ao lado da porta de aço. Viu uma versão mais aprimorada do logotipo que tinham desenhado, oculta sob os pôsteres descolados da porta, e sentiu a excitação já familiar de sussurrar uma ideia ao mundo e depois vê-la tornando-se realidade.

Addie puxa Henry em direção ao bar improvisado.

É simples, a parede do túnel é dividida em três partes atrás de uma lajota de pedra clara que funciona como superfície onde servir as bebidas. As opções são vodca, uísque ou tequila, e o bartender fica a postos diante de cada garrafa.

Addie faz o pedido. Duas vodcas.

A transação ocorre em silêncio — não faz sentido tentar berrar em meio à muralha de som. Uma sequência de dedos levantados, uma nota de dez dólares colocada sobre o balcão. O bartender, um homem negro esbelto com glitter prateado nos olhos, serve duas doses e estende as mãos como um carteador dando as cartas em um jogo de pôquer.

Henry ergue o copo e Addie o acompanha, suas bocas se movem em uníssono (ela acha que ele diz "saúde" enquanto ela responde "*salut*"), mas os sons são engolidos pela música e o tilintar dos copos não passa de uma pequena vibração pelos dedos.

Addie sente a vodca atingir seu estômago como um fósforo, e o calor brota atrás das suas costelas.

Colocam os copos vazios de volta no balcão, e ela já está puxando Henry em direção ao amontoado de corpos perto do palco quando o cara do bar estende o braço e segura Henry pelo pulso.

O bartender sorri, pega mais um copo e serve uma terceira dose. Bate as mãos no peito, fazendo o gesto universal de "essa é por minha conta".

Os dois bebem, e ela sente o ardor outra vez, espalhando-se desde o peito até as pernas, e então Henry a pega pela mão e começa a adentrar a multidão. Addie olha para trás, vê o bartender os encarando e tem uma sensação esquisita, como os últimos resquícios de um sonho. Tem vontade de dizer alguma coisa, mas a música é uma muralha e a vodca embaça a nitidez de seus pensamentos até que ela se esqueça, e ambos estejam cercados pela maré de pessoas.

Pode até ser o início da primavera lá em cima, mas aqui embaixo é o fim do verão, úmido e abafado. A música é líquida, e o ar, espesso como uma calda ao mergulharem no mar de membros entrelaçados. Atrás do palco, o túnel é fechado por tijolos, transformando o lugar em um mundo de reverberação, onde o som rebate e se intensifica, e cada nota se prolonga, apagando-se, sem se perder por completo. Os guitarristas tocam um refrão complicado em perfeita harmonia, aumentando o efeito de câmara de eco e agitando o mar de estranhos.

Em seguida, a garota surge sob os holofotes.

Uma elfa adolescente — *pertencente ao mundo das fadas*, como Luc diria —, usando um vestido preto parecido com uma camisola e coturnos. O cabelo platinado preso em dois coques iguais no topo da cabeça, com as pontas espigadas para cima formando uma coroa. A única cor provém dos lábios vermelhos e do arco-íris desenhado sobre os seus olhos, como uma máscara. Os guitarristas aumentam o ritmo, com os dedos voando sobre as cordas. O ar estremece e a batida vibra através da pele, dos músculos e dos ossos.

E a garota começa a cantar.

Sua voz é um lamento que lembra os gritos de uma *banshee*, se a criatura mitológica fosse afinada. As sílabas se mesclam, as consoantes se confundem, e Addie se dá conta de que está se aproximando do palco, ávida para conseguir ouvir a letra da canção. Mas as palavras ficam em segundo plano, desaparecem sob a batida, incorporadas à energia selvagem do Quarto Trilho.

As guitarras tocam o refrão hipnótico.

A cantora se parece mais com uma marionete, puxada por cordões.

Addie pensa que Luc adoraria a garota e se pergunta se ele já esteve ali depois que ela encontrou o lugar. Inspira, como se pudesse sentir o cheiro da escuridão no ar, como a fumaça. Mas se obriga a parar, tira-o da cabeça e abre espaço para o rapaz ao seu lado, pulando ao ritmo da música.

Henry, com a cabeça inclinada para trás, os óculos completamente embaçados e o suor pingando das bochechas como se fossem lágrimas. Por um instante, ele parece infinita e imensuravelmente triste, e ela se lembra da dor na voz dele quando falou sobre a sensação de estar desperdiçando tempo.

Mas então ele olha para ela e sorri, e a tristeza desaparece, como se tivesse sido só um truque da iluminação, e Addie se pergunta quem é ele, como e de onde veio. Sabe que tudo isso é bom demais para ser verdade, mas, por enquanto, fica simplesmente agradecida por tê-lo ao seu lado.

Fecha os olhos, se deixa levar pelo ritmo da música e volta para Berlim, para o México, para Madri, e depois para o aqui e agora, com ele.

Dançam até ficarem com as pernas doloridas.

Até que o suor cubra suas peles como tinta, e o ar fique abafado demais para respirar.

Até que haja um hiato na batida, e outra conversa silenciosa se passe entre eles como uma faísca.

Até que ele a leve em direção ao bar e ao túnel, de volta pelo caminho por onde vieram, mas as pessoas se movimentam como em uma rua de mão única, e as escadarias e a porta de aço servem apenas de entrada.

Até que ela vire a cabeça para o outro lado, indicando um arco escuro na parede do túnel perto do palco, e o guie pelas escadas estreitas, com a música ficando mais e mais baixa a cada passo em direção à superfície. Os ouvidos zumbindo pela estática deixada em seu rastro.

Até que saiam na noite amena de março, enchendo os pulmões de ar fresco.

E o primeiro som distinto que Addie escuta é a risada dele.

Henry se vira para ela, com os olhos brilhando e as bochechas coradas, mais embriagado pelo poder do Quarto Trilho do que pela vodca.

Ele ainda está rindo quando a tempestade começa.

Ouvem o estrondo de um trovão e, segundos depois, a chuva desaba sobre os dois. Não uma garoa, nem mesmo as gotas esparsas que alertam a chegada de uma chuva duradoura, mas o aguaceiro repentino de uma chuvarada. Do tipo que te atinge como uma muralha, deixando-o ensopado em uma questão de segundos.

Addie arfa com o choque súbito do frio.

Estão a três metros de um toldo, mas nenhum dos dois corre para se abrigar.

Ela ergue a cabeça e sorri para a chuva, deixa que a água beije a sua pele.

Henry olha para ela, e Addie devolve o olhar, então ele abre os braços como se desse boas-vindas à tempestade, com o peito subindo e descendo. A água se acumula nos cílios escuros, escorre pelo seu rosto, eliminando qualquer rastro da boate das suas roupas, e Addie de repente percebe que, apesar dos vislumbres de semelhança, Luc nunca teve este aspecto.

Jovem.

Humano.

Vivo.

Ela puxa Henry para perto e aprecia a pressão quente do corpo dele contra a friagem. Passa a mão pelos cabelos do rapaz, e pela primeira vez as mechas continuam para trás, revelando os traços definidos do seu rosto, os sulcos ávidos do maxilar e os olhos, do tom de verde mais intenso que ela já tinha visto até então.

— Addie — ele suspira, e o som deixa a pele dela em brasas, e quando ele a beija, o rapaz tem gosto de sal e de verão. Mas a sensação se parece muito com a de um ponto final, e ela não está pronta para que a noite acabe, então o beija de volta, com mais intensidade, transformando o ponto final em uma interrogação, e depois em uma resposta.

Então saem correndo, não à procura de abrigo, mas para pegar o metrô.

Entram aos tropeços no apartamento de Henry, com as roupas molhadas grudando na pele.

Estão enroscados no corredor, incapazes de chegar perto o bastante. Ela tira os óculos do rosto dele e os joga sobre uma poltrona próxima, depois se desvencilha da jaqueta, o couro aderindo à pele. E então voltam a se beijar. Desesperados, ávidos e selvagens, enquanto os dedos de Addie descem pelas costelas de Henry e engancham no cós da calça.

— Você tem certeza? — pergunta o rapaz, e Addie responde pressionando a boca sobre a dele e guiando as mãos de Henry até os botões de sua camisa enquanto encontra o cinto dele. Henry a pressiona contra a parede e diz o nome dela, e o som é como um raio percorrendo seus membros, incendiando o seu âmago e o desejo entre suas pernas.

E logo estão na cama e, por um instante, só um instante, ela volta para outro lugar, em outra *época*, com a escuridão se assomando ao seu redor. Um nome sussurrado sobre a pele nua.

Mas para ele, ela se chamava Adeline, somente Adeline. *Sua* Adeline. *Minha Adeline.*

Agora, ela é finalmente Addie.

— Diga outra vez — implora ela.

— Dizer o quê? — murmura Henry.

— O meu nome.

Henry sorri.

— Addie — sussurra ele no pescoço dela. — Addie. — Os beijos trilham a sua clavícula. — Addie. — O seu ventre. — Addie. — Os seus quadris.

A boca de Henry encontra o calor entre as suas pernas, e ela emaranha os dedos nos cachos escuros, arqueando as costas de prazer. O tempo estremece, perdendo o foco. Ele refaz o caminho de volta e beija-a mais uma vez, depois ela sobe em cima dele, pressionando-o contra o colchão.

Seus corpos não têm um encaixe perfeito. Henry não foi feito para ela como Luc foi, mas isto é melhor, porque é real, gentil e humano. E ele *se lembra*.

Quando terminam, ela desaba, ofegante, ao lado dele nos lençóis, com o suor e a chuva provocando calafrios na sua pele. Henry passa os braços ao redor dela, puxando-a de volta para o alcance de sua calidez, e Addie pode sentir o coração dele desacelerando, como um metrônomo voltando aos poucos para o ritmo habitual.

O quarto fica quieto. O silêncio é pontuado apenas pelo som da chuva constante que cai lá fora, embargando a sonolência resultante da paixão, e pouco depois Addie sente Henry se deixando levar pelo sono.

Ela olha para o teto.

— Não se esqueça — diz baixinho; as palavras são metade prece e metade súplica.

Henry aperta os braços à sua volta, emergindo do sono.

— Esquecer de quê? — murmura, já adormecendo de novo.

E Addie espera até que a respiração dele fique regular antes de sussurrar a resposta para o escuro.

— De mim.

PARIS, FRANÇA
29 de julho de 1724
VI

Addie adentra a noite, secando as lágrimas do rosto.
Puxa a jaqueta contra o corpo, apesar do calor do verão, e segue seu caminho solitário pela cidade adormecida. Não está indo para o abrigo que chamou de lar nos últimos meses, só está seguindo em frente, porque não pode suportar a ideia de ficar parada.

Então Addie caminha.

E, em algum momento, percebe que não está mais sozinha. Há uma mudança no ar, uma brisa sutil, trazendo o aroma frondoso de florestas longínquas, e de repente ele aparece, caminhando ao seu lado, passo a passo. Uma sombra elegante, vestida com a alta-costura de Paris — o acabamento do colarinho e dos punhos da camisa em seda.

Somente os cachos castanho-escuros se avolumam ao redor do rosto, selvagens e livres.

— Adeline, Adeline — diz, com a voz entremeada de prazer, e ela é transportada para a cama de Remy, enquanto o jovem repetia "Anna, Anna" em seus cabelos.

Faz quatro anos desde a última visita.

Quatro anos prendendo o fôlego, e embora ela nunca vá admitir, vê-lo é como emergir à superfície para respirar. Um alívio terrível, como uma rajada de ar em seus pulmões. Por mais que Addie odeie esta sombra, este deus, este monstro de carne e ossos roubados, ele ainda é o único que se lembra dela.

Isso não faz com que ela o odeie menos.

Pelo contrário, faz com que o odeie mais.

— Onde você estava? — pergunta ela bruscamente.

Um prazer presunçoso brilha como estrelas nos olhos dele.

— Por quê? Você sentiu minha falta? — Addie não confia nas próprias palavras, então não responde. — Fala sério, você não achou que eu ia tornar as coisas mais fáceis para você, achou? — insiste Luc.

— Já faz quatro anos — replica, retraindo-se ao ouvir a raiva na própria voz, próxima demais da carência.

— Quatro anos não são nada. Só um fôlego. Um piscar de olhos.

— Mas você veio hoje à noite.

— Eu conheço o seu coração, minha querida. Sinto quando ele vacila.

Os dedos de Remy fechando os seus sobre as moedas, o fardo repentino da tristeza, e a escuridão, farejando a dor como um lobo fareja o sangue.

Luc baixa os olhos para as calças de Addie, abotoadas debaixo do joelho, e para a túnica masculina, aberta no pescoço.

— Tenho de admitir que preferia você vestida de vermelho.

Ela sente o coração apertar pela menção àquela noite de quatro anos atrás, a primeira vez que ele não veio. A escuridão saboreia a expressão de surpresa no rosto de Addie.

— Você me viu — diz ela.

— Eu sou a própria noite. Vejo tudo o que acontece. — Ele se aproxima, trazendo o aroma das tempestades de verão, o beijo das folhas na floresta. — Mas o vestido que você usou para mim era adorável.

A vergonha se espalha como um rubor pela sua pele, seguida pelo ardor da raiva, ao saber que ele a estava observando. Que ficou assistindo enquanto sua esperança se apagava como as velas na janela, que ficou vendo-a cair aos pedaços, sozinha no escuro.

Ela o despreza; usa esse desprezo como um casaco, aperta-o contra o corpo enquanto sorri.

— Você achou que eu fosse definhar sem a sua atenção. Mas ainda estou aqui.

A escuridão solta um ruído baixo.

— Faz só quatro anos. Talvez eu espere mais tempo da próxima vez. Ou quem sabe... — A escuridão toca o queixo dela suavemente, inclinando o seu rosto para o dele. — Quem sabe eu nunca mais a visite e a deixe perambular pela terra até o fim do mundo.

É uma ideia assustadora, mas Addie não deixa que ele perceba o quanto o pensamento a afeta.

— Se você fizer isso, nunca vai ficar com a minha alma — responde no mesmo tom.

Ele dá de ombros.

— Eu tenho milhares de almas à espera para serem ceifadas, e você é só mais uma. — Luc está mais perto, perto demais, com o polegar subindo pelo seu maxilar e os outros dedos deslizando pela sua nuca. — Esquecer você seria muito fácil. Todo mundo já esqueceu. — Addie tenta se afastar, mas as mãos dele são firmes como uma rocha, segurando-a com força. — Eu vou ser gentil. Vai ser rápido. Aceite a minha proposta agora, antes que eu mude de ideia — incita ele.

Por um instante terrível, ela não confia em si mesma para responder. O peso das moedas na palma da sua mão e a dor pela noite despedaçada ainda são muito recentes, e a vitória dança como a luz nos olhos de Luc. É o suficiente para que ela recupere a razão.

— Não — rosna ela.

E de repente, como um presente, um vislumbre de fúria passa pelo rosto perfeito.

Ele tira as mãos dela, o peso se esvai como fumaça, e Addie fica mais uma vez sozinha no escuro.

Há um momento em que a noite se desfaz.

Quando a escuridão finalmente começa a esmorecer e perder o domínio sobre o céu. Acontece devagar, tão devagar que ela não percebe até a luz já estar se infiltrando, até a lua e as estrelas terem desaparecido, e o peso do olhar de Luc saído dos seus ombros.

Addie sobe os degraus de Notre-Dame e se senta no topo, com a basílica às suas costas e a cidade de Paris sob os seus pés. Assiste ao dia 29 de julho se tornar o dia 30, enquanto o sol se levanta sobre a cidade.

Quase se esqueceu do livro que pegou no chão do quarto de Remy.

Segurou-o com tanta força que seus dedos estão doloridos. Agora, sob a luz fluida da manhã, fica intrigada com o título, pronunciando as palavras em silêncio. *La Place Royale*. É um romance, aquela palavra nova, embora ela ainda não saiba disso.

Addie abre o livro e tenta ler a primeira página, mas consegue entender só uma frase antes que as palavras se decomponham em letras e as letras percam o foco, e precisa resistir ao impulso de jogar o maldito livro fora, de atirá-lo escada abaixo.

Em vez disso, fecha os olhos, respira fundo e pensa em Remy, não no que ele disse, mas no prazer suave em sua voz ao falar sobre a leitura, na satisfação em seus olhos, a alegria, a esperança.

A jornada vai ser exaustiva, cheia de inícios, pausas e uma infinidade de frustrações.

Ela vai levar quase um ano para decifrar este primeiro romance — um ano trabalhando sobre cada linha, tentando entender o sentido de uma frase, depois de uma página, e, em seguida, de um capítulo. E, mesmo assim, outra década vai se passar antes que o ato lhe seja natural, antes que o esforço da tarefa em si se desvaneça e ela descubra o prazer oculto da história.

Vai demorar bastante tempo, mas o tempo é a única coisa que Addie tem de sobra.

Então ela abre os olhos e começa de novo.

NOVA YORK
16 de março de 2014
VII

Addie acorda com o cheiro de torradas dourando e o chiado da manteiga derramada sobre uma frigideira quente. A cama está vazia ao seu lado, e a porta, quase fechada, mas ela pode ouvir Henry se movimentando na cozinha sob o burburinho suave do programa de rádio. O quarto está fresco, e a cama, quente, ela prende a respiração e tenta prender o momento junto com o fôlego, como fez outros milhares de vezes, sobrepondo o passado ao presente e rechaçando o futuro, a queda.

Mas hoje é diferente.

Porque alguém se lembra.

Ela se livra do cobertor, esquadrinha o chão do quarto à procura das suas roupas, mas não há nem sinal da calça jeans ou da camisa ensopadas de chuva, só a velha jaqueta de couro pendurada em uma cadeira. Addie encontra um roupão longo e se enrola com ele, enterrando o nariz na gola. O tecido é gasto e macio, tem cheiro de algodão limpo, amaciante e um ligeiro toque de xampu de coco, um aroma que ela vai acabar associando a Henry.

Entra descalça na cozinha enquanto ele está servindo café de uma prensa francesa.

Ele ergue o olhar e sorri.

— Bom dia.

Duas palavrinhas que fazem o mundo girar.

Nada de "Sinto muito". Nada de "Eu não me lembro". Nada de "Eu devia estar muito bêbado".

Simplesmente "Bom dia".

— Eu coloquei suas roupas na secadora. Daqui a pouco vão estar secas. Pegue uma caneca para você — diz o rapaz.

A maioria das pessoas tem uma prateleira de canecas. Henry tem uma parede inteira. As canecas ficam penduradas por ganchos em um suporte de madeira, formando cinco fileiras na horizontal e sete na vertical. Algumas são estampadas, outras são lisas e nenhuma é igual à outra.

— Acho que você não tem canecas suficientes.

Henry lhe lança um olhar de soslaio. Ele tem a mania de sorrir pela metade. É como uma luz por trás de uma cortina, o contorno do sol atrás das nuvens, mais uma promessa do que a coisa em si, mas o calor atravessa a barreira.

— Era uma tradição, na minha família. Qualquer pessoa que viesse para tomar um café podia escolher a caneca que mais gostasse naquele dia específico — explica.

A que ele escolheu está na bancada. É uma caneca cinza-grafite por fora com um revestimento interno de algo parecido com prata líquida. Uma nuvem de tempestade contida. Addie estuda a parede, tentando escolher. Pega uma caneca grande de porcelana com folhinhas azuis e sente o peso na palma da mão antes de notar outra. Está prestes a devolvê-la quando Henry a impede.

— Sinto muito, mas todas as escolhas são definitivas — diz, passando manteiga na torrada. — Você vai ter que tentar a sorte de novo amanhã.

Amanhã. A palavra provoca uma onda de emoção no seu peito.

Henry serve o café, e Addie apoia os cotovelos na bancada, envolvendo a caneca fumegante com as mãos, depois sente o aroma agridoce. Por um segundo, só por um segundo, volta a Paris, está com o chapéu puxado sobre a testa, no canto de um bistrô, enquanto Remy empurra a xícara na sua direção e diz: "Beba." É assim que as lembranças funcionam para ela: o passado ressurge no presente, como um palimpsesto examinado sob a luz.

— Ah, olha — diz Henry, chamando-a de volta ao presente. — Eu encontrei isto no chão. É seu?

Addie ergue o olhar e vê o anel de madeira.

— Não toque nisto. — Ela arranca o aro de Henry, rápido demais. O interior do anel esbarra na ponta do seu dedo, gira em volta da unha como uma moeda prestes a parar, com a facilidade de uma bússola encontrando o Norte. — Merda. — Addie estremece e deixa o aro cair. Ele tilinta no chão e rola alguns metros antes de ficar preso na beirada do tapete. Addie aperta os dedos como se tivesse se queimado, com o coração disparado dentro do peito.

Não colocou o anel no dedo.

E mesmo que tivesse colocado... ela desvia o olhar para a janela, mas ainda é de dia, e a luz do sol está entrando pelas cortinas. A escuridão não pode encontrá-la aqui.

— O que aconteceu? — pergunta Henry, nitidamente confuso.

— Nada — responde, balançando a cabeça. — Foi só uma farpa. Coisa besta. — Ela se ajoelha devagar para pegar o anel, tomando cuidado para tocar só a parte exterior do aro. — Desculpa — pede, levantando-se. Coloca o anel na bancada entre os dois, pondo uma mão de cada lado. Sob a luz artificial, a madeira clara parece quase cinza. Addie olha de cara feia para o objeto. — Você já teve alguma coisa que amava e odiava ao mesmo tempo, mas que não conseguia suportar a ideia de se livrar dela? Algo que você meio que gostaria de perder, porque assim não estaria mais ali e não seria culpa sua... — Ela tenta pronunciar as palavras de modo leve, quase casual.

— Já — responde ele baixinho. — Já tive. — Ele abre uma gaveta do armário da cozinha e tira um objeto pequeno e dourado. Uma estrela de davi. Só o pingente, sem a corrente.

— Você é judeu?

— Era. — Uma só palavra, e é só o que ele pretende dizer. Henry volta a atenção para o anel. — Parece antigo.

— E é. — Tão antigo quanto ela própria.

Ambos deveriam ter virado pó há muito tempo.

Ela pressiona a mão sobre o anel, sente a borda lisa de madeira cravando na palma.

— Era do meu pai — continua, e não é mentira, embora seja só o início da verdade. Addie fecha a mão ao redor do anel e o guarda no bolso. O aro não pesa nada, mas ela consegue senti-lo ali. Sempre consegue. — Enfim... — Abre um sorriso forçado. — O que temos para o café da manhã?

Quantas vezes Addie não sonhou com isto?

Com café quente e torradas amanteigadas, com raios de sol entrando pelas janelas, com um novo dia que não é um recomeço, com não ter que encarar o silêncio constrangedor do esquecimento, com um rapaz ou uma garota, com os cotovelos apoiados na bancada diante dela, no simples aconchego de uma noite lembrada.

— Você gosta mesmo de café da manhã, né? — diz Henry, e ela se dá conta de que está olhando maravilhada para a comida.

— É a minha refeição favorita — responde, levando à boca uma garfada de ovos fritos.

Mas enquanto come, sua esperança começa a minguar.

Addie não é burra. Seja lá o que for isto, sabe que não vai durar. Já viveu tempo demais para pensar que seja uma obra do acaso, já está amaldiçoada há tempo demais para pensar que seja uma obra do destino.

Começou a se perguntar se não seria uma armadilha.

Uma nova maneira de atormentá-la. De desempatar e forçá-la a voltar para o jogo. Mas mesmo depois de todos esses anos, a voz de Luc a envolve, suave, grave e arrogante.

Eu sou tudo que você tem. Tudo que sempre vai ter. O único que vai se lembrar de você.

Era a única carta que ele tinha contra ela: sua própria atenção. Addie não acredita que ele abriria mão dessa arma. Mas se isto não for uma armadilha, então o que é? Um acidente? Um golpe de sorte? Ela deve ter enlouquecido. Não seria a primeira vez. Talvez tenha congelado no terraço de Sam e ficado presa em algum sonho.

Talvez nada do que está acontecendo seja real.

E, no entanto, a mão dele está sobre a sua, o cheiro suave, impregnado no roupão, e o som do seu próprio nome, chamando-a de volta para o presente.

— Em que você estava pensando? — pergunta Henry. Ela dá outra garfada nos ovos e ergue o talher entre os dois.

— Se você pudesse comer só um tipo de comida pelo resto da vida, o que escolheria? — pergunta.

— Chocolate — responde Henry, sem hesitar por nem um segundo. — Do tipo que é tão puro que chega a ser amargo. E você?

Addie reflete. Uma vida inteira é muito tempo.

— Queijo — responde, séria, e Henry assente. O silêncio recai sobre eles, mais tímido do que constrangedor. Deixam escapar uma risada nervosa entre os olhares furtivos; dois estranhos que não são mais completos desconhecidos, mas que não sabem muita coisa a respeito um do outro.

— Se você pudesse morar em um lugar que só tivesse uma estação do ano, qual seria a estação?

— A primavera, quando tudo está se renovando — responde ela.

— O outono, quando tudo está desbotando — diz ele.

Escolheram épocas intermediárias, costuras irregulares que formam linhas em que as coisas não estão nem aqui nem ali, mas equilibradas no limiar. E Addie pergunta, meio que para si mesma:

— Você preferiria não sentir nada ou sentir tudo?

Uma sombra passa pelo rosto de Henry. Ele hesita, olha para a comida ainda por terminar e depois para o relógio na parede.

— Merda. Tenho que ir para o sebo. — Ele se levanta e coloca o prato na pia. A última pergunta permanece sem resposta.

— Eu vou para casa — diz Addie, levantando-se da cadeira também. — Preciso trocar de roupa. Trabalhar um pouco.

Não há casa nenhuma, nem roupas, nem trabalho. Mas está tentando parecer uma mulher normal, com uma vida normal, do tipo que dorme com um rapaz e acorda com um "Bom-dia", e não com um "Quem é você?".

Henry termina de tomar o café em um gole só.

— Como você faz para encontrar novos artistas? — pergunta, e Addie lembra que disse que era uma caça-talentos.

— É preciso ficar de olho — responde, dando a volta na bancada.

Mas ele a segura pela mão.

— Eu quero ver você de novo.

— Eu quero que você me veja de novo — repete ela.

— Você ainda está sem telefone?

Ela balança a cabeça, e Henry tamborila com os dedos sobre a bancada, pensando.

— Está acontecendo um festival gastronômico no Prospect Park. Te encontro lá às seis?

Addie abre um sorriso.

— Encontro marcado. — Ela aperta o roupão contra o corpo. — Você se importa se eu tomar banho antes de ir?

Henry a beija.

— É óbvio que não. Só não esquece de trancar o apartamento.

Ela sorri outra vez.

— Pode deixar.

Henry sai e a porta se fecha atrás dele, mas dessa vez o som não deixa o estômago de Addie embrulhado. É só uma porta. Não um ponto final. Mas reticências. Um nos-próximos-capítulos.

Ela toma um longo banho quente, envolve o cabelo numa toalha e perambula pelo apartamento, prestando atenção em todas as coisas que não notou na noite passada.

O apartamento de Henry está situado na fronteira entre a organização e a bagunça, é entulhado de coisas como tantos outros apartamentos de Nova York, com pouquíssimo espaço para se viver e respirar. Também é cheio de tralhas de hobbies abandonados. Há um armário de tintas a óleo, com pincéis velhos e duros dentro de um recipiente manchado. Blocos de anotação e diários, a maioria em branco. Alguns blocos de madeira e uma faca de esculpir, e em algum lugar, no espaço embotado que havia antes da sua memória impecável, ela ouve o pai cantarolando, então segue em frente, para longe, parando apenas quando encontra as máquinas fotográficas.

Uma fileira de câmeras a observa de cima de uma prateleira, com as lentes grandes, largas e pretas.

Vintage, pensa, embora a palavra nunca tenha significado grande coisa para Addie.

Ela estava presente quando as câmeras fotográficas eram trambolhos de tripé e os fotógrafos ficavam escondidos debaixo de uma cortina pesada.

Estava presente na época da invenção do filme em preto e branco e do filme em cores, na época em que as imagens estáticas se transformaram em vídeos, e depois quando o analógico se tornou digital e histórias inteiras podiam ser armazenadas na palma da mão.

Tateia o corpo das máquinas, parecidos com carapaças, e sente a poeira acumulada sob o seu toque.

Mas há fotografias por toda parte: nas paredes, expostas nas mesinhas laterais e encostadas pelos cantos do chão, esperando para serem penduradas. Há uma foto de Beatrice em uma galeria de arte, com a silhueta destacada contra o espaço iluminado por uma luz intensa. Outra de Beatrice e Henry, abraçados, ela olhando para cima e ele de cabeça baixa, pegos no início de uma gargalhada. Outra de um rapaz que Addie acha que deve ser o Robbie. Bea tem razão, ele parece ter saído de uma das festas no ateliê de Andy Warhol. A multidão às suas costas é um borrão de corpos indistintos, mas o foco está em Robbie, no meio de uma risada, com glitter roxo delineando as maçãs do rosto, pontinhos verdes ao longo do nariz, e outros, dourados, nas têmporas.

Há outra foto, no saguão. Nela, os três amigos estão sentados em um sofá. Bea está no meio, com as pernas de Robbie estendidas sobre o colo, e Henry, do outro lado, com o queixo apoiado preguiçosamente na mão.

Na parede do outro lado, há uma foto completamente oposta. Um retrato de família em que a pose forçada contrasta com as fotografias espontâneas dos amigos. De novo, Henry está sentado no canto do sofá, só que mais ereto, e desta vez entre duas pessoas que com certeza são seu irmão e sua irmã. A garota, um redemoinho de cachos, com os olhos dançando atrás de um par de óculos com armação de gatinho, é idêntica à mãe que pousa a mão sobre seu ombro. O rapaz, mais velho e austero, é uma cópia do pai atrás do sofá. E o filho caçula, esbelto e desconfiado, esboça o tipo de sorriso que não chega ao olhar.

Henry encara Addie de volta nas fotografias em que ele aparece e nas outras que obviamente tirou. Ela pode sentir o artista no enquadramento das fotos. Poderia ficar no apartamento, estudando as fotos e tentando descobrir a verdade sobre ele, o segredo, a resposta para a pergunta que não sai da sua cabeça.

Mas tudo o que vê é uma pessoa triste, perdida e à procura de alguma coisa.

Addie volta a atenção para os livros.

A coleção de Henry é eclética e está espalhada pelas superfícies de todos os cômodos. Uma estante na sala de estar e outra mais estreita no saguão, uma pilha de livros ao lado da cama e outra na mesa de centro. Há quadrinhos empilhados em cima de um monte de livros didáticos com títulos como *Uma crítica da Aliança* e *Teologia judaica para a era pós-moderna*. Há romances, biografias, brochuras e capas duras misturados, alguns velhos e caindo aos pedaços e outros novos em folha. Marcadores se projetam em meio às páginas, indicando dezenas de leituras inacabadas.

Addie desliza os dedos pelas lombadas e paira sobre um livro dourado quadrado. *A história do mundo em 100 objetos*. Ela se pergunta se seria possível reduzir a vida de uma pessoa, quanto mais da civilização humana, a uma lista de coisas; se pergunta se este é um modo válido de atribuir valor: não pelas vidas que foram tocadas, mas pelas coisas que ficaram para trás. Tenta fazer a própria lista. A história de Addie LaRue.

O pássaro de seu pai, perdido entre os cadáveres de Paris.

O romance *La Place Royale*, roubado do quarto de Remy.

O anel de madeira.

Mas aqueles objetos deixaram a sua marca *nela*. E quanto ao legado de Addie? O seu rosto, retratado como um espectro em centenas de obras de arte. Suas melodias no âmago de centenas de músicas. As ideias fincam raízes e crescem desordenadamente, mas as sementes seguem ocultas.

Addie continua explorando o apartamento, com a curiosidade pueril dando lugar a uma busca mais intencional. Está procurando pistas, alguma coisa, qualquer coisa, que explique Henry Strauss.

Há um laptop na mesa de centro. O aparelho inicia sem precisar de senha, mas quando Addie passa o polegar sobre o touchpad, o cursor não se move. Ela bate nas teclas distraidamente, mas nada acontece.

A tecnologia muda.

Mas a maldição continua igual.

Só que não.

Não continuou igual… não totalmente.

Então Addie vai de cômodo em cômodo, procurando pistas que levem à resposta da pergunta que parece não ter resposta.

Quem é você, Henry Strauss?

No armário de remédios, há uma série de frascos de comprimidos vendidos sob prescrição médica enfileirados na prateleira, com os nomes entupidos de consoantes. Ao lado, um recipiente com comprimidos cor-de-rosa identificado apenas por um post-it com o desenho de um guarda-chuva minúsculo feito à mão.

No quarto, mais uma estante de livros, com um monte de blocos de anotação em vários formatos e tamanhos.

Ela folheia as páginas, mas estão todas em branco.

No parapeito da janela, há uma foto mais antiga, de Henry e Robbie. Estão abraçados, com as testas encostadas uma contra a outra. Há uma certa intimidade na pose, no modo com que os olhos de Robbie estão quase fechados, na maneira como a mão de Henry embala a nuca dele, como se o sustentando de pé ou o mantendo perto. A curva serena nos lábios de Robbie. Feliz. Em casa.

Ao lado da cama, um relógio antiquado jaz sobre a mesinha de cabeceira. O dispositivo não tem o ponteiro dos minutos, e a hora marcada aponta para logo depois das seis, apesar de o relógio da parede mostrar que são 9:32h da manhã. Ela leva o relógio à orelha, mas a bateria deve ter acabado.

E então, na primeira gaveta, Addie encontra um lenço salpicado de sangue. Quando o pega, um anel cai no chão. Um pequeno diamante incrustado em um aro de platina. Ela encara a aliança de noivado e se pergunta para quem ele a comprou, se pergunta quem era Henry antes de conhecê-la e o que aconteceu para que seus caminhos se cruzassem.

— Quem *é* você? — sussurra para o quarto vazio.

Embrulha a aliança com o lenço manchado, a devolve para o seu lugar e fecha a gaveta.

VIII

— Retiro o que disse. Se eu pudesse comer só um tipo de comida pelo resto da vida, seriam estas batatas fritas — diz ela.

Henry ri e rouba algumas batatas do cone na mão dela enquanto esperam na fila para comprar sanduíches de carne em pão árabe. Os *food trucks* formam uma faixa colorida ao longo do Flatbush, com um monte de pessoas enfileiradas para comprar sanduíches de lagosta e queijos quentes, *bahn mi* e kebabs. Há uma fila até mesmo para sanduíches de sorvete, embora o calor tenha abandonado o ar de março, prometendo uma noite cortante e gélida. Addie está feliz por ter posto um gorro e um cachecol, e trocado as sapatilhas por botas de cano alto, mesmo ao se aconchegar na calidez dos braços de Henry, até que a fila do falafel fica mais curta e ele se esquiva até lá para esperar.

Addie observa o rapaz ir em direção à janela do caixa para fazer o pedido, a mulher de meia-idade que cuida do *food truck* se debruçar sobre ele, com os cotovelos no parapeito, e ambos conversarem enquanto Henry assente solenemente. A fila está crescendo, mas a mulher parece não se dar conta. Não está exatamente sorrindo; pelo contrário, ela parece estar à beira das lágrimas conforme estende a mão e pega a do rapaz, apertando-a com força.

— Próximo!

Addie pisca, avança na própria fila, gasta o resto do dinheiro roubado em um *gyro* de cordeiro e um refrigerante de amora, e percebe que gostaria, pela primeira vez em um bom tempo, de ter um cartão de crédito, ou mais alguma coisa sua além das roupas que está vestindo e dos trocados no seu bolso. Gostaria que os objetos não parecessem escorregar por entre os seus dedos como areia, e que pudesse possuir algo sem ter de roubar primeiro.

— Você está olhando para o sanduíche como se ele tivesse partido seu coração.

Addie ergue o olhar para Henry e abre um sorriso.

— Parece tão gostoso. Só estou pensando em como vou ficar triste depois que acabar com ele.

Ele dá um suspiro fingido de pena.

— A pior parte de toda refeição é quando a comida acaba.

Pegam suas recompensas e tomam conta de uma encosta gramada logo depois da entrada do parque, uma clareira de luz que se esvai rapidamente. Henry acrescenta o falafel e uma porção de bolinhos chineses ao *gyro* e às batatas fritas dela, e os dois compartilham a comida, trocando mordidas como se fossem cartas em uma partida de mexe-mexe.

Henry estende a mão em direção ao falafel, e Addie se lembra da mulher na janela do *food truck*.

— O que foi aquilo? A mulher que te atendeu parecia estar a ponto de chorar. Você a conhece?

Henry balança a cabeça.

— Ela me disse que eu a fazia lembrar do filho.

Addie o encara. Não acha que Henry esteja mentindo, mas também sabe que não é toda a verdade. Há alguma coisa que ele não está lhe contando, mas Addie não sabe muito bem como perguntar. Pega um bolinho com o garfo e enfia na boca.

A comida é um dos maiores prazeres da vida.

Não simplesmente a comida. Mas a comida *boa*. Existe um abismo enorme entre a nutrição e a satisfação, e embora tenha passado a maior parte dos seus trezentos anos de vida comendo para amenizar os espasmos da fome, Addie dedicou os últimos cinquenta anos a deleitar-se com a descoberta dos sabores. Muitos aspectos da vida se tornam rotineiros, mas a comida é como a música, como a arte, sempre traz a promessa de algo novo.

Ela limpa os dedos engordurados com o guardanapo e se deita na grama ao lado de Henry, sentindo-se maravilhosamente satisfeita. Sabe que não vai durar. A sensação de barriga cheia é como tudo na sua vida. Sempre passa cedo demais. Mas aqui e agora, Addie se sente... perfeita.

Fecha os olhos, sorri e pensa que poderia ficar ali a noite toda, apesar do frio crescente, deixando que o crepúsculo desse lugar à escuridão enquanto ela se aninhava no corpo de Henry na esperança de que as estrelas surgissem no céu.

Um toque agudo soa no bolso do casaco dele.

Henry atende a ligação.

— Oi, Bea — começa, e de repente se senta. Addie só pode ouvir o que ele está dizendo, mas consegue adivinhar do que se trata. — Não, é óbvio que não me esqueci. Eu sei que estou atrasado, me desculpa. Já estou a caminho. É, eu me lembro. — Henry desliga e pousa a cabeça entre as mãos. — Bea está dando um jantarzinho hoje. E eu fiquei de levar a sobremesa.

Ele olha para os *food trucks* às suas costas, como se algum deles pudesse ter uma solução para o problema, ergue a vista para o céu, onde o anoitecer cedeu lugar à penumbra, alisa os cabelos com a mão e murmura uma torrente de xingamentos. Mas não tem mais tempo para ficar se lamentando, não quando está tão atrasado.

— Vamos — diz Addie, ajudando-o a se levantar. — Eu conheço um lugar.

A melhor confeitaria francesa do Brooklyn não tem letreiro.

É identificada apenas por um toldo amarelo manteiga e uma estreita vitrine de vidro situada entre duas amplas fachadas de tijolos, pertence a um homem chamado Michel. Toda manhã, antes do raiar do dia, ele chega e dá início à sua arte artesanal. Tortas de maçã, com as fatias da fruta tão finas quanto folhas de papel; tortas ópera, com cobertura de cacau em pó; e *petit fours* encimados por marzipã e rosas pequenininhas feitas com saco de confeitar.

A loja já está fechada, mas Addie consegue distinguir a silhueta do proprietário enquanto ele se movimenta pela cozinha nos fundos, então ela bate com os nós dos dedos na porta de vidro e aguarda.

— Você tem certeza? — pergunta Henry enquanto a figura caminha devagar até a entrada e destranca a porta.

— Estamos fechados — diz Michel, com um sotaque carregado, mas Addie explica em francês que é amiga de Delphine, e a expressão no rosto do homem se suaviza à menção do nome da filha e mais ainda ao som da sua língua nativa, e ela compreende o porquê. Addie sabe falar alemão, italiano, espanhol e romanche, mas o francês é diferente — o francês é o pão assando no forno da mãe, as mãos do pai entalhando a madeira e Estele conversando com a sua horta.

Falar francês é como voltar para casa.

— Faço qualquer coisa por Delphine — responde o homem, abrindo a porta.

Dentro da pequena loja, Nova York desvanece e Paris surge absoluta, com o gosto do açúcar e da manteiga pairando no ar. A maioria das formas está vazia, e só uma fração das belas criações continua nas prateleiras, coloridas e esparsas como flores silvestres em um campo ermo.

Ela conhece mesmo Delphine, embora a jovem evidentemente não a conheça. Também conhece Michel, visita a confeitaria como qualquer pessoa revisita uma fotografia, para preservar uma lembrança.

Henry espera a alguns passos de distância enquanto Addie e Michel batem papo, contentes com o alívio temporário proporcionado por estarem falando a língua materna. O confeiteiro coloca todos os doces que não foram vendidos no dia em uma caixa cor-de-rosa e entrega para ela. Quando Addie se oferece para pagar, perguntando-se se vai ter dinheiro o suficiente, Michel balança a cabeça e agradece a ela por lhe proporcionar um gostinho de casa. Addie deseja uma boa noite ao homem e volta para a rua, e Henry a olha como se a garota tivesse feito um número de mágica, uma proeza extraordinária e inusitada.

Ele a puxa para os seus braços.

— Você é incrível — diz, e ela fica corada, já que nunca teve uma plateia antes.

— Toma — diz Addie, empurrando a caixa de doces para Henry. — Divirta-se no jantar.

Ele para de sorrir. Sua testa enruga como um tapete amassado.

— Por que você não vem comigo?

Ela não sabe como falar que não dá, quando não há nenhuma razão para isso, quando estava preparada para passar a noite inteira com ele.

Então diz que é melhor não, e ele implora: "Por favor." Addie sabe que é uma péssima ideia, que não é possível manter o segredo da sua maldição despercebido em meio a tantas pessoas, sabe que não pode ter Henry só para si, que tudo isto é um jogo com os dias contados.

Mas é assim que você anda até o fim do mundo.

É assim que você vive para sempre.

O primeiro dia emenda no segundo, e depois vem mais outro; você pega tudo o que pode, aproveita cada segundo roubado, se agarra a cada momento, até que tudo termine.

Então ela aceita.

Caminham de braços dados enquanto a noite fica cada vez mais fria.

— Tem algo que eu deveria saber? Sobre os seus amigos... — pergunta ela.

Henry franze o cenho, pensativo.

— Hum, Robbie é ator. Ele é muito bom, mas pode ser um pouco... difícil? — Henry solta um suspiro pesado. — A gente namorou na faculdade. Foi o primeiro rapaz por quem eu me apaixonei.

— Mas não deu certo?

Henry dá uma risada curta.

— Não. Ele me deu o fora. Mas olha só, isso foi séculos atrás. A gente é amigo agora, nada mais. — Ele balança a cabeça, como se quisesse pôr as ideias no lugar. — E também tem a Bea, que você já conheceu. Ela é ótima. Está fazendo o doutorado e mora com um cara chamado Josh.

— Eles são namorados?

Henry bufa.

— Não. Bea é lésbica. E ele é gay... eu acho. Não tenho certeza, mas foi um tema de especulação. Bea deve ter convidado a Mel ou a Elise, seja lá com qual das duas ela esteja saindo no momento... fica pendurada entre uma e outra. Ah, e não pergunte a ela sobre a Professora. — Addie o olha, inquisitiva, e o rapaz explica. — Bea teve um caso, alguns anos atrás, com uma professora da Universidade de Columbia. Ela estava apaixonada, mas a mulher era casada e a relação desmoronou por completo.

Addie repete os nomes para si mesma, e Henry sorri.

— Não é uma prova. Você não precisa tirar dez.

Addie gostaria que ele tivesse razão.

Henry chega um pouco mais perto. Hesita, e depois solta um suspiro.

— Tem mais uma coisa que você deveria saber — diz, por fim — sobre mim.

Addie sente o coração bater descompassado no peito enquanto se prepara para ouvir uma confissão, uma verdade recalcitrante, alguma explicação para isto tudo, para os dois. Mas Henry apenas ergue os olhos para o céu sem estrelas e diz:

— Tinha uma garota.

Uma garota. Isso não responde nada.

— O nome dela era Tabitha — continua ele, e Addie pode sentir a dor em cada sílaba. Pensa na aliança, embrulhada no lenço ensanguentado, guardada na gaveta.

— O que aconteceu?

— Eu a pedi em casamento, e ela disse não.

Ele está falando a verdade, pensa Addie, ou pelo menos uma versão da verdade. Mas está começando a perceber como Henry é bom em se esquivar das mentiras contando meias verdades.

— Todo mundo tem cicatrizes de batalha. Pessoas que ficaram no passado.

— Você também? — pergunta ele e, por um instante, ela é transportada para Nova Orleans, com o quarto em desordem e aqueles olhos verdes se tornando pretos de raiva enquanto o prédio começa a pegar fogo.

— É — responde baixinho e, em seguida, o sonda com delicadeza: — E todo mundo tem segredos também.

Henry a olha, e Addie pode ver o que ele se recusa a contar flutuando em seu olhar, mas ele não é Luc, e o verde não revela nada.

Pode me contar, pensa. *Seja lá o que for.*

Mas ele não conta.

Chegam ao prédio de Bea em silêncio, e a garota abre a porta pelo interfone. Enquanto sobem as escadas, Addie começa a refletir sobre o jantar e pensa que talvez dê tudo certo.

Talvez os amigos de Henry se lembrem dela quando a noite acabar.

Talvez, se ele estiver com ela...

Talvez...

Mas a porta se abre e Bea surge, com as luvas de forno apoiadas nos quadris. Há um burburinho de vozes soando no apartamento às suas costas quando ela diz:

— Henry Strauss, você está *tão atrasado* que é bom que tenha trazido a sobremesa. — Ele estende a caixa de doces como se fosse um escudo, mas enquanto Bea a arranca das suas mãos, olha atrás dele. — E quem é ela?

— É a Addie. Vocês se conheceram no sebo — responde.

Bea revira os olhos.

— Henry, você não tem tantos amigos assim para ficar confundindo um com o outro. Além disso — acrescenta ela, lançando um sorriso malicioso para Addie —, eu nunca me esqueceria de um rosto como o seu. Tem algo de…atemporal nele.

Henry franze ainda mais o cenho.

— Mas vocês já se conheceram, *sim*. E foi exatamente isso que você disse na hora. — Ele olha para Addie. — Você se lembra, né?

Ela hesita, dividida entre a verdade impossível e a mentira casual, e começa a balançar a cabeça.

— Sinto muito, eu…

Mas é salva pela chegada de uma garota de vestido amarelo, um desafio atrevido à friagem lá fora, e Henry sussurra no seu ouvido, dizendo que se trata de Elise. A garota beija Bea, tira a caixa de doces franceses das mãos dela e diz que não está conseguindo encontrar o saca-rolhas para abrir a garrafa de vinho, então Josh aparece para pegar os casacos dos dois e pedir que entrem.

O apartamento é um estúdio reformado, e tem uma daquelas plantas abertas em que o corredor se abre para a sala de estar e a sala de estar se abre para a cozinha. É tudo piedosamente desprovido de paredes e portas.

O interfone toca de novo e, alguns minutos depois, um rapaz chega como um cometa atravessando a atmosfera, com uma garrafa de vinho em uma das mãos e um cachecol na outra. E embora Addie só o tenha visto nas fotografias espalhadas pelas paredes do apartamento de Henry, sabe imediatamente que se trata de Robbie.

Ele desliza pelo saguão de entrada, beijando Bea na bochecha, acenando para Josh e abraçando Elise, e se vira para Henry, só para dar de cara com *ela*.

— Quem é você? — pergunta.

— Não seja grosseiro — retruca Henry. — Esta é a Addie.

— A garota com quem Henry teve um encontro — acrescenta Bea, e Addie gostaria que ela não tivesse dito isso, porque as palavras são um banho de água fria no bom humor de Robbie. Henry também deve ter percebido, pois pega a sua mão e diz:

— Addie é uma caça-talentos.

— É mesmo? — pergunta Robbie, tornando-se um pouco mais gentil. — De que tipo?

— Artes plásticas. Música. Todo o tipo de arte.

Ele franze o cenho.

— Pensei que vocês costumassem se especializar em um ramo.

Bea dá uma cotovelada nele.

— Seja bonzinho — diz, pegando a garrafa de vinho.

— Não sabia que era para trazer alguém — diz ele, seguindo-a até a cozinha.

Bea dá um tapinha no ombro de Robbie.

— Você pode pegar o Josh emprestado.

A mesa de jantar fica entre o sofá e a bancada da cozinha. Bea arranja um lugar extra enquanto Henry abre as duas primeiras garrafas de vinho, Robbie serve a bebida, Josh traz a salada para a mesa, Elise dá uma olhada na lasanha no forno e Addie se mantém fora do caminho.

Está acostumada a receber ou todas as atenções, ou nenhuma atenção. A ser o centro fugaz, mas radiante, do mundo de um desconhecido, ou uma sombra pelos cantos. Mas isto é diferente. É algo novo.

— Espero que vocês estejam com fome — anuncia Bea, colocando a lasanha e o pão de alho no centro da mesa.

Henry faz uma meia careta ao ver o prato de massa, e Addie quase solta uma risada, lembrando-se do banquete no festival gastronômico. Ela sempre está faminta, e a última refeição não passa de uma vaga lembrança agora, então aceita um prato de boa vontade.

PARIS, FRANÇA
29 de julho de 1751

IX

Uma mulher desacompanhada é algo escandaloso.

Mesmo assim, Addie passou a apreciar os cochichos. Ela se senta em um banco nos jardins das Tulherias, com as saias espalhadas ao seu redor, folheando as páginas do livro, e sabe que está sendo observada. Ou melhor, encarada. Mas de que adianta se preocupar? Uma mulher ficar sentada sozinha sob o sol não é *ilegal*, e não é como se os boatos fossem se espalhar para além dos jardins. É provável que os transeuntes fiquem chocados e reparem na bizarrice, mas vão se esquecer antes de terem uma oportunidade de fofocar.

Addie vira a página e deixa que os olhos passeiem pelas palavras impressas. Ultimamente, Addie rouba livros com a mesma avidez com que rouba comida, são uma parte vital do seu sustento diário. E embora prefira ler romances cheios de aventuras e histórias de fugas a estudos filosóficos, este livro em particular é um adereço, uma chave feita para lhe dar acesso a uma porta específica.

Ela planejou estar no parque, escolheu um lugar nas extremidades dos jardins, ao longo do caminho por onde madame Geoffrin costuma passar.

E quando a mulher surge perambulando vagarosamente por ali, Addie sabe exatamente o que tem de fazer.

Vira a página, fingindo estar absorta na leitura.

Pelo canto do olho, Addie pode vê-la se aproximando, e sua aia logo atrás, com os braços carregados de flores. Então ela se levanta, com os olhos ainda vidrados no livro, se vira e dá dois passos em direção à colisão inevitável, tomando cuidado para não derrubar a mulher no chão, apenas surpreendê-la, enquanto deixa o livro cair no espaço entre as duas.

— Sua coisinha tola — vocifera madame Geoffrin.

— Eu sinto muito — diz Addie ao mesmo tempo. — A senhora se machucou?

— Não — responde a mulher, desviando o olhar da sua agressora para o livro. — O que a deixou tão distraída?

A aia apanha o livro caído no chão e passa o volume para a patroa.

Geoffrin estuda o título.

Pensées Philosophiques.

— Diderot — observa. — E quem a ensinou a ler coisas tão elevadas assim?

— O meu pai.

— É mesmo? Que garota sortuda.

— Foi um começo, mas uma mulher deve assumir a responsabilidade pela própria educação, porque nenhum homem fará isso por ela.

— Muito bem apontado — concorda madame Geoffrin.

Estão encenando um roteiro, embora a outra mulher não saiba disso. A maioria das pessoas tem apenas uma chance de causar uma boa primeira impressão, mas felizmente Addie já teve várias oportunidades até o momento.

A mulher mais velha franze o cenho.

— Mas por que você está no parque sem uma criada nem uma acompanhante? Não fica preocupada com o que as pessoas vão dizer?

Um sorriso de desafio surge nos lábios de Addie.

— Suponho que prefiro a minha liberdade à minha reputação.

Madame Geoffrin solta uma risada, um som curto, mais de surpresa do que de divertimento.

— Minha cara, há maneiras de burlar o sistema e outras de jogar conforme as regras. Qual é o seu nome?

— Marie Christine — responde Addie — La Trémoille — acrescenta, apreciando o modo como os olhos da mulher se arregalam em resposta. Passou um mês estudando os nomes das famílias da nobreza e a sua proximidade com Paris, cortando os que poderiam suscitar perguntas demais e procurando uma árvore genealógica com ramificações o suficiente para que uma prima distante passasse despercebida. E, por sorte, embora a anfitriã dos salões literários se orgulhe de conhecer todo mundo, não lhe é possível conhecer a todos com a mesma intimidade.

— La Trémoille. *Mais non!* — exclama madame Geoffrin, sem nenhum sinal de incredulidade nas palavras, apenas de surpresa. — Vou ter de repreender Charles por mantê-la em segredo.

— Faça-o — concorda Addie, com um sorriso encabulado, sabendo que a mulher nunca vai chegar a tanto. — Bem, madame — continua, estendendo a mão para pegar o livro de volta. — É melhor eu ir. Não gostaria de prejudicar a *sua* reputação também.

— Bobagem — retruca Geoffrin, com os olhos brilhando de prazer. — Eu sou praticamente imune ao escândalo. — Ela devolve o livro para Addie, mas não é um gesto de despedida. — Você precisa visitar o meu salão. O seu querido Diderot vai estar lá hoje à noite.

Addie hesita por uma ínfima fração de segundo. Na última vez que as duas se encontraram, ela cometeu um erro ao assumir um ar de humildade fingida. Mas desde então, aprendeu que a anfitriã de salões literários prefere as mulheres que se mantêm firmes, então sorri com prazer.

— Eu ficaria encantada.

— Esplêndido! Volte daqui a uma hora.

E aqui a costura da sua artimanha tem de ser precisa. Um ponto solto e tudo vai ser desfeito.

Addie olha para si mesma.

— Ah — diz, deixando que a decepção tome conta do seu rosto. — Receio não ter tempo de voltar para casa e trocar de roupa, mas este vestido com certeza não é adequado à ocasião.

Ela prende a respiração, esperando a réplica da outra mulher, que responde estendendo o braço na direção de Addie.

— Não se preocupe. Tenho certeza de que as minhas criadas vão encontrar um vestido que sirva em você.

Caminham juntas pelo parque, com a aia seguindo-as logo atrás.

— Por que nós nunca nos encontramos antes? Conheço todo mundo digno de atenção.

— Eu não sou digna de atenção — protesta Addie. — Além disso, só estou aqui de visita durante o verão.

— O seu sotaque parisiense é impecável.

— Tempo e prática — responde Addie, o que, sem dúvida, não deixa de ser verdade.

— E, no entanto, você não é casada?

Mais uma volta, mais um teste. Em outras vezes, Addie já foi viúva e casada, mas hoje decide dizer que não consegue encontrar um marido digno de si.

— Não. Tenho de confessar que não quero um mestre, e ainda não encontrei ninguém à minha altura.

O comentário arranca um sorriso da anfitriã.

O interrogatório continua para além do parque e em direção à rua Saint-Honoré, onde a mulher finalmente se afasta para se arrumar para a reunião no seu salão literário.

Addie observa, com uma pontada de arrependimento, a partida da anfitriã.

Daqui para a frente, está por conta própria.

A criada a leva escada acima, pega um vestido no armário mais próximo e o estende sobre a cama. É confeccionado com um tecido brocado de seda, e possui um corpete estampado e uma camada de renda em volta da gola. Não é do tipo que Addie escolheria sozinha, mas é muito bonito. Uma vez, viu um pedaço de carne amarrado com ervas, pronto para entrar no forno, e aquilo a lembrou da moda atual da França.

Ela se senta diante de um espelho e arruma os cabelos enquanto ouve as portas abrindo e fechando no andar de baixo, e a casa se agitando com a chegada dos convidados. Vai ter de esperar até que o salão fique cheio, e os aposentos, lotados o bastante para que possa passar despercebida em meio à multidão.

Ajeita o cabelo pela última vez, alisa as saias e, quando o barulho que vem lá de baixo se torna constante e as vozes se confundem com o tilintar de taças, desce as escadas e vai em direção ao salão principal.

A primeira vez que ela foi parar no salão foi por pura sorte, não por encenação. Ficou maravilhada ao encontrar um lugar onde era permitido que uma mulher falasse, ou pelo menos ouvisse, onde podia se movimentar sozinha sem ser julgada nem receber olhares condescendentes. Apreciou a comida, a bebida, a conversa e a companhia. Podia fingir que estava entre amigos, e não entre desconhecidos.

Até que virou em um corredor e viu Remy Laurent.

Ali estava ele, empoleirado em um tamborete entre Voltaire e Rousseau, gesticulando com as mãos enquanto falava, com os dedos ainda manchados com resquícios de tinta.

Vê-lo foi como pisar em falso, como enganchar as saias em um prego.

Um momento de desequilíbrio.

Os traços do amante se tornaram rígidos com a idade, a diferença entre os 23 anos e os 51 ficou marcada nas rugas de seu rosto. Uma testa vincada pelas horas de leitura e um par de óculos apoiados no nariz. Mas logo um assunto iluminou os olhos dele, e Addie viu o rapaz que ele costumava ser, o jovem fervoroso que viera para Paris para encontrar exatamente isto — mentes brilhantes com grandes ideias.

Mas não há nem sinal dele hoje.

Ela pega uma taça de vinho de uma mesa baixa e pula de aposento em aposento como uma sombra projetada sobre a parede, despercebida, mas à vontade. Escuta com atenção, tem conversas agradáveis e sente que faz parte de um momento histórico. Conhece um naturalista com apreço pela vida marinha e, quando confessa que nunca viu o mar, ele passa a meia hora seguinte a entretendo com histórias sobre a vida dos crustáceos, e é um jeito muito prazeroso de passar a tarde, e até mesmo a noite, inclusive esta, mais do que todas as outras, que precisa de tais distrações.

Faz seis anos... mas ela não quer pensar sobre isso, sobre ele.

Enquanto o sol se põe e o vinho tinto é trocado pelo vinho do porto, ela está se divertindo imensamente, apreciando a companhia dos cientistas e dos eruditos.

Mas, a esta altura, já devia saber que ele estragaria tudo.

Luc entra no aposento como uma rajada de vento frio, vestido em tons de cinza e preto, das botas ao peitilho. Os olhos verdes são o único toque de cor na sua aparência.

Depois de seis anos, "alívio" não é a palavra adequada para o que Addie sente ao vê-lo, mas mesmo assim é a que mais se aproxima. A sensação de se livrar de um fardo, de finalmente soltar o ar que estava preso, de um suspiro de alívio. Não há prazer nisso, exceto pelo relaxamento físico e simples — o alívio de trocar o desconhecido pelo familiar.

Ela estava esperando, e agora a espera acabou.

Agora está preparada para enfrentar os problemas, o sofrimento.

— Monsieur Lebois — diz madame Geoffrin, cumprimentando o seu convidado, e, por um momento, Addie se pergunta se o encontro dos dois foi apenas uma coincidência, se a sombra aprecia o salão e as mentes que o frequentam, embora os homens reunidos aqui venerem o progresso, e não os deuses. Além disso, a atenção de Luc se fixou diretamente *nela*, e uma luz evasiva e ameaçadora ilumina seu rosto.

— Madame — cumprimenta ele com uma voz alta o bastante para ecoar pelo aposento —, receio que você tenha aberto as suas portas para as pessoas erradas.

Addie sente um embrulho no estômago, e madame Geoffrin fica ligeiramente sobressaltada enquanto as conversas no salão parecem murchar, pausadas.

— A quem você está se referindo?

Addie tenta se afastar, mas o salão está lotado, e o caminho, atravancado por pernas e cadeiras.

— Aquela mulher ali. — Cabeças começam a se virar em direção à Addie. — Você a conhece? — É óbvio que madame Geoffrin não a conhece, não mais, porém é bem-nascida demais para reconhecer tamanho engano.

— O meu salão é aberto para todo tipo de pessoas, monsieur.

— Desta vez, a senhora foi generosa demais — retruca Luc. — Aquela mulher é uma trapaceira e uma ladra. Uma criatura verdadeiramente abominável. Veja só — ele aponta para Addie —, está até usando um dos seus vestidos. É melhor verificar os seus bolsos e se certificar de que ela não tenha roubado nada além das suas roupas.

E sem mais nem menos, Luc virou o jogo.

Addie se encaminha para a porta, mas alguns homens a cercam, já de pé.

— Parem a garota — anuncia Geoffrin, e ela não tem escolha a não ser deixar tudo para trás, abrir caminho aos empurrões, atravessar a porta do salão e adentrar a noite.

Ninguém vem atrás dela, obviamente.

Exceto Luc.

A escuridão segue no seu encalço, rindo baixinho.

Ela se vira para ele.

— Pensei que você tivesse mais o que fazer além de me atormentar.

— E, no entanto, eu acho a tarefa extremamente divertida.

Addie balança a cabeça.

— Isso não é nada. Você estragou um momento, arruinou uma noite, mas, graças ao meu *dom*, eu tenho milhões de outras noites, uma infinidade de chances de me reinventar. Eu poderia voltar para o salão agora mesmo, e os seus truques estariam tão esquecidos quanto o meu rosto.

A malícia reluz nos olhos verdes.

— Creio que você vai descobrir que as minhas palavras não se dissipam tão rápido quanto as suas. — Ele dá de ombros. — Evidentemente, eles não vão se lembrar de você. Mas as ideias são muito mais indomáveis que as lembranças, e fincam raízes muito mais rápido.

Addie vai levar cinquenta anos para descobrir que ele tem razão.

As ideias *são* mais indomáveis que as lembranças.

E ela também pode semeá-las.

NOVA YORK
16 de março de 2014

Esta noite é mágica.

Há um prazer insolente em atos simples.

Addie passa a primeira hora prendendo a respiração, preparada para uma catástrofe, mas em algum momento entre a salada e o prato principal, entre a primeira e a segunda taça de vinho, ela solta o fôlego. Sentada entre Henry e Elise, em meio à calidez e às risadas, quase consegue acreditar que aquilo é real, que pertence àquele lugar, que é uma mulher normal ao lado de um rapaz normal em um jantarzinho normal. Conversa com Bea sobre arte, com Josh sobre Paris e com Elise sobre vinhos, e a mão de Henry encontra o seu joelho debaixo da mesa. É tudo maravilhosamente simples e caloroso. Addie tem vontade de colocar esta noite na língua como se fosse um floco de chocolate, de saborear cada segundo antes que derreta.

Somente Robbie parece infeliz, embora Josh esteja tentando flertar com ele a noite toda. O rapaz se remexe na cadeira, é um ator à procura de um holofote. Bebe demais, rápido demais, e não consegue ficar parado por mais do que alguns minutos. É a mesma energia irrequieta que Addie viu em Henry, mas hoje à noite *ele* parece absolutamente à vontade.

A certa altura, Elise vai ao banheiro e Addie pensa que já era, que essa é a peça que vai derrubar todas as outras. E não deu outra: quando a garota volta para a mesa, Addie pode ver a expressão de confusão em seu rosto, mas é o tipo de embaraço que você disfarça em vez de expor. Elise só balança a cabeça como se quisesse pôr as ideias no lugar e sorri, e Addie imagina que ela deve estar se perguntando se bebeu demais e que vai acabar puxando Beatrice para o canto antes da sobremesa para confidenciar que não se lembra do nome da garota na mesa de jantar.

Enquanto isso, Robbie e a anfitriã estão absortos numa conversa.

— Bea — geme ele —, a gente não pode só...

— Minha festa, minhas regras. No *seu* aniversário, a gente foi para uma boate de sexo em Bushwick.

Robbie revira os olhos.

— Era um local de shows com temática exibicionista.

— Era uma boate de sexo — retrucam Henry e Bea ao mesmo tempo.

— Espera aí. — Addie se aproxima, sentando na beira da cadeira. — Hoje é o seu aniversário?

— Não — responde Bea, enfática.

— Beatrice detesta aniversários — explica Henry. — Ela se recusa a contar para a gente quando é o dela. O máximo que a gente conseguiu descobrir é que é em abril. Ou em março. Ou em maio. Então qualquer jantarzinho durante a primavera poderia muito bem ser uma comemoração.

Bea toma um gole de vinho e dá de ombros.

— Eu não vejo o menor sentido nisso. É um dia como qualquer outro. Para que botar tanta pressão em uma data?

— Para ganhar presentes, é óbvio — retruca Robbie.

— Eu entendo. Os melhores dias são sempre os que a gente não planeja — diz Addie.

Robbie a olha, furioso.

— Qual é o seu nome mesmo? Andy?

E ela está prestes a corrigi-lo, mas sente as letras presas na garganta. A maldição se mantém firme, estrangulando a palavra.

— É *Addie*. E você está sendo um babaca — defende Henry.

Uma onda de nervosismo atravessa a mesa, e Elise, evidentemente tencionando apaziguar os ânimos, corta um pedaço de *petit four* e diz:

— Esta sobremesa é fantástica, Henry.

E ele responde:

— Foi ideia da Addie.

E o comentário é a gota de água para Robbie, cuja paciência acaba. O ator se levanta da mesa, empurrando a cadeira e soltando um suspiro raivoso.

— Preciso de um cigarro.

— Não aqui dentro. Vai lá para o terraço — diz Bea.

E Addie sabe que sua bela noite acabou com a porta batendo, porque não pode impedi-lo, e assim que ela estiver fora do campo de visão de Robbie...

Josh se levanta.

— Acho que também quero um.

— Você só quer se livrar de lavar a louça — diz Bea, mas os dois já estão se encaminhando para a porta, e Addie saindo do campo de visão e da memória deles. Então ela pensa que esta é a meia-noite da sua história, que agora a magia chega ao fim e ela vira uma abóbora de novo.

— Acho que já vou indo — diz.

Bea tenta convencê-la a ficar e pede que não dê atenção ao Robbie, mas Addie diz que não é culpa dele e que foi um dia longo, depois agradece a refeição maravilhosa e a companhia. Para falar a verdade, teve sorte de chegar tão longe, de aproveitar aquele tempinho, aquela noite, aquele diminuto vislumbre de uma vida normal.

— Addie, espera — chama Henry, mas ela dá um beijo rápido nele e sai de fininho do apartamento, descendo as escadas e adentrando a escuridão.

Ela suspira e diminui o passo, com os pulmões doloridos por causa do frio repentino. Apesar das paredes e portas que os separam, Addie pode sentir o peso do que deixou para trás. Gostaria de ter ficado, gostaria de ter respondido "Venha comigo" quando Henry disse "Espera", mas sabe que não é justo pedir a ele que escolha. O rapaz tem muitas raízes, enquanto ela tem apenas galhos.

Addie ouve o som de passos às suas costas, diminui o ritmo ainda mais e estremece, esperando deparar com Luc, mesmo agora, depois de tanto tempo.

Luc, que sempre soube quando ela estava fragilizada.

Mas não é a escuridão, só um rapaz de óculos embaçados e casaco desabotoado.

— Você foi embora tão rápido — diz Henry.

— E você me alcançou.

Talvez ela devesse se sentir culpada, mas fica apenas agradecida.

Aprendeu a perder as coisas.

Mas Henry continua aqui.

— Os amigos dão trabalho às vezes, né?

— É — concorda, apesar de não fazer a menor ideia.

— Sinto muito — diz o rapaz, acenando com a cabeça para o prédio. — Não sei o que deu nele.

Mas Addie sabe.

Viva por bastante tempo, e as pessoas se tornam um livro aberto. Robbie é um livro de amor. Uma história de corações partidos. Está obviamente sofrendo de amor não correspondido.

— Você me disse que eram só amigos.

— E a gente é — insiste Henry. — Eu o amo como se fosse um irmão, sempre vou amar. Mas eu não... Eu nunca...

Addie se lembra da foto em que a cabeça de Robbie está inclinada contra a bochecha de Henry, se lembra da expressão no rosto do ator quando Bea disse que Addie tinha tido um encontro com o rapaz, e se pergunta como Henry não se dá conta disso.

— Ele ainda está apaixonado por você.

Henry murcha.

— Eu sei. Mas eu não posso corresponder.

Não pode. Não disse que *não quer.* Nem que *não deve.*

Addie se vira para Henry e seus olhos se encontram.

— Tem mais alguma coisa que você gostaria de me contar?

Não sabe o que esperar, que verdade poderia explicar a sua presença duradoura, mas por um segundo, há uma tristeza fugaz e ofuscante em seus olhos.

Mas então ele a puxa e a abraça, solta um gemido e responde, com uma voz suave e derrotada:

— Minha barriga está tão cheia.

E Addie deixa escapar uma risada contra a própria vontade.

A noite está fria demais para ficarem parados na rua, então caminham juntos em meio à escuridão, e Addie nem se dá conta de que chegaram ao apartamento dele até que depara com a porta azul. Está tão cansada e Henry está tão quentinho, que não quer ir embora e ele não pede a ela que vá.

NOVA YORK
17 de março de 2014

XI

Addie já acordou de centenas de maneiras diferentes.
Com a geada se formando sobre a pele, e sob um sol tão forte que deveria tê-la queimado. Em lugares vazios, e em outros que deveriam estar vazios. Com a guerra rugindo sobre a sua cabeça, e com o oceano batendo contra o casco do navio. Com o som de sirenes, com os ruídos da cidade, com o silêncio e, certa vez, com uma cobra enrolada ao lado de sua cabeça.

Mas Henry Strauss a acorda com beijos.

Ele planta um beijo de cada vez, como se fossem botões de flores, deixando que brotem sobre a sua pele. Addie sorri e rola o corpo para perto dele, puxa os braços do rapaz sobre si como uma capa.

A escuridão sussurra na sua mente.

Sem mim, você vai estar sempre sozinha.

Mas ela presta atenção às batidas do coração de Henry, ao murmúrio baixo da voz dele nos seus cabelos enquanto o rapaz pergunta se ela está com fome.

É tarde, e ele já deveria estar no trabalho, mas Henry explica que A Última Palavra fecha às segundas-feiras. Não sabe que ela se lembra da pequena placa de madeira, com o horário de funcionamento da livraria escrito ao lado dos dias da semana. O sebo só fecha às quintas-feiras.

Mas ela não o corrige.

Ambos se vestem e descem até a padaria da esquina, onde Henry compra roscas de queijo e ovos mexidos no balcão, e Addie pega uma garrafa de suco na geladeira.

Então ela ouve o sino da porta.

Avista uma cabeça de cabelos acobreados e um rosto familiar enquanto Robbie entra na padaria. Addie sente o coração bater descompassado, como acontece quando você pisa em falso, o movimento abrupto de um corpo desequilibrado.

Addie aprendeu a perder...

Mas não está pronta.

Tem vontade de parar o tempo, de se esconder, de sumir.

Mas desta vez não pode fazer isso. Robbie vê Henry, e Henry a vê, e os três se encontram em um triângulo de ruas sem saída. Uma comédia de memória, amnésia e um azar imenso enquanto Henry passa o braço na sua cintura e Robbie a olha com um olhar gélido e pergunta:

— Quem é essa aí?

— Não tem graça. Você ainda está bêbado? — pergunta Henry.

Robbie dá um passo para trás, indignado.

— Se eu... o quê? Não. Nunca vi essa garota antes. Você nunca me disse que tinha conhecido alguém.

É um acidente de carro em câmera lenta, e Addie sabia que a colisão inevitável de pessoas e lugares, hora e acaso, iria acontecer.

Henry é uma coisa impossível, seu belo e exótico oásis particular. Mas também é humano, e seres humanos têm amigos, parentes e milhares de fios que os conectam a outras pessoas. Ao contrário de Addie, ele nunca teve os laços cortados, nunca viveu em um vácuo.

Então isto era inevitável.

Mas ela ainda não está pronta.

— Cacete, Rob, você *acabou* de conhecê-la.

— Tenho certeza de que me lembraria se isso tivesse acontecido. — Os olhos de Robbie se escurecem. — Mas também, ultimamente anda difícil distinguir uma garota da outra.

O espaço entre os dois diminui enquanto Henry avança sobre o amigo. Addie chega primeiro, segura a mão do rapaz antes que ele a erga, e o puxa para trás.

— Henry, chega.

Ela tinha mantido a ambos em uma jarra adorável. Mas o vidro está começando a rachar, e a água, se infiltrando.

Robbie encara Henry com um olhar perplexo, traído. E ela entende. Não é justo. Nunca é.

— Deixa disso — pede, apertando a mão dele. A atenção de Henry finalmente se volta para ela, com esforço. — Por favor. Venha comigo — implora.

Saem na calçada, deixando para trás a tranquilidade da manhã, abandonada junto com o suco de laranja e os sanduíches.

Henry está tremendo de raiva.

— Desculpe. Robbie às vezes é um babaca, mas aquilo foi...

Addie fecha os olhos e desaba contra a parede.

— Não é culpa dele. — Ela podia salvar o momento, segurar a jarra quebrada, cobrir as rachaduras com os dedos. Mas por quanto tempo? Por quanto tempo poderia manter Henry só para si? Quanto tempo levaria para que ele descobrisse sobre a maldição? — Acho que Robbie não se lembra de mim.

Henry estreita os olhos, nitidamente confuso.

— Como ele poderia *não* se lembrar?

Addie hesita.

É fácil ser sincera quando não há palavras erradas, quando elas não duram. Quando tudo que você diz pertence somente a você.

Mas com Henry é diferente. Ele a ouve, ele *lembra* e, de repente, cada palavra tem peso e a sinceridade se torna um fardo.

Addie tem uma única chance.

Pode mentir para ele, como faria com qualquer outra pessoa, mas se começar nunca mais vai conseguir parar e além disso... não *quer* mentir para Henry. Esperou tempo demais para ser ouvida, para ser vista.

Então se põe à mercê da verdade.

— Sabe aquelas pessoas que têm dificuldade de identificar uma fisionomia? Que olham para os amigos, para os parentes, para as pessoas que conhecem a vida inteira, e não conseguem reconhecer os rostos?

Henry franze o cenho.

— Na teoria, sei sim...

— Então, eu tenho exatamente o contrário disso.

— Você se lembra de todo mundo?

— Não. Quer dizer, sim, eu me lembro, mas não é disso que estou falando. É que... as pessoas se esquecem de mim. Mesmo se nos encontrarmos centenas de vezes. Elas se esquecem.

— Isso não faz o menor sentido.

E não faz. Não mesmo.

— Eu sei, mas é verdade. Se a gente voltasse para a padaria agora, Robbie não se lembraria de nada. Você poderia me apresentar, mas assim que eu me afastasse, assim que eu sumisse de vista, ele se esqueceria de mim outra vez.

Henry balança a cabeça.

— Como? Por quê?

As perguntas mais curtas. A resposta mais comprida.

Porque eu fui uma tola.

Porque eu estava com medo.

Porque eu não tomei cuidado.

— Porque — responde, encostando-se na parede de concreto — eu fui amaldiçoada.

Henry a encara, com a testa franzida atrás dos óculos.

— Eu não entendi.

Addie respira fundo, tentando acalmar os nervos. E, em seguida, já que decidiu contar a verdade, é o que faz.

— O meu nome é Addie LaRue. Sou filha de Jean e Marthe e nasci em Villon, no ano de 1691, em uma casa de pedra que fica atrás de um velho teixo...

VILLON-SUR-SARTHE, FRANÇA
29 de julho de 1764

XII

A carroça rateia até parar ao lado do rio.
— Posso te levar mais longe — diz o condutor, segurando as rédeas. — A gente ainda está a um quilômetro e meio de distância da vila.
— Está bom aqui. Eu conheço o caminho — diz ela.

Uma carroça com um condutor desconhecido poderia chamar atenção, e Addie prefere voltar do mesmo modo como partiu, do mesmo jeito que aprendeu cada centímetro deste lugar: a pé.

Paga ao homem e desce, com a barra da capa cinza resvalando na terra. Não se deu ao trabalho de trazer uma mala, aprendeu a viajar com pouca bagagem, ou melhor, aprendeu a se desfazer das coisas com a mesma facilidade com que as encontra. É mais simples assim. É muito difícil se aferrar a objetos.

— Quer dizer que você é daqui? — pergunta o homem, e Addie semicerra os olhos sob a luz do sol.

— Sou. Mas faz muito tempo que fui embora.

O condutor olha para ela de cima a baixo.

— Nem *tanto*.

— Você ficaria surpreso — retruca Addie. Ele estala o chicote e a carroça se arrasta para longe, então a garota fica sozinha mais uma vez em uma terra que conhece até as entranhas. Um lugar para onde não voltou nos últimos cinquenta anos.

É estranho como ela ficou fora o dobro do tempo em que viveu aqui, mas ainda se sente em casa na cidade.

Não sabe quando decidiu voltar, nem mesmo como, só que a decisão estava se avolumando em seu interior como uma tempestade, desde a época em que a primavera começou a dar indícios de verão, com o clima pesado se transformando em uma promessa de uma chuva, até que Addie pôde ver as nuvens escuras no horizonte e ouvir o trovão estrondando na sua cabeça, incitando-a a partir.

Talvez a volta seja uma espécie de ritual. Uma maneira de se purificar, de deixar Villon para sempre no passado. Talvez esteja tentando se desapegar. Ou talvez se preservar.

Não vai ficar, disso ela tem certeza.

A luz do sol reluz sobre a superfície do rio Sarthe e, por um segundo, ela pensa em rezar, em mergulhar as mãos na correnteza rasa, mas não tem nada para oferecer aos deuses do rio agora, nem nada para dizer. Não atenderam as suas preces quando Addie mais precisava.

Ao virar uma esquina, do outro lado de um arvoredo, Villon se ergue em meio às colinas baixas, com as casas de pedra cinzenta aninhadas na bacia do vale. A cidade cresceu, um pouco, se ampliou como a cintura de um homem de meia-idade, expandindo-se para os lados, mas continua a mesma Villon de antes. Lá está a igreja, a praça e, logo adiante, depois do centro da cidade, a barreira verde-escura da floresta.

Addie não atravessa a cidade, mas a contorna pelo sul.

A caminho de casa.

O velho teixo continua de sentinela ao final da trilha. Os cinquenta anos adicionaram alguns ângulos nodosos aos seus galhos e um pouco de largura à base do tronco, mas fora isso, a árvore permanece igual. Por um instante, quando tudo o que ela consegue ver é a silhueta da casa, o tempo titubeia e tropeça, e Addie tem 23 anos de novo, voltando para casa, vinda da cidade, da beira do rio ou da casa de Isabelle, com o cesto de roupa lavada apoiado nos quadris ou o bloco de desenho debaixo do braço, e a qualquer momento vai ver a mãe na soleira da porta, cheia de farinha nos pulsos, vai ouvir os golpes constantes do machado do pai e o relincho baixo da égua, Maxime, balançando a cauda e mascando grama.

Mas ela se aproxima da casa, e a ilusão desmorona e volta a ser uma memória. A égua não existe mais, é óbvio, e a oficina do pai agora pende para um dos lados enquanto a choupana dos pais jaz escura e imóvel do outro lado da grama cheia de ervas daninhas.

O que ela esperava?

Cinquenta anos. Addie *sabia* que eles não estariam mais aqui, mas ver o lugar em pedaços, abandonado, ainda a deixa perturbada. Seus pés se movem por vontade própria, levando-a pela estrada de terra batida, atravessando o quintal em direção às ruínas em declínio da oficina do pai.

Ela abre a porta com cuidado porque a madeira está podre, desfazendo-se, e entra na choupana.

Os raios de sol se infiltram pelas tábuas quebradas, iluminando a escuridão, e o ar tem cheiro de decomposição, não de madeira que acabou de ser entalhada, terrosa e doce. Todas as superfícies estão cobertas de mofo, úmidas e empoeiradas. As ferramentas que o pai afiava diariamente agora se encontram abandonadas, com ferrugem marrom-avermelhada. A maioria das prateleiras está vazia e os pássaros de madeira se foram, mas ainda há uma tigela grande, inacabada, sob uma cortina de teias de aranha e imundície.

Addie passa os dedos pela poeira e observa o pó se acumulando de novo em seu rastro.

Quando foi que ele morreu?

Ela se força a voltar para o quintal e então para.

A casa ganhou vida, ou pelo menos começou a despertar. Uma coluna fina de fumaça sai da chaminé. Uma janela foi aberta, e as cortinas finas ondulam suavemente com a brisa.

Alguém ainda está aqui.

Addie devia ir embora, sabe que devia, o lugar não pertence a ela, não mais, porém já está atravessando o quintal e estendendo a mão para bater na porta. Seus dedos vacilam, lembrando aquela noite, a última de uma outra vida.

Ela fica ali, parada na escada, forçando a mão a fazer uma escolha, mas já anunciou a sua presença. A cortina esvoaça, uma sombra passa pela janela, e Addie consegue dar somente dois ou três passos para trás antes que a porta se abra só um pouco, o bastante para revelar o fragmento de um rosto enrugado e um olho azul carrancudo.

— Quem está aí?

A voz da mulher é frágil e debilitada, mas ainda é um soco no estômago de Addie, deixando-a sem fôlego, e a garota tem certeza de que, mesmo se fosse mortal, com a mente enfraquecida pelo passar do tempo, ainda se lembraria da voz da própria mãe.

A porta se abre com um rangido, e ali está ela, murcha como uma planta durante o inverno, com os dedos retorcidos apertando um xale puído. Está velha, se tornou uma anciã, mas ainda está viva.

— Eu te conheço? — pergunta a mãe, mas não há nenhum sinal de reconhecimento na sua voz, apenas a dúvida dos velhos e dos inseguros.

Addie balança a cabeça.

Mais tarde, ela vai se perguntar se deveria ter dito que sim, se a mente da mãe, esvaziada de lembranças, poderia ter arrumado espaço para aquela única verdade. Se poderia ter convidado a filha para entrar, se sentar ao lado da lareira e partilhar uma refeição qualquer, para que quando Addie fosse embora, tivesse algo a que se apegar além da versão em que a mãe a expulsou de casa.

Mas a garota não faz nada.

Addie tenta se convencer de que esta mulher deixou de ser a sua mãe quando ela deixou de ser a sua filha, mas é óbvio que as coisas não funcionam assim. Mas deviam funcionar. Ela já passou pelo luto, e embora o choque de ver o rosto da mãe seja cortante, a dor é superficial.

— O que você quer? — exige saber Marthe LaRue.

E essa é outra pergunta que ela não pode responder, porque não sabe a resposta. Espia a casa atrás da anciã, olha para o saguão escurecido que costumava chamar de casa, e então uma esperança inusitada surge em seu peito. Se a mãe está viva, então talvez, talvez... mas ela sabe. Sabe por causa das teias de aranha na porta da oficina e da poeira sobre a tigela inacabada. Por causa da expressão desgastada no rosto da mãe e da choupana descuidada e escura às suas costas.

— Sinto muito — diz Addie, afastando-se.

E a mulher não pergunta por quê, apenas fica encarando a garota, sem desviar os olhos, enquanto ela vai embora.

A porta se fecha com um rangido, e Addie sabe, enquanto se afasta da casa, que nunca mais vai ver a mãe.

NOVA YORK
17 de março de 2014

XIII

É fácil pronunciar as palavras.
Afinal, a história nunca foi a parte difícil.

É um segredo que ela tentou contar muitas vezes, para Isabelle, para Remy, para amigos, para desconhecidos e qualquer pessoa disposta a ouvir, e todas as vezes, observou os rostos perderem a expressão e parecerem confusos, observou as palavras pairando no ar diante dela como fumaça antes de serem sopradas para longe.

Mas Henry a olha e a escuta.

Escuta enquanto ela conta sobre o casamento, sobre as preces não atendidas, sobre as oferendas feitas ao amanhecer e ao cair da noite. Sobre a escuridão na floresta, disfarçada de homem, sobre o seu desejo, a recusa dele e o erro que ela cometeu.

Você pode ficar com a minha alma quando eu não a quiser mais.

Escuta enquanto ela conta como é viver para sempre, ser esquecida e desistir de tudo. Quando termina, Addie prende o fôlego, esperando que Henry dê um sinal de vida e lhe pergunte o que ela estava prestes a dizer.

Em vez disso, ele estreita os olhos de um jeito tão peculiar que ela percebe, com o coração disparado, que o rapaz ouviu cada palavra.

— Você fez um pacto? — Há uma certa indiferença na sua voz, uma calma desconcertante.

E é óbvio que a história parece loucura.

É óbvio que ele não acredita.

É assim que ela o perde, não para o esquecimento, mas para a incredulidade.

E então, do nada, Henry solta uma *gargalhada*.

Desaba sobre um suporte para bicicletas, com a cabeça apoiada na mão, e ri, e Addie pensa que ele enlouqueceu, que ela destruiu alguma coisa no seu interior, pensa até mesmo que o rapaz está zombando dela.

Mas não se trata do tipo de risada que acompanha uma piada.

É maníaca demais, arquejante demais.

— Você fez um pacto — repete ele.

Addie engole em seco.

— Olha, eu sei que parece loucura, mas…

— Eu acredito em você.

Ela pisca, subitamente confusa.

— O quê?

— Eu acredito em você — repete ele.

Quatro palavrinhas, tão raras quanto "Eu me lembro de você", e deveriam ser o bastante, mas não são. Nada faz sentido, nem Henry, nem isto. Nada faz sentido desde o começo e ela está com muito medo de perguntar, de saber, como se o conhecimento pudesse fazer o sonho inteiro ruir, mas pode ver as rachaduras pesando sobre os ombros dele e pode senti-las dentro do peito.

Quer perguntar: "Quem é você?", "Por que é tão diferente?", "Como você se lembra se ninguém mais consegue fazer isso?", "Por que acredita que eu fiz um pacto?".

No fim, faz somente uma pergunta:

— Por quê?

E Henry tira a mão do rosto e ergue o olhar para ela, com os olhos verdes e febris, e responde:

— Porque eu também fiz um pacto.

PARTE QUATRO

O homem que permanecia seco na chuva

Título da obra: *Aberto ao amor*
Autores: Muriel Strauss (projeto) e Lance Harringer (manufatura)
Data: 2011
Técnica: escultura de alumínio, aço e vidro.
Proveniência: emprestada da Escola de Artes Tisch.
Descrição: exposta originalmente como uma instalação interativa, em que o coração de alumínio, com pequenos furos, ficava suspenso acima de um balde. Ao lado do coração de metal, havia uma mesa com jarras de diversos formatos e tamanhos, contendo líquidos de cores diferentes, alguns com água, outros com álcool e outros com tinta. Os participantes eram encorajados a escolher uma das jarras de vidro e esvaziar o seu conteúdo dentro do coração. O líquido começava a vazar imediatamente, com uma velocidade que dependia da viscosidade da substância derramada.
História: a escultura era a peça principal do portfólio de graduação de Strauss, uma coleção de obras cujo tema era família. Na época, Strauss não especificou qual peça estava ligada a cada membro da sua família, mas insistiu que *Aberto ao amor* foi projetada como "uma homenagem ao esgotamento da monogamia em série e um testemunho sobre os perigos da afeição unilateral".
Valor estimado: desconhecido; a obra foi doada pela artista para a exposição permanente da Escola de Artes Tisch.

NOVA YORK
4 de setembro de 2013

I

Um menino nasce com o coração partido. Os médicos abrem o órgão e o remendam, juntam os pedaços, e o bebê vai para casa, com sorte por estar vivo. Dizem que está melhor agora, que pode ter uma vida normal, mas, conforme cresce, o menino fica convencido de que ainda há algo de errado em seu interior.

O sangue é bombeado, as válvulas abrem e fecham e, nos exames e ultrassons, tudo funciona como deveria. Mas algo não está certo.

Deixaram o seu coração aberto demais.

Esqueceram de fechar a armadura que o seu peito formava.

E agora ele sente... demais.

Algumas pessoas diriam que ele é sensível, mas se trata de algo além disso. O controle está quebrado, e o volume está no máximo. Ele sente que os momentos de alegria são fugazes, mas eufóricos. E os momentos de dor se dilatam e são insuportavelmente intensos.

Quando seu primeiro cachorro morre, Henry chora por uma semana. Quando os pais brigam e o menino não consegue suportar a violência contida nas palavras, foge de casa. Levam mais de um dia para trazê-lo de volta. Quando David joga fora o seu ursinho de pelúcia de criança, quando a sua primeira namorada, Abigail, dá uma bolo nele no baile da escola, quando a turma tem de dissecar um porquinho na aula, quando perde o cartão que o avô lhe deu antes de morrer, quando descobre que Liz o estava traindo durante uma excursão no último ano da escola, quando Robbie termina com ele antes do terceiro ano de faculdade... todas as vezes, não importa a proporção do acontecimento, sente o coração partindo de novo dentro do peito.

Henry tem catorze anos quando rouba um gole da bebida alcoólica do pai pela primeira vez, só para diminuir o volume. Aos dezesseis, afana dois comprimidos do armário de remédios da mãe, só para aliviar a dor. Aos vinte, fica tão intoxicado que acha que está enxergando as rachaduras pela sua pele, os pontos em que está se partindo.

Seu coração tem uma fissura.

Deixa a luz entrar.

Deixa a tempestade entrar.

Deixa tudo entrar.

O tempo passa rápido para cacete.

Em um piscar de olhos, você está na metade da escola, paralisado pela ideia de que seja lá o que escolha fazer, isso significa que também está escolhendo *não* fazer centenas de outras coisas, então troca de graduação dezenas de vezes antes de finalmente se decidir por teologia, e por um tempo parece ser o caminho certo, mas é só a reação ao orgulho no rosto dos seus pais por presumirem ter um rabino em formação, quando na verdade você não tem a menor intenção de aplicar o conhecimento na prática e encara os textos sagrados como histórias, como épicos arrebatadores e, quanto mais estuda, menos fé você tem.

Em um piscar de olhos, você tem 24 anos e viaja por toda a Europa, acreditando, esperando que a mudança de ares vá despertar alguma coisa em seu interior, que o vislumbre do mundo grandioso e magnífico jogue alguma luz sobre o seu próprio mundo. E, por um tempo, dá certo. Mas você não tem trabalho nem expectativas para o futuro, só um intervalo, e assim que ele termina, a sua conta bancária está no vermelho e você não descobriu nada de significativo.

Em um piscar de olhos, você tem 26 anos, e é chamado para ir ao escritório do reitor, porque é evidente que não está mais interessado na faculdade. Ele o aconselha a trilhar outro caminho e assegura que você vai encontrar a sua vocação, mas esse é o problema, você nunca sentiu uma predisposição para uma *única* coisa. Não há nenhuma tendência violenta para seguir em uma só direção, mas uma inclinação suave para explorar centenas de caminhos diferentes, mas agora todos parecem fora de alcance.

Em um piscar de olhos, você tem 28 anos, e todo mundo parece ter te deixado para trás enquanto que você ainda está tentando encontrar o seu caminho, e não deixa de perceber a grande ironia que, ao querer tanto viver, aprender e encontrar a si mesmo, você acabou perdido.

Em um piscar, você conhece uma garota.

Quando Henry viu Tabitha Masters pela primeira vez, ela estava dançando.

Devia haver uns dez dançarinos no palco. Henry estava lá para assistir à apresentação de Robbie, mas as pernas e os braços *dela* o atraíam, a silhueta de Tabitha exercia uma espécie de gravidade sobre ele. Seus olhos continuavam se voltando na direção da garota. Ela possuía o tipo de beleza que te deixava sem fôlego e que não podia ser captada em uma fotografia, porque a magia residia no movimento. O modo como ela se movia, contando uma história simplesmente com a melodia e o arquear da sua coluna, a mão estendida e uma descida lenta ao chão coberto de sombras.

Os dois se conheceram em uma festa depois da apresentação.

No palco, as feições da garota eram uma máscara, uma tela para a arte de outra pessoa. Mas no cômodo cheio de gente, Henry só tinha olhos para o seu sorriso — tomava todo o rosto dela, do queixo pontudo à linha dos cabelos, exibia um tipo de alegria arrebatadora que ele não conseguia parar de olhar. Tabitha estava rindo de alguma coisa — ele nunca descobriu o que era — e foi como se alguém tivesse acendido todas as luzes da sala.

E foi naquele exato momento que o coração dele começou a doer.

Henry levou trinta minutos e três drinques antes de tomar coragem para cumprimentá-la, mas depois, foi tudo muito fácil. O ritmo e a fluidez de duas frequências sincronizadas. E, ao fim da noite, Henry estava se apaixonando.

"Em um piscar de olhos, você tem 28 anos, e todo mundo parece ter te deixado para trás enquanto que você ainda está tentando encontrar o seu caminho, e não deixa de perceber a grande ironia que, ao querer tanto viver, aprender e encontrar a si mesmo, você acabou perdido."

Já tinha se apaixonado antes.

Por Sophia, no ensino médio.

Por Robbie, na faculdade.

Por Sarah, Ethan, Jenna… mas era sempre difícil e complicado. Cheio de começos e parênteses, de curvas erradas e becos sem saída. Mas, com Tabitha, era simples.

Dois anos.

Esse foi o tempo que ficaram juntos.

Dois anos de jantares, cafés da manhã e sorvetes no parque, de ensaios de dança e buquês de rosas, de noites dormidas no apartamento um do outro, de *brunchs* aos fins de semana e maratonas de séries, de viagens para o norte do estado para encontrar os pais dele.

Dois anos bebendo menos por causa dela, evitando drogas por causa dela, se arrumando por causa dela e comprando coisas pelas quais não podia pagar, porque queria ver um sorriso em seu rosto, queria vê-la feliz.

Dois anos, e nem sequer uma discussão, e agora ele acha que, no fim das contas, talvez isso não fosse uma coisa tão boa assim.

Dois anos… e em algum momento entre uma pergunta e uma resposta, tudo desmoronou.

De joelhos, com uma aliança na mão no meio do parque, Henry se sente um grande idiota porque ela disse "não".

Disse "não", mas essa nem foi a pior parte.

— Você é ótimo. De verdade. Mas não é…

Ela não termina a frase, e nem precisa, porque Henry sabe o que vem a seguir.

Não é o cara certo.

Não é o suficiente.

— Pensei que você queria se casar.

— Eu quero. Um dia.

As palavras, transparentes, apesar de não serem ditas.

Mas não com você.

E, em seguida, ela foi embora, e agora Henry está no bar, bêbado, mas não o bastante.

Sabe disso porque o mundo ainda não desapareceu, porque a noite inteira parece real demais, porque tudo ainda dói. Está debruçado sobre a mesa, com o queixo apoiado nos braços cruzados, olhando para a coleção de garrafas vazias. Seu rosto lhe devolve o olhar de meia dúzia de reflexos distorcidos.

O Merchant está entupido de pessoas, uma muralha de estática, então Robbie precisa gritar em meio à algazarra.

— Ela que se foda.

Por algum motivo, vindo do seu ex-namorado, o comentário não faz Henry se sentir muito melhor.

— Eu estou bem — diz, do jeito automático que as pessoas costumam responder sempre que você pergunta como elas estão, embora estejam com o coração dilacerado.

— Vai ser melhor assim — acrescenta Bea, e se outra pessoa tivesse dito isso, ela teria a enxotado para o canto do bar por ser tão banal. Daria um sermão de dez minutos por causa da frase clichê. Mas é só o que as pessoas têm a dizer para ele hoje à noite.

Henry termina de beber a cerveja à sua frente e pega mais outra.

— Vá devagar, garoto — diz Bea, acariciando a sua nuca.

— Eu estou bem — repete.

Os dois o conhecem o suficiente para saber que é mentira. Os dois sabem sobre o seu coração partido. Os dois o apoiaram durante as suas tempestades. São as melhores pessoas da sua vida, os amigos que o mantêm de pé, ou pelo menos o impedem de desmoronar. Mas neste momento, há rachaduras demais. Neste momento, há um abismo entre as palavras deles e os ouvidos de Henry, entre as mãos deles e a sua pele.

Estão bem aqui, mas parecem muito distantes.

Henry ergue o olhar, estudando as expressões nos seus rostos, cheias de pena, mas não de surpresa, e uma epifania recai sobre ele como uma nevasca.

— Vocês sabiam que ela não ia aceitar o pedido.

O silêncio perdura um segundo a mais. Bea e Robbie trocam olhares, como se tentassem decidir quem vai começar, e então Robbie estende o braço sobre a mesa para pegar a sua mão.

— Henry...

O rapaz recua na cadeira.

— Vocês *sabiam*.

Ele se levanta de supetão, quase tropeçando na mesa às suas costas.

O rosto de Bea se contorce.

— Calma. Sente aqui.

— Não. Não. Não.

— Ei — diz Robbie, segurando-o para impedir que ele caia. — Eu vou te levar para casa.

Mas Henry detesta a maneira com que Robbie o olha, então balança a cabeça, mesmo que o movimento faça o bar perder o foco.

— Não. Eu só quero ficar sozinho — retruca ele.

A maior mentira que ele já disse na vida.

Mas Robbie o solta, Bea balança a cabeça para ele em desaprovação, e ambos o deixam ir embora.

Henry não está bêbado o suficiente.

Entra em uma adega e compra uma garrafa de vodca de um cara que o olha como se ele já tivesse bebido o bastante, mas também como se realmente precisasse de mais uma dose. Gira a rolha com os dentes enquanto a chuva começa a cair.

O celular toca no seu bolso.

Deve ser Bea. Ou Robbie. Mais ninguém ligaria para ele.

Deixa o telefone tocar, prende a respiração até que o som pare. Diz a si mesmo que, se os amigos ligarem de novo, vai atender. Se os amigos ligarem de novo, vai dizer que não está nada bem. Mas o celular não volta a tocar.

Henry não os culpa por isso, nem agora, nem depois. Sabe que não é uma pessoa fácil de lidar, sabe que devia ter esperado por aquilo, devia ter...

A garrafa escorrega dos seus dedos e se espatifa na calçada, e ele devia deixá-la ali, mas não deixa. Tenta alcançá-la e perde o equilíbrio. Sua mão cai em cheio sobre os cacos de vidro enquanto ele se apoia para se erguer do chão.

Henry sente dor, é óbvio, mas a dor é amenizada pela vodca, pelo sofrimento profundo, pelo seu coração destroçado, e por todo o resto.

Ele vasculha o bolso à procura do lenço, cuja seda branca está bordada com uma letra "T" em linha prateada. Não quis colocar o anel em uma caixa — aquela embalagem clássica e impessoal que sempre remetia a um pedido —, mas agora, enquanto tira o lenço do bolso, a aliança escapa e cai no chão, quicando pela calçada úmida.

As palavras ecoam na sua mente.

Você é ótimo, Henry. De verdade. Mas não é…

Ele pressiona o lenço contra a mão machucada. Em uma questão de segundos, a seda fica manchada de vermelho. Arruinada.

Não é o suficiente.

As mãos são iguais às cabeças, sangram demais.

Foi o seu irmão, David, quem lhe disse isso. David, o médico, que sabia o que queria ser desde os dez anos de idade.

É fácil não se desviar do caminho quando a estrada é reta, e os passos, numerados.

Henry observa o lenço ficando cada vez mais vermelho, olha para a aliança de diamantes na calçada e cogita deixá-lo para trás, mas não pode pagar por aquilo, de modo que se força a se agachar e recuperar a aliança.

Beba uma dose toda vez que ouvir que você não é o suficiente.

Que não se encaixa.

Que não tem a aparência certa.

Que não tem o foco certo.

Que não tem a determinação certa.

Que não é a hora certa.

Que não tem o trabalho certo.

Que não está no caminho certo.

Que não tem o futuro certo.

Que não tem o presente certo.

Que não é a versão certa de você mesmo.

Não é você.

(Não sou eu?)

Alguma coisa está faltando.

(Faltando…)

Na nossa relação.

O que mais eu poderia ter feito?

Nada. É só...

(Quem você é.)

Eu achava que não era nada sério.

(É que você é tão...

... doce.

... gentil.

... sensível.)

Não consigo imaginar a gente terminando junto.

Eu conheci uma pessoa.

Sinto muito.

Não é você.

Engula tudo.

A gente não está em sintonia.

Sua vida está em outro lugar do que a minha.

Não é você.

A gente não pode prever por quem vai se apaixonar.

(E por quem não vai.)

Você é um amigo maravilhoso.

Vai fazer a garota certa muito feliz.

Você merece coisa melhor.

A gente vai continuar amigo.

Eu não quero te perder.

Não é você.

Sinto muito.

II

E agora ele sabe que bebeu demais. Estava tentando atingir o ponto em que pararia de sentir, mas acha que deve ter passado da conta e parado em um lugar ainda pior. Sua cabeça está girando, e a sensação, bem longe de ser agradável. Encontra dois comprimidos no bolso de trás da calça, deixados ali pela irmã, Muriel, na sua última visita. "Guarda-chuvinhas cor-de-rosa", como ela disse. Henry engole-os a seco enquanto a garoa vira um aguaceiro.

A água goteja em seus cabelos, escorrendo pelos óculos e encharcando sua camisa.

Henry não se importa.

Talvez a chuva o deixe limpo.

Talvez o leve embora dali junto com a água.

Chega ao prédio onde mora, mas não consegue se convencer a subir os seis degraus até o portão e mais 24 até o seu apartamento, que pertence a um passado em que ele tinha um futuro, então se senta na portaria, inclina o corpo para trás e olha para o ponto onde o terraço encontra o céu, imaginando quantos degraus precisaria subir para chegar à beirada. Em seguida, afasta o pensamento à força, aperta as palmas das mãos contra os olhos e diz para si mesmo que é só uma tempestade.

Prepare as defesas e espere.

É só uma tempestade.

É só uma tempestade.

É só...

Não sabe ao certo quando o homem se senta ao seu lado no degrau da portaria. Em um segundo, Henry está sozinho, e no seguinte, não está mais.

Ouve o estalo de um isqueiro e vê pelo canto do olho uma pequena chama dançando. Seguida por uma voz. Por um segundo, o som parece vir de toda parte, e depois a ouve logo ao seu lado.

— Noite ruim. — Uma pergunta sem o ponto de interrogação.

Henry dá uma espiada e vê um homem, vestido com um elegante terno cinza-escuro sob um sobretudo preto e aberto e, por um instante terrível, acha que é seu irmão, David. Que apareceu para lembrá-lo de todas as formas como ele é uma decepção para todo mundo.

Ambos têm os mesmos cabelos castanho-escuros e maxilar bem delineado, só que David não fuma, preferiria morrer a visitar esta região do Brooklyn e está longe de ser tão bonito. Quanto mais Henry encara o estranho, mais a semelhança se dissipa, sendo substituída pela percepção de que o homem não está se molhando.

Embora a chuva continue caindo com força, encharcando o casaco de lã e a camisa de algodão de Henry, e pressionando as mãos frias sobre a sua pele, o estranho de terno elegante não faz nenhuma tentativa de proteger a pequena chama do isqueiro ou o próprio cigarro. Dá um longo trago, apoia os cotovelos nos degraus molhados atrás de si e ergue o queixo, como se desse boas-vindas ao temporal.

A água não toca nele.

Cai ao seu redor, mas o homem permanece seco.

Então Henry pensa que o homem é um fantasma. Ou um feiticeiro. Ou, mais provavelmente, uma alucinação.

— O que você quer? — pergunta o estranho, ainda observando o céu, e Henry se retrai por instinto, mas não há nenhum vestígio de raiva na voz do homem. Pelo contrário, há uma curiosidade, uma indagação. Ele baixa a cabeça e olha para Henry com os olhos mais verdes que o rapaz já viu na vida. Tão brilhantes que reluzem na escuridão.

— Agora, neste exato momento. O que você quer? — pergunta o estranho.

— Ser feliz — responde Henry.

— Ah — exclama o estranho, com a fumaça deslizando entre os lábios —, ninguém pode lhe conceder isso.

Não é você.

Henry não faz a menor ideia de quem é o homem, nem se ele é real, mas sabe, mesmo em meio à desorientação provocada pela bebida e pelo remédio, que deveria se levantar e entrar no prédio. Apesar disso, não consegue fazer as pernas se moverem, o mundo parece pesado demais, e as palavras continuam vindo, saindo da própria boca.

— Não sei o que as pessoas querem de mim. Não sei quem elas querem que eu seja. Vivem me dizendo para ser eu mesmo, mas é da boca para fora, e eu estou cansado... — Sua voz vacila. — Estou cansado de não atender às expectativas dos outros. Cansado de ficar... Não é que eu seja sozinho. Não me importo de ficar sozinho. Mas... — Ele fecha os dedos na frente da camisa. — Mas dói.

A mão do estranho ergue o seu queixo.

— Olhe para mim, Henry — diz o homem, que não tinha perguntado o seu nome.

Henry ergue o olhar e encontra olhos luminosos. Vê alguma coisa espiralando dentro deles, como fumaça. O estranho é lindo, de um modo lupino. Faminto e astuto. O olhar esmeralda desliza sobre ele.

— Você é perfeito — murmura o homem, acariciando o rosto de Henry com o polegar.

Sua voz é suave como a seda, e Henry se deixa levar pelo som e pelo toque, quase perdendo o equilíbrio quando o homem afasta a mão.

— A dor pode ser bela — diz o estranho, exalando uma nuvem de fumaça. — É capaz de transformar, de criar.

— Mas eu não quero sentir dor — retruca Henry, com a voz rouca. — Eu quero...

— Você quer ser amado.

Um som curto e oco; metade tosse, metade soluço escapa de Henry.

— Quero.

— Então seja amado.

— Você faz isso parecer simples.

— E é. Se você estiver disposto a pagar o preço.

Henry reprime uma risada.

— Não estou procurando esse tipo de amor.

O vislumbre sombrio de um sorriso passa pelo rosto do estranho.

— E eu não estou falando de dinheiro.

— Então está falando do quê?

O estranho estende o braço e pousa a mão sobre o esterno de Henry.

— Da única coisa que qualquer humano tem a oferecer.

Por um instante, Henry pensa que o estranho quer o seu coração, por mais partido que seja… depois compreende o sentido das palavras. Trabalha em uma livraria, já leu epopeias o bastante, devorou alegorias e mitos. Cacete, Henry passou os primeiros dois terços da vida estudando as escrituras, além de ter crescido com uma dieta regular de Blake, Milton e Fausto. Mas faz muito tempo que não pensa nisso tudo como algo além de ficção.

— Quem é você? — pergunta.

— Eu sou aquele que vê lenha e a transforma em fogo. O incentivador de todo o potencial humano.

Henry encara o estranho, que continua seco apesar da tempestade e cujo rosto familiar possui uma beleza demoníaca. Observa aqueles olhos, subitamente mais parecidos com os de uma serpente, e reconhece o que está acontecendo: um sonho lúcido. Já teve esse tipo de sonho uma ou duas vezes antes, como efeito colateral de uma automedicação agressiva.

— Eu não acredito em demônios — diz, se levantando. — Nem em almas.

O estranho ergue a cabeça.

— Então você não tem nada a perder.

A tristeza profunda, mantida sob controle graças à companhia casual do estranho nos últimos minutos, agora volta com toda a força. Pressiona o vidro rachado. Henry sente uma leve tontura, mas o estranho o segura pelo braço para apoiá-lo.

Não se lembra de ter visto o homem se levantar, mas agora estão cara a cara. Quando o diabo volta a falar, a sua voz ganha uma nova profundidade, uma calidez constante, como um cobertor jogado sobre os ombros. Henry se deixa levar pelo som.

— Você quer ser amado por todo mundo. Quer ser o *suficiente* para todo mundo. E eu posso lhe conceder isso em troca de algo de que você não vai nem sequer sentir falta. — O estranho estende a mão para ele. — E então, Henry? O que você me diz?

E ele acredita que nada disso é real.

Então não faz diferença.

Ou talvez o homem na chuva tenha razão.

Ele simplesmente não tem nada a perder.

No fim, é fácil.

Tão fácil quanto dar um passo na beira do abismo.

E cair.

Henry segura a mão do estranho, e ele a aperta com força o suficiente para reabrir os cortes na sua palma. Mas ele finalmente não sente dor. Não sente nada enquanto a escuridão sorri e pronuncia uma única palavra:

— Feito.

NOVA YORK
17 de março de 2014
III

Existem centenas de tipos de silêncio.

Existe o silêncio opressivo dos lugares fechados há muito tempo, e o silêncio abafado dos ouvidos tapados por fones. O silêncio vazio dos mortos, e o silêncio pesado dos agonizantes.

Existe o silêncio oco de um homem que parou de rezar, o silêncio arejado de uma sinagoga vazia, e o silêncio da respiração contida de alguém que se esconde de si mesmo.

Existe o silêncio constrangedor que preenche o espaço entre duas pessoas que não sabem o que dizer. E o silêncio tenso que recai sobre aqueles que sabem o que dizer, mas não sabem como nem por onde começar.

Henry não sabe qual é este tipo de silêncio, só que está acabando com ele.

Começou a falar na calçada da padaria e continuou falando conforme caminhavam, porque era mais fácil fazer isso quando podia olhar para outro lugar que não fosse o rosto dela. As palavras saíam da sua boca enquanto chegavam à porta azul do prédio, enquanto subiam as escadas e enquanto entravam no apartamento, e agora a verdade paira no ar, pesada como a fumaça, e Addie está em silêncio.

Está sentada no sofá, com o queixo apoiado na mão.

Através da janela, o dia continua passando como se nada tivesse mudado, mas ele sente que tudo mudou, porque Addie LaRue é imortal e Henry Strauss está condenado.

— Addie — pede, quando não consegue mais suportar o silêncio —, fale alguma coisa, por favor.

Ela ergue o olhar para Henry com os olhos brilhando, não por causa de algum feitiço, mas pelas lágrimas e, a princípio, ele não sabe muito bem se Addie está de coração partido ou feliz.

— Eu não conseguia entender. Ninguém nunca se lembrou de mim. Pensei que fosse um acidente. Ou uma armadilha. Mas você não é um acidente, Henry. Não é uma armadilha. Você se lembra de mim porque também fez um pacto. — Ela balança a cabeça. — Passei trezentos anos tentando quebrar a maldição, e Luc fez a única coisa que eu nunca pensei que fosse fazer. — Ela enxuga as lágrimas e abre um sorriso. — Ele cometeu um *erro*.

Há tamanho triunfo nos olhos dela. Mas Henry não entende.

— Então quer dizer que os nossos pactos se anulam? É por isso que a gente é imune ao pacto um do outro?

Addie balança a cabeça.

— Eu não sou imune, Henry.

Ele se afasta, como se tivesse levado um soco, e diz:

— Mas o meu pacto não funciona com você.

A expressão de Addie se suaviza, e ela pega a mão dele.

— Funciona, sim. O seu pacto e o meu são como bonecas russas, uma dentro da outra. Quando olho para você, vejo *exatamente* o que quero ver. A diferença é que o que *eu* quero não tem nada a ver com aparência, ou charme, ou sucesso. Isto soaria péssimo em qualquer outra vida, mas a verdade é que o que mais quero... o que *preciso*... não tem nada a ver com *você*. O que eu quero, o que sempre quis, é que alguém se lembre de mim. É por isso que você consegue dizer o meu nome. É por isso que você pode ir embora, voltar e ainda saber quem eu sou. E é por isso que eu consigo olhar para *você* e vê-lo exatamente como você é. E é o suficiente. Sempre vai ser.

Suficiente. A palavra se decompõe em sílabas entre os dois, desfazendo um nó na garganta dele. Deixando entrar ar demais.

Suficiente.

Ele afunda no sofá ao lado de Addie. A garota desliza a mão sobre a dele, entrelaçando os dedos nos de Henry.

— Você me disse que nasceu em 1691. Então você já tem...

— Trezentos e vinte e três anos — completa ela.

Henry dá um assobio.

— Eu nunca saí com uma mulher mais velha antes. — Addie ri. — Mas você está muito, muito bem para a sua idade.

— Uau, muito obrigada.

— Conte como é.

— Como é o quê?

— Sei lá. Tudo. Trezentos anos é muito tempo. Você viveu no tempo das guerras e das revoluções. Testemunhou a invenção dos trens, dos carros, dos aviões e da televisão. Você testemunhou a *história*.

Addie franze o cenho.

— Acho que sim, mas não tenho certeza. A história é algo que você enxerga quando olha para trás, não que você reconhece no momento em que acontece. Na hora, você está simplesmente... vivendo a sua vida. Eu não queria viver para sempre. Só queria *viver*.

Addie se aconchega nele e ambos se deitam, com as cabeças encostadas, no sofá, abraçados como amantes em uma fábula. Um novo tipo de silêncio surge, leve como uma chuva de verão.

Então ela pergunta:

— Quanto tempo?

Ele gira a cabeça para olhá-la.

— O quê?

— Quando você fez o pacto — pergunta, com uma voz cautelosa e suave, como um pé testando a firmeza do chão congelado —, quanto tempo pediu que ele durasse?

Henry hesita e desvia o olhar de Addie para o teto.

— A minha vida inteira — responde ele, e não está mentindo, mas uma sombra passa pelo rosto de Addie.

— E ele concordou?

Henry assente e a puxa para o peito, exausto por tudo o que disse, e por tudo o que deixou de dizer.

— Uma vida inteira — sussurra ela.

As palavras pairam entre os dois, no escuro.

NOVA YORK
18 de março de 2014

IV

Addie é muitas coisas, pensa Henry. *Menos fácil de esquecer.*
Como é que alguém poderia se esquecer de uma garota que ocupa tanto espaço? Ela preenche o ambiente de histórias, risadas, calor e luz.

Henry a colocou para trabalhar, ou melhor, ela se colocou para trabalhar, repondo e reorganizando as prateleiras enquanto ele atende os clientes.

Addie chamou a si mesma de fantasma, e pode até ser que seja para outras pessoas, mas Henry não consegue tirar os olhos da garota.

Ela se move entre os livros como se fossem amigos de longa data. E talvez, de certa forma, sejam mesmo. Ele supõe que façam parte da sua história, que sejam coisas que ela já tocou em algum momento. Este, disse Addie, é um escritor que conheceu, aquela é uma ideia que ela teve e ali está um livro que ela leu assim que foi lançado. De vez em quando, Henry vislumbra tristeza ou nostalgia nos seus olhos, mas são apenas relances. Logo ela volta a ficar entusiasmada, resplandece e começa a contar outra história.

— Você conheceu Hemingway? — pergunta o rapaz.

— A gente se encontrou uma ou duas vezes — responde ela, com um sorriso —, mas Colette era muito mais inteligente.

Livro segue Addie por todo o canto, como uma sombra. Henry nunca viu o gato tão interessado em outro ser humano, e quando pergunta a ela sobre isso, a garota, com um sorriso encabulado, tira um punhado de petiscos do bolso.

Ambos se entreolham de lados opostos do sebo, e Henry sabe que ela disse que não é imune, que os pactos deles simplesmente funcionam bem juntos, mas a verdade é que não há brilho algum naqueles olhos castanhos. O olhar de Addie é límpido. Um farol em meio à neblina.

Ela sorri, e o mundo de Henry se ilumina. Ela vira de costas, e o mundo escurece outra vez.

Uma mulher se aproxima do balcão do caixa, e Henry se arrasta de volta.

— Encontrou tudo de que precisava? — Os olhos da cliente já adquiriram um brilho leitoso.

— Encontrei, sim — responde a mulher com um sorriso caloroso, e ele se pergunta o que ela vê no lugar de *Henry*. Será que é um filho, um amante, um irmão, ou um amigo?

Addie apoia os cotovelos no balcão.

Dá um tapinha no livro que ele folheia entre a saída de um cliente e a chegada de outro. Uma coleção de fotografias descontraídas e contemporâneas tiradas em Nova York.

— Eu vi as câmeras fotográficas no seu apartamento. E vi também as fotos. Foi você quem tirou, né?

Henry assente, resistindo ao impulso de dizer "É só um hobby", ou melhor, "Era um hobby que eu tinha".

— Você é muito talentoso — elogia a garota, o que é muita gentileza, ainda mais partindo de Addie. Ele sabe que é talentoso, talvez até mais do que talentoso, às vezes.

Tirou alguns retratos de Robbie na faculdade, mas só porque o amigo não podia pagar um fotógrafo profissional. Muriel dizia que as suas fotos eram *bonitinhas*. Subversivas do seu jeito convencional.

Mas Henry não estava tentando subverter nada. Só queria captar *alguma coisa*.

Baixa os olhos para o livro.

— Eu tenho uma foto de família, não aquela no corredor do meu apartamento, mas outra, de quando eu tinha seis ou sete anos de idade. Aquele dia foi horrível. Muriel tinha grudado um chiclete no livro do David, eu estava resfriado, e os meus pais não pararam de brigar nem por um segundo até o instante em que tiraram a foto. Mas na foto, todo mundo parece tão... feliz. Eu me lembro de olhar a imagem e pensar que as fotos não expressam nenhuma verdade. Não têm nenhum contexto, só a ilusão de que você está capturando um momento da vida de alguém, mas a vida não é uma coleção de retratos instantâneos, a vida é fluida. Então fotos são como uma ficção. É o que eu mais amava sobre elas. Todo mundo acha que fotografias retratam a verdade, mas elas são só uma mentira muito convincente.

— Por que você parou de tirar fotos?

Porque o tempo não funciona do mesmo modo que as fotos.

Elas ficam imóveis depois de um clique.

Mas em um piscar de olhos, o tempo dá um salto adiante.

Ele sempre encarou o costume de tirar fotos como um hobby, um crédito extra para a aula de artes e, quando finalmente descobriu que era algo a que uma pessoa poderia *se dedicar*, já era tarde demais. Ou pelo menos foi assim que ele se sentiu.

Henry já estava muitos quilômetros para trás.

Então desistiu. Guardou as câmeras fotográficas na estante junto com todos os outros hobbies que abandonou. No entanto, há algo a respeito de Addie que o deixa com vontade de segurar uma câmera de novo.

Não há nenhuma câmera na livraria, é óbvio, somente a do celular, mas hoje em dia dá quase no mesmo. Ele ergue o aparelho, enquadrando Addie, com as estantes de livros ao fundo.

— Não vai funcionar — diz ela, assim que Henry tira a foto. Ou tenta tirar. O rapaz bate na tela com o dedo, mas não ouve nenhum clique, nenhuma captura de imagem. Tenta de novo, e desta vez o celular funciona, mas a foto é só um borrão. — Eu te avisei — diz Addie baixinho.

— Eu não entendo. Faz tanto tempo. Como ele poderia prever os filmes fotográficos e os celulares?

Addie consegue esboçar um sorriso melancólico.

— Ele não deturpou a tecnologia. Ele deturpou quem eu sou.

Henry imagina o estranho, sorrindo em meio à escuridão.

E larga o celular no balcão.

NOVA YORK
5 de setembro de 2013

V

Henry acorda com o barulho do trânsito matutino. Retrai-se ao ouvir o som das buzinas enquanto os raios de sol entram pela janela. Tenta se lembrar da noite passada e, por um segundo, nada lhe vem à mente, apenas uma página em preto e um silêncio suave. Mas quando fecha bem os olhos, a escuridão se rompe e dá lugar a uma onda de dor e tristeza, uma mistura de garrafas quebradas e chuva pesada, um estranho de terno cinza-escuro e uma conversa que deve ter sido um sonho.

Henry sabe que Tabitha recusou o pedido de casamento — essa parte foi real, afinal a lembrança é dolorosa demais para ser um fruto da sua imaginação. Afinal, foi por isso que ele começou a beber. A bebedeira foi o que o levou a voltar para casa na chuva, a descansar na portaria antes de entrar, e foi nesse momento que o estranho... mas não, essa parte não aconteceu.

O estranho e a conversa que tiveram saíram direto de uma ficção, e é óbvio que foram um produto do seu subconsciente, uma peça em que seus demônios ganharam vida em meio ao desespero psíquico.

Henry sente uma dor de cabeça martelar o crânio e esfrega os olhos com as costas da mão. Um peso de metal bate na sua bochecha. Ele olha de esguelha e vê uma pulseira de couro preto ao redor do pulso. É um relógio analógico elegante, com números dourados dispostos sobre um fundo cor de ônix. No mostrador, um único ponteiro dourado marca uma ínfima fração depois da meia-noite.

Henry nunca usou relógio na vida.

O objeto, pesado e desconhecido, no seu pulso lembra Henry de uma algema. O rapaz se senta na cama, puxando o fecho com a unha, consumido pelo medo súbito de que o relógio esteja atado a ele, de que não vai conseguir tirá-lo, mas o fecho se abre com a mais leve pressão e o relógio desaba no edredom enrugado.

Cai virado para baixo e Henry lê três palavras gravadas com uma escrita fina na parte de trás:

Aproveite a vida.

Ele se levanta da cama com um salto, afastando-se do relógio, e o encara como se o objeto estivesse prestes a atacá-lo. Mas o dispositivo fica simplesmente parado ali, em silêncio. Henry sente o coração bater forte no peito, tão alto que consegue ouvi-lo, então é transportado de volta para a escuridão, com a chuva pingando dos seus cabelos enquanto o estranho sorri e lhe estende a mão.

Feito.

Só que isso não aconteceu.

Henry olha para a palma da mão e vê os cortes superficiais, cobertos por uma camada de sangue seco. Percebe as gotas vermelho-amarronzadas salpicadas nos lençóis. A garrafa quebrada. Então quer dizer que aquilo também foi real. Mas o aperto da mão do diabo só foi um sonho febril. A dor é capaz de te afetar quando você está acordado, mas também de se infiltrar nos seus sonhos. Certa vez, quando tinha nove ou dez anos, Henry teve uma infecção na garganta, e ele sentia tanta dor que, toda vez que pegava no sono, sonhava que estava engolindo um carvão em brasa ou que estava preso em um prédio em chamas, com a fumaça arranhando a sua garganta. Era só a sua mente, tentando dar sentido ao sofrimento.

Mas o relógio...

Henry consegue distinguir um ruído baixo e ritmado enquanto o segura no ouvido. O mecanismo não faz nenhum outro som (uma noite, em breve, ele vai desmontar o objeto e descobrir que o seu interior não contém nenhuma engrenagem, nada que explique o seu lento avanço).

Contudo, o objeto é sólido e até mesmo pesado. Parece real.

O tic-tac fica mais alto, e o rapaz se dá conta de que o som não vem do relógio. É apenas a batida firme de dedos sobre a madeira, de alguém chamando à porta. Henry prende a respiração, espera um pouco para ver se a pessoa vai desistir, mas ela não desiste. Ele se afasta do relógio, da cama, e pega uma camisa limpa no encosto de uma cadeira.

— Já estou indo — resmunga, puxando-a sobre a cabeça. A gola fica presa nos seus óculos e ele bate com o ombro na soleira da porta, xingando baixinho, na esperança de que, no caminho do quarto até a porta, a pessoa do outro lado desista e vá embora, o que não acontece. Henry abre a porta, esperando ver Bea, Robbie, ou quem sabe Helen, a sua vizinha, procurando o gato fujão mais uma vez.

Mas é a sua irmã, Muriel.

Muriel, que apareceu no apartamento de Henry exatamente duas vezes nos últimos cinco anos. Sendo que uma delas foi porque bebeu chá de ervas demais durante uma reunião no almoço e não conseguiu chegar ao Chelsea.

— O que aconteceu? — pergunta ele, mas a irmã já está entrando e desenrolando do pescoço um cachecol que é mais decorativo do que funcional.

— Desde quando um membro da família precisa de motivo para fazer uma visita?

A pergunta é nitidamente retórica.

Muriel se vira e dá uma olhada nele, do jeito que Henry imagina que a irmã inspecione uma exposição de arte, e então aguarda a avaliação costumeira, alguma variação de "Você está com uma cara horrível".

Mas a irmã diz que ele parece bem, o que é estranho, porque Muriel nunca foi de mentir (não gosta de incentivar uma falácia em um mundo repleto de discursos vazios, de acordo com palavras dela mesma), e, só de olhar de relance para o próprio reflexo no espelho do corredor, Henry confirma que, na verdade, sua aparência está quase tão ruim quanto ele está se sentindo.

— Ontem à noite, a Beatrice me mandou uma mensagem depois que você não atendeu o telefone. Ela me contou sobre a Tabitha e toda a história do pedido. Sinto muito, Hen. — Muriel o abraça, e Henry não sabe o que fazer com as mãos, que acabam pairando no ar em volta dos ombros da irmã até que ela o solte. — O que aconteceu? Ela estava te traindo? — E Henry gostaria que a resposta fosse sim, porque a verdade é ainda pior, a verdade é que ele simplesmente não era interessante o suficiente. — Não importa — continua Muriel. — Ela que se foda, você merece coisa melhor.

Henry quase solta uma risada, porque já perdeu a conta de quantas vezes Muriel comentou que Tabitha era muita areia para o caminhãozinho dele.

Ela dá uma olhada no apartamento.

— Você refez a decoração? O apartamento está bastante acolhedor.

Henry examina a sala de estar, pontuada por velas, obras de arte e outros resquícios de Tabitha. A bagunça é dele. O estilo era dela.

— Não.

A irmã continua de pé. Muriel nunca se senta, nunca se acomoda, nunca nem se apoia em nada.

— Bom, estou vendo que você está bem, mas da próxima vez, atenda o telefone. Ah — acrescenta, pegando o cachecol de volta e já a meio caminho da porta. — Feliz Ano-Novo!

Ele leva um momento para se lembrar.

Rosh Hashaná.

Muriel vê a expressão de confusão no rosto do irmão e sorri.

— Você seria um péssimo rabino.

Ele não discorda. Normalmente, Henry iria para a casa dos pais — ambos iriam —, mas David não conseguiu se livrar do plantão no hospital neste ano, então os pais fizeram outros planos.

— Você vai na sinagoga? — pergunta Henry.

— Não. Vou em uma apresentação na região norte da cidade hoje à noite, um híbrido de burlesco e depravação, e tenho quase certeza de que vai ter alguma brincadeira com fogo. Eu acendo uma vela em alguém.

— Mamãe e papai ficariam tão orgulhosos — diz ele secamente, mas para falar a verdade, suspeita que os pais teriam orgulho, sim. Muriel Strauss é incapaz de fazer algo errado aos olhos deles.

Ela dá de ombros.

— Cada um comemora do jeito que achar melhor. — Enrola o cachecol de volta no pescoço com um floreio. — Te vejo no Yom Kipur. — Muriel estende a mão em direção à maçaneta da porta, depois se vira para ele e despenteia os cabelos de Henry. — Minha nuvenzinha de tempestade. Não deixe que fique sombrio demais aí dentro.

Assim ela vai embora, Henry se encosta na porta, atordoado, exausto e totalmente confuso.

Henry ouviu dizer que há estágios do luto.

Fica se perguntando se a mesma coisa acontece com o amor.

Se é normal se sentir perdido, com raiva, triste, vazio e, de algum modo, terrivelmente aliviado. Talvez o baque da ressaca esteja bagunçando todos os sentimentos que ele *deveria* estar sentindo, transformando-os no que ele realmente *está* sentindo.

Ele dá uma passada na Roast, a cafeteria movimentada que fica a um quarteirão do sebo. A loja serve muffins gostosos e bebidas quase decentes, com um serviço péssimo, o que é o padrão nesta região do Brooklyn. Vê Vanessa trabalhando no caixa.

Nova York é uma cidade repleta de pessoas bonitas, de atores e modelos fazendo hora extra como bartenders e baristas, preparando bebidas para pagar o aluguel até conseguirem alcançar o sucesso. Henry sempre achou que Vanessa, uma loira esbelta com um pequeno símbolo do infinito tatuado na parte interna do pulso, fosse uma dessas pessoas. Também *acha* que o nome dela seja Vanessa, afinal é o que está escrito na etiqueta de identificação presa no seu avental, mas a garota nunca lhe disse como se chama. Aliás, ela nunca lhe disse *nada* além de "O que você deseja?".

Henry fica parado no balcão, ela pergunta qual é o pedido e o nome dele (embora vá à cafeteria seis dias por semana nos últimos três anos, e ela trabalhe lá nos últimos dois) e, do momento em que registra o café espresso com espuma de leite no caixa ao momento em que escreve o seu nome no copo e chama o próximo cliente, a garota nem sequer olha para ele. Seu olhar passa da camisa de Henry para o computador e em seguida para o seu queixo, e ele se sente invisível.

É sempre assim.

Menos hoje.

Hoje, quando anota o pedido, a garota ergue o olhar.

É uma mudança quase imperceptível, uma diferença de cinco ou seis centímetros, mas agora ele consegue ver os olhos dela, que são de um tom de azul impressionante. A barista olha para ele, não para o seu queixo, devolve o olhar e sorri.

— Oi — cumprimenta. — O que você deseja?

Ele pede um café espresso com espuma de leite e lhe diz o seu nome, e, normalmente, a conversa acaba aí.

Mas não desta vez.

— Vai se divertir hoje? — pergunta a garota, puxando papo enquanto escreve o nome dele no copo.

Vanessa nunca puxou papo com ele antes.

— Só trabalho — responde Henry, e ela volta a atenção para o seu rosto. Desta vez, ele nota uma ligeira cintilância — algo de *errado* — nos olhos dela. É uma ilusão de ótica, só pode ser, mas por um segundo, o brilho se parece com geada, ou névoa.

— O que você faz? — pergunta a barista, parecendo genuinamente interessada, e quando ele conta que trabalha na Última Palavra, os olhos dela se iluminam um pouco. Sempre foi uma leitora ávida e não consegue pensar em um lugar melhor para se estar do que em uma livraria. Quando o rapaz paga o café, seus dedos se roçam, e ela lhe lança outro olhar. — Até amanhã, Henry.

A barista pronuncia o nome dele como se o tivesse roubado, com um sorriso malicioso nos lábios.

Henry não sabe muito bem se ela está flertando até que pega o copo de café e vê a setinha preta que ela desenhou, apontando para baixo. Assim que ergue o recipiente, o seu coração dá um tranco como se fosse um motor ligando.

A garota anotou o nome e o número de telefone na parte de baixo do copo.

Ao chegar à livraria, Henry destranca a grade de aço e abre a porta enquanto termina de beber o café. Vira a placa para "aberto" e inicia a sua rotina de colocar ração para Livro, abrir o sebo e arrumar os livros que chegaram nas estantes até o sino tocar, anunciando o primeiro cliente.

Caminha entre as pilhas de livros e se depara com uma senhora, dando voltas pelas seções de ficção histórica, mistério e romance. Ele a deixa à vontade por alguns minutos, mas quando ela dá a volta pela terceira vez, o rapaz se aproxima.

— Posso ajudá-la?

— Não sei, não sei — murmura ela, meio que para si mesma, então se vira para olhar para ele e algo muda em sua expressão. — Quer dizer, sim, por favor, eu espero que sim. — Há uma ligeira radiância nos seus olhos, um brilho aquoso, enquanto a senhora explica que está procurando um livro que já leu. — Ultimamente, não consigo mais me lembrar o que li e o que não li — diz, balançando a cabeça. — Tudo parece familiar. Todas as capas parecem iguais. Por que as editoras fazem isso? Por que fazem tudo igual?

Henry supõe que tenha a ver com as tendências do mercado, mas sabe que dizer isso não vai ser de grande ajuda. Então, pergunta se ela se lembra de alguma coisa a respeito do livro.

— Hum, vejamos... Era um livro grosso. Falava sobre a vida, a morte e a história.

A descrição não restringe muito as opções, mas Henry já está acostumado com a falta de detalhes. Há um monte de pessoas que chegam no sebo procurando algum livro que viram por aí, sem conseguir dar nenhuma informação além de "A capa era vermelha" ou "Acho que tinha a palavra *garota* no título".

— Era um livro triste e adorável. Tenho certeza de que se passava na Inglaterra. Minha nossa, como anda a minha cabeça! Acho que tinha uma rosa na capa — descreve a senhora.

Ela passa os olhos pelas prateleiras, retorcendo as mãos finas como folhas de papel. Fica óbvio que a mulher não vai tomar uma decisão, então Henry decide por ela. Extremamente incomodado, pega um livro grosso de ficção histórica da prateleira mais próxima.

— Era este? — pergunta, oferecendo a ela uma edição de *Wolf Hall*. Mas assim que pega o livro, sabe que não pode ser aquele. Há uma papoula na capa, em vez de uma rosa, e não há nada especialmente triste ou adorável sobre a vida de Thomas Cromwell, mesmo que a escrita seja bela e comovente. — Deixa pra lá — diz, já estendendo o braço para devolver o livro à estante quando o rosto da senhora se ilumina de prazer.

— É este mesmo! — Ela segura o braço dele, com os dedos ossudos. — É *exatamente* este o livro que eu estava procurando. — Henry mal consegue acreditar, mas a alegria da senhora é tão genuína que ele começa a duvidar de si mesmo.

Está prestes a registrar a compra quando se lembra. Atkinson. *O fio da vida*. Um livro sobre a vida, sobre a morte e sobre a história, triste e adorável, ambientado na Inglaterra, e com uma rosa duplicada na capa.

— Espere um pouco — diz, dobrando a esquina do corredor e indo à ala de literatura contemporânea para buscar o título.

— É *este* aqui?

O rosto da senhora se ilumina, exatamente como antes.

— É! Seu espertinho, é este mesmo! — responde, com a mesma convicção.

— Fico feliz de ajudar — retruca ele, sem saber ao certo se ajudou de verdade.

A senhora decide levar ambos os livros, afirmando ter certeza de que vai adorar os dois.

O restante da manhã se passa do mesmo modo inusitado.

Um homem de meia-idade entra na livraria, procurando um livro de suspense, e vai embora com todos os cinco títulos que Henry recomenda. Uma universitária chega à procura de um livro sobre mitologia japonesa, e quando Henry pede desculpas por não o ter no estoque, ela se enrola toda para dizer que a culpa não é dele e insiste em deixar um exemplar encomendado, apesar de não saber se vai cursar a disciplina ou não. Um cara com corpo de modelo e um maxilar mais afiado do que uma navalha entra para examinar a sessão de fantasia e anota o seu e-mail abaixo da assinatura no recibo de pagamento.

Henry se sente desorientado, do mesmo jeito que se sentiu quando Muriel disse que ele parecia bem. Parece e não parece um *déjà-vu*, porque a sensação é completamente nova. É como o Primeiro de Abril, quando as regras mudam, tudo é um jogo e todo mundo participa. Ainda está maravilhado com o último encontro, com o rosto um pouco corado, quando Robbie irrompe pela porta, fazendo o sino tilintar atrás de si.

— Meu Deus do céu! — diz o amigo, jogando os braços ao seu redor e, por um momento, Henry pensa que algo terrível deve ter acontecido, antes de se dar conta de que já aconteceu... com *ele mesmo*.

— Tá tudo bem — diz, e é óbvio que não está, mas o dia está tão esquisito que tudo o que aconteceu antes parece um sonho. Ou quem sabe ele ainda esteja sonhando. Se for o caso, não está tão ansioso assim para acordar. — Tá tudo bem — repete.

— Não precisa estar tudo bem — replica Robbie. — Só quero que você saiba que eu estou aqui e que também teria estado na noite passada... Queria ter ido ao seu apartamento quando você não atendeu o telefone, mas Bea disse que a gente devia te dar um pouco de espaço. Não sei por que dei ouvidos a ela. Me desculpe.

As palavras saem de uma só vez.

O abraço fica mais apertado enquanto Robbie fala, e Henry aprecia o enlace. Eles se encaixam com o mesmo conforto familiar de um casaco bastante usado. O abraço dura um pouco mais do que o esperado. Henry pigarreia e se afasta, e Robbie dá uma risada sem graça e se vira. A luz ilumina o seu rosto e Henry percebe uma estreita faixa roxa que se estende ao longo da têmpora do amigo até encontrar o couro cabeludo.

— Você está cheio de purpurina.

Robbie esfrega a maquiagem sem muita vontade.

— Ah, é do ensaio.

Há um brilho estranho nos olhos de Robbie, um aspecto vidrado que Henry conhece muito bem, e ele se pergunta se o amigo tomou alguma coisa ou se só faz muito tempo que não dorme. Na faculdade, Robbie ficava tão fora de si com drogas, ou sonhos, ou grandes ideias, que precisava queimar toda a energia do organismo antes de desabar na cama.

O sino da porta soa.

— O filho da puta — anuncia Bea, jogando a bolsa carteiro em cima do balcão. — Cretino desgraçado.

— Tem clientes no sebo — alerta Henry, embora o único consumidor por perto seja um senhor surdo, um cliente costumeiro chamado Michael que frequenta a seção de terror.

— A que devemos esse seu chilique? — pergunta Robbie, animado. Um pouco de drama sempre o deixa de bom humor.

— Ao idiota do meu orientador — responde Bea, passando por eles enfurecida em direção às sessões de arte e de história da arte. Os dois se entreolham e depois vão atrás dela.

— Ele não gostou do projeto? — pergunta Henry.

Faz quase um ano que Bea vem tentando conseguir a aprovação de um tema para a sua dissertação.

— Ele recusou o projeto! — A garota dispara por um dos corredores, quase derrubando uma pilha de revistas. Henry segue em seu encalço, fazendo tudo o que pode para arrumar a destruição que ela deixa em seu rastro. — Disse que era muito *esotérico*. Como se ele soubesse o significado de "esotérico" mesmo que enfiassem um dicionário debaixo do nariz dele.

— Use-a numa frase — provoca Robbie, mas ela o ignora, estendendo o braço para pegar um livro.

— Aquele mente fechada...

E mais outro.

— Cabeça oca...

E mais outro.

— *Decrépito!*

— Isto aqui não é uma biblioteca — diz Henry enquanto Bea leva a pilha de livros para a poltrona de couro baixa no canto do sebo e se atira sobre ela, assustando a bola de pelos ruivos aninhada entre duas almofadas puídas.

— Desculpe, Livro — murmura, colocando o gato com cuidado sobre o encosto da poltrona gasta, onde ele faz a sua melhor imitação de pedaço de pão mal-humorado. A garota continua a soltar uma torrente de xingamentos em voz baixa enquanto folheia as páginas.

— Eu sei exatamente do que a gente precisa — diz Robbie, virando-se em direção ao depósito. — Meredith não guarda umas garrafas de uísque nos fundos?

E apesar de ainda serem três da tarde, Henry não protesta. Ele afunda no chão e se senta encostado na estante mais próxima, com as pernas estendidas, sentindo-se insuportavelmente cansado de repente.

Bea o olha e solta um suspiro.

— Sinto muito — começa, mas Henry gesticula para que ela pare de falar.

— Por favor, continue acabando com o seu orientador e com a minha seção de história da arte. *Alguém* tem de agir de um jeito normal.

Mas ela fecha o livro, coloca-o de volta na pilha e se senta ao lado de Henry no chão.

— Posso te dizer uma coisa? — A voz dela fica um pouco mais alta ao final da frase, mas ele sabe que não é uma pergunta. — Estou feliz por você ter terminado com a Tabitha.

Henry sente uma pontada de dor, como quando cortou a palma da mão.

— Foi ela quem terminou comigo.

Bea faz um gesto com a mão, como se esse pequeno detalhe não importasse.

— Você merece alguém que te ame por quem você é. Com tudo de bom, de ruim e de enlouquecedor.

Você quer ser amado. Quer ser o suficiente.

Henry engole em seco.

— É... Ser eu mesmo não deu muito certo para mim.

Bea inclina o corpo na direção dele.

— Mas esse é o problema, Henry, você *não* foi você mesmo. Você desperdiça tempo demais com pessoas que não te merecem. Com pessoas que não te conhecem, porque você não deixa que elas te conheçam. — Bea aninha o rosto dele entre as mãos, com aquele brilho estranho nos olhos. — Henry, você é inteligente, gentil e irritante. Odeia azeitonas e pessoas que falam durante o filme. Adora milkshakes e gente que ri até chorar. Acha que é um crime virar as páginas e ler o final do livro primeiro. Quando está com raiva, você fica quieto, e quando está triste, fala muito, e quando está feliz, cantarola sem perceber.

— E?

— E faz *anos* que eu não escuto você cantarolar. — Ela tira as mãos do rosto dele. — Mas te vi comer uma tonelada de azeitonas.

Robbie volta, segurando uma garrafa de uísque e três taças. O último cliente da livraria vai embora, e então Robbie fecha a porta, virando a placa para "fechado". Vem, se senta no chão, entre Henry e Bea, e arranca a rolha da garrafa com os dentes.

— A que a gente vai brindar? — pergunta Henry.

— A novos começos — responde Robbie, com os olhos ainda cintilando enquanto enche as taças.

NOVA YORK
18 de março de 2014
VI

O sino toca e Bea entra de supetão.
— Robbie quer saber se você está evitando-o — diz, no lugar de um "Oi". Henry sente uma pontada no coração. A resposta é "sim, óbvio", mas também "não, não estou". Ele não consegue esquecer a mágoa no olhar do amigo, mas isso não é desculpa para o modo como agiu, ou talvez seja. — Vou tomar o seu silêncio como um "sim" — continua Bea. — E onde é que você anda se escondendo?

Henry tem vontade de dizer: "A gente se viu no seu jantarzinho", mas fica se perguntando se ela se esqueceu da noite inteira ou só das partes de que Addie participou.

Falando nisso…

— Bea, esta é a Addie.

Beatrice se vira para ela e, por uma fração de segundo, Henry acredita que a amiga se lembra. Porque Bea olha para Addie como se a garota fosse uma obra de arte, mas uma com que já tinha se deparado antes. Apesar de tudo, Henry espera que a amiga acene com a cabeça e diga "Ah, que bom te ver de novo", mas Bea sorri e diz: "Sabe, tem algo de atemporal no seu rosto", e ele fica abalado pela estranheza do eco, pela intensidade do *déjà-vu*.

Contudo Addie apenas sorri de volta e responde:

— Já me disseram isso antes.

Enquanto Bea continua estudando Addie, Henry a estuda.

Sempre apresentou uma aparência impecavelmente refinada, mas hoje tem tinta néon nos dedos, uma marca dourada de beijo na têmpora e o que parece ser açúcar de confeiteiro na manga da blusa.

— O que *você* andou aprontando? — pergunta o rapaz.

Ela olha para si mesma.

— Ah, eu estava no Artifact! — exclama, como se ele devesse saber o que isso significa. Ao ver a confusão na expressão do amigo, ela explica. De acordo com Beatrice, o Artifact é metade parque de diversão e metade exposição de arte, um amálgama interativo de instalações que fica no High Line.

Enquanto Bea fala das câmaras de espelhos, das cúpulas de vidro repletas de estrelas, das nuvens de açúcar, das penas flutuantes por causa de brigas de travesseiros e dos murais feitos com milhares de bilhetes de pessoas desconhecidas, o rosto de Addie se ilumina, e Henry pensa que deve ser difícil surpreender uma garota que já viveu trezentos anos.

Assim, quando ela se vira para ele, com os olhos brilhando, e diz: "A gente precisa ir lá", não há nada que Henry gostaria mais de fazer. É óbvio que o sebo ainda é um problema, porque ele é o único funcionário e ainda faltam quatro horas para o horário de fechamento. Mas o rapaz tem uma ideia.

Henry pega um marcador de páginas, o único item promocional da livraria, e começa a escrever no verso.

— Ei, Bea — diz, empurrando o cartão improvisado por cima do balcão. — Você se importa de fechar o sebo?

— Eu tenho mais o que fazer — replica a garota, mas olha para a caligrafia apertada e inclinada de Henry.

Biblioteca A Última Palavra.

Bea sorri e guarda o marcador de páginas no bolso.

— Divirtam-se — diz, acenando para que ambos saiam da livraria.

NOVA YORK
5 de setembro de 2013

VII

À s vezes, Henry gostaria de ter um gato.
Supõe que poderia simplesmente adotar Livro, mas parece impossível separar o gato ruivo da Última Palavra, e o rapaz não consegue se livrar do pensamento de que o velho gato viraria pó antes de chegar ao apartamento dele.

O que, Henry sabe muito bem, é um jeito mórbido de pensar na conexão entre pessoas e lugares, ou, nesse caso, entre animais de estimação e lugares, mas está anoitecendo, e ele bebeu um pouco mais da conta, Bea tinha uma aula para dar e Robbie precisava ir à peça de um amigo, de modo que está sozinho outra vez, voltando para um apartamento vazio e desejando que tivesse um gato ou algo do tipo o esperando.

Ele experimenta um cumprimento enquanto entra em casa.

— Oi, gatinho, cheguei — diz, antes de perceber que a frase faz dele um solteirão de 28 anos que fala com um pet imaginário, e isso lhe parece infinitamente pior.

Henry pega uma cerveja na geladeira, encara o abridor de garrafa e se dá conta de que o objeto pertence à Tabitha. Um treco verde e cor-de-rosa no formato de um lutador de *lucha libre* que ela comprou em uma viagem ao México no mês passado. Deixa o abridor de lado, vasculha uma gaveta da cozinha atrás de outro e encontra uma colher de pau, um ímã de uma companhia de dança e um punhado de canudos ridiculamente retorcidos. Depois olha ao redor e vê mais dezenas de objetos espalhados pelo apartamento, todos de Tabitha. Então pega uma caixa de livros, esvazia o conteúdo e começa a enchê-la outra vez, dessa vez com post-its, brochuras, um par de sapatilhas de balé, uma caneca, uma pulseira, uma escova de cabelo e uma fotografia.

Termina a primeira cerveja, abre a segunda na beira da bancada e segue adiante, passando de um cômodo para o outro, o que é mais um passeio sem rumo do que uma procissão metódica. Uma hora depois, a caixa ainda está na metade, mas Henry perdeu a disposição. Não quer mais fazer aquilo, nem mesmo *ficar* ali, em um apartamento que lhe parece, de algum jeito, vazio e entulhado de coisas ao mesmo tempo. Há espaço demais para pensar. Mas não o bastante para respirar.

Henry se senta, com as pernas irrequietas, entre as garrafas vazias e a caixa pela metade durante vários minutos, e então fica de pé num salto e sai para a rua.

O Merchant está cheio.

Como sempre. É um desses bares de bairro cujo sucesso tem mais a ver com a proximidade da vizinhança do que com a qualidade das bebidas. Uma instituição local. A maioria das pessoas que frequentam o Merchant se referem a ele simplesmente como "o bar".

Henry desliza entre a multidão e escolhe um lugar na ponta do balcão, esperando que o ruído de fundo do ambiente o faça se sentir um pouco menos solitário.

Mark, um homem de cinquenta e poucos anos, com costeletas grisalhas e um sorriso de revista, está trabalhando esta noite. Geralmente, Henry leva cerca de dez minutos para chamar a atenção do bartender, mas hoje o homem vai direto em sua direção, ignorando a ordem de chegada. Ele pede uma dose de tequila, e Mark volta com uma garrafa e dois copos.

— Por conta da casa — diz, servindo uma dose para o rapaz e outra para si.

Henry esboça um sorriso amarelo.

— Pareço tão mal assim?

Mas não há pena no olhar de Mark, só uma luz estranha e sutil.

— Você está com uma aparência ótima — replica ele, do mesmo jeito que Muriel, e é a primeira vez que o bartender lhe dirige mais de uma frase. Normalmente, suas repostas se limitam a repetir os pedidos e a acenos de cabeça.

Fazem um brinde, e Henry pede mais uma dose, e depois outra. Sabe que está bebendo demais, rápido demais, acrescentando as doses de agora às cervejas que bebeu em casa e ao uísque que tomou no trabalho.

Uma garota se aproxima do bar e olha de relance para Henry.

Ela desvia o olhar e depois volta a atenção para ele, como se o visse pela primeira vez. O brilho surge de novo — uma camada de luz sobre os seus olhos enquanto a garota se aproxima. Henry não consegue entender o seu nome, mas tanto faz.

Tentam conversar em meio ao barulho. Ela pousa a mão primeiro no seu antebraço e depois no ombro, antes de deslizá-la pelos cabelos.

— Vamos lá para casa — pede, e Henry se sente muito atraído pela necessidade e pelo desejo evidente na voz da garota. Mas as amigas dela chegam e a levam embora, com os olhos brilhando também enquanto se desculpam, dizem que ele "é um cara muito gente boa" e desejam "uma boa noite".

Henry desliza do banco e se dirige ao banheiro. Desta vez, pode sentir as cabeças virando na sua direção.

Um rapaz o pega pelo braço e diz alguma coisa a respeito de um projeto fotográfico e de como ele seria perfeito para o trabalho, antes de entregar um cartão para contato.

Duas mulheres tentam atraí-lo para o seu círculo de conversa.

— Eu queria ter um filho que nem você — diz uma.

— Um *filho*? — pergunta a outra, com uma risada estridente, enquanto ele se desvencilha de ambas e escapa pelo corredor em direção ao banheiro.

Henry apoia o corpo na bancada da pia.

Não faz a menor ideia do que está havendo.

Ele se lembra do que aconteceu na cafeteria de manhã cedo, do número de Vanessa escrito na parte de baixo do copo. Dos clientes no sebo, ávidos pela sua ajuda. De Muriel, dizendo que ele parecia bem. Da névoa pálida, como a fumaça de uma vela, nos olhos de todo mundo.

Henry baixa os olhos para o relógio no seu pulso, cintilando sob a luz do banheiro e, pela primeira vez, tem certeza de que é real.

O homem na chuva era real.

O pacto era real.

— Ei.

Henry ergue o olhar e se depara com um rapaz, de olhos vidrados, sorrindo para ele como se fossem melhores amigos.

— Você está com cara de quem precisa de um tiro.

Ele estende um pequeno recipiente de vidro, e Henry encara a coluninha de pó ali dentro.

Tinha doze anos quando se drogou pela primeira vez.

Quando alguém passou um baseado para ele, atrás das arquibancadas do estádio na escola, Henry sentiu a fumaça queimar seus pulmões e quase vomitou, mas depois tudo ficou um pouco mais… suave. A maconha preenchia o seu crânio e aliviava a ansiedade no seu coração, não o deixava controlar para onde sua mente vagava. Os comprimidos de Valium e de Xanax funcionavam melhor, entorpecendo tudo de uma só vez, mas ele sempre evitou as drogas mais pesadas, por medo… não de que alguma coisa pudesse dar errado, mas o contrário: de que desse muito certo. Medo do escorregão, da queda, de saber que seria forte o suficiente para parar.

De qualquer maneira, ele nunca foi fissurado pela euforia, não exatamente.

Mas pela quietude.

O efeito colateral secundário.

Tentou não usar drogas por causa de Tabitha.

Mas Tabitha se foi e, na verdade, não importa.

Não mais.

Agora, Henry só quer se sentir bem.

Despeja o pó no polegar, sem ter a menor ideia se está fazendo direito, e aspira a droga, cujo efeito bate como um frio brusco e repentino, depois… o mundo se abre. Os detalhes ficam nítidos, as cores se acendem e, de algum modo, tudo fica mais perceptível e turvo ao mesmo tempo.

Henry deve ter dito alguma coisa, porque o rapaz dá uma risada, estende a mão e limpa alguns salpicos da sua bochecha. O toque é como um choque de estática, uma fagulha de energia no ponto onde as peles se encontram.

— Você é perfeito — diz o desconhecido, deslizando os dedos pelo seu maxilar, e Henry enrubesce com uma onda de calor vertiginoso que o faz precisar se afastar.

— Desculpa — diz, voltando para o corredor.

Ele se encosta na parede escura, e espera o mundo parar de girar.

— Ei. — Henry ergue o olhar e encontra um rapaz cujo braço está ao redor dos ombros de uma garota. Ambos são altos, esbeltos e graciosos. — Qual é o seu nome? — pergunta ele.

— Henry.

— Henry — repete a garota, com um sorriso de gato.

Ela o olha com um desejo tão evidente que Henry fica chocado. Ninguém nunca o olhou daquele jeito. Nem Tabitha. Nem Robbie. Ninguém... nem no primeiro encontro, nem no meio de uma transa, nem quando ele se ajoelhou...

— Meu nome é Lúcia. E esse é o Benji. A gente estava procurando você — diz ela.

— O que eu fiz?

O sorriso da garota encurva.

— Nada, por enquanto.

Ela morde os lábios e o rapaz, com o rosto lânguido de desejo, olha para Henry. A princípio, ele não entende do que os dois estão falando.

Mas logo a ficha cai.

Henry solta uma gargalhada, um som desenfreado e estranho.

Nunca participou de um ménage, a menos que contasse a vez em que ele, Robbie e um amigo ficaram absurdamente bêbados na faculdade, e mesmo assim, ainda não sabe muito bem até que ponto chegaram.

— Venha com a gente — diz a garota, estendendo a mão.

Dezenas de desculpas passam pela sua cabeça, mas desaparecem enquanto Henry segue o casal para o apartamentos deles.

NOVA YORK
7 de setembro de 2013
VIII

Nossa, como é bom ser desejado.

Aonde quer que vá, pode sentir o efeito dominó, a atenção das pessoas se voltando para ele. Henry acolhe o interesse, os sorrisos, o calor e a luz. Pela primeira vez, entende de fato o conceito de estar embriagado pelo poder.

É como se livrar de um fardo pesado depois que os braços ficaram cansados. Surge uma leveza repentina e avassaladora, como se os seus pulmões estivessem se enchendo de ar, como a luz do sol aparecendo depois da chuva.

É bom usar em vez de ser usado.

Ser o vencedor, não o perdedor.

É muito bom. Não devia se sentir assim, ele sabe, mas se sente.

Aguarda na fila da Roast, desesperado por um café.

Os últimos dias foram um borrão. Madrugadas deram lugar a manhãs esquisitas, e cada momento foi tomado pelo prazer inebriante de ser desejado, de saber que, seja lá o que as pessoas veem nele, é bom, maravilhoso, perfeito.

Ele é perfeito.

E não se trata somente do magnetismo sem rodeios da luxúria, não sempre. Agora, as pessoas se deixam levar na direção dele, são atraídas para a sua órbita, e o motivo é *sempre* diferente. Às vezes, é só o desejo puro e simples, e em outras, algo mais sutil. Às vezes, é uma carência evidente, e em outras, Henry não consegue adivinhar o que veem quando olham para ele.

Na verdade, a única parte perturbadora... são os olhos. A névoa que paira sobre seus olhares, ficando mais espessa até virar uma geada, uma nevasca. Um lembrete constante de que esta vida nova não é exatamente normal, nem totalmente real.

Mas é o *suficiente*.

— Próximo!

Henry avança, ergue o olhar e vê Vanessa.

— Ah, oi! — cumprimenta.

— Você não me ligou.

Ela não parece zangada nem irritada. Pelo contrário, soa animada demais, debochada, mas do jeito usado para disfarçar a vergonha. Ele sabe como é... já usou esse tom de voz dezenas de vezes para esconder a própria mágoa.

— Desculpe — diz Henry, corando. — Não sabia muito bem se devia fazer isso.

Vanessa abre um sorriso malicioso.

— A história do nome e do número de telefone foi muito sutil?

Henry ri e desliza o celular para ela no balcão.

— Liga para mim — pede ele. A garota digita o número de telefone e aperta o botão de chamar. — Pronto — diz Henry, pegando o celular de volta —, agora não tenho mais desculpas.

Ele se sente um idiota assim que diz isso, como um moleque repetindo as falas de um filme, mas Vanessa fica corada e morde o lábio inferior. Henry se pergunta o que aconteceria se a chamasse para sair agora, se pergunta se a garota tiraria o avental e passaria por baixo do balcão. Mas não tenta nada, apenas diz: "Vou te ligar."

E ela responde: "Acho bom."

Henry sorri e se vira para ir embora. Quando está quase chegando à porta da cafeteria, escuta alguém chamar o seu nome.

— Sr. Strauss.

Henry sente um nó na garganta. Reconhece a voz, já consegue visualizar mentalmente o paletó de tweed, os cabelos grisalhos, a decepção no rosto do senhor de meia-idade quando o aconselhou a deixar o departamento de teologia e a faculdade, e tentar descobrir qual era a sua verdadeira paixão, porque era evidente que não era aquela.

Henry tenta esboçar um sorriso, sente que deixou muito a desejar.

— Reitor Melrose — cumprimenta, virando-se para encarar o homem que o tirou da estrada.

E ali está ele, em carne, osso e tweed. Mas em vez da expressão de desprezo a que Henry estava acostumado, o reitor parece satisfeito. Um sorriso surge no meio da barba grisalha e bem aparada.

— Que sorte a minha. Você é exatamente quem eu queria encontrar — diz ele.

Henry acha muito difícil de acreditar nisso, até notar a fumaça pálida formando uma espiral nos olhos do homem. Sabe que deveria ser educado, mas o que ele gostaria mesmo é de mandar o reitor para o inferno, então decide ficar no meio-termo e simplesmente pergunta:

— Por quê?

— Temos uma vaga na faculdade de teologia, e acho que você seria perfeito para o cargo.

Henry quase solta uma gargalhada.

— Você só pode estar de brincadeira.

— De jeito nenhum.

— Eu não terminei o doutorado. Você me reprovou.

O reitor ergue o dedo em riste.

— Eu nunca te reprovei.

Henry fica indignado.

— Você ameaçou me reprovar se eu não abandonasse o curso.

— Eu sei — diz o homem, parecendo genuinamente arrependido. — Eu estava errado.

Três palavras que ele apostaria que aquele homem nunca disse antes. Henry queria se deleitar com elas, mas não consegue.

— Não, o senhor estava certo. Eu não me encaixava. Não estava feliz lá. E também não tenho a menor vontade de voltar.

É mentira. Sente falta da estrutura, do caminho e do propósito. Talvez não se encaixasse perfeitamente, mas isso seria impossível.

— Vá ao meu escritório para uma entrevista — insiste o reitor Melrose, estendendo um cartão de visita. — Me dê a oportunidade de te fazer mudar de ideia.

— Você está atrasado.

Bea está esperando nos degraus da livraria.

— Sinto muito — diz Henry, destrancando a porta. — Ainda não é uma biblioteca — acrescenta, assim que ela coloca uma nota de cinco dólares no balcão e desaparece na seção de arte. Bea entoa um *aham* evasivo, e ele a ouve retirar um livro atrás do outro das prateleiras.

Ela é a única que não mudou, a única que não parece tratá-lo de um jeito diferente.

— Ei — chama ele, seguindo-a pelo corredor. — Eu ando esquisito para você?

— Não — responde a garota, vasculhando as estantes.

— Bea, *olhe* para mim.

Ela se vira e o olha de cima a baixo.

— Tirando a marca de batom no seu pescoço?

Henry fica corado e esfrega a pele com a mão.

— É. Tirando isso.

Ela dá de ombros.

— Na verdade, não.

Mas nos olhos dela, aquele brilho inconfundível e a superfície indistinta e iridescente parece se espalhar enquanto Bea o examina.

— Sério? Nada?

Ela tira um livro da prateleira.

— O que você quer que eu diga, Henry? — pergunta ela, brevemente procurando pelas palavras certas. — Você se parece com *você mesmo*.

— Quer dizer que você não… — Ele não sabe como perguntar. — Você não me *deseja?*

Bea se vira, olha para ele por um longo momento e em seguida cai na gargalhada.

— Desculpa, querido — diz assim que recupera o fôlego. — Não me entenda mal. Você é uma graça. Mas eu continuo sendo lésbica.

No instante em que ela diz isso, Henry se sente ridículo, e ridiculamente aliviado.

— Por que você está me perguntando isso?

Eu fiz um pacto com o diabo e agora toda vez que alguém olha para mim, vê só o que quer ver. Ele balança a cabeça.

— Nada. Deixa pra lá.

— *Bom…* — diz ela, acrescentando mais um livro à sua pilha — acho que encontrei um novo tema para a minha tese.

Bea leva os livros ao caixa e os coloca em cima das notas fiscais e dos recibos. Henry observa enquanto a amiga vira as páginas até encontrar o que estava procurando em cada exemplar e, em seguida, dá um passo para trás para que ele possa ver o que descobriu.

Três retratos, todos versões de uma jovem, embora pertençam nitidamente a épocas e movimentos artísticos diferentes.

— O que é isso?

— Eu a chamo de "o fantasma na moldura".

Um deles é um esboço feito a lápis, com contornos indefinidos e inacabados. Nele, a mulher está deitada de bruços, emaranhada nos lençóis. Os cabelos se avolumam ao redor dela, e o seu rosto não passa de sombra e de sardas levemente espalhadas pelas bochechas. O título da obra está escrito em italiano.

Ho portato le stelle a letto.

A tradução pode ser lida logo abaixo.

Eu levei as estrelas para a cama.

A segunda obra é francesa e se trata de um retrato mais abstrato, pintado com os tons vívidos de azul e verde do Impressionismo. A mulher está sentada na praia, com um livro virado para baixo ao seu lado na areia. Está olhando para o artista por cima do ombro e somente o contorno do seu rosto é visível. Suas sardas são um pouco mais do que borrões de luz, ausências de cor.

A obra se chama *La sirène*.

A sereia.

A última é um entalhe na madeira, a escultura de uma silhueta permeada de luz, com túneis precisos escavados em um painel de cerejeira.

Constelação.

— Viu? — pergunta Bea.

— São retratos.

— Não — corrige ela —, são retratos *da mesma mulher*.

Henry ergue a sobrancelha.

— Isso é um exagero.

— Olha o ângulo do maxilar, a ponte do nariz e as sardas. Conte quantas são.

Henry conta. Em todas as imagens, há exatamente sete sardas.

Bea toca o primeiro e o segundo retrato.

— O italiano foi feito na virada do século xix. O francês é de cinquenta anos mais tarde. E este aqui — diz ela, apontando para a foto da escultura — é dos anos 1960.

— Então pode ser que um retrato tenha sido inspirado no outro — conclui Henry. — Não existia uma tradição de... esqueci o nome, mas era basicamente uma espécie de telefone visual? Um artista tinha preferência por determinado tema, depois outro artista se inspirava nele, e assim por diante? Era como se tivessem um padrão.

Mas Bea já está acenando para que ele pare de falar.

— Com certeza, nos léxicos e bestiários, mas não nos movimentos de arte formais. Isso é o mesmo que colocar uma garota com um brinco de pérola em um quadro de Warhol *e* de Degas, sem nunca ter visto a obra de Vermeer antes. E mesmo que ela tenha se transformado em um modelo, o fato é que esse "modelo" influenciou *séculos* de arte. Ela é um pedaço de tecido conjuntivo entre uma época e a outra. Então...

— Então... — repete Henry.

— Então, quem era ela? — Os olhos de Bea estão radiantes, assim como os de Robbie ficavam às vezes quando realizava uma atuação perfeita ou cheirava uma carreira de cocaína, e Henry não quer desencorajá-la, mas ela está obviamente esperando que o amigo diga alguma coisa.

— Tá bom — começa ele, com gentileza. — Mas Bea, e se ela não era ninguém? Mesmo que esses retratos sejam baseados na mesma mulher, e se o primeiro artista simplesmente a inventou? — Bea franze o cenho, já balançando a cabeça. — Olha só, ninguém quer que você encontre o tema da sua tese mais do que eu. Pelo bem deste sebo, e da sua saúde mental. E isso tudo parece muito legal. Mas o seu último projeto não foi vetado por ser excêntrico demais?

— Esotérico.

— Certo. E se um tema como "O pós-modernismo e seus desdobramentos na arquitetura de Nova York" era esotérico demais, o que você acha que o reitor Parrish vai pensar sobre *isso*?

Ele faz um gesto, abarcando os livros abertos, com os rostos sardentos olhando para os dois de cada uma das páginas.

Bea, em silêncio, olha para Henry por um longo momento e depois para os livros no balcão.

— *Puta merda!* — grita, pegando um dos exemplares enormes e saindo em disparada da livraria.

Ele vê a amiga ir embora e solta um suspiro.

— Isto aqui não é uma biblioteca! — grita atrás dela, devolvendo o restante dos livros para a estante.

NOVA YORK
18 de março de 2014

IX

Assim que cai a ficha, Henry para de falar.
Tinha se esquecido da tentativa de Bea de encontrar um novo tema para a sua tese, um detalhe que passou despercebido em uma temporada caótica, mas agora, tudo fica óbvio.

A garota no esboço, na pintura e na escultura está parada no meio-fio ao lado dele, com a expressão brilhando de contentamento.

Os dois estão caminhando por Chelsea em direção ao parque High Line, quando ele para no meio da faixa de pedestres, dando-se conta da verdade, do raio de luz, como uma lágrima, na sua história.

— Era você.

Addie abre um sorriso deslumbrante.

— Era.

Um carro buzina, o semáforo fica vermelho, e eles correm para o outro lado da rua.

— Mas é engraçado — diz ela enquanto sobem os degraus de ferro. — Não sabia sobre o segundo retrato. Eu me lembro de ficar sentada naquela praia e do homem com o cavalete montado no píer, mas nunca tinha encontrado a pintura terminada.

Henry balança a cabeça.

— Pensei que você não pudesse deixar uma marca no mundo.

— E não posso — responde Addie, erguendo o olhar. — Não posso usar uma caneta nem contar uma história. Não posso empunhar uma arma nem fazer alguém se lembrar de mim. Mas a arte... — diz, com um sorriso mais discreto — a arte se trata de ideias. E as ideias são mais indomáveis do que as lembranças. São como ervas daninhas, sempre dando um jeito de crescer.

— Mas nada de fotografias. Nem de vídeos.

A expressão de Addie vacila por uma fração de segundo.

— Não — concorda, quase sem emitir som. Henry se sente mal por ter perguntado, por levá-la de volta para trás das grades de sua maldição, e não para os vãos que encontrou entre elas. Mas logo Addie se empertiga, levanta o queixo e sorri com uma alegria quase desafiadora. — Mas não é maravilhoso ser uma ideia?

Chegam no High Line assim que uma rajada de vento sopra, com o ar ainda pontuado pelo inverno, mas em vez de se aconchegar em Henry para se proteger da brisa, Addie acolhe o vento bravio. Suas faces ficam vermelhas por causa do frio e os cabelos voam ao redor do seu rosto e, neste momento, Henry consegue enxergar o que todos os artistas viram, o que os levou a pegar o lápis e as tintas: uma garota impossível de capturar.

E embora esteja seguro, com os dois pés firmes no chão, ele sente que está começando a ficar nas alturas.

NOVA YORK
13 de setembro de 2013

X

As pessoas costumam falar muito sobre a própria casa. Dizem que o lar é onde mora o coração. Que não há lugar como a nossa casa. Depois de muito tempo longe, você fica saudoso.

Saudoso. Henry sabe que essa expressão quer dizer saudades de *voltar* para casa, não de ir embora, mas ainda assim parece adequada. Ele ama a sua família, de verdade. Só não gosta deles. Não gosta de quem ele é quando está com os parentes.

E, no entanto, está dirigindo há uma hora e meia em direção ao norte do estado, deixando a cidade para trás ao passo que o carro alugado acelera sob as suas mãos. Henry sabe muito bem que poderia pegar um trem, com certeza é mais barato, mas a verdade é que gosta de dirigir. Ou melhor, gosta do ruído de estática que acompanha o ato, da concretude ininterrupta de ir de um lugar para o outro, das placas de sinalização e do controle. Mais do que tudo, gosta de não poder fazer qualquer outra coisa quando está dirigindo, com as mãos firmes no volante, os olhos na estrada e a música retumbando pelos alto-falantes.

Ele se ofereceu para dar uma carona para Muriel e ficou secretamente aliviado quando a irmã disse que já tinha pegado o trem e que David tinha chegado na casa dos pais de manhã e iria buscá-la na estação, o que significava que Henry seria o último a chegar.

De algum jeito, Henry é sempre o último a chegar.

Quanto mais se aproxima de Newburgh, mais o clima de sua mente muda — um trovão de aviso estronda no horizonte, uma tempestade se aproxima. Ele respira fundo, preparando-se para o jantar da família Strauss.

Consegue imaginar a cena: os cinco sentados ao redor da mesa coberta por uma toalha de linho, como uma desajeitada imitação asquenaze de uma pintura de Rockwell, uma ilustração de traços rígidos, com a mãe e o pai em lados opostos, e os irmãos ombro a ombro, à sua frente.

David, o pilar da comunidade, com os olhos severos e a postura formal.

Muriel, o furacão, com os cachos escuros e rebeldes, e a energia incessante.

E Henry, o fantasma (nem mesmo o seu nome se encaixa: não é judeu, foi uma homenagem a um velho amigo do pai).

Pelo menos, *parecem* pertencer à mesma família — se uma pessoa desse uma olhadela rápida pela mesa, conseguiria facilmente distinguir a semelhança de uma bochecha, de um maxilar, ou de uma testa. David usa os óculos do mesmo jeito que o pai, apoiados na ponta do nariz, de modo que a parte de cima da armação corta o seu olhar. O sorriso de Muriel é igual ao da mãe, franco e espontâneo, assim como a sua risada, com a cabeça jogada para trás, o som entusiasmado e sonoro.

Henry tem os cabelos ondulados e castanho-escuros do pai e os olhos verde-acinzentados da mãe, mas algo se perdeu na combinação. Ele não possui a firmeza de um nem a alegria da outra. A postura dos ombros e a curva dos lábios são detalhes sutis que sempre fazem com que ele se pareça mais com um convidado na casa de outra pessoa.

É assim que vai ser o jantar: o pai e o irmão conversando sobre medicina, a mãe e a irmã falando sobre arte, e Henry morrendo de medo do momento em que as perguntas vão se virar na sua direção. No momento em que a mãe vai expressar em voz alta a sua preocupação a respeito de tudo, o pai vai achar um pretexto para usar a palavra *desorientado*, David vai lembrar a Henry que ele já tem quase trinta anos, e Muriel vai aconselhá-lo a se comprometer de verdade com alguma coisa… como se os pais não continuassem pagando as contas de telefone dela.

Henry sai da autoestrada e sente o vento soprando forte em seus ouvidos.

Passa pelo centro da cidade e ouve o trovão retumbando no seu crânio.

A energia estática da tensão.

Sabe que está atrasado.

Está sempre atrasado.

Esse já foi o motivo de muitas discussões, e houve um tempo em que Henry acreditou que era só um descuido da sua parte, antes de perceber que era uma tentativa estranha de autopreservação, uma procrastinação intencional, apesar de subconsciente, um adiamento da obrigação inevitável e incômoda de comparecer às reuniões de família. De ficar sentado à mesa, confinado entre os irmãos, posicionado em frente aos pais, como se fosse um criminoso em frente a um pelotão de fuzilamento.

Então, Henry está atrasado, e assim que o pai atende a porta, ele se prepara para ouvir a advertência sobre o horário, deparar com o cenho franzido de repreensão, escutar o comentário mordaz sobre como os irmãos sempre dão um jeito de chegar cinco minutos antes…

Mas o pai apenas sorri.

— Aí está você! — cumprimenta ele, com os olhos reluzentes e calorosos. Eles estão encobertos pela névoa.

Talvez este jantar seja diferente de todos os outros da família Strauss.

— Vejam só quem chegou! — grita o pai, levando Henry para o escritório.

— Quanto tempo! — exclama David, apertando a sua mão, porque apesar de morarem na mesma cidade, e, porra, até na mesma linha de metrô, a última vez que Henry viu o irmão foi aqui, na primeira noite do Hanucá.

— Henry! — Ele vê apenas um borrão de cachos castanho-escuros, e logo em seguida Muriel abraça o seu pescoço. A irmã o beija na bochecha, deixando uma mancha de batom coral que, mais tarde, ele vai limpar em frente ao espelho do saguão.

E em nenhum momento, entre o escritório e a sala de jantar, alguém comenta sobre o comprimento dos seus cabelos, que, de algum jeito, estão sempre longos demais, nem do estado do suéter que Henry está vestindo, puído, mas também a peça de roupa mais confortável que tem.

Nem sequer uma vez, alguém diz que ele está magro demais, ou que precisa tomar sol, ou que está com cara de cansado, embora todas essas reprimendas geralmente venham antes dos comentários mordazes sobre como é impossível ser tão difícil assim gerenciar uma livraria no Brooklyn.

Sua mãe chega da cozinha, tirando um par de luvas de forno. Aninha o rosto dele entre as mãos, sorri e diz que está muito feliz pelo filho ter vindo.

Henry acredita.

— À família — brinda o pai assim que todos se sentam para comer. — Reunida outra vez.

Ele sente como se estivesse vivendo uma outra versão da própria vida — não no futuro, nem no passado, mas uma versão alternativa. Uma versão em que a irmã o admira e o irmão não o despreza, em que os seus pais estão orgulhosos dele e em que todos os julgamentos evaporaram como a fumaça depois de um incêndio. Não tinha se dado conta de quanta culpa permeava seus laços familiares. Sem aquele peso, Henry se sente tonto e leve.

Eufórico.

Ninguém faz menção à Tabitha nem ao pedido de casamento fracassado, embora seja óbvio que receberam a notícia do rompimento, e o resultado é evidente pela cadeira vazia que ninguém nem sequer tenta fingir que é uma tradição familiar.

No mês passado, ao telefone, quando Henry contou a David sobre a aliança, o irmão perguntou, quase distraidamente, se ele achava mesmo que ela iria aceitar o pedido. Muriel nunca gostou de Tabitha, mas a irmã nunca gostava de nenhum dos parceiros românticos de Henry. Não por serem todos bons demais para ele, apesar de também dizer isso, mas simplesmente porque achava todos muito *chatos*, opinião que tinha sobre o próprio Henry.

TV a cabo, é como Muriel os chamava de vez em quando. É melhor do que ficar olhando para o teto, sem dúvida, mas não passavam de reprises. O único parceiro que ela chegou a aprovar muito vagamente foi Robbie, e mesmo assim, Henry tinha certeza de que era mais por causa do escândalo que o namoro causaria se alguma vez o levasse para conhecer os pais.

Muriel é a única que sabe sobre Robbie, que ele era mais do que apenas um amigo do irmão. É o único segredo que ela conseguiu guardar.

O jantar inteiro é muito desconcertante.

David é afetuoso e curioso.

Muriel é atenciosa e gentil.

Seu pai escuta com atenção tudo o que ele diz, e parece genuinamente interessado.

Sua mãe diz que está orgulhosa.

— De quê? — pergunta Henry, confuso de verdade, e ela ri como se essa fosse uma pergunta ridícula.

— De você.

A ausência de julgamento é perturbadora, um tipo de vertigem existencial.

Ele conta sobre o encontro com o reitor Melrose, esperando que David chame a atenção para o fato óbvio de que ele não possui as qualificações para o cargo, e que o pai pergunte qual é a pegadinha. Sua mãe ficaria em silêncio enquanto a irmã esbravejaria, exclamando que ele mudou de rumo por algum motivo e exigindo saber qual seria o sentido daquilo tudo se ele voltasse rastejando para a universidade.

Mas nada disso acontece.

— Muito bom — diz o pai.

— Eles teriam muita sorte de ter você — reafirma a mãe.

— Você seria um ótimo professor — comenta David.

Somente Muriel sugere um vislumbre de discordância.

— Você nunca foi feliz lá…

Mas não há nenhum julgamento nas palavras, apenas um sentimento de superproteção.

Depois do jantar, todos se refugiam nos respectivos domínios: a mãe vai para a cozinha, o pai e o irmão, para o escritório, e a irmã sai e adentra a noite para ver as estrelas e se conectar com a natureza, o que costuma ser o código para ficar chapada.

Henry entra na cozinha para ajudar a mãe com a louça.

— Eu lavo e você seca — diz ela, entregando-lhe uma toalha de prato. Ambos pegam um ritmo agradável, e então a sua mãe pigarreia. — Sinto muito pelo que aconteceu com Tabitha — diz, com a voz baixa, como se soubesse que o assunto é um tabu. — Sinto muito que você tenha desperdiçado o seu tempo com ela.

— Não foi perda de tempo — responde ele, embora pareça mesmo que foi.

Ela enxágua um prato.

— Eu só quero que você seja feliz. Você merece ser feliz. — Os olhos dela brilham, e Henry não sabe ao certo se é por causa da geada estranha ou se são só lágrimas de mãe. — Você é forte, inteligente e bem-sucedido.

— Não sei, não — retruca Henry, secando o prato. — Eu ainda sinto que sou uma decepção.

— Não fale assim — diz a mãe, parecendo genuinamente magoada, depois aninha o rosto dele na palma das mãos. — Eu te amo, Henry, do jeito que você é. — Ela desliza a mão até o prato. — Eu termino aqui. Vá procurar a sua irmã.

Henry sabe exatamente onde ela está.

Sai na varanda dos fundos e vê Muriel sentada no balanço, fumando um baseado e olhando para as árvores, com uma pose pensativa. A irmã sempre se senta do mesmo jeito, como se esperasse que alguém tirasse uma foto. Ele já tentou imitá-la uma ou duas vezes, mas a pose sempre parecia muito falsa, ensaiada demais. Só Muriel consegue fazer com que uma foto espontânea pareça encenada.

As tábuas rangem de leve sob os seus pés, e ela sorri sem olhar para ele.

— E aí, Hen?

— Como você sabia que era eu? — pergunta o rapaz, sentando-se ao lado da irmã.

— Você tem passos leves — responde ela, passando o baseado.

Henry dá um trago longo, prende a fumaça no peito até senti-la no cérebro. A sensação é suave e reverberante. Repassam o baseado um para o outro, enquanto observam os pais através da janela. Ou melhor, os pais e David, que segue no encalço do pai, fazendo os mesmos movimentos.

— É tão esquisito — murmura Muriel.

— Me dá calafrios, de verdade.

Ela dá uma risada.

— Por que a gente não sai mais vezes?

— Você é ocupada — responde ele, porque é mais gentil do que lembrá-la de que não são muito amigos.

Muriel apoia a cabeça no ombro dele.

— Eu sempre tenho tempo para você.

Os dois fumam em silêncio até o fim do baseado e a mãe os chama, dizendo que está na hora da sobremesa. Henry se levanta, com a cabeça flutuando de um jeito muito prazeroso.

— Bala de hortelã? — oferece a irmã, estendendo uma latinha, mas assim que Henry a abre, vê a pilha de comprimidos cor-de-rosa. Guarda-chuvinhas. Pensa no temporal desabando, no estranho ao seu lado, completamente seco, e fecha a lata com um estalo.

— Não, obrigado.

Entram para comer a sobremesa e passam a hora seguinte comentando trivialidades, e é tudo tão gostoso, tão agressivamente prazeroso, tão misericordiosamente livre de comentários sarcásticos, de discussões mesquinhas e de reprovação passivo-agressiva, que Henry sente como se ainda estivesse prendendo o fôlego, agarrando-se à sensação de euforia, com os pulmões doloridos e o coração contente.

Ele se levanta da mesa, deixando o café de lado.

— Acho que já vou indo.

— Você podia dormir aqui hoje — sugere a mãe e, pela primeira vez em dez anos, ele fica tentado de verdade, perguntando-se como seria acordar com a afeição, a espontaneidade e a sensação de estar em família, mas a verdade é que a noite foi perfeita demais. Sente que está caminhando na linha tênue entre um bom porre e uma noite vomitando no chão do banheiro, e não quer que nada desequilibre a balança.

— Tenho que voltar. O sebo abre às dez.

"Você trabalha demais" é uma frase que a mãe nunca lhe disse antes. Mas parece que agora diz.

David aperta o seu ombro e o olha com olhos anuviados cheios de piedade e diz:

— Eu te amo, Henry. Fico feliz por estar se saindo tão bem.

Muriel o abraça pela cintura.

— Vê se não some.

O pai o acompanha ao carro, e assim que Henry estende a mão para se despedir, ele o puxa contra si para lhe dar um abraço e diz:

— Estou orgulhoso de você, meu filho.

E uma parte dele tem vontade de perguntar o motivo, de testar os limites do feitiço, de pressionar o pai para que vacile, mas Henry não tem coragem de fazer isso. Sabe que não é real, não no sentido mais estrito, mas não se importa.

Mesmo assim, é muito bom.

NOVA YORK
18 de março de 2014
XI

A risada se propaga pelo High Line.
Construído ao longo de um trilho desativado, o parque suspenso se estende pela zona oeste de Manhattan, da rua 30 até a Décima Segunda Avenida. Geralmente, é um lugar muito agradável, cheio de *food trucks* e jardins, túneis, bancos, caminhos sinuosos e vistas da cidade.

Mas está completamente diferente.

O Artifact tomou uma boa extensão do trilho elevado, transformando-o em um estádio selvagem e onírico de cores e luz. Uma paisagem em três dimensões de fantasias e ilusões.

Na entrada, uma voluntária entrega pulseiras de borracha de diferentes cores para os dois usarem, formando um arco-íris ao redor da pele que dá acesso a diferentes partes da exposição.

— Esta aqui dá acesso ao Céu — explica a garota, como se as obras de arte fossem brinquedos em um parque de diversão. — Já esta aqui dá acesso à Voz. E esta aqui, à Memória.

Ela sorri para Henry enquanto fala, com os olhos de um azul leitoso. Mas à medida que passeiam pelo carnaval de exposições gratuitas, todos os artistas se viram para olhar para *Addie*. Ele pode até ser o sol, mas ela é um cometa reluzente, atraindo a atenção das pessoas como se fossem meteoros em chamas no seu rastro.

Perto dali um rapaz faz esculturas de algodão-doce e depois distribui as obras de arte comestíveis. Algumas têm formatos reconhecíveis, como cachorros, girafas ou dragões, enquanto outras são abstratas, lembrando um pôr do sol, um sonho, ou a nostalgia.

Para Henry, todas têm gosto de açúcar.

Addie o beija, e ela também tem gosto de açúcar.

A pulseira verde dá acesso à Memória, que é uma espécie de caleidoscópio tridimensional feito de vidro colorido — uma escultura que se eleva por todos os lados e muda a cada passo.

Eles se apoiam um no outro enquanto o mundo se retorce e endireita, depois se retorce mais uma vez, e nenhum deles diz em voz alta, mas Henry acha que ambos ficam felizes de sair dali.

A arte se espalha no espaço entre as exposições. Um campo de girassóis de metal. Uma piscina de giz de cera derretido. Uma cortina de água, fina como uma folha de papel, que deixa apenas uma névoa nos óculos dele e um brilho iridescente na pele de Addie.

No fim, o Céu está localizado dentro de um túnel.

Feita por um artista de iluminação, a obra é uma série de cômodos interligados. Do lado de fora, não parece grande coisa, com a estrutura de madeira de uma construção em andamento, pouco mais do que pregos e tachas, mas dentro... dentro é tudo.

Andam de mãos dadas para não se perderem um do outro. Entram em um espaço ofuscantemente claro; o seguinte é tão escuro que o mundo parece mergulhar na escuridão, e Addie estremece ao lado dele, apertando o braço de Henry com os dedos. O próximo está pálido por causa da neblina, como o interior de uma nuvem, e o seguinte têm filamentos tão finos como gotas de chuva, que sobem e descem em cada lado. Henry toca levemente a superfície de gotas prateadas, e elas tilintam como se fossem sinetas.

O último cômodo é repleto de estrelas.

Trata-se de uma câmara escura, idêntica à anterior, só que desta vez milhares de pontinhos de luz rompem a escuridão, formando uma Via Láctea ao alcance das mãos — um império de constelações. Até mesmo em meio à penumbra, Henry pode ver o rosto de Addie voltado para cima e a curva de seu sorriso.

— Trezentos anos. E ainda é possível descobrir coisas novas — sussurra ela.

Assim que saem do outro lado, piscando para se acostumarem com a luz da tarde, ela o puxa pelo braço para longe do Céu em direção ao arco seguinte, às próximas portas, ansiosa para descobrir seja lá o que for que a aguarda logo adiante.

NOVA YORK
19 de setembro de 2013

XII

Para variar, Henry chegou mais cedo.

O que, ele acha, é melhor do que estar atrasado. Mesmo assim, não quer ter chegado cedo *demais* porque é ainda pior e mais esquisito — e ele precisa parar de pensar tanto nisso.

Desamassa a camisa com a mão, confere o cabelo na janela de um carro estacionado, e entra.

A taqueria é animada e movimentada, parecida com uma caverna de concreto, com vitrines de porta de garagem e um *food truck* estacionado no canto. E não importa que ele tenha chegado cedo, pois Vanessa já está o esperando.

A garota trocou o avental de barista por leggings e um vestido estampado, já os cabelos loiros, que ele só viu presos no alto da cabeça, estão soltos em ondas largas ao redor do seu rosto. Assim que o vê, ela abre um sorriso franco.

— Fiquei contente que você me ligou.

E Henry retribui o sorriso.

— Eu também.

Escrevem o pedido em comandas de papel com aqueles lápis minúsculos que Henry não via desde os dez anos, quando jogou minigolfe. Seus dedos se roçam enquanto ela indica os tacos e ele preenche a marcação. Suas mãos se tocam outra vez quando pegam a travessa de batatinhas e suas pernas resvalam uma na outra debaixo da mesa de metal. Toda vez, parece acontecer uma pequena explosão de luz dentro do peito de Henry.

E pela primeira vez, ele não se esforça para conquistá-la com cada frase, não fica se remoendo por cada gesto que faz, não tenta se convencer de que precisa dizer a coisa certa. Não há a menor necessidade de encontrar as palavras certas quando não existe nenhuma palavra errada. Henry não precisa mentir, não precisa se esforçar, não precisa ser ninguém a não ser ele mesmo, pois ele é o suficiente.

A comida é ótima, mas o lugar é barulhento. As vozes ecoam no pé-direito alto, e Henry se retrai sempre que alguém arrasta a cadeira no piso de concreto.

— Desculpa. Eu sei que o lugar não é muito elegante.

Henry escolheu a taqueria sabendo que deveriam simplesmente ter saído para beber alguma coisa, mas vivem em Nova York, onde os drinques custam o dobro do preço da comida, e ele mal pode pagar pelos tacos com o salário de livreiro.

— Cara — diz Vanessa, misturando a água fresca com o canudo. — Eu trabalho numa cafeteria.

— Pelo menos você ganha gorjeta.

Ela finge surpresa.

— Quer dizer que os livreiros não ganham gorjeta?

— Nada.

— Nem mesmo quando você recomenda um bom livro?

Ele balança a cabeça.

— Isso é um absurdo. Você devia colocar um pote de vidro no caixa.

— E o que eu escreveria nele? — Ele tamborila os dedos na mesa. — Que tal: "Livros alimentam mentes famintas. Gorjetas alimentam o gato"?

Vanessa dá uma risada repentina e animada.

— Você é tão engraçado.

— Sou, é?

Ela mostra a língua para ele.

— Quer receber elogios, hein?

— Não. É só curiosidade. O que você vê em mim?

Vanessa sorri, subitamente tímida.

— Você é... vai parecer brega, mas você é exatamente o que eu estou procurando.

— E o que você está procurando?

Se ela dissesse "alguém verdadeiro, sensível e atencioso", ele poderia até acreditar.

Mas não é o que ela diz.

A garota usa palavras como "extrovertido", "divertido" e "ambicioso". Quanto mais fala sobre ele, mais espessa se torna a geada que cobre os seus olhos, espalhando-se por toda a íris até que ele mal consegue distinguir a cor embaixo. Henry fica se perguntando como Vanessa consegue enxergar, mas é óbvio que ela não conseguiria, nem se quisesse.

Essa é a questão.

Uma semana depois, ele, Bea e Robbie se encontram no Merchant, com três garrafas de cerveja e uma porção de batatas fritas na mesa.

— Como vai a Vanessa? — pergunta ela, enquanto Robbie encara fixamente o copo.

— Está bem.

E está mesmo. Ele também. Os dois estão.

— Você tem saído muito com ela.

Henry franze o cenho.

— Foi você que me disse que eu devia tirar a Tabitha da cabeça.

Bea ergue as mãos em um gesto de rendição.

— Eu sei, eu sei.

— É um lance novo. Você sabe como essas coisas são. Ela é...

— Uma cópia — murmura Robbie.

Henry se vira para o amigo.

— O que foi que você disse? — pergunta, irritado. — Fale alto. Eu sei que você aprendeu a projetar a voz.

Robbie toma um longo gole de cerveja, parecendo arrasado.

— Só estou dizendo que ela é uma cópia da Tabby. Magricela, loira...

— E mulher?

Trata-se de um assunto delicado entre os dois, há muito tempo, o fato de que Henry não é *gay*, que se sente atraído primeiro pela pessoa e depois pelo seu gênero.

Robbie faz uma careta, mas não pede desculpas.

— Além do mais, eu não dei em cima da Vanessa. Foi ela que *me* escolheu. Ela gosta de *mim* — continua Henry.

— Você gosta *dela*?

— É óbvio — responde ele, rápido demais. Gosta dela. E, sem dúvida, também gosta do fato de ela gostar dele (da *versão* que ela enxerga), e entre essas duas afirmações há um diagrama de Venn, um ponto em que ambos coincidem. Tem certeza de que fica na área sombreada. Não está se aproveitando da garota de verdade, né? Pelo menos, Henry não é a única pessoa superficial da história — a garota também está se aproveitando dele, pintando outra pessoa na tela da sua vida. E já que é algo recíproco, então não é culpa dele... ou é?

— A gente só quer que você seja feliz — Bea está dizendo. — Depois de tudo o que aconteceu, só... vai com calma.

Mas, desta vez, não é ele quem precisa ir com calma.

Esta manhã, Henry acordou com panquecas com gotas de chocolate e um copo de suco de laranja, além de um bilhetinho escrito à mão na bancada ao lado do prato com um coração e a letra *V*. A garota dormiu na casa dele nas três últimas noites e, em todas, deixou alguma coisa para trás. Uma blusa. Um par de sapatos. Uma escova de dentes no porta-escovas da pia do banheiro.

Os amigos o olham, com a névoa pálida ainda serpenteando nos olhos, e Henry sabe que se importam com ele, sabe que o amam, sabe que só querem o melhor para ele. É como têm de se sentir agora, graças ao pacto.

— Não se preocupem — diz, bebericando a cerveja. — Vou com calma.

— Henry...

Ele está dormindo quando sente uma unha pintada deslizando pelas suas costas.

Uma débil luz cinzenta entra pelas janelas.

— Hum? — pergunta, rolando na cama.

Vanessa está com a cabeça apoiada em uma das mãos, os cabelos loiros se espalhando no travesseiro, e ele se pergunta quanto tempo a garota permaneceu assim, esperando que ele acordasse, antes de finalmente intervir.

— Preciso te dizer uma coisa. — Ela o encara, com os olhos cobertos pela luz leitosa. Henry está começando a sentir medo do brilho, da fumaça pálida que o segue de um rosto para o outro.

— O que foi? — pergunta, apoiando-se no cotovelo. — Qual é o problema?

— Nada. Eu só... — Ela abre um sorriso. — Eu te amo.

E o mais assustador é que ela parece sincera.

— Você não precisa retribuir. Sei que é muito cedo para isso. Eu só queria que você soubesse.

Ela se aconchega nele.

— Você tem certeza? Quer dizer, a gente se conhece faz uma semana.

— E daí? Quando acontece, você sabe. E eu sei.

Henry engole em seco e a beija na têmpora.

— Vou tomar uma ducha.

Ele fica debaixo do jato de água quente o máximo de tempo que pode, imaginando o que deveria responder, se e como poderia convencer Vanessa de que não é amor, apenas obsessão, mas é óbvio que isso também não é verdade. Ele fez o pacto. Concordou com os termos. Era isso o que queria.

Não era?

Desliga o chuveiro, enrola uma toalha na cintura e sente um cheiro de fumaça.

Não o aroma de um fósforo acendendo uma vela, nem de algo fervendo no fogão, mas o cheiro de carvão de coisas que não deveriam estar pegando fogo, mas mesmo assim estão.

Henry dispara pelo corredor e vê Vanessa na cozinha, de frente para a bancada, com uma caixa de fósforos na mão e a caixa com os pertences de Tabitha queimando na pia.

— O que você está fazendo? — pergunta, ríspido.

— Você está se apegando ao passado — diz ela, riscando outro fósforo e jogando dentro da caixa. — Tipo, literalmente. Você guarda esta caixa desde que começamos a ficar juntos.

— Eu te conheço faz só uma semana! — grita Henry, mas ela insiste.

— E merece coisa melhor. Merece ser feliz. Merece viver no presente. Isto é bom. É um desfecho. É...

Ele dá um tapa na caixa de fósforos na mão de Vanessa e a empurra para o lado, para alcançar a torneira.

A água atinge a caixa com um silvo, formando uma coluna de fumaça que sobe extinguindo as chamas.

— Vanessa — diz, cerrando os dentes —, preciso que você vá embora.

— Tipo, para casa?

— Tipo, embora *daqui*.

— Henry — diz ela, tocando o braço dele. — O que eu fiz de errado?

Ele poderia apontar para os restos fumegantes na pia da cozinha, ou dizer que estavam indo rápido demais, ou explicar que quando ela olha para ele, vê uma pessoa completamente diferente. Mas, em vez disso, Henry simplesmente diz:

— O problema não é você, sou eu.

— Não, não é — retruca ela, com as lágrimas descendo pelo rosto.

— Eu preciso de um espaço, tá bom?

— Desculpa — soluça a garota, agarrando-se a ele. — Desculpa. Eu te amo.

Vanessa envolve os braços na cintura dele e enterra a cabeça no seu pescoço. Por um segundo, Henry acha que vai ter de afastá-la de si à força.

— Vanessa, me solta.

Ele a afasta com cuidado, e a garota parece destroçada, arruinada. O aspecto de Vanessa se assemelha a como ele se sentia na noite em que fez o pacto, e Henry fica de coração partido só de pensar que ela vai embora se sentindo tão perdida e solitária.

— Eu me importo com você — diz, segurando os ombros dela. — Eu me importo com você, de verdade.

Ela se anima, só um pouco. Como uma planta murcha que foi regada.

— Quer dizer que você não está com raiva de mim?

É óbvio que ele está com raiva dela.

— Não, não estou.

Ela enterra o rosto no peito de Henry, e ele acaricia os seus cabelos.

— Você se importa comigo.

— Me importo. — Ele se desvencilha do abraço. — Eu vou te ligar. Prometo.

— Você promete — repete ela enquanto ele a ajuda a recolher suas coisas.

— Prometo — reafirma o rapaz enquanto a leva pelo corredor em direção à saída.

A porta se fecha entre os dois, e Henry se recosta nela assim que o alarme de incêndio finalmente começa a tocar.

NOVA YORK
23 de outubro de 2013

XIII

— Noite de filmes!

Robbie se joga no sofá de Henry como uma estrela-do-mar, pendurando os membros compridos no encosto e nos braços do móvel. Bea revira os olhos e o empurra para o lado.

— Sai pra lá.

Henry tira o saco do micro-ondas, passando-o de uma das mãos à outra para evitar o vapor, e em seguida despeja a pipoca na tigela.

— Qual é o filme? — pergunta, dando a volta na bancada.

— *O iluminado*.

Henry solta um gemido. Nunca foi muito fã de filmes de terror, mas Robbie adora ter um motivo para gritar, se comportar como se fosse outra das suas atuações, e esta é a sua vez escolher.

— É Halloween! — defende-se ele.

— Hoje é dia 23 — retruca Henry, mas Robbie encara os feriados do mesmo modo que encara os aniversários, alongando-os de dias a semanas e às vezes a temporadas inteiras.

— Lista de chamada de fantasias! — exclama Bea.

Henry acredita que se fantasiar é igual a assistir a desenho animado, uma coisa que você gostava de fazer quando era criança, antes de passar pela terra de ninguém da angústia adolescente e da ironia dos vinte e poucos anos. Então, por um milagre, o hábito volta a pertencer ao reino do autêntico e do nostálgico. Um lugar reservado para o deslumbramento.

Robbie faz uma pose no sofá.

— Ziggy Stardust — diz, o que faz sentido. Ele passou os últimos anos incorporando as diversas encarnações de Bowie. No ano passado, foi o Thin White Duke.

Bea anuncia que vai se fantasiar de infame pirata Roberts, fazendo um trocadilho com o personagem do livro *A princesa prometida*, e Robbie estende o braço e apanha uma câmera na mesa de centro do amigo, uma Nikon *vintage* que atualmente anda sendo usada como peso de papel. Joga a cabeça para trás e espia Henry pelo visor de cabeça para baixo.

— E você?

Henry sempre adorou o Halloween, não a parte assustadora, só o fato de ter uma desculpa para virar outra pessoa. Robbie costuma dizer que ele devia ter virado ator, já que os atores brincam de se fantasiar o ano todo, mas só de pensar em viver no palco Henry fica enjoado. Ele já se vestiu de Freddie Mercury, de Chapeleiro Maluco, de Tuxedo Mask — do mangá *Sailor Moon* — e de Coringa.

Mas neste momento, ele já se sente como se fosse outra pessoa.

— Eu já estou fantasiado — diz, apontando para a calça jeans preta de sempre e para a camiseta justa. — Não conseguem adivinhar quem eu sou?

— Peter Parker? — arrisca Bea.

— Um livreiro?

— Harry Potter na crise dos 25 anos?

Henry ri e balança a cabeça.

Bea estreita os olhos.

— Você ainda não escolheu nada, né?

— Não, mas vou escolher.

Robbie continua brincando com a câmera fotográfica. Ele a vira, aperta os lábios e tira uma foto. A câmera dá um clique surdo. Não tem filme no rolo. Bea tira o objeto das mãos dele.

— Por que você não tira mais fotos? Você é muito talentoso.

Henry dá de ombros, sem saber ao certo se ela acha mesmo isso.

— Quem sabe em outra vida? — diz, entregando uma garrafa de cerveja para cada um.

— Você ainda poderia ser um fotógrafo, sabia? Não é tarde demais — insiste ela.

Pode até ser, mas se ele começasse agora, será que as fotos seriam reconhecidas por serem realmente boas, será que seriam julgadas boas ou ruins pelos próprios méritos? Ou será que todas seriam afetadas pelo pacto? Será que as pessoas veriam as fotos que queriam ver, e não a foto que ele tirou? Será que Henry poderia confiar nelas se gostassem do seu trabalho?

O filme começa, e Robbie insiste em apagar todas as luzes, com os três amigos espremidos no sofá. Forçam Robbie a deixar o balde de pipoca *em cima da mesa*, para que ele não o jogue no chão no primeiro susto e Henry fique catando os grãos depois que os amigos forem embora, e passa a hora seguinte desviando o olhar toda vez que a trilha sonora dá um sinal de alerta.

Quando o menino começa a andar de triciclo pelo corredor, Bea murmura: "Não, não, não"; Robbie senta na beira do sofá, entusiasmado com os sustos; e Henry enterra o rosto no seu ombro. As gêmeas surgem de mãos dadas, e Robbie aperta a perna de Henry.

E depois que a cena passa e o medo dá uma trégua, a mão de Robbie continua na sua coxa. É como uma xícara quebrada voltando a ficar inteira, com as bordas estilhaçadas se alinhando perfeitamente, o que, naturalmente, não está certo.

Henry se levanta, apanhando o balde de pipoca vazio e indo para a cozinha.

Robbie joga a perna por cima do encosto do sofá.

— Eu te ajudo.

— É pipoca — diz Henry por cima do ombro assim que vira no corredor. Arranca a embalagem plástica e sacode a embalagem. — Aposto que é só colocar o saco no micro-ondas e apertar um botão.

— Você sempre deixa tempo demais — retruca Robbie, logo atrás dele.

Henry enfia o saco no micro-ondas e fecha a porta com força. Aperta o botão de iniciar e se vira em direção à porta.

— Quer dizer que agora você é a polícia da pipo...

Não consegue terminar a frase porque a boca de Robbie está na sua. Henry arqueja, surpreso pelo beijo repentino, mas Robbie não se afasta. Ele o empurra contra a bancada, pressionando o quadril no de Henry e deslizando a mão ao longo do seu maxilar, intensificando o beijo.

E isso é melhor do que o que aconteceu em todas as outras noites.

É melhor do que a atenção de centenas de desconhecidos.

É a diferença entre uma cama de hotel e a da sua casa.

Henry sente Robbie ficar excitado e o seu peito lateja de desejo; seria muito fácil voltar para o calor familiar do beijo dele e do seu corpo, para o conforto fácil de algo verdadeiro.

Mas esse é o problema.

Era verdadeiro. O relacionamento deles era para valer. Mas como tudo na vida de Henry, acabou. Fracassou.

Ele interrompe o beijo assim que os primeiros grãos de pipoca começam a estourar.

— Eu esperei semanas para fazer isso — sussurra Robbie, com as bochechas coradas e os olhos febris. Mas não límpidos. A névoa espirala por eles, encobrindo o azul vivo.

Henry solta um suspiro entrecortado e esfrega os olhos sob os óculos.

A pipoca pula e estoura, e Henry puxa Robbie para o saguão, para longe de Bea e da trilha sonora do filme de terror. O amigo avança em sua direção de novo, pensando que se tratava de um convite, mas Henry estende a mão na frente do corpo, afastando-o.

— Isso é um erro.

— Não é, não. Eu te amo. Eu sempre te amei — diz Robbie.

Parece tão sincero, tão verdadeiro, que Henry tem de fechar os olhos com força para se concentrar.

— Então por que você terminou comigo?

— O quê? Não sei. Você era diferente, a gente não combinava.

— Como assim? — pressiona Henry.

— Você não sabia o que queria da vida.

— Eu queria você. Queria que você fosse feliz.

Robbie balança a cabeça.

— Não é só sobre a outra pessoa. Você também precisa ser alguém. Precisa saber quem é. Na época, você não sabia. — Ele sorri. — Mas agora sabe.

Mas essa é a questão.

Ele não sabe quem é.

Henry não faz a menor ideia de quem ele é, e agora ninguém mais faz. Ele se sente perdido. Mas essa é a única estrada que se recusa a seguir.

Ambos eram amigos antes de se tornarem algo mais, e voltaram a ser amigos depois que *Robbie* terminou o relacionamento, quando Henry ainda estava apaixonado por ele. Agora é o contrário, e Robbie vai ter de encontrar um jeito de seguir em frente, ou pelo menos de transformar a *paixão* em *amor*, como Henry fez quando aconteceu com ele.

— Quanto tempo leva para fazer pipoca? — grita Bea.

Henry sente um cheiro de queimado vindo do micro-ondas, afasta Robbie, entra na cozinha, aperta o botão de parar e tira a embalagem de pipoca.

Mas ele está atrasado.

A pipoca não tem mais salvação.

NOVA YORK
14 de novembro de 2013

XIV

Ainda bem que o Brooklyn está repleto de cafeterias.
Henry não voltou mais na Roast desde o "Grande Incêndio de 2013", que é como Robbie se refere ao incidente com Vanessa (com um pouco de satisfação demais para o seu gosto). Quando chega a sua vez, pede um latte a um rapaz muito gentil chamado Patrick, que por acaso é hétero. Embora o olhe com os olhos enevoados, parece enxergar somente um cliente perfeito, alguém amigável, direto e...

— Henry?

Ele sente o estômago revirar. Reconhece a voz aguda e doce, e o modo como ela oscila ao pronunciar seu nome. Então, Henry volta para a noite em que se ajoelhou como um idiota e ela disse "não".

Você é ótimo. De verdade. Mas não é...

Ele se vira e lá está ela.

— Tabitha.

Seus cabelos estão um pouco mais compridos, a franja cresceu e se tornou uma onda loira penteada para o lado, cobrindo a testa e formando um cacho emoldurando a bochecha. E ela está na sua frente, com a graça própria de uma dançarina entre uma postura e outra. Henry não a vê desde a noite do pedido de casamento; até agora, tinha conseguido evitá-la, evitar o encontro. Tem vontade de dar um passo para trás, afastar-se o máximo possível dela. Mas suas pernas se recusam a se mover.

Ela sorri para ele, radiante e calorosamente. Henry se recorda de ser apaixonado por esse sorriso na época em que se sentia um vencedor sempre que o vislumbrava. Agora ela simplesmente o entrega de mão beijada, com os olhos castanhos envoltos pela névoa.

— Eu senti a sua falta. Senti muito a sua falta — diz ela.

— Eu também senti a sua falta — responde, porque é verdade. Dois anos de vida em comum foram substituídos por uma vida inteira separados, e agora sempre vai existir um vazio na forma da silhueta de Tabitha. — Guardei suas coisas numa caixa, mas aconteceu um incêndio — acrescenta.

— Nossa! — Ela toca o braço dele. — Você está bem? Alguém se machucou?

— Não, não. — Ele balança a cabeça, pensando em Vanessa de pé em frente à pia. — O fogo foi… contido.

Tabitha se inclina para perto dele.

— Que bom!

De perto, ela cheira a lilases. Ele levou uma semana para tirar o aroma dos lençóis, e outra para desimpregná-lo das almofadas do sofá e das toalhas de banho. Tabitha se aconchega nele, e seria muito fácil se aconchegar também, ceder à mesma gravidade perigosa que o atraiu para Robbie, à sedução familiar de algo amado, perdido e então devolvido.

Mas não é real.

Não é.

— Tabitha — diz, afastando-a com delicadeza. — Foi você que terminou comigo.

— Não. — Ela balança a cabeça. — Eu não estava pronta para dar o próximo passo. Mas nunca quis que a gente *terminasse*. Eu te amo, Henry.

E, apesar de tudo, ele vacila. Porque acredita no que acabou de ouvir. Ou, pelo menos, acredita que ela acredita no que está dizendo, e isso é ainda pior, porque continua não sendo real.

— A gente pode tentar mais uma vez? — pergunta a garota.

Henry engole em seco e nega com a cabeça.

Sente vontade de perguntar o que ela vê nele, quer compreender o abismo entre quem ele costumava ser e o que ela queria. Mas não pergunta.

Porque, no fim, não importa.

A névoa sobe em espiral pelos seus olhos. E Henry sabe que, seja lá quem ela esteja vendo, não é ele.

Nunca foi.

Nunca vai ser.

Então ele a deixa ir embora.

NOVA YORK
18 de março de 2014

XV

Henry e Addie oferecem as pulseiras de borracha ao Artifact em um ritual, sacrificando uma cor de cada vez.

Em troca da pulseira roxa, caminham sobre poças de água, que são reservatórios de três centímetros de profundidade formando ondas em volta dos seus pés. Sob a água, o piso é feito de espelhos, cintilando e refletindo tudo e todos. Addie olha fixamente para as faixas de movimento, para as ondas que vão desaparecendo, e Henry não sabe ao certo se as dela terminam antes das dele.

Em troca da pulseira amarela, eles são levados para dentro de cubos à prova de som, do tamanho de guarda-roupas. Alguns amplificam os sons enquanto outros parecem engolir cada fôlego de vida. É como uma sala de espelhos, se as superfícies curvas distorcessem a voz, e não o reflexo.

A primeira mensagem, impressa em estêncil na parede em letras pequenas e pretas, diz SUSSURRE e, assim que Addie o faz, pronunciando "Eu tenho um segredo", as palavras se retorcem, ecoam e reverberam ao redor deles.

A mensagem seguinte, que toma toda a extensão da parede, diz GRITE. Henry só tem coragem de dar um berro curto e constrangido, mas Addie respira fundo e solta um urro, como se estivesse gritando debaixo de uma ponte em que passasse um trem. Algo sobre essa liberdade destemida lhe dá ânimo e de repente ele está esvaziando os pulmões, com sons guturais e entrecortados, tão selvagens quanto um berro.

E Addie não fica para trás. Simplesmente ergue a voz, e ambos berram juntos até ficarem sem fôlego, até ficarem roucos, depois saem dos cubos se sentindo tontos e leves. Amanhã, os pulmões dele vão ficar doloridos, mas vai ter valido a pena.

Quando finalmente estão ao ar livre, e o som volta aos seus ouvidos, o sol já está se pondo e as nuvens parecem em chamas. É uma noite exótica de primavera que lança uma luz alaranjada.

Caminham até o parapeito mais próximo e olham a paisagem da cidade, com a luz refletida nos edifícios, manchando o aço com o pôr do sol, e Henry a puxa para si, beija a curva do pescoço de Addie e sorri na sua clavícula.

Está alterado pelo açúcar e um pouquinho bêbado, e mais feliz do que nunca.

Addie é melhor do que qualquer guarda-chuvinha cor-de-rosa.

É melhor do que um uísque encorpado numa noite fria.

Melhor do que qualquer coisa que ele sentiu em muito tempo.

Quando Henry está com ela, o tempo passa rápido, mas isso não o assusta.

Quando está com Addie, se sente vivo, mas isso não o faz sofrer.

Ela se aconchega nele, como se Henry fosse o guarda-chuvinha rosa e fosse ela quem precisasse de abrigo. Henry prende a respiração, como se isso fosse impedir o céu de desabar. Como se isso fosse impedir os dias de passarem.

Como se isso fosse impedir que tudo ruísse.

NOVA YORK
9 de dezembro de 2013

XVI

Bea sempre diz que voltar para o campus é como ir para casa. Mas Henry não se sente assim. No entanto, nunca se sentiu em casa nem na sua própria *casa*, mas sempre teve a vaga sensação de pavor, como se estivesse pisando em ovos, constantemente prestes a decepcionar os outros. E é exatamente assim que se sente agora, o que faz com que ela tenha razão, no fim das contas.

— Sr. Strauss — cumprimenta o reitor, estendendo a mão por cima da escrivaninha. — Fico muito feliz por você ter vindo.

Eles se cumprimentam, e Henry se acomoda na cadeira de escritório. A mesma cadeira em que se sentou três anos atrás, quando Melrose ameaçou reprová-lo se ele não tivesse o bom senso de largar a faculdade. E agora...

Você quer ser o suficiente.

— Desculpa ter demorado tanto para vir — diz, mas o reitor rejeita as desculpas com um aceno.

— Você é um homem ocupado, tenho certeza.

— Certo — balbucia Henry, remexendo-se na cadeira. O terno irrita a sua pele, depois de passar meses entre as traças no fundo do armário. Ele não sabe o que fazer com as mãos. — Então — continua, desajeitado —, o senhor disse que tinha uma vaga na faculdade de teologia, mas não mencionou se era para professor adjunto ou assistente.

— É para um cargo efetivo.

Henry encara o homem grisalho do outro lado da mesa e precisa resistir à vontade de gargalhar. Um cargo efetivo não é apenas cobiçado, mas disputado com unhas e dentes. As pessoas passavam anos competindo por um.

— E o senhor pensou em mim.

— Assim que te vi na cafeteria — responde o reitor, com um sorriso usado para angariar fundos.

Você quer ser tudo o que as pessoas querem.

O reitor se senta na beira da cadeira.

— A pergunta é muito simples, sr. Strauss. O que você quer fazer da vida?

As palavras ecoam na sua mente, com uma simetria terrível e sonora.

É a mesma pergunta que Melrose fez no outono, no dia em que chamou Henry à sua sala depois de três anos de doutorado e lhe disse que estava tudo acabado. De certa maneira, Henry sabia que aquilo aconteceria. Já tinha pedido transferência do seminário de teologia para o programa diversificado de estudos religiosos, onde focou vagamente em temas que centenas de pessoas já haviam pesquisado, incapaz de encontrar algo novo, incapaz de acreditar.

O que você quer fazer da vida?, o reitor havia perguntado, e Henry havia cogitado responder que queria *deixar os pais orgulhosos*, mas essa não parecia ser uma boa resposta, então disse a segunda coisa mais próxima da verdade: que, para ser sincero, não sabia muito bem. Que em um piscar de olhos, de algum modo, os anos haviam se passado e todo mundo tinha cavado as próprias trincheiras e aberto os próprios caminhos, enquanto ele continuava parado no mesmo lugar, sem saber onde começar a cavar.

O reitor ouviu com atenção, depois apoiou os cotovelos na mesa e disse que ele era bom.

Mas bom não era o suficiente.

O que obviamente significava que *ele* não era o suficiente.

O que você quer fazer da vida?, pergunta o reitor agora. E Henry não tem uma resposta diferente para dar.

— Eu não sei.

E é agora que o reitor balança a cabeça e percebe que Henry Strauss continua tão perdido quanto sempre esteve. Só que não é o que acontece, óbvio. O senhor de meia-idade sorri e diz:

— Tudo bem. É bom ter a mente aberta. Mas você quer *mesmo* voltar, né?

Henry fica em silêncio, refletindo sobre a pergunta.

Sempre tinha gostado de aprender. Adorava, para falar a verdade. Se pudesse passar a vida toda sentado em uma sala de aula, fazendo anotações, pulando de departamento em departamento, aprofundando-se em diversos tópicos e absorvendo todo o conhecimento sobre linguística, história e arte, talvez se sentisse plenamente satisfeito e feliz.

Foi o que fez nos dois primeiros anos.

Nos dois primeiros anos, ele *foi* feliz. Tinha a companhia de Bea e de Robbie, e tudo o que precisava fazer era aprender. Construir uma base. O problema era a casa que ele deveria construir em cima da superfície lisa.

Era algo tão... permanente.

Depois de escolher uma aula, você escolhia uma disciplina; depois de escolher uma disciplina, você escolhia uma carreira; e depois de escolher uma carreira, você escolhia uma vida; e como é que alguém poderia fazer isso quando só se tem uma vida?

Mas dar aulas poderia ser um jeito de conseguir o que ele queria.

Ensinar é uma extensão de aprender, uma maneira de ser um eterno estudante.

E mesmo assim...

— Eu não sou qualificado, senhor.

— Você é uma escolha pouco convencional — admite o reitor —, mas isso não significa que seja a errada.

Só que, neste caso, é exatamente o que significa.

— Eu não tenho doutorado.

A geada se espalha, tornando-se uma camada de gelo no olhar do reitor.

— Você tem um ponto de vista original.

— A vaga não tem nenhum requisito?

— Tem, mas também há uma certa liberdade, para abarcar diferentes perfis.

— Eu não acredito em Deus.

As palavras saem da sua boca como se fossem pedras, caindo como um baque na escrivaninha entre eles.

E assim que pronuncia as palavras, Henry se dá conta de que não é totalmente verdade. Não sabe no que acredita, se sente assim há um bom tempo, mas é difícil desconsiderar a presença de uma entidade superior depois de vender a alma para uma entidade das profundezas.

Henry percebe que o aposento permanece silencioso.

O reitor o olha por bastante tempo, e ele acredita que conseguiu, que quebrou o feitiço. Mas, em seguida, Melrose se aproxima e confidencia, num tom de voz comedido:

— Nem eu. — Ele volta a se recostar na cadeira. — Esta é uma instituição acadêmica, sr. Strauss, não uma igreja. A discordância está no âmago da transmissão do conhecimento.

Mas esse é o problema. Ninguém vai *discordar* dele. Henry olha para o reitor Melrose, imagina a mesma aceitação cega no rosto de cada membro da faculdade, de cada professor e de cada aluno, e fica enjoado. Todos vão olhar para ele e ver exatamente o que querem. Quem querem. E mesmo que Henry encontre alguém que *queira* discutir, que aprecie o conflito ou o debate, não vai ser real.

Nada vai voltar a ser real outra vez.

Do outro lado da mesa, os olhos do reitor apresentam um tom cinza leitoso.

— Você pode ter tudo o que quiser, sr. Strauss. Ser quem você quiser. E nós ficaríamos lisonjeados de tê-lo conosco. — Ele se levanta e estende a mão. — Pense a respeito.

Henry responde:

— Vou pensar.

E pensa mesmo.

Pensa a respeito no caminho de volta pelo campus e no metrô, com cada estação levando-o para mais longe daquela vida. A vida que existiu, e a que nunca aconteceu. Pensa a respeito ao abrir a livraria e tirar o paletó mal ajustado, jogando-o em cima da estante mais próxima, e ao desfazer o nó da gravata. Pensa a respeito enquanto enche o pote do gato de ração e desembala a caixa de livros que acabou de chegar, apertando os volumes até ficar com os dedos doloridos, mas pelo menos os livros são sólidos, são reais. Já está sentindo as nuvens de tempestade se formando dentro da sua cabeça, então vai ao depósito, pega a garrafa de uísque de Meredith, com alguns dedos de bebida restantes do dia depois do pacto, e volta com ela para o cômodo principal do sebo.

Ainda não é nem meio-dia, mas Henry não se importa.

Tira a rolha e enche uma xícara de café enquanto os clientes começam a entrar na livraria, esperando que alguém olhe para ele de cara feia, que balance a cabeça em reprovação, resmungue alguma coisa ou até mesmo saia do sebo. Mas todos seguem comprando e sorrindo, olhando para Henry como se ele fosse incapaz de fazer algo de errado.

Por fim, um policial à paisana entra e Henry nem sequer tenta esconder a garrafa ao lado do caixa. Em vez disso, encara o homem e toma um longo gole da xícara, certo de que está infringindo alguma lei, seja por causa do recipiente aberto ou da bebedeira em público.

Mas o policial apenas sorri e ergue um copo imaginário.

— Saúde! — diz, com os olhos cobertos pela nevasca.

Tome um gole toda vez que ouvir uma mentira.

Você é um ótimo cozinheiro.

(Dizem quando você deixa a torrada queimar.)

Você é *tão* engraçado.

(Você nunca contou uma piada.)

Você é tão...

... bonito.

... ambicioso.

... bem-sucedido.

... forte.

(*Já começou a beber?*)

Você é tão...

... charmoso.

... inteligente.

... sexy.

(*Beba.*)

Tão confiante.

Tão tímido.

Tão misterioso.

Tão sincero.

Você é impossível, um paradoxo, uma coleção de coisas que não combinam.

Você é tudo para todo mundo.

O filho que alguém nunca teve.

O amigo que alguém sempre quis.

Um estranho generoso.

Um filho de sucesso.

Um cavalheiro perfeito.

Um parceiro perfeito.

Seja lá o que for perfeito...

Perfeito...

(*Beba.*)

As pessoas adoram o seu corpo.

O seu abdômen.

A sua risada.

O seu cheiro.

O som da sua voz.

Elas te desejam.

(Não você.)

Elas precisam de você.

(Não de você.)

Elas te amam.

(Não você.)

Você é quem elas querem que você seja.

Você é mais do que suficiente, porque não é real.

Você é perfeito, porque *você* não existe.

(Não você.)

(Nunca você.)

Elas olham para você e veem o que querem ver...

Porque nunca veem *você* como realmente é.

NOVA YORK
31 de dezembro de 2013

XVII

O relógio marca a contagem regressiva — os últimos minutos do ano se vão gradualmente. Todo mundo diz que a gente deve viver o presente, aproveitar o momento, mas fica difícil quando o momento envolve cerca de cem pessoas entulhadas em um apartamento alugado por temporada em Bed-Stuy que Robbie divide com outros dois atores. Henry está espremido no canto do cômodo, entre um cabideiro e um armário. Segura a garrafa de cerveja com uma das mãos enquanto a outra se enreda na camisa do rapaz que o beija, que é definitivamente muita areia para o caminhão de Henry, e estaria em outro patamar se Henry ainda tivesse um patamar específico.

Acha que o nome dele é Mark, mas era difícil escutar alguma coisa por causa do barulho. Poderia ser Max, ou Malcolm. Henry não sabe muito bem. Gostaria de poder dizer que é a primeira pessoa que ele beija na noite, ou até mesmo o primeiro rapaz, mas a verdade é que também não tem muita certeza disso. Não sabe direito quantas doses bebeu, ou se o gosto que sente derretendo na sua língua é de açúcar ou de outra coisa.

Está bebendo muito e rápido demais, tentando se embriagar até esquecer. Além disso, há gente demais no Castelo.

Chamam o apartamento de Robbie de Castelo, embora Henry não consiga lembrar exatamente quando o batizaram com esse nome, nem por quê. Procura Bea, não a vê desde que ela se embrenhou na multidão em direção à cozinha uma hora atrás, onde a viu empoleirada na bancada, brincando de bartender e fazendo a corte para um grupo de mulheres e...

De repente, o rapaz tateia o cinto de Henry.

— Espera — diz, mas a música está tão alta que ele tem de gritar, de puxar a orelha de Mark, Max ou Malcolm para perto da boca, o que o rapaz entende como um sinal para que continue a beijá-lo. — *Espera* — grita Henry, afastando-o. — Você quer mesmo fazer isso?

O que é uma pergunta idiota. Ou, pelo menos, a pergunta errada.

A fumaça pálida serpenteia nos olhos do estranho.

— E por que não ia querer? — pergunta ele, ajoelhando-se. Mas Henry o segura pelo cotovelo.

— Pare. Só pare com isso. — Ele o ajuda a se levantar. — O que você vê em mim?

É uma pergunta que ele começou a fazer para todo mundo, na esperança de ouvir algo parecido com a verdade. Mas o rapaz o encara, com os olhos opacos, e balbucia as palavras:

— Você é lindo. Sexy. Inteligente.

— Como você sabe? — Henry grita em meio à música alta.

— O quê? — grita o rapaz de volta.

— Como você sabe que eu sou inteligente? A gente mal conversou.

Mas Mark, Max ou Malcolm dá um sorriso piegas e pisca de leve, com a boca inchada pelos beijos, e responde: "Eu só sei", mas isso não é mais suficiente, não é certo, e Henry começa a se desvencilhar quando Robbie aparece e se depara com Mark, Max ou Malcolm praticamente montado no amigo. Robbie olha para Henry como se ele tivesse atirado uma lata de cerveja na sua cara.

Ele dá meia-volta e sai do cômodo, Henry solta um gemido e o rapaz que o aperta contra a parede parece achar que o som foi causado por ele. Está quente demais para Henry conseguir pensar ou até mesmo respirar.

O cômodo está começando a girar. Henry murmura uma desculpa sobre ter que fazer xixi, mas passa direto pelo banheiro e entra no quarto de Robbie, fechando a porta atrás de si. Vai até a janela, empurra a vidraça e recebe uma rajada de vento gelado no rosto. O ar frio corta a sua pele enquanto ele sobe na plataforma da saída de incêndio.

Henry respira o ar frio, deixando que queime os seus pulmões, e se debruça sobre a janela para fechá-la de novo, mas assim que a vidraça desce, o mundo fica sossegado.

Não está *silencioso*, afinal Nova York nunca é silenciosa, e as festas de Ano-Novo provocaram uma torrente de energia que varre a cidade, mas pelo menos Henry consegue respirar, pensar e beber até esquecer a noite — o ano inteiro — relativamente em paz.

Tenta tomar um gole de cerveja, mas a garrafa está vazia.

— Merda — resmunga para si mesmo.

Está morrendo de frio, e seu casaco deve estar enterrado em algum lugar debaixo da pilha de roupas na cama de Robbie, mas não tem coragem de voltar para buscar uma jaqueta nem uma bebida. Não suporta o mar de rostos voltados para ele, com os olhos cheios de fumaça, não quer carregar o fardo da atenção dos outros. Consegue perceber a ironia da situação, de verdade. Neste momento, daria qualquer coisa em troca de um dos guarda-chuvinhas cor-de-rosa de Muriel, mas não tem mais nenhum comprimido, então desaba sobre os degraus de metal gelados e diz a si mesmo que está feliz, que isso é tudo o que queria.

Coloca a garrafa ao lado de um vaso que costumava servir de lar para alguma planta, mas que agora abriga somente uma pequena pilha de bitucas de cigarro.

Às vezes, Henry gostaria de ser fumante, só para ter uma desculpa pronta para sair ao ar livre.

Tentou uma ou duas vezes, mas não conseguiu se acostumar ao gosto do tabaco nem às roupas impregnadas com o cheiro do cigarro. Quando ele era criança, tinha uma tia que fumava tanto que suas unhas eram amareladas, e a pele, rachada como couro envelhecido. Ela tossia como se tivesse um punhado de moedas soltas dentro do peito. Toda vez que dava um trago, Henry se lembrava dela e ficava enjoado, sem saber se era por causa da lembrança ou do gosto, só que não valia a pena.

Ele fumava maconha, mas um baseado era algo para ser partilhado, não para ser fumado sozinho e escondido. De um jeito ou de outro, sempre o deixava com fome e melancólico. Ou melhor, mais melancólico ainda. A maconha não desfazia os vincos no seu cérebro e sim, depois de alguns tragos, transformava-os em espirais, em pensamentos que rodopiavam entre si infinitamente.

Henry tem uma lembrança vívida de um dia, no último ano da faculdade, em que ficou chapado com Bea e Robbie, todos deitados num emaranhado de braços e pernas na quadra da Universidade de Columbia às três da manhã, doidões, olhando para o céu. Embora tivessem que estreitar os olhos para conseguir enxergar alguma estrela e que, talvez estivessem só se esforçando para ver alguma coisa na imensidão da noite, Bea e Robbie não paravam de falar sobre como o céu era imenso e maravilhoso, e como se sentiam em paz por serem tão insignificantes diante de tudo. Henry não disse nada, porque estava muito ocupado segurando o fôlego para não gritar.

— O que você está fazendo aqui fora, cacete?

Bea está debruçada na janela. Passa a perna por cima do parapeito e se junta a ele na escadaria, assoviando assim que as leggings encostam no metal gelado. Ficam sentados em silêncio por alguns minutos. Henry olha para a paisagem formada pelos topos dos edifícios. As nuvens estão baixas, e as luzes da Times Square resplandecem.

— O Robbie está apaixonado por mim.

— O Robbie sempre foi apaixonado por você — retruca Bea.

— Mas essa é a questão — continua, balançando a cabeça. — Ele não estava apaixonado por quem eu era, não de verdade. Estava apaixonado por quem eu poderia ser. Queria que eu mudasse, e eu não mudei, daí...

— E por que você deveria mudar? — Ela se vira para encará-lo, com a geada rodopiando em seus olhos. — Você é perfeito do jeito que é.

Henry engole em seco.

— E o que isso quer dizer? Quem eu sou?

Tinha medo de fazer essa pergunta, de saber o que significava o brilho nos olhos dela e o que a amiga vê quando olha para ele. Mesmo agora, gostaria de não ter feito a pergunta. Mas Bea só sorri e diz:

— Você é o meu melhor amigo, Henry.

Ele sente um ligeiro alívio no peito. Porque isso é real.

É verdadeiro.

Mas ela continua:

— Você é doce, sensível e um ótimo ouvinte.

A última parte o faz sentir um nó no estômago, porque ele nunca foi um bom ouvinte. Perdeu a conta de quantas vezes brigou com Bea por não estar prestando atenção.

— Você sempre me ajuda quando preciso de você — prossegue a garota, e ele sente um aperto no peito, porque sabe que isso não é verdade; e não é como todas as outras mentiras, não se trata de um abdômen definido, um maxilar esculpido ou uma voz grave, não se trata de um charme inteligente, de um filho que você sempre quis nem de um irmão de quem você sente falta, não é nenhum dos milhares de coisas que as pessoas veem quando olham para ele, coisas que estão fora do seu controle. — Gostaria que você enxergasse a si mesmo com os meus olhos.

O que Bea vê é um bom amigo.

E Henry não tem nenhuma desculpa para nunca ter sido um.

Afunda a cabeça nas mãos e pressiona os olhos contra as palmas até ver estrelas, e fica se perguntando se poderia consertar isso, só isso, se conseguiria se tornar a versão de Henry que Bea vê, e se isso faria a geada nos seus olhos desaparecer para que ela, pelo menos, pudesse enxergá-lo pelo que realmente é.

— Sinto muito — sussurra ele para o espaço entre os joelhos e o peito.

Sente a mão da amiga nos seus cabelos.

— Pelo quê?

O que mais ele deveria dizer?

Henry solta um suspiro entrecortado e ergue o olhar.

— Se você pudesse fazer qualquer pedido, o que iria querer?

— Depende. Qual é o preço? — responde Bea.

— Como você sabe que tem um preço?

— É sempre uma troca.

— Tá bom. Se você vendesse a sua alma em troca de alguma coisa, o que seria?

Bea morde o lábio.

— Felicidade.

— E o que é a felicidade? Quer dizer, é se sentir feliz sem motivo? Ou é deixar as outras pessoas felizes? É estar feliz com o seu trabalho, com a sua vida, ou...

Bea ri.

— Você sempre pensa demais nas coisas, Henry. — Ela olha para a vista do outro lado da saída de incêndio. — Não sei, só estou dizendo que gostaria de ficar feliz comigo mesma. Satisfeita. E você?

Ele cogita mentir, mas desiste.

— Acho que gostaria de ser amado.

Bea olha para ele, com os olhos envoltos pela geada, e até mesmo sob a névoa, ela parece súbita e imensuravelmente triste.

— Você não pode *fazer* as pessoas te amarem, Hen. Se não for uma escolha, não é de verdade.

A boca de Henry fica seca.

Bea tem razão. Como sempre.

E ele é um idiota, aprisionado em um mundo onde nada é real.

A amiga dá um empurrãozinho com o ombro no ombro dele.

— Vamos voltar lá para dentro. Encontrar alguém para beijar antes da meia-noite. Para dar sorte.

Ela se levanta e fica esperando, mas Henry não tem forças para sair dali.

— Tá tudo bem. Pode ir.

Sabe que é por causa do pacto, por causa do que ela vê e não de quem ele é, mas ainda assim fica aliviado quando Bea se senta de novo e se aconchega nele. Sua melhor amiga compartilha a escuridão com ele. Logo o volume da música diminui, as vozes se elevam, e Henry pode ouvir a contagem regressiva às suas costas.

Dez, nove, oito.

Ah, nossa!

Sete, seis, cinco.

O que foi que ele fez?

Quatro, três, dois.

O tempo está passando rápido demais.

Um.

O ar se enche de assobios, vivas e felicitações, e Bea encosta os lábios nos dele, um momento de calor em meio à friagem. Do nada, o ano acaba, os relógios voltam para o início, o número três é substituído pelo quatro, e Henry tem consciência de que cometeu um erro terrível.

Pediu a coisa errada para o deus errado, e agora Henry é suficiente porque não é mais nada. É perfeito porque não existe.

— Vai ser um bom ano. Dá para sentir. — diz Bea, depois expira uma nuvem de condensação no ar entre os dois. — Puta merda, está congelando aqui fora. — A garota se levanta, esfregando as mãos. — Vamos entrar.

— Vai na frente. Eu vou daqui a pouco.

E ela acredita. Henry ouve os passos tilintando no metal enquanto Bea atravessa a saída de incêndio e volta pela janela, deixando-a aberta para que ele a siga.

Henry fica sentado, sozinho no escuro, até que não consegue mais suportar o frio.

NOVA YORK
Inverno de 2014
XVIII

Henry desiste.
Ele se conforma com a vida limitante do pacto e agora a considera uma maldição. Esforça-se para ser um amigo melhor, um irmão melhor, um filho melhor, na tentativa de esquecer o significado da névoa nos olhos das pessoas, na tentativa de fingir que tudo isso é real, que ele é real.

Então, certo dia, conhece uma garota.

Ela entra no sebo e rouba um livro, e assim que ele a alcança na calçada e a garota se vira para encará-lo, não há geada, nem camada, nem muralha de gelo, só olhos castanho-claros e um rosto em formato de coração, com sete sardas espalhadas pelas bochechas, como se fossem estrelas.

Henry acha que deve ser uma ilusão de ótica, mas ela volta no dia seguinte e nada mudou. A ausência de névoa. E não apenas a ausência, mas algo em seu lugar.

Uma presença, um peso sólido, a primeira atração firme que ele sente em meses. A força da gravidade de outra pessoa.

Outra órbita.

E quando a garota o olha, não vê alguém perfeito. Vê alguém que se importa demais, que sente demais, que está perdido, ávido e definhando em meio à maldição.

Ela enxerga a verdade, e Henry não sabe como nem por que, só que não quer que isso termine.

Pois pela primeira vez em meses, em anos, talvez em toda a sua vida, não se sente amaldiçoado.

Pela primeira vez, Henry sente que alguém o vê como ele realmente é.

NOVA YORK
18 de março de 2014

XIX

Falta só mais uma exposição.

Quando a luz do dia começa a esmorecer, Henry e Addie entregam as pulseiras de borracha azuis e entram em uma câmara de acrílico. As paredes translúcidas estão dispostas em fileiras, fazendo com que ele se lembre das estantes cheias de livros de uma biblioteca ou do sebo, só que não há nenhum livro, apenas uma placa pendurada que diz:

VOCÊ É A OBRA DE ARTE

Há jarros de tinta néon no chão de cada corredor e, como esperado, as paredes estão cobertas de pixações. Assinaturas e rabiscos, marcas de mãos e desenhos.

Algumas tomam toda a extensão da parede, outras estão agrupadas como segredos dentro das marcas maiores. Addie mergulha o dedo na tinta verde e o leva até a parede. Desenha uma espiral, uma única marca que vai se expandindo. Mas assim que chega à quarta curva, a primeira já se desfez, sumindo pouco a pouco como um pedregulho na água profunda.

Uma marca impossível de permanecer, uma marca apagada.

A expressão de Addie não se altera nem vacila, mas ele pode ver a tristeza no seu rosto, antes que ela também desapareça, sem deixar rastros.

Como você aguenta isso?, ele tem vontade de perguntar. Em vez disso, mergulha a mão na tinta verde e estende o braço ao lado dela, mas não desenha nada. Pelo contrário, fica esperando, com a mão pairando sobre o acrílico.

— Ponha a sua mão em cima da minha — diz Henry, e ela hesita por um segundo antes de pressionar a palma contra as costas da mão dele, colocando os dedos sobre os seus. — Pronto, agora a gente pode desenhar.

Ela fecha a mão sobre a dele, levando o dedo indicador de Henry até o acrílico, e deixa uma única marca, uma linha reta de tinta verde. Ele pode sentir o ar preso no peito de Addie, pode senti-la ficar tensa enquanto espera que a mancha desapareça.

Mas nada acontece.

A marca permanece, encarando os dois com sua cor desafiadora.

É então que algo se liberta dentro de Addie.

Ela faz mais uma marca, e depois outra, solta uma risada arquejante e, em seguida, com a mão em cima da dele e a dele no acrílico, começa a desenhar. Pela primeira vez em trezentos anos, desenha pássaros e árvores, uma horta, uma oficina, uma cidade, um par de olhos. As imagens fluem dela e se cravam, através dele, na parede com uma urgência frenética e desajeitada. Addie começa a rir, com lágrimas escorrendo pelas bochechas, e Henry tem vontade de secá-las, mas suas mãos pertencem a ela, e Addie está desenhando.

Em seguida, ela mergulha o dedo dele na tinta e o leva ao painel de acrílico novamente. Dessa vez, escreve com letra cursiva de modo hesitante, uma letra de cada vez.

O nome dela.

A palavra permanece, entre vários desenhos.

Addie LaRue.

Dez letras, duas palavras. Não parece diferente das outras centenas de marcas deixadas na parede por eles, reflete Henry... mas é. Sabe que é.

Ela larga a mão dele e estende o braço em direção ao painel, passa os dedos pelas letras e, depois de um segundo, o nome se borra e sobram apenas faixas de tinta verde no acrílico. Mas assim que ela afasta os dedos, o nome volta, imaculado, inalterado.

É então que alguma coisa muda dentro de Addie. Toma conta dela, do mesmo modo como as tempestades tomavam conta de Henry; mas isso é diferente, não é sombrio, mas radiante, uma perspicácia súbita e incisiva.

Ela o arrasta para longe dali. Para longe do labirinto, das pessoas estiradas sob a noite sem estrelas, do parque de diversão de artes plásticas e da ilha; e ele se dá conta de que Addie não o está puxando para longe de nada, e sim em direção a algum lugar.

À barca.

Ao metrô.

Ao Brooklyn.

À sua casa.

Por todo o caminho, ela segura firme a mão de Henry, com os dedos entrelaçados, a tinta verde manchando a pele de ambos enquanto sobem as escadas e ele abre a porta. Addie o solta e dispara para dentro do apartamento na frente. Ele a encontra no quarto, tirando um bloco de anotações azul da estante e procurando uma caneta na mesinha. Addie empurra os objetos para ele, e Henry se senta na beira da cama e abre o caderno, da coleção de blocos que nunca chegou a usar. Ela se ajoelha, sem fôlego, ao seu lado.

— Faça de novo — pede ela.

Henry encosta a caneta esferográfica na página em branco e escreve o nome dela, com uma caligrafia apertada, mas cuidadosa.

Addie LaRue.

O nome não se dissolve, não desvanece, mas permanece, sozinho no meio da página. Henry ergue o olhar para ela, esperando que a garota continue ditando o que escrever, mas ela não retribui o gesto, mas encara as palavras no papel.

Addie pigarreia.

— É assim que a história começa — diz.

E ele começa a escrever.

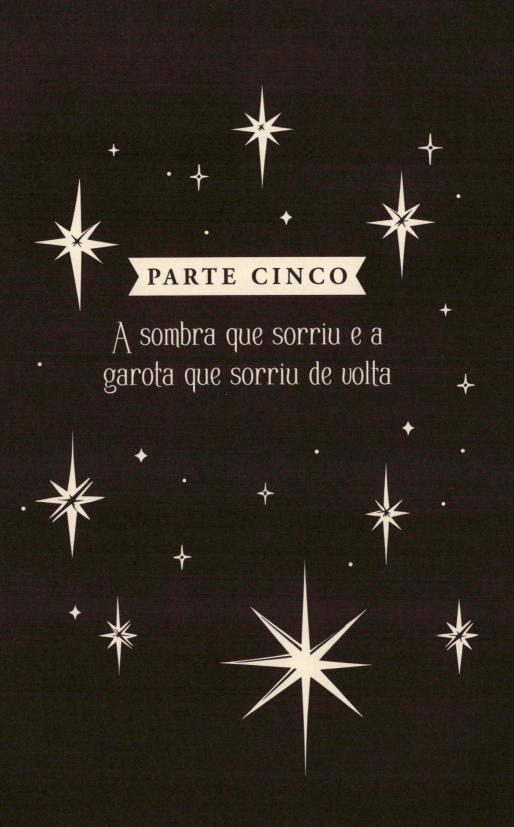

PARTE CINCO

A sombra que sorriu e a garota que sorriu de volta

Título da obra: *Ho portato le stelle a letto*
Autor: Matteo Renatti
Data: aprox. 1806-8 d.C.
Técnica: esboço a lápis sobre pergaminho de 20cm x 35cm.
Proveniência: emprestado da Academia de Belas-Artes de Veneza.
Descrição: ilustração de uma mulher, com os contornos do corpo simulados pelos lençóis. Seu rosto é representado apenas por alguns ângulos e está emoldurado pelos cabelos desalinhados, mas o artista lhe atribuiu um traço bastante específico: sete pequenas sardas ao longo das bochechas.
História: encontrado no caderno que Renatti usou entre os anos de 1806 e 1808, o desenho é considerado por alguns estudiosos a fonte de inspiração da sua obra-prima posterior, *A musa*. Embora a pose da modelo e a técnica usada sejam diferentes, a quantidade e o posicionamento das sardas são evidências suficientes para que muitos especulem sobre a importância perene da mulher na obra de Renatti.
Valor estimado: 267 mil dólares.

VILLON-SUR-SARTHE, FRANÇA
29 de julho de 1764

I

Addie vai em direção à igreja.
A construção fica perto do centro de Villon, atarracada, cinzenta e imutável, com o campo adjacente limitado por um muro baixo de pedra.
Ela leva pouco tempo para encontrar o túmulo do pai.
Jean LaRue.
O túmulo é simples — um nome, as datas de nascimento e de morte, e um versículo da Bíblia — *Todo aquele que invocar o nome do Senhor será salvo*. Não há menção ao tipo de homem que ele era, ao seu ofício nem mesmo à sua bondade.
Uma vida reduzida a um bloco de pedra e um canteiro de grama.
Ao longo do caminho, Addie havia colhido um punhado de flores, coisinhas silvestres que cresciam pelos cantos da trilha, botões de flores amarelas e brancas. Ela se ajoelha para colocá-las sobre o túmulo e fica paralisada assim que repara nas datas sob o nome do pai.
1670-1714.
O ano em que ela foi embora.

Addie vasculha a memória, tentando se lembrar de algum sinal de doença. A tosse que perdurava em seu peito, o vestígio de fraqueza nos seus membros. As lembranças da segunda parte da sua vida estão aprisionadas em âmbar, perfeitamente preservadas. Mas as de *antes*, de quando ela era Adeline LaRue — lembranças de sovar a massa de pão sentada em uma banqueta ao lado da mãe, de observar o pai entalhando rostos nos blocos de madeira, de seguir Estele pelas margens do rio Sarthe — estão sumindo aos poucos. Os 23 anos que viveu antes de ir para a floresta e fazer o pacto se tornaram meros borrões.

Mais tarde, Addie vai ser capaz de se lembrar de quase trezentos anos perfeitamente, cada momento de cada dia preservado.

Mas já está se esquecendo do som da risada do pai.

Não consegue se lembrar da cor exata dos olhos da mãe.

Não consegue se lembrar do contorno do maxilar de Estele.

Durante anos, vai ficar acordada à noite e contar para si mesma as histórias da garota que costumava ser um dia, na esperança de preservar cada fragmento fugaz, mas o efeito será o oposto: as lembranças vão se tornar como talismãs manuseados com muita frequência; como medalhinhas de santos, cujo uso desgasta a gravação até se tornar apenas uma superfície banhada a prata com imagens indistintas.

Já a doença do pai deve ter atacado entre uma estação e a outra e, pela primeira vez, Addie fica agradecida pela natureza purificante da sua maldição e por ter feito o pacto, não pelo próprio bem, mas pelo bem da mãe. Para que Marthe LaRue não tivesse tido de passar pelo luto de duas perdas, só de uma.

Jean está enterrado junto com os outros membros da família. A irmã caçula que viveu apenas dois anos. A mãe e o pai, ambos mortos antes que Addie completasse dez anos. Uma fileira acima, os pais de seus pais e os irmãos solteiros. O lote ao seu lado, vazio, à espera da esposa.

Não há nenhum lugar para ela, como era de esperar. Mas foi esta sucessão de túmulos, como uma linha do tempo que vai do passado ao futuro, o que a levou a fugir para a floresta naquela noite; o medo de ter uma vida como essa e acabar no mesmo canteiro de grama.

Ao encarar o túmulo do pai, Addie sente a profunda tristeza da conclusão, o peso de um objeto em repouso. Agora o luto já passou — ela perdeu esse homem cinquenta anos atrás, já sofreu por ele e, embora ainda seja doloroso, a dor não é recente. Há muito tempo, virou apenas um incômodo no peito, uma ferida cicatrizada.

Ela deixa as flores no túmulo do pai e se levanta, embrenhando-se entre os lotes e voltando para o passado a cada passo até que não é mais Addie, mas Adeline; não mais um fantasma, mas uma pessoa de carne e osso, uma mortal. Ainda presa a este lugar, com as raízes latejando como se fossem membros fantasmas.

Examina os nomes nas lápides, reconhece cada um deles. A diferença é que antes essas pessoas também a conheciam.

Roger, enterrado ao lado da primeira e única esposa, Pauline.

Isabelle e a sua filha mais nova, Sara, falecidas no mesmo ano.

E, quase no meio do terreno, o nome mais importante para ela. O nome da pessoa que segurou a sua mão tantas vezes e que mostrou a ela que a vida poderia ser muito mais do que aquilo.

Estele Magritte, se lê na sua lápide. *1642-1719.*

As datas estão entalhadas em um crucifixo simples, e Addie quase pode ouvir a velha senhora sibilando entre os dentes.

Estele, enterrada à sombra de uma casa que não venerava.

Estele, que diria que a alma é apenas uma semente devolvida à terra, que não queria nada além de uma árvore acima de seus ossos. Devia ter sido sepultada nos limites na floresta ou entre os vegetais da sua horta. No mínimo, devia ter sido enterrada em um lote de esquina, onde os galhos de um velho teixo se erguiam sobre o muro baixo para fornecer sombra aos túmulos.

Addie vai à pequena choupana nos fundos do cemitério, encontra uma pá entre as ferramentas e segue em direção à floresta.

É o auge do verão, mas o ar está fresco sob o abrigo das árvores. É meio-dia, mas o cheiro da noite continua impregnado nas folhas. O aroma do lugar é tão universal e ao mesmo tempo tão específico. A cada respiração, Addie sente o gosto de terra na língua e a lembrança do desespero, a garota cravando as mãos na terra enquanto realizava suas preces.

Agora crava a pá, arrancando uma muda do solo. Uma plantinha frágil, passível de ser derrubada pelo próximo temporal, mas ela a leva ao cemitério, embalada como uma criança nas suas mãos, e se alguém achasse estranho iria esquecer a cena antes mesmo de pensar em contar para outra pessoa. Se alguém reparasse na árvore que crescia acima do túmulo da anciã, poderia parar por um momento e pensar sobre os deuses antigos outra vez.

À medida que Addie deixa a igreja para trás, os sinos começam a badalar, convocando os habitantes do vilarejo para a missa.

Ela desce a estrada enquanto as pessoas saem de suas casas, as crianças agarradas às mãos de suas mães, os maridos e as esposas lado a lado. Alguns rostos são novos, já outros são velhos conhecidos.

George Therault, a filha mais velha de Roger, e os dois filhos de Isabelle; na próxima vez que Addie voltar à cidade, todos vão estar mortos, os últimos vestígios da sua antiga vida — da primeira parte de sua vida — enterrados no mesmo lote de dez metros de extensão.

A choupana está abandonada na fronteira com a floresta.

A cerca baixa desabou e a horta de Estele está coberta de mato, a própria casa cede aos poucos, vergando por causa dos anos e do descaso. A porta está cerrada, mas as persianas estão penduradas por dobradiças quebradas, exibindo a vidraça de uma única janela, aberta como um olho cansado.

Na próxima vez que Addie voltar, a estrutura da casa vai estar perdida embaixo da vegetação, e na outra, a mata vai ter avançado e engolido tudo.

Apesar disso, hoje a casa continua de pé. Addie abre caminho pela trilha cheia de ervas daninhas, com um lampião roubado na mão. Fica esperando que a anciã surja da mata, com os braços enrugados carregados de lenha, mas só escuta o farfalhar das gralhas e seus próprios passos.

O interior da choupana está úmido e vazio. O lugar escuro jaz entulhado de destroços — cacos de cerâmica de uma xícara quebrada, uma mesa em ruínas —, mas Addie não consegue encontrar os recipientes em que Estele preparava unguentos, a bengala que usava quando o tempo estava chuvoso, os feixes de ervas que ficavam pendurados nas vigas nem a panela de ferro da lareira.

Tem certeza de que os pertences de Estele foram levados depois da sua morte e distribuídos por toda a vila, assim como a sua vida, considerada de domínio público só porque ela nunca se casou. Villon era a sua responsabilidade, já que Estele nunca teve filhos.

Addie vai até a horta e colhe tudo o que pode do lote silvestre, leva a porção modesta de cenouras e feijão-chicote para dentro e coloca os legumes sobre a mesa. Ao abrir as persianas, depara com a floresta.

As árvores se erguem em uma fileira escura, com os galhos retorcidos arranhando o céu. As raízes avançam lentamente, rastejando para dentro da horta e por toda a grama. Um avanço lento e paciente.

O sol está começando a se pôr, e embora seja verão, uma umidade se infiltrou pelos vãos do telhado de palha, entre as pedras e debaixo da porta, e um frio gélido paira sobre os ossos da pequena choupana.

Addie leva o lampião roubado à lareira. O mês foi bastante chuvoso e a madeira está úmida, mas ela é paciente, cuidando das chamas até que o fogo pegue na lenha.

Cinquenta anos se passaram, e ainda está descobrindo os limites de sua maldição.

Não pode criar, mas pode usar.

Não pode quebrar, mas pode roubar.

Não pode iniciar o fogo, mas pode mantê-lo aceso.

Não sabe muito bem se é algum tipo de ato piedoso ou simplesmente uma rachadura nas paredes de sua maldição, uma das poucas fissuras que encontrou nos muros da nova vida. Pode ser que Luc não tenha notado. Ou talvez ele as tenha colocado de propósito, para atraí-la para uma armadilha, para fazê-la ter esperança.

Addie pega um graveto em brasas da lareira e o encosta distraidamente no tapete puído. O galho está seco o suficiente para pegar fogo e queimar, mas não é o que acontece. Ele goteja e esfria rápido demais, logo que sai da segurança da lareira.

Ela fica sentada no chão, cantarolando baixinho, enquanto coloca um graveto depois do outro nas chamas até que o fogo elimine todo o frio do lugar, como um sopro espalhando a poeira para longe.

Ela o sente chegar como uma corrente de ar.

Ele não bate à porta.

Nunca bate.

Em um instante, ela está sozinha; no seguinte, não está mais.

— Adeline.

Ela *odeia* como se sente ao ouvi-lo dizer o seu nome, odeia o modo com que acolhe a palavra como se fosse um corpo procurando abrigo durante uma tempestade.

— Luc.

Ela se vira, esperando encontrá-lo com o aspecto que apresentava em Paris, vestido com as roupas elegantes dos salões, mas ele está exatamente do mesmo jeito que estava na noite em que se conheceram, com os cabelos bagunçados pelo vento e emoldurado pelas sombras, usando uma túnica preta simples, com os cordões abertos na gola. A luz da lareira dança em seu rosto, borrando os contornos do maxilar, das bochechas e da testa, como carvão.

Os olhos dele vagam para a pequena porção de vegetais na mesa antes de se voltarem para ela.

— De volta para onde tudo começou... — diz a sombra. Addie se levanta, para que ele não a olhe de cima. — Cinquenta anos. Como o tempo voa — continua.

Os anos não passaram depressa coisa nenhuma; não para ela, e Luc sabe disso. Está à procura de um ponto fraco, de uma rachadura na armadura onde cravar a faca, mas ela se recusa a ser um alvo tão fácil.

— Passou voando — repete, friamente. — E tem gente que pensa que uma vida só basta.

Luc sorri com o canto da boca.

— Que belo é olhar para você cuidando do fogo aqui. Poderia se passar por Estele. — É a primeira vez que ela o ouve pronunciar aquele nome, e há algo de nostálgico no modo como ele o diz. Luc caminha até a janela e olha para a fileira de árvores. — Quantas noites ela passou aqui, sussurrando para a floresta. — Ele olha de soslaio para trás, com um sorriso tímido brincando nos lábios. — Apesar de todo o falatório sobre a liberdade, ela se sentiu muito solitária no fim.

Addie balança a cabeça.

— Não.

— Você devia estar aqui com ela. Devia ter aliviado a dor de Estele quando ela adoeceu. Devia tê-la sepultado. Você devia isso a ela.

Addie dá um passo para trás, como se tivesse levado um soco.

— Você foi tão egoísta, Adeline. E por sua causa, ela morreu sozinha.

Todo mundo morre sozinho. É o que Estele diria, ou pelo menos, o que ela acha que diria. Espera que sim. Algum tempo atrás, teria certeza disso, mas sua confiança enfraqueceu junto com a lembrança da voz da anciã.

Do outro lado do aposento, a escuridão se move. Em um instante, Luc está na janela; no seguinte, atrás dela, com a voz ecoando em seus cabelos.

— Ela estava tão preparada para a morte. Tão desesperada por aquele lugar à sombra. Ficava parada na janela, implorando e implorando. Eu poderia ter atendido o desejo.

Uma lembrança de dedos envelhecidos apertando o seu pulso com força a assalta.

Nunca faça preces aos deuses que atendem depois do anoitecer.

Addie se vira para encará-lo.

— Ela nunca rezaria para *você*.

Um sorriso escapa dos lábios dele.

— Não. — Luc faz uma careta de desdém. — Mas pense em como ela se entristeceria ao saber que *você* rezou.

Addie perde a paciência. Sua mão voa antes que ela pense em parar e, mesmo agora, ela meio que espera não atingir nada além de ar e fumaça. Mas Luc é pego desprevenido, de modo que a palma de sua mão golpeia a pele, ou algo parecido com isso. A cabeça dele vira de leve com a força do tapa. Não há sangue nos lábios perfeitos, óbvio, nem calor na pele fria, mas pelo menos ela conseguiu tirar o sorriso do rosto de Luc.

Ou é o que acha.

Até ele começar a rir.

O som é sinistro, irreal, e assim que Luc vira o rosto para ela, Addie fica paralisada. Não há nada de humano na expressão. Os ossos estão salientes demais, as sombras, muito profundas, e os olhos, brilhantíssimos.

— Você está se esquecendo de quem você é — diz ele, com a voz se dissolvendo em fumaça vinda da lenha. — Você está se esquecendo de quem *eu* sou.

A dor irradia pelos pés de Addie, súbita e aguda. Ela baixa os olhos, procurando algum ferimento, mas a dor a incendeia por dentro. Uma aflição interna e profunda, com a força de todos os passos que ela já deu na vida.

— Talvez eu tenha sido excessivamente piedoso.

A dor sobe pelas suas pernas, infeccionando joelhos e quadris, pulsos e ombros. As pernas cedem sob o seu peso, e Addie tenta ao máximo suprimir um grito de agonia.

A escuridão baixa o olhar para ela, com um sorriso nos lábios.

— Talvez eu tenha deixado as coisas fáceis demais.

Addie observa aterrorizada as suas mãos começarem a enrugar e afinar, com as veias azuis se projetando sob a pele fina como uma folha de papel.

— Você me pediu só uma vida. Eu lhe dei saúde e juventude também.

Seus cabelos se soltam do coque e caem escorridos sobre os olhos, com as mechas tornando-se secas, quebradiças e grisalhas.

— Isso te deixou arrogante.

Sua visão esmorece e os olhos ficam cada vez mais embaçados até que o aposento não passe de borrões e formas indistintas.

— Talvez você precise sofrer.

Addie fecha os olhos com força, o coração batendo forte por causa do pânico.

— Não — pede, e é o mais perto que já chegou de implorar.

Pode senti-lo se aproximando. Pode sentir a sombra pairando sobre ela.

— Vou acabar com a sua dor. Vou deixar que você descanse. Vou até mesmo plantar uma árvore acima dos seus ossos. E tudo o que você tem de fazer — a voz a alcança no escuro — é se render.

A palavra é como um rasgo no véu. E apesar de toda a dor e horror do momento, Addie sabe que não vai ceder.

Já passou por coisa pior. Vai passar por coisa pior. Isso não passa de um deus genioso.

Assim que recupera o fôlego, as palavras saem num sussurro rouco:

— Vá para o inferno.

Ela se prepara para o contragolpe, perguntando-se se ele vai apodrecer todo o seu corpo, transformando-a em um cadáver e abandonando-a, como um galho partido no chão da choupana da anciã. Mas só ouve uma gargalhada, baixa e sonora, e depois a noite envolve tudo no silêncio.

Addie fica com medo de abrir os olhos, mas assim que o faz percebe que está sozinha.

A dor desapareceu. Os cabelos soltos recuperaram o tom castanho-avermelhado. As mãos, antes envelhecidas, estão jovens, lisas e fortes outra vez.

Ela se levanta, trêmula, e se vira para a lareira.

Porém, o fogo acalentado com tanto zelo se apagou.

Nesta noite, Addie deita encolhida sobre o colchão coberto de mofo, com um cobertor puído que ninguém quis levar, e pensa em Estele.

Fecha os olhos e inala até *quase* conseguir sentir o cheiro das ervas que costumava impregnar os cabelos da anciã e do aroma da horta e do orvalho na sua pele. Addie se apega à lembrança do sorriso astuto de Estele, da sua risada de corvo, do tom de voz que costumava usar quando falava com os deuses e do que usava quando falava com Addie. Quando ela ainda era criança, quando Estele a ensinou a não temer as tempestades, nem as sombras, nem os sons da noite.

NOVA YORK
19 de março de 2014
II

Addie se debruça na janela e assiste ao nascer do sol sobre o Brooklyn. Pega uma xícara de chá, apreciando o calor nas palmas das mãos. A vidraça embaça por causa do frio, com os últimos resquícios do inverno se aferrando aos limites entre o dia e a noite. Addie está usando um dos moletons de Henry, o tecido de algodão está estampado com o logotipo da Universidade de Columbia. A roupa tem o cheiro dele. Cheiro de livros velhos e café recém-passado.

Volta na ponta dos pés descalços para o quarto, onde Henry está deitado de bruços, com os braços dobrados sob o travesseiro e o rosto virado para o outro lado. Agora, ele se parece muito com Luc e, ao mesmo tempo, não se parece em nada. A semelhança entre os dois tremula como em uma visão duplicada. Os cachos se espalham como penas negras sobre o travesseiro branco, rareando até virarem uma penugem macia sobre a nuca. As costas sobem e descem em intervalos regulares que acompanham o ritmo do sono leve.

Addie pousa a xícara na mesinha de cabeceira, entre os óculos de Henry e um relógio com pulseira de couro. Toca a borda de metal escuro, com os números em dourado dispostos em um fundo preto. O objeto estremece sob o seu toque, revelando a inscrição em letras miúdas na parte de trás.

Aproveite a vida.

Um ligeiro arrepio percorre seu corpo. Addie está prestes a pegar o relógio quando ouve Henry gemendo no travesseiro, num protesto suave contra a manhã.

Ela deixa o relógio de lado e volta a se deitar na cama ao lado dele.

— Oi.

Ele tateia a mesinha à procura dos óculos, ajeita-os no rosto, olha para ela e sorri, e esta é a parte que nunca vai deixar de ser uma novidade. O reconhecimento. O presente se sobrepondo ao passado, em vez de apagá-lo e substituí-lo. Ele a puxa para si.

— Oi — sussurra o rapaz no meio dos cabelos dela. — Que horas são?

— Quase oito da manhã.

Henry solta outro gemido e a abraça com força. O corpo dele está quente, e Addie queria que pudessem ficar na cama o dia todo. Mas ele já está completamente acordado e envolto por aquela energia inquieta, como se fosse uma corda. Ela pode sentir a tensão dos braços dele e na mudança sutil de peso.

— Acho que vou indo — diz, porque supõe que seja o que você deva dizer quando acorda na cama de outra pessoa e a pessoa se lembra de como você foi parar ali. Mas não diz: "Vou para *casa*" e Henry repara na palavra que ficou faltando.

— Onde você mora?

Em lugar nenhum, pensa ela. *Em todo o lugar.*

— Eu dou o meu jeito. A cidade é cheia de lugares.

— Mas você não tem um lugar só seu.

Addie baixa os olhos para o moletom emprestado, e depois para todos os seus pertences atuais jogados na cadeira mais próxima.

— Não.

— Pode ficar aqui então.

— Você está me chamando para morar com você depois de três encontros?

Henry ri, porque é óbvio que a sugestão é um absurdo. Mas está longe de ser a coisa mais estranha na vida dos dois.

— E se eu te pedir para ficar aqui… por enquanto?

Addie não sabe o que responder. E antes que consiga pensar em alguma coisa, ele pula da cama e abre a última gaveta da cômoda. Empurra as roupas para o lado, criando espaço.

— Você pode guardar as suas coisas aqui. — Ele a olha, subitamente confuso. — Você tem algum pertence?

Algum dia, Addie vai explicar a Henry os detalhes da maldição, o modo com que ela rodopia e se retorce ao seu redor. Mas ele ainda desconhece esses detalhes… não precisa conhecer. Para ele, a história de Addie acabou de começar.

— Não faz muito sentido ter coisas que não dá para levar com você por não ter onde guardar.

— Tudo bem, se você arranjar alguma coisa… se quiser alguma coisa… pode guardar aqui.

Ele se dirige sonolentamente para o chuveiro. Addie fica olhando para o espaço que o rapaz separou para ela e imaginando o que aconteceria se tivesse algum pertence para guardar na gaveta. Será que desapareceriam de imediato? Ou sumiriam aos poucos, perdendo-se por descuido, como acontece com as meias na máquina de lavar roupa? Ela nunca conseguiu conservar nada por muito tempo. A não ser a jaqueta de couro e o anel de madeira, mas sempre soube que Luc queria que Addie os tivesse — tinha vinculado os objetos a ela sob o pretexto de simples presentes.

Ela se vira e examina as roupas penduradas na cadeira.

Todas salpicadas de tinta por causa das exposições no parque High Line. Há tinta verde na sua camisa e uma mancha roxa no joelho da calça jeans. As botas também estão pontilhadas de tinta amarela e azul. Sabe que a tinta vai sumir, lavada pela água de uma poça ou simplesmente levada pela passagem do tempo, mas era assim que as *lembranças* deveriam funcionar.

Primeiro nítidas, e depois, pouco a pouco, sumindo da memória.

Addie veste as roupas do dia anterior e pega a jaqueta de couro, mas em vez de colocá-la, dobra-a com cuidado e a guarda na gaveta vazia. A jaqueta fica ali, cercada pelo espaço restante esperando ser preenchido.

Ela dá a volta na cama e quase pisa no caderno de anotações.

As páginas estão abertas no chão — o caderno deve ter caído da cama de madrugada — e ela o pega com cuidado, como se fosse feito de cinzas e teias de aranha em vez de papel e cola. Addie meio que espera que o objeto vire pó ao primeiro toque, mas o papel continua firme, e quando arrisca abri-lo, vê que as primeiras páginas foram preenchidas. Arrisca mais uma vez, passando os dedos de leve em cima das palavras, sentindo o entalhe da caneta no papel, os anos ocultos atrás de cada palavra.

É assim que a história começa, ele escreveu embaixo do nome dela.

A primeira coisa de que ela se lembra é do trajeto para o mercado. O pai sentado ao seu lado e a carroça cheia de artesanato...

Ela segura a respiração ao ler, enquanto o chuveiro preenche o quarto com um chiado baixinho.

O pai lhe conta histórias. Ela não se lembra das palavras exatas, mas do modo como ele as contava...

Addie fica sentada, lendo até que as palavras se acabem e a escrita dê lugar a páginas e mais páginas em branco, esperando para serem preenchidas.

Quando ouve Henry desligando o chuveiro, ela se força a fechar o caderno e o coloca com delicadeza, de modo quase reverente, em cima da cama.

FÉCAMP, FRANÇA
29 de julho de 1778
III

E pensar que ela poderia ter vivido e morrido sem nunca ter visto o mar. Mas não importa, Addie está aqui agora. As falésias de rochas claras se elevam à sua direita como sentinelas de pedra, na beira da praia, onde está sentada com as saias espalhadas pela areia. Fita a vastidão, o ponto em que a costa encontra o mar e o mar encontra o céu. Já viu mapas, mas papel e tinta não se comparam àquilo. O cheiro de sal, o murmúrio das ondas e o vaivém hipnótico da maré. A amplitude e a dimensão do mar, e a percepção de que em algum lugar, além do horizonte, existe algo mais.

Ainda vai levar um século para atravessar o oceano Atlântico, e, assim que o fizer, vai se perguntar se os mapas estavam errados e começar a duvidar da existência de terra adiante... mas, no momento, Addie está simplesmente encantada.

Houve um tempo em que o seu mundo era do tamanho de uma pequena vila no meio da França. Contudo, ele continua se expandindo mais e mais. O mapa da sua vida se desenrola, revelando colinas, vales, vilarejos, cidades e mares. Revelando Le Mans. Depois, Paris. E, agora, o mar.

Faz quase uma semana que ela está em Fécamp, passando os dias entre o píer e o oceano, e se alguém repara na estranha mulher sentada sozinha na areia não acha conveniente perturbá-la. Addie observa os barcos indo e vindo, e imagina para onde vão e o que aconteceria se ela subisse a bordo de um deles, para onde a viagem a levaria. Em Paris, a escassez de comida está cada vez mais grave, assim como as sanções; tudo está ficando gradualmente pior. A tensão se alastrou para fora dos domínios da cidade, propagando-se até aqui, no litoral. *Mais um motivo para navegar para long*e, Addie diz a si mesma.

E mesmo assim...

Há sempre alguma coisa que a impede.

Hoje é a tempestade que se aproxima. O mau tempo paira sobre o mar, cobrindo o céu de nuvens. Aqui e ali, o sol se infiltra, uma réstia de luz avermelhada incidindo sobre a água cinza como ardósia. Ela pega o livro ao seu lado e recomeça a leitura.

Nossos festejos terminaram. Como vos preveni,
eram espíritos todos esses atores;
dissiparam-se no ar, sim, no ar impalpável.

Está lendo *A tempestade*, de Shakespeare. De vez em quando, ela se atrapalha com a cadência do dramaturgo, com a estranheza de seu estilo. A rima e a métrica da língua inglesa ainda são estrangeiras para a sua mente. Mas Addie está aprendendo, e uma vez ou outra acompanha bem o ritmo.

E tal como o grosseiro substrato desta vista,
as torres que se elevam contra as nuvens, os palácios altivos,
as igrejas majestosas, o próprio globo imenso...

Ela começa a estreitar os olhos para poder enxergar na luz bruxuleante.

Com tudo o que contém, hão de sumirem,
como se deu com essa visão tênue,
sem deixar vestígio.

— "Somos feitos da matéria dos sonhos" — uma voz familiar vem de trás dela. — "E nossa diminuta vida é cercada pelo sono." — Um som suave surge, como uma risada abafada. — Bem, não a vida de todo mundo.

Luc paira sobre ela como uma sombra.

Addie ainda não o perdoou pela violência que usou naquela noite em Villon. Prepara-se para a mesma dor, embora tenham se encontrado várias vezes ao longo dos anos, uma espécie de trégua precavida.

Mas ela sabe melhor do que ninguém que não deve confiar nele enquanto Luc se senta na areia, ao seu lado, com o braço apoiado preguiçosamente sobre o joelho — a personificação de uma graça lânguida, até mesmo aqui.

— Você sabia que eu estava presente quando ele escreveu esse verso?

— Shakespeare? — Ela não consegue disfarçar a surpresa.

— Quem você acha que ele evocou no meio da noite, quando as palavras não lhe vinham à mente?

— Você está mentindo.

— Estou me vangloriando — corrige. — Não é a mesma coisa. Nosso William estava à procura de um mecenas, e eu me dispus a cumprir o papel.

A tempestade está se aproximando, como uma cortina de chuva vindo em direção ao litoral.

— É isso o que você se considera? — pergunta ela, limpando a areia do livro com a mão. — Um magnífico benfeitor?

— Não fique magoada só porque escolheu mal.

— Será que escolhi mal mesmo? Afinal, eu sou livre.

— E esquecida.

Mas ela está preparada para a zombaria.

— Assim como a maioria das coisas.

Addie desvia o olhar para o mar.

— Adeline — desdenha ele —, como você é teimosa. E, mesmo assim, não faz nem cem anos ainda. Fico me perguntando como você vai se sentir depois de mais cem.

— Eu não sei. Acho que você vai ter que me perguntar quando chegar a hora — responde, entediada.

A tempestade chega à costa. As primeiras gotas de chuva começam a cair, e Addie aperta o livro contra o peito, protegendo as páginas da umidade.

Luc se levanta.

— Vamos passear juntos — diz ele, estendendo a mão. É mais uma ordem do que um convite, mas a promessa de chuva rapidamente se transforma em um aguaceiro, e ela só tem o vestido que está usando. Addie se levanta sem a ajuda dele e dá batidinhas nas saias para limpar a areia. — Por aqui.

Ele a leva pela cidade até uma construção destacada em meio às sombras, com as torres abobadadas se projetando contra as nuvens baixas. Poderia ser qualquer coisa, mas se trata de uma igreja.

— Você só pode estar de brincadeira.

— Não sou eu quem está se molhando — diz ele. E, de fato, Luc continua seco, enquanto Addie está completamente encharcada quando alcançam o abrigo da marquise de pedra. A chuva nem sequer o tocou.

Ele sorri, estendendo a mão para a porta.

Não importa que a igreja esteja trancada. Mesmo que estivesse fechada por correntes, a porta ainda se abriria para Luc. Ela descobriu que obstáculos não significavam nada para a escuridão.

No interior da capela, o ar está abafado e as paredes de pedra conservam o calor do verão. Está tão escuro que ela mal consegue distinguir o contorno dos bancos e da silhueta na cruz.

Luc abre os braços.

— Contemplai a casa de Deus.

Sua voz ecoa pela câmara, suave e sinistra.

Addie sempre se perguntou se Luc conseguia pisar em solo sagrado, e o som dos sapatos no piso da igreja é a resposta.

Ela caminha em direção ao altar da igreja, mas não consegue se livrar da sensação de estranheza do lugar. Sem os sinos, o órgão nem as pessoas se apinhando para assistir à missa, a igreja parece abandonada. Mais uma tumba do que um templo de devoção.

— Gostaria de confessar os seus pecados?

Luc se moveu com a facilidade com que as sombras avançam na escuridão. Não está mais atrás dela, mas sentado na primeira fila, com os braços sobre o encosto do banco e as pernas estendidas à sua frente, com os tornozelos cruzados em repouso.

Addie foi ensinada desde criança a se ajoelhar na pequena capela de pedra no centro de Villon, e passou vários dias encolhida nos bancos das igrejas de Paris. Ouviu os sinos e o órgão tocando, e os chamados para as orações. Porém, apesar de tudo, nunca compreendeu o apelo. Como ter um teto sobre sua cabeça poderia te levar para mais perto do céu? Se Deus é tão magnífico, por que construir paredes para abrigá-Lo?

— Os meus pais eram devotos — reflete, deslizando os dedos pelos bancos. — Sempre falavam sobre Deus. Sobre a força, a misericórdia e a luz d'Ele. Diziam que Deus estava em todos os lugares, e em todas as coisas. — Addie para em frente ao altar. — Acreditavam em tudo com tanta facilidade.

— E quanto a você?

Addie ergue os olhos para os vitrais, com imagens apenas um pouco mais nítidas que espectros pela ausência da luz do sol. Ela queria acreditar. Prestou atenção, à esperança de ouvir a voz d'Ele e sentir Sua presença, como sentiria o sol nos ombros ou o trigo nas mãos. Do mesmo modo como sentia a presença dos deuses antigos que Estele tanto apreciava. Mas, dentro da casa fria de pedra, Addie nunca sentiu nada.

Ela balança a cabeça e diz em voz alta:

— Eu nunca entendi por que devia acreditar em algo que não podia sentir, nem ouvir, nem ver.

Luc ergue uma sobrancelha.

— Acho que chamam isso de fé.

— É o que diz o diabo na casa de Deus. — Addie olha de relance para ele, percebendo um ligeiro vislumbre de amarelo em meio ao verde imperturbável dos seus olhos.

— Uma casa é só uma casa — retruca ele, irritado. — Esta aqui pertence a todo mundo, ou não a ninguém. E quer dizer que agora você acha que eu sou o diabo? Não tinha tanta certeza assim quando foi para a floresta.

— Talvez você tenha me feito acreditar.

Luc joga a cabeça para trás, com um sorriso perverso no canto da boca.

— E acha que já que eu existo, Ele também deve existir. A luz d'Ele contra a minha sombra, o dia d'Ele contra a minha noite? Acha que se tivesse rezado para Ele, e não para mim, Ele teria sido bondoso e piedoso com você.

Addie refletiu sobre isso uma centena de vezes, mas é óbvio que não vai admitir.

Luc tira as mãos do encosto do banco ao inclinar o corpo para a frente.

— Mas agora, você nunca vai saber. Quanto a mim — diz ele, levantando-se —, bem, *diabo* é só uma palavra nova para um conceito muito antigo. E quanto a *Deus*, pode servir se você só precisa de um pouco de drama e um bom acabamento em dourado...

Ele estala os dedos, e de repente os botões do seu casaco, as fivelas dos sapatos e a costura do colete não são mais pretos, mas banhados em ouro. Estrelas reluzentes em uma noite sem luar.

Luc sorri e em seguida passa a mão sobre as filigranas, livrando-se delas como se fosse pó.

Addie as observa cair no chão, e ergue os olhos, deparando com ele a centímetros do seu rosto.

— Mas esta é a diferença entre nós, Adeline — sussurra ele, tocando de leve o seu queixo. — *Eu* sempre respondo.

Ela estremece, sem querer. Por causa do toque familiar na sua pele, do verde lúgubre dos olhos e do sorriso lupino e selvagem.

— Além disso — acrescenta ele, afastando a mão do rosto dela —, todos os deuses têm o seu preço. Estou longe de ser o único a negociar almas. — Luc estende a mão aberta para o lado e uma luz surge no ar logo acima da sua palma. — *Ele* deixa as almas definharem numa estante. Eu as rego.

A luz se deforma e diminui.

— Ele faz promessas. Eu pago adiantado.

A luz explode de uma vez só, com um clarão súbito e resplandecente, depois se retrai, assumindo uma forma sólida.

Addie sempre se perguntou como seria a aparência de uma alma.

Alma é uma palavra tão grandiloquente. Como *deus*, *tempo* ou *espaço*; e toda vez que tentava visualizar a sua aparência, evocava imagens de relâmpagos, de raios de sol atravessando a poeira, de tempestades na forma de seres humanos ou de uma brancura vasta e ilimitada.

A verdade é tão menor do que essas ideias.

A luz na mão de Luc é do tamanho de uma bolinha de gude, espelhada e radiante com uma tênue luz própria.

— É só isso?

Mas Addie não consegue tirar os olhos do globo frágil. Sente-se impelida na sua direção, mas Luc tira a esfera de seu alcance.

— Não se deixe levar pelas aparências. — Ele gira a conta radiante entre os dedos. — Você olha para mim e vê um homem, embora saiba muito bem que não sou. Esta forma é só uma faceta, feita especialmente para quem a observa.

A luz se retorce e muda de forma, o globo se transforma em um disco. E depois em um anel. O seu anel. A madeira de freixo resplandece, e Addie sente um aperto no coração pela vontade de vê-lo, de segurá-lo e de sentir a superfície gasta contra a sua pele. Mas fecha as mãos em punhos para se impedir de tentar tocar na alma outra vez.

— Qual é a aparência verdadeira?

— Eu posso te mostrar — murmura ele, deixando que a luz assuma um brilho constante na sua mão. — Dê a ordem, e eu desnudarei a sua própria alma diante de você. Renda-se, e prometo que a última coisa que você vai ver será a verdade.

Lá vem ele de novo.

Uma pitada de sal e outra de mel, cada ingrediente escolhido com cuidado para disfarçar o veneno.

Addie olha para o anel, se demora nele pela última vez, e então se força a desviar o olhar para a escuridão, através da luz.

— Sabe de uma coisa? Acho que prefiro continuar imaginando.

A boca de Luc se contrai, e ela não sabe ao certo se é de raiva ou de divertimento.

— Como quiser, minha querida — diz, apagando a luz entre os dedos.

NOVA YORK
23 de março de 2014
IV

Addie está encolhida na poltrona de couro em um dos cantos da Última Palavra, com o ronronado baixo de Livro emanando por entre as estantes em algum lugar às suas costas, enquanto observa os clientes se aproximando de Henry como se fossem girassóis acompanhando o movimento do sol.

Depois que você descobre algo que ninguém sabia, começa a reconhecer o padrão por toda parte.

Alguém diz "elefante roxo", e de repente você vê elefantes roxos nas vitrines das lojas, estampados em camisetas, em bichos de pelúcia e em cartazes, e fica se perguntando como nunca tinha reparado neles antes.

O mesmo acontece com Henry e o pacto.

Um homem, rindo de tudo o que ele diz.

Uma mulher se ilumina, radiante de alegria.

Uma adolescente aproveita qualquer oportunidade para tocar o ombro e o braço dele, com o rosto corado pela atração despudorada.

Apesar disso, Addie não fica enciumada.

Viveu tempo demais e perdeu coisas demais. O pouco que conseguiu ter foi emprestado ou roubado, e nunca guardado só para si. Aprendeu a compartilhar... no entanto, toda vez que Henry lança um olhar furtivo em sua direção, Addie sente uma onda de calor prazerosa, tão bem-vinda quanto a súbita aparição dos raios de sol entre as nuvens.

Apoia as pernas na poltrona, com um livro de poesia aberto no colo.

Trocou as roupas manchadas de tinta por um novo par de calças jeans pretas e um suéter largo, que furtou de um brechó enquanto Henry estava trabalhando. Mas ficou com as botas, com os pontinhos de tinta amarela, um lembrete daquela noite, a coisa mais próxima que ela tem de uma fotografia, de uma lembrança material.

— Você está pronta?

Ela tira os olhos do livro e percebe que Henry já virou a placa do sebo e agora está ao lado da porta, com a jaqueta pendurada no braço. O rapaz estende a mão para ajudá-la a se levantar da poltrona de couro, que, segundo ele, tem a mania de engolir as pessoas.

Saem da livraria e sobem os quatro degraus até a calçada.

— Para onde a gente vai?

Ainda é cedo, e Henry está agitado por uma energia irrequieta. Parece piorar com a chegada do crepúsculo; o pôr do sol é um sinal indiscutível de que o dia chegou ao fim, de que o tempo passa à medida que a luz esmorece.

— Você já foi na Fábrica de Sorvete?

— Parece divertido.

Ele fica chateado.

— Você já foi lá.

— Eu não ligo de voltar.

Mas Henry balança a cabeça.

— Eu quero te mostrar uma novidade. Será que existe algum lugar que você ainda *não* conhece? — pergunta e, depois de um bom tempo, Addie dá de ombros.

— Aposto que sim. Só não encontrei ainda.

Ela queria que o comentário soasse como uma piada, algo leve e divertido, mas Henry franze o cenho, absorto nos próprios pensamentos, e olha ao redor.

— Certo — diz, puxando-a pela mão. — Já sei.

Uma hora depois, estão parados na Grand Central.

— Detesto te dar essa notícia — diz ela, olhando a estação de trem movimentada —, mas já vim aqui antes. Que nem a maioria das pessoas.

Mas Henry abre um sorriso cheio de malícia.

— Por aqui.

Ela o segue na escada rolante até o andar inferior da estação. Serpenteiam, de mãos dadas, entre um mar incessante de viajantes noturnos, em direção à praça de alimentação agitada, mas Henry para antes de chegar lá, debaixo de um cruzamento de arcos revestidos de azulejos, cujos corredores se ramificam em todas as direções. Ele a leva a um dos cantos formado por uma coluna, onde os arcos se dividem e curvam por toda a extensão do teto, e então a vira de cara para a parede de azulejos.

— Espera aqui — diz, e começa a se afastar.

— Aonde você vai? — pergunta Addie, já se virando para segui-lo.

Mas Henry volta, pega-a pelos ombros e a vira para o arco.

— Fique aqui, nesta posição. E com os ouvidos atentos.

Addie encosta a orelha na parede azulejada, mas não consegue ouvir nada além dos passos das pessoas, do burburinho e da algazarra da multidão noturna. Olha de soslaio por cima do ombro.

— Henry, eu não…

Mas ele não está mais com ela. Está correndo pelo saguão para o outro lado do arco, a cerca de dez metros de distância. O rapaz olha para trás para Addie, se vira e enterra o rosto no canto, parecendo um menino brincando de esconde-esconde, contando até dez.

Addie se sente ridícula, mas se aproxima da parede azulejada e espera, de ouvidos bem abertos.

E então, de uma forma totalmente improvável, ela ouve a voz dele.

— Addie.

Ela se sobressalta. A palavra soa baixa, mas distinta, como se ele estivesse ao seu lado.

— Como você fez isso? — pergunta ela para o arco. E consegue ouvir o sorriso na voz de Henry quando ele responde.

— O som acompanha a curvatura do arco. É um fenômeno que acontece quando o espaço curva no ponto exato. É chamado de galeria de sussurros.

Addie fica impressionada. Trezentos anos, e ainda há coisas novas para aprender.

— Fale comigo — ecoa a voz nos azulejos.

— O que eu digo? — sussurra ela para a parede.

— Hum… — sussurra Henry, nos seus ouvidos. — Por que você não me conta uma história?

PARIS, FRANÇA
29 de julho de 1789

V

P aris está em chamas.
    Lá fora, o ar fede a pólvora e a fumaça. Embora a cidade nunca tenha sido exatamente tranquila, o barulho não deu trégua nas duas últimas semanas. São balas de mosquetes e tiros de canhão, soldados berrando ordens e réplicas transmitidas de boca a boca.

Vive la France. Vive la France. Vive la France.

Faz duas semanas desde que a Bastilha foi tomada, e a cidade parece determinada a se dividir em duas. No entanto, Paris tem de continuar, tem de sobreviver, assim como todos os seus habitantes, que precisam encontrar um jeito de viver em meio ao caos diário.

Addie, no entanto, decidiu se movimentar durante a noite.

Perambula pela escuridão, com uma espada balançando nos quadris e um chapéu de três pontas encobrindo a testa. As roupas foram arrancadas de um homem baleado no meio da rua e estão com o tecido rasgado e uma mancha escura no abdômen, ocultos sob o colete que ela conseguiu de outro cadáver. Nas condições em que se encontra, Addie não pode ser muito exigente; e é muito perigoso para uma mulher viajar sozinha. Pior ainda seria se passar por alguém da nobreza no clima atual... é melhor se camuflar na multidão com outros disfarces.

Uma corrente se alastrou pela cidade, vitoriosa e inebriante. Com o passar do tempo, Addie vai aprender a distinguir as mudanças de atmosfera, a pressentir a linha tênue entre o vigor e a violência. Mas hoje à noite, a revolução ainda é um fato recente, com uma energia estranha e indecifrável.

Quanto à cidade em si, as avenidas se tornaram um labirinto, a construção repentina de trincheiras e barricadas transformaram todos os caminhos em uma série de becos sem saída. Não é à toa que ela encontra um monte de caixotes e destroços em chamas assim que vira uma esquina.

Addie xinga baixinho e está prestes a voltar quando ouve botas na rua atrás de si e o disparo de uma arma, retumbando contra as barricadas acima de sua cabeça.

Ela se vira e vê alguns homens, vestidos com o traje malhado dos revolucionários, barrando o seu caminho. Os mosquetes e as espadas cintilam ligeiramente na luz do anoitecer. Ela fica agradecida por ter escolhido as roupas de plebeu.

Addie pigarreia, tomando o cuidado de baixar a voz para um tom grave e ríspido ao exclamar:

— *Vive la France!*

Os homens devolvem o grito de guerra, mas para o desespero de Addie, não se voltam para ir embora. Em vez disso, avançam em sua direção, empunhando as armas. Sob a luz das chamas, os olhos deles parecem vidrados por causa do vinho e da energia indefinível da noite.

— O que você está fazendo aqui? — um deles exige saber.

— Pode ser um espião. Há um bocado de soldados desfilando por aí com roupas de plebeus. Roubando os cadáveres dos homens corajosos que morreram — diz outro.

— Não quero problemas. Só estou perdido. Deixem-me passar que vou embora daqui — grita ela.

— E depois voltar com mais dezenas de homens — murmura o segundo.

— Eu não sou um espião, nem um soldado, nem um cadáver — berra ela de volta. — Estava só procurando...

— ...um jeito de nos sabotar — interrompe um terceiro.

— Ou de saquear os nossos suprimentos — sugere outro.

Não estão mais gritando. Não há necessidade. Aproximaram-se o bastante para falar em um tom de voz normal, prensando-a contra a barricada em chamas. Se ela ao menos conseguisse passar e sair do campo de visão e da memória deles… mas não há para onde correr. As ruas foram todas fechadas. Os caixotes incendeiam às suas costas.

— Se você é um companheiro, então prove.

— Abaixe a espada.

— Tire o chapéu. Deixe a gente ver o seu rosto.

Addie engole em seco e tira o chapéu do rosto, na esperança de que a escuridão seja suficiente para disfarçar a suavidade dos seus traços. Mas assim que faz isso, a barricada crepita atrás dela e uma viga começa a pegar fogo. Por um instante, a fogueira se aviva, e ela sabe que a luz é intensa o bastante para que consigam vê-la. Sabe por causa da mudança em seus rostos.

— Deixem-me passar — repete, pousando a mão na espada pendurada nos quadris. Sabe como manejá-la, mas também sabe que é uma só contra cinco homens, e que se sacar a arma, o único jeito de passar vai ser lutando. A promessa de sobrevivência é um pequeno conforto contra a perspectiva do que pode acontecer agora.

Eles se aproximam, e Addie empunha a espada.

— Fiquem *longe* de mim — rosna.

E, para a sua surpresa, os homens param de andar. O ritmo dos passos diminui até cessar, e uma sombra recai sobre os seus rostos, que assumem uma expressão relaxada. Os homens soltam as armas e inclinam a cabeça, e a noite fica silenciosa, exceto pelo fogo crepitando nos caixotes e pela voz tempestuosa que vem de trás de Addie.

— Os seres humanos são tão despreparados para os tempos de paz.

Ela se vira com a espada ainda em punho e vê Luc, cuja silhueta escura se destaca contra as chamas. Ele não se afasta da espada, apenas estende o braço e passa a mão ao longo do aço, com toda a graciosidade de um amante tocando a pele da amada, de um músico acariciando seu instrumento. Addie até pensa que a lâmina vai começar a cantar sob o toque dele.

— Minha Adeline, você realmente leva jeito para arranjar problemas — diz a escuridão. O olhar verde-vivo se volta para os homens imóveis.

— Sorte a sua que eu estava por perto.

— Você é "a própria noite" — imita ela. — Não deveria estar em todos os lugares?

Luc esboça um sorriso.

— Que boa memória a sua. — Seus dedos se fecham ao redor da lâmina, que começa a enferrujar. — Deve ser tão cansativo.

— Não é, não — retruca ela, secamente. — É um dom. Pense só em tudo o que posso aprender. E com o tempo que eu tenho...

Uma saraivada de balas ao longe a interrompe; depois um tiro de canhão, retumbante como um trovão. Luc franze o cenho com repugnância, e ela se agrada de vê-lo perturbado. O canhão soa outra vez, e ele a puxa pelo pulso.

— Vamos, não consigo ouvir meus próprios pensamentos.

Ele gira rapidamente nos calcanhares, arrastando-a. Mas em vez de seguir em frente, ele vai para o lado, adentrando as sombras profundas do muro mais próximo. Addie se retrai, esperando entrar em colisão com as pedras, mas o muro se abre e o mundo desaparece, e antes que ela consiga respirar e voltar atrás, Paris sumiu de vista, assim como Luc.

Ela mergulha na absoluta escuridão.

Não é tão silenciosa, vazia ou tranquila quanto a morte. Há uma certa violência no vácuo sombrio e ofuscante. É como as asas de um pássaro batendo na sua pele. É como o vento soprando nos seus cabelos. São milhares de vozes sussurrantes. É o medo e a queda, uma sensação selvagem e brutal. Quando ela finalmente pensa em gritar, a escuridão se retira mais uma vez, a noite é reformulada e Luc está novamente ao seu lado.

Addie fica tonta e se apoia em uma porta, se sentindo enjoada, vazia e confusa.

— O que foi aquilo? — pergunta, mas Luc não responde. Ele está a vários metros dela, com as mãos no parapeito de uma ponte enquanto observa a paisagem sobre o rio.

Só que não é o rio Sena.

Não há nenhuma barricada em chamas. Nenhum tiro de canhão. Nem homens de sentinela, com as armas ao lado do corpo. Há somente um rio desconhecido correndo debaixo de uma ponte desconhecida, e construções desconhecidas ao longo de margens desconhecidas, com os telhados revestidos de telhas vermelhas.

— Assim é melhor — diz ele, arrumando os punhos da camisa. De alguma maneira, durante o momento de vácuo, ele trocou de roupa. Agora está vestindo uma túnica de gola mais alta, com o corte e o acabamento de uma seda mais leve, enquanto Addie continua com a mesma camisa mal ajustada, pega em alguma rua de Paris.

Um casal passa por ali de braços dados, e ela distingue somente as sílabas tônicas e átonas de uma língua estrangeira.

— Onde a gente está? — quer saber.

Luc olha de relance por cima do ombro e diz alguma coisa na mesma cadência entrecortada antes de repetir em francês:

— Estamos em Florença.

Florença. Já ouviu esse nome antes, mas não sabe quase nada sobre a cidade além do óbvio: não fica na França, mas na *Itália*.

— O que você fez? Como você... Não, deixa pra lá. Só me leve de volta.

Ele ergue uma sobrancelha.

— Adeline, para alguém que não tem nada além de *tempo*, você está sempre com pressa. — Ele começa a se afastar, forçando Addie a segui-lo.

Ela contempla o caráter excêntrico da cidade que acaba de conhecer. Florença é repleta de formas estranhas e pontiagudas, de domos e torres, de muros de pedra branca e telhados revestidos de ardósia acobreada. É um lugar pintado com uma paleta diferente de cores, com a música tocada com uma afinação diversa. Ela sente o coração leve ao observar a beleza da cidade, e Luc sorri como se pudesse adivinhar o contentamento.

— Você preferiria estar nas ruas em chamas de Paris?

— Eu achava que você apreciasse a guerra.

— Aquilo não é uma guerra — retruca ele, bruscamente. — É só um conflito.

Ela o segue a um pátio aberto, uma praça com bancos de pedra cujo ar está impregnado com o aroma das flores de verão. Ele caminha à sua frente, é a epítome de um cavalheiro passeando à noite, diminuindo o passo só quando avista um homem com uma garrafa de vinho debaixo do braço. Ele fecha os dedos e o homem muda de direção, vindo até ele como um cachorrinho. Luc começa a falar naquela outra língua, um dialeto que Addie um dia vai reconhecer como florentino, e embora ainda não saiba aquelas palavras, ela conhece a sedução da voz de Luc, e o brilho diáfano que surge no ar ao redor dos dois. Também conhece o olhar sonhador do italiano, com um sorriso sereno, ao entregar o vinho à escuridão e depois se afastar, distraidamente.

Luc se senta em um banco e faz aparecer duas taças.

Addie se recusa a acompanhá-lo. Fica de pé, observando enquanto ele tira a rolha da garrafa e serve o vinho.

— Por que você acha que eu aprecio a guerra?

Ela percebe que é a primeira vez que ele lhe faz uma pergunta sincera, sem a intenção de provocá-la, exigir algo ou constrangê-la.

— Você não é um deus do caos?

Ele assume uma expressão ressentida.

— Eu sou um deus do potencial, Adeline, e as guerras são péssimas mecenas. — Luc oferece uma taça a ela, e quando Addie não estende a mão para pegá-la, ele ergue a taça como se fosse fazer um brinde. — A uma vida longa.

Addie não consegue se controlar. Balança a cabeça, perplexa.

— Certas noites, você adora me torturar, com a intenção de que eu me dê por vencida. Outras, parece determinado a me poupar do sofrimento. Eu gostaria muito que você se decidisse.

Uma sombra toma conta do rosto dele.

— Pode confiar em mim, minha querida, quando digo que você não gostaria nem um pouco disso. — Ela sente um arrepio percorrer o corpo enquanto ele leva a taça de vinho aos lábios. — Não confunda esse gesto com bondade, Adeline. — Seus olhos se iluminam com a malícia. — Eu só quero ser o responsável por derrotar você.

Ela olha para a praça cercada de árvores e iluminada por lamparinas, com o luar brilhando nos telhados avermelhados.

— Então você vai ter que se esforçar mais... — Mas para de falar assim que volta a atenção para o banco de pedra. — Ah, inferno — resmunga, procurando pela praça vazia.

Luc, como sempre, desapareceu.

NOVA YORK
6 de abril de 2014

VI

— Ele simplesmente te largou lá? — pergunta Henry, horrorizado.

Addie pega uma batatinha, girando-a entre os dedos.

— Tem lugares piores para ser abandonada.

Estão sentados a uma mesa de tampo alto em um suposto *pub* — ou o que é chamado de *pub* fora da Inglaterra —, dividindo uma porção de peixe empanado e batatas fritas avinagradas e uma caneca de cerveja morna.

Um garçom passa por eles e sorri para Henry.

Duas garotas a caminho do banheiro diminuem o passo assim que entram na sua órbita e encaram o rapaz de novo na volta.

Uma torrente de palavras chega a eles vindas de uma mesa próxima, no staccato acelerado e grave do alemão. Addie dá um sorrisinho de canto de boca.

— O que foi? — pergunta Henry.

Ela se inclina sobre a mesa.

— É o casal ali perto. — Ela aponta com a cabeça. — Estão brigando. Parece que o homem dormiu com a secretária. E com a assistente. E com a instrutora de pilates. A mulher sabia sobre as duas primeiras, mas está furiosa por causa da terceira, já que os dois têm aulas de pilates na mesma academia.

Henry a encara, maravilhado.

— Quantas línguas você fala?

— O suficiente — responde, mas ele realmente quer saber quantas, então Addie faz a conta com os dedos. — Francês, óbvio. Inglês. Grego e latim. Alemão, espanhol, romanche, e um pouco de português, mas não muito bem.

— Você daria uma ótima espiã.

Ela ergue uma sobrancelha por atrás da caneca de cerveja.

— E quem te disse que eu nunca fui uma espiã? — Os pratos se esvaziaram, e quando ela olha ao redor o garçom está voltando para a cozinha. — Vamos embora — diz, pegando a mão dele.

Henry franze o cenho.

— A gente ainda não pagou.

— Eu sei — replica, descendo da banqueta num pulo. — Mas se a gente for embora agora, ele vai achar que se esqueceu de limpar a mesa. Não vai se lembrar de nada.

Esse é o problema de levar a vida de Addie.

Ela passou tanto tempo sem criar raízes que não sabe mais como deixá-las crescer.

Ficou tão acostumada a perder as coisas que não sabe como preservá-las.

Ou como abrir espaço para alguém em um mundo do tamanho de si mesma.

— Não. Ele não vai se lembrar de *você*. Mas vai se lembrar de mim. Eu não sou invisível, Addie. Sou exatamente o oposto de invisível.

Invisível. A palavra arranha a sua pele.

— Eu também não sou invisível.

— Você sabe o que estou querendo dizer. Não posso simplesmente ir e vir. E mesmo que pudesse — diz, pegando a carteira —, isso ainda seria *errado*.

A palavra a atinge como um soco, e Addie volta para Paris, com o corpo curvado pela fome. Está na casa do marquês, durante o jantar, vestida com roupas roubadas e com o estômago se retorcendo enquanto Luc comenta que alguém vai pagar por cada mordida que ela der na comida.

Seu rosto fica vermelho de vergonha.

— Tá bom — concorda, tirando um punhado de notas de vinte do bolso. Ela deixa duas sobre a mesa. — Melhorou? — Mas assim que olha para Henry, percebe que a sua testa ficou ainda mais franzida.

— Onde você arrumou o dinheiro?

Ela não quer contar que passou em uma butique e depois em uma loja de penhores, movendo as peças de uma mão para a outra. Não quer explicar que tudo o que possui — tudo exceto *ele* — é roubado. E que, de certa maneira, ele também é. Addie não quer presenciar o olhar de julgamento no rosto de Henry, não quer pensar em como ela talvez realmente mereça a repreensão.

— E isso importa?

Henry responde que importa com tanta convicção que ela fica com o rosto ainda mais vermelho.

— Você acha que eu gosto de viver assim? — Addie cerra os dentes. — Sem trabalho, sem laços, sem me apegar a ninguém nem a nada? Você acha que eu gosto de ser tão sozinha?

Henry parece se comover.

— Você não está mais sozinha. Você tem a mim.

— Eu sei, mas você não devia ter que fazer tudo… ser tudo para mim.

— Eu não me importo…

— Mas *eu* me importo! — vocifera, surpresa com a raiva na própria voz. — Eu sou uma pessoa, não um animal de estimação, Henry, e não preciso que você me menospreze nem que fique me mimando. Eu faço o que tenho de fazer, e nem sempre é agradável, nem sempre é justo, mas é assim que eu sobrevivo. Sinto muito que você não aprove. Mas eu sou assim. É isso o que dá certo para mim.

Henry balança a cabeça.

— Mas não vai dar certo para *a gente*.

Addie dá um passo para trás como se tivesse levado um soco. De repente, o *pub* parece barulhento demais, cheio demais, e ela não aguenta mais ficar, então se vira e sai em disparada.

Assim que o ar noturno a atinge, ela fica enjoada.

O mundo oscila, depois volta para o eixo… e em algum ponto entre um passo e o seguinte, a raiva se evapora e ela se sente apenas cansada e triste.

Não consegue entender como a noite deu tão errado.

Não consegue entender a causa do peso repentino em seu peito até que se dá conta do que é... medo. Medo de ter estragado tudo e jogado fora a única coisa que ela sempre quis. Medo de que a relação seja tão frágil que tenha desmoronado com um sopro.

Então ela ouve passos e sente Henry se aproximar.

O rapaz não diz nada, apenas caminha em silêncio, meio passo atrás, e um novo tipo de silêncio surge. O silêncio que se segue a uma tempestade, quando o dano ainda não foi calculado.

Addie enxuga uma lágrima da bochecha.

— Eu estraguei tudo?

— Estragou o quê?

— A gente.

— Addie. — Ele segura o ombro de Addie, que se vira, esperando ver o rosto de Henry tomado pela raiva, mas sua expressão é firme e serena. — Foi só uma briga. Não é o fim do mundo. E com certeza não é o fim da gente.

Ela sonhou com isso durante trezentos anos.

Sempre achou que seria simples.

O oposto de Luc.

— Eu não sei me relacionar. Não sei ser uma pessoa normal — sussurra ela.

Ele abre um sorriso enviesado.

— Você é incrível, forte, teimosa e brilhante. Mas acho que a gente pode concordar que você nunca vai ser normal.

Caminham, de braços dados, no ar fresco da noite.

— Você voltou para Paris?

É um ramo de oliveira, uma ponte erguida entre os dois e ela se sente agradecida.

— Depois de um tempo.

Sem a ajuda de Luc ou da sua determinação ingênua para chegar à cidade, Addie demorou muito mais para voltar e tem vergonha de admitir que não se apressou em fazer isso. Que, mesmo que Luc tivesse a intenção de abandoná-la em Florença, ao deixá-la, partiu uma espécie de lacre. De certo modo enlouquecedor, ele a forçou a se libertar mais uma vez.

Até então, Addie nunca tinha cogitado sair da França. É absurdo pensar nisso agora, mas o mundo parecia muito menor na época. Depois, de repente, parecia enorme.

Talvez ele tivesse a intenção de atirá-la em meio ao caos.

Talvez pensasse que Addie estava ficando confortável demais, e ainda mais teimosa.

Talvez quisesse que ela clamasse por ele de novo. Que implorasse para ele voltar.

Talvez, talvez, talvez... mas ela nunca vai saber.

VENEZA, ITÁLIA
29 de julho de 1806
VII

A ddie acorda com os raios de sol, em meio aos lençóis de seda. Suas pernas parecem dormentes, e a cabeça, pesada. O tipo de peso provocado por excesso de sol e de sono.

Veneza é absurdamente quente. Faz mais calor do que no pior verão de Paris.

A janela está aberta, mas nem a brisa suave nem os lençóis de seda conseguem amenizar o calor sufocante. É bem cedo, mas o suor já goteja na sua pele nua. Esforçando-se para despertar, ela fica horrorizada só de pensar em como vai ser quando chegar o meio-dia, então se depara com Matteo sentado ao pé da cama.

Ele é lindo sob a luz do dia, com a pele beijada pelo sol e o corpo forte, mas ela fica mais impressionada com a estranha tranquilidade do momento do que com os belos traços do rapaz.

As manhãs costumam ser enredadas por desculpas e confusão, consequências do esquecimento. Às vezes são dolorosas, mas sempre incômodas.

Mas Matteo parece completamente impassível.

É óbvio que não se lembra dela, mas a presença de uma desconhecida na sua cama não parece sobressaltá-lo nem o incomodar. Sua atenção parece voltada exclusivamente para o bloco de desenho apoiado no joelho enquanto o carvão desliza graciosamente pelo papel. Somente quando o olhar de Matteo se ergue ligeiramente para ela e em seguida abaixa para o bloco de novo que Addie se dá conta de que ele está fazendo um desenho *dela*.

Addie não tenta cobrir o corpo nem pegar a roupa de baixo jogada na cadeira ou o roupão fino ao pé da cama. Faz muito tempo que ela não sente mais vergonha do próprio corpo. Para falar a verdade, começou a gostar de ser admirada. Talvez tenha algo a ver com o abandono natural que acompanha o passar do tempo, com a constância das suas formas, ou então com o sentimento de liberdade que acompanha o conhecimento de que os seus observadores não vão se lembrar dela.

No fim, existe *de fato* uma liberdade em ser esquecida.

Matteo continua desenhando, com movimentos ágeis e casuais.

— O que você está fazendo? — pergunta ela suavemente, e ele tira os olhos do papel.

— Desculpa. Eu tinha que registrar a sua imagem entre os lençóis.

Addie franze o cenho e começa a se levantar, mas ele solta um som abafado e pede: "Ainda não." Ela se esforça ao máximo para permanecer na cama, com as mãos emaranhadas nos lençóis, até que Matteo suspira e deixa o trabalho de lado, com os olhos vidrados iluminados por aquele resplendor característico dos artistas.

— Posso ver? — pergunta ela no italiano melódico que aprendeu a falar.

— Não está terminado — responde ele enquanto lhe entrega o bloco.

Addie examina o desenho. As linhas são casuais e imprecisas, trata-se de um estudo rápido feito por uma mão talentosa. Seu rosto mal aparece, quase abstrato em meio aos traços de luz e sombra.

É ela... e não é.

É uma imagem distorcida pelo filtro do estilo de outra pessoa. Porém, ela consegue enxergar a si mesma. Da curva das bochechas ao formato dos ombros, dos cabelos despenteados pelo sono aos pontos de grafite espalhados pelo rosto. Sete sardas traçadas como estrelas.

Ela arrasta o carvão em direção ao canto inferior da página, onde suas pernas se desvanecem entre a roupa de cama, e sente o desenho borrar sob o dedo.

Mas assim que tira a mão, seu polegar fica manchado e a linha do desenho permanece nítida. Ela não deixou nenhuma marca. E, no entanto, *deixou*. Addie deixou uma impressão em Matteo, e ele deixou a impressão dela no papel.

— Você gostou?

— Gostei — murmura, resistindo ao impulso de arrancar a folha do bloco e levar o desenho consigo. Quer, com todas as forças, possuir o desenho, guardá-lo e olhar para a imagem como Narciso se admirando no lago. Mas se Addie levá-lo, o desenho vai dar um jeito de desaparecer ou então vai pertencer só a ela, e vai ser como se tivesse sido perdido e esquecido.

Se ficar com a imagem, Matteo vai se esquecer da origem, mas não do esboço em si. Talvez volte ao desenho depois que ela se for e fique se perguntando quem era essa mulher deitada entre os lençóis, talvez até considere o esboço fruto de uma noite de bebedeira ou de um sonho febril, mas a imagem vai permanecer, desenhada com carvão em uma folha de papel, um palimpsesto oculto sob uma obra terminada.

O desenho vai ser real, e ela também.

Assim, Addie o estuda, sentindo-se grata pelo prisma da própria memória, e o devolve ao artista, depois se levanta e apanha as roupas da cadeira.

— A gente se divertiu ontem à noite? Confesso que não consigo me lembrar.

— Nem eu — mente ela.

— Então... — diz ele com um sorriso dissoluto. — a gente deve ter se divertido *muito*.

Matteo beija o seu ombro nu, e o pulso de Addie acelera, com a temperatura do corpo subindo pela lembrança da noite passada. Agora ela é uma desconhecida para ele, mas Matteo possui a paixão espontânea de um artista enamorado pelo seu tema mais recente. Seria fácil ficar e começar tudo de novo, aproveitar a companhia dele por mais um dia... mas ela não para de pensar no desenho, no significado das linhas, na sua importância.

— Eu tenho que ir — diz, inclinando-se para lhe dar um último beijo. — Tente não se esquecer de mim.

Ele dá uma risada, jovial e leve, puxando-a para si e deixando rastros de carvão com dedos na pele dela.

— Como se fosse possível...

Naquela noite, o pôr do sol banha os canais de dourado.

Addie está em uma ponte sobre a água, ainda esfregando o carvão no polegar. Pensa no desenho, em como a representação feita por um artista é um eco da verdade, e se lembra do que Luc lhe disse há muito tempo, quando a expulsou do salão de madame Geoffrin.

As ideias são mais indomáveis que as lembranças.

Não tem a menor dúvida de que ele fez o comentário com a intenção de provocá-la, mas ela devia ter encarado a frase como uma pista ou uma chave. As lembranças são firmes, mas os pensamentos são mais livres. Fincam raízes, se espalham, se emaranham e, por fim, se desvencilham da sua origem. São espertos e teimosos e talvez — talvez — estejam ao seu alcance.

Porque a dois quarteirões de distância, naquele pequeno estúdio acima do bistrô, há um artista e, em uma das folhas do seu bloco, um desenho dela. Addie fecha os olhos, inclina a cabeça para trás e sorri, com a esperança crescendo em seu peito. Uma rachadura nos muros da maldição implacável. Addie achava que tinha estudado cada centímetro dela, mas descobriu uma porta, entreaberta para um cômodo novo e desconhecido.

Percebe a mudança de ares às suas costas, trazendo o aroma fresco das árvores, impossível e deslocado em meio ao calor rançoso de Veneza.

Ela abre os olhos devagar.

— Boa noite, Luc.

— Adeline.

Ela se vira para encarar o homem que ela tornou real, a escuridão, o demônio que trouxe à vida. E quando ele pergunta se Addie já teve o bastante, se já está cansada, ou se vai se render hoje à noite, ela sorri e responde:

— Hoje, não.

Ela roça o dedo indicador no polegar mais uma vez, sente o carvão e cogita contar sobre sua descoberta, só para saborear a surpresa de Luc.

Encontrei um jeito de deixar uma marca, quer dizer. *Você achava que podia me apagar por completo deste mundo, mas não pode. Eu ainda estou aqui. E sempre vou estar.*

O gosto das palavras — o triunfo — é como açúcar na sua língua. Mas hoje, há um traço de alerta no olhar de Luc, e conhecendo-o tão bem, sabe que ele daria um jeito de virar o jogo contra ela e tirar seu pequeno consolo antes que Addie encontre uma maneira de usá-lo.

Então Addie não diz nada.

NOVA YORK
25 de abril de 2014

VIII

Uma onda de aplausos ecoa pela grama.

É um belo dia de primavera, um dos primeiros em que o calor permanece enquanto o sol se põe, e os dois estão sentados em uma manta nos limites do Prospect Park à medida que os artistas entram e saem de um palco improvisado.

— Não consigo acreditar que você se lembra de tudo isso — diz ele assim que um novo cantor surge.

— É como viver em *déjà-vu* permanente, só que você sabe exatamente onde viu, ouviu ou sentiu algo antes. Você se lembra de cada época e cada lugar, e uma coisa fica empilhada em cima da outra como as páginas de um livro extremamente longo e complicado.

Henry balança a cabeça.

— Eu ficaria louco.

— Ah, e eu fiquei — responde, despreocupada. — Mas quando você vive por muito tempo, até mesmo a loucura tem fim.

O novo cantor é... muito ruim.

Trata-se de um adolescente cuja voz é um rosnado e um grito desafinado simultaneamente. Addie não conseguiu entender mais do que uma ou duas palavras da letra, e muito menos distinguir a melodia. Mas o gramado está lotado, e a plateia fervilha de entusiasmo, menos pela apresentação do que pela oportunidade de acenar com os cartões numerados.

É a versão do Brooklyn de uma noite de karaokê: um show beneficente em que algumas pessoas pagam para se apresentar, e outras, para servirem de jurados.

— Parece meio cruel — comentou ela quando Henry lhe entregou os cartões.

— É por uma boa causa — respondeu ele, fazendo uma careta ao ouvir as últimas notas de um saxofone monótono.

A música termina com uma salva de palmas comedida.

O gramado exibe um mar de notas *dois* e *três*. Henry ergue um cartão com o número *nove*.

— Você não pode dar nota nove e dez para todo mundo.

Henry dá de ombros.

— Eu me sinto mal por eles. Tem que ter muita coragem para subir ao palco e se apresentar. Qual nota você dá?

Ela olha para os cartões.

— Não sei.

— Você me disse que era uma caça-talentos.

— É, pois é, era mais fácil do que dizer que eu era um fantasma de 323 anos cujo único hobby é inspirar outros artistas.

Henry acaricia o rosto dela com os dedos.

— Você não é um fantasma.

A próxima música começa e termina, e um aplauso escasso cai como uma garoa sobre o gramado.

Henry dá nota *sete*.

Addie ergue um cartão com o número *três*.

O rapaz olha para ela, horrorizado.

— O quê? Não foi lá essas coisas.

— A gente estava avaliando o *talento*? Ah, merda.

Addie ri, e há uma pausa entre uma apresentação e outra, alguma disputa sobre quem deveria ser o próximo da fila. Uma música gravada em estúdio soa pelos alto-falantes, e os dois se deitam na grama. Addie deita na barriga de Henry, sentindo o ritmo suave da respiração dele como uma onda tranquila sob sua cabeça.

Este é um novo tipo de silêncio, mais raro do que os outros. A tranquilidade confortável dos espaços conhecidos, dos lugares que se enchem simplesmente porque você não está sozinha. Um caderno jaz ao lado deles na coberta. Não o azul; aquele já está completo. O novo é verde-esmeralda, quase do mesmo tom dos olhos de Luc quando ele está se exibindo.

Uma caneta se projeta entre as páginas, marcando o lugar onde Henry parou de escrever.

Addie conta histórias para ele todos os dias.

Durante o café da manhã, com ovos mexidos e café, ela relatou a caminhada torturante até Le Mans. Certo dia, na livraria, enquanto desencaixotam os livros novos, reviveu o primeiro ano em Paris. Emaranhados em meio aos lençóis, na noite passada, contou a ele sobre Remy. Henry pediu que Addie contasse a verdade, a sua verdade, e ela conta. Pouco a pouco, em fragmentos encaixados como marcadores de páginas na rotina de seus dias.

Henry parece um relâmpago, incapaz de ficar parado por muito tempo e cheio de uma energia inquietante, mas toda vez que há uma pausa, uma réstia de paz e tranquilidade, ele pega um caderno novo e uma caneta. Embora Addie sempre fique empolgada ao ver as palavras — as palavras dela — derramando-se sobre a página, provoca Henry por causa da urgência com que as escreve.

— A gente tem tempo de sobra — lembra a ele, enquanto acaricia os seus cabelos.

Addie se espreguiça contra o corpo dele e ergue os olhos para a luz tênue e para o céu manchado de roxo e azul. Já é quase noite, e ela sabe que uma parede não adiantaria de nada se a escuridão quisesse observá-la, mas ainda se sente exposta deitada sob o céu aberto.

Os dois têm tido muita sorte, mas o problema é que a sorte sempre acaba.

E talvez seja por causa do tamborilar nervoso dos dedos de Henry na caderneta.

Ou talvez seja por causa do céu sem luar.

Ou mesmo porque a felicidade dá muito medo.

A próxima banda sobe no palco.

Mas, enquanto a música ressoa pelo gramado, Addie não consegue tirar os olhos da escuridão.

LONDRES, INGLATERRA
26 de março de 1827

IX

Ela poderia *morar* na National Gallery.
Na verdade, Addie passou uma temporada aqui, vagando de aposento em aposento e deleitando-se com as pinturas e os retratos, as esculturas e as tapeçarias. Uma vida passada entre amigos, entre ecos.

Caminha pelos saguões de mármore e conta em quantas obras tocou, as marcas deixadas por outras pessoas, mas guiadas pelas suas próprias mãos.

Na última vez, havia seis nesta coleção em particular.

Seis colunas, mantendo-a de pé.

Seis vozes, perpetuando sua memória.

Seis espelhos, refletindo partes suas de volta para o mundo.

Não há sinal do esboço de Matteo, não entre as obras acabadas, mas ela pode distinguir aquelas linhas do início refletidas na sua obra-prima, *A musa*, na escultura de um rosto pousado sobre uma mão, e na pintura de uma mulher sentada à beira do mar.

Addie é um fantasma, um tecido diáfano disposto como um véu sobre a obra.

Mas ela está ali.

Ela está ali.

Um funcionário informa que o museu já vai fechar, Addie agradece e continua sua ronda. Poderia ficar, mas os salões amplos não são tão aconchegantes quanto o apartamento em Kensington, uma joia deixada sem supervisão durante o inverno.

Addie para em frente à sua obra favorita: o retrato de uma garota diante do espelho. A personagem está de costas para o artista, e tanto ela quanto o quarto são representados com riqueza de detalhes, embora seu reflexo não passe de algumas poucas pinceladas. Seu rosto é retratado apenas pelos borrões prateados do espelho. Contudo, de perto, qualquer um poderia identificar as sardas dispersas, como estrelas pairando em um céu cinzento e distorcido.

— Como você é esperta — diz uma voz atrás dela.

Addie estava sozinha no museu, mas agora não está mais.

Olha de relance para a esquerda e vê Luc examinando a pintura, com a cabeça inclinada como se estivesse admirando a obra. Por um momento, Addie se sente como um armário de portas escancaradas. Não estava preparada nem ansiosa, porque ainda faltavam vários meses para o aniversário dos dois.

— O que você está fazendo aqui?

Ele contrai os lábios, gostando de ver a surpresa dela.

— Eu estou em toda parte.

Nunca tinha ocorrido a Addie que Luc podia aparecer quando bem quisesse, que ele não estava preso de algum modo à data do pacto. Que as visitas, assim como as ausências, sempre foram intencionais... de *propósito*.

— Vejo que você tem andado ocupada — diz, passando os olhos verdes pelo retrato.

E é verdade. Addie tem espalhado a si mesma como se fosse migalhas de pão, dispersa em centenas de obras de arte. Não seria tão fácil para ele apagar todas elas. E, no entanto, há uma certa escuridão no seu olhar, um estado de ânimo de que ela desconfia.

Luc estende a mão e passa o dedo ao longo da moldura.

— Se você destruir a obra, vou criar outras.

— Isso não importa — replica ele, tirando a mão do quadro. — *Você* não importa, Adeline. — As palavras a ferem, mesmo agora. — Fique com os seus ecos e finja que são uma voz.

Ela já está familiarizada com o péssimo temperamento de Luc, com os seus picos de mau humor, breves e intensos, como um relâmpago. Mas nesta noite, há uma certa violência no seu tom de voz. Certa agressividade. Addie acha que não foi a sua esperteza que o deixou irritado, nem os vislumbres de si mesma escondidos entre as camadas da arte.

Não, ele já chegou de mau humor.

Com uma sombra se arrastando em seu encalço.

Mas faz quase um século desde a noite em que ela deu um tapa no rosto de Luc em Villon, quando ele revidou e a reduziu a um cadáver deformado no chão da casa de Estele. Assim, em vez de recuar ao ver as suas garras, ela morde a isca.

— Foi você mesmo quem me disse, Luc. As ideias são mais indomáveis que as lembranças. E eu sei ser indomável. Sei ser teimosa como uma erva daninha. Você não vai conseguir arrancar as minhas raízes. E acho que você ficou feliz com isso. Acho que foi por isso que veio aqui, porque também se sente solitário.

Os olhos de Luc brilham com um verde tempestuoso e doentio.

— Não seja ridícula. *Todo mundo* conhece os deuses — desdenha.

— Mas poucas pessoas se lembram deles. Quantos mortais tiveram mais do que dois encontros com você? Um para fazer o pacto e o outro para pagar por ele... Quantos fizeram parte da sua vida por tanto tempo quanto eu? — Addie abre um sorriso vitorioso. — Talvez tenha sido por isso que você me amaldiçoou. Para ter companhia. Para que alguém se lembrasse de *você*.

Ele avança em sua direção em uma questão de segundos, prensando-a contra a parede do museu.

— Eu te amaldiçoei porque você é uma tola.

Addie solta uma gargalhada.

— Sabe, quando eu era criança, imaginava que os deuses antigos fossem seres imortais magníficos, que não se importavam com as preocupações mesquinhas que atormentavam seus adoradores. Eu achava que vocês eram melhores do que a gente. Mas não são. Vocês são tão volúveis e carentes quanto os seres humanos que tanto desdenham. — Luc a segura com mais força, mas ela não estremece nem se intimida, apenas sustenta o olhar. — Eu e você, a gente não é tão diferente assim, não é mesmo?

A fúria de Luc se petrifica e esfria, e o verde de seus olhos mergulha no abismo.

— Você alega me conhecer tão bem agora. Veremos... — Sua mão desliza do ombro até o pulso de Addie, e só depois que já é tarde demais ela se dá conta do que ele pretende fazer.

Faz quarenta anos desde a última vez que ele a arrastou para a escuridão, mas Addie não se esqueceu da sensação — o medo primitivo, a esperança desenfreada e a liberdade imprudente das portas abertas à força no meio da noite.

É infinito...

E então tudo termina, e ela está agachada sobre um assoalho de madeira, com o corpo trêmulo devido à estranheza da viagem.

Uma cama jaz no meio do quarto, desarrumada e vazia. As cortinas foram todas abertas, o chão está coberto de partituras musicais, e um cheiro rançoso de doença impregna no ambiente.

— Que desperdício — murmura Luc.

Addie se levanta, tonta.

— Onde a gente está?

— Você me confunde com um mortal solitário. Um ser humano melancólico à procura de companhia. Não sou nem um, nem outro.

Ela nota uma movimentação do lado oposto do quarto e percebe que não estão sozinhos. O espectro de um homem, de cabelos brancos e olhar alucinado, está sentado na banqueta de um piano, de costas para as teclas.

Está implorando em alemão.

— Ainda não — diz, apertando um punhado de partituras contra o peito. — Ainda não. Preciso de mais tempo.

Sua voz é estranha, alta demais, como se ele não estivesse se escutando. Luc, no entanto, responde em um tom severo e impassível, parecido a um sino baixo, um som que é sentido e também ouvido.

— A coisa mais perturbadora sobre o tempo é que nunca é o bastante. Talvez seja abreviada por uma década, ou talvez por apenas um momento. Mas a vida de uma pessoa sempre acaba cedo demais.

— Por favor — implora o homem, ajoelhando-se diante da escuridão, e Addie estremece por ele, sabendo muito bem que os seus apelos não vão adiantar de nada.

— Deixe-me fazer outro pacto!

Luc força o homem a se levantar.

— A hora dos pactos já passou, Herr Beethoven. Agora, você deve dar a ordem.

O homem balança a cabeça.

— Não.

Addie não pode ver os olhos de Luc, mas sente a mudança no seu temperamento. O ar do quarto se agita, como uma brisa, e algo ainda mais potente.

— Entregue a sua alma — ordena Luc. — Ou vou tomá-la à força.

— Não! — grita o homem, nervoso. — Vá embora, Diabo. Vá embora e...

É a última coisa que ele diz antes que Luc se *desfaça*.

É a única maneira de descrever o que acontece.

Os cabelos castanho-escuros sobem pelo seu rosto, espalhando-se no ar; sua pele ondula e se abre, e o que vem à tona não é um homem. É um monstro. Um deus. A própria noite, e algo mais, que ela nunca tinha visto, que mal suporta encarar. Algo mais antigo que a escuridão.

— *Renda-se.*

E agora a voz não se parece em nada a uma voz, e sim a uma mistura de galhos estalando com a brisa do verão, mais o rosnado baixo de um lobo e o movimento súbito de pedras sob os seus pés.

O homem gagueja e implora.

— Socorro! — berra, mas não adianta. Mesmo que haja alguém do outro lado da porta, ninguém vai ouvir. — Ajudem-me! — grita de novo, inutilmente.

Em seguida, o monstro afunda a mão dentro do seu peito.

O homem cambaleia, pálido e cinzento, enquanto a escuridão colhe sua alma como se fosse uma fruta. Ela se desprende com o som de um rasgo, e o compositor tropeça e desaba no chão. Apesar disso, os olhos de Addie se fixam na explosão de luz dentro da mão da sombra, irregular e vacilante. E antes que ela consiga estudar os feixes de cor que se curvam na superfície e se maravilhar com as imagens que espiralam ali dentro, a escuridão fecha os dedos em volta da alma, que o atravessa como um relâmpago e depois desaparece.

O compositor tomba contra a banqueta do piano, com a cabeça para trás e os olhos vazios.

Addie vai descobrir que a mão de Luc é sempre sutil. As pessoas veem os seus feitos e pensam que se trata de uma doença, de um ataque do coração, de loucura, de suicídio, de overdose, de um acidente...

Mas, nesta noite, a única coisa que Addie sabe é que o homem no chão está morto.

A escuridão se volta para ela, e não há nenhum vestígio de Luc na fumaça turbulenta. Nada de olhos verdes. Nada de sorriso jocoso. Nada além de um vazio ameaçador, de uma sombra com presas.

Faz muito tempo que Addie não sente medo de verdade. Conhece bem a tristeza, a solidão e a dor. Mas o medo pertence àqueles que têm algo a perder.

Mesmo assim...

Ao encarar a escuridão, Addie sente medo.

Força as pernas a não vacilarem, se obriga a manter a postura, e consegue fazer isso enquanto ele dá o primeiro passo e o segundo, mas no terceiro, se afasta contra a própria vontade. Para longe da escuridão ondulante, para longe da noite monstruosa, até sentir as costas contra a parede.

Mas a escuridão continua se aproximando.

A sombra se consolida a cada passo, com os contornos se firmando até se parecer menos com uma tempestade e mais com uma silhueta de fumaça. O rosto encontra um formato, as sombras se contorcem em cachos castanho-escuros, os olhos — os olhos surgem outra vez — se iluminam e a mandíbula cavernosa se estreita em um arco, com os lábios curvados por um contentamento malicioso.

Ele volta a ser Luc, disfarçado de carne e osso, e está tão próximo que Addie pode sentir o ar fresco da noite emanando dele como uma brisa.

Desta vez, ele fala com a voz que ela conhece bem.

— Bem, minha querida... — diz, levando a mão ao rosto de Addie. — E agora, ainda não somos tão diferentes assim?

Ela não tem tempo de responder.

Luc a empurra de leve e a parede se abre atrás dela. Addie não sabe ao certo se cai ou se as sombras vão ao seu encontro e a puxam para o abismo, só sabe que Luc se foi, assim como o quarto do compositor e, por um instante, a escuridão está por toda parte. Um segundo depois, ela está parada lá fora, na calçada de pedras à margem do rio, em uma noite repleta de risadas, de luzes que se refletem na água e da melodia suave de um homem que canta em algum lugar ao longo do rio Tâmisa.

NOVA YORK
15 de maio de 2014

X

A ideia de levar o gato para casa é de Addie.
Talvez ela sempre quisesse ter um bichinho de estimação.
Talvez só achasse que Henry devia se sentir sozinho.
Talvez achasse que faria bem a ele.
Não sabe muito bem. Não importa. Só o que importa é que, certo dia, enquanto ele está fechando o sebo, ela surge ao seu lado na escada, com um romance debaixo do braço e o velho gato ruivo no outro, e isso é tudo que importa.
Levam Livro para o prédio de Henry, apresentam o gato à porta azul e sobem para o pequeno apartamento do Brooklyn. Apesar da superstição de Henry, Livro não vira pó ao sair do sebo. O gato simplesmente perambula pelo apartamento durante uma hora, depois se encosta em uma pilha de livros de filosofia e já se sente em casa.
Exatamente como Addie.
Ambos estão aconchegados no sofá quando ela ouve o disparo da Polaroid e vislumbra o clarão repentino. Por um momento, se pergunta se vai dar certo, se Henry vai conseguir tirar uma foto dela como conseguiu escrever o seu nome.

Mas nem sequer a escrita nos cadernos é inteiramente dela. É a história de Addie narrada pela caneta de Henry, é a vida dela contada com as palavras de ambos.

E para variar, quando o filme é exposto e a Polaroid surge, a foto não é dela, não de verdade. A garota na foto tem os seus cabelos castanhos ondulados. A garota na foto está vestida com a camisa branca dela. Mas a garota na foto não tem rosto. Se tiver, está virado para o outro lado, como se tivesse sido captado em meio ao movimento.

Ela sabia que não funcionaria, mas ainda sente um aperto no coração.

— Não dá para entender — diz Henry, virando a câmera. — Posso tentar de novo? — pergunta, e ela entende o ímpeto. É mais difícil de lidar, quando o impossível é tão palpável. A mente não consegue compreender, então você tenta de novo e de novo e de novo, convencido de que da próxima vez vai ser diferente.

Addie sabe que é assim que você enlouquece.

Mas faz a vontade de Henry e o deixa tentar pela segunda e terceira vez. Observa a câmera emperrar, cuspir um papel em branco, a foto sair com muita ou pouca exposição, ou então embaçada, até a sua cabeça ficar tonta com o disparo dos flashes.

Deixa que ele experimente ângulos e iluminações diferentes até que as fotos cubram o chão entre os dois. Ela está ali, e não está; é real, mas é também um fantasma.

Ele deve estar percebendo que Addie se abala mais a cada disparo, deve estar vendo a tristeza surgindo entre os intervalos, então se força a baixar a câmera.

Addie examina as fotos e se lembra da pintura em Londres, da voz de Luc em sua mente.

Isso não importa.

Você não importa.

Ela pega a última foto e estuda a silhueta da garota, com os traços borrados e irreconhecíveis. Fecha os olhos e lembra a si mesma de que há muitas maneiras de se deixar uma marca, lembra a si mesma de que a fotografia é uma mentira.

Então sente a câmera em suas mãos e começa a tomar fôlego para dizer que não vai dar certo, mas logo Henry está atrás dela, fechando os dedos nos seus e levando o visor aos seus olhos. Deixando que ela guie a pressão das mãos dele assim como Addie fez com a tinta na parede de acrílico. Ela sente o coração disparar no peito ao enquadrar uma de todas as fotografias descartadas no chão, com os próprios pés descalços na parte de baixo do enquadramento.

Ela prende a respiração e mantém a esperança.

Um disparo. Um flash.

Desta vez, a foto sai.

Uma vida inteira em imagens.

Instantes como Polaroids. Como pinturas. Como flores escondidas entre as páginas de um livro. Perfeitamente preservadas.

Os três cochilando sob o sol.

Addie acariciando os cabelos de Henry enquanto conta outra história e ele a escreve.

Henry, pressionando-a contra a cama, com os dedos entrelaçados e a respiração acelerada, enquanto o nome dela forma um eco em seus cabelos.

Os dois juntos na cozinha estreita, de braços dados e com as mãos de Addie sobre as dele enquanto preparam molho branco e sovam a massa de pão.

Assim que colocam o pão no forno, ele segura o rosto dela com as mãos cheias de farinha, deixando o pó branco em seu rastro.

Fazem uma bagunça gigantesca, enquanto o ar se enche do aroma de pão recém-assado.

E na manhã seguinte, parece que fantasmas dançaram pela cozinha, e ambos fingem que havia dois fantasmas em vez de um só.

VILLON-SUR-SARTHE, FRANÇA
29 de julho de 1854

XI

Villon não deveria mudar.

Enquanto ela crescia, a vila era dolorosamente inerte, como o ar do verão antes de uma tempestade. Uma cidade entalhada nas rochas. Contudo, o que foi mesmo que Luc disse?

Até mesmo as rochas se desgastam e viram pó.

Villon não se desgastou. Pelo contrário, mudou, cresceu e criou novas raízes enquanto se desfez de outras. Forçou os limites da floresta, derrubando as árvores para alimentar o fogo das lareiras e liberar espaço para os campos e as plantações. Agora há mais muros do que antes. Mais construções. Mais estradas.

Ao ir em direção à cidade, com os cabelos presos em uma touca bem ajustada, Addie reconhece um nome, um rosto, o fantasma de um fantasma de uma família que costumava conhecer. Mas a Villon da sua juventude finalmente desapareceu, e ela se pergunta se as lembranças também funcionam assim para outras pessoas, se os detalhes somem aos poucos.

Pela primeira vez, não reconhece todas as trilhas.

Pela primeira vez, não sabe ao certo se está indo no caminho certo.

Vira uma esquina, esperando encontrar uma casa, mas encontra duas, separadas por um muro baixo de pedra. Pega a esquerda, esperando encontrar um campo aberto, mas depara com um estábulo, delimitado por uma cerca. Por fim, Addie reconhece a estrada que dá na sua choupana, prende a respiração enquanto desce a trilha e se sente aliviada ao avistar o velho teixo, ainda com o tronco recurvado e nodoso nos limites da propriedade.

Porém, logo depois da árvore, o lugar está mudado. Novas roupas cobrem os ossos velhos.

A oficina do pai tinha sido derrubada, a planta da choupana estava marcada apenas por uma sombra no chão, onde as ervas daninhas já haviam crescido fazia muito tempo, de uma cor ligeiramente diferente. E embora tenha se preparado para a imobilidade rançosa dos lugares abandonados, Addie depara com movimento, vozes e risadas.

Outras pessoas se mudaram para a antiga casa de Addie, alguns dos recém-chegados à cidade em expansão. Uma família, com uma mãe que sorri mais que a sua, um pai que não sorri tanto assim, e uma dupla de meninos que correm pelo quintal, com os cabelos da cor de palha. O mais velho persegue um cachorro que fugiu com uma meia, e o mais novo sobe no velho teixo, com os pés descalços pisando nos mesmos nós e vãos que os dela, quando era só uma menina, com o bloco de desenhos enfiado debaixo do braço. Devia ter a mesma idade dele... ou será que era mais velha?

Addie fecha os olhos, tentando visualizar a cena, mas ela foge e escorrega por entre os seus dedos. As primeiras lembranças, que não ficaram aprisionadas dentro do prisma. Os anos que se foram acabaram perdidos como a outra vida dela. Seus olhos ficam fechados por apenas um instante, mas assim que ela volta a abri-los, a árvore está vazia. O menino se foi.

— Oi — cumprimenta uma voz, de algum lugar às suas costas.

É o caçula, com o rosto sincero e erguido para ela.

— Oi.

— Você está perdida?

Addie hesita, dividida entre o sim e o não, na dúvida sobre qual dos dois estaria mais perto da verdade.

— Eu sou um fantasma — responde. O menino arregala os olhos de surpresa e deslumbramento, e pede para ela provar. Addie pede para ele fechar os olhos, e, assim que o menino o faz, ela some.

No cemitério, a árvore que Addie transplantou criou raízes.

A copa paira sobre o túmulo de Estele, banhando os seus ossos em um refúgio de sombra.

Ela toca na casca, admirada ao ver como a muda se transformou em uma árvore de tronco largo, com raízes e galhos se espalhando para todos os lados. Faz cem anos que foi plantada — um período que um dia foi longo demais para ser concebido, e que agora é muito difícil de mensurar. Até este momento, ela já mediu o tempo em segundos, em estações, em ondas de frio e degelo, em revoltas e em desdobramentos históricos. Testemunhou a ascensão e a ruína de edifícios, a queimada e a reconstrução de cidades — o passado e o presente mesclados até se tornarem fluidos e efêmeros.

Mas isto… isto é concreto.

A passagem dos anos marcada na madeira e no tronco, nas raízes e no solo.

Addie se senta recostada no túmulo da anciã, descansando os próprios ossos envelhecidos sob a sombra rajada, e relata o que aconteceu desde a última visita. Conta a Estele histórias sobre a Inglaterra, a Itália e a Espanha, e sobre Matteo, a galeria, Luc, a sua arte e todas as maneiras como o mundo havia mudado. E, apesar de não haver resposta, exceto pelo farfalhar das folhas, Addie sabe muito bem o que a anciã diria.

Tudo muda, sua menina tola. É a natureza do mundo. Nada permanece igual.

A não ser por mim mesma, ela pensa, mas Estele responde, seca como a lenha: *Nem mesmo você.*

Sentiu falta dos conselhos da anciã, incluindo nos seus pensamentos. A voz enfraqueceu, desgastada pelos anos que se passaram, embotada como todas as lembranças da sua vida mortal.

Mas, pelo menos aqui, Addie volta a ouvi-la.

O sol já atravessou o céu quando ela se levanta e caminha até os limites da vila, e depois da floresta, em direção ao lugar que a anciã chamava de lar. Contudo, o tempo também o reivindicou. A horta, antes coberta de vegetação, foi engolida pela mata invasora, e a flora venceu a guerra contra a choupana, derrubando a construção e fazendo brotar pequenas mudas entre os seus ossos. A madeira apodreceu, as pedras deslizaram, o telhado sumiu e as ervas daninhas e trepadeiras continuavam seu lento processo de destruição.

Na próxima vez que Addie voltar, não vai haver mais nenhum vestígio da choupana, cujas ruínas serão engolidas pela mata. Mas, por enquanto, o esqueleto ainda existe, enquanto é lentamente enterrado pelo musgo.

Addie está na metade do caminho até a choupana em ruínas quando percebe que a construção não está totalmente abandonada.

Há um movimento trêmulo na pilha de destroços, e ela estreita os olhos, esperando encontrar um coelho, ou quem sabe um filhote de cervo. Em vez disso, avista um menino. Ele está brincando nas ruínas, escalando os escombros das velhas paredes de pedra e golpeando as ervas daninhas com um graveto arrancado da mata.

Ela o reconhece. É o filho mais velho, o menino que estava perseguindo um cachorro no seu quintal. Deve ter uns nove ou dez anos, velho o bastante para olhar para Addie com desconfiança assim que a vê.

Ele empunha o graveto como se fosse uma espada.

— Quem é você?

E, dessa vez, ela não se contenta em ser apenas um fantasma.

— Eu sou uma bruxa.

Addie não sabe muito bem por que diz isso. Talvez seja só para se divertir. Talvez porque quando a verdade não é uma opção, a ficção ganha vida própria. Ou talvez porque é o que Estele diria.

Uma sombra perpassa o rosto do menino.

— Bruxas não existem — retruca, mas com uma certa hesitação na voz, e quando ela dá um passo em sua direção, com os galhos queimados de sol estalando sob os sapatos, ele começa a recuar.

— Você está brincando nos meus ossos. Sugiro que desça daí antes que caia no chão.

O menino tropeça, atordoado, e quase escorrega em um canteiro de musgo.

— A não ser que você prefira ficar aqui. Aposto que tem espaço para os seus ossos também.

O menino desce e sai correndo. Addie o observa ir embora, com a gargalhada de Estele corvejando nos seus ouvidos.

Não se sente mal por assustar o garoto porque não acha que ele vá se lembrar do episódio. Apesar de tudo, ele vai voltar outra vez no dia seguinte, e ela vai se esconder nos limites da floresta e observá-lo começar a subir nos escombros, e logo hesitar, com uma sombra de nervosismo no olhar. Vai vê-lo se afastar e ficar imaginando se o menino está pensando em bruxas e em ossos mal enterrados. Se a ideia cresceu como uma erva daninha na cabeça dele.

Mas hoje, Addie está sozinha, e Estele é a única pessoa que lhe passa pela cabeça.

Ela passa a mão por uma parede meio destruída e cogita ficar e se tornar a bruxa da floresta, o fruto da imaginação de outra pessoa. Imagina reconstruir a casa da anciã, e até se ajoelha para empilhar um punhado de pedrinhas. Mas assim que posiciona a quarta, a pilha desmorona e as pedras rolam pela grama até o ponto exato onde estavam antes que ela as recolhesse.

A tinta se apaga.

A ferida se cura.

A casa se desconstrói.

Addie suspira enquanto uma revoada de pássaros alça voo dos bosques próximos, crocitando uma gargalhada. Ela se vira na direção das árvores. Ainda resta um pouco de luz, deve faltar uma hora para que anoiteça, mas ao fitar a floresta, Addie pode sentir a escuridão a encarando de volta. Vagueia entre as pedras semienterradas e adentra na sombra sob as árvores.

Um arrepio percorre o seu corpo.

É como atravessar um véu.

Caminha por entre as árvores. Antigamente, ficaria com medo de se perder. Agora, os passos estão gravados na sua memória. Não poderia errar o caminho nem mesmo se tentasse.

O ar é mais fresco aqui, e a noite se aproxima mais rápido sob as copas. É fácil perceber como perdeu a noção do tempo naquele dia. Como a linha tênue entre o crepúsculo e a escuridão ficou tão borrada. E ela se pergunta se teria feito as suas preces se soubesse que horas eram.

Será que o teria invocado se soubesse qual deus responderia?

Ela não arrisca uma resposta.

Não precisa.

Não sabe muito bem há quanto tempo ele está em seu encalço, se a seguiu por um momento, em silêncio. Só se dá conta ao ouvir um galho se partindo atrás de si.

— Que peregrinação estranha você insiste em fazer.

Addie sorri para si mesma.

— É mesmo?

Vira-se e vê Luc recostado em uma árvore.

Não é a primeira vez que se encontram depois da noite em que Luc ceifou a alma de Beethoven. Mas Addie ainda não se esqueceu do que viu. Nem que ele queria que ela visse, que o observasse e conhecesse a dimensão do seu poder. Mas foi uma tolice fazer aquilo. Foi como mostrar as cartas que têm na mão quando as apostas mais altas ainda estão na mesa.

Sei quem você é, ela pensa enquanto ele se afasta da árvore e endireita o corpo. *Eu já vi a sua forma verdadeira. Você não é mais capaz de me amedrontar.*

Ele adentra em uma réstia de luz tênue.

— O que te trouxe de volta aqui?

Addie dá de ombros.

— Pode chamar de nostalgia.

Ele ergue o queixo.

— Eu chamo de fraqueza. Ficar andando em círculos quando poderia desbravar novos caminhos.

Addie franze o cenho.

— Como eu poderia desbravar novos caminhos se não consigo nem sequer montar uma pilha de pedras? Se você me libertar, vai ver como me saio bem.

Ele suspira e se dissolve na escuridão.

Quando volta a falar, Luc está atrás dela, sua voz é uma brisa em seus cabelos.

— Adeline, Adeline — repreende, e Addie sabe que se ela se virar, Luc vai ter desaparecido, então mantém a sua posição e os olhos fixos na floresta. Não se retrai quando as mãos dele deslizam sobre a sua pele. Quando os braços serpenteiam ao redor dos seus ombros.

De perto, ele cheira a carvalho, a folhas e a um campo molhado pela chuva.

— Você não está cansada? — sussurra.

Ela estremece.

Addie se preparou para o ataque e para os comentários maldosos, mas não para essa pergunta nem para seu tom quase gentil.

Faz *140 anos*. Um século e meio em que vive como um eco, como um fantasma. É óbvio que está cansada.

— Não gostaria de descansar, minha querida?

As palavras deslizam sobre a sua pele como se fossem um tecido diáfano.

— Eu poderia enterrá-la aqui, ao lado de Estele. Plantar uma árvore, e fazer com que ela crescesse sobre os seus ossos.

Addie fecha os olhos.

Sim, está cansada.

Pode até não sentir o peso dos anos enfraquecendo os ossos e o corpo debilitado pela idade, mas a exaustão lhe pesa na alma, como se estivesse apodrecendo. Em certos dias, ela sofre só de pensar na perspectiva de viver mais um ano, mais uma década, mais um século. Às vezes, à noite, não consegue dormir, e fica acordada sonhando com a morte.

Mas então acorda e vê a aurora cor-de-rosa e laranja sobre as nuvens, ou escuta o lamento de um violino solitário, a música e a melodia, e lembra que há muita beleza no mundo.

Ela não quer perder isso... nada disso.

Addie se vira nos braços de Luc e olha para o rosto dele.

Não sabe muito bem se é por causa da noite sorrateira ou pela própria natureza da floresta, mas ele parece diferente. Nos últimos anos, ela o viu vestido de veludo e rendas, adornado com as roupas da última moda. E também o viu como o vácuo, incontrolável e violento. Mas agora, ele não é uma coisa nem outra.

Agora, Luc é a escuridão que ela conheceu naquela noite. Uma magia selvagem na forma de amante. Seus contornos se confundem com as sombras, sua pele tem a cor do luar, e seus olhos são do mesmo tom do musgo às suas costas. Ele é indomável.

Mas ela também é.

— Cansada? — Ela esboça um sorriso. — Eu acabei de acordar.

Prepara-se para a represália; para a sombra animalesca, para as presas.

Entretanto, não há nenhum resquício de amarelo nos seus olhos.

Na verdade, eles assumem um novo tom intenso de verde.

Addie vai levar anos para descobrir o significado dessa cor, para aprender que é de *divertimento*.

Nesta noite, há apenas um vislumbre fugaz, seguido pelo roçar dos lábios dele no seu rosto.

— Até mesmo as rochas — murmura ele, e depois desaparece.

NOVA YORK
13 de junho de 2014

XII

Um rapaz e uma garota caminham de braços dados.

Estão indo para o Knitting Factory, que assim como a maioria das coisas no bairro de Williamsburg, não é nada do que parece. Não se trata de uma loja de artesanato nem de novelos de lã, e sim uma casa de shows ao nordeste do Brooklyn.

É o aniversário de Henry.

Mais cedo, quando ele perguntou a Addie quando era o aniversário *dela* e a garota disse que foi em março, uma sombra perpassou o seu rosto.

— Desculpa ter perdido.

— A melhor coisa dos aniversários — disse ela, recostando-se nele — é que acontecem todos os anos.

Ela ri de leve, e ele também, mas havia um certo fingimento na voz de Henry, uma tristeza que ela confundiu com distração.

Os amigos dele já estavam em uma mesa perto do palco, cheia de pequenas caixas empilhadas.

— Henry! — grita Robbie, com duas garrafas vazias diante de si.

Bea despenteia os cabelos dele.

— Nosso doce filho do verão... literalmente.

A atenção dos dois passa de Henry e para Addie.

— Oi, pessoal. Essa é a Addie.

— Finalmente! A gente estava louco para te conhecer — exclama Bea.

Óbvio que já se conheceram.

Fazia semanas que os amigos insistiam em conhecer a nova garota da vida de Henry. Acusavam-no de escondê-la, mas Addie já tinha se encontrado com ambos para tomar cerveja no Merchant, comparecido às noites de cinema no apartamento de Bea, e cruzado com eles em galerias de arte e nos parques da cidade. E, em todas as vezes, Bea menciona a sensação de *déjà-vu* e logo em seguida os movimentos artísticos; e em todas as vezes, Robbie fica amuado, apesar dos esforços de Addie para apaziguar o seu ânimo.

Isso parece incomodar Henry mais do que ela. O rapaz deve achar que ela se conformou com a situação, mas a verdade é que só não pode fazer nada a respeito. O ciclo interminável de "oi, quem é ela?", "prazer em conhecer", "oi" desgasta Addie como a água golpeando uma rocha — o dano é lento, mas inevitável. Ela simplesmente aprendeu a conviver com isso.

— Sabe de uma coisa? — pergunta Bea, estudando o seu rosto. — Você me parece tão familiar...

Robbie se levanta da mesa para buscar mais bebidas, e Addie sente um aperto no peito só de pensar que ele vai voltar para o início da conversa e ela vai ter que começar tudo de novo, mas Henry intervém e toca no braço dele.

— Deixa comigo.

— Aniversariante não paga! — protesta Bea, mas Henry faz um gesto de recusa com a mão e atravessa a multidão crescente.

Addie fica sozinha com os amigos dele.

— É muito bom conhecer os dois. Henry fala de vocês o tempo todo.

Robbie semicerra os olhos, cheio de desconfiança.

Addie pode sentir o muro se erguendo entre ambos outra vez, mas depois de tanto tempo, está familiarizada com o temperamento de Robbie, então prossegue.

— Você é ator, né? Eu adoraria assistir a uma das suas peças. Henry me disse que você é incrível.

Ele tira o rótulo da cerveja.

— É, sim... — balbucia, mas ela vislumbra um sorriso nos seus lábios. Bea entra na conversa.

— Henry parece feliz. Feliz de verdade.

— E estou — confirma Henry, colocando as cervejas na mesa.

— Um brinde aos 29 — diz Bea, erguendo o copo.

Discutem sobre a vantagem de fazer 29 anos e chegam à conclusão de que é um ano relativamente inútil quando se trata de aniversários, só uma passagem para os grandiosos trinta.

Bea passa o braço pelo ombro de Henry.

— Mas, no ano que vem, você vai ser oficialmente um adulto.

— Tenho quase certeza de que virei adulto quando fiz dezoito anos — retruca ele.

— Não seja ridículo. Dezoito é a idade para votar, 21 para beber, mas trinta é a idade de tomar decisões.

— Agora você está mais perto da crise da meia-idade que da crise dos 25 — provoca Robbie.

O microfone é ligado, chiando de leve enquanto um homem sobe no palco e anuncia uma atração especial de abertura.

— Ele é um astro em ascensão, tenho certeza de que já ouviram falar dele. E se não ouviram, vão ouvir em breve. Uma salva de palmas para Toby Marsh!

O coração de Addie dispara no peito.

A multidão grita e aplaude, Robbie assovia, e Toby sobe no palco, o mesmo rapaz bonito e tímido de sempre, mas assim que acena para a plateia, ergue o queixo e abre um sorriso firme e orgulhoso. A diferença entre os primeiros traços vacilantes de um esboço e o desenho final.

Ele se senta ao piano e começa a tocar, e as primeiras notas envolvem Addie em nostalgia. Em seguida, Toby começa a cantar.

— *Estou apaixonado por uma garota que nunca conheci.*

O tempo retrocede, e ela está de volta na sala de estar do rapaz, sentada na banqueta do piano, com o chá fumegante no parapeito da janela enquanto toca as notas com os dedos desatentos.

— *Mas eu a vejo toda noite, é o que parece...*

Ela está na cama dele, as mãos largas de Toby tocam uma melodia na sua pele. O rosto de Addie fica vermelho ao lembrar enquanto ele continua cantando.

— *E tenho tanto medo, tanto medo de esquecê-la, embora só a tenha conhecido nos meus sonhos.*

Ela nunca lhe soprou a letra, mas ele encontrou as palavras mesmo assim.

Sua voz é mais nítida, mais potente, e o timbre, mais confiante. Ele só precisava da música certa. Algo que fizesse a plateia se aproximar para ouvir.

Addie fecha os olhos com força, enquanto o passado e o presente se emaranham na sua mente.

Todas as noites que passou no Alloway, observando Toby se apresentar.

Todas as vezes que ele a encontrou no bar e sorriu.

Todas as primeiras vezes que não foram a primeira vez para ela.

O palimpsesto se infiltrando no papel.

Toby tira os olhos do piano. Não poderia vê-la em um lugar tão grande, mas Addie tem certeza de que os seus olhos se encontram. O aposento começa a girar, e ela não sabe muito bem se é por causa das cervejas que bebeu rápido demais ou da vertigem provocada pelas lembranças, mas a música termina, seguida por uma onda calorosa de aplausos, e ela está se encaminhando para a porta de saída.

— Addie, espera — pede Henry, mas ela não consegue mais ficar, embora saiba que se afastar significa que Robbie e Bea vão se esquecer dela, que vai ter que começar tudo de novo, assim como Henry... mas, neste momento, ela não se importa com nada.

Não consegue respirar.

A porta se abre com um solavanco e a noite avança. Addie arfa, enchendo os pulmões de ar.

Devia ser bom ouvir a própria música, devia ser natural.

Afinal, foi várias vezes aos museus contemplar a arte que ajudou a criar.

Mas eram apenas fragmentos, desprovidos de contexto. Pássaros esculpidos sobre um pedestal de mármore e quadros protegidos por cordas. Cartões explicativos colados em paredes caiadas de branco e caixas de vidro separando o presente do passado.

É diferente quando o vidro se estilhaça.

É a sua mãe na soleira da porta, só pele e osso.

É Remy no salão de Paris.

É Sam, que sempre a convida para dormir no seu apartamento.

É Toby Marsh, tocando a música dos dois.

A única maneira que Addie conhece de continuar é seguindo em frente. Eles são como Orfeu, e ela é Eurídice. Toda vez que olham para trás, ela fica destruída.

— Addie? O que aconteceu? — Henry está em seu encalço.

— Desculpa — diz ela, secando as lágrimas do rosto e balançando a cabeça, porque a história é muito longa e ao mesmo tempo muito curta. — Não posso voltar para lá, não agora.

Henry olha por cima do ombro. Deve ter percebido como o rosto dela empalideceu durante o show.

— Você o conhece? O tal de Toby Marsh?

Ela não tinha contado essa história… ainda não chegaram nessa parte.

— Conhecia — diz, o que não é exatamente verdade, porque fica parecendo algo que aconteceu no passado, quando o passado é a única coisa a que Addie não tem direito. Henry deve ter notado a mentira enterrada na palavra, pois franze o cenho e entrelaça as mãos atrás da cabeça.

— Você ainda sente alguma coisa por ele?

Ela quer ser sincera, quer dizer que sim, sente. Nunca põe um fim nas coisas, nunca tem a chance de se despedir. Nunca tem um ponto final ou uma exclamação, só uma vida inteira de reticências. Todo mundo recomeça, vira a página, mas ela não consegue. As pessoas falam que a chama de velhos amores nunca se apaga, mas, apesar de não ser um incêndio, as mãos de Addie estão cheias de velas acesas. Como é que ela poderia abafá-las ou extingui-las? Faz tempo que perdeu o fôlego.

Mas não é amor.

Não é amor, e é isso o que ele quer saber.

— Não. Ele só… me pegou desprevenida. Desculpa.

Henry pergunta se ela quer ir para casa, e Addie não sabe se ele quer dizer os dois ou só ela, nem quer descobrir, então balança a cabeça e ambos voltam para dentro. A iluminação mudou, o palco ficou vazio e a música ambiente preenche o ar até a atração principal. Bea e Robbie estão conversando com as cabeças baixas, exatamente como estavam quando ela e Henry entraram pela primeira vez. Addie faz o melhor que pode para sorrir assim que chegam à mesa.

— Aí está você! — exclama Robbie.

— Para onde você foi correndo daquele jeito? — pergunta Bea, passando os olhos de Henry para Addie. — E quem é ela?

Ele passa o braço pela sua cintura.

— Pessoal, essa é a Addie.

Robbie olha para ela de cima a baixo, mas Bea fica radiante.

— Finalmente! A gente estava louco para te conhecer...

A CAMINHO DE BERLIM, ALEMANHA
29 de julho de 1872

XIII

Os copos chacoalham de leve em cima da mesa enquanto o trem atravessa a área rural da Alemanha. Addie está sentada no vagão de restaurantes, bebericando um café e olhando pela janela, admirada com a velocidade com que o mundo fica para trás.

Os seres humanos são capazes de coisas tão extraordinárias. Não só de crueldade e de guerra, mas também de arte e de invenções. Ela vai voltar a esse pensamento várias vezes no decorrer dos anos, quando as bombas forem lançadas e as construções desabarem, quando países inteiros forem consumidos pelo horror e, novamente, quando as primeiras fotografias forem gravadas nos negativos de filme, quando os aviões decolarem pelos ares e quando os filmes de cinema não forem mais preto e branco, e, sim, em cores.

Está maravilhada.

Sempre vai ficar maravilhada.

Absorta nos próprios pensamentos, Addie não ouve o fiscal se aproximando até que ele apareça ao seu lado, pousando a mão de leve no seu ombro.

— *Fräulein*. O seu bilhete, por favor — pede.

Addie sorri.

— Só um minuto.

Ela baixa os olhos para a mesa e finge revirar a bolsa.

— Com licença — diz ela, levantando-se. — Devo ter deixado o bilhete na minha cabine.

Não é a primeira vez que repetem a cena, mas é a primeira que o fiscal decide segui-la, acompanhando Addie como uma sombra enquanto ela vai em direção a uma cabine que não existe, à procura de um bilhete que nunca comprou.

Addie aperta o passo na esperança de colocar uma porta entre os dois, mas não adianta, o fiscal a segue a cada passada, de modo que ela diminui o ritmo e para em frente a uma porta que leva a uma cabine que obviamente não pertence a ela, esperando que ao menos esteja desocupada.

Não está.

Assim que estende a mão em direção à maçaneta, a porta escapa e se abre, revelando um compartimento em meio à penumbra, com um homem elegante parado logo na entrada, de cachos castanho-escuros escorrendo como tinta sobre as têmporas.

Ela é tomada por um sentimento de alívio.

— Herr Wald — cumprimenta o fiscal, endireitando a postura, como se o homem na porta fosse um duque, e não a escuridão.

Luc sorri.

— Aí está você, Adeline — diz, com uma voz aveludada e suntuosa como o mel do verão. Os olhos verdes passam dela para o fiscal. — A minha esposa tem a mania de ficar escapando. Agora. — Ele tem um sorriso malicioso nos lábios —, o que foi que a trouxe de volta para mim?

Addie esboça um sorriso enjoativo de tão doce.

— Meu amor. Eu esqueci o meu bilhete — diz.

Ele dá uma risadinha e tira um pedaço de papel do bolso do paletó. Luc a puxa para perto.

— Como você é esquecida, querida.

Ela se irrita, mas morde a língua e se apoia nele.

O fiscal examina o pedaço de papel e deseja uma boa noite aos dois. Assim que ele sai, Addie se desvencilha de Luc.

— Minha Adeline. — Ele estala a língua. — Isso não é jeito de tratar o seu marido.

— Eu não sou nada sua. E não precisava da sua ajuda.

— Sem dúvida — responde ele, de modo seco. — Entre, não vamos ficar brigando aqui no corredor.

Luc a puxa para o compartimento, ou pelo menos é o que ela acha, mas em vez de entrar no recinto familiar de uma cabine, Addie depara apenas com a escuridão, vasta e profunda. Seu coração para de bater por um instante quando ela erra o degrau, com a queda repentina, enquanto o trem e o mundo ficam para trás, e eles voltam para o nada, para o espaço vazio entre os mundos. Ela percebe que nunca vai conhecer a escuridão por completo, que nunca vai conseguir compreender a natureza dele. Porque agora se dá conta do que é este lugar.

É *ele*.

É o âmago dele, a noite vasta e selvagem, a escuridão, repleta de promessas e violência, medo e liberdade.

E quando a noite volta a assumir sua forma usual, não estão mais no trem alemão, e sim em uma rua, no centro de uma cidade que ela ainda não sabe que se chama Munique.

Addie deveria estar irritada com o sequestro e com a mudança de planos repentina, mas não consegue reprimir a curiosidade que surge no rastro da confusão. O resplendor súbito de uma novidade. A excitação da aventura.

Seu coração dispara no peito. Ela decide não deixar que ele perceba a sua admiração.

Mas suspeita que ele perceba mesmo assim.

Há um brilho de prazer naquele olhar, um toque de verde-escuro.

Estão parados na escadaria de um teatro de ópera adornado por colunas. As roupas de viagem foram substituídas por um vestido muito mais elegante, e Addie fica imaginando se a peça de gala é real, tanto quanto qualquer coisa possa ser, ou só um feitiço de fumaça e sombra. Luc está ao seu lado, com um lenço cinza em volta da gola e os olhos verdes dançando sob a aba de uma cartola de seda.

A noite fervilha de agitação, com homens e mulheres subindo os degraus de braços dados para assistir à apresentação. Ela descobre que se trata de

Tristão e Isolda, de Wagner, embora os nomes não signifiquem nada para ela. Não sabe que o compositor está no auge da carreira. Não sabe que a ópera é a sua obra-prima. Mas pode sentir o gosto do potencial, como açúcar no ar, ao atravessarem o saguão ladeado de colunas de mármore e arcos pintados em direção a uma sala de concertos repleta de veludo e ouro.

Luc pousa a mão sobre a lombar dela, levando-a até a frente de um camarote, uma caixa baixa com uma vista perfeita para o palco. O coração de Addie dispara de entusiasmo, logo antes de se lembrar de Florença.

Não confunda esse gesto com bondade. Eu só quero ser o responsável por derrotar você.

Contudo, não há nenhum sinal de maldade nos seus olhos ao se acomodarem nos assentos. Nenhum resquício de crueldade no seu sorriso. Somente o prazer lânguido de um gato deitado sob o sol.

Duas taças aparecem, cheias de champanhe borbulhante, e ele oferece uma a ela.

— Feliz aniversário — diz, enquanto as luzes se apagam e a cortina sobe.

A música começa.

A tensão crescente de uma sinfonia os envolve, com as notas soando como ondas, fluindo pelo salão e batendo nas paredes. A atmosfera muda como uma tempestade atingindo um navio.

E então aparecem Tristão e Isolda.

Suas vozes são mais grandiosas que o palco.

Ela já tinha assistido a musicais, e ouvido sinfonias e concertos, de vozes tão límpidas que a levaram às lágrimas. Mas nunca tinha ouvido nada assim.

O modo como cantam. A dimensão e a escala das emoções.

A paixão desesperada nos seus movimentos. A força bruta da alegria e da dor.

Gostaria de guardar o sentimento e levá-lo consigo pela escuridão.

Passarão anos antes que Addie ouça uma gravação da sinfonia. Então, vai aumentar o volume até que os ouvidos latejem e ela seja envolta pela música, mas nunca vai ser a mesma coisa que agora.

Em certo momento, tira os olhos dos atores no palco e repara que Luc está olhando para ela e não para eles. Seu olhar adotou o tom peculiar de verde outra vez. Uma cor sem nenhuma timidez, nenhuma censura, nenhuma crueldade, apenas *satisfação*.

Mais tarde, ela vai se dar conta de que esta é a primeira noite em que ele não pede que se renda.

A primeira vez que não menciona a sua alma.

Mas agora Addie só pensa na música, na sinfonia e na história. É atraída de volta para o palco pela angústia de uma nota. Por um abraço afoito e pelo olhar dos amantes.

Ela inclina o corpo para a frente, respirando a ópera até que seu peito lateje.

A cortina desce ao final do primeiro ato, e Addie se levanta, batendo palmas efusivamente.

Luc dá uma risada, lisa como a seda, enquanto ela volta a se sentar.

— Você está gostando.

E ela não mente, nem mesmo para irritá-lo.

— É esplêndida.

Um sorriso brincalhão surge em seu rosto.

— Você consegue adivinhar quais artistas pertencem a mim?

A princípio, ela não entende o que Luc quer dizer, mas depois, fica óbvio. Addie fica abatida.

— Você veio aqui para reivindicar a alma deles? — pergunta, e fica aliviada quando Luc balança a cabeça.

— Não, hoje não. Mas em breve.

Addie balança a cabeça.

— Eu não entendo isso. Por que tirar a vida deles justamente quando estão chegando ao auge?

Ele a olha.

— Foram eles que fizeram o pacto. Sabiam qual era o preço.

— Por que uma pessoa trocaria uma vida inteira de talento por poucos anos de glória?

O sorriso de Luc assume uma aparência sombria.

— Porque o tempo é cruel com todo mundo, sobretudo com os artistas. Porque a visão enfraquece, as vozes definham, e o talento desaparece. — Ele se aproxima e enrola uma mecha do cabelo de Addie no dedo. — Porque a felicidade é breve, mas a história é duradoura e, no fim, *todo mundo* quer ser lembrado.

As palavras a cortam como uma faca, rápida e profundamente.

Addie afasta a mão dele com um tapa, e volta a atenção para o palco quando o segundo ato começa.

A ópera é longa e, no entanto, termina cedo demais.

As horas passaram em instantes. Addie gostaria de poder ficar escondida no assento e assistir a tudo outra vez, se envolver com os amantes e a tragédia que os aflige, se perder na beleza das suas vozes.

Contudo, não pode deixar de se perguntar. Será que ela ama tudo que ama pelas coisas em si... ou por causa *dele*?

Luc se levanta e lhe oferece o braço.

Ela não aceita.

Caminham, lado a lado, pela noite de Munique. Addie ainda pode sentir a excitação da ópera, com as vozes tilintando dentro dela como pequenos sinos.

Mas a pergunta de Luc também ecoa em seu interior.

Quais artistas pertencem a mim?

Ela olha a silhueta elegante ao seu lado no escuro.

— Qual foi o pacto mais estranho que você já fez?

Luc inclina a cabeça para trás e reflete por um instante.

— Joana D'Arc. Ela ofereceu a alma em troca de uma espada abençoada, para que ninguém pudesse matá-la.

Addie franze o cenho.

— Mas ela foi morta.

— Ah, mas não em *batalha*. — O sorriso de Luc se torna malicioso. — A semântica pode parecer insignificante, Adeline, mas o poder de um pacto reside no enunciado. Ela pediu a proteção de um deus enquanto empunhasse a espada. Não pediu a habilidade para mantê-la nas mãos.

Addie balança a cabeça, perplexa.

— Eu me recuso a acreditar que Joana D'Arc fez um pacto com a escuridão.

O sorriso dele se alarga, exibindo os dentes.

— Hum, pode ser que eu tenha deixado que ela acreditasse que eu fosse um pouco mais, digamos, angelical? Mas, no fundo, acho que ela sabia. A grandeza exige um sacrifício. Para *quem* você faz o sacrifício importa menos do que o *motivo* pelo qual você se sacrifica. E, no fim, ela se tornou exatamente o que queria ser.

— Uma mártir?

— Uma lenda.

Addie balança a cabeça outra vez.

— Mas e os *artistas*? Pense em tudo que eles poderiam ter feito. Você não lamenta a perda?

O rosto de Luc se anuvia. Addie se lembra do humor dele na noite em que se encontraram na National Gallery, e também das primeiras palavras que dissera no quarto de Beethoven.

Que desperdício.

— É óbvio que lamento. Mas toda obra de arte tem um preço. — Ele desvia o olhar. — Você devia saber disso. Afinal, nós dois somos mecenas, à nossa maneira.

— Eu não me pareço em nada com você — retruca ela, mas não há veneno nas palavras. — Eu sou uma musa, e você é um ladrão.

Luc dá de ombros.

— É uma troca — diz ele, e fica em silêncio.

Porém mais tarde, ele vai embora e Addie fica perambulando pelas ruas sozinha. A ópera continua tocando na sua cabeça, perfeitamente preservada no prisma da memória, e então ela se pergunta, baixinho, se a alma dos artistas é um preço justo por uma arte tão bela.

NOVA YORK
4 de julho de 2014

XIV

O céu da cidade se ilumina com um clarão explosivo.
Eles se reuniram no terraço do prédio de Robbie junto com mais vinte pessoas para assistir à queima de fogos, que pinta o horizonte de Manhattan de cor-de-rosa, verde e dourado.

Addie e Henry estão juntos, mas está calor demais para se tocarem. Seus óculos não param de embaçar, e ele parece mais interessado em segurar a lata de cerveja contra a nuca do que em bebê-la.

Uma brisa sopra no ar, trazendo o alívio de um secador por exaustão, e todo mundo no terraço emite sons exagerados, soltando suspiros e gemidos que poderiam ter sido provocados tanto pelos fogos de artifício quanto pela lufada de ar fresco.

Uma piscina de criança está no meio do terraço, cercada por cadeiras de jardim e de um monte de gente batendo os pés na água morna.

Os fogos acabam, e Addie olha em volta à procura de Henry, mas ele sumiu.

Hoje o rapaz anda com um humor esquisito, mas ela presume que seja por causa do calor, pairando densamente. A livraria estava fechada, e eles passaram a maior parte do dia deitados no sofá em frente a um ventilador, com Livro brincando com um cubo de gelo enquanto assistiam à TV. O calor esgotante sufocou até mesmo a energia frenética de Henry.

Addie estava cansada demais para contar histórias.

Henry estava cansado demais para escrevê-las.

As portas do terraço se abrem com um solavanco e Robbie surge, parecendo que saqueou um caminhão de sorvete, com os braços carregados de picolés derretidos. As pessoas vibram e comemoram, e ele dá a volta no terraço, distribuindo as guloseimas até então congeladas.

Quem sabe na décima segunda vez não dá certo?, ela pensa quando Robbie lhe entrega um picolé de frutas. Mas apesar de ele não se lembrar dela, Henry já lhe contou o suficiente, ou talvez Robbie, por conhecer todas as outras pessoas presentes, simplesmente deduza.

Uma delas não é igual às outras.

Addie não perde um segundo. Ela abre um sorriso de repente.

— Ah, minha nossa! Você deve ser o Robbie! — Ela joga os braços em volta do seu pescoço. — Henry me falou muito sobre você.

Robbie se desvencilha do abraço.

— Sério?

— Você é o ator. Ele me disse que você é *fantástico*. Que é só uma questão de tempo para você ir para a Broadway. — Robbie fica corado e desvia o olhar. — Eu adoraria assistir a uma das suas peças. Em que você anda trabalhando?

Robbie hesita, mas ela pode senti-lo fraquejar, dividido entre se esquivar e contar a novidade.

— A gente está encenando uma versão de *Fausto*. Sabe? Aquela coisa de um homem que faz um pacto com o diabo…

Addie morde o picolé e sente uma onda de aflição nas gengivas. É o bastante para disfarçar a careta que faz enquanto Robbie continua falando.

— Mas a peça vai ser apresentada em um cenário mais parecido com o filme *Labirinto*. Pense em algo como Mefistófeles à moda do Rei dos Duendes. — Ele aponta para si mesmo ao dar a explicação. — É uma versão muito legal. Os figurinos são maravilhosos. Mas enfim, só estreia em setembro.

— Parece incrível. Mal posso esperar para ver.

Ao ouvir o comentário, Robbie *quase* sorri.

— Acho que vai ser bem legal.

— Um brinde a *Fausto* — diz ela, erguendo o picolé.

— E ao diabo — responde Robbie.

Suas mãos ficaram grudentas, então ela as mergulha na piscina e sai à procura de Henry. Por fim, encontra-o sozinho em um canto do terraço, num ponto onde as luzes não chegam. Ele está curvado sobre o parapeito, olhando não para cima, mas para baixo.

— Acho que finalmente consegui conquistar o Robbie — diz ela, secando as mãos no short.

— Hum? — murmura ele, sem prestar atenção. Uma gota de suor desce pelo seu rosto, e ele fecha os olhos em meio à brisa leve de verão e balança o corpo ligeiramente.

Addie o puxa para longe da beira do terraço.

— O que aconteceu?

Seus olhos estão escuros e, por um momento, Henry parece enfeitiçado, perdido.

— Nada. Eu só estava pensando — responde ele, baixinho.

Addie viveu tempo suficiente para reconhecer uma mentira. A mentira é uma linguagem por si só, assim como a linguagem das estações, ou dos gestos, ou dos tons de verde nos olhos de Luc.

Então sabe muito bem que Henry está mentindo.

Ou, pelo menos, não está dizendo a verdade.

Talvez seja só mais uma das tempestades, ela pensa. *Talvez seja só o calor do verão.*

Mas é óbvio que não é nada disso. Daqui a um tempo, quando descobrir a verdade, Addie vai desejar ter perguntado, ter insistido, ter sabido daquilo antes.

Daqui a um tempo... mas hoje à noite, Henry a puxa para si. Hoje à noite, ele a beija intensa e avidamente, como se pudesse fazê-la esquecer o que viu.

E Addie o deixa tentar.

Naquela noite, assim que voltam para casa, ainda está quente demais para pensar ou dormir, de modo que eles enchem a banheira de água fria, apagam a luz e entram nela, tremendo com o alívio repentino e compassivo.

Ficam no escuro, com as pernas nuas entrelaçadas debaixo da água. Os dedos de Henry ensaiam uma melodia no joelho de Addie.

— Por que você não me disse o seu nome verdadeiro quando a gente se conheceu?

Addie olha para os azulejos sombreados no teto e se lembra dos olhos vazios de Isabelle no último dia em que se encontraram, com ela sentada à mesa. Vê Remy no bistrô, sonhando acordado durante a conversa, incapaz de ouvir o que ela dizia.

— Porque eu achava que não podia — responde ela, pousando os dedos na água. — Quando eu tento contar a verdade para as pessoas, elas ficam com uma expressão vazia no rosto. Quando eu tento dizer o meu nome, o som sempre fica preso na garganta. — Ela sorri. — A não ser com você.

— Mas por quê? Se você vai ser esquecida, o que importa se contar a verdade?

Addie fecha os olhos. É uma boa pergunta. Uma pergunta que ela já fez a si mesma centenas de vezes.

— Acho que ele queria me apagar. Queria se certificar de que eu me sentisse invisível, inaudível, irreal. Você não se dá conta da força de um nome até ele não ser mais seu. Antes de você, só ele era capaz de dizer o meu nome.

A voz espirala como fumaça na sua mente.

Ah, Adeline.

Adeline, Adeline.

Minha Adeline.

— Que babaca — diz Henry. Ela solta uma risada, lembrando-se das noites que gritou para o céu, xingando a escuridão de coisa muito pior. — E quando foi a última vez que você o viu?

Addie vacila.

Por um instante, está de volta à cama, com os lençóis pretos de seda enrolados nas pernas, sentindo o calor opressivo de Nova Orleans mesmo em meio à escuridão. Mas Luc é como um peso frio, enlaçando o seu corpo, com os dentes deslizando pelo seu ombro enquanto pronuncia a palavra contra a pele de Addie.

Renda-se.

Addie engole em seco, afastando a lembrança à força.

— Faz quase trinta anos — responde, como se não contasse os dias. Como se a data do aniversário deles não estivesse se aproximando.

Olha de relance para o lado, onde as roupas estão amontoadas no chão do banheiro, e a marca do anel de madeira, recortada no bolso do short.

— A gente teve uma briga — conclui. É a versão mais rasa da verdade.

Henry a olha, nitidamente curioso, mas não pergunta o que aconteceu, e ela se sente grata por isso.

Há uma certa ordem cronológica na história.

Ela vai contar quando chegar a hora.

Por enquanto, Addie estende o braço e liga o chuveiro. A água cai neles como a chuva, relaxante e constante. É o tipo perfeito de silêncio: natural e vazio. Ficam sentados, um de frente para o outro, debaixo do jato de água gelada. Addie fecha os olhos e inclina a cabeça para trás sobre a beirada da banheira, escutando a tempestade de faz de conta.

"Porque o tempo é cruel com todo mundo, sobretudo com os artistas. Porque a visão enfraquece, as vozes definham, e o talento desaparece. [...] Porque a felicidade é breve, mas a história é duradoura e, no fim, todo mundo quer ser lembrado."

REGIÃO DE COSTWOLDS, INGLATERRA
31 de dezembro de 1899

XV

Está nevando.
Não é uma geada nem alguns flocos erráticos, mas uma inundação de branco.

Addie se senta encolhida na janela da pequena casa de campo, com uma lareira acesa às suas costas e um livro aberto sobre o joelho, enquanto assiste ao céu desabar.

Já acompanhou a passagem de um ano para o outro de muitas maneiras diferentes.

Encarapitada nos telhados de Londres, com garrafas de champanhe na mão, e empunhando tochas pelas ruas de pedras de Edimburgo. Dançou nos salões de Paris, e observou o céu embranquecer por causa dos fogos de artifício em Amsterdã. Beijou desconhecidos, e cantou canções sobre amigos que nunca conheceria. Despediu-se com explosões e com sussurros.

Mas nesta noite, ela se contenta em ficar sentada, assistindo ao mundo já branco do outro lado da janela, com cada reta e cada curva da paisagem coberta pela neve.

É óbvio que a casa de campo não pertence a ela. Não no sentido mais estrito.

Encontrou-a mais ou menos intacta, em um lugar abandonado ou até esquecido. A mobília estava gasta, e a despensa, quase vazia. Mas Addie teve uma estação inteira para torná-la sua, para recolher a lenha do arvoredo do outro lado do campo, para cuidar da horta desenfreada, e para roubar o que não conseguiu plantar.

É simplesmente um lugar para descansar.

Lá fora, a tempestade parou.

A neve repousa no chão, tão lisa e limpa quanto uma folha em branco.

Talvez seja por isso que ela se levanta.

Addie veste a capa e sai da casa, com as botas afundando na neve, que é leve e batida, como uma camada de açúcar. Ela pode sentir o gosto do inverno na língua.

Certa vez, quando ela tinha cinco ou seis anos, nevou em Villon. Uma paisagem incomum, em que uma camada de branco de vários centímetros de profundidade cobria tudo. Em questão de horas, a neve foi destroçada pelos cavalos e carroças, e pelas pessoas andando de um lado para o outro, mas Addie encontrou uma pequena extensão de branco intocado. Correu até lá, deixando uma trilha de pegadas. Passou as mãos nuas sobre os lençóis de gelo, deixando marcas de dedos. Destruiu toda a extensão do tecido.

Assim que terminou, olhou para o campo ao redor, agora coberto de rastros, e lamentou que não houvesse mais neve intocada. No dia seguinte, o gelo quebrou e tudo derreteu, e foi a última vez que ela brincou na neve.

Até agora.

Seus passos amassam a neve perfeita, que se ergue assim que ela passa.

Addie passa os dedos pelos montes macios, e eles voltam ao normal depois de tocá-los.

Brinca pelos campos, sem deixar marcas.

O mundo permanece imaculado e, dessa vez, ela se sente grata por isso.

Addie rodopia e dança sem um par pela neve, rindo da mágica simples e estranha do momento, antes de pisar em falso, em um lugar mais fundo do que aparentava.

Ela perde o equilíbrio e desaba no monte branco, arfando pelo frio súbito dentro da gola, por causa da neve entrando em seu capuz. Em seguida, ergue o olhar. Havia começado a nevar de novo, agora de uma forma amena, com os flocos caindo como estrelas cadentes. O mundo fica abafado, embalado por uma espécie de silêncio acolchoado. Se não fosse pela umidade gélida encharcando as roupas, Addie pensa que poderia ficar ali para sempre.

Decide permanecer pelo menos por enquanto.

Mergulha na neve, deixando a sua visão periférica ser engolfada até que haja apenas uma moldura em volta do céu aberto, na noite fria, límpida e repleta de estrelas. Addie volta a ter dez anos, deitada na grama alta atrás da oficina do pai, sonhando que está em qualquer lugar, a não ser a própria casa.

Como é estranha a maneira sinuosa com que um sonho se torna realidade.

Só que agora, ao olhar para cima, para a escuridão sem fim, não pensa em liberdade, e sim nele.

E então, Luc surge.

Pairando sobre ela, com a silhueta destacada com um halo contra a escuridão. Addie acha que deve estar ficando louca de novo. Não seria a primeira vez.

— Duzentos anos — diz Luc, ajoelhando-se ao seu lado —, e você ainda se comporta como uma criança.

— O que você está fazendo aqui?

— Eu poderia lhe perguntar a mesma coisa.

Luc estende a mão e Addie a aceita, deixando que ele a tire do frio. Caminham juntos de volta para a casinha, embora apenas as pegadas dele permaneçam na neve.

No interior da casa, a lareira se apagou. Ela solta um gemido baixo enquanto procura o lampião na esperança de que seja o suficiente para reavivar o fogo.

Luc apenas olha para os escombros fumegantes e estala os dedos de modo distraído, então as chamas centelham na lareira, resultando em uma explosão de calor que lança sombras em tudo ao redor.

Addie pensa em como é fácil para ele andar pelo mundo.

Em como ele tornou o mundo tão difícil para ela.

Luc examina a pequena casa de campo, a vida emprestada.

— Minha Adeline, você continua desejando crescer e se transformar em Estele.

— Eu não pertenço a você — replica, embora as palavras tenham perdido o veneno àquela altura.

— Você tem o mundo inteiro, e desperdiça o seu tempo interpretando o papel de bruxa da floresta, de uma anciã que faz preces aos deuses antigos.

— Eu não fiz nenhuma prece para você. E você veio mesmo assim.

Ela estuda o aspecto de Luc, vestido com um casaco de lã e um cachecol de caxemira, com a gola na altura das bochechas, e se dá conta de que esta é a primeira vez que o vê durante o inverno. O clima combina com ele, tanto quanto o verão. A pele pálida do seu rosto se tornou branca como mármore, os cachos castanho-escuros são da cor do céu sem luar e os olhos verdes, tão frios e brilhantes como as estrelas. Addie gostaria de poder desenhá-lo, parado diante do fogo. Mesmo depois de tanto tempo, ela sente os dedos formigando de anseio pelo carvão.

Ele passa a mão na cornija da lareira e diz:

— Eu vi um elefante em Paris.

São as mesmas palavras que Addie disse a ele tantos anos atrás. Uma repetição inesperada para o momento, cheia de coisas não ditas. *Eu vi um elefante, e pensei em você. Eu estava em Paris, e você não.*

— Então pensou em mim.

Não é uma pergunta. Ele não responde. Em vez disso, olha em volta e diz:

— É uma maneira lamentável de se despedir de um ano. Podemos fazer melhor que isso. Venha comigo.

E ela fica curiosa — está sempre curiosa —, mas nesta noite, balança a cabeça.

— Não.

Ele ergue o queixo, orgulhoso. Franze as sobrancelhas escuras.

— Por que não?

Addie dá de ombros.

— Porque eu estou feliz aqui. E não confio em você para me trazer de volta.

O sorriso dele bruxuleia como a luz do fogo. E ela espera que seja o fim.

Que ela se vire e veja que Luc desapareceu, de volta à escuridão.

Mas ele continua no cômodo, como uma sombra na sua casa emprestada.

Luc se senta na outra cadeira.

Faz surgir duas taças de vinho do nada, e eles permanecem sentados diante do fogo como se fossem amigos, ou pelo menos, inimigos durante um período de trégua. Ele conta sobre Paris no final da década e na virada do século. Fala sobre os escritores, que brotam como flores, sobre a arte, a música e a beleza. Sempre soube como tentá-la. Diz que é uma época de ouro, uma era de luz.

— Você apreciaria a cidade.

— Sem dúvida.

Na primavera, ela vai a Paris para visitar a Exposição Universal e testemunhar a Torre Eiffel, a escultura de aço que se ergue em direção ao céu. Caminhar em meio às construções de vidro, instalações efêmeras, e ouvir todo mundo falando sobre o século que se foi e o que chegou, como se houvesse uma linha demarcada na areia entre o presente e o passado. Como se tudo não fosse uma coisa só.

A história é contada em retrospecto.

Por enquanto, ela ouve Luc falar, e é o bastante.

Não se lembra de cochilar, mas quando acorda já é de manhã, a casa de campo está vazia e o fogo virou brasas. Um cobertor foi posto sobre os seus ombros e, do lado de fora da janela, o mundo voltou a ser branco.

Addie vai se perguntar se ele esteve mesmo ali.

PARTE SEIS

Não finja que isso é amor

Título da obra: Garota dos sonhos
Autor: Toby Marsh
Data: 2014
Técnica: partitura de música.
Proveniência: emprestado da família Pershing.
Descrição: a página da partitura de uma música original, assinada pelo cantor e compositor Toby Marsh, capta os primórdios de "Garota dos sonhos" e foi leiloada no baile de gala anual da Music Notes para financiar os programas de arte das escolas públicas de Nova York. Apesar de a letra ser diferente na versão final da canção, os versos mais famosos — "*Tenho tanto medo, tanto medo de esquecê-la/ Embora só a tenha conhecido nos meus sonhos*" — são perfeitamente legíveis no centro da página.
História: a música é considerada a grande responsável pelo lançamento da carreira de Marsh. O músico contribuiu para a aura de mistério do tema da canção ao afirmar que se inspirou em vários sonhos. "Eu acordava com sequências de notas musicais na cabeça", disse em uma entrevista de 2016 para a *Paper Magazine*. "Encontrava os versos rabiscados em blocos de anotação e notas fiscais, mas não me lembrava de tê-los escrito. Parecia sonambulismo. O processo de criação se deu durante o sono. A coisa toda não passou de um sonho." Marsh nega ter estado sob o efeito de drogas na época da composição.
Valor estimado: 15 mil dólares

VILLON-SUR-SARTHE, FRANÇA
29 de julho de 1914

I

Está caindo o mundo em Villon.

O rio Sarthe sobrepassa as margens, e a chuva transforma as veredas em rios lamacentos. A água se derrama sobre as soleiras das portas e enche os ouvidos de Addie com o som ambiente de uma torrencial. Quando fecha os olhos, os anos se dissolvem e ela volta a ter dez, quinze, vinte anos... com as saias molhadas e os cabelos voando atrás de si enquanto corre de pés descalços pela área rural purificada pela chuva.

Ela abre os olhos, e duzentos anos se passaram. Não pode mais negar que o vilarejo de Villon mudou. Reconhece cada vez menos coisas, acha tudo cada vez mais estranho. Aqui e ali, ainda consegue vislumbrar o lugar que chamava de casa, mas as lembranças estão desgastadas, e os anos que viveu antes do pacto expostos à deterioração e ao esquecimento.

E, no entanto, algumas coisas não mudam.

A estrada que atravessa a cidade.

A pequena igreja no centro.

O muro baixo do cemitério, imune ao lento progresso da mudança.

Addie permanece na porta da capela, observando a tempestade. Tinha um guarda-chuva quando começou a caminhada, mas uma lufada de vento forte entortou o arame. Sabe que seria melhor esperar a chuva diminuir, pois só tem este vestido. Mas, parada ali, com a mão em concha para tentar segurar a água que não para de cair, Addie pensa em Estele, que costumava tomar banho de chuva, com os braços abertos em um gesto de boas-vindas.

Sai do refúgio e vai para os portões do cemitério.

Poucos minutos depois, está encharcada, mas a chuva cai morna e ela não é feita de açúcar. Passa por algumas lápides novas, e por várias antigas, coloca uma rosa silvestre nos túmulos dos pais e vai procurar Estele.

Sentiu falta da anciã durante todos aqueles anos; sentiu falta do consolo, dos conselhos, da firmeza do toque, da risada lenhosa e da maneira como acreditava em Addie quando ela ainda era Adeline, quando ainda vivia em Villon, quando ainda era humana. E embora Addie se apegue a tudo o que pode, a voz de Estele sumiu por completo com o passar dos anos. Este é o único lugar onde ainda consegue evocá-la, sentir sua presença nas velhas pedras, na terra cheia de ervas daninhas e na árvore fustigada pelo clima acima de sua cabeça.

Só que a árvore não existe mais.

O túmulo afunda, exausto, no lote de terra, com a lápide coberta de mofo e rachada, mas a bela árvore, com os galhos frondosos e as raízes profundas, se foi.

Resta apenas um toco serrado.

Addie solta um suspiro alto, caindo de joelhos, e toca a madeira morta e cheia de farpas. Não. Não, isto não. Já perdeu muitas coisas e sofreu pela sua ausência, mas pela primeira vez em muitos anos, sente uma perda tão aguda que a deixa sem fôlego, sem forças, sem vontade.

O sofrimento, tão fundo quanto um poço, abre caminho dentro dela.

Qual é o sentido de plantar sementes?

Para que cuidar delas? Para que ajudá-las a crescer?

No fim, tudo desmorona.

Tudo morre.

Addie é tudo o que resta, um fantasma solitário de vigília pelas coisas esquecidas. Fecha os olhos com força e tenta evocar Estele, tenta conjurar a voz da anciã para que ela lhe diga que vai ficar tudo bem, que é só madeira... mas a voz se foi, desvanecida sob o som da tempestade violenta.

Addie ainda está sentada quando o anoitecer chega.

A chuva se transforma em uma garoa, um gotejar ocasional contra as pedras. Ela está completamente ensopada, mas não consegue mais sentir frio, na verdade não consegue sentir quase nada... até que percebe a mudança no ar, e a chegada da sombra atrás de si.

— Sinto muito — diz ele, e é a primeira vez ela ouve essas palavras pronunciadas pela sua voz de seda, a única vez em que soarão sinceras.

— Foi você? — sussurra ela, sem erguer o olhar.

E, para a sua surpresa, Luc se ajoelha ao lado dela na terra molhada, embora suas roupas não pareçam ficar úmidas.

— Você não pode me culpar por todas as perdas — diz ele.

Addie não percebe que está tremendo até que ele coloque o braço ao redor dos seus ombros, até que sinta os próprios braços tremendo em contato com o peso firme de Luc.

— Eu sei que posso ser cruel. Mas a natureza consegue ser ainda mais cruel do que eu.

Addie percebe a linha chamuscada bem no meio do toco de madeira. O corte veloz e ardente de um raio. Mas saber disso não alivia a dor da perda.

Ela não consegue nem ao menos olhar para a árvore.

Não suporta ficar ali nem mais um segundo.

— Venha — diz ele, ajudando-a a se levantar, e Addie não sabe para onde estão indo, nem se importa, contanto que seja para outro lugar. Dá as costas para o resto de madeira destroçado e para a lápide desgastada até virar pó. *Mesmo as rochas*, ela pensa enquanto segue Luc para longe do cemitério, da vila e do seu passado.

Ela nunca mais vai voltar a Villon.

Evidentemente, Paris mudou muito mais que Villon.

No decorrer dos anos, ela observou a cidade ser polida até reluzir, com prédios de pedras brancas encimados por telhados cinza-grafite. A paisagem está repleta de janelas altas, sacadas de ferro e amplas avenidas ladeadas por floriculturas e bistrôs cobertos por toldos de lona vermelha.

Eles se sentam em um pátio, enquanto a brisa do verão seca o vestido dela e uma garrafa de vinho do porto está aberta na mesa. Addie bebe longos goles, tentando esquecer a imagem da árvore, mas sabendo muito bem que não existe vinho suficiente no mundo capaz de embotar a sua memória.

Mas tenta mesmo assim.

Em algum lugar ao longo do rio Sena, um violino começa a tocar. Sob as notas altas, ela escuta o arrancar do motor de um carro. O galope teimoso de um cavalo. A melodia exótica de Paris.

Luc ergue a sua taça.

— Feliz aniversário, minha Adeline.

Ela o olha, entreabrindo os lábios para pronunciar a resposta costumeira, mas para abruptamente. Se ela pertence a ele... então, àquela altura, ele também deve pertencer a ela.

— Feliz aniversário, meu Luc — responde, só para ver a expressão no seu rosto.

Ela recebe uma sobrancelha erguida como prêmio, além de um canto de boca enviesado e o verde dos seus olhos mudando de tom por causa da surpresa.

Em seguida, Luc baixa os olhos e gira a taça de vinho do porto entre os dedos.

— Certa vez, você me disse que nós éramos parecidos — diz ele, quase para si mesmo. — Que nós dois somos... solitários. Eu detestei que você tivesse dito aquilo. Mas suponho que você tinha razão, de certa forma. Suponho — continua, devagar — que haja algo de verdade na ideia de companhia.

É o mais próximo que ele já chegou de parecer *humano*.

— Você sente a minha falta quando não está aqui?

Os olhos verdes se erguem para ela, com um tom nítido de esmeralda, mesmo no escuro.

— Eu fico aqui, com você, muito mais do que você pensa.

— É lógico, *você* vem e vai quando bem quer. Eu não tenho escolha, a não ser ficar esperando.

Seus olhos se anuviam de prazer.

— Você fica me esperando?

E agora é Addie quem desvia o olhar.

— Foi você mesmo quem disse. Todo mundo deseja companhia.

— E se você pudesse me convidar, em vez de eu fazer uma visita?

Seu coração dá um pulo dentro do peito.

Ela não ergue o olhar, por isso vê o objeto rolando pela mesa na sua direção. Um aro fino, esculpido com a madeira clara do freixo.

É um anel.

O anel *dela*.

A oferenda que ela fez para a escuridão naquela noite.

A oferenda que ele desprezou e transformou em fumaça.

A imagem evocada em uma igreja à beira-mar.

Mas se for uma ilusão, é uma ilusão excepcional. Porque o anel contém a ranhura onde o cinzel do pai cortou um pouquinho mais fundo que o necessário. E também a curva polida como um diamante por causa dos anos de uso.

É verdadeiro. É a única possibilidade. Mas mesmo assim...

— Você o destruiu.

— Eu o tomei para mim — corrige Luc, olhando por cima da taça. — Não é a mesma coisa.

A raiva irrompe dentro dela.

— Você me disse que não valia nada.

— Eu disse que não era o *suficiente*. Mas não destruo coisas belas sem motivo. O anel foi meu por algum tempo, mas sempre pertenceu a você.

Addie olha para o objeto, admirada.

— O que eu preciso fazer?

— Você sabe como evocar os deuses.

A voz de Estele, débil como a brisa, surge.

Você deve ser humilde diante deles.

— Coloque o anel no dedo, e eu virei ao seu encontro. — Luc se recosta na cadeira, com o vento noturno soprando nos cachos escuros. — Pronto. Agora estamos quites.

— Nunca vamos estar quites — diz ela, girando o anel entre o dedo indicador e o polegar. Por fim, decide que não vai usá-lo.

É um desafio. Uma espécie de jogo, disfarçado de presente. Não é exatamente uma guerra, mas uma aposta. Uma batalha de força de vontade. Se ela colocasse o anel e chamasse Luc, seria a mesma coisa que passar a vez e admitir a derrota.

A mesma coisa que se render.

Ela guarda o suvenir no bolso das saias, forçando os dedos a soltarem o talismã.

Só então se dá conta da tensão pairando no ar nesta noite. Trata-se de uma energia que já sentiu antes, mas não sabe muito bem onde, então Luc explica:

— Uma guerra está prestes a explodir.

Ela não sabia. Ele conta sobre o assassinato do arquiduque como se vestisse uma máscara de desgosto lúgubre no rosto.

— Eu detesto a guerra — diz, soturno.

— Eu achava que você gostasse de conflitos.

— O pós-guerra sempre impulsiona as artes. Mas a guerra transforma os cínicos em crentes e aduladores desesperados por salvação. De repente, todos eles começam a se aferrar às suas almas, segurando-as firme contra o peito, como as matronas fazem com colares de pérola. — Luc balança a cabeça. — Que saudades da *Belle Époque*.

— Quem diria que os deuses são tão nostálgicos?

Luc termina de beber e se levanta.

— Você devia ir embora antes que a guerra comece. — Addie solta uma risada. Até parece que ele se importa. O peso súbito do anel surge dentro do seu bolso. Ele estende a mão para ela. — Eu posso tirar você daqui.

Ela devia ter aceitado, ter dito que sim. Devia ter deixado que ele a levasse através daquela terrível escuridão até o outro lado, devia ter se poupado da viagem detestável de uma semana pelo oceano Atlântico, quando se tornou uma passageira clandestina no estômago de um navio, com a beleza do mar manchada pela sua natureza infindável.

Mas aprendeu bem demais a não mudar de opinião.

Luc balança a cabeça.

— Você continua sendo uma garota tola e teimosa.

Addie brinca com a ideia de ficar na cidade, mas depois que ele se vai, não consegue evitar pensar na sombra pairando no olhar dele, na maneira soturna com que ele falou sobre o conflito que estava por vir. É um mau sinal quando até mesmo os deuses e os demônios temem uma batalha.

Uma semana depois, Addie desiste e embarca em um navio a caminho de Nova York.

Quando finalmente atraca no porto, o mundo está em guerra.

NOVA YORK
29 de julho de 2014

II

É um dia como outro qualquer.

Isso é o que Addie diz a si mesma.

É apenas um dia... como todos os outros, mas é evidente que não é.

Faz trezentos anos desde que deveria ter se casado. Um futuro decidido contra a sua vontade.

Trezentos anos desde que ela se ajoelhou na floresta, evocou a escuridão e perdeu tudo, exceto a liberdade.

Trezentos anos.

Deveria cair uma tempestade, surgir um eclipse no céu; alguma maneira de assinalar a data.

Mas o dia amanhece perfeito, sem nuvens e azul.

A cama permanece vazia ao seu lado, mas ela consegue ouvir os ruídos ligeiros da movimentação de Henry na cozinha. Addie deve ter segurado as cobertas com força durante o sono, porque sente os dedos latejarem, há um nódulo de dor no meio da palma da mão esquerda.

Assim que abre a mão, o anel de madeira cai na cama.

Ela o joga para fora da cama como se fosse uma aranha, um mau presságio, e escuta o aro cair no chão, quicar e rolar para longe no assoalho de madeira. Addie ergue os joelhos e deixa a cabeça desabar neles. Respira, preenchendo o espaço entre as costelas, e lembra a si mesma que é só um anel, e que hoje é só um dia normal. Mas há uma corda apertando o seu peito, um temor sombrio que se enrosca em seu corpo, dizendo para Addie ir embora e se afastar ao máximo de Henry, caso ele venha.

Ele não vem, Addie diz a si mesma.

Já passou muito tempo, diz a si mesma.

Mas não quer correr o risco.

Henry bate os nós dos dedos na porta aberta. Ela ergue o olhar e depara com o rapaz segurando um prato com uma rosquinha e três velas enfiadas no topo.

E, apesar de tudo, ela ri.

— O que é isso?

— Ei, não é todo dia que a sua namorada completa trezentos anos.

— Não é o meu aniversário.

— Eu sei disso, mas não sabia exatamente o que comemorar nesta data.

E, do nada, a voz se eleva como fumaça na sua mente.

Feliz aniversário, meu amor.

— Faça um pedido — diz Henry.

Addie engole em seco e sopra as velas.

Ele se deita na cama ao seu lado.

— Eu tirei o dia de folga. Bea está cuidando do sebo para mim, e estava pensando que a gente podia pegar o trem até... — Mas ele para de falar assim que vê a expressão no rosto dela. — O que foi?

Seu estômago revira de pavor, mais potente que a fome.

— Acho que a gente não devia ficar junto. Não hoje.

A expressão de Henry revela o desapontamento.

— Ah.

Addie acaricia o rosto dele e mente.

— É só um dia, Henry.

— Você está certa. É só um dia. Mas quantos dias *ele* já estragou? Não deixe que ele tire isso de você. — Ele a beija. — Da gente.

Se Luc encontrá-los juntos, vai tirar muito mais do que isso.

— Vamos — insiste Henry —, eu te trago de volta bem antes de você virar uma abóbora. Daí, se você quiser passar a noite longe de mim, eu vou entender. Pode se preocupar com ele quando anoitecer, mas ainda faltam muitas horas até lá, e você merece ter um dia bom. Uma lembrança feliz.

Ele tem razão. Ela merece mesmo.

O temor dá uma trégua em seu peito.

— Tudo bem — responde ela, duas palavrinhas, e o rosto de Henry se ilumina de alegria. — Quais são os seus planos?

Ele some dentro do banheiro e volta vestindo uma bermuda de banho amarela e com uma toalha pendurada no ombro. Por fim, joga um biquíni azul e branco para ela.

— Vamos nessa.

A praia Rockaway é um amontoado de toalhas coloridas e de barracas fincadas na areia.

As risadas ondulam com a maré enquanto as crianças erguem castelos de areia e os adultos relaxam sob o sol escaldante. Henry estende as toalhas em um trecho estreito de areia desocupada, firmando-as com o peso dos sapatos e, em seguida, Addie pega a sua mão e os dois correm pela praia, com as solas dos pés ardendo até que alcançam a faixa úmida pela maré e mergulham no mar.

Addie arqueja ao sentir a correnteza acolhedora das ondas, a água fria mesmo no calor do verão, e segue em frente até que o oceano alcance a sua cintura. Henry mergulha de cabeça atrás dela e emerge com os óculos gotejando. Ele a puxa para si, beijando o sal nos dedos dela. Addie afasta os cabelos do rosto dele, e ambos ficam abraçados em meio às ondas.

— Viu só? Não é muito melhor assim? — pergunta ele.

E como é.

É muito.

Nadam até os braços doerem e a pele começar a enrugar, e só então voltam para as toalhas à espera na areia e se deitam para secar o corpo ao sol. Faz calor demais para ficarem por muito tempo, e logo o cheiro de comida que emana do calçadão os impele a se levantarem de novo.

Henry recolhe as coisas e caminha em direção à costa, e Addie se levanta para segui-lo, sacudindo a areia da toalha.

E o anel de madeira cai.

O aro repousa no concreto, um pouco mais escuro que a areia, como uma gota de chuva sobre a calçada seca. Um lembrete. Addie se agacha e joga um punhado de areia em cima do anel antes de correr atrás de Henry.

Eles vão para a extensão de bares com vista para a praia, pedem tacos e uma jarra de frozen margarita, apreciando o sabor ácido da bebida gelada. Henry seca os óculos e Addie observa o oceano, sentindo o passado se sobrepor ao presente, assim como a maré.

Déjà-vu. Déjà-su. Déjà-vécu.

— O que foi? — pergunta Henry.

Addie o olha de relance.

— Oi?

— Você tem esse olhar quando está pensando em alguma coisa do passado.

Addie volta os olhos para o oceano Atlântico e contempla o horizonte infinito da orla, enquanto as lembranças se desenrolam por toda a extensão. E, à medida que comem, ela conta sobre todas as costas que já conheceu, da vez que atravessou o Canal da Mancha de barca, com as falésias brancas de Dover se elevando em meio à neblina. Da vez em que navegou pela costa da Espanha, uma viajante clandestina nas entranhas de um barco roubado, e de como, ao viajar de navio para os Estados Unidos, a tripulação inteira ficou doente e ela teve de fingir que também estava mal para que as pessoas não pensassem que era uma bruxa.

Depois que ela cansa de falar e ambos acabam com a bebida, passam as próximas horas alternando entre a sombra das barracas de comida e o frescor das ondas, demorando-se na areia só o tempo necessário para se secarem.

O dia passa rápido demais, como acontece com os dias agradáveis.

Quando chega o momento de ir embora, vão para o metrô e afundam nos assentos, sonolentos e bêbados com a sensação do sol sobre a pele, até que o trem começa a andar.

Henry pega um livro, mas os olhos de Addie estão ardendo, então ela se recosta nele, apreciando o cheiro de sol e papel do rapaz e, mesmo o banco sendo de plástico e o ar estando abafado, ela nunca se sentiu tão confortável assim na vida. Sente o corpo desabando sobre Henry, enquanto reclina a cabeça no ombro dele.

Então ele sussurra três palavras nos seus cabelos.

— Eu te amo.

Addie fica se perguntando se isto é amor, esta coisa delicada.

Se o amor deveria ser tão suave, tão gentil.

A diferença entre o ardor e a calidez.

Entre a paixão e o contentamento.

— Eu também te amo.

Deseja que a resposta seja verdade.

CHICAGO, ILLINOIS
29 de julho de 1928
III

Há um anjo acima do bar.
No vitral, iluminado por trás, há uma única figura, que ergue um cálice na mão estendida, como se o convidasse a fazer uma oração.

Só que isto não é uma igreja.

Nesta época, os bares clandestinos são como ervas daninhas, brotando entre as pedras da Proibição. Este não tem nome, e a única indicação é o anjo com o cálice e o número *XII* acima da porta — doze, a hora que marca o meio-dia e a meia-noite. As cortinas de veludo e as poltronas estão dispostas como divãs ao redor do assoalho de madeira, e máscaras são distribuídas aos clientes na entrada.

Assim como a maioria dos bares clandestinos, o lugar é apenas um boato, um segredo passado de uma boca bêbada para a outra.

E Addie *adora* isso.

Há um fervor selvagem no lugar.

Dança, às vezes sozinha, às vezes com desconhecidos. Perde-se no jazz que ressoa contra as paredes, reverberando e enchendo de música o ambiente lotado de pessoas. Dança até as penas da máscara ficarem grudadas no rosto, até ficar sem fôlego e corada, e só então sai da pista, desabando em uma poltrona de couro.

É quase meia-noite, e seus dedos se movem como os ponteiros de um relógio em direção ao pescoço, onde o anel fica pendurado em uma corrente de prata. Ela sente o aro de madeira quente contra a pele.

Sempre ao seu alcance.

Certa vez, quando a corrente arrebentou, pensou que tivesse perdido o anel, mas o encontrou são e salvo dentro do bolso da blusa. Outra vez, esqueceu o objeto no parapeito de uma janela, e o achou horas depois pendurado no seu pescoço de novo.

É a única coisa que ela nunca perde.

Addie brinca com o anel, o que se tornou um hábito preguiçoso, como enrolar uma mecha de cabelo em volta do dedo. Passa as unhas pela borda do aro, girando-o com cuidado para nunca o deixar deslizar pela falange.

Já pensou em colocá-lo centenas de vezes: quando estava se sentindo solitária, quando estava entediada, quando viu algo belo e pensou nele. Mas Luc é orgulhoso demais, e Addie, teimosa demais, então está determinada a vencer a partida.

Faz catorze anos que resiste ao impulso de colocar o anel no dedo.

E faz catorze anos que ele não vem até ela.

Então Addie tinha razão... é um jogo. O objetivo é conceder a ela outro tipo de desistência, uma versão inferior da rendição.

Catorze anos.

E ela está solitária, um pouquinho bêbada, e fica imaginando se vai ceder nesta noite. Seria uma queda, mas não de uma altura muito elevada. Quem sabe... Quem sabe... Decide pegar outra bebida para manter as mãos ocupadas.

Vai ao bar e pede um gim-tônica, mas o homem com a máscara branca serve uma taça de champanhe. Uma única pétala de rosa caramelizada flutua entre as borbulhas, e quando ela pergunta, o bartender acena com a cabeça em direção a uma sombra em uma cabine de veludo. Sua máscara foi desenhada para se parecer com galhos de árvore, e as folhas são a moldura perfeita para olhos perfeitos.

Addie abre um sorriso ao vê-lo.

Estaria mentindo se dissesse que não sente nada além de alívio. Um fardo colocado no chão. Um suspiro.

— Ganhei — diz ela, acomodando-se na cabine.

E apesar de ter colocado as cartas na mesa primeiro, os olhos de Luc estão brilhantes e triunfantes.

— Como?

— Eu não te chamei, e você veio mesmo assim.

Ele ergue o queixo, como a epítome do desdém.

— Você está presumindo que vim por sua causa.

— Quase me esqueci de que há muitos seres humanos irritantes por aqui de quem extorquir almas — diz ela, imitando a cadência suave e baixa da voz de Luc.

Um sorriso sarcástico repuxa os lábios perfeitos.

— Eu juro, Adeline, poucos são tão irritantes quanto você.

— Poucos? Vou ter de me esforçar mais — provoca ela.

Ele ergue uma taça e a inclina em direção ao bar.

— Mas o fato é que você veio até mim. Este lugar é meu.

Addie olha ao redor e, de repente, o esquema fica óbvio.

Ela enxerga pistas por toda parte.

Pela primeira vez, repara que o anjo acima do bar não tem asas. Que os cachos que envolvem a sua cabeça são castanho-escuros. Que o que ela pensou que fosse um halo poderia muito bem ser o luar.

Fica se perguntando o que a atraiu para este lugar, para início de conversa.

Fica se perguntando se ela e Luc são como ímãs.

Se deram voltas em torno um do outro por tanto tempo que agora compartilham a mesma órbita.

Este tipo de clube vai se tornar um hobby para ele. Luc vai plantá-los em dezenas de cidades e cuidar deles como se fossem jardins, deixando-os crescer descontroladamente.

Tão numerosos quanto igrejas e duas vezes mais populares, ele vai dizer.

Muito tempo depois da época da Proibição, os bares clandestinos vão continuar a florescer, atendendo a uma variedade de gostos, e Addie vai se perguntar se a energia desses lugares alimentam Luc, ou se são um solo fértil para o cultivo de almas. Um local onde praticar seu comércio, exercer sua influência e fazer suas promessas. E, de certo modo, um local de preces, ainda que seja um tipo diferente de adoração.

— Então, você entende que talvez seja *eu* quem ganhou — diz Luc.

Addie balança a cabeça.

— Foi só um acaso. Eu não o chamei.

Ele sorri, baixando os olhos para o anel sobre a pele dela.

— Eu sei o que se passa no seu coração. Senti que ele vacilou.

— Só que eu não vacilei.

— Não — concorda, quase sussurrando. — Mas fiquei cansado de esperar.

— Quer dizer que *você* sentiu a *minha* falta — diz ela com um sorriso, e percebe um ligeiro vislumbre nos olhos verdes. Um fragmento de luz.

— A vida é longa, e os seres humanos são tediosos. Você é uma companhia muito melhor.

— Você está esquecendo que *eu* também sou humana.

— Adeline — diz ele, com um tom de pena na voz. — Você não é humana desde a noite em que nos conhecemos. Nunca mais vai voltar a ser humana.

Um calor percorre o corpo de Addie ao ouvir as palavras — não mais uma calidez prazerosa, mas raivosa.

— Eu ainda sou humana — diz, sentindo as palavras se abafarem como se estivesse tentando dizer o próprio nome.

— Você anda entre os humanos como um fantasma — retruca ele, encostando a testa na dela —, porque não é como eles. Não pode viver como eles. Não pode amar como eles. Não pode pertencer a eles.

Sua boca paira sobre a boca de Addie, seu tom de voz diminui até se tornar uma brisa.

— Você pertence a mim.

Um som parecido com o trovão ecoa no fundo da sua garganta.

— Ao meu lado.

Quando o encara, Addie percebe um novo tom de verde, e sabe exatamente o que significa. É a cor de um homem desequilibrado. O peito de Luc sobe e desce como se ele fosse feito de carne e osso.

Esse é o ponto onde ela pode cravar a faca.

— Eu prefiro ser um fantasma.

E, pela primeira vez, a escuridão estremece. Luc se retrai como as sombras ao depararem com a luz. Os olhos empalidecem de raiva, e o deus que ela conhece surge, o monstro com que aprendeu a lutar.

— Como quiser — murmura Luc. Ela espera que ele se desfaça em meio à escuridão e se prepara para o vácuo súbito e pulsante, para ser engolida e cuspida do outro lado do mundo.

Mas Luc não desaparece, nem ela.

Ele acena com a cabeça para o clube.

— Vá em frente, então. Volte para eles.

E Addie preferiria que ele a tivesse expulsado do lugar. Ela se levanta, embora tenha perdido a vontade de beber, de dançar e de ter companhia.

É como se afastar da luz do sol. A umidade do aposento se torna fria em contato com a pele de Addie, enquanto ele permanece sentado na cabine de veludo e ela prossegue com a sua noite. E, pela primeira vez, sente a distância entre os seres humanos e si mesma, com receio de que ele esteja certo.

Por fim, ela é quem vai embora.

No dia seguinte, o bar clandestino é fechado com tábuas e não há rastros de Luc em lugar algum. Assim, novas regras são estabelecidas, e as peças, dispostas no tabuleiro. A batalha recomeça.

Ela não vai voltar a vê-lo antes da guerra.

NOVA YORK
29 de julho de 2014
IV

Addie acorda com um tranco do metrô da linha A.

Abre os olhos assim que as luzes piscam e se apagam, mergulhando o vagão na escuridão. O pânico inunda o seu peito como uma correnteza, com o mundo escuro do lado de fora das janelas, mas Henry aperta a sua mão com força.

— Essa linha é assim mesmo — diz ele, enquanto as luzes se acendem de novo e o trem volta ao seu ritmo habitual. Assim que a voz mecânica anuncia a estação, ela se dá conta de que tinham voltado para o Brooklyn, a última parte do trajeto do metrô que fica debaixo da terra, e quando saem na rua ao ar livre, o sol continua em segurança no céu.

Caminham de volta para o apartamento de Henry, com as pernas pesadas por causa do calor, e tontos de sono, tomam um banho para tirar o sal e a areia do corpo e desabam nos lençóis, com os cabelos molhados esfriando a pele. Livro se deita enroscado aos seus pés, e Henry a puxa para si. A cama está fresca, ele está quente, e se isto não for amor, é o bastante.

— Cinco minutinhos — balbucia ele nos seus cabelos.

— Cinco minutinhos — responde ela enquanto se aconchega nele. As palavras são metade um apelo e metade uma promessa.

Na rua, o sol paira acima dos edifícios.

Eles ainda têm bastante tempo.

Addie acorda em meio à penumbra.

Quando fechou os olhos, o sol ainda estava alto. Agora, o quarto está repleto de sombras, e o céu do outro lado da janela tem a tonalidade azul--escura de um hematoma.

Henry continua dormindo, mas o quarto está silencioso demais, parado demais, e o pavor toma conta de Addie enquanto ela se senta na cama.

Não pronuncia o nome dele, nem sequer pensa no nome dele, ao passo que se levanta, prendendo a respiração, e sai para o corredor escuro. Examina a sala de estar, preparada para vê-lo sentado no sofá, com os braços compridos estendidos no encosto acolchoado.

Adeline.

Mas ele não está ali.

É óbvio que não está.

Faz quase trinta anos.

Ele não vem. E Addie está cansada de esperá-lo.

Volta para o quarto e vê Henry de pé, com os cabelos castanho-escuros bagunçados em cachos soltos enquanto procura os óculos debaixo do travesseiro.

— Desculpa. Eu devia ter posto o despertador para tocar. — Ele abre o zíper de uma bolsa e coloca uma muda de roupa dentro. — Posso dormir no apartamento de Bea. Eu...

Mas Addie o segura pela mão.

— Não vai, não.

Henry hesita.

— Você tem certeza?

Addie não tem certeza de nada, mas seu dia foi tão gostoso que não quer desperdiçar a noite, não quer dá-la de bandeja para *ele*.

Luc já tirou o bastante dela.

A comida acabou, então eles se vestem e vão ao Merchant. Há uma certa tranquilidade preguiçosa pairando na atmosfera; a desorientação causada por acordarem quando já era noite acrescida aos efeitos do tempo passado debaixo do sol. Tudo possui uma aura de sonho, é o fim perfeito para um dia perfeito.

Contam à garçonete que estão comemorando, e quando a garota pergunta se é um aniversário ou um noivado, Addie ergue o copo de cerveja e responde:

— Aniversário.

— Parabéns. Quantos anos? — pergunta a garçonete.

— Trezentos — responde ela.

Henry se engasga com a bebida, e a garçonete ri, presumindo ser uma piada interna. Addie apenas sorri.

Uma música começa a tocar, do tipo que reverbera acima do burburinho, e Addie faz Henry se levantar.

— Vamos dançar — pede ela. Henry tenta dar a desculpa de que não sabe dançar, embora ela o tenha visto no Fourth Rail, quando os dois se deixaram levar pela batida. Ele diz que é diferente, mas Addie não cai no papo, porque o tempo passa, mas todo mundo dança, ela já viu as pessoas dançando valsa e quadrilha, fox-trot, jive, e outras dezenas de ritmos, e tem certeza de que ele sabe dançar pelo menos um deles.

Ela o arrasta por entre as mesas. Henry nem sabia que o Merchant tinha uma pista de dança, mas tem, e os dois são as únicas pessoas no meio dela. Addie mostra como erguer a mão e acompanhá-la com movimentos espelhados. Mostra como guiar a dança, fazendo-a rodopiar e descer até o chão. Mostra onde colocar as mãos e como sentir o ritmo nos quadris, e por algum tempo, tudo é perfeito, natural e certo.

Rindo, vão até o bar aos tropeços para pegar mais uma bebida.

— Duas cervejas — pede Henry, e o bartender assente e se afasta, voltando um minuto depois com as bebidas.

Mas só uma delas é cerveja.

A outra é champanhe, com uma pétala de rosa caramelizada flutuando no líquido.

Addie sente o mundo girar e a escuridão se estreitando.

Há um bilhete debaixo da taça, escrito em francês com uma caligrafia elegante e inclinada.

Para a minha Adeline.

— Ei, a gente não pediu champanhe — diz Henry.

O bartender aponta para os fundos do bar.

— Com os cumprimentos do cavalheiro ali... — ele começa a dizer, mas logo para de falar. — Quê? Ele estava bem ali.

Addie sente o coração apertar e segura a mão de Henry.

— Você tem que ir embora.

— O quê? Espera...

Mas não há mais tempo. Ela o empurra em direção à porta.

— Addie.

Luc não pode vê-los juntos, não pode saber o que eles encontraram...

— *Addie.* — Por fim, ela olha para trás e sente o mundo desabar sob os pés.

O bar está completamente imóvel.

Não *vazio*; continua fervilhando de gente.

Mas ninguém se move.

Todo mundo parou, entre um passo e outro, entre uma sílaba e outra, entre um gole e outro. Não estão exatamente congelados, mas forçosamente paralisados. Fantoches, presos às cordas. A música continua tocando, agora mais baixa, mas é o único som audível, além da respiração entrecortada de Henry e das batidas desenfreadas do seu coração.

E de uma voz sobressaindo na escuridão.

— Adeline.

O mundo inteiro prende a respiração, reduzindo-se ao eco suave dos passos no assoalho de madeira e à silhueta que desponta das sombras.

Trinta anos, e ele não mudou nada, assim como ela. Os mesmos cachos escuros de corvo, os mesmos olhos verde-esmeralda, a mesma curva tímida na boca bem delineada. Está vestindo uma camisa social preta, com as mangas arregaçadas até os cotovelos, um blazer, e uma de suas mãos está no bolso das calças.

A epítome da espontaneidade.

— Meu amor, você está com uma aparência ótima — diz ele.

Como sempre, algo dentro de Addie se desfaz ao ouvir o som da voz de Luc. Algo em seu âmago relaxa, como uma libertação que não traz alívio. Porque ela estava à sua espera, é óbvio que estava, prendendo o fôlego tanto pelo temor quanto pela esperança. Agora, consegue respirar.

— O que você está fazendo aqui?

Luc tem a coragem de parecer ofendido.

— É o nosso aniversário. Você com certeza não se esqueceu.

— Faz trinta anos.

— E de quem é a culpa?

— Toda sua.

Um sorriso se forma nos cantos de sua boca. Então ele volta o olhar esverdeado para Henry.

— Suponho que eu deveria ficar lisonjeado com a semelhança.

Addie não morde a isca.

— Ele não tem nada a ver com isso. Mande-o embora. Ele vai se esquecer de tudo.

Luc para de sorrir.

— Por favor. Você está envergonhando a nós dois. — Ele traça um lento círculo em volta de Addie e Henry, como um tigre encurralando a presa. — Como se eu não soubesse de todos os meus pactos. Henry Strauss, tão desesperado para ser desejado. Vendeu a alma só para ser amado. Que belo casal vocês formam.

— Então, deixe a gente continuar assim.

Ele ergue uma sobrancelha escura.

— Você acha que tenho a intenção de separar vocês? De jeito nenhum. O tempo logo vai se encarregar disso. — Ele olha para Henry. — Tic toc. Mas me diga uma coisa: você ainda mede a sua vida em dias ou começou a medi-la em horas? Ou isso só torna as coisas mais difíceis?

Addie olha de um para o outro, lendo o verde triunfante nos olhos de Luc e observando a cor sumir do rosto de Henry.

Ela não entende o que está acontecendo.

— Ah, Adeline.

O nome chama a sua atenção para Luc novamente.

— Os seres humanos têm vidas tão curtas, não é? Alguns têm vidas *bem* mais curtas que os outros. Aproveitem o tempo que ainda lhes resta. E fique sabendo que foi escolha *dele*.

Com isso, Luc gira nos calcanhares e se dissolve na escuridão.

O bar retoma a agitação. O barulho explode no ambiente, e Addie fica encarando as sombras até ter certeza de que não há mais ninguém ali.

Os seres humanos têm vidas tão curtas.

Ela se vira para Henry, que não está mais parado atrás dela, mas jogado sobre uma cadeira.

Alguns têm vidas bem mais curtas que os outros.

Sua cabeça está abaixada, e ele segura o pulso onde o relógio deveria estar. Onde o objeto está, de alguma forma, outra vez. Addie tem certeza de que ele não o tinha colocado. Tem certeza de que ele não estava usando o relógio.

Mas ali está ele, reluzindo como uma algema ao redor do pulso de Henry.

Foi escolha dele.

— Henry — diz Addie, ajoelhando-se diante dele.

— Eu queria te contar — murmura o rapaz.

Addie puxa o relógio para si e examina o mostrador. Faz quatro meses que está com Henry, e durante esse tempo, o ponteiro das horas se arrastou das seis e meia para as dez e meia. Quatro meses, quatro horas mais perto da meia-noite, e ela sempre presumiu que o relógio fosse dar mais uma volta.

Uma vida inteira, ele tinha dito, e ela *sabia* que era mentira.

Só podia ser.

Luc nunca daria tanto tempo a outro ser humano... não além *dela*.

Sabia, deveria saber. Mas pensou que Henry talvez tivesse vendido a alma por cinquenta, trinta, ou mesmo dez anos... seria o suficiente.

Mas há apenas doze horas em um relógio, apenas doze meses em um ano, e é impossível, ele *não poderia* ter sido tão estúpido.

— Henry, quanto tempo você pediu?

— Addie — implora ele e, pela primeira vez, o seu nome soa mal nos lábios dele. Rachado, partindo-se.

— Quanto tempo?

Henry fica em silêncio por muito tempo.

E, por fim, diz a verdade.

NOVA YORK
4 de setembro de 2013
V

Um rapaz está cansado do seu coração partido.
Farto do seu cérebro cheio de tempestades.
Então bebe até não conseguir mais sentir os cacos arranhando dentro do peito, até não conseguir mais ouvir o trovão retumbando na cabeça. Bebe quando os amigos dizem que vai ficar tudo bem. Bebe quando dizem que vai passar. Bebe até a garrafa ficar vazia e o mundo perder o contorno. Não é bastante para aliviar a dor, então ele vai embora e os amigos deixam que ele se vá.
E em algum momento, a caminho de casa, começa a chover.
Em algum momento, o telefone toca e ele não atende.
Em algum momento, a garrafa escorrega e ele corta a mão.
Em algum momento, está em frente ao seu prédio e se senta na portaria, pressionando os olhos e dizendo a si mesmo que é só mais uma tempestade.
Mas desta vez, não parece que vai passar tão cedo. Desta vez, não há nenhum pedaço de céu aberto entre as nuvens, nenhuma luz no horizonte, e o trovão estronda alto pra cacete dentro da sua cabeça. Ele toma alguns dos comprimidos que a irmã lhe deu, os guarda-chuvinhas cor-de-rosa,

mas ainda não são páreo para combater a tempestade, de modo que toma os outros comprimidos que trouxe consigo.

Inclina-se para trás sobre os degraus escorregadios por causa da chuva, ergue os olhos para o ponto onde o terraço se encontra com o céu e se pergunta, não pela primeira vez, quantos passos precisa dar até alcançar a beirada.

Não sabe ao certo quando toma a decisão de pular.

Talvez nunca o faça.

Talvez decida entrar no prédio, e depois decida subir as escadas, e assim que chegar à porta do apartamento, decida seguir em frente, e quando alcançar a última porta do corredor, decida ir para o terraço... e, em algum momento, parado debaixo do temporal, decida que não quer decidir mais nada.

Um caminho reto está à sua frente. Uma extensão de asfalto vazio, que apenas alguns passos poderiam percorrer até levá-lo à beirada. Os comprimidos estão começando a fazer efeito, entorpecendo a dor e substituindo-a por uma calma acolchoada que, de certa forma, é ainda pior. Seus olhos se fecham, seu corpo está muito pesado.

É só uma tempestade, diz a si mesmo, mas está cansado de procurar abrigo.

É só uma tempestade, mas há sempre mais uma à espera logo adiante.

É só uma tempestade, só uma tempestade... mas nesta noite isso já é mais do que consegue suportar, e ele não é o suficiente. Atravessa o terraço e não desacelera até conseguir enxergar o outro lado, não para até que os bicos dos sapatos estejam no ar.

E o estranho surge.

A escuridão faz uma proposta.

Não quer uma vida inteira ... quer apenas um ano.

Não vai ser fácil olhar para trás e se perguntar como ele pôde fazer aquilo, como ele pôde ter desistido de tanto em troca de tão pouco. Mas naquele momento, com os sapatos já deslizando em direção ao abismo, a verdade nua e crua é que ele teria vendido a alma por menos, teria trocado uma vida inteira daquele sentimento por apenas um dia — uma hora, um minuto, um segundo — de paz.

Só para entorpecer a dor no seu peito.

Só para acalmar a tempestade dentro da sua cabeça.

Está cansado de sofrer, farto de ser magoado. E esse é o motivo por que, assim que o estranho estende a mão e se oferece para tirar Henry da beira do precipício, não há nenhuma hesitação.

Ele simplesmente aceita.

NOVA YORK
29 de julho de 2014

VI

Agora tudo faz sentido.

Henry faz sentido.

Um rapaz, que nunca consegue ficar parado, nunca perde tempo, nunca deixa nada para mais tarde. Um rapaz, que anota cada palavra que Addie diz, para que ela tenha algo quando ele se for, que não quer desperdiçar nem um dia, porque não tem mais tantos assim pela frente.

O rapaz por quem ela está se apaixonando.

O rapaz, que logo não vai mais estar aqui.

— Como? Como você pôde desistir de tanto em troca de tão pouco?

Henry a olha, com o rosto cansado.

— Naquele momento, eu teria vendido a minha alma por menos.

Um ano. Parecia tanto tempo antes.

Agora não é nada.

Um ano, que está quase acabando; e tudo o que ela vê é a curva do sorriso de Luc e a cor triunfante dos seus olhos. Não foram espertos, não tiveram sorte, não estavam passando despercebidos. Luc sabia, é óbvio, e deixou que as coisas chegassem ao ponto que chegaram.

Deixou que ela se apaixonasse.

— Addie, por favor — diz Henry, mas ela se levantou e está indo em direção à saída do bar.

Ele tenta segurar a sua mão, mas chega tarde demais.

Ela já está fora de alcance.

Já se foi.

Trezentos anos.

Ela sobreviveu por trezentos anos e, durante esses séculos, houve tantos momentos em que o chão desabou sob os seus pés, em que não conseguiu manter o equilíbrio nem o fôlego. Em que o mundo a fez se sentir perdida, arrasada e sem esperanças.

Parada do lado de fora da casa dos pais, na noite depois do pacto.

Nas docas de Paris, onde descobriu o valor de um corpo.

Com Remy, colocando as moedas na sua mão.

Encharcada, ao pé do carvalho destroçado de Estele.

Mas neste momento, Addie não está perdida, nem arrasada, nem sem esperanças.

Está *furiosa*.

Enfia a mão no bolso, e evidentemente sente o anel. Como sempre. Grãos de areia se soltam da superfície lisa de madeira enquanto Addie desliza o aro pelo dedo.

Faz trinta anos desde a última vez que o usou, mas o objeto desliza pelo seu dedo sem esforço.

Ela sente o vento, como um hálito fresco soprando atrás de si, e se vira, esperando encontrar Luc.

Mas a rua está vazia. Ou pelo menos, vazia de sombras, promessas e deuses.

Ela gira o anel ao redor do dedo.

Nada.

— Mostre-se! — grita, descendo o quarteirão.

As pessoas se viram para olhá-la, mas Addie não se importa. Logo vão se esquecer dela, e mesmo que ela não fosse um fantasma, está em Nova York, um lugar imune às ações de uma desconhecida no meio da rua.

— Maldito! — xinga. Arranca o anel do dedo e o joga no meio da rua, ouvindo-o quicar e rolar para longe. Então, o som subitamente para. O poste de luz mais próximo se apaga, e uma voz surge da escuridão.

— Depois de todos esses anos, você ainda tem um temperamento forte.

Alguma coisa roça o seu pescoço. Uma corrente de prata, fina como o orvalho, a mesma que ela roubou há tanto tempo, reluz na gola da sua camisa.

Os dedos de Luc deslizam pela sua pele.

— Você sentiu a minha falta?

Addie se vira para empurrá-lo, mas suas mãos o atravessam, e Luc surge atrás dela. Quando ela tenta empurrá-lo mais uma vez, ele está sólido e firme como uma rocha.

— Desfaça o pacto — vocifera ela, golpeando o seu peito, mas o punho mal encosta na camisa antes que ele a pegue pelo pulso.

— Quem você acha que é para me dar ordens, Adeline?

Ela tenta se desvencilhar, mas ele a segura firme como uma corrente.

— Sabe de uma coisa? — Ele soa quase casual. — Certa vez, você se humilhou, se ajoelhando no solo úmido da floresta e implorando para que eu interviesse.

— Você quer que eu implore? Tudo bem. Eu imploro. Por favor. Desfaça o pacto.

Ele dá um passo adiante, forçando-a a recuar.

— Henry fez o próprio pacto.

— Ele não sabia...

— Eles sempre sabem — interrompe Luc. — Só não querem pagar o preço. É muito fácil negociar uma alma. Mas ninguém leva o *tempo* em consideração.

— Luc, por favor.

Os olhos verdes cintilam, não de malícia nem de triunfo, mas de poder. Ele tem a expressão de alguém que sabe que está vencendo.

— Por que eu deveria fazer isso? Por que eu *faria* isso?

Addie poderia dar dezenas de respostas, mas se esforça para encontrar as palavras certas, aquelas que poderiam apaziguá-lo, mas antes que consiga achá-las, Luc estende a mão e ergue o seu queixo. Addie espera que ele repita as velhas e cansativas frases de sempre, que zombe dela ou peça a sua alma, mas ele não o faz.

— Passe uma noite comigo. Amanhã. Vamos comemorar o nosso aniversário de modo *adequado*. Conceda-me isso, e eu vou pensar se

liberto o sr. Strauss das suas obrigações. — A boca dele treme de leve.
— Isso se você conseguir me convencer.

É uma mentira, evidentemente.

É uma armadilha, mas Addie não tem outra escolha.

— Tudo bem — diz. A escuridão sorri e depois se dissolve ao seu redor.

Ela fica na calçada, sozinha, até sentir as batidas do coração voltarem ao ritmo habitual, depois caminha de volta para o Merchant.

Mas Henry já se foi.

Ela o encontra em casa, sentado no escuro.

Está na beira da cama, com as cobertas ainda amassadas depois da soneca da tarde. Ele está olhando para a frente, para o vazio, como na noite de verão no terraço, depois da queima de fogos.

E Addie se dá conta de que vai perdê-lo, como perdeu todo mundo.

Não sabe se consegue passar por isso, não de novo, não desta vez.

Será que ainda não perdeu o suficiente?

— Sinto muito — sussurra Henry, enquanto ela atravessa o quarto e vai até ele. — Sinto muito mesmo — repete, enquanto ela passa a mão pelos seus cabelos.

— Por que você não me contou?

Henry fica calado por um momento.

— Como você anda até o fim do mundo? — Ele ergue os olhos para ela. — Eu queria me ater a cada passo.

Ele solta um suspiro baixo e entrecortado.

— Quando eu estava na faculdade, o meu tio teve câncer. Terminal. Os médicos deram só alguns meses de vida e ele contou para todo mundo, e sabe o que as pessoas fizeram? Não conseguiram lidar com isso. Ficaram tão envolvidas com o próprio luto que lamentaram a perda antes que ele tivesse morrido. Não tem como esquecer o fato de que alguém está prestes a morrer. Saber disso destrói toda normalidade e deixa algo errado e podre em seu lugar. Sinto muito, Addie. Eu não queria que você olhasse para mim daquele jeito.

Ela sobe na cama e puxa o rapaz para que ele se deite ao seu lado.

— Sinto muito — ele continua, com o tom baixo e constante, como numa prece.

Ficam deitados, um de frente para o outro, com os dedos entrelaçados.

— Sinto muito.

E Addie se força a perguntar:

— Quanto tempo você ainda tem?

Henry engole em seco.

— Um mês.

As palavras a golpeiam como um soco na pele já machucada.

— Pouco mais que isso. Trinta e seis dias.

— Já passou da meia-noite — sussurra Addie.

Henry solta um suspiro.

— Trinta e cinco, então.

Eles se abraçam com força e ficam de mãos dadas até começar a doer, como se a qualquer momento alguém pudesse tentar separá-los, como se o outro pudesse se libertar e desaparecer.

FRANÇA DURANTE A OCUPAÇÃO
23 de novembro de 1944
VII

Suas costas batem contra a parede áspera de pedra.

A cela se fecha com um rangido, e os soldados alemães riem atrás das grades enquanto Addie cai no chão, tossindo sangue.

Há um grupo de homens agachados e murmurando em um dos cantos da cela. Pelo menos, não parecem se importar com o fato de que ela seja uma mulher. Os alemães tinham notado. Embora eles a tenham capturado vestida com calças e paletó discretos, e com os cabelos penteados para trás, Addie sabia, pelas caretas de desaprovação e olhares maliciosos, que eles tinham percebido que ela era uma mulher. Disse aos soldados, em vários idiomas diferentes, o que faria caso se aproximassem, e eles riram e se contentaram em bater nela até que perdesse os sentidos.

Levante-se, ordena ao corpo exaurido.

Levante-se, ordena aos ossos cansados.

Addie se força a se levantar e cambaleia até a frente da cela. Segura o aço gélido e o puxa até sentir os músculos berrando, e as grades, rangendo, mas imóveis. Tenta abrir o trinco à força até os dedos começarem a sangrar, e um dos soldados bate a mão com força nas grades e ameaça usar o corpo dela como lenha.

É uma idiota.

É uma idiota por pensar que o plano daria certo. Por pensar que ser esquecível era a mesma coisa que ser invisível, que o seu pacto a protegeria.

Devia ter ficado em Boston, onde suas maiores preocupações eram o racionamento de comida e o frio do inverno. Nunca devia ter voltado. Foi levada por uma questão de honra idiota e orgulho teimoso devido à última guerra, por ter fugido e atravessado o oceano Atlântico em vez de enfrentar o perigo no seu lar. Porque, de alguma forma, apesar de tudo, é isso que a França sempre vai significar para ela.

O seu lar.

A certa altura, decidiu que poderia ajudar. Não de modo oficial, é óbvio, mas os segredos não tinham donos. Qualquer um poderia se apoderar deles e negociá-los, até mesmo um fantasma.

A única coisa que ela tinha de fazer era não ser pega.

Passou três anos levando e trazendo segredos por toda a França ocupada.

Três anos, para acabar aqui.

Em uma prisão nos arredores de Orleans.

Tanto faz se esquecerem o seu rosto. Tanto faz, porque estes soldados não têm nenhum interesse em se lembrarem de nada. Aqui, todos os rostos são desconhecidos, estrangeiros e sem nome, e se ela não conseguir escapar vai acabar desaparecendo.

Addie desliza até o chão, encostada na parede gelada, e puxa o paletó esfarrapado contra o corpo. Fecha os olhos. Não faz as suas preces, não exatamente, mas pensa nele. Talvez até mesmo deseje que fosse verão… uma noite de julho em que Luc pudesse encontrá-la por conta própria.

Os soldados a tinham revistado bruscamente e levado tudo que ela poderia usar para feri-los ou para fugir. Também haviam levado o anel, arrebentando o cordão de couro em que estava pendurado e jogando o aro de madeira fora.

Mas quando ela revira as roupas esfarrapadas, o anel continua ali, como uma moeda escondida nos vincos do bolso. Neste momento, Addie se sente grata por aparentemente não conseguir perdê-lo. Grata, enquanto leva o aro ao dedo.

Ela vacila por um instante. Faz 29 anos que Addie possui o anel, com todas as implicações que o acompanham.

Vinte e nove anos, e ela nunca o usou.

Mas agora, até mesmo a cara de satisfação arrogante de Luc seria melhor do que passar a eternidade em uma cela de prisão, ou coisa pior.

Isso se ele vier.

As palavras surgem como um sussurro nos recônditos de sua mente. Um medo do qual ela não consegue se livrar. Lembra de Chicago e sente a bile na sua garganta.

A raiva no seu peito. O veneno nos olhos dele.

Eu prefiro ser um fantasma.

Estava errada.

Não quer ser esse tipo de fantasma.

Então, pela primeira vez em séculos, Addie faz suas preces.

Desliza o aro de madeira pelo dedo e prende o fôlego, esperando sentir alguma coisa, uma centelha de magia ou uma lufada de vento.

Mas nada acontece.

Nada. Fica se perguntando se, depois de todo esse tempo, a situação não passava de mais um truque, uma maneira de fazê-la ter esperança só para depois derrubá-la, na tentativa de despedaçá-la.

Um insulto está na ponta da sua língua quando Addie sente a brisa, não cortante, e sim morna, atravessando a cela e trazendo o aroma longínquo do verão.

Os homens do outro lado do aposento param de falar.

Estão curvados no canto, despertos mas inertes, olhando para o nada, como se tivessem sido pegos no meio de um raciocínio. Do lado de fora da cela, as botas dos soldados param de soar sobre o piso de pedra, e as vozes dos alemães desaparecem como um pedregulho em um poço.

O mundo fica estranho e impossivelmente silencioso.

Até que o único som que se ouve vem do tamborilar suave e quase ritmado de dedos ao longo das grades.

A última vez que o viu foi em Chicago.

— Ah, Adeline — diz ele, deslizando a mão pelas grades gélidas. — Que estado deplorável.

Ela consegue dar uma risada curta e desconfortável.

— A imortalidade produz uma alta tolerância aos riscos.

— Tem coisas *piores* do que a morte — retruca ele, como se ela já não soubesse.

Luc olha ao redor, com o cenho franzido de desdém.

— Guerras... — resmunga.

— Não me diga que você está ajudando os alemães.

Luc parece quase ofendido.

— Até *eu* tenho limites.

— Certa vez, você se vangloriou das vitórias de Napoleão.

Ele dá de ombros.

— Uma coisa é ambição, outra coisa é o mal. E por mais que fosse adorar fazer uma lista das minhas proezas passadas, a sua vida é a que está em jogo agora. — Ele apoia os cotovelos nas grades. — Como você planeja escapar desta situação?

Addie sabe o que ele quer que ela faça: *implore*. Como se colocar o anel no dedo não fosse suficiente. Como se ele já não tivesse vencido a rodada, a partida. Ela sente um nó no estômago, um latejamento nas costelas machucadas, e tanta sede que poderia chorar só para ter o que beber. Mas se recusa a entregar o jogo.

— Você me conhece — responde ela, com um sorriso cansado. — Eu sempre dou um jeito.

Luc suspira.

— Como quiser — diz, virando-se de costas, mas isso é demais e ela não consegue suportar a ideia de Luc deixá-la aqui, sozinha.

— Espera — chama, desesperada, agarrando as grades, e depara com a fechadura destrancada e a porta se abrindo sob o seu peso.

Luc a olha por cima do ombro e quase sorri, virando-se para ela apenas o suficiente para lhe estender a mão.

Ela dá um passo à frente, cambaleando para fora da cela em direção à liberdade, a ele, e por um momento o abraço é apenas isso. Luc é sólido e quente, e a envolve em meio à escuridão. Poderia facilmente acreditar que ele é real e humano, que é o seu lar.

Mas logo o mundo se abre e as sombras os engolem por completo.

A prisão dá lugar ao vazio, às trevas, à escuridão selvagem. Assim que as sombras se afastam, Addie está de volta a Boston, onde o pôr do sol está começando, e ela seria capaz de beijar o chão onde pisa de tanto alívio. Puxa o paletó contra o corpo e desaba no meio-fio, com as pernas bambas e o anel de madeira ainda enfiado no dedo. Ela chamou, e ele veio. Ela pediu, e ele atendeu. Sabe que Luc vai guardar o trunfo para usar contra ela, mas no momento, não se importa.

Não quer ficar sozinha.

Mas quando Addie ergue o olhar para agradecer, Luc já se foi.

NOVA YORK
30 de julho de 2014

VIII

Henry a segue pelo apartamento enquanto ela se prepara.

— Por que você concordou com isso? — pergunta.

Porque ela conhece a escuridão melhor do que ninguém; se não o seu coração, a sua mente.

— Porque eu não quero te perder — responde Addie, penteando os cabelos.

Henry parece cansado, sem esperança.

— É tarde demais.

Mas não é tarde demais.

Ainda não.

Addie enfia a mão no bolso e sente o anel no lugar de costume, à espera, a madeira morna devido ao calor do seu corpo. Ela pega o aro, mas Henry a segura pelo pulso.

— Não faça isso — suplica.

— Você quer morrer? — pergunta ela, e as palavras cortam o ar.

Ele recua ligeiramente ao ouvir as palavras.

— Não. Mas eu fiz uma escolha, Addie.

— Você cometeu um erro.

— Eu fiz um *pacto*. E lamento muito. Lamento por não ter pedido mais tempo. Lamento por não ter te contado antes. Mas já está feito.

Addie balança a cabeça.

— Você pode até ter se conformado, Henry. Mas eu não.

— Não vai dar certo. Não dá para negociar com ele.

Addie se desvencilha das mãos de Henry.

— Estou disposta a tentar — diz, colocando o anel no dedo.

Não há nenhuma enxurrada de escuridão.

Apenas uma quietude, um silêncio vazio, e então...

Uma batida na porta.

Ela se sente grata por Luc não ter entrado sem permissão. Mas Henry se interpõe no caminho até a porta, com as mãos apoiadas nas duas paredes do corredor estreito. Ele não se mexe, seus olhos são suplicantes. Addie acaricia o rosto dele.

— Preciso que você confie em mim.

Alguma coisa se parte dentro de Henry. Uma das mãos cai.

Ela o beija e, em seguida, passa por ele, abrindo a porta para a escuridão.

— Adeline.

Luc deveria parecer deslocado no corredor do prédio, mas ele nunca parece deslocado.

A luminosidade das lâmpadas diminuiu de intensidade até se tornarem uma névoa amarelada que emoldura os cachos castanho-escuros em volta do seu rosto e destaca as faíscas douradas nos seus olhos verdes.

Está todo de preto, com calças de alfaiataria e uma camisa social com mangas arregaçadas até os cotovelos, além de um broche de esmeralda espetado na gravata de seda ao redor do pescoço.

Está quente demais para usar a roupa, mas Luc não parece se incomodar. O calor, assim como a chuva ou o próprio mundo, não parece exercer nenhuma influência sobre ele.

Luc não diz que ela está bonita.

Não diz nada.

Simplesmente se vira, esperando que ela o siga.

E assim que ela pisa no corredor, ele olha para Henry. E dá uma piscadinha.

Addie devia ter parado neste exato momento.

Devia ter dado meia-volta e deixado que Henry a puxasse para dentro do apartamento. Deviam ter fechado a porta e passado a chave para que a escuridão não pudesse entrar.

Mas não foi o que fizeram.

Não é o que fazem.

Addie olha para Henry por cima do ombro, parado na soleira da porta com uma expressão sombria. Ela gostaria que ele fechasse a porta, mas o rapaz não o faz, então não resta outra escolha a não ser se afastar e seguir Luc enquanto Henry fica observando.

Na portaria, ele segura a porta do prédio aberta para ela, mas Addie hesita e baixa os olhos para o patamar. A escuridão serpenteia no batente, cintilando entre os dois e os degraus que dão na calçada.

Ela não confia nas sombras, não consegue ver para onde a leva, e a última coisa que precisa é que Luc a abandone em alguma terra longínqua se e quando a noite acabar mal.

— Existem regras hoje à noite — diz ela.

— É mesmo?

— Não vou sair da cidade — continua, acenando para a porta com a cabeça. — E não vou por ali.

— Pela porta?

— Pela escuridão.

Luc ergue as sobrancelhas.

— Você não confia em mim?

— Nunca confiei. E não tenho nenhum motivo para começar a confiar agora.

Luc dá uma risada, suave e silenciosa, e vai para a calçada chamar um táxi. Alguns segundos depois, um sedã preto e elegante estaciona no meio-fio. Ele oferece a mão para ajudá-la a entrar no carro, mas Addie não a aceita.

Luc não dá um endereço ao motorista.

E o motorista, por sua vez, não pede um endereço.

Quando Addie pergunta para onde vão, Luc não responde.

Logo alcançam a ponte de Manhattan.

O silêncio entre eles deveria ser desconfortável. A conversa hesitante de ex-amantes separados há muito tempo, e ainda assim não por tempo suficiente para terem perdoado um ao outro.

O que são trinta anos comparados a trezentos?

Mas este é um silêncio estratégico.

É o silêncio de uma partida de xadrez.

E, desta vez, Addie tem que vencer.

LOS ANGELES, CALIFÓRNIA
7 de abril de 1952

IX

— Meu Deus, como você é bonita! — diz Max, erguendo a taça.

Addie enrubesce, baixando os olhos para o martíni.

Eles se encontraram esta manhã na rua do hotel Wilshire, e Addie ainda estava com os vincos deixados pelos lençóis dele impressos na pele. Estava vagando pela calçada, usando o vestido cor de vinho preferido dele, e, assim que Max saiu para fazer a sua caminhada matinal, parou ao lado de Addie e perguntou se seria muito atrevido se oferecer para andar com ela para onde quer que estivesse indo. Quando chegaram a um prédio bonito escolhido ao acaso, ele beijou a sua mão e se despediu, mas não foi embora, nem ela. Passaram o dia todo juntos, indo de uma casa de chá para um parque, e depois para um museu de arte, procurando desculpas para continuarem aproveitando a companhia um do outro.

Quando ela contou que foi o seu melhor aniversário em anos, ele piscou, horrorizado, chocado com a ideia de que uma garota como ela pudesse ficar sozinha, então vieram parar aqui, bebendo martínis no hotel Roosevelt.

(É óbvio que não é o aniversário dela, e Addie não sabe muito bem por que disse que era. Talvez para saber qual seria a reação dele. Talvez porque até ela já estivesse ficando entediada de viver a mesma noite repetidas vezes.)

— Você já encontrou alguém e teve a sensação de que conhecia a pessoa há séculos? — pergunta ele.

Addie abre um sorriso.

Max sempre diz a mesma coisa, mas sempre é sincero. Ela brinca com a corrente de prata no pescoço, o anel de madeira está escondido no decote do vestido. Parece incapaz de se livrar do hábito.

Um garçom surge ao seu lado com uma garrafa de champanhe.

— O que é isso?

— Para a aniversariante, nesta noite tão especial. E para o cavalheiro afortunado que teve a sorte de comemorar com ela — diz Max, animado.

Ela admira as minúsculas borbulhas que se elevam na taça e, antes mesmo de dar o primeiro gole, percebe que a bebida é de qualidade, envelhecida e cara. Também sabe que Max pode pagar o luxo com tranquilidade.

É escultor — Addie sempre teve um fraco pelas artes plásticas — e talentoso, mas longe de ter passado necessidades. Ao contrário de tantos artistas com quem ela já esteve, Max vem de uma família de posses, com economias robustas o bastante para resistir às guerras e aos anos de vacas magras entre os conflitos.

Ele ergue a taça no exato momento em que uma sombra recai sobre a mesa.

Ela supõe que seja o garçom, mas Max ergue o olhar e franze o cenho de leve.

— Posso ajudá-lo?

E Addie ouve uma voz feita de seda e fumaça.

— Acredito que sim.

Luc está ao lado deles, vestido com um elegante terno preto. Está lindo. Como sempre.

— Olá, minha querida — cumprimenta.

Max franze ainda mais a testa.

— Vocês se conhecem?

Ela responde que não ao mesmo tempo que Luc diz que sim, e não é nada justa a maneira como a voz dele ressoa pelo ambiente, e a dela, não.

— Ele é um velho amigo — emenda ela, com um tom de voz mordaz. — Mas...

Luc volta a interrompê-la:

— Mas faz tempo que não nos vemos, então você poderia ter a gentileza de...

Max se enfurece.

— Você é muito impertinente…

— *Vá embora.*

São apenas duas palavras, mas o ar reverbera com sua potência, e as sílabas são como uma camisa de força ao redor do seu parceiro. A resistência abandona o rosto de Max. A irritação se desfaz e seus olhos ficam vidrados, enquanto ele se levanta da mesa e se afasta, sem nem sequer olhar para trás.

— Merda — Addie afunda na cadeira. — Por que você tem que ser tão babaca?

Luc se senta devagar na cadeira vaga e ergue a garrafa de champanhe, enchendo as taças outra vez.

— O seu aniversário é em março.

— Quando se tem a minha idade, você comemora sempre que tiver vontade.

— Há quanto tempo você sai com ele?

— Dois meses. Não é tão ruim assim — diz ela, tomando um gole da bebida. — Ele se apaixona por mim todos os dias.

— E se esquece de você todas as noites.

As palavras a machucam, mas não tanto quanto antes.

— Pelo menos, ele me faz companhia.

Os olhos cor de esmeralda percorrem a sua pele.

— Eu também lhe faria companhia, se você quisesse.

Uma onda de calor passa pelas suas bochechas.

Luc não pode ficar sabendo que ela sentiu a sua falta. Que pensava nele, do modo como costumava pensar no seu estranho, sozinha na cama à noite. Que pensava nele todas as vezes que brincava com o anel pendurado no pescoço, e todas as vezes que não o fazia.

— Bem — diz ela, terminando a bebida. — Você tirou meu parceiro de mim. O mínimo que pode fazer é tentar ocupar o seu lugar.

E, ao ouvir isso, o verde volta aos olhos de Luc, ainda mais brilhantes.

— Venha — diz ele, ajudando-a a se levantar da cadeira. — A noite é uma criança, e podemos fazer algo muito mais interessante que isso.

O Cicada Club fervilha de energia.

Os lustres art déco são longos, reluzindo contra o teto lustroso. O tapete vermelho e as escadarias levam aos camarotes. As mesas cobertas por toalhas de linho e a pista de dança polida estão dispostas diante de um palco baixo.

Chegam assim que um grupo de metais termina a apresentação, com os sons do trompete e do saxofone se espalhando por todo o clube. O lugar está lotado, mas quando Luc a leva, abrindo caminho em meio à multidão, há uma mesa vazia bem em frente ao palco. A melhor da casa.

Eles se sentam e, momentos depois, um garçom aparece com dois martínis em uma bandeja. Addie lembra o primeiro jantar que partilharam, na casa do marquês, séculos atrás. Lembra como a refeição ficou pronta antes mesmo que ela aceitasse o convite, e se pergunta se Luc planejou isto com antecedência, ou se o mundo simplesmente se curva aos seus desejos.

A multidão explode em aplausos enquanto um novo artista sobe no palco.

Um homem esbelto de rosto macilento, cujas sobrancelhas finas se arqueiam sob a aba do fedora cinza.

Luc o olha com a expressão de orgulho com que alguém olha algo que lhe pertence.

— Qual é o nome dele?

— Sinatra — responde ele enquanto a banda entra no ritmo e o homem começa a cantar. A melodia de um cantor romântico, suave e doce, se derrama pelo aposento. Addie ouve, hipnotizada, e em seguida, homens e mulheres se levantam das cadeiras e se dirigem à pista de dança.

Addie se levanta e estende a mão para ele.

— Vamos dançar — pede. Luc a olha, mas não se levanta. — Max dançaria comigo.

Espera que Luc se recuse, mas ele se levanta e pega a sua mão, levando-a até a pista.

Addie espera que os movimentos dele sejam rígidos e duros, mas Luc se move com a graça fluida do vento soprando pelos campos de trigo, da tempestade desabando do céu veranil.

Ela tenta se lembrar de algum momento em que estiveram tão próximos assim, mas não consegue.

Sempre se mantiveram à distância.

Agora, o espaço entre os dois não existe.

O corpo dele envolve o seu como um cobertor, como a brisa, como a própria noite. Mas agora, ele não se parece com um ser de sombras e fumaça. Agora, os braços dele são firmes na sua pele. A voz de Luc desliza pelos seus cabelos.

— Mesmo que todo mundo que você conhecesse se lembrasse de você, eu ainda a conheceria melhor.

Ela estuda o rosto de Luc.

— E eu conheço *você*?

Ele inclina a cabeça sobre a dela.

— Você é a única pessoa que me conhece.

Seus corpos se aproximam, e parece que um foi desenhado para se encaixar no outro com perfeição.

O ombro de Luc é moldado para o rosto de Addie.

E suas mãos são moldadas à cintura dela.

A voz dele se encaixa no vazio dentro de Addie quando Luc diz:

— Eu quero você. Eu sempre quis.

Luc baixa o olhar para ela, com os olhos verdes-escuros de prazer, e Addie se esforça para se manter firme.

— Eu sou só um troféu para você. Uma refeição, ou uma taça de vinho. Só mais uma coisa para ser consumida.

Ele abaixa a cabeça, pressionando os lábios na sua clavícula.

— E isso é tão errado assim? — Ela suprime um arrepio enquanto ele beija o seu pescoço. — É tão ruim assim... — Ele desliza a boca ao longo do seu maxilar. — ...ser saboreada? — Ela sente o hálito dele na sua orelha. — Ser apreciada?

A boca de Luc paira sobre a sua, e ela tem certeza de que os lábios dele também são moldados aos seus.

Nunca vai ter certeza do que aconteceu primeiro: se foi ela quem o beijou ou o contrário, quem iniciou o gesto e quem o retribuiu. Só vai saber que havia um espaço entre os dois, e que de repente não havia mais. É óbvio que ela já tinha pensado em beijar Luc, quando ele era somente um fruto da sua imaginação, e depois, quando se tornou algo mais. Mas em todos os devaneios, ele tomava a sua boca como se fosse um prêmio. Afinal, foi assim que ele a beijou na noite em que se conheceram, quando selou o pacto com o sangue em seus lábios. Era assim que ela acreditava que o beijo dele fosse.

Mas agora, beija-a como alguém que sente o gosto de um veneno.

Cauteloso, ansioso, quase com medo.

E é só depois que Addie retribui o beijo do mesmo modo, que ele intensifica o contato, roçando os dentes no seu lábio inferior e pressionando o corpo quente e pesado contra o dela.

Luc tem o gosto do ar noturno, inebriante com a potência das tempestades de verão. Tem o gosto de traços distantes de fumaça vinda da lenha na lareira, um fogo se extinguindo em meio à escuridão. Tem o gosto da floresta e, de algum jeito, de casa.

A escuridão assoma ao redor dela, ao redor de ambos, e o Cicada Club desaparece; a música lenta e a melodia do cantor são engolidas pelo vácuo imperioso, pela lufada de vento e pelos corações batendo acelerados. Addie está caindo, para sempre, e com um único passo para trás, seus pés encontram o piso de mármore de um quarto de hotel; e quando Luc avança em sua direção, ela o puxa de encontro à parede mais próxima.

Ele estende os braços em volta de Addie, formando uma gaiola frouxa e aberta.

Ela poderia se livrar dele, se tentasse.

Mas não tenta.

Ele a beija de novo e, desta vez, não está sentindo o gosto de veneno. Desta vez, não há nenhuma cautela, nenhum retraimento; o beijo é repentino, intenso e profundo, roubando o seu fôlego e os seus pensamentos, e deixando apenas um desejo no lugar e, por um momento, Addie pode sentir a escuridão se escancarando, abrindo-se ao seu redor, embora o chão continue sob seus pés.

Ela já beijou muita gente. Mas ninguém nunca vai beijá-la como ele. A diferença não está na técnica. A boca de Luc não tem uma forma mais adequada à tarefa. É só a maneira como ele a usa.

É a diferença entre provar um pêssego fora de época e a primeira mordida na fruta amadurecida pelo sol.

A diferença entre enxergar apenas em preto e branco e uma vida em cores.

Esta primeira vez é uma espécie de luta; nenhum dos dois baixa a guarda, ambos ficam à espreita do brilho denunciador de uma lâmina oculta à procura de carne.

Quando finalmente colidem, é com toda a força de corpos que ficaram separados por muito tempo.

Uma batalha travada entre lençóis.

Na manhã seguinte, o quarto inteiro exibe os vestígios da guerra.

— Faz muito tempo desde a última vez que não quis ir embora.

Ela olha para a janela e vê os primeiros indícios de luz.

— Então, não vá.

— Eu tenho que ir. Sou um ser da escuridão.

Ela apoia a cabeça na mão.

— Você vai desaparecer com o nascer do sol?

— Eu simplesmente vou para onde já está escuro.

Addie se levanta, vai até a janela e fecha as cortinas, mergulhando o quarto novamente na penumbra.

— Pronto — diz, tateando o caminho de volta a ele. — Agora está escuro de novo.

Luc dá uma risada suave e bela e a puxa para a cama.

EM TODOS OS LUGARES, EM LUGAR NENHUM
1952-1968

É só sexo.
Pelo menos é assim que começa.

Ele é uma coisa de que ela precisa se livrar.

Ela é uma novidade a ser desfrutada.

Addie meio que espera que os dois consumam a paixão em uma única noite, que dissipem a energia acumulada depois de andar tantos anos às voltas um do outro.

Mas, dois meses depois, ele volta a procurá-la, sai do nada e entra na sua vida. Addie pensa sobre como é estranho vê-lo em meio ao vermelho e ao dourado do outono, às folhas em constante mutação, com um cachecol grafite enrolado frouxamente no pescoço.

Semanas se passam antes da próxima visita.

E então, apenas alguns dias.

Depois de tantos anos de noites solitárias, de horas de espera, de ódio e de esperança. Agora, ele está aqui.

Mas Addie faz pequenas promessas a si mesma no intervalo entre as visitas.

Não vai se aconchegar nos braços dele.

Não vai adormecer ao seu lado.

Não vai sentir nada além dos lábios dele na sua pele, das mãos dele entrelaçadas nas suas, do peso dele sobre o seu corpo.

Pequenas promessas, que não cumpre.

É só sexo.

E logo é algo mais.

— Jante comigo — pede Luc assim que o inverno abre caminho para a primavera.

— Dance comigo — solicita no começo de um novo ano.

— Fique comigo — exige, por fim, quando uma década vira outra.

E, certa noite, Addie acorda no escuro com a pressão suave das pontas dos dedos de Luc traçando desenhos na sua pele, e fica aturdida com a expressão no rosto dele. Não, não com a expressão. Com o *reconhecimento*.

É a primeira vez que acorda na cama de alguém que ainda não se esqueceu dela. A primeira vez que ouve o seu nome depois de algumas horas de sono. A primeira vez que não se sente sozinha.

E algo em seu interior se parte.

Não o odeia mais. Há um bom tempo.

Não sabe muito bem quando a mudança ocorreu, se foi em algum momento específico ou se foi, como Luc alertou certa vez, a lenta erosão de um rochedo.

Só o que sabe é que está cansada, e é com ele que quer repousar.

E que, de alguma maneira, está feliz.

Mas não é amor.

Toda vez que Addie sente que está prestes a se esquecer disso, encosta a orelha no peito nu dele para ouvir as batidas de vida, o ritmo da respiração, mas ouve apenas os ruídos da floresta à noite, a quietude sossegada do verão. Um lembrete de que ele é uma mentira, de que o rosto e a carne dele são meros disfarces.

De que ele não é humano, e isto não é amor.

NOVA YORK
30 de julho de 2014

XI

Através da janela, a cidade fica para trás, mas Addie não vira a cabeça para olhar nem admira o horizonte de Manhattan, com os prédios se elevando por todos os lados. Em vez disso, estuda o rosto de Luc, refletido no vidro fumê; o contorno do maxilar, o arco da sobrancelha, ângulos que sua própria mão desenhou há tantos, tantos anos. Espreita-o como uma pessoa espreitaria um lobo nos limites da floresta, esperando para ver o que ele vai fazer.

Luc quebra o silêncio primeiro.

Movimenta a primeira peça.

— Você se lembra da ópera em Munique?

— Eu me lembro de tudo, Luc.

— O jeito como você olhava para os artistas no palco, era como se nunca tivesse ido ao teatro.

— Eu nunca tinha visto nada parecido com *aquilo*.

— O deslumbramento nos seus olhos ao deparar com algo novo. Foi quando eu soube que nunca te venceria.

Ela gostaria de saborear as palavras como se fossem um gole de um bom vinho, mas as uvas azedam na sua boca. Não confia nelas.

O carro estaciona em frente ao Le Coucou, um belo restaurante de comida francesa na parte sul do SoHo, com uma trepadeira subindo pelos muros externos. Addie já esteve ali antes, foi onde desfrutou das duas melhores refeições que teve em Nova York. Fica se perguntando se Luc sabe o quanto ela gosta do lugar ou se apenas compartilha o mesmo gosto.

Ele estende a mão mais uma vez.

Mais uma vez, ela não aceita.

Addie observa um casal se aproximar do restaurante e deparar com as portas fechadas, observa os dois indo embora, murmurando algo sobre as reservas. Mas quando Luc toca a maçaneta, a porta se abre com facilidade.

No interior, há lustres enormes pendendo do teto de pé-direito alto e amplas janelas de vidro resplandecendo com um brilho escuro. O lugar parece cavernoso, grande o bastante para acomodar cem pessoas, mas nesta noite está vazio, exceto por dois chefs postados na cozinha aberta para o salão, uma dupla de garçons e um maître, que faz uma reverência assim que Luc se aproxima.

— Monsieur Dubois — cumprimenta o homem, com uma voz sonhadora. — Mademoiselle.

Ele os guia a uma mesa com uma rosa vermelha disposta na frente de ambos os pratos. O maître puxa a cadeira para Addie, e Luc a espera se sentar antes de fazer o mesmo. O homem abre uma garrafa de merlot e serve o vinho. Em seguida, Luc ergue a taça para ela e brinda:

— A você, Adeline.

Não existe um cardápio. Ninguém toma nota dos seus pedidos. Os pratos simplesmente chegam à mesa.

Foie gras com cerejas e terrine de coelho. Linguado com molho *beurre blanc* e pão recém-assado com meia dúzia de queijos diferentes.

A comida, evidentemente, é excepcional.

Mas enquanto comem, o recepcionista do restaurante e os garçons permanecem encostados nas paredes, com os olhos abertos e vazios, e uma expressão apática no rosto. Ela sempre detestou essa faceta do poder de Luc, assim como a maneira despreocupada com que ele a exerce.

Addie inclina a taça em direção aos fantoches.

— Dispense todos — pede, e ele o faz. Um gesto silencioso e os garçons somem, deixando ambos a sós no restaurante vazio. — Você faria isso comigo? — pergunta ela quando os funcionários se vão.

Luc balança a cabeça.

— Não poderia — responde, e Addie acha que o que Luc quer dizer é que se importa demais com ela para manipulá-la, mas então ele prossegue: — Não tenho nenhum poder sobre as almas prometidas. A vontade delas pertence somente a elas.

É um conforto frio, mas já é alguma coisa, pensa ela.

Luc baixa os olhos para o vinho e gira a haste da taça entre os dedos. No vidro escuro, Addie vê os dois deitados em meio aos lençóis de seda, vê a si mesma acariciando os cabelos dele com os dedos e ele tocando uma música na sua pele.

— Me diga uma coisa, Adeline. Você sentiu a minha falta?

É óbvio que sentiu.

Pode dizer a si mesma, assim como disse a ele, que só sentiu falta de ser vista ou da intensidade da atenção dele, da embriaguez proporcionada pela sua presença... mas é mais do que isso. Addie sentiu falta dele como uma pessoa poderia sentir falta do sol durante o inverno, apesar de detestar o calor. Sentiu falta do som da sua voz, do reconhecimento no seu toque, da impetuosidade das suas conversas e do modo como se encaixavam.

Ele é como a *gravidade*.

Ele é trezentos anos de história.

Ele é a única coisa constante na sua vida, o único ser que sempre, sempre vai se lembrar dela.

Luc é o homem com quem sonhava quando era menina, e que depois se tornou o homem que mais odiava no mundo, e o homem que amava. Addie sentiu falta dele todas as noites que passaram separados, e ele não merecia a sua dor porque era tudo culpa dele o fato de que ninguém mais se lembrava dela, era culpa dele todas as coisas que perdeu. Ela não diz nada porque não vai fazer a menor diferença, e também porque existe uma coisa que ainda tem. Uma parte da própria história que ainda pode salvar.

Henry.

Assim, Addie faz a sua jogada.

Estende o braço sobre a mesa, pega a mão de Luc e conta a verdade.

— Eu senti a sua falta.

Os olhos verdes cintilam e mudam de cor ao ouvir as palavras. Ele toca de leve o anel no dedo de Addie, traçando as espirais na madeira.

— Quantas vezes você quase colocou o anel? Com que frequência pensou em mim? — Ela presume que Luc a esteja provocando, mas a voz dele se torna um sussurro suave, uma trovoada fraca cruzando no ar. — Porque eu pensei em você. O tempo todo.

— Você não veio.

— Você não me chamou.

Ela olha para as mãos de ambos entrelaçadas.

— Me diga uma coisa, Luc. Aquilo foi real?

— O que "real" significa para você, Adeline? Já que o meu amor não serve de nada.

— Você não é capaz de amar.

Ele faz uma careta de desdém, com os olhos brilhando em um tom de esmeralda.

— Porque não sou humano? Porque não definho nem morro?

— Não — responde Addie, soltando a mão dele. — Você não é capaz de amar porque não consegue entender o que é se importar com outra pessoa mais do que com você mesmo. Se você me amasse, já teria me deixado ir embora.

Luc estala os dedos.

— Que bobagem. É exatamente porque eu te amo que não vou deixar você ir. O amor é ávido. O amor é egoísta.

— Não confunda amor com posse.

Ele dá de ombros.

— E são tão diferentes assim? Eu já vi o que os humanos fazem com as coisas que amam.

— As pessoas não são objetos. E você nunca vai conseguir compreendê-las.

— Eu compreendo você, Adeline. Conheço você melhor do que ninguém.

— Porque não deixou que eu tivesse mais ninguém. — Ela respira fundo para se acalmar. — Sei que você não vai me dispensar do pacto, Luc. E pode ser que tenha razão, a gente realmente pertence um ao outro. Então, se você me ama, dispense *Henry Strauss* do pacto que fez. Se você me ama, deixe-o ir.

O ódio resplandece em seu rosto.

— Esta noite é nossa, Adeline. Não estrague tudo falando sobre outra pessoa.

— Mas foi você quem *disse*...

— Vamos — diz ele, empurrando a cadeira para longe da mesa. — Este lugar não me agrada mais.

O garçom acabou de pôr uma torta de pera na mesa, mas a sobremesa se torna cinzas enquanto Luc fala. Como sempre, Addie fica assombrada com as alterações de humor dos deuses.

— Luc... — começa, mas ele já se levantou e jogou o guardanapo de pano sobre a comida estragada.

NOVA ORLEANS, LOUISIANA
29 de julho de 1970

XII

— Eu te amo.

Quando ele pronuncia essas palavras, ambos estão em Nova Orleans, jantando em um bar clandestino no French Quarter, um dos inúmeros estabelecimentos de Luc.

Addie balança a cabeça, espantada pelo fato de as palavras não terem se tornado cinzas na sua boca.

— Não finja que isso é amor.

Uma onda de irritação cruza o rosto de Luc.

— Então, o que é o amor? Me diga. Me diga que o seu coração não dispara quando você ouve a minha voz. Que não lateja quando você ouve o seu nome nos meus lábios.

— Eu sofro pelo meu nome, não pelos seus lábios.

Ele repuxa o canto da boca, com os olhos da cor da esmeralda agora. Uma cintilância fruto do prazer.

— Antes, quem sabe. Mas agora é mais do que isso.

Addie receia que ele tenha razão.

Em seguida, Luc coloca uma caixa diante dela.

É simples e preta e, se Addie tivesse a intenção de pegá-la, a caixa caberia na palma da sua mão.

Mas ela não o faz, pelo menos não de primeira.

— O que é isso?

— Um presente.

Mesmo assim, não estende a mão.

— Sinceramente, Adeline — diz ele, tirando o objeto da mesa. — Não vai te morder.

Luc abre a caixa e a coloca de volta diante dela.

Dentro, há uma chave de metal, e quando Addie pergunta que porta ela abre, Luc responde: "A porta de casa."

Ela fica tensa.

Não tem uma casa desde que deixou Villon. Para falar a verdade, nunca teve um lugar só seu. Quase se sente grata, antes de se lembrar de que a culpa era do próprio Luc.

— Não zombe de mim, Luc.

— Não estou zombando de você.

Ele pega a sua mão e conduz Addie pelo Quarter até um edifício no fim da rua Bourbon, uma casa amarela com sacada e janelas tão altas quanto portas. Ela desliza a chave na fechadura, escuta o som pesado do trinco e se dá conta de que, se a casa pertencesse a Luc e não a ela, a porta simplesmente se abriria. De repente, a chave de metal parece real e sólida na sua mão, um objeto valioso.

A porta se abre para um cômodo com pé-direito alto, assoalho de madeira, mobília, armários embutidos e espaço a ser preenchido. Addie sai na sacada e ouve os diversos sons do bairro chegando até ela no clima úmido. O jazz se derrama pelas ruas, colidindo e se sobrepondo como uma melodia caótica, viva, em constante transformação.

— Essa casa é sua — diz Luc, e ela percebe os antigos sinais de alerta reverberando nos seus ossos.

Mas, ultimamente, os sinais se tornaram quase imperceptíveis, um farol luminoso muito distante do porto.

Ele a puxa para si, e Addie repara mais uma vez em como seus corpos se encaixam com perfeição.

Era como se ele tivesse sido feito para ela.

E foi. O corpo, o rosto, os traços; tudo foi feito para agradá-la.

— Vamos sair — convida ele.

Addie quer ficar e estrear a casa, mas ele diz que vão ter tempo para isso depois, que sempre vai haver tempo de sobra. E, por uma vez, ela não sente medo da eternidade. Por uma vez, os dias e as noites não se arrastam, mas passam rápido demais.

Sabe que, seja lá o que for, não vai durar muito.

Não pode durar.

Nada nunca dura.

Mas, neste momento, ela é feliz.

Avançam pelo Quarter, de braços dados, e Luc acende um cigarro. Quando ela diz que o hábito faz mal à saúde, ele deixa escapar uma risada entrecortada e silenciosa, exalando a fumaça por entre os lábios.

Ela diminui o passo diante de uma vitrine.

A loja está fechada, mas, mesmo na escuridão, Addie consegue ver a jaqueta de couro preta com fivelas prateadas, pendurada sobre o manequim.

O reflexo de Luc brilha às suas costas enquanto ele acompanha o seu olhar.

— Estamos no verão — diz ele.

— Não para sempre.

Luc passa as mãos nos ombros dela e Addie sente o couro macio se moldando a sua pele enquanto observa o manequim na vitrine desnudo, tentando não pensar em todos os anos que passou sem abrigo e sem posses, forçada a sofrer as intempéries do frio, se esconder, lutar e roubar. Tenta não pensar, mas pensa.

Estão na metade do caminho de volta para a casa amarela quando Luc se afasta.

— Eu tenho que trabalhar. Vá para casa.

Casa... a palavra reverbera no seu peito enquanto ele vai embora.

Mas ela não se dirige à casa.

Observa Luc virar a esquina e atravessar a rua, depois se esconde nas sombras enquanto ele se aproxima de uma loja com a palma de uma mão luminosa pintada na porta.

Na calçada, curvada sobre um molho de chaves e com uma sacola grande pendurada em um dos cotovelos, uma mulher idosa fecha o estabelecimento.

Deve ter ouvido Luc se aproximar, porque murmura algo para a escuridão sobre já estar fechando e sobre deixar para outro dia, antes de se virar e deparar com ele.

No reflexo da vitrine, Addie também vê Luc, não com a aparência que usa com ela, e sim com a forma com que deve se mostrar para a mulher na soleira da porta. Manteve os cachos castanho-escuros, mas o seu rosto é mais magro e anguloso de um modo lupino, com os olhos afundados no crânio e os membros estreitos demais para pertencerem a um ser humano.

— O pacto foi feito — diz, e as palavras retumbam. — E chegou a hora de pagar.

Addie observa, esperando que a mulher implore e fuja.

Mas a senhora coloca a bolsa no chão e ergue o queixo.

— O pacto foi feito. E eu estou cansada.

E, de alguma maneira, isto é pior.

Porque Addie compreende o sentimento.

Porque também está cansada.

E, enquanto assiste à cena, a escuridão se desfaz mais uma vez.

Faz mais de cem anos desde a última vez que Addie viu a verdadeira forma dele, a noite selvagem, com todas as suas presas. Mas que, desta vez, não há rasgo, nem rompimento, nem horror.

A escuridão simplesmente envolve a mulher como uma tempestade, extinguindo toda a luz.

Addie vira de costas.

Volta para a casa amarela na rua Bourbon e se serve de uma taça de vinho branco, fresco e gelado. Faz um calor escaldante; ela abre as portas da sacada para apaziguar a noite de verão. Está apoiada no parapeito de ferro quando ouve a chegada de Luc, não na rua, como um amante fazendo a corte, mas no quarto, atrás dela.

Quando ele enlaça seus ombros com os braços, Addie se lembra da maneira como ele envolveu a mulher na soleira da porta e como se curvou sobre ela, engolindo-a por completo.

NOVA YORK
30 de julho de 2014

XIII

O humor de Luc fica um pouco melhor durante a caminhada. A noite está quente, e a lua crescente mal aparece no céu. Ele joga a cabeça para trás e inspira fundo, inalando o ar como se a atmosfera não estivesse impregnada do calor do verão. Há gente demais para um lugar tão pequeno.

— Faz quanto tempo que você está aqui? — pergunta ela.

— Eu fico indo e vindo — responde Luc, mas ela aprendeu a ler suas entrelinhas e chuta que ele deva estar em Nova York há quase tanto tempo quanto ela, espreitando-a como uma sombra.

Addie não sabe para onde vão e, pela primeira vez, se pergunta se Luc tem um destino em mente ou se está só perambulando sem rumo, tentando manter a distância entre eles e adiar o fim.

Enquanto avançam para a área nobre da cidade, ela sente o tempo se desdobrando ao redor deles e não sabe muito bem se é por causa da magia de Luc ou da sua memória, mas a cada quarteirão deixado para trás, as memórias voltam: Addie correndo ao longo do rio Sena para fugir dele; Luc levando-a para longe do mar; ela seguindo-o por Florença; ambos caminhando lado a lado em Boston; e os dois de braços dados na rua Bourbon.

Agora, estão juntos em Nova York. E Addie se pergunta o que teria acontecido se ele não tivesse dito aquela palavra. Se não tivesse mostrado as cartas que tinha na mão. Se não tivesse estragado tudo.

— A noite é nossa — diz, virando-se para ela, com os olhos brilhantes outra vez. — Para onde vamos?

Para casa, ela pensa, embora não possa dizer isso.

Ergue o olhar para os arranha-céus que se elevam de ambos os lados.

— Qual deles tem a melhor vista da cidade?

Depois de um momento, Luc sorri, exibindo os dentes, e responde:

— Já sei.

Ao longo dos anos, Addie descobriu muitos dos segredos da cidade.

Mas deste ela não sabia.

Não está no subterrâneo, mas em um terraço.

Sobem 84 andares através de dois elevadores: o primeiro, discreto, chega apenas ao octogésimo primeiro andar; e o segundo, uma réplica exata dos *Portões do Inferno*, de Rodin, com corpos retorcidos e lutando com unhas e dentes para escapar, leva-os pelo resto do caminho.

Isso se você tiver uma chave.

Luc tira o cartão preto do bolso da camisa e o desliza por uma boca escancarada ao longo da soleira da porta do elevador.

— É um dos seus estabelecimentos? — pergunta ela assim que as portas se abrem.

— Nada pertence a mim de verdade — responde enquanto entram no elevador.

É uma subida breve, de apenas três andares, e quando o elevador para, as portas se abrem para uma vista infindável da cidade.

O nome do bar está escrito em letras pretas e cursivas aos seus pés.

O CAMINHO DO MAL.

Addie revira os olhos.

— *O caminho da perdição* não estava mais disponível?

— *Perdição* — replica ele, com os olhos cheios de malícia — é outro tipo de boate.

O piso é de bronze, e os parapeitos, de vidro, o teto se abre para o céu; e as pessoas relaxam em sofás de veludo, mergulham os pés em piscinas rasas ou perambulam pelas varandas que circundam o terraço, admirando a vista da cidade.

— Sr. Green. Seja bem-vindo de volta — diz a recepcionista do bar.

— Obrigado, Renee. Esta é a Adeline. Sirva-lhe tudo o que ela quiser — diz Luc, suavemente.

A recepcionista a olha, mas seus olhos não possuem nenhum indício de coerção, nenhum sinal de que tenha sido enfeitiçada, só a boa vontade de uma funcionária excelente no que faz. Addie pede a bebida mais cara do bar, e Renee sorri para Luc.

— Você encontrou alguém à sua altura.

— De fato — concorda ele, pousando a mão na lombar de Addie, conduzindo-a. Ela acelera o passo até que a mão dele a solte e serpenteia pela multidão em direção ao parapeito de vidro, com vista para Manhattan. Como sempre, não há nenhuma estrela no céu, mas a cidade de Nova York se estende por todos os lados, formando sua própria galáxia de luz.

Pelo menos ela consegue respirar no terraço.

É a risada espontânea da multidão. O som ambiente das pessoas se divertindo, muito melhor do que a quietude abafada do restaurante vazio, do silêncio enclausurante do táxi. É o céu aberto. A beleza da cidade e o fato de que não estão a sós.

Renee volta com uma garrafa de champanhe, cujo vidro está coberto por uma camada nítida de poeira.

— Dom Perignon, de 1959 — explica a garota, estendendo a garrafa para que possam inspecionar. — Da sua reserva especial, sr. Green.

Luc acena e, em seguida, ela tira a rolha e serve duas taças altas de champanhe, com as borbulhas tão minúsculas que parecem pepitas de diamante flutuando no cristal.

Addie toma um gole, saboreando o modo como a bebida borbulha na sua língua.

Examina a multidão, repleta de rostos familiares que qualquer um reconheceria, embora não soubesse ao certo de onde. Luc explica quem são cada um deles: senadores, atores, escritores e críticos literários. Addie se pergunta se algum deles vendeu a alma. Se algum deles está prestes a vender.

Baixa os olhos para a taça, com as borbulhas ainda subindo suavemente até a superfície, e sussurra algo, cujo som é abafado pelo burburinho da multidão. Mas sabe que ele está escutando, sabe que pode ouvi-la.

— Deixe-o ir, Luc.

Ele aperta os lábios de leve.

— Adeline — alerta ele.

— Você falou que ia ouvir o que eu tinha a dizer.

— Certo. — Ele se recosta no parapeito e estende os braços. — Me diga. O que você vê nele, nesse seu mais recente amante mortal?

Henry Strauss é atencioso e bondoso, ela tem vontade de dizer. *É inteligente, esperto, gentil e afetuoso.*

Ele é tudo que você não é.

Mas sabe que deve tomar cuidado com onde pisa.

— O que eu vejo nele? Vejo a mim mesma. Talvez não a pessoa que sou agora, mas quem eu era na noite em que você me atendeu.

Luc faz uma careta de desdém.

— Henry Strauss queria morrer. Você queria viver. Vocês não têm nada em comum.

— Não é tão simples.

— Não?

Addie balança a cabeça.

— Você só enxerga os defeitos e as falhas, fraquezas que podem ser exploradas. Mas os seres humanos são complicados, Luc. Esse é o lado maravilhoso deles. Vivem, amam e cometem erros, e têm muitos *sentimentos*. E talvez... talvez eu não seja mais um deles.

Addie sente as palavras a machucando por dentro ao pronunciá-las, porque sabe que são verdade. Querendo ou não, são verdade.

— Mas eu lembro — insiste ela. — Eu lembro como é, e Henry está...

— Perdido.

— Procurando o próprio caminho. E ele vai encontrar, se você permitir.

— Se eu tivesse permitido, ele teria pulado do prédio.

— Você não tem como saber. E nunca vai saber, porque interveio.

— Eu negocio almas, Adeline, não segundas chances.

— E eu estou implorando a você que o deixe ir. Você se recusa a devolver a minha alma, então me dê a dele em troca.

Luc solta o ar e faz um gesto amplo com a mão em direção ao terraço.

— Escolha alguém — diz ele.

— Quê?

Ele a vira para que Addie encare a multidão.

— Escolha uma alma para tomar o lugar da dele. Selecione um desconhecido para amaldiçoar no lugar de Henry. — A voz de Luc é grave, suave e assertiva. — Sempre há um preço... — diz, gentilmente — e alguém precisa pagar. Henry Strauss fez uma permuta com a própria alma. Você venderia a alma de outra pessoa para recuperar a dele?

Addie contempla o terraço lotado, os poucos rostos familiares e outros estranhos. Jovens e velhos, acompanhados e sozinhos.

Será que um deles é inocente?

Será que um deles é cruel?

Addie não sabe se é capaz de escolher... até que ergue a mão. Com um nó na garganta, aponta para um homem em meio à multidão enquanto aguarda que Luc a solte, se dirija até ele e reivindique a sua recompensa.

Mas Luc não se move.

Simplesmente solta uma gargalhada.

— Minha Adeline — diz, beijando os cabelos dela. — Você mudou mais do que pensa.

Addie se sente tonta e enjoada ao se virar para encará-lo.

— Chega de jogos.

— Tudo bem — concorda ele, um segundo antes de puxá-la para a escuridão.

O terraço desaparece e o vácuo avança ao seu redor, engolindo tudo, exceto o céu desprovido de estrelas, em um negrume violento e infinito. Quando a escuridão recua, depois de um instante, o mundo está silencioso, a cidade se foi e ela está sozinha na floresta.

NOVA ORLEANS, LOUISIANA
1º de maio de 1984

XIV

Esse é o fim da história.

Com velas queimando no parapeito da janela e a luz bruxuleante lançando longas sombras sobre a cama. Com as horas mais escuras da noite avançando do outro lado da janela aberta e o primeiro rubor do verão pairando no ar, e Addie nos braços de Luc, com a escuridão envolvendo-a como um lençol.

E ela acredita que esta seja a sua casa.

Que isto, talvez, seja amor.

E isso é o pior de tudo. Ela finalmente se esqueceu de algo. Mas de algo que não podia se esquecer. Da única coisa que deveria se lembrar: que o homem deitado ao seu lado na cama não é um homem; que esta vida não é uma vida de fato; que há jogos e batalhas, mas no fim, tudo não passa de uma guerra.

Sente dentes ao longo do seu maxilar.

A escuridão sussurrando na sua pele.

— Minha Adeline.

— Eu não sou sua — diz, mas a boca de Luc sorri ao encostar em sua garganta.

— Mesmo assim, estamos juntos. Pertencemos um ao outro.

Você pertence a mim.

— Você me ama? — pergunta ela.

Os dedos dele descem pelos seus quadris.

— Você sabe que amo.

— Então, me deixe ir.

— Eu não estou prendendo você aqui.

— Não é disso que estou falando — retruca, apoiando-se no cotovelo. — Me liberte.

Ele se afasta o suficiente para devolver o olhar.

— Não posso quebrar o pacto. — Ele abaixa a cabeça, roçando os cachos escuros na sua bochecha. — Mas talvez — sussurra na sua clavícula — possa dar um jeito.

O coração de Addie bate forte no peito.

— Talvez possa mudar os termos.

Ela prende o fôlego enquanto as palavras de Luc brincam na sua pele.

— Posso melhorar as coisas. Você só precisa se render — murmura ele.

A palavra é como um banho de água fria.

Uma cortina descendo ao fim de uma peça de teatro: o cenário adorável, a ambientação, os atores bem ensaiados… tudo desaparece atrás do tecido escuro.

Renda-se.

Uma ordem sussurrada no escuro.

Um alerta dado a um homem arrasado.

Durante anos, Luc formulou a exigência inúmeras vezes… até que parou. Há quanto tempo parou de perguntar? É óbvio. Parou quando mudou a estratégia, quando suavizou a sua atitude com ela.

E ela é uma idiota. É uma idiota por acreditar que essa mudança significava paz, e não guerra.

Renda-se.

— O que foi? — pergunta ele, fingindo confusão, até que ela joga a palavra de volta na cara dele.

— *Me render?* — vocifera.

— É só uma palavra — diz. Mas Luc a ensinou o poder de uma palavra. Uma palavra é tudo; e a palavra dele é uma serpente, uma armadilha, uma maldição. — É como as coisas devem ser para que eu possa mudar o pacto.

Mas Addie recua, se afasta, sai do seu alcance.

— E eu deveria confiar em *você*? Entregar a minha alma e acreditar que você a devolveria para mim?

Tantos anos, tantas maneiras diferentes de perguntar a mesma coisa.

Você se dá por vencida?

— Você deve achar que eu sou uma idiota, Luc. — Seu rosto arde de raiva. — Estou surpresa que você tenha sido tão paciente, mas pensando bem, você sempre gostou da caçada.

Os olhos verdes de Luc se estreitam no escuro.

— Adeline.

— Não se atreva a pronunciar o meu nome. — Ela se levanta, furiosa. — Eu sabia que você era um monstro. Presenciei as suas ações diversas vezes. Mas mesmo assim eu acreditei… de alguma forma, eu acreditei… mesmo depois de todo esse tempo… Mas não era amor, não é mesmo? Não era nem bondade. Era só mais um *jogo*.

Por um momento, ela acha que pode ter se enganado.

Por um momento, Luc parece magoado e confuso, e ela se pergunta se ele não quis dizer aquilo… se… se…

Mas a expressão de Luc muda.

A mágoa abandona o seu rosto, transformando-se em sombras, como uma nuvem cobrindo o sol. Um sorriso nefasto brinca nos seus lábios.

— E que jogo mais cansativo.

Addie sabe que o obrigou a dizer aquilo, mas mesmo assim a verdade desaba sobre ela com toda a força.

Se estava abalada antes, agora está em pedaços.

— Você não pode me culpar por tentar uma jogada diferente.

— Eu te culpo por *tudo*.

Luc se levanta e a escuridão o envolve como um tecido de seda.

— Eu te dei tudo o que você queria.

— Nada era real!

Ela se recusa a chorar.

Não vai lhe dar a satisfação de vê-la sofrer.

Não vai lhe dar nada, nunca mais.

É assim que a batalha começa.

Ou melhor, é assim que acaba.

Afinal, a maioria das guerras não acontecem da noite para o dia. Elas são engendradas com o passar do tempo, enquanto os lados coletam a lenha e avivam as chamas.

E esta foi uma batalha forjada por séculos.

Tão antiga e inevitável quanto a transformação do mundo, o fim de uma era, o confronto de uma garota com a escuridão.

Addie devia saber que isso acabaria acontecendo.

Talvez soubesse.

Mas mesmo agora não sabe como o fogo começou. Se foram as velas que ela derrubou no chão ou o lampião que arrancou da parede; se foram as lamparinas que Luc despedaçou, ou simplesmente um último ato de maldade.

Sabe que não tem o poder de destruir nada, mas destruiu mesmo assim. Ambos destruíram. Talvez ele tenha deixado que Addie iniciasse o incêndio. Talvez simplesmente tenha deixado a casa pegar fogo.

No final, não importa.

Addie fica parada na rua Bourbon, observando a casa ser engolida pelas chamas, e quando os bombeiros finalmente chegam, nada restou. Tudo virou cinzas.

Outra vida que evaporou.

Ficou sem nada, nem mesmo a chave. O objeto estava no seu bolso, mas assim que Addie tenta pegá-lo, ele desapareceu. Ela leva a mão ao anel de madeira ainda pendurado no seu pescoço.

Arranca a corrente, atira o aro nos escombros fumegantes da casa e vai embora.

NOVA YORK
30 de julho de 2014

XV

Addie está cercada de árvores.

O aroma musgoso de verão paira na floresta.

Ela é inundada pelo medo, com a certeza súbita e terrível de que Luc quebrou as duas regras, e não apenas uma, de que ele a arrastou em meio à escuridão, arrancando-a de Nova York e abandonando-a em um lugar muito longe de casa.

Mas logo os seus olhos entram em foco. Ela se vira, vê a silhueta dos prédios se erguendo acima das árvores e se dá conta de que deve estar no Central Park.

O alívio percorre o seu corpo.

Então a voz de Luc soa em meio à escuridão.

— *Adeline, Adeline...* — diz, e ela não consegue diferenciar o eco dele próprio, liberto da sua forma mortal de carne e osso.

— Você prometeu.

— É mesmo?

Luc surge da escuridão, como fez na noite do pacto, tomando forma a partir da fumaça e das sombras. Uma tempestade, engarrafada dentro da pele.

Eu sou o diabo ou a escuridão?, ele perguntou certa vez. *Sou um monstro ou um deus?*

Ele não está mais usando o elegante terno preto, e sim calças e uma túnica clara aberta no peito, os cabelos castanho-escuros se encaracolam na altura das têmporas. Tem a mesma aparência de quando apareceu na noite em que Addie o invocou pela primeira vez.

O sonho que ela conjurou há tantos anos.

Mas algo mudou. Seus olhos não estão repletos de triunfo. A cor sumiu, e agora eles estão tão claros que parecem quase acinzentados. E embora ela nunca tenha visto esse tom antes, supõe que seja de tristeza.

— Eu vou te dar o que você quer... se você fizer uma coisa para mim.

— O quê? — pergunta.

Luc estende a mão.

— Dance comigo.

Sua voz está cheia de nostalgia e luto, e ela acredita que este pode ser o fim de tudo, dos dois. Um jogo finalizado. Uma guerra sem vencedores.

Então assente com a dança.

Não há música, mas não importa.

Quando segura a mão dele, Addie ouve a melodia, suave e tranquilizadora, em sua mente. Não é exatamente uma canção, mas os sons da floresta durante o verão, o sopro constante do vento pelos campos. E quando Luc a puxa para mais perto, ela distingue as notas de um violino, tocando baixo e melancólico ao longo do rio Sena. As mãos dele deslizam pelas dela, e o murmúrio das ondas os envolve. A sinfonia retumbando por Munique. Ela encosta a cabeça no ombro de Luc, e escuta a chuva caindo em Villon, a banda de metais vibrando em um salão de Los Angeles, e o eco de um saxofone entrando pelas janelas abertas da rua Bourbon.

A dança termina.

A música para de tocar.

Uma lágrima escorre pelo seu rosto.

— Você só precisava me libertar.

Luc suspira e ergue o seu queixo.

— Eu não poderia fazer isso.

— Por causa do pacto.

— Porque você é *minha*.

Addie se desvencilha dele.

— Eu nunca fui sua, Luc — diz, dando as costas para ele. — Nem naquela noite na floresta. Nem quando você me levou para a cama. Foi você mesmo quem disse que tudo não passava de um jogo.

— Eu menti. — As palavras a ferem como uma faca. — Você me amava. E eu amava você.

— E mesmo assim, você só veio me procurar depois que eu encontrei outra pessoa.

Ela se vira para encará-lo outra vez, esperando deparar com os olhos amarelos pela inveja. Mas os olhos dele assumiram um tom de verde arrogante das ervas daninhas, espelhando a expressão no seu rosto, com uma sobrancelha ligeiramente erguida e a boca repuxada.

— Ah, Adeline. Acha mesmo que vocês *encontraram* um ao outro?

Ela sente como se tivesse dado um passo em falso.

Em uma queda súbita.

— Acha mesmo que eu deixaria algo assim acontecer?

O chão se move sob os seus pés.

— Com todos os pactos que faço, você acha que uma coisa dessas *poderia* passar despercebida por mim?

Addie fecha bem os olhos, e está novamente deitada ao lado de Henry, com os dedos de ambos entrelaçados repousando na grama. Olham para o céu noturno. E riem só de pensar que Luc finalmente cometeu um erro.

— Vocês devem ter se achado tão espertos. Devem ter achado que estava escrito nas estrelas, que eram amantes unidos pelo acaso. Quais eram as chances de que vocês tivessem se encontrado? Os dois vinculados a mim, os dois vendendo a alma em troca de algo que somente o outro poderia oferecer? A verdade é muito mais simples... eu fiz com que Henry cruzasse o seu caminho. Eu o dei a você, embrulhado com papel de presente e fitas.

— Por quê? — pergunta ela, com a palavra presa na garganta. — Por que você fez isso?

— Porque era o que você *queria*. Você estava tão absorta na sua necessidade de encontrar o amor, que não conseguia enxergar nada além disso. Eu lhe dei *Henry*, para que você pudesse perceber que o amor não valia o espaço que reservava para ele. O espaço que deveria ser *meu*.

— Mas valia a pena. *Vale* a pena.

Ele estende a mão para acariciar o seu rosto.

— Não vai valer a pena depois que ele se for.

Addie se afasta. Das palavras de Luc, do toque dele.

— Isso é cruel, Luc. Até mesmo para você.

— Não — rosna ele. — Crueldade seria dar dez anos a vocês em vez de um. Crueldade seria deixar que você passasse a vida inteira com ele para depois ter que sofrer mais ainda com a perda.

— Eu teria escolhido isso de qualquer jeito! — Ela balança a cabeça. — Você nunca teve a intenção de deixar que ele continuasse vivo, não é?

Luc inclina a cabeça para o lado.

— O pacto foi feito, Adeline. E pactos são mandatórios.

— Você fez tudo isso para me atormentar...

— Não — vocifera ele. — Eu fiz isso para te *mostrar* uma coisa. Para fazer com que você entenda. Você coloca os seres humanos em um pedestal, mas eles são efêmeros e limitados, assim como o seu amor. É superficial, e não dura. Você anseia pelo amor de um humano, mas você mesma não é humana, Adeline. Há séculos não pertence a este mundo. O seu lugar não é no meio deles. É ao *meu* lado.

Addie dá um passo para trás e a fúria se transforma em gelo em seu interior.

— Deve ser muito difícil para você aprender que não pode ter tudo o que deseja.

— Desejo? — escarnece ele. — Desejo é coisa de criança. Se fosse desejo, eu já teria me livrado de você. Teria me esquecido de você há séculos — continua, com amargura na voz. — Isto é necessidade. E a necessidade é dolorosa, mas paciente. Você está me ouvindo, Adeline? Eu preciso de você. Assim como você precisa de mim. Eu te amo, e você me ama.

Ela nota a dor na voz de Luc.

Talvez seja esse o motivo por que fica com vontade de magoá-lo ainda mais.

Ele a ensinou muito bem como encontrar as brechas na armadura.

— Mas essa é a questão, Luc. Eu não te amo nem um pouco.

As palavras soam suaves e tranquilas, mas estrondam em meio à escuridão. As árvores farfalham, as sombras se avolumam, e os olhos de Luc ardem com um tom que ela nunca tinha visto. Uma cor venenosa. E, pela primeira vez em séculos, Addie fica com medo.

— Ele é tão importante assim para você? — pergunta, com a voz impassível e dura como as pedras de um rio. — Então vá em frente. Passe um tempo com o seu amor humano. Enterre-o, lamente a perda e plante uma árvore sobre o seu túmulo. — Os contornos dele começam a se confundir com a escuridão. — Eu vou continuar aqui... e você também.

Luc dá as costas para ela e desaparece.

Addie cai de joelhos na grama.

Permanece ali até os primeiros indícios de luz penetrarem no céu. Finalmente, se força a se levantar e caminha para o metrô, em meio à névoa, ouvindo as palavras de Luc na sua cabeça.

Você não é humana, Adeline.

Acha que vocês encontraram um ao outro?

Vocês devem ter se achado tão espertos.

Passe um tempo com o seu amor humano.

Eu vou continuar aqui.

E você também.

Quando ela chega no Brooklyn, o sol já está nascendo.

Faz uma parada para comprar o café da manhã: um favor, um pedido de desculpas por passar a noite toda longe dele. E então vê o jornal empilhado na banca e a data impressa na margem superior.

6 de agosto de 2014.

Ela saiu do apartamento no dia 30 de julho.

Passe um tempo com o seu amor.

Mas Luc roubou o seu tempo. Não apenas uma noite, e sim uma semana inteira. Sete dias preciosos, apagados da sua vida... e da vida de Henry.

Addie começa a correr.

Passa pela portaria aos tropeços, sobe as escadas e revira a bolsa, mas não encontra a chave, então bate na porta, apavorada com a ideia de que o mundo tenha mudado, de que Luc tenha de alguma maneira reescrito mais do que o tempo, de que tenha de alguma maneira tirado mais, tirado tudo dela.

Mas logo a maçaneta vira e a porta se abre, e Henry aparece, exausto e desgrenhado. Addie percebe, pela expressão no rosto do rapaz, que ele não esperava que ela fosse voltar. Que, em algum momento entre a primeira manhã quando Addie foi embora e a seguinte, e depois a outra, e mais outra, e mais outra, ele acreditou que ela tivesse ido embora.

Addie joga os braços ao redor dele.

— Sinto muito — diz, e não está se referindo somente à semana perdida. Mas ao pacto, à maldição, e por ser culpa dela.

— Sinto muito — continua, pronunciando as palavras repetidas vezes. Henry não grita, não se enfurece, nem ao menos diz: "Eu avisei", e apenas a abraça com força.

— Chega.

E então roga:

— Prometa para mim. Fique aqui.

Henry não faz nenhuma pergunta, mas Addie sabe que ele está pedindo, implorando para que ela deixe para lá, pare de lutar, pare de tentar mudar o destino de ambos e apenas fique com ele até o fim.

Não suporta a ideia de desistir, de se entregar, de se dar por vencida sem lutar.

Mas Henry está aos pedaços, e é culpa dela, então, por fim, Addie concorda.

NOVA YORK
Agosto de 2014

XVI

São os dias mais felizes da vida de Henry.

E ele sabe que é esquisito dizer isso.

Mas há uma estranha liberdade, um consolo peculiar em saber. O fim está se aproximando rapidamente, mas mesmo assim Henry não sente que está indo ao seu encontro.

Sabe que devia estar com medo.

Todos os dias, ele se prepara para o horror interminável, espera que as nuvens de tempestade se aproximem e o pânico inevitável se instale no seu peito, estraçalhando-o à força.

Mas, pela primeira vez em meses, em anos, desde que consegue se lembrar, Henry não está com medo. É óbvio que se preocupa com os amigos, com a livraria e com o gato. Porém, além da apreensão ruidosa, sente apenas uma estranha calma, uma estabilidade e um alívio inacreditável por ter encontrado Addie, por conhecê-la, amá-la e tê-la ao seu lado.

Está feliz.

Está pronto.

Não está com medo.

É o que diz a si mesmo.

Não está com medo.

Decidem viajar para o norte do estado.

Sair da cidade, para longe do calor estagnado do verão.

Ver as estrelas.

Henry aluga um carro e eles dirigem para o norte. Quando já percorreram metade do caminho às margens do rio Hudson, ele percebe que Addie não conhece a sua família, e logo se dá conta, com um pesar súbito e devastador, de que não deveria visitar os pais antes do Rosh Hashaná e que até lá já terá partido. Que, se não pegar a próxima saída, nunca vai ter a chance de se despedir.

As nuvens começam a se aproximar e o medo tenta tomar conta do seu peito, porque Henry não sabe o que poderia dizer, nem de que serviria dizer alguma coisa.

Mas ele perde a saída e já é tarde demais, então ele volta a respirar. Addie aponta para uma placa anunciando a venda de frutas frescas, e eles estacionam para comprar pêssegos em uma barraca e sanduíches em um mercadinho. Dirigem por mais uma hora até o parque estadual, onde o sol é quente, mas as sombras sob as árvores são frescas, e passam o dia vagando pelas trilhas da mata. Assim que a noite cai, fazem um piquenique no teto do carro alugado e se deitam na grama silvestre cheia de ervas daninhas para contemplar as estrelas.

Há muito tempo que a noite não parece tão escura assim.

E ele ainda está feliz.

Ainda consegue respirar.

Não trouxeram uma barraca, mas faz calor demais para dormirem enclausurados.

Deitam-se em uma coberta estendida na grama e ficam olhando para o espectro da Via Láctea. Henry se lembra do Artifact no parque High Line, de como as estrelas pareciam próximas na exposição do Céu, e pensa em como parecem distantes agora.

— Se você pudesse voltar atrás, ainda faria o pacto?

Addie responde que sim.

A vida tem sido difícil e solitária, mas também maravilhosa. Ela sobreviveu às guerras, lutando e testemunhando revoluções e renascimentos. Deixou a sua marca em milhares de obras de arte, como a impressão de um polegar na parte de baixo de uma tigela de barro. Presenciou coisas assombrosas e perdeu a sanidade mental, dançou em bancos de neve e morreu de frio às margens do rio Sena. Ela se apaixonou pela escuridão diversas vezes, e por um ser humano apenas uma.

E está cansada. Insuportavelmente cansada.

Mas sem dúvida viveu.

— Nada é só bom ou só ruim. A vida é muito mais complicada — diz ela.

E ali no escuro, ele pergunta se valeu mesmo a pena.

Os instantes de alegria compensaram os longos períodos de tristeza?

Os momentos de beleza compensaram os anos de dor?

Ela vira a cabeça para olhá-lo e responde:

— Sempre.

Adormecem sob as estrelas, e quando acordam na manhã seguinte, o calor se dissipou e o ar está fresco, soprando os primeiros sussurros de uma nova estação, a primeira que ele não vai chegar a ver.

E mesmo assim, ele diz a si mesmo que não está com medo.

As semanas viram dias.

Há algumas pessoas de quem Henry precisa se despedir.

Certa noite, ele se encontra com Bea e Robbie no Merchant. Addie se senta do outro lado do bar, bebendo um copo de refrigerante e deixando-o a sós com os amigos. Ele quer que ela fique ao seu lado, precisa de uma âncora silenciosa em meio à tempestade. Mas ambos sabem que, se Addie estivesse sentada à mesa com Henry, Bea e Robbie poderiam acabar se esquecendo, e ele precisa que os amigos se lembrem de tudo.

Por um tempo, tudo é maravilhoso e dolorosamente normal.

Bea fala sobre seu projeto de tese mais recente e, pelo que parece, a nona vez dá sorte, porque o tema acabou de ser aprovado, e Robbie fala sobre a estreia da peça na semana que vem. Henry não conta que ontem entrou de penetra em uma prova de figurino, que ele e Addie ficaram escondidos na última fileira de assentos para assistir a Robbie no palco, brilhante, lindo e no seu elemento, sentado no trono com o charme de David Bowie, um sorriso demoníaco e uma magia toda sua.

Por fim, Henry mente e diz a eles que vai sair da cidade.

Que vai visitar os pais no norte do estado. Explica que, embora a época certa ainda não tenha chegado, os primos vieram de longe e a sua mãe pediu que ele fosse. Diz que é só por um fim de semana.

Pergunta a Bea se ela pode cuidar do sebo.

Pede a Robbie para encher o potinho de ração do Livro.

Os amigos dizem que tudo bem, simples assim, porque não sabem que se trata de um adeus. Robbie faz uma piada, Bea reclama dos alunos da graduação e Henry paga a conta e diz que vai telefonar assim que voltar.

Quando Henry se levanta para ir embora, Bea o beija na bochecha e ele puxa Robbie para um abraço. O amigo diz que é melhor que ele não perca a peça, e Henry promete que não vai perder. Em um piscar de olhos, todos se vão.

É assim que uma despedida deveria ser, pensa Henry.

Um ponto final, não uma reticência; uma frase incompleta até que alguém apareça para finalizá-la.

Uma porta entreaberta.

Deveria ser como cair no sono.

Ele diz a si mesmo que não está com medo.

Diz a si mesmo que está tudo bem, que ele está bem.

E assim que começa a duvidar, Addie surge ao seu lado, pousando a mão macia e firme no seu braço e o levando de volta para casa. Os dois se deitam na cama e se aconchegam um no outro para enfrentar a tempestade.

Em algum momento no meio da noite, Henry a ouve se levantando e andando no corredor com passos leves.

Mas é tarde, e ele acha que não é nada demais.

Rola para o outro lado da cama e volta a dormir. Quando acorda outra vez, ainda está escuro, e ela está de novo deitada ao seu lado.

E o ponteiro do relógio na mesinha de cabeceira se aproxima mais um pouco da meia-noite.

"Nada é só bom ou só ruim.

A vida é muito mais complicada."

NOVA YORK
4 de setembro de 2014

XVII

É um dia como qualquer outro.

Ficam abraçados na cama, em meio aos lençóis, com as cabeças encostadas, enquanto as mãos deslizam pelos braços e pelo rosto um do outro, com os dedos memorizando a pele. Henry sussurra o nome dela, repetidas vezes, como se Addie pudesse guardar o som em um frasco para usá-lo depois que ele se fosse.

Addie, Addie, Addie.

E, apesar de tudo, ele está feliz.

Ou, pelo menos, diz a si mesmo que está feliz, que está pronto, que não está com medo. Diz a si mesmo que se eles simplesmente ficassem na cama, o dia não passaria. Se prendesse a respiração, poderia impedir que os segundos avançassem, segurando os minutos entre os dedos entrelaçados.

É um apelo silencioso, mas Addie parece intuir o que ele está pensando, porque não faz nenhuma menção de se levantar. Em vez disso, fica com ele na cama e conta histórias.

Não sobre aniversários — todos os 29 de julho acabaram —, mas sobre dias tranquilos de maio e setembro, do tipo que ninguém mais se lembraria. Conta sobre as cachoeiras de Fairy Pools, na ilha de Skye, e da aurora boreal, na Islândia, sobre a vez que nadou em um lago de água tão límpida que conseguia enxergar o fundo a dez metros de profundidade, em Portugal… ou será que foi na Espanha?

São as únicas histórias que Henry nunca vai escrever.

E a culpa é dele. Não tem coragem de se desenlaçar, de soltar as mãos de Addie e sair da cama para pegar o caderno mais recente na estante. Já preencheram seis deles, mas o último ainda está na metade, e ele se dá conta de que vai continuar assim, com as páginas finais em branco e a sua caligrafia cursiva e estreita formando um muro, como um fim falso para uma história que ainda não acabou. Henry sente o coração tropeçar, um pequeno engasgo de pânico, mas sabe que não pode deixar esse sentimento tomar conta dele, sabe que iria deixá-lo devastado, do modo como um calafrio transforma uma sensação momentânea em uma geada de bater os dentes, e Henry não pode perder o controle, ainda não.

Ainda não.

Então Addie fala e ele ouve, deixando que as histórias deslizem pelos seus cabelos como carícias. E toda vez que o pânico tenta subir à superfície, ele luta contra a sensação, prendendo o fôlego e dizendo a si mesmo que está bem, mas não se mexe nem se levanta da cama. Não pode fazer isso, porque se fizer vai quebrar o encantamento. O tempo vai correr rápido demais, tudo vai acabar rápido demais.

Sabe que é uma bobagem, um estranho ataque de superstição, mas o medo que está sentindo agora é bastante real. A cama é segura, e Addie, firme, e ele se sente extremamente grato por ela estar ao seu lado, grato por cada minuto que partilharam desde que se conheceram.

De repente, no meio da tarde, ele fica com fome. Faminto.

Não deveria. Parece algo frívolo, errado e irrelevante no momento, mas a sensação é repentina e profunda e, com a sua chegada, o relógio começa a tiquetaquear.

Não pode controlar o tempo.

O relógio dispara, avançando rápido demais.

Addie olha para Henry como se pudesse ler a sua mente e ver a tempestade se formando na sua cabeça. Mas ela é um raio de sol. Um céu azul.

Ela o tira da cama e o leva para a cozinha. Henry se senta em uma banqueta e ouve enquanto Addie prepara uma omelete e conta sobre a primeira vez que viajou de avião, ouviu uma música no rádio e assistiu a um filme no cinema.

É o último presente que ela pode dar a ele, este momento que Henry nunca vai vivenciar.

E é o último presente que ele pode dar a ela, a sua escuta.

Henry gostaria que pudessem voltar para a cama, junto com Livro, mas ambos sabem que não há como voltar atrás. Agora que está de pé, ele não consegue mais ficar parado. Está cheio de uma energia inquieta, de uma necessidade urgente, mas não há muito tempo, e ele sabe que nunca vai haver.

Sabe que o tempo sempre acaba um segundo antes de você estar pronto.

Sabe que a vida dura os minutos que você quer menos um.

Eles se arrumam, saem do apartamento e dão voltas pelo quarteirão enquanto o pânico começa a levar a melhor. É como uma mão fazendo força contra o vidro quebrado, uma pressão contínua sobre as rachaduras, que começam a aumentar, mas Addie continua aqui, com os dedos entrelaçados nos seus.

— Você sabe como se vive por trezentos anos? — pergunta ela.

E quando Henry pergunta como, Addie apenas sorri.

— Da mesma maneira que se vive por um ano. Um segundo de cada vez.

Por fim, ele sente as pernas exaustas e a sua agitação diminui um pouco; não desaparece, mas atinge um nível controlável. Vão para o Merchant e pedem um prato que não comem e cervejas que não bebem, porque ele não consegue nem pensar na ideia de entorpecer suas últimas horas, por mais assustador que seja enfrentá-las sóbrio.

Faz um comentário sobre ser a sua última refeição, rindo da morbidez do pensamento, e o sorriso abandona o rosto de Addie por um segundo. Ele pede desculpas, diz que sente muito, e ela o abraça, mas o pânico crava as garras nele.

A tempestade começa a se avolumar na sua cabeça, agitando o céu no horizonte, mas ele não a enfrenta.

Deixa que o atinja.

É só depois que começa a chover que ele percebe que a tempestade é real.

Joga a cabeça para trás, sente as gotas de chuva nas bochechas e se lembra da noite em que foram ao Fourth Rail, do aguaceiro que os pegou de surpresa quando saíram na calçada. Lembra desse dia antes de se lembrar da noite no terraço; e isso é bom.

Ele se sente tão distante do Henry que subiu até ali um ano atrás... mas talvez não esteja tão distante assim. Afinal, é uma questão de poucos passos, da rua à beira do abismo.

Mas daria qualquer coisa para descer.

Nossa, daria qualquer coisa por apenas mais um dia.

O sol já se pôs, a luz enfraquece aos poucos, e ele nunca mais vai voltar a vê-la, então o medo o toma de assalto, súbito e traiçoeiro. Como uma rajada de vento atravessando uma paisagem muito parada. Ele luta contra o sentimento, *ainda não, ainda não, ainda não,* e Addie aperta a sua mão com força para que o vento não o leve embora.

— Fique comigo — diz ela.

— Estou aqui.

Ele aperta os dedos dela.

Henry não precisa pedir, e Addie não precisa dizer nada.

Há um acordo tácito de que ela vai ficar com ele até o fim.

De que, desta vez, ele não vai estar sozinho.

E Henry está bem.

Está tudo bem.

Vai ficar tudo bem.

XVIII

Está quase na hora, e os dois estão no terraço.

O mesmo terraço de onde ele quase se jogou um ano atrás, onde se encontrou com o diabo e selou um pacto. É o fim de um ciclo, e Henry não sabe se tem de ser aqui, se *ele* tem de estar aqui, mas parece o lugar adequado.

A mão de Addie está entrelaçada na sua, e isso também parece adequado. Uma âncora contra a tempestade iminente.

Ainda resta um pouco de tempo, o ponteiro do relógio está a uma ínfima fração da meia-noite, e ele pode ouvir a voz de Bea na sua cabeça.

Só você chegaria cedo para a própria morte.

Henry sorri, contra a própria vontade, e pensa que gostaria de ter contado mais a Bea e a Robbie, mas a verdade é que não confiava em si mesmo. Ele se despediu dos amigos, mas os dois só vão ficar sabendo depois que ele se for, e lamenta por isso, por eles e pela dor que vai causar. Sente-se grato por terem um ao outro.

A mão de Addie aperta a sua com força.

Está quase na hora, e ele se pergunta como vai se sentir ao perder a alma.

Se vai ser como um ataque do coração, repentino e violento, ou tão tranquilo quanto pegar no sono. A morte assume tantas formas. Talvez aconteça o mesmo agora. Será que a escuridão vai surgir, enfiar a mão no seu peito e arrancar a sua alma do meio das costelas como se fosse um truque de mágica? Ou será que alguma força vai impeli-lo a terminar o que começou? A andar até a beira do terraço e pular? Será que vão encontrá-lo na rua lá embaixo, como se ele tivesse se jogado?

Ou será que vão encontrá-lo aqui em cima, no terraço?

Não sabe.

Não precisa saber.

Está pronto.

Não está pronto.

Não estava pronto no ano passado, quando o estranho estendeu a mão para ele no terraço. Não estava pronto naquele momento, não está pronto agora e começa a suspeitar de que ninguém nunca se sente pronto, não quando chega a hora, não quando a escuridão se aproxima para reivindicar a recompensa.

A música soa, baixinha, vinda da janela aberta de um vizinho, e Henry afasta os pensamentos de morte e do terraço, voltando sua atenção para a garota que está de mãos dadas com ele pedindo que dance com ela.

Ele a puxa para perto. Addie cheira a verão, a tempo e a casa.

— Eu estou aqui — diz ela.

Addie tinha prometido ficar com ele até o fim.

O fim. O fim. O fim.

A palavra ecoa na sua mente como o tique-taque de um relógio, mas não chegou a hora. Ainda há tempo, embora esteja se esvaindo com tanta rapidez.

Desde pequeno, as pessoas te ensinam que você só pode sentir uma coisa de cada vez — raiva, solidão, alegria —, mas Henry nunca achou que isso fosse verdade. Dezenas de sentimentos tomam conta dele ao mesmo tempo. Sente-se perdido, assustado e grato. Sente-se arrependido, feliz e com medo.

Mas não se sente sozinho.

Está voltando a chover. O ar ficou úmido com o aroma metálico da tempestade caindo sobre a cidade, mas Henry não se importa, gosta da simetria.

Dão uma volta lenta pelo terraço.

Faz dias que ele não dorme bem, o que fez suas pernas ficarem pesadas, e sua mente, lenta demais. Os minutos passam rápido, e Henry gostaria que a música tocasse mais alto, que o céu estivesse mais claro e que tivesse só mais um pouco de tempo.

Ninguém nunca está pronto para morrer.

Nem mesmo quando acha que quer morrer.

Ninguém está pronto.

Ele não está pronto.

Mas chegou a hora.

Chegou a hora.

Addie está dizendo alguma coisa, mas o relógio parou, não pesa mais no seu pulso. Chegou a hora, e ele pode sentir a si mesmo se desfazendo, pode sentir os contornos da sua mente borrando. É a hora mais escura da noite e, a qualquer momento, o estranho vai emergir da escuridão.

Addie está levando o rosto de Henry para perto do seu, está dizendo alguma coisa, mas ele não quer ouvir, receia que seja um adeus; só quer se ater ao agora, fazer com que dure, imobilizá-lo, transformar o filme em uma fotografia e deixar que o fim seja este, e não a escuridão, não o nada, só o agora, para sempre. Uma lembrança aprisionada em âmbar, em vidro, no tempo.

Mas Addie continua falando.

— Você prometeu que iria ouvir. Prometeu que iria escrever tudo.

Ele não compreende. Os cadernos estão na estante. Escreveu a história dela, cada parte.

— Eu escrevi. Eu escrevi.

Mas Addie está balançando a cabeça.

— Henry. Eu ainda não contei o final.

NOVA YORK
1º de setembro de 2014

(três noites antes do fim)

XIX

Algumas decisões são tomadas de uma hora para outra.

Enquanto outras amadurecem com o passar do tempo.

Uma garota faz um pacto com a escuridão, depois de anos sonhando acordada.

Uma garota se apaixona por um rapaz de repente, e decide libertá-lo.

Addie não tem certeza de quando tomou a decisão.

Talvez soubesse desde a noite em que Luc voltou para suas vidas.

Talvez soubesse desde a noite em que Henry escreveu o seu nome.

Ou talvez desde o momento em que ele disse aquelas palavras:

Eu me lembro de você.

Ela não sabe muito bem.

Mas não importa.

O que importa é, três noites antes do fim, Addie sai de fininho da cama. Henry rola o corpo e desperta o suficiente para ouvir os passos no corredor, mas não para escutá-la calçando os sapatos e saindo sorrateiramente para a escuridão.

São quase duas horas da manhã — o horário intermediário entre o muito tarde e o muito cedo —, e até mesmo os sons do Brooklyn diminuíram para um murmúrio baixo enquanto ela percorre os dois quarteirões que levam ao Merchant. Ainda falta uma hora para o bar fechar e restam apenas uns poucos bêbados determinados.

Addie se senta em uma banqueta e pede uma dose de tequila. Nunca gostou muito de destilados, mas toma a bebida de um gole só, sentindo o calor assentar dentro do peito enquanto revira o bolso e encontra o anel.

Seus dedos se fecham ao redor do aro de madeira.

Pega o objeto e o equilibra de pé no balcão.

Gira o aro como se fosse uma moeda, mas não há cara nem coroa, nem sim nem não, nenhuma escolha além da que Addie já fez. Decide que vai colocar o anel no dedo assim que ele parar de girar. Assim que cair da mesa... mas quando o aro começa a oscilar e inclinar no eixo, a mão de alguém desce sobre ele, achatando-o contra o balcão do bar.

A mão é lisa e forte, os dedos, longos, e os detalhes, exatamente como ela os desenhou há muito tempo.

— Você não devia estar com o seu amor?

Os olhos de Luc são inexpressivos. Estão escuros e sem vida.

— Ele está dormindo. E eu não consigo dormir. — Luc afasta a mão, e Addie olha para o círculo pálido do anel ainda no balcão.

— Adeline — diz ele, acariciando os cabelos dela. — Vai doer. E vai passar. Como tudo na vida.

— A não ser a gente — murmura, e depois continua, como se estivesse falando consigo mesma. — Fico agradecida por ter sido só um ano.

Luc se senta na banqueta ao seu lado.

— E o que achou do seu amor humano? Foi como você sempre sonhou?

— Não — responde ela, e é verdade.

Foi complicado. Foi difícil. Foi maravilhoso, estranho, assustador e frágil — tão frágil que chegava a doer —, e valeu por cada ínfimo momento. Ela não diz nada disso a ele. Deixa que o "não" paire no ar entre os dois, carregando o fardo das suposições de Luc. Os olhos dele assumem um tom bastante prepotente de verde.

— Mas Henry não merece morrer para provar que você tem razão.

A arrogância faísca, entremeada pela raiva.

— Um pacto foi feito. E não pode ser quebrado.

— Apesar disso, você me disse uma vez que poderia dar um jeito nisso, mudar os termos. Você estava falando sério? Ou era só uma parte do seu plano para fazer com que eu me rendesse?

A expressão de Luc se anuvia.

— Não existia um plano, Adeline. Mas se você acha que eu vou mudar os termos do pacto dele...

Addie balança a cabeça.

— Não estou falando sobre o pacto de Henry, e sim do meu. — Ela ensaiou as palavras, mas mesmo assim elas saem entrecortadas. — Não estou pedindo por misericórdia, e sei que você não sente um pingo de piedade. Então, ofereço uma troca. Deixe o Henry ir. Deixe-o continuar vivo. Deixe que ele se *lembre de mim*, e...

— Você me entrega a sua alma? — Há uma sombra no olhar de Luc quando ele faz a pergunta, uma certa hesitação nas palavras, mais de preocupação que de avidez, e nesse momento Addie tem certeza de que o tem na mão.

— Não. Mas porque não é isso o que você quer. — E antes que ele possa negar, ela continua: — Você quer a *mim*.

Luc fica em silêncio, mas seus olhos brilham pelo interesse despertado.

— Você tinha razão. Eu não sou um deles. Não mais. E estou cansada de perder. Cansada de me lamentar por tudo que tento amar. — Ela estende a mão para acariciar o rosto de Luc. — Mas não vou perder você. E você não vai me perder. Então, a minha resposta é sim. — Ela o olha fixamente. — Faça isso, e eu vou ser sua, pelo tempo que você me quiser ao seu lado.

Luc parece prender o fôlego, mas é ela quem não consegue respirar. O mundo gira, desequilibra, ameaçando desabar.

Por fim, Luc abre um sorriso, e a vitória resplandece nos olhos verdes da cor de esmeralda.

— Eu aceito.

Ela se permite desistir e encosta a cabeça no peito dele de alívio. Em seguida, os dedos de Luc tocam o seu queixo, inclinando o seu rosto na direção do dele. Beija-a do modo como a beijou na noite em que se conheceram, rápido, profundo e ávido, e Addie sente os dentes dele deslizando pelo seu lábio inferior, o gosto de cobre brotando na sua língua.

E sabe que o pacto foi selado.

NOVA YORK
4 de setembro de 2014

XX

— Não — diz Henry, e a palavra é quase engolida pela tempestade.

A chuva cai rápida e pesada no terraço. Sobre os dois.

O relógio parou, com o ponteiro erguido em um gesto de rendição. Mas Henry continua ali.

— Você não pode fazer isso — diz, com a cabeça a mil. — Eu não vou deixar.

Addie lhe lança um olhar de pena, porque sabe que ele não pode fazer nada para impedi-la.

Ninguém nunca conseguiu.

Estele costumava dizer que ela era teimosa como uma rocha.

Mas até as rochas viram pó.

E ela não.

— Você não pode fazer isso — repete ele.

— Já está feito.

Henry se sente tonto, enjoado, sente o chão sumindo sob os pés.

— Por quê? Por que você fez isso?

— Considere um agradecimento por ter me enxergado. Por me mostrar qual é a sensação de ser vista. Ser amada. Agora você ganhou uma segunda chance. Mas precisa deixar as pessoas te verem como você é. Precisa encontrar pessoas que te enxerguem de verdade.

Está errado.

Está tudo errado.

— Você não o ama.

Um sorriso triste surge no rosto de Addie.

— Eu já tive a minha cota de amor — diz ela, e chegou a hora, só pode ter chegado, porque a visão de Henry começa a embaçar, e os contornos perdem a definição. — Ouça com atenção. — A voz dela soa urgente agora. — Às vezes, a vida pode parecer muito longa, mas, no fim das contas, passa rápido demais. — Seus olhos estão cheios de lágrimas, mas ela está sorrindo. — Acho bom você aproveitar muito a vida, Henry Strauss.

Addie começa a se desvencilhar dele, mas o rapaz a aperta com força.

— Não.

Ela suspira, passando os dedos pelos cabelos dele.

— Você me deu tanto, Henry. Mas preciso que você faça mais uma coisa por mim. — Ela encosta a testa na dele. — Preciso que você se lembre.

Henry pode sentir suas forças se esvaindo enquanto a escuridão cobre a sua visão, apagando as silhuetas dos prédios, o terraço e a garota que está inclinada para ele.

— Prometa para mim — pede ela.

As feições de Addie começam a borrar… o contorno dos lábios, os cabelos castanhos emoldurando o rosto em formato de coração, os dois olhos grandes, as sete sardas parecidas com estrelas.

— Prometa — sussurra ela.

Henry está prestes a erguer as mãos para puxá-la para si e fazer a promessa, mas quando seus braços a envolvem, a garota já se foi.

E ele começa a cair.

PARTE SETE

Eu me lembro de você

Título da obra: *A garota que se foi*
Autor: desconhecido
Data: 2014
Técnica: Polaroid.
Proveniência: emprestado do arquivo particular de Henry Strauss.
Descrição: coleção de seis (6) fotografias que retratam uma garota em movimento, com os traços apagados, ocultos ou de algum modo indiscerníveis. A última foto é diferente: mostra o chão de uma sala de estar, o canto de uma mesa, uma pilha de livros e dois pés visíveis na parte de baixo.
História: a modelo das fotos permanece alvo de intensa especulação, dada a relação do autor com o material de origem. O *flash* apagou todos os detalhes significativos, mas é a técnica que faz com que as fotos sejam singulares. Na fotografia padrão, uma exposição prolongada possibilitaria o efeito desejado de movimento, mas a velocidade fixa do obturador da Polaroid torna a ilusão de movimento ainda mais impressionante.
Valor estimado: não está à venda.
Todas as obras atualmente em exibição no Museu de Arte Moderna, na exposição *À procura da verdadeira Addie LaRue*, têm a curadoria da doutora Beatrice Caldwell, da Universidade de Columbia.

NOVA YORK
5 de setembro de 2014

I

Este é o fim da história.
Um rapaz acorda sozinho na cama.

A luz do sol penetra pela fresta das cortinas, e os prédios lá fora estão molhados por causa da chuva da noite passada.

Ele se sente letárgico, como se estivesse de ressaca, ainda preso aos resquícios do sono. Sabe que estava sonhando, mas não consegue se lembrar dos detalhes de jeito nenhum, além disso, o sonho não devia ser muito agradável, porque sente um enorme alívio ao acordar.

Livro o olha, repousando na pilha de edredom, com os olhos amarelos muito abertos e à espera.

Já é tarde. O rapaz sabe por causa do ângulo da luz e do som do tráfego na rua.

Não queria ter dormido tanto.

A garota que ele ama sempre acorda primeiro. O movimento do corpo debaixo dos lençóis, a intensidade da atenção e o toque suave dos dedos dela na sua pele sempre bastam para despertá-lo. Uma vez, ele acordou antes dela e teve o prazer incomum de vê-la, de joelhos encolhidos e o rosto enfiado no travesseiro, ainda imersa no sono.

Mas isso foi em uma manhã chuvosa logo depois do nascer do sol, quando o mundo estava cinzento, e hoje o sol brilha tão forte que ele não entende como os dois conseguiram dormir tanto.

Ele vira para o outro lado para acordá-la.

Mas a cama está vazia.

Apalpa o lugar onde ela deveria estar, mas os lençóis estão frios e sem vincos de uso.

— Addie? — chama, levantando-se.

Anda pelo apartamento, procura na cozinha, no banheiro e na saída de incêndio, embora saiba, no fundo, que ela se foi.

— *Addie?*

E então, ele se lembra.

Não do sonho, não houve sonho algum, mas da noite passada.

A última noite da sua vida.

O cheiro de concreto molhado do terraço, o último *tic* do relógio assim que o ponteiro alcançou o número doze, o sorriso de Addie quando ergueu o rosto para ele e o fez prometer que se lembraria.

E agora ele está aqui, e ela se foi sem deixar rastros, a não ser as lembranças e...

Os cadernos.

Atravessa o quarto em direção à estante estreita onde os guardava: um vermelho, um azul, um prateado, um preto, um branco e um verde; seis cadernos, todos continuam aqui. Henry os tira da prateleira e os dispõe sobre a cama e, enquanto faz isso, as Polaroids caem de um deles.

As fotografias que ele tirou de Addie naquele dia, em que seu rosto parece um mero borrão, em que está virada de costas para a câmera, em que parece um fantasma nos cantos do enquadramento. Henry as encara por um longo tempo, convencido de que, se estreitar os olhos, a garota vai entrar em foco. Mas não importa quanto tempo fique olhando, tudo o que consegue identificar são os contornos, as sombras. A única coisa que consegue discernir são as sete sardas, tão desbotadas que ele não sabe ao certo se estão realmente visíveis ou se a sua memória está simplesmente completando as lacunas onde elas deveriam estar.

Deixa as fotos de lado e pega o primeiro caderno, depois para, achando que quando o abrir vai deparar com as páginas todas em branco, com a tinta apagada como todas as outras marcas que ela tentava deixar.

Mas ele precisa tirar a prova, então abre e ali estão elas: páginas e mais páginas escritas com a sua caligrafia inclinada, protegidas da maldição pelo fato de que as palavras em si eram suas, embora a história seja dela.

Addie quer ser uma árvore.

Não há nada de errado com Roger.

Só quer viver antes de morrer.

Vai levar anos para aprender a linguagem daqueles olhos.

Crava as unhas para escalar e sair, com as mãos estendidas sobre a pilha de ossos que forma as costas de um homem morto.

É a sua primeira vez. É assim que deveria ter sido.

Ele enfia três moedas na sua mão.

Alma *é uma palavra tão grandiloquente. A verdade é tão menor do que essas ideias.*

Ele pega o próximo caderno.

Paris está em chamas.

A escuridão se desfaz.

E o seguinte.

Há um anjo acima do bar.

Henry fica sentado horas a fio, encostado na beira da cama, folheando cada página de cada livro, de cada história que ela contou. Quando termina de ler, fecha os olhos e apoia a cabeça entre as mãos, rodeado de livros abertos.

Porque a garota que ele amava se foi.

E ele ficou.

Ele se lembra de tudo.

BROOKLYN, NOVA YORK
13 de março de 2015
II

—Henry Samuel Strauss, isso é *ridículo*.

Bea bate com a última página na mesinha de centro, assustando o gato, que tirava uma soneca em cima de uma pilha de livros.

— Não pode terminar assim — continua, apertando o restante do manuscrito contra o peito, como se quisesse protegê-lo. A folha de rosto o encara de volta.

A vida invisível de Addie LaRue.

— O que aconteceu com Addie? Ela foi mesmo embora com Luc? Depois de tudo que aconteceu?

Henry dá de ombros.

— Acho que sim.

— Você *acha* que sim?

A verdade é que ele não sabe.

Passou os últimos seis meses tentando transcrever as histórias escritas nos cadernos, compilando-as até se tornarem este primeiro rascunho. E toda noite, depois que começava a sentir câimbra nas mãos e a cabeça latejar de tanto olhar para a tela do computador, desabava na cama — que não tem mais o cheiro dela — e ficava imaginando como a história terminava.

Se é que terminava.

Escreveu dezenas de finais alternativos para o livro, alguns em que Addie era feliz e outros em que não era, alguns em que ela e Luc estavam completamente apaixonados e outros em que ele a manteve ao seu lado como um dragão faz com o seu tesouro, mas todos aqueles finais pertenciam a ele. E esta é a história dela. Qualquer coisa que Henry escrevesse depois dos últimos segundos que passaram juntos, do beijo derradeiro, seria uma obra de ficção.

Ele tentou.

Mas esta história é real, embora ninguém mais nunca vá saber.

Henry não sabe o que aconteceu com Addie, para onde ela foi ou como está, mas pode manter as esperanças. *Espera* que ela esteja feliz. Espera que continue esbanjando sua alegria destemida e sua esperança teimosa. Espera que não tenha feito aquilo só por causa dele. Espera que, de alguma maneira, algum dia, volte a vê-la.

— Você vai fingir mesmo que não sabe como acaba, né? Cacete! — diz Bea.

Henry olha para a amiga.

Gostaria de dizer que é tudo verdade.

Que ela conheceu Addie, como está no livro, e que falava sempre a mesma coisa quando a via. Gostaria de dizer que as duas teriam sido amigas. Que *eram* amigas, do tipo "a-primeira-noite-do-resto-da-nossa-vida", o que, evidentemente, era o máximo de tempo que Addie conseguia manter uma amizade.

Mas Bea não acreditaria, então ele a deixa pensar que o livro não passa de uma história fictícia.

— Você gostou? — pergunta ele.

E Bea abre um sorriso enorme. O olhar dela não está mais encoberto pela névoa nem por um brilho estranho, e Henry nunca se sentiu tão grato por saber a verdade.

— É bom, Henry. É muito bom mesmo. — Ela dá um tapinha na folha de rosto. — Só não esqueça de citar o meu nome nos agradecimentos.

— Quê?

— A minha tese. Lembra? Eu queria escrever sobre a garota que aparece em todas aquelas obras de arte. O fantasma na moldura. É ela, né?

Com certeza é.

Henry desliza a mão pelo manuscrito, aliviado e triste por tê-lo terminado. Gostaria de ter passado mais um tempo com a história de Addie, gostaria de ter vivido com ela.

Mas agora ele se sente grato por ter o manuscrito.

Porque a verdade é que já está começando a esquecer.

Não que tenha sido afetado pela maldição de Addie. Ela não está sendo apagada de maneira alguma. Os detalhes estão simplesmente desaparecendo, sendo encobertos pouco a pouco, como acontece com tudo. A mente vai afrouxando o domínio sobre o passado para abrir caminho para o futuro.

Só que ele não quer deixá-la ir.

Está tentando segurá-la.

À noite, fica deitado na cama, de olhos fechados, e tenta visualizar o rosto de Addie. A curva exata da sua boca, o tom específico dos seus cabelos, o modo como a luminária da mesinha de cabeceira atingia o lado esquerdo da sua bochecha, da têmpora e do queixo. O som da sua risada de madrugada, e da sua voz quando ela estava prestes a cair no sono.

Sabe que esses detalhes não são tão importantes quanto os que estão no livro, mas ainda não consegue nem pensar em perdê-los.

A fé se parece um pouco com a gravidade. Quando um número suficiente de pessoas acredita em algo, esse algo se torna tão sólido e real quanto o chão sob os seus pés. Mas quando você é a única pessoa que se apega a uma ideia, a uma lembrança, a uma garota, é difícil impedir que voe para longe.

— Eu sabia que você ia virar escritor. Tinha jeito para a coisa, mas estava em negação. — Bea está dizendo.

— Eu não sou escritor — diz ele, distraidamente.

— Diga isso para o livro. Você vai vender os direitos, né? Precisa vender... é bom demais.

— Ah, sim. Acho que gostaria de tentar — responde, pensativo.

Vai tentar.

Henry vai arranjar um agente literário, o livro vai ser leiloado e, por fim, vai vender os direitos com uma condição: que haja apenas um nome na capa, não o dele... e a editora vai aceitar. Sem dúvida, vão achar que se trata de uma estratégia de marketing esperta, mas ele vai ficar emocionado só de pensar que outras pessoas vão ler aquelas palavras, que não vão pronunciar o seu nome, mas o *dela*, que Addie vai passar de boca em boca, da mente para a memória.

Addie, Addie, Addie.

O valor do adiantamento vai ser o suficiente para pagar a dívida com a universidade e permitir que ele respire um pouco enquanto pensa sobre o que vai fazer depois. Ainda não sabe o que quer, mas, pela primeira vez na vida, Henry não se assusta com a ideia.

O mundo é enorme, e Henry só viu uma parte minúscula com os próprios olhos. Quer viajar, fotografar, ouvir as histórias de outras pessoas e talvez até criar as suas. Afinal, a vida pode parecer muito longa às vezes, mas ele sabe que passa depressa demais e não quer perder nem um só momento.

LONDRES, INGLATERRA
3 de fevereiro de 2016
III

A livraria está quase fechando.
Nesta época do ano, escurece muito cedo. A previsão é de neve, o que é raro em Londres. Os inúmeros funcionários se apressam com as tarefas, desmontando velhas gôndolas e armando novas no lugar, tentando terminar o trabalho antes que a bruma lá fora se transforme em geada.

Ela perambula por perto, deslizando o polegar sobre o anel pendurado no pescoço enquanto duas adolescentes reabastecem uma estante inteira de livros na seção de ficção contemporânea.

— Você já leu? — pergunta uma delas.

— Já, nesse final de semana — responde a outra.

— Não acredito que o autor não colocou o próprio nome na capa. Deve ser algum tipo de sacada publicitária.

— Não sei. Eu acho legal. Faz a coisa toda parecer de verdade. Como se fosse mesmo o Henry, contando a história dela.

A primeira garota dá uma risada.

— Você é tão romântica.

— Com licença — interrompe um homem de meia-idade. — Posso pegar um exemplar de *Addie LaRue*?

A pele de Addie se arrepia. Ele pronuncia o nome com tanta naturalidade. Os sons deslizando na língua de outra pessoa.

Espera até que os três tenham ido para o caixa e, em seguida, finalmente se aproxima do mostrador. Não é só uma mesa, é uma estante inteira, exibindo trinta exemplares do livro, com a capa à mostra, cujo padrão se repete ao longo de toda a parede. As capas são simples, e a maior parte do espaço está ocupada pelo título, longo e em letras grandes o bastante para preencher o encarte. O título está em letra cursiva, a mesma usada nos cadernos ao lado da cama, só que em uma versão mais legível das suas palavras escritas pela mão de Henry.

A vida invisível de Addie LaRue.

Addie desliza os dedos sobre o título, sente as letras impressas em relevo se curvando e arqueando sob o seu toque, como se ela mesma as tivesse escrito.

As funcionárias da livraria têm razão. O nome do escritor não consta na capa, nem a sua foto na contracapa. Não há nenhum sinal de Henry Strauss, além do fato simples e deslumbrante de o livro estar nas suas mãos, a história verdadeira.

Ela o abre e vira as páginas até chegar na dedicatória.

Cinco palavrinhas pairam no meio da página.

Eu me lembro de você.

Ela fecha os olhos e vê Henry como ele estava naquele primeiro dia no sebo, com os cotovelos apoiados no balcão enquanto erguia o olhar e franzia o cenho para ela atrás dos óculos.

Eu me lembro de você.

Vê o rapaz no Artifact, no reflexo dos espelhos e no campo de estrelas, vê os dedos dele traçando o seu nome na parede de acrílico, e espiando atrás do visor de uma Polaroid, sussurrando do outro lado do terminal Grand Central e de cabeça baixa para o caderno, com os cachos castanho-escuros caindo no rosto. Vê o rapaz deitado ao seu lado na cama, na grama ao norte do estado e na praia, com os dedos deles entrelaçados como elos em uma corrente.

Sente o círculo cálido dos braços dele enquanto Henry a puxa para si debaixo dos lençóis, o cheiro limpo do rapaz, a espontaneidade na sua voz quando Addie pedia que não se esquecesse e ele respondia que nunca o faria.

Ela sorri, enxugando as lágrimas enquanto o vê no terraço na última noite.

Addie já disse tantos *ois*, mas aquela foi a primeira e a única vez que pôde dizer adeus. Aquele beijo foi como um pedacinho de pontuação esperada há muito tempo. Não as reticências de uma fuga silenciosa ou de uma frase interrompida, mas um ponto final, um fechamento de parênteses, um fim.

Um fim.

Essa é a questão de se viver só no presente: é uma frase interminável. Henry foi uma pausa perfeita na história. Uma chance de recuperar o fôlego. Ela não sabe muito bem se o que sentiu foi amor ou simplesmente um alívio. Se a satisfação pode competir com a paixão, se a calidez pode ser tão forte quanto o calor.

Mas foi um presente.

Não um jogo, nem uma guerra, nem uma batalha de força de vontade.

Apenas um presente.

O tempo e a memória, como dois amantes em uma fábula.

Addie folheia os capítulos do livro, o *seu* livro, e fica maravilhada ao ver o seu nome em cada página. A sua vida, à espera de ser lida. Agora, é maior do que ela mesma. Maior do que humanos, deuses e seres inomináveis. Uma história é uma ideia, indomável como uma erva daninha, brotando em qualquer lugar onde é plantada.

Ela começa a ler, e chega à parte em que relata o primeiro inverno em Paris quando sente uma mudança no ar atrás de si.

Ouve o nome, como um beijo, na sua nuca.

— Adeline.

Então Luc surge. Passa os braços nos seus ombros, e ela se recosta no peito dele. Realmente se encaixam com perfeição. Sempre se encaixaram, embora ela se pergunte, mesmo agora, se é simplesmente pela natureza dele, a fumaça se expandindo para preencher qualquer espaço disponível.

Luc olha para o livro em suas mãos. Para o nome dela estampado na capa.

— Como você é esperta — diz, murmurando as palavras na sua pele. Mas não parece irritado. — As pessoas podem ficar com a história, contanto que eu fique com você.

Ela se vira nos braços de Luc para olhá-lo.

Fica lindo quando está se vangloriando de uma conquista.

Não deveria ficar, obviamente. A arrogância não é uma qualidade atrativa, mas cai tão bem nele quanto um terno bem-cortado. Luc resplandece ao contemplar a luz da própria obra. Está tão acostumado a sempre ter razão. A sempre estar no controle.

Os olhos dele brilham com um tom de verde triunfante.

Addie levou trezentos anos para aprender a distinguir as cores dos humores de Luc. Agora, conhece o significado de cada tom; sabe qual é o seu temperamento, suas vontades e seus pensamentos só de estudar aqueles olhos.

Fica espantada que, no mesmo período de tempo, ele não tenha aprendido a ler o humor dela.

Ou, talvez, Luc enxergasse só o que queria ver: a fúria de uma mulher, suas necessidades, temores, esperanças, desejos e todos os sentimentos mais simples e transparentes.

Mas nunca aprendeu a ler a sua astúcia, nem a sua inteligência, nunca aprendeu a ler as nuances das suas ações, os ritmos sutis da sua fala.

E enquanto o observa, Addie pensa em tudo que seus próprios olhos diriam.

Que ele cometeu um grande erro.

Que o segredo está nos detalhes, e ele deixou escapar um crucial.

Que a semântica pode parecer insignificante, mas certa vez ele a ensinou que as palavras têm poder. E quando Addie pronunciou os termos do novo pacto, quando trocou a sua alma por si mesma, não disse *para sempre*, e sim *pelo tempo que você me quiser ao seu lado*.

E não é mesma coisa.

Se os seus olhos pudessem falar, dariam risada.

Diriam que ele é um deus volúvel, e que muito antes de amá-la, Luc a odiava e a deixou louca, e que com a ajuda de uma memória impecável, ela se tornou uma discípula das maquinações dele, uma erudita da sua crueldade. Addie teve trezentos anos para estudar, e vai transformar o arrependimento de Luc na sua obra-prima.

Talvez leve vinte anos.

Ou cem.

Mas ele é incapaz de amar alguém, e ela vai provar.

Vai derrotá-lo. Acabar com a ideia que ele tem dos dois.

Vai partir o seu coração, e ele vai voltar a odiá-la.

Vai deixá-lo louco, e ele vai se afastar.

Depois, Luc vai rejeitá-la.

E ela finalmente vai ser livre.

Addie sonha em dizer tudo isso a Luc só para ver o tom de verde que os olhos dele assumiriam ao ser vencido. O tom de verde da desistência e da derrota.

Mas, sobretudo, ele lhe ensinou ser paciente.

Então Addie não diz nada sobre o novo jogo, as novas regras, a nova batalha que acabou de começar.

Apenas sorri e devolve o livro à estante.

Então o segue para a escuridão.

AGRADECIMENTOS

Todo mundo que me segue nas redes sociais sabe que eu tenho uma relação muito tensa com as histórias.

Ou melhor, com o processo de trazê-las à vida. De segurar a besta selvagem até meus braços começarem a tremer, e a minha cabeça, a doer, sabendo que se largar a história antes de ela estar pronta, a coisa toda vai se despedaçar, e eu vou ter que arrumar a bagunça, além de perder algumas peças no meio da confusão.

Então, enquanto eu carregava a história de Addie, muitas pessoas *me* carregaram.

Sem elas, não haveria livro.

É agora que eu deveria agradecer a todo mundo.

(Eu detesto agradecimentos.)

(Ou melhor, eu detesto escrever os *Agradecimentos*. Minha memória é péssima. Acho que os livros ocuparam espaço demais na minha mente, então, quando chega a hora de agradecer às pessoas que ajudaram *este* livro a se tornar realidade, fico paralisada, com a certeza de que vou me esquecer de alguém.)

(Sei que vou me esquecer.)

(Eu sempre me esqueço.)

(Acho que é por isso que escrevo, para tentar capturar as ideias antes que elas escapem e me deixem olhando para o nada, imaginando por que entrei naquele cômodo, por que abri aquela aba no navegador, ou o que estava procurando na geladeira.)

(O que é muito irônico, dado o tema deste livro.)

(Este livro, que viveu na minha cabeça por tanto tempo, ocupando tanto espaço, é o culpado por pelo menos uma parte dos esquecimentos.)

Então esta lista vai ser incompleta.

Este livro é dedicado ao meu pai, que caminhou comigo pelas ruas da nossa vizinhança em East Nashville e ouviu quando contei, pela primeira vez, sobre as ideias que brotavam na minha cabeça.

À minha mãe, que me acompanhou em todas as estradas sinuosas e nunca deixou que eu me perdesse.

À minha irmã, Jenna, que sabia exatamente quando eu precisava escrever e quando precisava parar de escrever e tomar um coquetel chique.

À minha agente literária, Holly, que me resgatou de inúmeros pântanos em chamas e não deixou que eu me queimasse nem uma só vez, nem que me afogasse ou fosse devorada por roedores gigantes.

À minha editora, Miriam, que esteve comigo durante o longo e sinuoso caminho.

À minha assessora de imprensa, Kristin, que se tornou minha paladina, minha advogada e minha amiga.

À Lucille, Sarah, Eileen e toda a minha equipe formidável da editora Tor que acreditaram nesta história quando era só uma ideia, que me incentivaram quando não passava de um rascunho, que defenderam o projeto quando o livro ficou pronto, e que sempre me fizeram sentir que se eu soltasse a mão, vocês estariam lá para me segurar.

Aos meus amigos — vocês sabem quem são —, que me arrastaram pela escuridão e fugiram comigo à procura de palavras (e frango assado).

Ao Al Mare e ao Red Kite, que me forneceram um local para pensar e escrever enquanto tomava enormes bules de chá.

À Danielle, Ilda, Britt e Dan, pela paixão e por passarem pizza para mim por baixo da porta.

A cada livreiro que me manteve nas estantes por tanto tempo.

A cada leitor que me disse que mal podia esperar para ler esta história enquanto prometia que iria esperar, sim.

E ali no escuro, ele pergunta

se valeu mesmo a pena.

Os instantes de alegria compensaram

os longos períodos de tristeza?

Os momentos de beleza

compensaram os anos de dor?

Ela vira a cabeça para

olhá-lo e responde:

— Sempre.

Este livro foi composto em
Fournier MT Std e Bertoni Flamboyant,
e impresso no papel off-white,
na gráfica Geográfica.

ADDIE, NÓS SEMPRE LEMBRAREMOS DE VOCÊ.